DIE BEWUNDERTEN

WEITERE TITEL VON CAROL WYER

DETECTIVE-NATALIE-WARD-SERIE

Der Geburtstag

Das letzte Wiegenlied

Die Mutprobe

Die Verabredung

Die Blütenzwillinge

Die Bewunderten

Jemandes Tochter

DETECTIVE-ROBYN-CARTER-SERIE

Das verschwundene Mädchen

Die Geheimnisse der Toten

Ich kann dich sehen

Die stummen Kinder

Die Auserwählten

IN ENGLISCHER SPRACHE

DETECTIVE-NATALIE-WARD-SERIE

The Birthday

Last Lullaby

The Dare

The Sleepover

The Blossom Twins

The Secret Admirer

Somebody's Daughter

CAROL WYER

DIE BEWUNDERTEN

Übersetzt von Laura Weber

bookouture

PROLOG

Liebe Gemma,

hi!

Ich wollte dir sagen, dass ich dich unglaublich finde.

Ich habe dich heute mit deiner Mutter in der Stadt gesehen. Ich habe angehalten und dich angestarrt. Ich war nicht unhöflich. Eigentlich das Gegenteil davon.

Ich war von dir hypnotisiert: von der Art, wie du gehst, wie du deinen Kopf auf die eine Seite legst, wenn du jemandem aufmerksam zuhörst, und von deinem Lächeln. Es ist ... perfekt.

Na ja, jetzt weißt du, was ich denke, und ich werde den richtigen Moment erwischen, um mich dir vorzustellen.

Ich bin aufgeregt und nervös, herauszufinden, wie deine Reaktion sein wird, wenn ich mit dir spreche.

Ich hoffe, du hast ein Lächeln für mich.

Ein Bewunderer

EINS

FREITAG, 16. NOVEMBER – ABEND

Die neunzehn Jahre alte Gemma Barnes warf den Kopf nach vorne und fuhr sich mit den Fingern gewandt durch die langen, aschblonden Haare, zog das Gummiband zwischen ihren Zähnen heraus und wand es zu einem Pferdeschwanz um die Locken, ehe sie den Kopf wieder anhob. Sie machte sich nicht die Mühe, ihr Spiegelbild in dem verschmierten Busfenster zu überprüfen. Sie wusste, dass sie gut aussah.

Der Bus fuhr über den weitläufigen Universitätscampus und bremste ab, um eine Gruppe Studenten über die Straße rennen zu lassen. Gemma schaute auf die mehrgeschossigen Gebäude mit Fensterfronten, aus denen die naturwissenschaftliche Fakultät bestand. Sie war nie in einem von ihnen gewesen, aber einem ihrer Mitbewohner zufolge, Lennox, gab es dort auf jeder Ebene Labore und Unterrichtsräume, und im Obergeschoss befand sich ein Forschungsbereich, zu dem allen Studenten der Zutritt verwehrt war. Sie erreichten den Parkplatz. Lennox' erkennbar abgenutzter roter Saab parkte direkt vor dem Chemiegebäude. Obwohl Gemma die Freiheit, die mit einem eigenen Auto einhergeht, gefiel, war sie zufrieden damit, die öffentlichen Verkehrsmittel zu benutzen. Autos kosteten im Unterhalt Geld und davon hatte sie nicht viel übrig.

Sie streckte ihre Beine unter dem Sitz vor ihr aus und verbog ihre Füße in den dickbesohlten Stiefeln, die zwar ideal für regnerisches Wetter waren, aber weniger praktisch für einen langen Tag bis neunzehn Uhr voller Seminare und Vorlesungen in warmen, stickigen Räumen. Der Tag war noch nicht vorbei. Sie musste noch eine schwierige Übersetzung für die kommende Woche fertigstellen, sowie die Originalversion von Günter Grass' *Die Blechtrommel* auf Deutsch für eine Seminarpräsentation am Montag zu Ende lesen. Sie unterdrückte ein Gähnen, nahm ihre Segeltuchtasche, die ihre Notizen, Bücher und ihren Laptop enthielt, vom abgesessenen Sitz neben sich und stand auf. Sie hatte sich bereit erklärt, samstags und sonntags an beiden Nächten Schichten in der Chancer's Bar zu übernehmen, was bedeutete, dass sie heute Abend ziemlich schuften musste. Die Universitätsbibliothek würde weniger Ablenkung bieten als ihr Wohnhaus, in dem manche der Studenten eher in Partylaune sein würden. Es war Freitagabend und sie hätte sich ihnen anschließen sollen, Musik in ihrem Zimmer laufen lassen und sich fertigmachen sollen, um sich auf den Weg zur Studentenvereinigung zu begeben oder für eine Auszeit zu einem der vielen Pubs in der Gegend. Sie verkniff sich ein Lachen. Seit Monaten war sie an keinem Wochenende mehr ausgegangen. Nicht, seitdem sie angefangen hatte, in derselben Bar wie ihre Mutter zu arbeiten.

Sie drückte auf den Knopf an der Haltestange, um dem Fahrer Bescheid zu geben, dass sie an der nächsten Station aussteigen wollte. Sie war wenige Minuten von der Bibliothek der Samford University entfernt, die in einem ehemals prachtvollen Herrenhaus untergebracht war. Dort gab es drei Stockwerke mit Galerie-Ebenen, geschwungene Treppen und Stille. Sie arbeitete zwar lieber in ihrem eigenen, gemütlichen Schlafzimmer, das voller gewohnter Gegenstände war, doch dort war die Wahrscheinlichkeit zu groß, sich ablenken zu lassen und nach unten zu flitzen, um sich einen Snack zu holen oder eine Pause zu machen, um Fernsehen zu schauen und sich dann mit jemanden zu verquatschen. Das Studentenhaus war das Zuhause von fünf von ihnen: Lennox, Fran und Ryan, die zwanzig waren, sowie von einer älteren Studentin, Hattie. Gemma wohnte dort erst seit letztem August, verstand sich aber mit allen Mitbewohnern, besonders mit der geschiedenen Hattie, die mit ihren sechsundzwanzig Jahren die Matriarchin des Hauses war und den Putzplan aufgestellt hatte. Ohne Hattie wären die zwei Bäder, die Küche und das Gemeinschaftswohnzimmer chaotisch verschmutzt.

Während des Studiums weiterhin bei ihrer Mutter Sasha zu wohnen, wäre für Gemma niemals infrage gekommen. Sie brauchte die Freiheit, kommen und gehen zu können, wie es ihr passte, und bei unregelmäßigen Arbeitszeiten zu bleiben, um ihr Pensum zu bewältigen, ohne, dass Sasha sich um sie kümmerte oder sich über kleine Dinge Sorgen machte – wie etwa, ob ihre Tochter regelmäßige Mahlzeiten zu sich nahm oder es übertrieb – oder sie sie die ganze Zeit über ihr Leben ausfragte. Dazu kam, dass ihre Mutter auch vorwärtskommen musste. Sasha war selbst gerade erst fünfunddreißig, und weil sie mit Gemma schwanger geworden war, als sie noch zur Schule ging, und sich dazu entschlossen hatte, ihre Tochter allein großzuziehen, waren ihr viele Möglichkeiten entgangen, romantische eingeschlossen. Es war an der Zeit für sie, ihren eigenen Weg zu gehen. Sie standen sich zwar nahe – vermutlich näher als die meisten Mütter und Töchter –, aber getrennt zu wohnen, war für sie beide gesünder. Es verschaffte ihnen die Möglichkeit, unabhängig zu werden.

Gemmas Handy surrte und sie schaute aufs Display. Es war Sasha. Der Bus kam schwankend zum Stehen und sie warf einen Blick auf die Nachricht.

Habe dieses Outfit heute fertig bekommen. Möchte deine Meinung dazu.

Das Foto zeigte ihre Mutter, die unvorstellbar große Creolen-Ohrringe trug und deren Mähne aus weißblondem Haar hoch auf dem Kopf aufgetürmt war. Sie trug einen himmelblauen Jumpsuit, der ihrer kurvigen Figur schmeichelte. Mit ihrem makellosen Teint und ihren vollen Lippen sah sie kein Jahr älter aus als ihre Tochter. Gemma lächelte angesichts des Bildes. Ihre Mutter hatte keine Ahnung, wie schön sie war. Die Türen schnellten auf und Gemma hüpfte die Treppenstufen hinunter. Dabei tippte sie eine Antwort.

Du siehst klasse aus. Ich liebe den Jumpsuit. Kuss

Sie schulterte die schwere Tasche und schob das Handy hinein, in Gedanken bei Sasha. An manchen Tagen wusste sie nicht, wer von ihnen die Erwachsene in ihrer Beziehung war. In vielerlei Hinsicht waren sie eher beste Freundinnen als Mutter und Tochter.

Der Regen hatte die letzten Stunden zugenommen und es hatten sich Pfützen auf dem rissigen Asphalt gebildet, die unter dem Laternenlicht wie winzige schwarze Seen aussahen. Es platschte, als sie durch sie hindurchlief. Die Bibliothek tauchte düster und wenig einladend vor ihr auf. Sie könnte immer noch wieder in den Bus steigen und zurück zur East Avenue fahren, zu Hause arbeiten, vielleicht sogar in ihrem Bett, unter der Decke eingekuschelt, anstatt auf einem harten Stuhl an einem großen Tisch zu sitzen. Hinter ihr fuhr der Bus mit einem müden Zischen von dannen und sie seufzte; die Arbeit musste erledigt werden. Sie stopfte die Hände in die Manteltaschen und wünschte sich, sie würde Handschuhe tragen. Es war ein typischer, miserabler Herbstabend.

Die Steintreppen zur Bibliothek lagen vor ihr. Ihr Handy surrte wieder. Sie zog es heraus und las:

Hab dich lieb.

In ein paar Stunden würde ihre Mutter in der Bar in der Stadt sein. Jetzt, wo Gemma nicht mehr zu Hause wohnte, hatte die begabte Näherin Sasha angefangen, einer neuen Karriere nachzugehen. Von ihrer Tochter ermutigt, hatte sie sich etwas Startkapital zusammengespart, um ein neues Gewerbe zu gründen, und der Jumpsuit war ein Zeichen dafür, dass sie all das ernst nahm und eine Kollektion erstellte, die ihre Talente zur Geltung brachte.

In ihre Gedanken vertieft, hörte Gemma weder das leise Husten noch das leichte Knacken eines Deckels, der aufgeschraubt wurde. Sie war sich auch dem Schlurfen von Füßen nicht bewusst. Sie sah weder auf noch bemerkte sie irgendeine Bewegung, bis sich eine Gestalt aus den Schatten an der Seite des riesigen Gebäudes löste und auf sie zustürmte. Sie sah überrascht hoch, als sie das Geräusch und die Bewegung wahrnahm, schaute kurz auf die angehobene Hand, aber ihr Gehirn konnte das Gefäß mit Flüssigkeit nicht registrieren, bis diese ihr Gesicht traf. Als ihre Nerven vom Schmerz durchbohrt wurden und sie sich zuerst an die Wangen griff, dann an die Augen, verstand sie mit plötzlich einsetzender Klarheit, was passiert war: Jemand hatte ihr Säure ins Gesicht geschüttet. Furcht wand sich um ihr Herz und sie schrie aus Leibeskräften.

ZWEI

FREITAG, 16. NOVEMBER – ABEND

Die trockene Tasse quietschte leise zum Protest, als das Geschirrtuch wieder und wieder über seine Oberfläche rieb. DI Natalie Ward wiederholte die Aktion, während sie aus dem Küchenfenster auf die Straße sah. Selbst zu dieser späten Uhrzeit rollte der Verkehr vorbei, ein unaufhörliches Brummen, das bis in die Wohnung zu hören war. Das Samford-Revier lag nur wenige Minuten Fahrt die Straße hoch entfernt, was einer der Gründe für sie gewesen war, hierher zu ziehen. Die Arbeit! Sie war seit August nicht mehr dort gewesen. Drei entsetzliche, qualvolle Monate der Hölle, in denen sie mehr Tränen vergossen hatte, als sie jemals für möglich gehalten hätte. Es war erst zwanzig Uhr und viel zu früh fürs Bett. Selbst, wenn sie schließlich nachgeben und versuchen würde, zu schlafen, wusste sie, was sie erwartete: Albträume, in denen sie die Stunden kurz vor dem Mord an ihrer Tochter immer wieder durchlebte. Stunden, die niemals wieder zurückgedreht, und Folgen, die niemals mehr geändert werden konnten.

Sie wischte die Tasse ein letztes Mal von innen aus und stellte sie wieder auf die Küchenarbeitsplatte. Ihre Finger klebten am Porzellangriff, während sie gegen das Schuldgefühl ankämpfte, das sich um sie herum aufbauschte: ein unsichtbarer, sich langsam ausbreitender Nebel, der, wie gewöhnlich, bei ihren Füßen begann und ihren Körper hinaufstieg, bis er ihren Hals erreichte und sie sich selbst dazu zwingen musste, tief Luft zu holen, um nicht zu ersticken. *Zählen!* Die Psychiaterin hatte ihr diese Methode zur Selbstberuhigung beigebracht. Sie zählte langsam jeden Atemzug, bis sie zwanzig erreicht hatte. Der imaginäre Nebel ließ nach. Diesmal brannten ihr die Tränen nicht in den Augen. Sie machte Fortschritte. Das war auch notwendig. Ihr siebzehnjähriger Sohn Josh hatte ihr kurz zuvor geschrieben und gefragt, ob er das nächste Wochenende bei ihr verbringen könne. Im Augenblick lebte er noch bei ihrem getrennten Ehemann David in ihrem alten Haus, das zum Verkauf stand und bald – zusammen mit all den Erinnerungen an Leighs Leben dort – der Vergangenheit angehören würde.

Sie hielt ihre schweißbedeckten Hände unter das kalte Wasser und trocknete sie am Geschirrtuch ab, das sie an den Plastikhaken neben der Spüle gehängt hatte. Die Wohnung war funktional und überhaupt nicht gemütlich, erfüllte aber einen Zweck. Sie verschaffte ihr ein Dach über dem Kopf und ermöglichte ihr, vom Zuhause ihrer Familie in Castergate fernzubleiben – einem Ort, der voller quälender Erinnerungen war. Sie gab ihr den Raum, den sie brauchte, um allein zu trauern, und half ihr, die Realität anzunehmen. Natalies Ehe mit David war schon lange, bevor Leigh und ihre beste Freundin Zoe ermordet worden waren, am Ende gewesen, danach allerdings völlig zerbrochen, und David hatte ihr den Rücken gekehrt. Seine Verachtung für sie tat ihr nicht mehr weh. In gewisser Weise konnte sie nichts anderes erwarten; schließlich hatte sie entschieden, ihn für Mike Sullivan – Davids besten Freund und Leiter der Forensik im Samford-Revier – zu verlassen. Dann aber war Leigh ermordet worden und Natalies Pläne verwarfen sich. Davids Laster des Lügens und Spielens schienen im Vergleich zu ihren in Bedeutungslosigkeit zu verblassen. Sie hatte versagt, Leigh oder Zoe zu retten, und das war unverzeihlich.

Das Schwierigste daran waren die Auswirkungen, die es auf Josh gehabt hatte. Er hatte zu Anfang auf der Seite seines Vaters gestanden und sie für den Zusammenbruch der Familie sowie dafür, die Morde nicht verhindert zu haben, verantwortlich gemacht. Es war hart und extrem schmerzhaft gewesen, dass er sich ihr und ihrer Liebe entzogen hatte. Eine Trennung der Eltern war für ein Kind schwer zu verkraften, aber wenn sie zeitgleich zum Verlust eines Geschwisterteils geschah, war es weitaus schlimmer, und er hatte es nicht verdient, auf diese Art bestraft zu werden. Allerdings hatte er sie überrascht. Er hatte sich von ihnen beiden zurückgezogen, seinen Ferienjob bei McDonald's allerdings behalten und mit dem College wie geplant Anfang September begonnen. Nach außen hin schien er besser zurechtzukommen als David und sie, und Natalie vermutete, dass es zum Teil an seinen neuen Freunden lag und an seiner Freundin Pippa, die er im August kennengelernt hatte, als er mit Leigh, ihrem Großvater Eric und dessen Freundin Pam im Urlaub gewesen war.

Über die Wochen hinweg hatte sich Joshs Einstellung geändert, und er hörte auf, sie für die Trennung oder den Tod seiner Schwester verantwortlich zu machen. Eric allerdings, Davids Vater, hatte nach wie vor mit der Situation zu kämpfen, und David selbst lehnte immer noch jeglichen Umgang mit ihr ab. Zoes Eltern – Rowena und Patrick Keighley – sprachen auch nicht mehr mit ihr. Sie war ausgeschlossen worden. Ohne die Unterstützung durch ihre Arbeitskollegen und Mike wäre sie untergegangen.

Der Regen prasselte gegen das Fenster, ein schwacher Rhythmus aus großen Tropfen, die das Glas hinunterrannen und die Umrisse der Fahrzeuge auf der Straße verzerrten. Dumpfes Lachen drang zu ihr durch. Sie hatte den Fernseher im Wohnzimmer eingeschaltet gelassen, um Gesellschaft zu haben, hatte aber keine Ahnung, was gerade lief. Jede Sendung rauschte in letzter Zeit an ihr vorbei, genau wie das Leben. Anfangs hatte es viel zu organisieren gegeben und das Medienecho hatte sie beschäftigt gehalten, ebenso die endlosen Vorbereitungen: die Beerdigung, der Umgang mit den Verwandten, Freunden und Behörden; dann später, als Leigh und Zoe Seite an Seite auf dem Friedhof von Castergate beigesetzt worden waren, musste sie sich um Leighs persönliche Dinge kümmern. Das Haus stand zum Verkauf und weder sie noch David wollten, dass Fremde die Besitztümer ihrer Tochter betrachteten. Diese waren wichtig geworden – als einzige Erinnerungen an das Leben ihrer schönen Tochter. Sie hatten alles, an dem Leigh gehangen hatte, in Kisten gepackt, um es zu einem späteren Zeitpunkt auszupacken, wenn sie emotional und leibhaftig weitergezogen waren. Es hatte so viel gegeben, mit dem sie sich hatte befassen müssen – das Aufräumen des Lebens einer Person verschlang Zeit und brach einem das Herz, und hatte jeden Gramm emotionaler Energie aus ihr gesogen.

Sie blickte auf den silbernen kreisrunden Rahmen auf dem Küchenfensterbrett, in den Leighs Name eingraviert war und von dem ein silbernes Herz mit einem großen eingesetzten Kristall baumelte. Sie brauchte kein Kristallherz, um an ihre Tochter erinnert zu werden. Leigh würde ihr für immer in Herz und Seele eingeschlossen sein. Eine einzelne Träne bahnte sich ihren Weg durch ihre Wimpern und rann ihr die Wange hinunter, und sie ließ sie, das Gesicht hinunterkitzelnd, laufen. Schließlich wischte sie sie sich vom Kinn und beschloss, sich nicht weiter selbst zu quälen. Drei Monate waren seit dem Mord an Leigh vergangen und Natalie könnte entweder weiterhin Urlaub aus familiären Gründen nehmen oder zur Arbeit zurückkehren. Sie wog die Entscheidung noch einmal ab, dachte an Josh, der mit seinem Leben weitermachte, erinnerte sich daran, wer sie vor all dem gewesen war, und entschied, nicht für immer in diesem Schwebezustand verweilen zu können.

Sie griff nach ihrem Handy und wählte die Privatnummer von Superintendent Dan Tasker. Er war über die Störung am Abend nicht verärgert. Seine Stimme klang gedämpft und besorgt.

»Hi, Natalie. Wie geht es Ihnen?«

»Es geht mir gut, danke. Ich rufe nur an, um zu sagen, dass ich wieder bereit bin, zur Arbeit zurückzukehren.«

Dan antwortete nicht sofort, und sie konnte sich sein markantes Gesicht vorstellen, wie er die Augenbrauen zusammenkniff, während er über ihre Worte nachdachte. Zu Anfang, als er früher im Jahr die Stelle von Aileen Melody übernommen hatte, war es zwischen ihnen schwierig gewesen. Sie hatte sich aber bewiesen und wusste, dass er sie weder ausfragen noch versuchen würde, sie davon abzubringen. Er hatte bereits herausgefunden, wie zielstrebig sie sein konnte. »Okay. Gut. Ich weiß, dass Sie vermisst wurden.«

Dan war auf Leighs Beerdigung gewesen und hatte sie ein paar Mal in ihrer Wohnung besucht, um ihr Unterstützung anzubieten. Es war unwahrscheinlich, dass sie gute Freunde werden würden, aber er schien sie zu respektieren und das reichte fürs Erste.

»Wie bald möchten Sie zurückkommen?«, fragte er.

»Sobald ich gebraucht werde.«

»Ist notiert. Ich erwarte Sie dann Montagmorgen.«

»Jawohl.«

Sie legte auf und starrte wieder aus dem Fenster. Der Regen hatte aufgehört und das Bild draußen war jetzt klarer. Sie beobachtete, wie rote Schlusslichter in der Ferne verschwanden. Es war erledigt. Sie war Joshs Beispiel gefolgt und würde ihr Leben wieder auf die Reihe kriegen. Die Arbeit würde ihr dabei helfen. Sie vermisste die Kameradschaft und ihr Team: jede einzelne Person, die sie gut kennengelernt hatte, die Herausforderungen, die sie zusammen angegangen waren, und die Scherze zwischen ihnen. Wieder zurückzukehren, war die richtige Entscheidung.

Ihr Handy surrte. Es war Josh.

»Hi, Mum.«

»Hi.«

»Ich weiß, dass ich gesagt hatte, dass ich erst nächstes Wochenende bei dir verbringen möchte, aber kann ich schon morgen kommen?«

»Natürlich kannst du das. Soll ich dich abholen?«

»Nein, ich arbeite morgen. Ich nehme den Bus. Wir sehen uns gegen sechs.«

»Okay. Dann bis um sechs. Josh, ist alles in Ordnung?«

Sein Zögern war Antwort genug. Etwas beunruhigte ihn.

»Magst du darüber reden?«

»Vielleicht morgen.«

»Okay.« Sie hütete sich davor, ihren Sohn zu etwas zu drängen. Er war während der letzten paar Monate schnell erwachsen geworden, und wenn er Probleme hatte, die er mit ihr besprechen wollte, würde er das tun, wenn er dazu bereit war.

»Bis dann«, sagte er.

»Hab dich lieb«, erwiderte sie aufrichtig. Sie war stolz auf ihn und wollte ihn wissen lassen, wie viel er ihr bedeutete. Sie wünschte sich, dass sie Leigh das Gleiche sagen könnte: dass sie sie mit jeder Faser ihres Herzens liebte. Der Handybildschirm wurde dunkel und sie fühlte sich eine Sekunde lang verloren. Dann legte sie das Telefon auf den Tisch und ging in das kleine Gästezimmer, um es für Josh vorzubereiten. Es würde sie beschäftigt halten.

Eine Stunde später hatte sie das Zimmer geputzt, das Bett zurechtgemacht und geduscht. Sie wusste wieder einmal nichts mit sich anzufangen, war weder in der Lage, sich hinzusetzen und fernzusehen, noch müde genug, um schlafen zu gehen. Es war erst Viertel nach neun, also nahm sie einen Roman mit ans Bett und schlug ihn auf. Sie blieb im ersten Kapitel hängen, und obwohl sie die ersten paar Absätze wieder und wieder las, wusste sie noch immer nicht, was in ihnen stand. Nach ein paar Versuchen gab sie auf und legte das Buch auf den Nachttisch, lehnte sich ins Kissen zurück und starrte auf den Wasserfleck an der Decke. Es war wie in fast jeder Nacht. Sie hatte schon immer Probleme gehabt, einzuschlafen, aber jetzt war es beinahe unmöglich für sie, einzudösen. Dennoch würde sie sich nicht auf Medikamente als Hilfe verlassen. Sie würde nicht von irgendwas oder irgendwem abhängig werden. *Was ist mit Mike?* Mit ihrer Beziehung in der Warteschleife hatten sie kaum Gelegenheit, herauszufinden, was sie wirklich füreinander empfanden. Für den Augenblick war Mike ein sehr guter Freund.

Sie streckte den Arm und schaltete das Licht aus, dann machte sie es sich wieder bequem. Sie schloss die Augen und hoffte, die Entspannung würde schließlich eintreten. Der Trick bestand darin, ihren Verstand lange genug auszuschalten, damit ihr Gehirn getäuscht und zum Schlafen gebracht wurde. Sie stellte sich einen dunklen Tunnel vor, auf den sie geistig zutapste. Sie konzentrierte sich auf die Dunkelheit und bewegte sich weiter in den Tunnel hinein, bis zu dem Punkt, an dem nichts als Schwärze war und es keinen Platz für andere Gedanken gab. Sie ging tiefer und tiefer hinein, ihre Glieder fühlten sich langsam schwer und entspannt an. Sie trieb ... dann riss sie das Läuten ihres Handys schlagartig wieder ins volle Bewusstsein. Sie griff nach dem Smartphone und spähte auf den Bildschirm. Es war Dan Tasker.

»Natalie, können Sie sofort zurück zur Arbeit kommen?«

»Klar.« Sie war schon halb aus dem Bett und wartete auf die Anweisungen.

»Es hat einen Säureangriff auf eine junge Frau vor der Bibliothek der Samford University gegeben.«

»Wie schlimm ist es?«

»Sie ist direkt vor Ort verstorben. Wir wissen nicht genau, wie. Vielleicht war es ein Herzstillstand oder der Schock oder die Auswirkungen der Verbrennungen. Wir müssen abwarten, was der Rechtsmediziner sagt. Was halten Sie davon, die Ermittlungen zu leiten?«

»Ich bin bereit.«

»Wenn Sie mich dann hier vor der Bibliothek treffen könnten, sorge ich dafür, dass Ihr Team kontaktiert wird und darüber Bescheid weiß, was passiert.«

»Ich bin in zehn Minuten da.«

Sie warf das Telefon aufs Bett und wühlte im Kleiderschrank nach passender Kleidung. Als sie sich angezogen hatte, hielt sie an der Eingangstür zu ihrer Wohnung inne. War es zu früh, um zur Arbeit zurückzukehren? Würde sie in der Lage sein, diese Ermittlungen zu leiten? Sie schüttelte die Zweifel ab. Das war, was sie brauchte. Darin war sie gut. *Aber nicht immer gut genug.* Sie brachte die quälende Stimme in ihrem Kopf zum Schweigen und hechtete nach draußen.

DREI

FREITAG, 16. NOVEMBER – SPÄTER ABEND

Blaue Blinklichter prallten von den braunen Backsteinmauern des massiven Gebäudes am Ende der Fußgängerzone ab, das jetzt abgesperrt war. Die Polizei hatte jegliche Zuschauer weggescheucht, sodass der Bereich nun frei war von Personen, die nicht mit den Notdiensten in Verbindung standen. Natalie stellte sich vor und bekam ein höfliches »Ma'am« zurück. Seine Augen sagten mehr. Sie war bestens bekannt – ihr Gesicht war zusammen mit dramatischen Überschriften überall in den Zeitungen abgedruckt gewesen: TOCHTER DER LEITENDEN ERMITTLERIN WURDE ERMORDET! Sie duckte sich unter der Polizeiabsperrung hindurch. Ein Zelt und mehrere Lampen waren in der Nähe der Bibliothek aufgestellt worden und Mitarbeiter von der Spurensicherung suchten bereits den Bereich in der Nähe ab. Sie erblickte Dan, der sich mit Mike unten vor der Treppe der Bibliothek unterhielt, und ging direkt auf die Männer zu.

Mike schenkte ihr ein zartes Lächeln. »Ich habe gehört, dass du wieder die Zügel in der Hand hast.«

Sie nickte. In seiner Stimme lag kein Ärger darüber, dass sie ihm nicht von ihrer Entscheidung erzählt hatte. Er hatte bereits gewusst, dass sie überlegt hatte, zurückzukehren, und war sehr dafür gewesen ...

———

Sie führt das Weinglas an die Lippen. Es ist das erste Glas seit drei Monaten und es hinterlässt einen sauren Nachgeschmack. Der Pub ist ruhig und Mike ist mit ihr ausgegangen, um sie daran zu erinnern, dass sich die Welt weiterdreht und sie immer noch einen Platz darin hat. Seine Augen sind auf sie gerichtet — helle, wachsame Augen, die Empathie und Verständnis versprühen. Er hat eine fünfjährige Tochter, die ihn von ganzem Herzen liebt und die er nur hin und wieder zu sehen bekommt. Er versteht zum Teil den Schmerz, den sie verspürt, und war in den letzten Wochen ihr Fels in der Brandung. Er stellt sein Pint-Glas auf den fleckigen Papp-Bieruntersetzer, auf dem Werbung für ein besonderes Weihnachtsbier gemacht wird, und beginnt zu sprechen.

»Es war eine Scheißzeit für dich, aber wenn du nicht bald zur Arbeit zurückkehrst, wirst du vergessen, wer du bist.«

»Was meinst du?«

Er seufzt. »Ich möchte nicht unhöflich sein, aber du veränderst dich, ziehst dich von Tag zu Tag immer ein klein wenig mehr in dich selbst zurück. Ich mache mir Sorgen, dass du, wenn du nicht bald zurückkommst, nicht mehr in der Lage dazu sein wirst.«

Sie hält ihren Blick gesenkt. Er hat den Nagel auf den Kopf getroffen. Sie ist sich absolut bewusst, dass sie die Rückkehr zur Arbeit aufschiebt. Dan hat ihr gesagt, sie solle sich so viel Zeit nehmen, wie sie für notwendig hält, und anfangen, wenn sie so weit ist. Jetzt ertappt sie sich allerdings dabei, Zeit zu verschwenden, in Geschäften herumzulaufen, sich Kleidung anzusehen, die Leigh gemocht hätte, oder Zeit auf dem Friedhof zu verbringen, einfach vor dem Grab zu sitzen. Sie weiß auch, warum.

Hätte sie früher herausgefunden, wer hinter den Entführungen der Blossom-Zwillinge gesteckt hatte, hätte sie das Leben ihrer Tochter retten können. Der Mörder war die ganze Zeit direkt vor ihren Augen gewesen.

Mike liest ihre Gedanken. »Es war nicht dein Fehler. Sogar Tasker hat sich bei ihm geirrt. Er hat uns alle zum Narren gehalten.« Er weiß, dass es besser ist, den Namen des Mannes, der ihre Tochter und Zoe getötet hat, nicht zu erwähnen. Sie möchte nie wieder hören, wie ihn jemand ausspricht. Der Mörder sitzt hinter Gittern, aber ihrer Meinung nach ist die Strafe nicht genug für den Schmerz, den er ihnen allen zugefügt hat, und all den anderen Familien, deren Kinder er vor Leigh und Zoe ermordet hat. Er tötete insgesamt neun Mädchen auf brutale Weise – neun Kinder, deren Leben verkürzt wurden und deren Familien für immer mit dem Verlust leben werden müssen.

»Ich habe die Ermittlungen geleitet.«

»Ohne deine Beobachtungsgabe hätten wir ihn nie gefunden.«

»Da war es schon zu spät, Mike.«

»Ich weiß. Du hast einen hohen Preis dafür bezahlt, aber absolut nichts falsch gemacht. Du hast in Rekordzeit die Fakten ausgewertet und das Ergebnis bekommen. Du bist eine ausgezeichnete Ermittlerin. Wenn du daran zweifelst, hör bitte sofort damit auf.«

Sie schenkt ihm ein schwaches Lächeln. »Du kennst mich zu gut.«

»Nein, ich fange erst an, dich gut zu kennen. Gib mir etwas Zeit.«

»Ich bin mir nicht sicher, ob ich zur Leitung einer weiteren Mordermittlung bereit bin. Ich habe Angst, es wieder zu vermasseln.«

»Du hast es nicht vermasselt, also zählt das Argument nicht.«

»Ich habe den Glauben an mich verloren. Vielleicht ist es an

der Zeit für mich, das Handtuch zu werfen und etwas anderes auszuprobieren.«

»Was zum Beispiel?«

»Ich weiß es nicht.«

»Natalie, du hast nie etwas anderes als Polizeiarbeit gemacht. Du hast dich hochgearbeitet. Du bist für eines der renommiertesten Reviere des Vereinigten Königreichs tätig, weil du eine der Besten bist. Wenn du deine Arbeit nicht gut machen würdest, hätte man dich gebeten, zurückzutreten. Die Psychiaterin hat dich als arbeitstauglich befunden. Tasker hätte dich gern zurück. Das Team genauso, und du ... nun, du musst dich wieder auf einen Fall konzentrieren. Dich in etwas stürzen, das dir Selbstwertgefühl gibt. Das ist der einzige Weg.«

Sie führt das Glas wieder an die Lippen, nippt am Wein und hebt dann den Pappdeckel hoch, der einen eigenartigen Geruch nach abgestandenem Bier oder Malzbier mit sich bringt. »Wenn dieser Bierdeckel mit dem Bild nach oben landet, werde ich zurücktreten und nach einer anderen Tätigkeit suchen. Wenn er mit dem Markennamen oben landet, kehre ich zurück aufs Revier. Das Universum kann darüber entscheiden.« Sie balanciert den Deckel auf der Kante und wirbelt ihn herum. Er dreht sich um seine eigene Achse und landet auf dem Tisch. Das Bier-Logo ist sichtbar. »Sieht so aus, als hätten du und der Bierdeckel gesprochen.«

Seine Augenwinkel bilden charmante Fältchen, während er lächelt. »Ich denke, es wird dir guttun, zurückzukommen, und außerdem hat das Universum immer recht.«

»Ich werde weiter darüber nachdenken und mich dann bei Dan melden.«

Ihre Hand liegt auf dem Tisch und er legt seine darüber, drückt ihre leicht. »So kenne ich dich «, sagt er.

———

»Gut, Sie wieder zurückzuhaben.« Dans weicher walisischer Akzent tropfte wie flüssiger Honig und brachte sie zum Lächeln.

Sie ließ sich nicht von seiner Herzlichkeit täuschen. Er konnte sie im Handumdrehen abschalten, wenn die Dinge nicht nach seiner Vorstellung liefen. Sie würdigte ihn mit einem respektvollem »Sir« und wartete auf weitere Informationen.

»Bei dem Opfer handelt es sich um die neunzehnjährige Gemma Barnes. Dem Ausweis aus ihrer Tasche zufolge, war sie eine Sprachstudentin hier an der Universität. Es gibt anscheinend keine Zeugen für den Angriff. Wir können jedoch annehmen, dass er sich irgendwann gegen halb acht ereignet hat, als ihre Leiche entdeckt wurde.« Er reichte ihr einen Beweisbeutel aus Plastik, in dem sich der Studentenausweis des Mädchens befand. Das Portraitfoto zeigte Gemma als eine Schönheit mit blauen Augen, blonden Haaren, hohen Wangenknochen, vollen Lippen und einem glücklichen Lächeln.

»Wer hat sie gefunden?«, fragte Natalie.

»Eine der Dozentinnen – Dr. Alex Fletcher, eine Wissenschaftlerin. Sie fährt gewöhnlich mit dem Fahrrad auf diesem Weg nach Hause. Sie hat den Rettungsdienst gerufen. Sie ist sich sicher, dass Gemma noch gelebt hat, als sie sie fand, aber als die Sanitäter eintrafen, war sie tot.«

»Wurden ihre Eltern verständigt?« Natalie war sich nicht sicher, ob sie sich in der Lage fühlte, einem Elternteil eine solch schreckliche Nachricht zu überbringen. Das wäre vielleicht ein Schritt zu schnell.

»Dafür ist gesorgt. Ihr Team ist benachrichtigt und auf dem Weg, und Pinkney Watson ist im Zelt und untersucht das Opfer. Ich überlasse es nun Ihnen. Sollten Sie aber etwas mit mir besprechen oder zu egal welcher Zeit mit mir reden wollen, rufen Sie mich an oder schauen Sie oben vorbei.«

»Vielen Dank, Sir.«

Dan nickte kurz und ging dann davon, ließ sie mit Mike zurück.

»Bravo!«, sagte er.

»Wofür?«

»Dafür, die richtige Entscheidung getroffen zu haben.«

»Danke, dass du mir dazu verholfen hast. Obwohl ich mir immer noch nicht sicher bin. Nur die Zeit wird zeigen, ob es die richtige war oder nicht. Es fühlt sich ... na ja, du verstehst schon.«

»Es muss sich seltsam anfühlen. Du wirst bald wieder Fuß fassen. Du brauchst das, Nat, und es ist die richtige Entscheidung.«

Sie hielt seinem Blick stand und schöpfte Kraft aus seiner Stärke. Sie hatte bis zu diesem Augenblick nicht erkannt, wie sehr sie seine Freundschaft und Unterstützung brauchte. Hier zu sein, erinnerte sie an das letzte Mal, als sie zusammen an einem Tatort gewesen waren – dem ihrer Tochter. Sie schluckte schwer. »Okay, was kannst du mir berichten?«

»Das Opfer wurde hier auf der rechten Seite zusammengerollt aufgefunden, obwohl ihre Tasche, in der Bücher, Laptop und Mitschriften waren, dort drüben lag«, sagte er und zeigte auf eine etwa einen Meter vom Zelt entfernte Markierung. »Da sind Schleifspuren im Kniebereich ihrer Jeans und Partikel von etwas, das Sand zu sein scheint, die sich auch auf der Rückseite ihres Mantels befinden.«

»Und die Frau, die sie gefunden hat?«

»Dr. Fletcher. Sie ist mit einem Officer in der Bibliothek. Sie hat Gemma am Boden liegen sehen und angehalten, um sich zu erkundigen, ob es ihr gut gehe. Ihr wurde sofort klar, was passiert war, und hat den Rest Wasser aus ihrer Flasche über Gemmas Gesicht geschüttet, um die Säure abzuspülen, bevor sie ihren Puls gemessen hat. Sie hat den Rettungsdienst gerufen, während sie in die Bibliothek gerannt ist, um mehr

Wasser und Hilfe zu holen. Als sie wieder zurückkam, war es zu spät. Gemma war gestorben.«

Säureattentate nahmen im Vereinigten Königreich immer mehr zu, aber dieses war das erste, mit dem Natalie es zu tun hatte. »Gab es keine Zeugen bei dem Angriff?«

»Nein, und es gibt auch kein Überwachungsmaterial, weil die Kamera nicht läuft. Sie ist seit über einem Monat kaputt und wartet darauf, repariert zu werden. Anscheinend fehlt es der Uni an finanziellen Mitteln. Auch, wenn sie von allen Bürgern genutzt werden kann, liegt die Bibliothek auf dem Universitätsgelände.«

Natalie betrachtete das imposante Gebäude. Es gab mehrere Fenster mit Blick auf den Campus. »Hat denn niemand etwas von drinnen gesehen?«

»Es hat sich keiner gemeldet, aber wir haben von allen Anwesenden Namen und Kontaktdaten aufgenommen, damit ihr es noch einmal probieren könnt. Ich war schon drinnen; die Fenster sind ziemlich hoch und die Arbeitsplätze in der Mitte oder ganz am Ende jedes Raumes positioniert. Es ist unwahrscheinlich, dass irgendwer einen Aufruhr draußen mitbekommen hat.«

»Aber sie hätten sicherlich Schreie gehört?«

»Es ist ein altes Gebäude mit dicken Mauern und überraschend lärmgeschützt.«

»Mist! Was ist mit Beweismitteln hier draußen?«

»Nicht viel, was uns weiterbringen würde. Abgesehen von Gemmas Tasche haben wir nicht viel entdeckt. Wir haben auch den Behälter nicht gefunden, in dem die Säure war. Es ist möglich, dass ihn der Angreifer mitgenommen hat.«

»Oder ihn in der Nähe weggeworfen hat.«

»Wir werden natürlich danach suchen.«

Natalie sah sich um. Der nächste Parkplatz lag auf der Rückseite des Gebäudes. »Wie ist sie hierhergekommen? Gefahren? Zu Fuß?«

»Ich gehe davon aus, dass sie kein eigenes Fahrzeug besitzt, weil in ihrer Tasche keine Autoschlüssel waren und in ihrem Portemonnaie kein Führerschein. Es kann sein, dass sie gelaufen ist, eine Mitfahrgelegenheit hatte oder den Bus genommen hat, der über den Campus fährt.«

»Ich werde das überprüfen. Irgendetwas anderes?«

»Wir haben ihren Laptop und ihr Handy ins Labor geschickt. Da war eine Nachricht drauf, die sie um Viertel nach sieben beantwortet hat. Sie war von ihrer Mutter. Es scheint keinen Eintrag für ›Dad‹ zu geben, falls das weiterhilft.«

»Eine Alleinerziehende also.«

»Sieht so aus.«

Natalie nickte. »Ich bin bereit, sie zu sehen.«

»Bist du dir sicher? Es ist kein schöner Anblick.«

»Es ist nicht mein erstes Opfer.«

Sein Gesicht wurde noch ernster. »Es ist erst drei Monate her. Ich möchte, dass du dir absolut sicher bist, dass es für dich machbar ist. Es gibt andere Fälle, andere Leute. Was ich sagen will, ist, dass du diese Ermittlungen nicht übernehmen musst, wenn du noch nicht bereit dafür bist.«

»Ich verstehe, dass du versuchst, mich zu beschützen. Ich muss das tun. Es ist meine Arbeit.« Sie atmete tief ein, straffte die Schultern und bereitete sich darauf vor, loszugehen.

Er drückte schnell ihre Hand. »Ich muss dich warnen ... es ist schlimm. Ihre Haut ist in Teilen geschmolzen und ihr Wangenknochen hat sich aufgelöst.«

»Es ist okay, Mike. Ich schaffe das.« *Wirklich?*

»Wir müssen die Säure noch bestimmen. Könnte sich um Schwefel-, Salpeter- oder Salzsäure handeln.«

»Und alle sind leicht erhältlich. Hast du irgendeine Idee, wer den Anschlag verübt haben könnte?«

Er zuckte mit den Schultern. »Zu viele Möglichkeiten. Es könnten vielerlei Gründe dahinterstecken: Wut darüber, sexuell abgelehnt worden zu sein, Eifersucht, persönlicher Streit.«

Nur, indem sie mehr über die junge Frau erfuhr, würde Natalie herausfinden können, weshalb ihr das auf diese Weise angetan worden war. Als sie die Umgebung weiter betrachtete, fielen ihr zwei ihrer Teammitglieder auf – DS Murray Anderson und DS Lucy Carmichael. Die Kollegen waren eng befreundet, kannten einander seit Jahren, lange bevor sie bei der Polizei angefangen hatten und gemeinsam in Samford gelandet waren. Murray war mit Lucys bester Freundin Yolande verheiratet und hatte sogar eine Samenspende abgegeben, damit Lucy und ihre Partnerin Bethany Eltern werden konnten. Das Baby Aurora war vor zwei Monaten geboren. Natalie hatte es noch nicht geschafft, das Kind zu besuchen, das zu einer Zeit auf die Welt gekommen war, als Natalie mit der Tatsache kämpfen musste, dass ihre eigene Tochter sie verlassen hatte.

Ihr Herz schlug schneller und einen Augenblick lang wusste sie nicht, wie sie sich verhalten oder was sie sagen sollte. Murray hatte in Australien Urlaub gemacht, als Leigh ermordet worden war, war aber für die Beerdigung zurückgekommen. Sie hatte seitdem kaum mit ihm gesprochen, und obwohl sowohl Murray als auch Lucy wussten, dass sie jetzt in der Nähe des Reviers lebte, hatten sie ihr bisher keinen Besuch abgestattet, auch wenn sie sie bei Gelegenheit angerufen hatten. Sie hoffte, ihr Aufeinandertreffen würde nicht unangenehm sein. Sie leitete diese Ermittlungen und musste stark und effizient wirken. *Du kannst das. Atme tief ein.* Sie bereitete sich darauf vor, sie zu begrüßen, wie sie es getan hätte, wenn sie nicht die letzten Monate abwesend gewesen wäre. Doch sie hätte sich keine Sorgen zu machen brauchen. Sie hatten sich offenbar für das Gleiche entschieden.

»Hi, Natalie. Freut mich, wieder mit Ihnen zusammenzuarbeiten«, begrüßte Murray sie sachlich und mit einem warmen Lächeln.

»Danke, Murray. Aber ich glaube, inzwischen können wir zum Du wechseln, meinst du nicht?«

Lucy, die nur ein wenig kleiner als ihr 1,83 Meter großer breitschultriger Kollege war, nickte ihr zu und sagte: »Mich freut es auch. Ich bin wirklich froh, dass du wieder zurück bist. Wir wissen, wie schwer es für dich war ...«

Natalie unterbrach sie mit einem leichten Kopfschütteln. Sie wollte es ihrem Team nicht schwer machen. Sie hatten mit ihr gelitten und verstanden die Tiefe ihrer Trauer. Nun aber war sie wieder ihre Chefin und musste zeigen, dass sie immer noch mit klarem Kopf die Leitung übernehmen konnte. »Danke.« Sie hielt inne und überlegte, ob sie noch etwas anfügen sollte, befand es dann aber als überflüssig. Sie waren alle hier, um sich auf die Ermittlungen zu konzentrieren. »Wir haben ein Opfer eines Säureattentats, Gemma Barnes, Studentin an der hiesigen Universität. Im Augenblick wissen wir nicht, warum sie angegriffen wurde. Murray, kannst du mit Dr. Alex Fletcher sprechen? Sie hat Gemma gefunden und wartet in der Bibliothek. Finde heraus, welcher Officer die Aussagen von all jenen aufgenommen hat, die zur Zeit des Angriffs in der Bibliothek waren. Wir werden noch einmal mit diesen Leuten sprechen müssen, selbst wenn sie denken, sie hätten nichts gesehen oder gehört. Ich werde mir gleich Gemma ansehen.«

»Ich komme mit«, sagte Lucy. Natalie war froh über ihre Gesellschaft. Die letzte Leiche, die sie gesehen hatte, war die ihres Kindes gewesen. *Du schaffst das. Atme tief ein.* Lucy hob die Zeltklappe an und folgte Natalie in den kleinen Raum.

Pinkney Watson, der Rechtsmediziner, hockte auf den Knien und war gerade dabei, seine Instrumente zurück in den Koffer zu legen. Natalie entdeckte graue Stellen in seinem Haar, die das Licht auffingen und die sie noch nie zuvor bemerkt hatte. Er seufzte traurig, als er die Hand des toten

Mädchens tätschelte. Das war einer der Gründe, weshalb sie Pinkney mochte. Er war nicht nur ein ausgezeichneter Pathologe, er behandelte auch alle Opfer wie Patienten.

»Absolut schrecklich«, sagte er an niemanden Bestimmtes gewandt. Sein Blick war weiterhin auf das Mädchen gerichtet.

Pinkney war ledig und Ende fünfzig. Er teilte sich sein viktorianisches, dreistöckiges Haus in Samford mit zwei Ägäischen Katzen und liebte Spaziergänge sowie die Natur, weshalb er oft mit seinem hellgrünen VW-Wohnmobil aus den Sechzigern, namens Mabel, verreiste. Gewöhnlich scherzten Lucy und er miteinander, heute aber stand ihm nichts als Sorge im Gesicht.

»Mir ist vollkommen unverständlich, wie ein Mensch einem anderen so etwas Grauenvolles antun kann«, sagte er. »Sie muss vor ihrem Tod ungeheuer gelitten haben. Könnt ihr euch vorstellen, wie es ist, die eigene Haut verbrennen zu spüren, das Augenlicht zu verlieren und das Gefühl zu haben, als würden einem die Ohren schmelzen? Und der Geruch! Das arme Mädchen!« Es war untypisch für den Mann, emotional zu werden, und Lucy legte ihm freundlich eine Hand auf die Schulter. Er schniefte. »Tut mir leid. Ein unprofessioneller Gefühlsausbruch. Es war ein langer Tag.«

»Du brauchst dich nicht zu entschuldigen«, sagte Natalie.

Er nahm sie zum ersten Mal richtig wahr und seine stechenden blauen Augen musterten ihr Gesicht. »Ah, Natalie. Ich hatte nicht damit gerechnet, dich schon wiederzusehen.«

»Ich konnte es nicht aushalten, noch einen Tag länger zu Hause herumzusitzen. Ich habe euch alle vermisst«, antwortete sie.

»Wir haben dich auch vermisst. Ich auf jeden Fall. Ich habe dir keinen Besuch abgestattet, weil ich dir Raum geben wollte. Du hattest schon genug um die Ohren, ohne dass dieser alte tollpatschige Dummkopf vor deiner Tür auftaucht.«

Pinkney hatte sie zwar nicht besucht, ihr aber zu drei

verschiedenen Gelegenheiten Blumen und eine Karte mit einer aufmerksamen Botschaft geschickt, die sie tief berührt und zum Weinen gebracht hatte.

»Du bist weder tollpatschig noch ein Dummkopf und hast mehr als genug getan. Ich habe deine Freundlichkeit zu schätzen gewusst.«

Er winkte den Dank ab. »Das Mindeste, was ich tun konnte. Wie auch immer, das hier, es tut mir leid, es sagen zu müssen, ist Gemma Barnes.« Er wandte sich wieder der Leiche auf dem Boden zu.

Das Mädchen, das vor ihr lag, ähnelte nicht der selbstbewussten jungen Frau auf dem Ausweisfoto. Die Säure hatte nicht nur die Gesichtshaut aufgelöst, sondern ihr rechtes Ohr und Auge zum Schmelzen gebracht sowie einige ihrer Haare weggebrannt und kaum mehr als einen entstellten Kopf zurückgelassen. Sie trug einen Wollmantel, doch der Kragen war mit der Haut am Nacken eins geworden, was sie furchtbar schaurig aussehen ließ. Natalie hockte sich hin und suchte nach Merkmalen, die sie daran erinnern würden, wer diese Person einmal gewesen war. Ihr Blick fiel auf die eleganten Finger des Mädchens, die gepflegten zartrosa lackierten Nägel und den Silberring am Zeigefinger ihrer rechten Hand. Natalie schloss die Augen und stellte sich das Mädchen so vor, wie es gewesen war, dann verdrängte eine Vision von Leigh das Bild und sie stand mit in der Brust aufsteigender Panik auf. Sie blinzelte sie weg. *Atme tief ein.* Es brachte nichts, sie konnte diese zerstörte Hülle nicht länger betrachten. »Ich habe genug gesehen«, sagte sie und tauchte wieder nach draußen. Ein Regenschauer hatte eingesetzt und berieselte das Pflaster mit winzigen Tröpfchen. Ihr Brustkorb hob und senkte sich, während sie bewusst ein- und ausatmete, ihr rasendes Herz zu beruhigen versuchte. Lucy und Pinkney verließen das Zelt ebenfalls und stellten sich, anscheinend ohne ihre plötzliche Panik bemerkt zu haben, neben sie.

Pinkney räusperte sich. »Ich glaube, sie ist an einem Kreislaufschock gestorben. Ein solcher Angriff, so grausam er auch war, hätte nicht ausgereicht, um sie zu töten. Ich kann mir vorstellen, dass der auf den Angriff folgende Schock ihren Blutdruck schnell hat abfallen lassen, was zu einer Hypoperfusion der Organe geführt hat, einfacher gesagt, einer Mangeldurchblutung lebenswichtiger Organe wie dem Gehirn. Das wiederherum führt zu Zelltod und Multiorganversagen. Da niemand in der Nähe war, der den Angriff mitbekommen hat und ihr zur Hilfe hätte kommen können, hat der Schock wahrscheinlich ziemlich schnell mehrere Stadien durchlaufen. Wäre jemand vor Ort gewesen, hätte sie gerettet werden können, es sei aber dahingestellt, in welchem Zustand sie sich befunden hätte. Sie wäre mit ziemlicher Sicherheit blind gewesen und möglicherweise auf dem einen Ohr taub. Eine schreckliche Vorstellung. Ich bin hier fertig. Ich werde Bescheid geben, dass sie ins rechtsmedizinische Labor gebracht werden kann.« Er eilte davon und ließ Lucy zurück, die seine ungewöhnlich düstere Stimmung kommentierte.

»Sieht ihm gar nicht ähnlich, überempfindlich zu sein«, meinte sie.

»Manche Fälle gehen einem näher als andere«, sagte Natalie, bevor sie hinzufügte: »Und sie sah wirklich schlimm aus.«

Eine Person schritt gezielt auf Natalie und Lucy zu. Es war PC Ian Jarvis, das Jungmitglied ihres Teams. Seit Natalie ihn das letzte Mal gesehen hatte, hatte er Gewicht verloren – gute sechs Kilo oder mehr – und seine schlanke Gestalt wirkte schlaksig, das Gesicht hager und abgespannt. Er stand verlegen vor ihr und sprach mit leiser Stimme: »Ich bin sehr froh, dass du zu uns zurückgekommen bist. Ich habe es vermisst, an deiner Seite zu arbeiten.«

»Danke.« Sie schenkte ihm ein leichtes Lächeln der Wertschätzung für die herzlichen Worte, und er schien aufzuatmen.

»Ich war mir nicht sicher, was ich dir gegenüber sagen soll«, erwiderte er. »Ich wollte nicht, dass es ... du weißt schon ... unangenehm sein würde.«

»Du hast das Richtige gesagt.« Sie verweilte nicht dabei, sondern fuhr mit ihren Gedanken und Anweisungen fort, indem sie sich an ihr Team wandte: »Ian, finde heraus, was Gemma studiert hat, wo sie gewohnt hat und wie sie zur Bibliothek gekommen ist. Sie hat heute Abend um neunzehn Uhr fünfzehn auf eine Nachricht von ihrer Mutter geantwortet und ihre Leiche wurde von Dr. Alex Fletcher um neunzehn Uhr dreißig gefunden, daher können wir davon ausgehen, dass der Anschlag in den fünfzehn Minuten dazwischen stattgefunden hat. Wir müssen herausfinden, wer sie auf eine solche Weise angegriffen haben könnte. Schnüffelt herum, sprecht mit ihren Ex-Freunden und dem aktuellen, ihrem Freundeskreis, ihren Verwandten und findet heraus, ob sie irgendwelchen politischen oder religiösen Gruppen angehört hat. Wir beginnen mit den üblichen Nachforschungen und sammeln alle Informationen, die wir bekommen können. Ich würde auch gern bald mit ihrer Mutter sprechen. Wissen wir, wer ihr die Nachricht überbracht hat?«

»Das finde ich heraus«, sagte Lucy und zückte ihr Handy.

Mit gesenktem Kopf schlenderte Mike zu ihnen hinüber. Natalie verstand das riesige Ausmaß der Aufgabe, vor der er stand. Es war deutlich schwieriger, Spuren zu finden, wenn die Verbrechen draußen im öffentlichen Raum begangen worden waren. Mike hielt neben ihr an und zusammen beobachteten sie, wie die Sanitäter in Sicht kamen, die eine Bahre und einen Leichensack trugen. Gemma würde nur die kurze Strecke bis zum Labor gefahren werden.

»Alles okay?«

»Ja. Danke.« Sie grub ihre Nägel in den weichen Teil ihrer Hand und versuchte, mit ihren Gedanken nicht zurück zum August abzugleiten.

Die Bibliothek lag in einer ruhigen Fußgängerzone am

Rande des Campus in einiger Entfernung zur Hauptverkehrsstraße und den anderen Universitätsgebäuden. Hatte der
Angreifer gewusst, dass Gemma an diesem Abend hier vorbeikommen würde, hatte er oder sie Gemma gestalkt oder war sie
gar Opfer eines willkürlichen Anschlags geworden? Das Bauchgefühl sagte ihr, dass es ein vorsätzlicher Angriff gewesen war
und jemand einen Groll auf Gemma gehegt hatte. Es war ihre
Pflicht, herauszufinden, wer und weshalb, und denjenigen vor
Gericht zu bringen.

Mike warf ihr einen Blick zu, den sie als besorgt interpre-
tierte, und sie beruhigte ihn mit einem halben Lächeln. Sie
konnte damit umgehen. Das war nicht das Werk eines Serien-
mörders, der darauf versessen war, Kinder zu entführen. Sie
würde das bewältigen. Hoffte sie.

VIER

FREITAG, 16. NOVEMBER – NACHT

Liebe Gemma,

ich fühle mich richtig dumm. Ich bin nicht daran gewöhnt, von irgendwem angelächelt zu werden, ganz zu schweigen von dir. Du hast mich überrascht, und als du mir ins Auge gefallen bist und in meine Richtung gelächelt hast, konnte ich es nur mit einem undankbaren bösen Blick erwidern, weil ich Angst hatte, dass du sehen würdest, was ich wirklich empfunden habe – Bewunderung für dich.

Leute wie ich geraten nie ins Sichtfeld von jemandem. Man meidet, oder schlimmer noch, macht sich lustig über uns, sodass wir – die Menschen ohne Freunde – nur noch im Schatten herumlungern. Wir werden von Unsicherheiten und Traurigkeit geplagt. Nicht, dass jemand so Beliebtes wie du das verstehen würde.

Ich habe die Gelegenheit verpasst – meine einzige Gelegenheit, dich für mich zu gewinnen, zurückzulächeln und vielleicht deine Aufmerksamkeit auf mich zu ziehen –, und jetzt sitze ich hier, beobachte dich und wünsche mir, du würdest mich noch einmal bemerken, mich wirklich sehen,

*anstatt durch mich hindurchzuschauen, wie es alle anderen
tun.*

Bist du wie alle anderen oder bist du besser?

Ein Bewunderer

———

Ein großes Foto von Gemma hing am Whiteboard im Büro.

»Sie sah hübsch aus, nicht wahr?«, fragte Ian.

»Sah ihrer Mutter sehr ähnlich. Das ist Sasha Barnes.«
Lucy reichte Murray das Bild, das sie ein paar Augenblicke
zuvor aus dem Drucker genommen hatte.

Murray pfiff leise. »Ihre Mutter?«

»Fünfunddreißig«, antwortete Lucy.

»Hör doch auf!«

»Nein. Wirklich. Sie hat Gemma bekommen, als sie selbst
noch zur Schule ging.«

»Wow! Sie könnte Gemmas Zwillingsschwester sein.«
Murrays Augenbrauen zogen sich zur Stirn hoch, während er
sprach.

»Vielleicht ist es deswegen passiert«, schlug Ian vor.
»Jemand war auf Gemma eifersüchtig?«

»Es gibt viele Mädchen, die gutaussehen. Sie bekommen
nicht alle Säure ins Gesicht geschüttet – zum Glück. Außerdem
ist ihre Mutter der echte Hingucker«, sagte Murray.

Natalie war die Indizien durchgegangen, die sie bis jetzt
zusammengesammelt hatten, und wählte diesen Moment aus,
um aufzustehen und die Kontrolle über die Besprechung zu
übernehmen.

»Wir werden uns jeden möglichen Blickwinkel ansehen
müssen und uns nicht nur auf die Theorie konzentrieren
können, dass Gemma wegen ihres Aussehens angegriffen
wurde. Sie war im zweiten Jahr ihres Russisch- und Germanis-

tikstudiums. Natürlich müssen wir mit ihren Kommilitonen und den Tutoren sprechen, bei denen sie Kurse hatte. Sie hat auch in Teilzeit in der Chancer's Bar gearbeitet – am selben Ort wie ihre Mutter –, und die müssen wir auch überprüfen. Zunächst sollten wir versuchen, festzustellen, ob sie von jemandem, den sie kannte, angegriffen wurde, vielleicht einem Liebhaber oder Freund, oder ob es ein willkürliches Attentat war. Die Person ist vielleicht häufig in der Chancer's Bar zu Gast oder studiert. Wir werden später über andere Möglichkeiten nachdenken, aber fangt erst einmal bei ihren Mitbewohnern in der Eastview Avenue 53 an. Das Haus ist eines von mehreren in Samford verstreuten, die der Universität gehören und von ihr vermietet werden. Murray, du und ich, wir reden mit Sasha. Lucy und Ian, ihr sprecht mit den Mitbewohnern.«

»Meinst du, die sind um diese Uhrzeit noch auf?«, fragte Ian.

»Es ist halb zwölf an einem Freitagabend und das sind Studenten. Was meinst du denn, du Depp?«, erwiderte Murray.

»Oh ... ja ... ich habe nicht richtig nachgedacht.« Ian errötete.

Murray grinste angesichts des Unbehagens des Jungpolizisten, packte das Gesicht des Mannes mit beiden Händen und gab ihm einen schmatzenden Kuss auf die Stirn. »Mensch, habe ich es vermisst, mit dir zu arbeiten.«

Natalie war überrascht. »Ihr habt nicht zusammengearbeitet?«

»Der Superintendent hat uns aufgeteilt. Ich bin in der Betäubungsmittelabteilung eingesetzt worden und Lucy und Ian sind zu der für Sexualstraftaten gekommen. Wir sind jetzt das erste Mal wieder im gleichen Team seit ...«

Natalie zögerte eine Sekunde lang, gewann dann aber ihre Fassung zurück. »Seit meiner Beurlaubung.«

»Ja.«

»Dann ist es auf jeden Fall gut, dass ich zurückgekommen bin. Möchte ungern verantwortlich dafür sein, eine so schöne Männerfreundschaft zerstört zu haben.« Es war kein besonders lustiger Kommentar, erzielte dennoch den gewünschten Effekt. Jegliche Spannung in der Luft löste sich auf. »Gut, lasst uns herausfinden, welcher Dreckskerl Gemma das angetan hat.«

Die Schauer waren einem Dauerregen gewichen, der sich vom Himmel ergoss und langsam, aber stetig den Bereich vor der Eingangstür überflutete. Schwarze Äste, die über dem Parkplatz hingen, knarzten und bebten, während Windböen unheilvoll heulten und sie durchschüttelten.

»So ein verfluchter Mist!«, sagte Murray, als Natalie und er das Revier verließen. »Wo hast du geparkt?«

»Ganz am Ende«, sagte Natalie.

»Sollen wir mein Auto nehmen? Es steht gleich dort drüben.«

Der Jeep Renegade stand nur wenige Meter entfernt und sie hatte keine Lust, durchnässt zu werden. »Klingt sinnvoll.«

Murray drückte auf den Schlüssel und der Wagen ging zirpend auf. Sie sprinteten auf das Auto zu und platschten dabei mit den Füßen durch die schnell entstandenen Pfützen. Natalie warf sich auf den Beifahrersitz, knallte die Tür fest zu und rieb sich die Waden, um die Wasserflecken auf ihrer Strumpfhose zu entfernen. In dem kurzen Augenblick, als die Tür offen gewesen war, war Regen hineingespritzt, sodass nun Tröpfchen das Kunststoff-Armaturenbrett wie Schneckenspuren hinunterrannen. Sie atmete den Duft frisch gepflückter Beeren ein, den ein vom Rückspiegel baumelnder Lufterfrischer in Form einer Geleebohne abgab, ein Geruch, der blasse Erinnerungen an bessere Tage vergangener Sommer wachrief.

»Sauwetter!«, schimpfte sie und klappte den Frisierspiegel auf, um sich vor dem Besuch bei Sasha Barnes zurechtzumachen. Das Spiegelbild erschreckte sie. Im weniger vorteilhaften Licht des Autos sah sie, was andere gesehen haben mussten: eine Frau, die vom Leben gezeichnet und gebrochen war. Sie kannte den hohläugigen Anblick und die eingefallenen Wangen von Opfern, die, durch was auch immer für ein Unglück, frühzeitig gealtert waren, und hätte sich niemals vorstellen können, ein ähnliches Schicksal zu erleiden. Sie war nie eine Person gewesen, die sich herausputzte oder Stunden damit verbrachte, ihr Aussehen zu verschönern, es war aber deutlich, dass sie sich hatte gehenlassen. Das galt es dringend nachzuholen. Sie konnte keine starke Führungskraft sein, wenn sie geschunden aussah.

Murray startete den Wagen und fuhr aus dem Parkplatz heraus. Die Scheibenwischer waren, sogar in der schnellsten Stufe, nicht in der Lage, gegen die Wassermenge, die am Glas herunterlief und ihm die Sicht erschwerte, anzukommen. Er kniff die Augen fest zusammen, und sie bemerkte, dass er eine Brille aufgesetzt hatte.

»Seit wann trägst du eine Brille?«, fragte sie.

»Seit ein paar Monaten. Ich beschränke ihre Nutzung im Moment und setze sie nur auf, wenn ich es muss. Das Altwerden rückt näher.« Murray war gerade einmal Mitte dreißig.

»Altwerden, so ein Quatsch!«

Ihre Antwort entlockte ihm ein Kichern – ein tiefes, entspanntes Geräusch, das sie innerlich zum Lächeln brachte. Sie kramte in ihrer Tasche nach einem Lippenstift, um ihr Erscheinungsbild aufzuhübschen, fand einen und trug etwas hellrote Farbe auf. Das Ergebnis war nicht überragend, musste aber ausreichen.

»Wohin fahren wir?«, fragte er.

»Zur Juniper Road.« Sasha wohnte am anderen Ende von Samford, in Richtung Stone und Stoke-on-Trent. Es war zu dieser Nachtzeit eine fünfzehnminütige Fahrt durch die Stadt.

»Wie weit ist das von der Chancer's Bar entfernt?«

Natalie ließ den Lippenstift wieder in das Chaos ihrer Tasche fallen und gab die Route bei Google Maps auf ihrem Handy ein. »Ungefähr zehn Minuten mit dem Auto. Gemma hat bestimmt viel länger dafür gebraucht, um von der Universität oder der Eastview Avenue dorthin zu kommen, besonders, wenn sie die Öffentlichen genommen hat.«

»Man könnte meinen, sie hätte eine Arbeit finden können, die näher an der Universität liegt«, sagte Murray, während er auf eine Ampel zufuhr. Der Regen trommelte auf das Dach, sodass seine Stimme fast unterging. »Es wird doch eine Menge Bar-Jobs in Samford geben.«

»Vielleicht hatte sie die Stelle schon, bevor sie zur Uni gegangen ist, und es hat ihr dort gefallen. Das finden wir heraus, wenn wir mit Sasha sprechen. Du musst hier nach rechts abbiegen«, fügte sie hinzu.

Er betätigte den Blinker und bog von der Hauptstraße ab. Sie kamen nun an Reihenhäusern hinter holprigen Gehwegen vorbei. Keines der Häuser hatte eine Garage und die Autos waren eines hinter dem anderen auf beiden Seiten der Straße eingepfercht, was sie verengte und das Fahren erschwerte. Murray drosselte das Tempo, um einem, sich aus der entgegenkommenden Richtung nähernden Transporter zu ermöglichen, sicher vorbeizufahren. Natalie verstummte. Je näher sie der Juniper Road kamen, desto stärker setzte die Realität ein. Sie hielt, wie es Mike vorausgesagt hatte, wieder »die Zügel in der Hand« und würde gleich einer Frau begegnen, die ihre einzige Tochter verloren hatte. Sie musste sich emotional distanzieren, und das würde schwierig werden.

Murray sagte etwas, das im Geräusch des Motors und peitschenden Regens unterging. Sie waren nur noch wenige Minuten von ihrem Ziel entfernt. Natalie zählte langsam während jedes Atemzugs, beruhigte sich und bereitete sich vor. Sie bogen noch einmal ab; die grellen Lichter eines durchgehend geöffneten Supermarkts erleuchteten die eine Straßenseite, und gegenüber davon befanden sich hässliche Beton-Wohnblöcke, deren Fenster wie schwarze Augen in die Dunkelheit spähten. Ein paar weitere Abzweigungen und sie befanden sich in einer ruhigen Straße. Hier standen Doppelhäuser mit Einfahrten von der Straße abgerückt. Graue Mülltonnen und zusammengebundene schwarze Müllsäcke standen am Ende jedes Grundstücks und bildeten eine zufällige Reihe entlang des Gehwegs. Murray fuhr langsamer und begann, nach Sashas Haus Ausschau zu halten. Bald hatten sie es gefunden: Es war das einzige Haus, in dem alle Lichter brannten, und ein gemütlicher Schein fiel auf das kleine Grundstück. Sie näherten sich. Der Regen hatte nachgelassen und auch, wenn er noch weiter fiel, hämmerte er jetzt nicht mehr laut über sie hinweg. Natalies Herzschlag beschleunigte sich und sie nahm sich einen Augenblick, um die Autotür zu öffnen, ehe sie leichtfüßig hinaussprang. *Tief einatmen.* Sie würde das schaffen.

Sasha saß auf der Mitte eines pastellgrünen Sofas und hielt ein großes dunkelgrünes, mit blauen Nachtigallen besticktes Kissen an die Brust gedrückt. Ihr Gesicht und ihre Augenlider waren vom Weinen geschwollen und verzerrt, und als sie sprach, war ihre Stimme vor Schleim belegt.

»Warum tut jemand so etwas Grausames?«, stammelte sie.

Natalie konnte Sasha nicht antworten, nur mit ihr mitfühlen. Vor drei Monaten hatte sie ähnliche Fragen über das Monster gestellt, das ihr das eigene Fleisch und Blut genommen hatte. Sie saß benommen und aufgelöst da, ihr Leben war zerstört. Sie konnte das Leben dieser unglückseligen Frau nicht wieder in Ordnung bringen, aber mit der Zeit würde sie ihr einige Antworten auf manche ihrer Fragen geben können.

»Wann haben Sie Gemma das letzte Mal gesehen?«, fragte sie.

»Vor zwei Tagen, als ich ihr eine neue Wärmflasche vorbeigebracht habe. Ihre war undicht geworden und in diesem alten Gebäude ist es zu dieser Jahreszeit kalt.«

»Haben Sie sie oft besucht?«

»Nur ab und zu, um sicherzugehen, dass es ihr gut ging, aber wir haben jeden Tag miteinander telefoniert.«

»Und ich nehme an, dass Sie sich bei der Arbeit in der Chancer's Bar gesehen haben?«

»Ja. Meistens am Wochenende. Sie hat da, wann immer sie Zeit dafür finden konnte, Schichten übernommen.«

»Hat sie dort schon lange gearbeitet?«

»Über zwei Jahre. Sie hat damit während ihres Abiturs angefangen. Sie wollte etwas für die Universität ansparen. Ich konnte ihr nicht viel Geld geben und die Studiengebühren sind hoch.«

Natalie verwunderte die Tatsache, dass das Mädchen auf eine lokale Universität gegangen war, sich aber trotzdem dazu entschieden hatte, für die Studentenunterkunft zu bezahlen, anstatt zu Hause wohnen zu bleiben. »Warum ist Gemma von zu Hause ausgezogen? Sie beide standen sich offensichtlich nahe.«

»Genau deswegen ist sie weggegangen. Ich wollte es nicht. Sie glaubte, es sei der richtige Zeitpunkt für sie, obwohl sie, wenn sie hier wohnen geblieben wäre, Geld gespart hätte. Sie hat das erste Jahr im Wohnheim auf dem Campus verbracht. Ich hatte die Hoffnung, sie würde für das zweite Jahr zurückkommen, aber sie entschloss sich dann für eine Universitätsunterkunft – ein Haus in der Eastview Avenue.« Sie sah wehmütig auf ein Foto von Gemma, das auf einem kleinen Tisch neben ihr stand. »Ich denke, sie meinte in Wirklichkeit, dass es an der Zeit für mich sei, loszulassen. Kinder müssen am Ende auf eigenen Beinen stehen, nicht wahr? Haben Sie Kinder?«

Natalie hatte sich vor der Frage gefürchtet, aber Murray füllte die Stille mit einem leisen »Nein« aus.

»Ich bin mit Gemma schwanger geworden, als ich noch zur

Schule ging. Ich bin abgegangen, bevor die Prüfungen anstanden. Ich bereue es nicht. Ich habe es nie bereut.« Sie hielt wieder inne, wanderte in Gedanken durch die übrigen Erinnerungen und ihre Stimme klang wehmütig. »Gemma war intelligent – wirklich klug – und ich sehr stolz auf sie. Ich bin in diesen ganzen akademischen Dingen – Schreiben und Sprachen – nicht gut, nicht wie sie.« Ihre Stimme versagte wieder und sie vergrub das Gesicht im Kissen, ihre Schultern bebten. Natalie konnte es nicht ertragen, zuzusehen, und ging zu ihr hinüber. Sie setzte sich neben sie und legte ihr einen Arm um die Schultern. Diese einfache Geste der Freundlichkeit schien zu helfen. Sasha beruhigte sich langsam und Natalie kämpfte die ganze Zeit über gegen den Schmerz in ihrem eigenen Herzen an. Sie verstand, was diese Frau durchmachte.

Sie blickte zu Murray hinüber und fragte: »Könntest du Sasha ein Glas Wasser bringen?« Während er weg war, drückte sie solidarisch den Arm der Frau. Als die Schluchzer nachließen und Sasha am Wasser genippt hatte, war sie in der Lage, ihre Fragen zu beantworten. Obwohl sie den Arm von Sashas Schulter genommen hatte, bewegte sich Natalie nicht vom Sofa weg.

Sasha versuchte es erneut: »Ich bin im Nähen ziemlich gut und Gemma hat mich dazu überredet, ein kleines Geschäft für maßgeschneiderte Kleidung zu eröffnen. Wir haben eine Vereinbarung getroffen: Sie würde ihren Abschluss machen und ich mich der Herausforderung stellen, eine Outfit-Kollektion herauszubringen. Sie wollte, dass ich ihr Schlafzimmer als Nähzimmer benutze, während sie nicht da ist.« Sie hielt wieder inne, suchte Natalies Gesicht nach einem Zeichen des Trostes ab und bekam ein ermutigendes Nicken. »Ich habe ihr vor Kurzem ein Foto eines meiner Outfits geschickt. Sie hat es geliebt. Ich ... ich glaube nicht, dass ich es aushalte, nie wieder mit ihr reden zu können.« Ihr Gesicht veränderte sich, als würde etwas in ihr zu Bruch gehen.

Natalie sprach sanft, versuchte, Sasha die nötigen Informationen zu entlocken. Sie wollte wissen, wer die Säure geschüttet hatte, konnte aber nicht direkt danach fragen. »Haben Sie einen Freund oder Partner?«

»Nein. Es hat seit Langem niemanden Ernsthaftes gegeben.«

»Niemanden, seit Gemma von zu Hause ausgezogen ist?«

»Niemanden.«

»War Gemma mit jemandem zusammen?«

Sasha rieb sich die rote Nase und schüttelte den Kopf. »Ihr Studiengang hat ihr sehr viel abverlangt und jegliche Freizeit war von der Arbeit in der Bar eingenommen. Sie ist eine Weile lang mit Ryan ausgegangen, hat ihm dann aber den Laufpass gegeben.«

»Ryan? Kennen Sie seinen Nachnamen?«

»Nein, aber er wohnt im selben Haus wie sie. Sie sind Anfang September zusammengekommen.«

»Hat sie Ihnen erzählt, warum sie die Beziehung beendet hat?«

Die Augen füllten sich wieder mit Tränen und Sasha stammelte: »Sie ... hat mir ... alles erzählt. Zwischen uns gab es keine Geheimnisse.«

»Was ist zwischen Ryan und ihr geschehen?«, fragte Natalie.

»Gemma war nicht auf etwas Ernstes aus und er hat es zu ernst genommen, zu schnell.«

»Inwiefern?«

»Er hat ihr ständig geschrieben oder sie angerufen und wollte ihre Beziehung offiziell machen. Sie sollten ein richtiges ›Pärchen‹ sein, aber sie wollte das nicht. Sie mochte ihn sehr, aber ist auch gern mit anderen Freunden ausgegangen oder hat gearbeitet. Er war eingeschnappt oder hat einen Streit angefangen, wenn sie ihre eigenen Wege gegangen ist. Nach etwas über einem Monat hat sie ihn verlassen.«

»Hat sie danach etwas von Problemen mit ihm erwähnt?«

»Es war eine Zeit lang schwierig zwischen ihnen, sie haben es aber geschafft, gute Freunde zu bleiben. Gemma hatte diese besondere Wirkung auf andere.« Sie hielt weitere Tränen zurück und ihre Stimme begann zu zittern. »Es hat zwischen ihnen kein böses Blut gegeben.«

»Was ist mit den übrigen Mitbewohnern? Ist sie gut mit ihnen ausgekommen?«

»Sie hat sich mit Lennox verstanden. Er ist sehr freundlich. Sie war gut mit Hattie befreundet. Hattie ist älter als die anderen und hat in einer Kommune gelebt, bevor sie zurück aufs College gegangen ist und ihre Eignungen für die Universität bekommen hat. Deshalb kümmert sie sich um den Putzplan und ist ein bisschen so etwas wie eine Mutterfigur für sie. Gemma mochte sie sehr.«

»Und die anderen im Haus?«

»Da ist nur noch Fran. Gemma hat Fran nicht oft erwähnt, aber ich bin ihr während ein paar meiner Besuche über den Weg gelaufen und sie schien in Ordnung zu sein. Werde ich … werde ich ihre persönlichen Sachen abholen können?« Der Gedanke verdüsterte ihr Gesicht.

»Der Kontaktbeamte für Familienangelegenheiten wird sich mit Ihnen in Verbindung setzen und mit Ihnen durchgehen, was als nächstes passiert. Er wird Ihnen helfen und Sie betreuen. Sie werden nicht allein sein«, sagte Natalie, während Sashas Augenlider zuckten und ihre Lippen erneut zu beben begannen.

»Wissen Sie zufällig, ob Gemma Mitglied in irgendwelchen Gruppen oder Vereinen war?«, fragte sie. Es war der Plan, herauszufinden, mit welchen Leuten Gemma zu tun gehabt hatte, und ob irgendwer von ihnen einen Groll gegen sie gehegt haben könnte.

»Nein, sie war in keinen, von denen ich wüsste.«

»Sie hat Sprachen studiert, nicht wahr?«

»Russisch und Deutsch. Gemma hatte schon immer ein Talent dafür.«

»Hat sie irgendwelche anderen Studenten erwähnt, mit denen sie zusammen Seminare besuchte?«

Sasha fuhr sich mit der Hand übers Gesicht. »Nur nebenbei. Ich kann mich nicht an ihre Namen erinnern.«

»Hat sie irgendwelche Freunde von der Universität mit nach Hause gebracht, damit Sie sie kennenlernen?«

»Nein. Ich habe ein paar Mädchen und Jungen getroffen, als sie im Wohnheim gelebt hat. Ich kann mich aber nicht an alle ihre Namen erinnern. Ich habe immer nur Hallo zu ihnen gesagt, wenn ich sie im Treppenhaus oder so gesehen habe. Es waren viele.«

»Natürlich«, sagte Natalie mit einem Nicken.

»Sie hatte keine sehr engen Freunde. Sie hat einmal gescherzt, dass sie keine bräuchte, weil sie mich hatte.« Sie schluckte schwer. »Wir hatten eine ganz besondere Beziehung. Niemand konnte verstehen, wie nah wir uns standen.« Ihre Lippen bebten erneut und ihre Augen wurden glasig vor Tränen. »So besonders.«

Natalie legte eine Hand auf Sashas. Sich einer Frau gegenüberzusehen, die die gleiche Hölle durchlebte wie sie kurz zuvor, stellte sich als schwieriger heraus, als sie erwartet hatte.

»Sie machen das wirklich gut. Gibt es jemanden, der heute Nacht bei Ihnen bleiben kann?«

»Mir fällt niemand ein.«

»Sie haben keine Freunde oder Verwandten?«

»Ich verstehe mich nicht wirklich mit meiner Mutter und außerdem lebt sie in Bristol. Dann ist da meine Cousine Gail, aber ich habe sie seit Jahren nicht gesehen. Ich kann meinen Nachbarn nicht zur Last fallen, weil sie kleine Kinder haben, und ich kann niemanden von meinen Arbeitskollegen fragen. Außer Gemma habe ich eigentlich niemanden«, sagte sie und ihre Worte verstummten. An der Wand hingen drei große Fotos von Gemma und ihr, Schwarz-Weiß-Bilder, die ein professioneller Fotograf von ihnen am Strand geschossen hatte, auf denen sie lachten, ihre Haare im Wind wehten und sie Hand in Hand über den Sand liefen.

Es war offensichtlich, dass Sasha auf Gemma angewiesen war, und wie sie ohne ihre Tochter zurechtkommen würde, wagte sie sich nicht auszumalen. Natalie blickte zu Murray, der für den Rest der Befragung still dagesessen hatte, und er schüttelte den Kopf. Er hatte nichts hinzuzufügen.

»Hat sich ein Kontaktbeamter schon mit Ihnen in Verbindung gesetzt?«

»Ja, zwei von ihnen. Sie kommen morgen wieder.« Sie griff nach den Visitenkarten, auf denen ihre Namen standen.

Natalie las sie und kannte die betreffenden Officers. Einer von ihnen war recht jung und noch in der Ausbildung. Sie dachte an Tanya Granger, mit der sie bei zahlreichen Fällen zusammengearbeitet hatte. Die alleinerziehende Mutter würde besser zu Sasha passen. »Ich werde eine meiner Kolleginnen darum bitten, vorbeizukommen und Ihnen für eine Weile Gesellschaft zu leisten. Sie ist eine sehr erfahrene Polizistin, die genau verstehen wird, was Sie durchmachen.«

»Danke. Das wäre gut.« Sasha griff nach dem Kissen und umklammerte es noch fester. Solche Verletzlichkeit und Hilflosigkeit zerrissen Natalie das Herz.

»Wir werden alles in unserer Macht Stehende tun, um die verantwortliche Person zu finden«, sagte Natalie.

»Vielen Dank, aber ... es wird nichts ändern. Sie ist tot.« Ihre Worte trafen ins Schwarze. Natalie würde dieser Frau niemals ihre Tochter zurückgeben können, genauso wenig wie sie Leigh und Zoe zurückholen konnte. Alles, was sie tun konnte, war: den Täter finden und hoffen, dass das Rechtssystem sich um den Rest kümmern würde.

Sie gingen zu Murrays Auto zurück, Natalie ließ sich auf den Sitz fallen und verschränkte, in Gedanken bei Sasha, fest die Arme. Murray fuhr von der Bordsteinkante und die Straße hinunter.

Draußen war der Regen zu einem leichten Nieseln geworden. Die Stadt war ruhig und die Menschen hielten sich für die Nacht in ihren Häusern auf. Manche lagen wohl mit ihren Liebsten eingekuschelt im Bett, andere dachten an ihren langen Arbeitstag. Ihre gewohnten Abläufe und Leben waren zu einer Normalität geworden, die sich nur veränderte, wenn etwas Unerwartetes geschah. Ihr eigenes Leben war in Scherben zerbrochen, genau wie Sashas.

———

Gemma,

ich habe dir und deiner Mutter heute dabei zugesehen, wie eure Köpfe sich fast berührten, während ihr hinter vorgehaltener Hand geflüstert, euch dann voneinander losgerissen und gelacht habt, bis euch Tränen in den Augen standen.

Ich hätte alles gegeben, um mit euch beiden zu lachen und an diesem Augenblick teilhaben zu können.

Du hast niemals erfahren, wie es ist, nicht geliebt zu werden von der Person, die, egal was kommt, an deiner Seite sein sollte. Deine Mutter passt mit Stolz in den Augen auf dich auf. Wenn sie mit dir lacht, ist es ein aufrichtiges, stolzes, glockenhelles Lachen, kein kaltes, enttäuschtes Bellen. Du kannst dir nicht vorstellen, was ich dafür geben würde, eine Mutter wie deine zu haben.

Ich habe heute versucht, mit dir zu reden, aber du hast mich nicht gesehen. Ich bin immer näher an dich herangerückt, in der Hoffnung, du würdest als Erstes sprechen. Als du das nicht getan hast, habe ich meinen Mund aufgemacht, um etwas zu sagen, aber du hast mich abgewiesen und bist wegge-

gangen. Es war nicht klug von dir, mich zurückzuweisen, Gemma.

Ich kann ein wirklich guter Freund sein, aber auch der perfekte Feind.

Ein Bewunderer

FÜNF

FREITAG, 16. NOVEMBER – NACHT

Die Eastview Avenue lag auf der anderen Seite von Samford und bestand aus dreistöckigen viktorianischen Häusern, die sich in verschiedenen Zuständen der Baufälligkeit befanden. Zahlreiche Fahrräder, deren Vorderreifen zur zusätzlichen Sicherheit entfernt worden waren, standen an Eisengeländern vor manchen der hohen Gebäude gekettet, und Lucy vermutete, dass es sich bei ihnen um die von Studenten bewohnten Häuser handelte.

Ian konnte keinen Parkplatz für den Streifenwagen finden, deshalb parkten sie vor der Nummer 53 in zweiter Reihe und eilten zur Bogenveranda, auf der sie sich die hängengebliebenen Wassertropfen von den Haaren und Mänteln schüttelten. Regen rann über eine zerbrochene Dachrinne und rauschte wie ein kleiner Wasserfall an der Seite des Gebäudes herunter.

»Verdammtes Mistwetter«, meinte Ian und rieb sich das Gesicht trocken. »Ich hasse es. Eines Tages werde ich aufgeben und irgendwohin ziehen, wo es heiß und sonnig ist, wie Australien.«

»Ja, klar wirst du das. Du würdest einen tollen Strandgammler abgeben – sonnengebräunt und mit den Muskeln spielend«, erwiderte Lucy.

Ian lächelte über den Scherz. »Ich würde schnell lernen, einer zu werden. Es ist bestimmt besser als das hier.« Er klingelte an der Tür und wartete. Als niemand auftauchte, versuchte er es erneut und ließ den Finger diesmal ein wenig länger auf der Klingel.

Lucy trat einen Schritt zurück in den Regen und schaute zu den über ihr aufragenden Fenstern empor. »Da brennt Licht. Versuch es nochmal.«

Ian hämmerte gegen die Tür und drückte die Klingel ein drittes Mal. Diesmal wurde die Tür von einer Frau Mitte zwanzig geöffnet, die einen Einteiler, einen flauschigen Bademantel und weiche graue Hausschuhe mit pelzbesetzten Oberseiten trug. Ihr blasses Gesicht, das von kastanienbraunen Haaren eingerahmt wurde, war ungeschminkt und beim Anblick der zwei Polizisten erschienen kleine Falten auf ihrer Stirn. Lucy hielt ihren Dienstausweis hoch und stellte sich und Ian vor. »Entschuldigung für die Störung, aber dürfen wir reinkommen und uns einen Augenblick mit Ihnen unterhalten?«

Die Frau bat sie in einen Flur hinein, der vom Duft scharfen Essens erfüllt war. Aus einem Zimmer war Lachen zu hören.

»Wir waren gerade beim Essen«, erklärte die Frau.

»Wir müssen mit Ihnen allen sprechen. Es geht um eine Mitbewohnerin von Ihnen.«

Die Frau zögerte, bevor sie sagte: »Kommen Sie durch. Im Moment sind nur drei von uns hier.«

Lucy und Ian folgten ihr in die Küche, in der zwei weitere Studenten auf Plastikstühlen saßen. Einer von ihnen war ein junger Mann mit schulterlangen braunen Haaren und kurzem Bart, der Jeans und einen ausgeblichenen khakifarbenen Pullover trug. Neben ihm hockte ein Mädchen mit mehreren Gesichtspiercings, das einen weiten Pullover, einen kurzen

Kord-Rock und eine dicke gestreifte Strumpfhose anhatte. Vor ihnen türmten sich Fastfood-Aluschalen, und auf einer mit einer Reihe Müslipackungen, Plastiktüten mit Brot, Glasbehältern, Soßenflaschen, Tassen, Gläsern und Geschirr vollgestellten Küchenarbeitsplatte stand eine schwarze Box, aus der Dance-Musik dröhnte. Der Mann legte seine Gabel und Schale auf den abgenutzten Holztisch.

»Was ist los?«, fragte er.

Lucy und Ian stellten sich erneut vor. »Könnten Sie bitte die Musik ausmachen?«

Das Mädchen mit den Piercings kam dem Wunsch nach und es wurde augenblicklich still im Raum. »Ich fürchte, wir haben schlechte Nachrichten über eine Mitbewohnerin von Ihnen, Gemma Barnes.«

Die Frau, die sie hereingelassen hatte, hielt sich eine Hand vor den Mund und holte tief Luft. »Was ist ihr zugestoßen?«

»Sie ist heute am frühen Abend vor der Bibliothek Opfer eines Säureangriffs geworden.«

»Nein! Geht es ihr gut? Wo ist sie? Ist sie im örtlichen Krankenhaus?«, fragte die junge Frau überstürzt.

Lucy warf einen Blick auf die anderen beiden, die über die Nachricht genauso erschrocken waren. »Es tut mir leid, Ihnen sagen zu müssen, dass Gemma am Tatort verstorben ist.«

Die Frau blinzelte heftig und sagte leise: »Nein. Nein.«

»Wir verstehen, dass das für Sie ein Schock ist, aber wir müssen dringend mit Ihnen allen sprechen. Sie haben mit Gemma zusammengewohnt und wir wollen, so schnell es geht, herausfinden, wer ihr das angetan hat. Wir wären Ihnen dankbar, wenn Sie uns dabei helfen könnten, den Täter ausfindig zu machen. Könnten Sie mir bitte als Erstes Ihre vollständigen Namen nennen?«

Ian zog einen Notizblock hervor und bereitete sich darauf vor, die Einzelheiten aufzuschreiben.

»Ich bin Hattie Caldwell.« Die Frau im Bademantel

bewegte sich leise zum Tisch hinüber, ließ sich auf einen blauen Stuhl fallen und legte den Kopf in die Hände.

»Wie ist sie gestorben?«, fragte der junge Mann.

»Wir sind uns im Augenblick nicht sicher, denken aber, dass es infolge des Säureangriffs war.«

»Ein Säureangriff hätte sie aber nicht umgebracht«, entgegnete er und seine dicken Augenbrauen zogen sich zusammen.

»Lennox weiß das, weil er Chemie studiert und ein bisschen so was wie ein Eierkopf ist«, sagte das Mädchen mit den Piercings. Sie sprach mit einem starken Liverpooler Akzent und klang herausfordernd.

Der junge Mann warf ihr einen bösen Blick zu. »Halt die Klappe! Du stellst mich als seltsam dar.«

»Nein. *Du* stellst dich selbst als seltsam dar«, gab sie zurück und zeigte mit der Gabel auf ihn. »Gefällt es dir, so einen Scheiß rauszulassen? Gemma ist tot und du sprichst davon, wie unwahrscheinlich es ist, dass sie durch einen Säureangriff stirbt. Sie ist tot, du Schwachkopf!«

Lennox holte Luft und setzte an, um wieder das Wort zu ergreifen, doch das Mädchen sah Lucy frech an und sagte: »Ich bin Fran Ditton.«

»Vielen Dank, Fran. Lennox, wie heißen Sie mit Nachnamen?«

Lennox warf Fran einen eisigen Blick zu und antwortete dann: »Lennox Walsh und ich bin nicht seltsam. Ich verstehe nicht, wie sie auf so eine Art sterben konnte. Ich kenne mich mit Säureverätzungen aus und sie hätten sie nicht getötet, außer, sie wäre komplett von Säure durchnässt gewesen. Hat sie etwas davon geschluckt?«

»Wenn wir es sicher wissen, können wir es Ihnen vielleicht sagen, aber fürs Erste muss ich aufnehmen, wo Sie alle heute Abend zwischen sieben und halb acht waren«, sagte Lucy.

»Ich war bei einem Treffen des Ausschusses der Studentenvereinigung, um das Unterhaltungsprogramm fürs kommende Jahr zu besprechen«, antwortete Fran.

»Um wie viel Uhr?«

»Von sechs bis acht. Es hat sich noch ein bisschen länger hingezogen, und dann waren wir noch für eine Weile in der Bar der Studentenvereinigung. Ich bin vor ungefähr einer halben Stunde zurückgekommen.«

»Lennox?«

»Ich war von gegen sechs herum bis halb neun oder vielleicht ein bisschen später im Chemielabor.«

»Gibt es irgendwelche Zeugen, die das bestätigen können?«

»Ich habe allein an einem Experiment gearbeitet. Einer der Laboranten könnte mich bemerkt haben, obwohl ich mich nicht daran erinnere, irgendwen gesehen zu haben. Ich war beschäftigt. Jemand wird mein Auto gesehen haben. Mir gehört ein alter roter Saab. Er stand die ganze Zeit auf dem Parkplatz der naturwissenschaftlichen Fakultät. Wir müssen unsere Ausweise durchziehen, um in die Labore zu kommen. Sie können wahrscheinlich bei den Mitarbeitenden der Fakultät überprüfen, dass ich dagewesen bin. Es wird irgendwo im System verzeichnet sein.«

Ian notierte sich, später zu überprüfen, wie weit die naturwissenschaftliche Fakultät von der Bibliothek entfernt lag, das Ausweis-Erfassungssystem zu kontrollieren und zu ermitteln, ob irgendwelche Überwachungskameras Lennox erfasst hatten, sodass sie bestätigen könnten, dass er die gesamte Zeit im Labor gewesen war.

»Hattie, wo waren Sie?«

Die junge Frau war mit den Gedanken weit weg, ihre Augen wanderten hin und her. Sie antwortete nicht.

»Hattie, wo waren Sie am frühen Abend?«

»Oh, Entschuldigung. Ich war den ganzen Abend lang hier. Gemma und ich haben einen Tee zusammen getrunken und gequatscht, bevor sie zur Bibliothek gefahren ist.«

»Um wie viel Uhr war das?«

»Das muss so gegen Viertel vor sechs gewesen sein.«

»Um wie viel Uhr ist sie losgegangen?«

»Ich weiß es nicht genau. Sie wollte den Bus in die Stadt nehmen, und ich glaube, der fährt alle halbe Stunde. Wir waren für mindestens fünfzehn bis zwanzig Minuten in der Küche.«

Fran ergriff das Wort: »Die Busse fahren um zehn nach und zwanzig vor der vollen Stunde von der Haltestelle am Ende der Straße ab.« Das bedeutete, Gemma hatte sehr wahrscheinlich den Bus um achtzehn Uhr vierzig genommen.

Hattie fuhr fort: »Gemma hat mich um eine Mitfahrgelegenheit gebeten, weil ich normalerweise freitags um sechs eine Vorlesung habe, aber ich konnte sie nicht fahren. Mir ging es nicht gut – ich denke, ich bekomme die Grippe oder so –, ich habe geschwänzt.« Sie sah mit feuchten Augen auf. »Hätte ich sie gebracht, wäre das nicht passiert.«

»Ich denke nicht, dass Sie sich Vorwürfe zu machen brauchen.«

»Ich hätte sie fahren sollen. Das *ist* meine Schuld!« Hattie legte die Arme um ihren dünnen Körper, umarmte sich fest, während ihr Tränen über das Gesicht liefen.

Fran sprang vom Stuhl auf, hockte sich vor Hattie und legte ihr die Hände auf die Schultern. »Hör damit auf, Hattie. Es ist nicht deine Schuld. Du hast keine Säure auf sie geschüttet.«

»Ich weiß, aber ...«

»Kein ›Aber‹. Du hast nichts falsch gemacht.«

»Aber tot ... sie ist tot.« Hattie sah wieder weg. Ihre Worte waren angestrengt, eine Silbe kam nach der anderen. »Ich ... muss ... weg ... gehen.«

Lucy sagte: »Ich verstehe, wie schwer das für Sie ist, aber wir müssen so viele Informationen wie möglich einholen. Könnten Sie nur ...«

Hattie schüttelte den Kopf. Fran sprang auf und richtete

sich vor Lucy auf; der Blick aus ihren rabenschwarzen Augen war hart wie Stein.

»Sie sehen doch, wie traurig sie ist. Sie kann Ihnen nicht helfen. Lassen Sie sie in ihr Zimmer gehen.«

Lucy war einverstanden. »Okay. Hattie, möchten Sie, dass jemand mit Ihnen kommt?«

Hattie schüttelte den Kopf und presste die Lippen fest zusammen.

»Ich werde gleich zu Ihnen kommen und mit Ihnen sprechen. Wäre das besser für Sie?«, fragte Lucy.

Hattie brachte ein kurzes Nicken zustande, stand auf und schwankte leicht; sie brachte sich wieder ins Gleichgewicht, indem sie eine Hand auf den Tisch legte.

»Sind Sie sicher, dass es Ihnen gut geht?«, fragte Lucy.

»Ja.« Ihre Stimme war voller Emotion und verriet die Wahrheit.

»Ich komme mit dir mit«, sagte Fran, die einen Arm um die Hüfte der Frau gelegt hatte.

Lucy beobachtete, wie sie den Raum verließen. Hattie hielt den Kopf tief gesenkt und Fran murmelte ihr beruhigende Worte zu. Nachdem sie gegangen waren, wandte sich Lucy Lennox zu. »Mit wem sonst teilen Sie sich das Haus?«, fragte sie.

Lennox fuhr sich mit der Hand durch den dichten Haarschopf. »Nur noch mit Ryan Hausmann. Er ist im Moment nicht da.«

»Wissen Sie, wo er sein könnte?«

»Nein, leider nicht.«

»Haben Sie eine Telefonnummer von ihm?«

Lennox nickte. »Ich rufe ihn an.« Er scrollte durch seine Kontaktliste, berührte das Display und hielt sich das Handy ans Ohr. Nach einem Augenblick sagte er: »Er geht nicht ran. Wollen Sie seine Nummer haben?«

»Ja, bitte.«

Lennox las Ryans Nummer vor und Ian notierte sie sich.

Fran tauchte wieder auf, rutschte auf einen Stuhl und verschränkte die Arme.

»Wissen Sie, wo wir Ryan finden könnten?« Die Frage war an Fran gerichtet, die verwirrt aussah.

»Tut mir leid, nein.«

Lucy fiel das veränderte Verhalten auf. Jetzt, da die Nachricht ins Bewusstsein gelangt war, waren beide Studenten unterwürfiger; sogar die reizbare Fran besaß den Anstand, ihre Haltung zu mäßigen. Lennox zupfte gedankenabwesend an seinem Bart herum, versuchte möglicherweise immer noch, zu verstehen, wie Gemma durch einen Säureangriff hatte sterben können.

»War Gemma in einer Beziehung?«, fragte Lucy Fran.

»Ich habe nicht sehr oft mit ihr gesprochen. Ich weiß nicht, ob sie es war oder nicht.«

»Wie läuft das dann? Sie leben alle im selben Haus, aber wissen nichts übereinander?«, fragte Ian. Er stieß auf ausdruckslose Blicke.

Fran antwortete: »Wir haben es uns nicht ausgesucht, zusammenzuwohnen. Die Universitätsverwaltung hat uns die Zimmer zugeteilt. Tatsächlich wohnt meine beste Freundin in einem ganz anderen Haus. Wir sind beliebig ausgewählte Studenten jeden Alters, studieren verschiedene Fächer und begegnen uns vielleicht zufällig in der Küche oder im Wohnzimmer. Manchmal, wie heute Abend, wenn ein paar von uns da sind, bestellen wir etwas zu essen oder schauen zusammen Fernsehen, aber davon abgesehen, führen wir unterschiedliche Leben. Das hier ist nur ein Ort zum Schlafen und Arbeiten.«

»Ich verstehe. Sie haben nicht viel mit Gemma geredet?«

»Nein. Wir sind uns nicht aus dem Weg gegangen oder so, aber ich habe Französisch belegt und ihre Fächer sind Deutsch und Russisch. Abgesehen davon, dass wir beide Sprachen studieren, hatten wir nicht viele Gemeinsamkeiten.« Frans dunkle Augen funkelten.

»Hat sie jemals erwähnt, dass ihr jemand nachstellt?«, fragte Lucy.

»Nein«, antwortete Fran.

Lennox schüttelte den Kopf.

»Hat sie sich mit allen hier gut verstanden?«

»Ja«, sagte Fran, ohne zu zögern.

Lennox stimmte ihr zu: »Auf jeden Fall.«

»Hatte sie irgendwelche Freunde oder Freundinnen, die sie zu Hause besucht haben?«

Lennox ergriff das Wort: »Ich habe außer ihrer Mutter nie jemanden zusammen mit ihr gesehen.«

»Sasha war fast immer irgendwo hier: in der Küche, in Gemmas Zimmer oder im Wohnzimmer, wo sie auf ihre Rückkehr von den Vorlesungen gewartet hat«, erklärte Fran. »Sie war so oft hier, dass ich mich gefragt habe, warum Gemma überhaupt zu Hause ausgezogen ist.« Lucy nahm Bitterkeit in der Stimme des Mädchens wahr, auch wenn es ein achtlos dahingeworfener Kommentar zu sein schien. Fran krempelte die Ärmel ihres Pullovers hoch, brachte stark tätowierte Arme zum Vorschein und sprach weiter: »Gemma verstand sich gut mit Hattie. Hattie könnte mehr wissen als wir.«

»Hat jemand von Ihnen Gemma heute gesehen?«

»Nein.« Es gab weiteres Kopfschütteln.

Lucy entschied sich dazu, es dabei zu belassen und mit Hattie zu sprechen. »Welches Zimmer ist Hatties?«

»Im ersten Stock. Zweites Zimmer auf der linken Seite.«

»Und Gemmas?«

»Neben Hatties«, sagte Lennox. »Ihr Name steht an der Tür.«

»Ich würde mir gern Gemmas Zimmer anschauen.«

»Klar, aber es ist wahrscheinlich abgeschlossen. Wir haben alle persönliche Schlüssel zu unseren eigenen Zimmern.«

»Haben Sie irgendwelche Ersatzschlüssel?«

»Nein.«

»Na gut, sollte es abgeschlossen sein, kommen wir wieder und sehen es uns später an.«

Lennox griff nach seiner Essensschale, stocherte mit der Gabel darin herum, schob sie dann von sich weg und stand auf. »Ich komme mit nach oben. Ich zeige Ihnen Gemmas Zimmer.«

Sie gingen die Stufen zum ersten Stock hinauf, und nachdem er auf Gemmas Namen an ihrer Tür gezeigt hatte, verschwand er eine schmale Treppe hoch. Unten hatte die Musik wieder eingesetzt. Ian versuchte es mit dem Türgriff. Das Zimmer war abgeschlossen.

Hatties Zimmer, neben Gemmas, war für die Möbel darin kaum groß genug. Ein vollgestellter Schreibtisch in Übergröße befand sich unter dem Fenster und ein raumhohes, mit Lehrbüchern und Ordnern gefülltes Bücherregal stand an einer Wand. Eine Collage aus Fotos von Hattie und ihren Freunden bedeckte den Platz über dem Einzelbett, das an die gegenüberliegende Wand gezwängt war.

Hattie lehnte, immer noch im Bademantel, in ihren Kissen, ihre dünnen Arme um die Knie geschlungen. Ihr schmales Gesicht war tränenüberströmt. »Ich kann es nicht glauben.«

»Sie waren gut mit Gemma befreundet?«, fragte Lucy.

»Sie war ein nettes Mädchen. Wir sind gut miteinander ausgekommen.«

»Kennen Sie auch ihre Mutter?«

»Sasha? Sie ist auch toll.« Sie stieß einen langen Seufzer aus und fragte dann: »Weiß sie über Gemma Bescheid?«

»Ja.«

»Sie standen sich sehr nahe. Das wird sie vernichten.«

Lucy warf einen Blick auf die Titel der Bücher auf den Regalbrettern: *Soziologie des Privatlebens, Schlüsselkonzepte der Familienforschung, Soziologie von Gesundheit und Krank-*

heit. »Wir versuchen, herauszufinden, ob Gemma irgendjemanden mit hergebracht hat.«

»Nur Sasha.«

»Hatte sie vor Kurzem mit irgendwem im Haus Streit?«

»Nein. Sie hat sich mit allen verstanden, obwohl es heute Morgen eine kleine Auseinandersetzung zwischen ihr und Lennox gegeben hat. Sie haben sich in der Küche gestritten, aber gleich damit aufgehört, als ich reinkam. Ich habe gefragt, ob alles in Ordnung sei, und sie haben gesagt, ja, das wäre es. Ich glaube nicht, dass es irgendwas Ernstes war. Ich habe gehört, dass Sashas Name ein paar Mal fiel, aber nicht, um was es bei dem Streit genau ging. Es war wahrscheinlich irgendeine unbedeutende Sache. Normalerweise kommen sie gut miteinander aus. Ich habe sogar gedacht, sie würden miteinander rummachen, aber Gemma hat bei der Vorstellung gelacht und gesagt, sie wäre nicht sein Typ.«

»Fällt Ihnen irgendjemand ein, der ihr etwas hätte antun wollen?«

»Überhaupt niemand.«

»Hat sie von anderen Leuten aus ihrem Studiengang gesprochen?«

»Nicht wirklich. Sie war sehr gesellig, aber schien nicht mit jemandem Bestimmtes abzuhängen – sie war eher ein Partygirl, das sich auf keine bestimmte Gruppe oder Person festgelegt hat.«

»Über was haben Gemma und Sie geredet?«

»Das Leben, die Zukunft, die Umwelt, Fernsehen, Reisen, Freundschaften, Familien, Kerle – alles Mögliche.«

»Sie studieren Soziologie?«

»Das stimmt. Ich bin in meinem letzten Jahr.«

»Was werden Sie nach Ihrem Abschluss machen?«

»Für den freiwilligen Entwicklungsdienst im Ausland arbeiten. Etwas tun, das bei der Armutsbekämpfung hilft. Mein Vater ist Pfarrer in Little Beansfield. Er hat vor einigen Jahren in Afrika gearbeitet. Ich würde gern etwas Ähnliches machen.« Little Beansfield war ein kleines Dorf, das, von Ackerland umgeben, etwa vierundzwanzig Kilometer von Samford entfernt lag; ein ruhiger Ort, dessen Bewohner hauptsächlich ältere Landwirte waren.

»Was ist mit Gemma? Hatte sie irgendwelche Pläne?«

»Keine festen, obwohl sie reisen wollte, besonders nach Russland, um etwas über die Herkunft ihrer Familie zu erfahren. Sie war richtig begeistert, wenn sie davon sprach, und jetzt ... wird sie es nicht mehr tun. Das ist ... scheiße!« Sie umschlang ihre Knie fester.

»Wir würden gern einen Blick in Gemmas Zimmer werfen, aber es ist abgeschlossen. Haben Sie zufällig einen Schlüssel dafür?«, fragte Lucy. Sie bekam ein Kopfschütteln als Antwort. Hattie weinte wieder stille Tränen. Der Schlüssel war möglicherweise bei Gemmas anderen Sachen dabei. Sie würden ihn von der Forensik abholen und zurückkehren müssen.

»Fällt Ihnen noch etwas ein, das uns helfen könnte? Irgendetwas, das sie gesagt hat – eine Sorge, die sie sich über jemanden gemacht hat, einen unangenehmen Kunden bei der Arbeit, jemand, der gemein zu ihr war? Irgendetwas?«

Hattie hickste und kämpfte gegen die Tränen an, die jetzt frei flossen. »Mir ... fällt ... niemand ein. Sie war nett. Zu allen.«

So tränenüberströmt, wie die junge Frau jetzt war, konnten sie nicht viel mehr von Hattie in Erfahrung bringen. Als sie auf dem Treppenabsatz standen, sagte Lucy: »Ich denke, wir sollten es noch einmal bei Lennox probieren, um herauszufinden, warum Gemma und er Streit hatten.« Sie stiegen ins Dachgeschoss hinauf, und da sie nicht wussten, welches Schlafzimmer Lennox gehörte, klopften sie an beiden Türen, bekamen aber keine Reaktion. Der Klang einer Stimme ließ sie umdrehen.

»Er ist vor ein paar Minuten gegangen.« Fran stand an der Treppe, ein Glas Wasser in der Hand.

»Wissen Sie, wohin?«

»Er hat gesagt, er würde etwas trinken gehen. Ich denke, er ist ziemlich aufgewühlt wegen Gemma.«

»Welches Zimmer gehört Ihnen?«

»Das im gleichen Stock wie Hatties und Gemmas. Meins ist gegenüber von Gemmas, neben dem Bad.«

»Okay, danke. Wir reden später mit Lennox.«

Draußen vor dem Haus machte Lucy ein langes Gesicht. »Was hältst du von ihnen allen?«

»Ein seltsamer Haufen. Ich bin froh, dass ich nie studiert habe. Ich fände es schwierig, mit Leuten zusammenzuwohnen, die nicht die gleichen Dinge mögen wie ich.«

»Ja, ich auch. Es hat mich an das Leben im Heim erinnert. Wir haben uns nicht wirklich verstanden. Wir haben uns einfach damit abgefunden.«

»Mir ist die Notwendigkeit, den Täter zu fassen, bewusst, aber ich denke, dass wir heute Nacht, oder vielmehr heute Morgen, nicht viel mehr erreichen können«, sagte Natalie, warf einen Blick auf ihre Uhr und stellte fest, dass es fast ein Uhr morgens war. »Wir haben zwei klare Richtungen, denen wir nachgehen können: die Mitbewohner, insbesondere Ryan Hausmann und Lennox Walsh, deren Alibis eingehend geprüft werden müssen, und die Chancer's Bar. Ich möchte wissen, ob irgendein Mitarbeiter oder Gast der Bar ein Problem mit Gemma hatte. Jemand hat das Mädchen aus irgendeinem Grund ins Visier genommen und wusste, dass sie zur Bibliothek fahren würde. Wer?«

»Hattie wusste, dass Gemma zur Bibliothek wollte. Sie hätte sie mitgenommen, wenn sie sich nicht krank gefühlt hätte«, sagte Ian.

»Dann sollten wir genau wissen, wo Hattie zum Zeitpunkt des Angriffs war, und herausfinden, wer zur gleichen Zeit wie Gemma im Bus um achtzehn Uhr vierzig saß. Sofern sie kein zufälliges Opfer war, wusste jemand, wo sie hinwollte, oder ist ihr gefolgt. Okay, bis morgen in aller Frühe«, sagte Natalie.

Murray und Lucy brachen auf, doch Ian, der seine Notizen durchging, folgte den beiden nicht. Natalie kehrte an ihren Schreibtisch zurück. Sie hatte keine sofortigen Pläne, in ihre leere Wohnung und zu einer Nacht der Qualen zurückzukehren. Ian schaute hoch und sagte beiläufig: »Ich habe es nicht eilig, nach Hause zu fahren. Ich würde lieber durch die Datenbanken gehen und alles über die Mitbewohner herausfinden, was ich kann.«

»Wenn dir danach ist. Ich lehne mich eine Weile zurück, um das Material der Überwachungskamera durchzusehen und herauszufinden, ob wir Lennox' Aufenthaltsort bestätigen können.«

Er nahm das als Bestätigung an und ging zum Ende des Büros, wo er sich in den Computer und in die allgemeine Polizeidatenbank einloggte. Natalie saß vor ihrem eigenen Gerät und sah sich die Aufnahmen an, die von der Universität geschickt worden war. Lennox' Ausweis war, wie er ausgesagt hatte, um achtzehn Uhr fünf vor einem der Labore eingelesen worden, auch wenn das nicht automatisch bedeutete, dass er die Person gewesen war, die ihn durchgezogen hatte. Bis sie beweisen könnten, dass er tatsächlich im Labor gewesen war, würde er unter Verdacht stehen.

Die naturwissenschaftlichen Institute erstreckten sich über mehrere Etagen eines großen Gebäudes mit Glasfassade, das sich in der Mitte des Campus neben einem Parkplatz befand und mit zwei Eingängen ausgestattet war, von denen nur einer eine aktive Überwachungskamera besaß. Sie überprüfte den Haupteingang, dessen Kamera auf den Weg gerichtet war, der vom Parkplatz herführte und alles Kommen und Gehen zum Vorschein brachte. Die Aufnahmen zeigten nichts außer einem grauen Bild eines leeren Pfads. Minute für Minute kam oder ging niemand, dennoch beobachtete Natalie aufmerksam, was geschah. Wenn Lennox Walsh das Gebäude verlassen hätte und diesen Weg zu seinem Auto entlanggegangen wäre, würde sie ihn auf diesem Bildmaterial entdecken. Es würde ihnen das Leben um einiges erleichtern, wenn sie ihn finden könnte, aber das Leben war nie einfach. Es würde ein langer, schwieriger Prozess werden.

SECHS

SAMSTAG, 17. NOVEMBER – MORGEN

Natalie duschte schnell auf dem Revier, zog sich eine Bluse und frische Unterwäsche an, die sie in eine Sporttasche geworfen und im Auto gelassen hatte. Sie fühlte sich nicht besonders müde, obwohl sie die ganze Nacht lang wach gewesen war und das Bildmaterial durchforstet hatte. Sie ärgerte sich eher über die Tatsache, dass sie Lennox nicht hatte ausfindig machen können, bis er die Fakultät um zwanzig Uhr sechs an jenem Abend verließ und in Richtung Parkplatz schlenderte. Sie hatte den Schluss gezogen, dass er durch den Hintereingang hätte weggehen können, und hatte es mit den Aufnahmen von anderen Überwachungskameras versucht, die an verschiedenen Gebäuden angebracht und auf den Gehweg zur Bibliothek gerichtet waren, ihn aber nirgends entdecken können. Wenn er das Labor verlassen und Gemma angegriffen hatte, war er offensichtlich nicht von den Überwachungskameras der Universität erfasst worden. Dass bis jetzt niemand seine Anwesenheit im Labor bestätigt hatte, hinterließ nach wie vor ein Fragezeichen darüber, ob er dort gewesen war oder nicht. Fürs Erste aber musste sie sich woanders umschauen. Sie würde bei den anderen Mitbewohnern beginnen und im Anschluss daran zur Chancer's Bar fahren.

Ian war noch fast zwei Stunden geblieben, und nachdem er so viele Informationen wie möglich über die im Haus in der Eastview Avenue wohnenden Studenten gesammelt hatte und durch die Aussagen derer gegangen war, die zur Zeit des Angriffs in der Bibliothek gewesen waren, war er schließlich nach Hause gefahren, um etwas Schlaf zu bekommen. Um Punkt sieben Uhr morgens war er wieder aufgetaucht und hatte seitdem schweigend gearbeitet.

Natalie hatte ihn nicht nach seiner persönlichen Situation fragen wollen. Seine Freundin hatte ihn vor einigen Monaten verlassen und ihre kleine Tochter mitgenommen. Nachdem er mit der Möglichkeit gerungen hatte, den Polizeidienst zu beenden, um sie zurückzugewinnen, hatte er sich schließlich dazu entschieden, zu bleiben. Seitdem schien er sich noch tiefer in die Arbeit zu stürzen, und seinem Aussehen nach zu urteilen, forderte das seinen Tribut. Allerdings durfte sie es angesichts des eigenen Spiegelbildes nicht kommentieren. Sie selbst sah eindeutig alt, müde und erschöpft aus. Sie rückte ihre Kleidung zurecht, stellte sicher, dass sie für den vor ihr liegenden Tag anständig aussah, und ging nach oben zu Ian, der schließlich etwas Wichtiges über Lennox ans Licht gebracht hatte.

»Hattie hat gesagt, Gemma und er hätten gestern Morgen miteinander in der Küche gestritten und Sashas Name sei dabei gefallen, deshalb habe ich mir seine Social-Media-Profile angeschaut. Er folgt Sasha nicht nur auf Insta, sondern hat auch jedes einzelne ihrer Fotos gelikt und die meisten davon kommentiert.«

»Folgt er auch Gemma?«

»Ja, aber er hat keines ihrer Fotos mit einem ›Gefällt mir‹ versehen.«

»Zeig mal.«

Ian rief Sashas Instagram-Seite auf. Die Fotos zeigten

hauptsächlich Gemma und sie in verschiedenen Outfits, die neueren aber zeigten Sasha in Kleidung, die sie als Teil ihrer neuen Kollektion selbst entworfen hatte.

Natalie las sich durch die Kommentare und sagte: »Sie sind nicht seltsam, aber ich würde sagen, dass Lennox eindeutig auf Sasha steht: ›Sieht super an dir aus‹, ›Du siehst umwerfend aus in Blau‹, ›Sehr sexy!‹. Ich denke, wir müssen noch einmal mit Lennox sprechen. Was wissen wir über ihn?«

»Seine Mutter ist Jocelyn Walsh, eine erstklassige Innenarchitektin für die Reichen und Berühmten. Sie hat sich vor Lennox' Geburt von Roderick Walsh, einem Bauunternehmer, scheiden lassen. Roderick ist 1999 nach Perth, Australien, ausgewandert. Ich habe keine weiteren Informationen über ihn. Es sieht so aus, als hätte Jocelyn Kindermädchen beschäftigt, als Lennox jünger war, und ihn dann mit acht Jahren aufs Internat geschickt.«

»Mit acht!« Sie verzichtete auf jeglichen weiteren Kommentar. Ihr eigener Beruf hatte es fast unmöglich gemacht, sich um ihre eigenen Kinder zu kümmern, sie hatte aber das Glück gehabt, dass David sowie ihr Schwiegervater Eric eingesprungen waren, wenn sie nicht für sie da sein konnte. Sie dachte über den Grund von Lennox' Schwärmerei für Sasha nach. Es war nicht schwer zu verstehen – die Frau war wunderschön. »Ich bin mir nicht sicher, warum er es auf die Tochter einer Frau, die er attraktiv fand, abgesehen hätte, da er aber gestern Morgen mit Gemma gestritten hat und sie später am Tag angegriffen wurde, sollten wir diesen Ermittlungsansatz auf jeden Fall weiterverfolgen.«

Lucy tauchte mit einem Kaffee zum Mitnehmen für alle auf. »Ian hat gesagt, dass du da bist. Dachte, du könntest einen Koffein-Muntermacher gebrauchen. Murray ist auf dem Weg. Er hat einen Zwischenstopp am Busbahnhof eingelegt.«

Natalie bedankte sich bei ihr und nahm den angebotenen Becher entgegen. Es fühlte sich seltsam an, dass sich jemand um ihre Bedürfnisse kümmerte. »Ich dachte, dass wir es an der Universität versuchen sollten. Kannst du mit Murray eine Liste aller Studenten aus Gemmas Studiengang zusammenstellen und mit ihnen und den Dozenten, die sie unterrichtet haben, sprechen?«

»Klar.«

»Ian, wir beide versuchen es noch einmal bei den Mitbewohnern.« Sie blickte zu der Person auf, die gerade hereinkam.

Murray schritt mit hängenden Schultern den Gang entlang, wie ein Gladiator, der sich auf einen Kampf vorbereitete. »Guten Morgen zusammen. Hast du mir einen schlanken Soja-Latte mitgebracht?«, fragte er Lucy.

»Einen Scheiß hab ich. Du bekommst deine übliche dreifache Herzinfarktvariante mit Vollmilch und drei Stück Zucker.«

»Ausgezeichnet!« Er griff nach dem Becher, auf den sie zeigte, nahm einen großen Schluck und schmatzte laut mit den Lippen, bevor er sagte: »Ich habe mit dem Busfahrer gesprochen, der letzte Nacht im Dienst war. Er erinnert sich an Gemma. Sie war die einzige Person, die an der Haltestelle in der Nähe der Bibliothek ausgestiegen ist.«

»Sieht so aus, als könnten wir die anderen Passagiere in dem Bus dann ausschließen«, meinte Natalie.

»Ja. Was bedeutet, dass wir entweder nach jemandem suchen, der wusste, dass sie auf dem Weg zur Bibliothek war, oder nach einem zufälligen Angreifer«, ergänzte Murray.

»Beides ist möglich, obwohl Lennox' Alibi immer noch ein wenig vage ist und wir herausgefunden haben, dass er gestern Morgen mit Gemma gestritten hat. Wir werden ihn damit konfrontieren.« Natalie setzte den Deckel wieder auf ihren Becher und machte sich bereit, um aufzubrechen.

Lucy ließ die Autoschlüssel in Murrays Richtung klimpern. »Los geht's. Trink aus. Wir befragen Studenten.«

»Wir kommen später nach«, sagte Natalie, als sie dicht von

Ian gefolgt das Büro verließ. Nach drei Schritten im Flur surrte ihr Handy. Es war ihr Sohn. Sie nahm das Gespräch an, während sie zügig weiterlief.

»Hi, Josh.«

»Wollte nur nachfragen, ob es heute Abend immer noch passt.«

»Auf jeden Fall. Hör mal, ich arbeite an einer Ermittlung und bin mir nicht sicher, wann ich da sein werde.«

Eine lange Pause entstand, gefolgt von der vorsichtigen Frage: »Bist du dir sicher, dass es dir gut genug geht, um wieder anzufangen, Mum?«

»Es geht mir gut. Ich musste zurückkehren.«

»Na ja ... Wenn du dir sicher bist.«

»Ich bin mir sicher. Es bedeutet aber, dass ich unterwegs sein könnte, wenn du kommst.«

»Das ist okay. Ich habe einen Ersatzschlüssel.«

»Ich versuche, nicht zu spät zu Hause zu sein.«

»Klar. Kein Problem.«

»Bis später. Hab dich lieb.«

»Ja. Ich dich auch.«

Seine Antwort wärmte ihr das Herz. Es war lange her, seitdem er irgendeine Zuneigung gezeigt hatte. Egal, was bei diesen Ermittlungen passierte, sie würde ihn nicht zurückstellen. Sie hatte bereits ein Kind verloren. Sie würde nicht auch noch das zweite verlieren.

Lennox wischte sich den Schlaf aus den Augen und setzte sich auf die Bettkante. Das Zimmer roch nach Schweiß und muffigen Klamotten. *Wie der Wäschekorb im Bad zu Hause,* dachte Natalie. Das Zimmer des jungen Mannes war überraschend aufgeräumt, ein Laptop, Mappen und Stifte lagen ordentlich auf einem eckigen Tisch, unter dessen laminierter Arbeitsplatte sich rote Plastikablagen statt üblicher Schubladen befanden. An den Wänden hingen keine Poster, nur eine Korkpinnwand, an der sein Stundenplan und eine Liste von Aufgaben hing, die fertiggestellt werden mussten.

Er rieb sich das Gesicht und gähnte erneut, bevor sprach: »Es war kein richtiger Streit. Gemma war sauer auf mich, das ist alles.«

»Warum?«, fragte Natalie.

Er zuckte leicht mit den Schultern. »Wegen ihrer Mutter. Gemma hat gesagt, ich würde zu viel Interesse an ihr zeigen.«

»Und haben Sie das getan?«

»Nicht wirklich. Ich folge ihr auf Instagram und habe ein paar Mal mit ihr geredet, als sie vorbeigekommen ist.«

»Warum folgen Sie Sasha auf Instagram?«

»Sie haben sie gesehen«, antwortete er, öffnete die Hände und zuckte erneut mit den Schultern.

»Weil Sie sie attraktiv finden?«, fragte Natalie.

»Ja. Sie ist sehr heiß.«

»Ich kann nicht nachvollziehen, warum Gemma sich darüber hätte aufregen sollen. Sie wusste, dass ihre Mutter gut aussieht, und ich bin mir sicher, auch davon, dass sie viele Verehrer hat. Gibt es etwas, das Sie uns verschweigen? Wenn das der Fall ist, wäre es besser, Sie spucken es gleich aus, als wenn ich es herausfinde und zurückkommen muss.«

Er stützte die Hände auf die vom Pyjama verdeckten Knie. »Sie war verärgert, weil ich ein paar Mal zur Chancer's Bar gegangen bin und mit Sasha geredet habe. Sie hat gesagt, ich solle die Finger von ihrer Mutter lassen.«

»Ich verstehe immer noch nicht, warum das einen Streit ausgelöst hat.«

Er seufzte tief. »Sie hat gesagt, ich würde Sasha stalken.«

»Und tun Sie das?«

»Nein!«

»Sie muss Sie aus gutem Grund deswegen beschuldigt haben.«

»Gemma hat überreagiert und mich angepflaumt.« Er warf einen Blick auf den Nachttisch, auf dem sein Smartphone lag, und Natalie fragte sich, warum er sich auf einmal nervös die Knie rieb.

»Wäre es ein Problem, wenn ich Sie bitten würde, mir Ihr Handy zu geben?«

»Nein.« Sein Gesicht sagte jedoch etwas anderes.

»Gibt es etwas darauf, dass wir nicht sehen sollen?«

»Okay. Ich habe ein paar Fotos von Sasha gemacht, als sie hier im Haus war. Sie ist hübsch und man kann gut und leicht mit ihr ins Gespräch kommen. Es war nichts Schlimmes dabei.«

»Haben Sie oft mit ihr gesprochen?«

Er ließ den Kopf hängen. »So ziemlich jedes Mal, wenn sie vorbeigekommen ist. Wenn ich ihre Stimme gehört habe, bin ich die Treppe runtergegangen und habe mich ein bisschen mit ihr unterhalten.«

»Zeigen Sie mir die Fotos.«

Er griff nach dem Handy, blätterte durch die Galerie und reichte es herüber. Er hatte mindestens fünfzig Bilder von Sasha gemacht, im Haus, beim Gespräch am Tisch, wie sie den Weg hinunterging, in ihr Auto stieg, hinter der Theke arbeitete, lächelte, lachte. Auf den meisten, wenn nicht allen davon, war sie völlig ahnungslos, dass er sie fotografierte.

»Sind diese Fotos der Grund, weshalb Gemma sich über Sie geärgert hat?«

»So ungefähr. Sie und meine Besuche in der Bar. Sie hat es wie etwas hingestellt, das es nicht war.«

»Das ist dann ein Ja?«

»Ich habe Sasha nicht gestalkt.«

»Ich werde dieses Handy einbehalten. Es überprüfen lassen.«

»Warum? Da ist sonst nichts drauf.«

»Dann wird es Ihnen nichts ausmachen, dass unser Technik-Team es untersucht, oder?«

»Nein, ich denke nicht. Wann kann ich es zurückbekommen?«

»Wenn sie fertig sind.« Sie reichte Ian das Smartphone, der es in eine Plastiktüte schob. »Würden Sie sagen, dass Sie ein wenig besessen von Sasha sind?«, fragte sie.

»Nicht besessen. Ich schwärme für sie. Das ist alles. Es ist nicht ungewöhnlich, oder?«

»Aber Gemma hat es offenbar für eine Besessenheit gehalten«, meinte Natalie.

Er nickte. »Sie hat es total hochgespielt und mir gesagt, ich solle mich zurückhalten oder sie würde der Polizei erzählen, dass ich Sasha belästige.«

»Aber das haben Sie nicht?«

»Nein! Gemma war überbeschützend. *Sie* hatte das Problem, nicht ich.«

»Und darüber haben Sie gestern Morgen gestritten?«

»Ja.«

»Hat es zwischen Gemma und Ihnen oft Streit gegeben?«

»Nein. Das war das einzige Mal. Davor war alles gut zwischen uns.«

»Mochten Sie Gemma?«

»Auf was wollen Sie hinaus? Ich habe ihr nichts getan. Ich war den ganzen Abend bis kurz nach acht im Chemielabor.«

»Wir überprüfen das. Was haben Sie dort gemacht?«

»Ich habe an einem Experiment gearbeitet.«

»An was für einem Experiment?«

»Wir versuchen, umweltfreundliche Reaktionen mithilfe eines angelegten Magnetfelds zu erzeugen, die zu einer nachhaltigen chemischen Zukunft beitragen können«, erwiderte er. Seine Antwort überstieg Natalies Verständnis von Chemie bei weitem, aber sie notierte es sich trotzdem. Sein Tutor würde es bestätigen. Der junge Mann fuhr sich mit einer Hand durch die buschigen braunen Haare und sprach weiter: »Ich habe Gemma nicht angegriffen. Ehrlich.«

»Wir werden mit Sasha sprechen müssen, und wenn wir dann noch weitere Fragen haben, kommen wir wieder«, sagte Natalie. Das war noch nicht vorbei. Der Junge war eindeutig in Sasha verschossen und hatte es geschafft, Gemma so sehr aufzubringen, dass sie gedroht hatte, ihn bei der Polizei anzuzeigen.

»Ich würde Sie gern fragen, wo Sie letzte Nacht waren, nachdem meine Kollegen mit Ihnen gesprochen hatten.«

»Nur auf einen Drink in der Stadt. Es war ein Riesenschock, von Gemmas Tod zu erfahren, und Hattie hat sich in ihrem Zimmer die Seele aus dem Leib geheult. Ich habe es nicht ausgehalten, hier zu bleiben. Wie geht es Sasha?«

»Wie zu erwarten.«

»Ich habe überlegt, sie zu besuchen.«

»Ich würde erst einmal davon absehen.«

Er rieb sich die Bartstoppeln, die ihn älter aussehen ließen, als er tatsächlich war. Seine Augen wirkten traurig. »Ja, das ist wahrscheinlich das Beste.«

»Wo sind Sie für den Drink hingegangen?«

»Nur in die Stadt – in das Three Kings Pub. Ich habe dort Ryan und ein paar andere Studenten, die ich kenne, getroffen und ihnen von Gemma erzählt. Ich habe ein paar Shots getrunken, eine Weile gequatscht und mir dann einen Döner geholt. Ich bin spät zurückgekommen, wahrscheinlich nach ein Uhr.«

»Ryans Zimmer befindet sich gegenüber von Ihrem, nicht wahr?«

»Auf der anderen Seite vom Bad. Ich bin mir sicher, dass er da ist. Ich habe ihn vor Kurzem duschen gehört.«

Sie verließen das Zimmer des Jungen und duckten sich hinaus auf den Treppenabsatz. In diesem Stock war es enger und es gab viel weniger Kopffreiheit als im Stockwerk darunter. Der abgenutzte Teppich konnte nicht verhindern, dass die Holzdielen laut knarrten, als sie zu Ryans Tür hinübergingen und anklopften. Natalie tastete in ihrer Tasche nach dem Schlüssel zu Gemmas Zimmer, den sie bei der Forensik abgeholt hatte, ehe sie vom Revier aufgebrochen waren. Sie verschob es, in das Zimmer der toten jungen Frau zu schauen, und wollte erst einmal mit Ryan Hausmann sprechen, der mit ihr zusammen gewesen war.

Ryan, der eine Jeans und ein frisches blaues Hemd trug, trat aus dem Bad und verströmte dabei einen Geruch nach Zimt und Citrus. Er blieb vor ihnen stehen. Mit seinen breiten Schultern, dem ausdruckslosen Gesicht und sehr kurz geschnittenen strohblonden Haaren erinnerte er Natalie an eine Actionfigur. Sie zeigten ihm ihre Dienstausweise und er nickte höflich. »Ich bin Ryan. Ich habe gestern zufällig Lennox in der Stadt getroffen und er hat mir die schreckliche Nachricht über Gemma überbracht.« Sein Akzent klang nicht Englisch; eher wie eine Mischung aus Niederländisch und etwas anderem, das Natalie nicht verorten konnte.

»Wir hatten gehofft, Sie könnten uns mehr über sie erzählen.«

Ryan machte keine Anstalten, sie in sein Zimmer zu bitten, sondern hielt die Augen fest auf Natalie gerichtet. »Ich kann nicht viel mehr sagen, als dass sie ein sehr nettes Mädchen war. Wirklich nett. Ich nehme an, Sie haben gehört, dass wir eine Zeit lang ein Paar waren.«

»Warum haben Sie sich getrennt?«

»Gemma wollte sich auf ihr Studium konzentrieren.«

»Ihre Mutter hat uns erzählt, dass es Ihnen mit Gemma ernst war«, sagte Natalie.

»Ernst? Ich habe sie sehr gemocht, aber es war nichts *Ernstes*.«

»Sind Sie nach der Trennung noch gut miteinander ausgekommen?«

»Natürlich sind wir das, obwohl ich sie wegen unserer unterschiedlichen Stundenpläne kaum gesehen habe. Wir sind uns im Flur über den Weg gelaufen, wenn einer von uns beiden gerade rausgegangen und der andere reingekommen ist.« Der

Akzent klang allmählich vertrauter und Natalie erkannte ihn als Afrikaans.

»Wussten Sie, was ihre Pläne für gestern Abend waren?«

»Sie wollte zur Bibliothek fahren, um etwas Arbeit nachzuholen. Sie war mit irgendeiner Aufgabe spät dran.«

»Wann hat sie Ihnen das erzählt?«

»Gestern Morgen, als Hattie gefragt hat, wer später am Abend da sein würde. Sie hat versucht, ein Zusammensein mit bestelltem Essen zu organisieren. Wir machen das manchmal. Dann legen wir unser Geld zusammen, suchen Essen aus und teilen es miteinander.«

»Wer war sonst noch anwesend, als Hattie gefragt hat, wer da sein würde?«

»Fran und Lennox.«

»Und Gemma hat angekündigt, dass sie weg sein würde.«

»Genau. Sie hat gesagt, dass sie wahrscheinlich erst zurück sein würde, nachdem die Bibliothek um zehn zumacht.«

»Was ist mit Lennox? Hat er gesagt, was er vorhatte?«

»Er wollte dabei sein und hat gesagt, dass er rechtzeitig da sein würde. Fran genauso, obwohl sie irgendein Treffen oder etwas anderes davor hatte. Ich war raus. Ich hatte schon Pläne, mit Freunden in die Stadt zu gehen.«

»Wo sind Sie gestern Abend hingegangen?«

»Auf eine Pub-Tour durch Samford bis spät in die Nacht. Ich kann Ihnen die Namen der Leute geben, mit denen ich unterwegs war.«

»Sie sehen ziemlich fit aus für jemanden, der letzte Nacht auf einer Pub-Tour war.«

»Starke Konstitution. Ich kann gut was vertragen.«

»Wo waren Sie?«

»Im White Hart, Stolen Pig ... Ich kenne nicht alle ihre Namen.«

»Wir müssen mit Ihren Freunden sprechen. Können Sie mir ihre Namen geben?«

»Stuart Button und William Ingles. Sie wohnen nur drei Häuser weiter, in Richtung der Hauptstraße.« Er zögerte kurz, bevor er leise fragte: »Hat sie gelitten?«

»Ich darf wirklich nicht darüber sprechen.«

»Es ist absolut widerlich, was mit ihr passiert ist. Säure! Das hat sie nicht verdient. Was für ein Scheißkerl hat ihr das angetan?« Es war das erste Mal, dass er irgendeine Emotion zeigte. Er kämpfte sichtbar damit, sich zu beruhigen, doch ehe sie sich versah, hatten sich seine Züge wieder entspannt und sein Gesicht war ausdruckslos. Er fragte, ob er noch behilflich sein könne.

»Wir setzen uns mit Ihnen in Verbindung, wenn wir wieder mit Ihnen reden müssen«, antwortete sie.

Sie ließen ihn stehen und gingen die paar Treppenstufen zum ersten Stockwerk hinunter. Vor Gemmas Zimmer hielten sie an. Natalie angelte den Schlüssel hervor, steckte ihn in das Schlüsselloch und drehte ihn. Die Tür öffnete sich mit einem leichten Ächzen. Die Vorhänge waren zugezogen und Natalie musste sich über das Schlafsofa beugen, auf dem sich die Kissen in die Höhe stapelten, um sie aufzuziehen. Als sie sich umdrehte, bemerkte sie als Erstes einen silbernen Rahmen mit einem Foto, der auf dem Tisch an der Wand stand. Das Bild zeigte Gemma, wie sie die Arme um ihre Mutter gelegt hatte und mit ihr zusammen in die Kamera lächelt. Ein Kloß bildete sich in ihrem Hals.

Ian fing an, den Einbauschrank und die Schubladen zu durchsuchen. Natalie ließ ihren Blick über die blaugestreifte, silberfarbene und weiße Bettdecke wandern. Dazu gab es passende Kissen in einer Mischung aus einfarbigem Blau und mit Mustern, die fein säuberlich auf dem ausklappbaren Bett in der Mitte drapiert worden waren, sodass der Eindruck eines Sofas erzeugt wurde. Drei silberne Pflanzenständer mit künstlichem Lavendel standen auf dem Fensterbrett, und zartblaue sowie weiße Aufbewahrungsboxen voller persönlicher Gegenstände – Schminktäschchen, Kleidung und Bücher – stapelten sich zwischen Bett und Tisch. Natalie erblickte eine türkisfarbene Wasserflasche neben einem dazu passenden Teddybären und wurde wieder an Sasha erinnert. Sie las sich Notizen durch und überflog die Arbeiten des Mädchens. So eine ordentliche Handschrift wie ihre hatte Natalie noch nie gesehen. Sie schien gut organisiert gewesen zu sein, ein A5-Taschenkalender, der mit blauen Schmetterlingen bedruckt war und auf ihrem Schreibtisch lag, enthielt nur Abgabetermine für Seminararbeiten und Schichtzeiten in der Chancer's Bar. Mehrere Zettel waren hinten in den Kalender geschoben – ein veralteter Flyer für einen Abend mit kostenlosen Getränken in der Studentenvereinigung eine Quittung für Kursbücher, ein Schreiben mit der Einladung, eine Kreditkarte zu einem günstigen Studententarif zu erwerben, sowie eine zusammengefaltete Din-A4-Seite. Natalie faltete sie auseinander. Es handelte sich um einen getippten Brief, der mit »Ein Bewunderer« unterzeichnet war.

»Sie hatte einen Fan. Ian, hör dir das an: ›Liebe Gemma, hi! Ich wollte dir sagen, dass ich dich unglaublich finde.

Ich habe dich heute mit deiner Mutter in der Stadt gesehen. Ich habe angehalten und dich angestarrt. Ich war nicht unhöflich. Eigentlich das Gegenteil davon. Ich war von dir hypnotisiert: von der Art, wie du gehst, wie du deinen Kopf auf die eine Seite legst, wenn du jemandem aufmerksam zuhörst, und von deinem Lächeln. Es ist ... perfekt.

Na ja, jetzt weißt du, was ich denke, und ich werde den richtigen Moment erwischen, um mich dir vorzustellen. Ich bin aufgeregt und nervös, herauszufinden, wie deine Reaktion sein wird, wenn ich mit dir spreche. Ich hoffe, du hast ein Lächeln für mich. Ein Bewunderer.‹« Sie betrachtete den Brief noch einmal. Es stand kein Datum darauf, es gab keinen Briefumschlag und es war schwierig zu sagen, wann Gemma ihn erhalten haben könnte. Der Flyer war für eine Veranstaltung, die am 28. September stattgefunden hatte, und die Buchquittung sowie der Kreditkartenbrief waren jeweils vom 18. und 19. September. Es war möglich, dass der Brief vom Bewunderer ungefähr zur gleichen Zeit zugestellt worden war. »Wir nehmen ihn mit zu den Studenten und schauen, ob sie irgendetwas darüber wissen.« Sie ließ ihn in einen Plastik-Beweisbeutel gleiten und suchte nach weiteren Briefen, doch es gab keine und auch sonst fiel Natalie nichts ins Auge.

»Ich kann nichts Ungewöhnliches feststellen «, sagte auch Ian und schob die unterste Schublade zu, die er durchsucht hatte.

»Nein. Sie war genauso, wie alle es beschrieben haben – ein nettes Mädchen.«

»Vielleicht wurde sie genau deswegen ins Visier genommen«, sagte Ian.

Natalie betrachtete erneut das Foto von Gemma und Sasha. Sie war nicht so glamourös oder auffallend wie ihre Mutter gewesen, aber sie hatte eine Frische und Lebendigkeit an sich gehabt, die durchaus attraktiv war. Jemand hatte das zerstören wollen. »Du könntest richtig liegen«, sagte sie.

Gemma,

ich bin Beleidigungen gewöhnt. Ich kenne sie alle, aber von dir habe ich etwas anderes erwartet. Du denkst vielleicht, du hättest leise geflüstert, aber ich habe gehört, was du und deine Mutter über mich gesagt habt. Der Versuch, mich mit dir anzufreunden, scheint wohl aussichtslos. Es ist mir egal, ob du beliebt bist und hübsch und dich jeder mag. Du bist genauso böse wie all die anderen Mädchen, denen ich begegnet bin: eine grausame Schlampe. Auf manche Weise bist du noch schlimmer als sie, weil du alle mit deinem falschen Lächeln und geheuchelten Interesse hereinlegst. Du kannst sie täuschen, mich aber nicht!

Wenn ich so beliebt wäre wie du, würde ich aufrichtig nett zu allen sein und keine höhnischen Kommentare über andere hinter ihrem Rücken abgeben.

Könntest du einen Tag lang in meiner Haut stecken, würdest du verstehen, wie ich mich fühle, und hättest mich niemals so behandelt. Ich wünschte, ich könnte dir zeigen, wie verletzend es ist, verspottet zu werden.

Ein Bewunderer

SIEBEN

SAMSTAG, 17. NOVEMBER – MORGEN

Natalie und Ian reichten den Brief unter den Mitbewohnern herum, doch niemand von ihnen erkannte ihn oder hatte irgendeine Idee, wer der Absender gewesen sein könnte. Gemma hatte ihn keinen von ihnen gegenüber erwähnt. Hattie war die einzige Person, die sie nicht fragen konnten, da sie ihre Tür nicht öffnete; aus ihrem Zimmer drang kein Geräusch. Als sie die Klinke hinunterdrückten, bemerkten sie, dass abgeschlossen war.

Einen Augenblick lang war Ian überrascht. »Ich hatte erwartet, dass sie hier sein würde. Sie war gestern Abend sehr aufgewühlt wegen Gemma ... und hat behauptet, sie wäre gestern nicht zu ihrer Achtzehn-Uhr-Vorlesung gefahren, weil sie sich ausgelaugt gefühlt hätte.«

Natalie bemerkte seine Besorgtheit. »Sie könnte aus den verschiedensten Gründen nicht da sein, überprüf aber bitte noch mal, ob sie gestern Abend wirklich zu Hause war, und schau, ob du herausfinden kannst, wie sehr sie wirklich eine Freundin für Gemma gewesen ist.«

»Ihr Vater ist Pfarrer«, sagte Ian geistesabwesend, dann bremste er sich plötzlich: »Ja ... ich weiß. Das heißt nichts. Ich glaube, ich möchte eigentlich sagen, dass sie mir aufrichtig vorgekommen ist. Sie möchte bei der Armutsbekämpfung im Ausland helfen.«

»Das ist sehr lobenswert, aber wir wissen beide, dass der äußere Schein trügen kann und Menschen lügen. Pfarrerstochter hin oder her, lass uns sichergehen, dass sie tatsächlich zu Hause war, wie sie es behauptet hat.«

»Sie besitzt einen grauen Nissan Micra. Ich werde mir die Strecke zwischen dem Haus und der Bibliothek ansehen und schauen, ob er zwischen achtzehn und neunzehn Uhr an irgendwelchen Kameras vorbeigekommen ist.«

»Das ist ein guter Anfang, obwohl sie, selbst wenn sie für den Angriff verantwortlich war, ihr Auto womöglich nicht benutzt hat – vielleicht hat sie stattdessen den Bus oder ein Taxi in die Stadt genommen oder ist sogar bei jemandem mitgefahren.«

»Und hat die Bibliothek vor Gemma erreicht?«

Natalie wusste, dass es nur ein Schuss ins Blaue war, aber sie mussten dem trotzdem nachgehen. »Es ist möglich, dass Hattie vorgefahren ist und Gemma angegriffen hat. Ich bin mir nicht sicher, wie wahrscheinlich das ist, aber da wir noch nicht bestätigen können, dass sie zu Hause war, als Gemma attackiert wurde, müssen wir dieser Möglichkeit nachgehen. So, lass es uns bei Ryans Freunden versuchen. In welchem Haus wohnen sie?«

»Nummer 59.«

Während sie die Eastview Avenue entlanggingen, hielten sie Ausschau nach Hatties Nissan Micra, aber es gab kein Anzeichen davon, dass er zwischen den zahlreichen Autos parkte, die in unvorstellbar kleine Lücken gequetscht waren. Die Straße war ohne Verkehrslärm zu dieser Tageszeit seltsam ruhig. Es war viel leiser als auf der Hauptstraße vor Natalies Wohnung, wo das beständige Brummen ein durchgängiges

Hintergrundgeräusch ausmachte. Die Eastview Avenue mit den hohen Gebäuden, Fahrrädern an schmiedeeisernen Geländern und gealterten laublosen Bäumen, deren Wurzeln sich unter dem rissigen Asphalt wanden und wölbten, war ein Ort, der ohne die Fahrzeuge in einer Zeitschleife feststeckte. Sie stiegen über eine der Stellen, an denen der Gehweg aufgebrochen war, und bogen in einen engen, mit Blättern übersäten Weg ein. Das Haus wies ähnliche äußere Spuren der Baufälligkeit und Vernachlässigung auf wie das, das sie gerade erst besucht hatten: Farbe blätterte von den Fensterbänken und die Fensterscheiben waren so verschmutzt, dass sie drei Smiley-Gesichter erkennen konnte, die jemand von innen auf das untere Glas gemalt hatte.

Die Türklingel läutete leise und innerhalb von Sekunden öffnete eine mollige junge Frau mit kurzrasiertem Kopf, der rosafarbene Kopfhaut durchschimmern ließ, die Tür. Sie warf einen schnellen Blick auf ihre Dienstausweise. »Sind Sie gekommen, um Fragen über Gemma zu stellen? Wir haben gehört, was ihr zugestoßen ist. Verdammt schrecklich, oder?« Ihr Akzent war stärker als der von Dan Tasker, aber ohne Frage walisisch. Sie plauderte in Hochgeschwindigkeit weiter, während sie sie durch einen düsteren Flur führte, in dem an einer Holztreppe links von ihnen ein paar schmutzige Fahrräder mit Schlamm an den Reifen lehnten. Es dürfte früher einmal ein prächtiges viktorianisches Anwesen gewesen sein, aber nun kam es Natalie verlassen und ungeliebt vor. Die cremefarbenen Wände waren stellenweise abgenutzt und verschmutzt, und außer einer Mitteilung mit Hausregeln befand sich nichts an den Wänden. Direkt vor ihr öffnete sich die Küchentür zu einem chaotischen Durcheinander aus nicht abgewaschenen Pfannen und Geschirr, das sich neben der Spüle stapelte, sowie einem Tisch voller Dosen, Kisten und Gewürze, die nicht in die Schränke geräumt worden waren. Die Luft roch nach abgestandenem Zigarettenrauch. Hier war es weit weniger aufgeräumt als in dem Haus, in dem Gemma gewohnt hatte.

»Meine Freundin Fran wohnt mit ihr im selben Haus. Ich kann es nicht fassen. Ich habe Gemma gestern noch gesehen.«

»Wir hatten gehofft, dass sie uns ein bisschen mehr über sie erzählen könnten. Wie heißen Sie?«, fragte Natalie.

»Ich? Ich bin Rhiannon Williams. Ich wohne hier mit drei anderen, aber eine davon, Libby, ist im Moment weg, in Cornwall. Sie studiert Geologie, verstehen Sie? Sie ist bis nächste Woche Mittwoch auf einer Exkursion, und ich vermute, dass sie noch nicht von Gemma gehört hat.« Ihre Stimme ratterte wie ein Schnellzug.

»Wie gut kannten Sie Gemma?«

Ihre nachgezogenen Augenbrauen zogen sich zusammen. »Fran hat sich mit ihr das Haus geteilt und ich war ziemlich oft da, weil Fran und ich beste Freundinnen sind und dort viel Zeit zusammen verbringen. Ihr Haus ist viel schöner als das hier, wissen Sie? Ich bin lieber dort, als dass Fran hierherkommt, weil sie da schönere Sachen haben und ihr Wohnzimmer gemütlicher ist.«

»Haben Sie sich viel mit ihr unterhalten?«

»Ich habe mit ihr geredet. Man kann eine Person nicht gerade ignorieren, wenn sie neben einem sitzt und dieselbe Sendung schaut, oder? Ich würde aber nicht sagen, dass wir über irgendwas Ernsthaftes geredet hätten. Es ging immer nur darüber, was wir uns ansahen, oder um Uni-Kram.«

»Sie waren keine Freundinnen im herkömmlichen Sinne?«

Die blassen Bernsteinaugen des Mädchens blinzelten und sie zuckte mit den Schultern. »Nicht, wie ich es mit Fran bin. Sie war wirklich nett, aber sie hat andere Sprachen als ich studiert und wir hatten keine Vorlesungen oder Seminare zusammen. Außer, wenn ich sie zufällig im Haus getroffen habe, hatte ich nicht viele Gelegenheiten, mit ihr zu quatschen, also allein.«

Da war es schon wieder. Das gleiche Wort: *nett.* »Fran hat nicht mit Ihnen über sie geredet? Erwähnt, dass sie sie mit jemandem gesehen hat – einem Freund vielleicht?«

Sie blinzelte, während sie nachdachte, wobei ihre dichten falschen Wimpern wie winzige Besen hoch und runter fegten. »Oh, ja, Gemma ist eine kurze Zeit lang mit Ryan ausgegangen, aber Fran und ich haben nicht über sie gesprochen. Warum sollten wir das? Ich kannte sie kaum, und Fran hat nicht wirklich mit ihr abgehangen. Gemma war meistens mit ihrer Mutter zusammen.« Rhiannon schürzte leicht die Lippen, nachdem sie gesprochen hatte. Natalie kam es wie ein erkennbares Zeichen der Abneigung vor. Das Mädchen gehörte nicht zu Sashas Fans.

»Haben Sie überhaupt mit Sasha gesprochen?«

»Schon. Sie hat versucht, sich mit uns gutzustellen, wenn Sie verstehen, was ich meine. Sie ist eine von diesen Müttern, die ihr Kind nachahmen, was ziemlich traurig ist, finden Sie nicht? Ich meine, wenn meine Mutter anfangen würde, die gleichen Klamotten wie ich zu tragen, würde ich ihr was erzählen. Es war manchmal ein bisschen peinlich.«

»Können Sie das näher erläutern?«

Sie hielt inne, um ihre Gedanken zu sammeln, dann stürzten die Worte heraus: »Es ist immer das Gleiche, wenn man mit Erwachsenen oder den Eltern von jemandem redet. Sie wissen nicht, was sie zu einem sagen sollen, also bleiben sie bei so etwas wie: ›Was studierst du? Wirst du als Teil deines Studiums auch reisen?‹ Sie tun so, als hätten sie wirkliches Interesse an dir, obwohl sie das nicht haben, aber ihre Kinder das denken sollen. Gemmas Mutter ist so. Irgendwie ist sie bei allem übertrieben. Zum Beispiel hat Fran Sasha erzählt, sie würde mit dem Gedanken spielen, sich beim Außenministerium als Dolmetscherin zu bewerben, und Sasha ist fast vor Aufregung umgekippt. Sie hat mit offenem Mund dagesessen, als wäre Fran irgendeine Berühmtheit.«

»Aber Gemma stand ihrer Mutter nahe.«

Rhiannons Lippen zuckten erneut. »Ja, das tat sie. Das war auch seltsam. Meine Mutter und ich streiten die ganze Zeit. Sie hingegen waren wie beste Freundinnen.« Sie sah Natalie direkt an und schüttelte den Kopf. »Es ist trotzdem schrecklich, was mit ihr passiert ist. Wirklich schrecklich.«

»Was ist mit Hattie, wie hat sie sich mit Gemma verstanden?«

»Gut, glaube ich. Hattie ist ein ziemlicher ... Hippie. Sie mag alle.«

»Wer wohnt sonst noch hier?«

»William, Stuart und Libby.«

»Ist irgendwer von ihnen da?«

»Die Jungs dürften da sein, aber Libby ist, wie gesagt, auf einer Exkursion in Cornwall und wird bis Mitte der Woche nicht zurück sein.«

»Wann ist sie weggefahren?«

»Letzten Mittwoch.«

Natalie holte den Brief hervor, den sie in Gemmas Kalender gefunden hatte. »Ich nehme an, Sie wissen nichts darüber, oder?«, fragte sie.

Rhiannon las ihn sich durch und schaute Natalie dann ausdruckslos an. »Nein. Den habe noch nie gesehen.«

»Und Gemma hat Ihnen gegenüber niemals erwähnt, dass sie einen Bewunderer hat?«

»Nie. Ich denke aber mal, dass sie eine Menge Verehrer hatte. Sie war sehr hübsch.«

Natalie fragte, ob sie mit den jungen Männern sprechen könnte, die mit Ryan bei der Pub-Tour gewesen waren, und Rhiannon lief nach oben, um sie zu holen. Ein dünner, über 1,83 Meter großer Heranwachsender, der Hausschuhe, einen Jogginganzug aus Fleece sowie eine gemusterte Strickmütze trug, kam als Erstes die Treppe herunter. Er rieb sich die Bartstoppeln und stellte sich ihnen als Stuart vor. Sein Atem roch nach Alkohol und seine Augen sahen verschlafen aus.

»Wir gehen ein paar Einzelheiten in Bezug auf Gemma Barnes' Tod nach. Haben Sie sie gekannt?«

»Nur vom Grüßen. Wir haben Lennox gestern Nacht getroffen und er hat uns erzählt, dass sie mit Säure angegriffen wurde und gestorben ist. Verdammt schrecklich.«

»Um wie viel Uhr war das?«

»Ich habe keine Ahnung.«

»Wo hat er sie getroffen?«

»Dürfte das Three Kings gewesen sein. Ja, ich denke, das war es. Es war zwar schon spät, aber das Three Kings hat freitags bis Mitternacht auf.« Er hatte bestätigt, was ihnen erzählt worden war: Lennox war ins Three Kings Pub gegangen.

»Ryan sagt, Sie wären gestern Abend mit ihm unterwegs gewesen.«

»Das stimmt.«

»Den ganzen Abend über?«

»So ziemlich.«

»Können Sie uns Ihre genauen Wege beschreiben?«

Der Junge zuckte zusammen, als wäre es eine zu große Anstrengung, und antwortete mit zusammengekniffenen Augen: »Wir haben uns um halb sieben in der Bar der Studentenvereinigung getroffen, hatten ein paar Bierchen, sind dann in die Stadt gefahren und in ein paar Pubs gegangen. Haben bei dem White Hart angefangen.«

Im Stockwerk über ihnen brüllte Rhiannons Stimme: »Will! Wach auf. Polizei!« Dabei hämmerte sie gegen die Tür, im Versuch, den Jungen aus dem Bett zu bekommen.

»Können Sie uns sagen, wo Sie genau hingegangen sind?«, fragte Natalie.

Der Junge rieb sich das Kinn, während er nachdachte. »Ins White Hart ... Stolen Pig ... Swan und dann ... Three Kings.«

Ian notierte sich die Namen aller Pubs. Über ihnen knarrten die Dielen und Schritte dröhnten durch die Decke. Es fand ein schneller Wortwechsel statt, gefolgt vom Geräusch eines die Holztreppe herunterlaufenden Menschen, und schon tauchte ein junger Mann mit nackten Beinen, lockigen schwarzen Haaren und einem kurzen blauen Morgenmantel im Flur auf. Stuart wandte sich ihm zu und sagte: »Will, die Polizei versucht zu klären, wo wir alle gestern Abend waren. Wohin sind wir nach dem Three Kings gegangen?«

»Ins Tumbledown Dick.«

»Ach ja. Das war's.«

»William Ingles?«, fragte Natalie. Er war einer der Namen auf der Liste.

»Der bin ich. Wir waren den ganzen Abend zusammen – ich, Stuart, Ryan ... und Lennox, aber er ist erst später dazugestoßen. Wir haben gegen eins ein Uber nach Hause genommen.« William zögerte kurz, dann fragte er: »Was ist Gemma genau zugestoßen? Lennox hat uns berichtet, jemand hätte ihr Säure ins Gesicht geschüttet und sie sei gestorben.«

»Das stimmt«, sagte Natalie. Der Junge verzog das Gesicht. »Haben Sie sie gut gekannt?«

»Nur flüchtig. Ryan und sie hatten eine Zeit lang was am Laufen, sie ist aber nie mit uns ausgegangen. Er hat die ganze Zeit von ihr gesprochen, aber vor allem darüber, was für eine Süße sie wäre und wie toll ihre Beziehung sei. Er war extrem erschüttert, als er erfahren hat, was mit ihr passiert ist. Er ist sofort nach Hause gefahren.«

»Waren sie lange ein Paar?«

»Sie waren am Anfang des Trimesters eine Weile lang zusammen, bis sie ihn blöd behandelt hat.«

»Was ist passiert?«

»Ich weiß es nicht sicher, aber Ryan war auf jeden Fall noch eine Zeit lang angefressen. Er hat mehrere Vorlesungen geschwänzt und wollte noch nicht mal auf einen Drink rausgehen.« Er drehte sich zur Bestätigung zu Stuart, der zustimmend nickte.

»Stuart?«, fragte Natalie. Der Junge war nicht viel mitteilsamer.

»Er war in sie verschossen, sie aber nicht in ihn. Das ist alles, was ich weiß. Ryan redet nicht gern über Gefühle und so Zeug.«

Sie griff wieder nach dem Brief und zeigte ihn den beiden. »Erkennt den einer von Ihnen wieder?«

Stuart schüttelte den Kopf.

»William?«

»Noch nie gesehen.«

»Keiner von Ihnen hat das geschrieben?«

Stuart schnaubte leicht. »Auf keinen Fall! Ich habe nicht für Gemma geschwärmt. Ich habe außerdem eine Freundin, Kaitlin. Sie ist Studentin hier. Gemma war nicht mein Typ.«

»Meiner auch nicht«, sagte William schnell. »Ich bin auch in einer Beziehung. Sie wohnt zu Hause, aber wir sind zusammen, seit ich für die Uni weggezogen bin.«

»Denken Sie, Ryan könnte ihn geschickt haben?«

Stuart runzelte die Stirn. »Auf keinen Fall. Das klingt überhaupt nicht nach ihm.«

William stimmte ihm zu: »Er würde nie so etwas schreiben. Er sagt, was er denkt, und ist kein bisschen schüchtern.«

Sie steckte den Brief wieder ein. Sie hatten Ryans Aufenthaltsorte ermittelt, und – unabhängig von den Geschehnissen zwischen ihm und Gemma – er hatte, wenn er zum Zeitpunkt des Angriffs mit den Jungs zusammen unterwegs gewesen war, ein wasserdichtes Alibi – auch, wenn sich Natalie bewusst war, dass er dennoch verantwortlich gewesen sein könnte und jemand anderen zum Säurewerfen engagiert hatte. Zu diesem Zeitpunkt durfte nichts außer Acht gelassen werden. Sie waren hier fertig.

»Ich rufe bei den Pubs an und erkundige mich, ob sie irgendwelches Überwachungsmaterial haben, das Ryans Anwesenheit bei der Pub-Tour eindeutig bestätigen kann«, sagte Ian, als sie wieder in den Streifenwagen stiegen.

Natalie nickte. Sie befürwortete es, jede Einzelheit genauestens zu überprüfen, und wollte sich daher vergewissern, dass Hattie nach ihrer Küchenplauderei mit Gemma das Haus nicht verlassen hatte. »Wir versuchen es als nächstes bei der Chancer's Bar. Und ich würde gern Hattie erreichen. Hast du ihre Kontaktdaten?«

»Ich habe sie in die Akte gelegt.«

Sie drehte sich herum, zog die Aktenmappe vom Rücksitz und suchte nach dem, was sie brauchte. Der Verkehr in die Stadt nahm zu. Kunden waren in Richtung Einkaufszentrum unterwegs, und sie mussten das Zentrum durchqueren, um zur Bar zu gelangen. Natalie wählte die Nummer. Der Anrufbeantworter ging ran.

»Ach, Mist!«, sagte sie mit einem langen Seufzer. Sie hätte Hattie längst erreichen und ein kurzes Gespräch mit ihr führen können, anstatt es dem Berg an Aufgaben noch hinzufügen zu müssen.

»Vielleicht ist sie für einen Besuch zu ihrem Vater gefahren?«

»Ich jage ihr nicht hinterher. Wir werden sie später erwischen.« Sie nahm das Mikrofon des Mobilfunkgeräts zur Hand, um Murray zu kontaktieren.

»Empfange«, sagte er.

»Irgendwas zu berichten?«

»Nichts bisher.«

»Wenn du mit den Studenten sprichst, versuch, so viel wie möglich über Hattie Caldwell herauszufinden. Stell fest, ob sie mit anderen jungen Frauen befreundet ist und ob Gemma und sie sich nahestanden.«

»Wird gemacht.«

Sie legte auf und lehnte sich im Sitz zurück.

———

Ein altmodischer leuchtend orangefarbener Citroen-Biertransporter, auf dem der Name der Bar prangte, stand auf dem Vorplatz der ehemaligen Garage, die zu einer Bar umgewandelt worden war. Ian hielt hinter einem Getränkelaster, der gerade ausgeladen wurde, und sie folgten dem Lieferanten in das Lokal. Dort sprang ihnen eine Explosion aus Regenbogenfarben an der Backsteinwand entgegen, die wohl das Ergebnis einer wilden Farbwurfparty oder das Werk von unkontrollierbaren Kleinkindern war, denen mit Farbdosen freier Lauf gelassen worden war. Die Wirkung wurde durch das helle Sonnenlicht verstärkt, das durch die Dachfenster fiel, die Farben noch greller und die Möbel billig und schäbig wirken ließ. Natalies Blick fiel auf die Ölfässer, die jetzt zu Hockern umfunktioniert worden waren und vor dem Tresen standen – eine weitere Hommage an das Erbe des Ortes –, sowie auf den Mann, der auf einem von ihnen saß und über eine Ausgabe der *Sun* gebeugt war.

»Guten Morgen, Sir. Sind Sie der Eigentümer dieses Lokals?«

Der Kopf des Mannes schnellte hoch und er schob seine Lesebrille über die drahtigen schwarzen Haare zurück. Die Zeitung blieb bei den Sportnachrichten des Tages aufgeschlagen. »Äh, nein. Ich arbeite hier nur.«

»Und wie heißen Sie?«, fragte Natalie.

»Joe Yanick.«

»Wir sind wegen des Todes einer Mitarbeiterin der Bar hier, Gemma Barnes.«

»Sie ist tot?«

»Ich fürchte ja.«

Der Mann fuhr sich mit seiner breiten Hand über beide Wangen und über das borstige Kinn; ein kratzendes Geräusch, das wie über eine Oberfläche geriebenes Sandpapier klang. »Was ist mit ihr passiert?«

»Sie wurde Opfer eines Angriffs.«

»Eines Messerangriffs?«

»Säure.«

Sein Gesicht verzerrte sich, er sog Luft durch die zusammengebissenen Zähne und sagte dann: »Oh mein Gott! In ihr Gesicht?«

»Ja.«

Dieses Mal ließ er die Luft mit immer noch zusammengebissenen Zähnen ab. »Arme ... arme Gemma ... warum nur? Sie wurde von allen gemocht. Warum sollte jemand so etwas tun?«

»Deswegen sind wir hier – um so viel wie möglich herauszufinden, was uns bei der Suche nach der dafür verantwortlichen Person hilft. Können Sie sich an jemanden erinnern, der hier während ihrer Arbeit herumhing, vielleicht mit ihr geredet, mehr Interesse an ihr gezeigt hat als an anderem Barpersonal?«

»Sie hat die ganze Zeit über Aufmerksamkeit bekommen – nicht nur von einer, sondern von vielen Personen. Manche kommen nur hierher, um von ihr oder Sasha bedient zu werden. Naturtalente, beide. Sie bekamen an einem Samstag mehr Trinkgeld als der Rest von uns in einer Woche.«

»Haben sie ihr Trinkgeld zusammengeworfen?«, fragte Natalie und überlegte, ob ihre Beliebtheit jemandem Grund zur Eifersucht hätte geben können.

Geräuschvoll sog er wieder Luft durch die Zähne und schüttelte ungläubig den Kopf, während er aufs Neue verarbeitete, was er erst einen Augenblick zuvor erfahren hatte. »Es kommt alles in ein Trinkgeldglas und jede Woche teilen wir den Inhalt unter uns allen auf. Ja, sie haben ihr Trinkgeld geteilt.«

»Haben Sie viel mit Gemma geredet?«

»Wenn wir ein paar ruhige Minuten hatten, aber das war

selten. Hier geht es am Wochenende ordentlich zu und das war ihre Hauptarbeitszeit.«

»Wie würden Sie sie beschreiben?«

»Locker und sympathisch. Sie hat sich auch immer nach meiner Familie erkundigt. Das war nett. Nicht jeder zeigt Interesse an einem. Sasha und sie sind anständige Menschen, wissen Sie, was ich meine? Sie sind an allen interessiert und hören zu, anstatt über sie zu reden, wie das manch andere Leute tun.«

»Sie hat nicht zufällig erwähnt, einen Verehrer zu haben?«

»Sie hat nicht von irgendjemandem Bestimmtes gesprochen, aber, wie gesagt, sie hat sehr viel Aufmerksamkeit bekommen.«

»Erkennen Sie diesen Brief wieder?«

Er warf einen Blick darauf. »Tut mir leid, den habe noch nie gesehen.«

»Wann haben Sie Gemma das letzte Mal gesehen?«

»Vor zwei Wochen, bevor ich in den Urlaub geflogen bin. Ich bin erst gestern Abend zurückgekommen.«

»Um wie viel Uhr ist Ihr Flugzeug gelandet?«

»Zwanzig nach neun. Ich war um kurz vor elf zu Hause. Es hat ewig gedauert, bis ich mein Gepäck bekommen habe.«

Es war unmöglich, dass dieser Mann hinter dem Angriff steckte, und dem Ton nach zu urteilen, der sich in seine Stimme geschlichen hatte, hätte er ihr nichts Böses gewünscht.

»Würden Sie behaupten, dass Gemma hier mit allen gut ausgekommen ist?«

»Ganz sicher würde ich das. Nettes Mädchen.«

»Und Ihnen ist nicht aufgefallen, dass sich irgendwer in ihrer Gegenwart seltsam verhalten hat – Kunden oder Kollegen?«, fragte Natalie noch einmal.

Er nickte vor sich hin, als bemühte er sich, dadurch seine Gedanken zu ordnen. »Es gab einen Kerl. Ein großer Typ mit blonden Haaren und einem wächsernen, glatten Gesicht. Er ist in letzter Zeit ganz schön oft da gewesen.«

Die Person klang nach Ryan. Natalie ergriff das Wort: »Hatte er einen Akzent?«

»Ja, da war ein Akzent, aber ich weiß nicht, was für einer. Ich kenne mich nicht gut mit Akzenten aus.«

Ian blätterte sich durch die von ihm mitgebrachte Akte mit den Infos von allen Mitbewohnern und reichte ihnen das Bild des jungen Mannes, um den es ging.

»Das ist der Kerl«, sagte Joe.

»Hat er Gemma bedrängt?«, fragte Natalie.

»Oh nein, er saß meistens dort drüben«, sagte er und zeigte auf eine Sitzgruppe an der Wand, die mit Metallschildern voller alter Werbung für verschiedene Biere geschmückt war. »Er hat allein getrunken, aber starrte sie oft an. Er ist mir ein paar Mal aufgefallen, als ich draußen Gläser eingesammelt habe.«

»Hat sie sich über ihn beschwert?«

»Ehrlich gesagt, denke ich nicht, dass sie es bewusst wahrgenommen hat. Sie hat immer mit den Kunden geplaudert oder ihnen Drinks gemixt. Ich hätte es wahrscheinlich nicht bemerkt, wenn ich nicht zu der Zeit die Gläser eingesammelt hätte – und er hatte tatsächlich ein seltsames Gesicht. Wie eine Puppe.«

»Können Sie sich daran erinnern, wann Sie ihn das letzte Mal gesehen haben?«

»Auch das war kurz vor meinem Urlaub ... vielleicht am Tag davor, aber ich bin mir nicht ganz sicher. Ich habe ihn gefragt, ob er sein leeres Glas noch bräuchte, und er hat es mir, ohne ein Wort zu sagen, gereicht und ist sitzen geblieben, als würde er auf jemanden warten.« Das war zweifellos ein verdächtiges Verhalten und musste untersucht werden, selbst, wenn Ryan ein Alibi für den Zeitpunkt des Angriffs auf Gemma hatte.

»Hat sich jemand zu ihm gesellt?«

»Nein.«

»Fällt Ihnen noch irgendetwas anderes ein, das uns weiterhelfen könnte?«

Er schüttelte den Kopf. »Tut mir leid.«

Der Lieferant schob einen weiteren mit Kisten beladenen Handkarren über den Fliesenboden, wodurch die Glasflaschen eine klirrende, klimpernde Symphonie erzeugten, die an einer offenen Tür hinter der Bar ein vollendetes klapperndes Crescendo erreichte, ehe sie klanglos in der Leere dahinter verschwanden.

Natalie wartete, bis der Lärm aufgehört hatte, bevor sie fragte: »Sind heute irgendwelche anderen Mitarbeiter da?«

»Sie kommen später, kurz bevor die Bar öffnet. Wir machen nicht vor achtzehn Uhr auf. Ich bin nur hier, um die Lieferungen im Auge zu behalten.«

»Wir würden gern mit allen Beschäftigten sprechen. Haben Sie eine Liste mit Kontaktdaten der Angestellten?«

»Ich habe diese Informationen nicht. Sie müssen den Besitzer Phil Chancer danach fragen. Er ist momentan in Spanien, aber wird Ihnen trotzdem helfen können.« Er nahm ein altes Nokia in die Hand, dessen Display mit Daumenabdrücken verschmiert war. Ein Kindergesicht erschien und Natalies Herz machte einen Satz in ihrer Brust. Aber es war nicht Leigh, die sie auf dem Hintergrundbild sah. Das Mädchen war etwa dreizehn, ihre dunklen Haare waren zu Cornrows geflochten und auf ihrem herzförmigen Gesicht deutete sich ein Lächeln an, als würde sie ein Geheimnis hüten. Natalie fragte nicht nach, vermutlich handelte es sich um die Tochter des Mannes. Das Gesicht verschwand und Joe suchte nach den Kontaktdaten seines Chefs, diktierte sie Ian, der sie sich schnell notierte.

Natalie zog eine Visitenkarte hervor, die sie über die Bar schob. »Vielen Dank für Ihre Zeit und melden Sie sich bitte bei uns, wenn Ihnen noch etwas einfällt.«

Als sie aus der Bar traten, hatte die Sonne ihren Höhepunkt

erreicht und warf Schatten über den Parkplatz, die ungleichmäßig flackerten, als leichte Wolken am Himmel aufzogen. Fröstelnd zog Natalie ihre Jacke fester zu, unsicher, ob es wegen der kühlen Temperaturen war oder weil sie das Mädchen auf dem Handydisplay gesehen hatte. Sie glitt zurück in die stickige Luft des Streifenwagens, die sich durch die direkte Sonneneinstrahlung aufgeheizt hatte, und fuhr das Fenster herunter.

»Zurück zur Eastview Avenue?«, fragte Ian.

»Ja. Vielleicht begegnen wir Hattie, wenn wir dort sind.« Sie tastete nach dem Regler der Klimaanlage und stellte das Gebläse so ein, dass ihr die kühlere Luft ins Gesicht gelenkt wurde.

Ian drehte sich auf dem Sitz herum, um das Auto rückwärts zurück auf die Hauptstraße zu manövrieren. »Ich weiß, dass Ryan gestern Abend bei Stuart und William war, aber das bedeutet nicht, dass er nicht hinter dem Angriff auf Gemma stecken kann«, sagte er.

Bevor sie ihm zustimmen konnte, ertönte Murrays Stimme über den Sprechfunk. Sie antwortete: »Empfange.«

»Es gibt noch immer nichts zu berichten, nur, dass Hattie Caldwell äußerst beliebt ist und die anderen Studenten ihres Fachs nur Gutes über sie zu sagen haben.«

»Du bist ihr heute überhaupt nicht über den Weg gelaufen?«

»Nein. Niemand, mit dem wir gesprochen haben, hat sie heute gesehen.«

»Irgendetwas über Gemma?«

»Sie war eine liebenswerte, überaus fleißige Studentin. Wir haben nichts als weitere ungeklärte Fragen. Als nächstes sprechen wir mit ein paar von Gemmas Dozenten.«

»Könnt ihr auch mit Lennox Walshs Chemie-Tutor sprechen, damit er bestätigt, dass er an einem Experiment gearbeitet hat, das zu tun hatte mit ... Warte kurz ...« Sie blätterte durch ihr Notizbuch und las laut vor: »Dem Versuch, umweltfreundliche Reaktionen mithilfe eines angelegten Magnetfelds zu erzeugen, die zu einer nachhaltigen chemischen Zukunft beitragen können.«

Es folgte Stille, dann fragte Murray: »Mithilfe eines angelegten was?«

Sie wiederholte den Satz langsamer, damit er ihn mitschreiben konnte.

»Okay, ich habe alles«, sagte Murray.

»Findet heraus, wie die Studenten Zugang zu den Chemikalien haben. Ich nehme an, dass sie vermerkt werden müssen, und ich würde gern wissen, ob er irgendeine Säure entnommen oder angefordert hat, obwohl ich mir das nicht vorstellen kann. Es wäre nicht der klügste Schachzug, und er kann sich bestimmt denken, dass wir ihn überprüfen. Wir fahren noch einmal zum Studentenhaus, um noch einmal mit Ryan zu sprechen, und dann kommen wir zurück zum Revier.«

»Wir kümmern uns um drum und halten euch auf dem Laufenden.«

Natalie schloss die Augen, damit sie die Fakten besser überdenken konnte. Diese Art Angriff war selten willkürlich. Die Angreifer waren ausnahmslos solche, die eine Person verstümmeln und entstellen wollen, auf die sie eifersüchtig sind oder von der sie irgendwie verletzt wurden. Wahrscheinlich handelte es sich bei dem Täter des Säureangriffs um jemanden, der Gemma kannte. Wenn Ryan, wie er zugegeben hatte, verlassen worden war, aber immer noch für Gemma schwärmte, hätte er ein Motiv. Gleichzeitig konnte er ein Alibi für seinen Aufenthaltsort zum Zeitpunkt des Angriffs vorweisen. Sie nahm noch einmal die Akte zur Hand, die Ian zusammengetragen hatte, und suchte nach Informationen über den Studenten. Dabei stellte sie fest, dass er aus Johannesburg stammte und für die letzten zwei Jahre seiner Schulzeit auf Privatschulen im Norden des Vereinigten Königreiches geschickt worden war, bevor er sich in Samford für Politik eingeschrieben hatte. Sie rief auf dem Revier an, um Informationen über seine Vergangenheit anzufordern und zu erfragen, ob er jemals in Südafrika Probleme mit der Polizei gehabt hatte.

Als sie erneut vor dem Haus hielten, in dem Gemma gewohnt hatte, öffnete Natalie den Gurt und stieg aus dem Auto. Sie sah sich nach Hatties grauem Nissan Micra um, aber es gab immer noch keine Spur von dem Kleinwagen. »Ich hoffe, dass wenigstens er noch da ist«, murrte sie. »Mir reicht die Hin- und Herfahrerei langsam.«

»Da ist er!«, rief Ian plötzlich und sprang aus dem Auto. Ryan schob ein Fahrrad den Gehweg entlang. »Ryan!«

Der junge Mann blieb wie angewurzelt stehen. Er trug nun einen Trainingsanzug und einen Rucksack über den Schultern.

»Wir würden gern ein paar weitere Minuten Ihrer Zeit beanspruchen«, sagte Natalie.

»Ich bin auf dem Weg zum Training im Fitnessstudio«, antwortete er.

»Das wird warten müssen. Können Sie bitte wieder mit reinkommen?«

»Warum?«, fragte er mit kühlem Blick auf Natalie. Sein ausdrucksloses Gesicht hatte etwas Beklemmendes an sich.

Wir sind auf ein paar Informationen gestoßen, die wir überprüfen müssen. Wir waren in der Chancer's Bar und sollten uns noch einmal unterhalten.«

Er hob das Fahrrad mühelos an und marschierte zum Haus zurück, wo er nach den Schlüsseln kramte und hineinging. Er lehnte das Fahrrad gegen die Wand und wandte sich dann den Polizisten zu. »Was möchten Sie wissen?«

»Ich würde das lieber in Ihrem Zimmer besprechen.«

»Ich lieber nicht«, gab er zurück.

»Warum? Haben Sie etwas zu verbergen?«

»Nein.«

»Okay, wie Sie wollen. Sie wurden mehrmals in der Bar

gesehen, wo sie allein saßen und Gemma angestarrt haben. Das letzte Mal vor wenigen Wochen.«

»Das stimmt nicht.«

»Jemand vom Personal hat sie identifiziert, und wir können zur Bestätigung, ob sie dagewesen sind oder nicht, Aufnahmen der Überwachungskamera anfordern. Soll ich Sie noch einmal fragen?«

Sie erntete keinen bösen Blick oder Trotz, bloß eine mürrische Antwort: »Ich könnte in der Bar gewesen sein.«

»Sie könnten oder waren es?«

»Ich war.«

»Warum haben Sie dort gesessen und Gemma angestarrt?«

»Mir war nicht bewusst, dass ich sie angestarrt habe. Ich war wahrscheinlich im Kopf meilenweit weg.«

»Gehen Sie oft in Bars und starren in den Raum?«, fragte Natalie in der Hoffnung, eine Reaktion zu provozieren, aber er schaute sie nur mit leerem Blick an.

»Sie haben uns erzählt, Gemma hätte Ihre Beziehung beendet.«

»Das ist richtig. Sie war es.«

»Und dass es Ihnen nicht ›ernst‹ mit ihr war. Allein in einer Bar zu sitzen und die Ex-Freundin anzustarren, lässt auf etwas anderes schließen. Darauf, dass Sie immer noch in sie verliebt waren.«

Er trat vom einen auf den anderen Fuß, und Natalie musste ihren Kopf leicht nach hinten legen, um stetigen Augenkontakt zu halten. »Wollen Sie dieses Gespräch in Ihrem Zimmer oder auf der Dienstelle fortsetzen?«

Er nickte kurz und führte sie nach oben. Als Natalie das Zimmer betrat, wurde ihr klar, weshalb er sie anfangs ungern hatte hineinlassen wollen. Ein großes Foto von Gemma stand vor seinen Lehrbüchern im Regal und ein weiteres neben dem Bett. Er ließ die Schlüssel auf die Steppdecke fallen, setzte sich und legte die Hände auf die breiten Oberschenkel. »Es ist nicht so, wie es aussieht. Ich habe ihr nicht nachspioniert. Ich musste wissen, ob es irgendjemanden in ihrem Leben gab.«

»Ich habe Sie nach diesem Brief gefragt, den ich in Gemmas Zimmer gefunden habe«, sagte sie und hielt ihn hoch. »Ich frage Sie noch einmal: Haben Sie ihn geschrieben?«

»Nein. Ich mache keine Ausflüchte. Ich habe Gemma am Tag nach ihrem Umzug um ein Date gebeten. Ich bin lieber direkt.«

»Und sie hat diesen Brief nie erwähnt oder davon erzählt, einen Verehrer zu haben?«

»Kein einziges Mal. Ich weiß nicht, wer ihn geschickt hat, aber ich habe niemanden gesehen, der in ihrer Nähe war. Ich hätte es gewusst, wenn da jemand gewesen wäre.«

»Sie hätten es gewusst?«

»Ja.«

»Weil Sie sie im Auge behalten haben?«

»Ja, sozusagen.«

Natalie drängte auf keine Erklärung. Ryan richtete sich auf, um fortzufahren, ihre Stille war wirksamer als weitere Fragen.

»Ich habe von Anfang an für sie geschwärmt. Sie kam wie ich am Samstag vor Trimester-Beginn hier an und wir sind uns immer wieder auf der Treppe begegnet. Am nächsten Tag habe ich sie auf einen Drink eingeladen, und in der Woche darauf fingen wir an, miteinander zu gehen. Dann habe ich es vermasselt. Anfang Oktober waren wir auf einer Party und ich habe mehr getrunken, als gut war, und ihr gesagt, dass ich mich in sie verliebt hätte. Es war so verdammt idiotenmäßig, damit rauszurücken, weil sie deswegen mit mir Schluss gemacht hat. Sie hat gesagt, sie könne mit so einer Scheiße nicht umgehen. Sie hat total überreagiert und wollte sogar darum bitten, in eine andere Unterkunft zu wechseln. Die einzige Möglichkeit, sie davon zu überzeugen, im Haus zu bleiben, bestand darin, ihr zu versichern, dass ich es nur gesagt hätte, weil ich betrunken gewesen war, und dass ich ihre Trennung von mir absolut locker sehe, was Blödsinn war. Es war aber besser, sie in der Nähe zu wissen, als sie überhaupt nicht zu sehen. Ich hatte eigentlich gehofft, sie würde es sich mit der Zeit anders überlegen und wir wieder zusammenkommen. Die Sache ist die, dass ich nicht gut über sie hinweggekommen bin, nachdem Schluss war. Ich habe sie ein paar Mal zu einem freundschaftlichen Drink eingeladen, aber sie hat jedes Mal abgelehnt, und ich habe mir eingebildet, sie hätte jemand anderen kennengelernt. Ich bin in die Bar gegangen, um mich zu vergewissern, dass sie nichts mit irgendeinem der Typen da angefangen hatte.«

»Waren Sie eifersüchtig auf die Männer, die sie bedient hat?«

»Nicht an sich eifersüchtig. Ich wollte mich nur versichern, dass sie sich mit niemandem anderen traf.«

»Hat sie das?«

»Nicht, dass ich wüsste.«

»Sie sagen, dass Sie nie beobachtet haben, wie sie mit irgendwelchen anderen Männern an der Bar geflirtet oder sich auf sie eingelassen hat?«

»Sie hat nicht *geflirtet*. Sie war von Natur aus freundlich – man kam wirklich gut mit ihr aus.«

Natalie warf ihm einen fragenden Blick zu, den er achselzuckend abtat.

Wie fühlen Sie sich jetzt, wo Sie wissen, was Gemma zugestoßen ist?«

»Mir ist übel. Kotzübel.«

Ian warf dem jungen Mann einen kurzen Blick zu und kommentierte: »Sie wirken aber nicht allzu erschüttert.«

»Gefühle sind nicht mein Ding.«

Ian gab gereizt zurück: »Gemma wurde Säure ins Gesicht geschüttet und ist als Folge davon gestorben. Das ist dasselbe Mädchen, über das Sie nicht ›hinwegkommen‹ konnten, während dessen Arbeitszeit Sie regelmäßig in der Bar gesessen und sie beobachtet haben, um sicherzugehen, dass sie nichts mit einem anderen Kerl hatte. Was bedeutet ›Gefühle sind nicht mein Ding‹ genau? Für mich klingt es nämlich nach einem Haufen Schwachsinn. Wenn man starke Gefühle für jemanden hat, kann man nicht anders, als zu reagieren.«

»Man kann es, wenn man aus meiner Heimat kommt. Man wird von klein auf abgehärtet«, erwiderte Ryan.

Ian ließ das nicht gelten. »Sie können nicht zugeben, sich in jemanden verliebt zu haben, und im nächsten Satz sagen: ›Gefühle sind nicht mein Ding‹.«

Ryan reagierte mit einem Blick auf seine ineinander verschränkten Hände auf den Knien.

Natalie spürte, wie die Spannung zwischen ihnen anstieg, und ergriff das Wort: »Haben Sie irgendeine Vorstellung, wer sie angegriffen haben könnte?«

»Nein.«

»Ist Ihnen einer der Gäste besonders ins Auge gefallen? War da jemand, der von ihr angetan zu sein schien?«

»Nein. Es gab niemanden, der mir aufgefallen wäre.« Seine Augenlider zuckten und er ergänzte: »Vielleicht sollten Sie sich im Internet umsehen.«

Ian erwiderte: »Wir haben ihre Social-Media-Konten über-prüft. Es gibt keine verdächtigen Aktivitäten. Wissen Sie etwas, das uns unbekannt ist?«

»Ich weiß nicht, wie relevant es ist, aber Fran und Rhiannon haben Gemma vor einiger Zeit in Privatnachrichten über Facebook beschimpft. Fran war an einem Abend betrunken und hat es mir gezeigt. Sie dachte, ich würde es lustig finden, aber das tat ich nicht.«

Er ballte die Hände zu Fäusten und Natalie las das als Zeichen dafür, dass das, was er sagte, sehr relevant war. Diese jungen Frauen hatten ihn verärgert. »Erzählen Sie uns mehr.«

»Ich kann mich nicht genau daran erinnern, was sie geschrieben haben. Ich habe ein bisschen was von der Unter-haltung gelesen und dann Fran gesagt, sie solle erwachsen werden und aufhören, so eine dumme Schlampe zu sein.« Die Fäuste hatten sich fester zusammengeballt, und er fuhr fort: »Fakt ist, dass Gemma spitze war und viel besser als diese gemeinen Schlampen.«

»Wer war noch in dieser Gruppe?«

»Ich weiß es nicht.«

»Wir müssen vielleicht noch einmal mit Ihnen sprechen.«

»Okay. Kann ich jetzt zum Fitnessstudio fahren?«

»Ja.«

»Werden Sie mit Fran und Rhiannon darüber sprechen?«

»Das werden wir, und ich würde es begrüßen, wenn Sie niemandem erzählen, worüber wir gesprochen haben. Das sind laufende Ermittlungen.«

»Ich werde nichts sagen«, antwortete er. Mit diesen Worten richtete er sich auf und stand nun vor ihnen, wobei seine große Gestalt das Licht blockierte, das durch das Fenster schien.

Natalie fiel auf, wie spartanisch sein Zimmer eingerichtet war. Außer den Fotos von Gemma gab es keine persönlichen Akzente. Es war genau wie der junge Mann selbst, es gab keinen Hinweis auf seine wahre Identität oder seine Vergangenheit. Sie konnte sich nicht vorstellen, wie sein Leben gewesen war, bevor er ins Vereinigte Königreich gekommen war, aber es musste schwierig gewesen sein, wenn es ihn dazu gebracht hatte, sich hinter einer ständigen, beherrschten Maske zu verstecken. Die Frage, ob Ryan für den Angriff auf Gemma verantwortlich war, war nach wie vor unbeantwortet, und auch, wenn sich eine andere Richtung aufgetan hatte, war sie noch nicht dazu bereit, ihn außer Acht zu lassen.

Fran war nicht in ihrem Zimmer, und da sie weder Hattie noch sie auf ihren Handys erreichen konnten, fuhren Natalie und Ian zum Revier zurück, um Frans Facebook-Konto zu durchleuchten. Natalie ging zur Forensik, um herauszufinden, wie weit sie mit der Untersuchung des Leichnams waren, und traf Darshan Singh sowie seine Frau Naomi im Labor an. Beide genossen auf ihren Gebieten hohes Ansehen, Naomi Singh als erstklassige forensische Anthropologin und Darshan als Spezialist in forensischer Odontologie.

»Hi, Natalie«, sagte Naomi und hob kurz ihren Blick vom zerstörten, gelblichen Schädel, den sie gerade untersuchte.

Zierlich wie ein Kind und gerade mal 1,60 Meter groß, war es für die Menschen, die sie kennenlernten, oft eine Überraschung, dass sie eine führende Autorität in ihrem Fach war und auf der ganzen Welt Vorlesungen darüber gehalten hatte. Darshan, der genauso dünn war wie seine Frau, aber mit seinen 1,83 Metern deutlich größer, war durch ein Fenster zu sehen, das das Labor vom tatsächlichen Obduktionsraum trennte, in dem sich Stahlschränke und Arbeitsplatten über die gesamte hintere Wand erstreckten. Er stand mit dem Rücken zu ihnen und untersuchte Röntgenbilder auf einem beleuchteten Bildbetrachter. Die Leiche eines jungen Mannes lag auf einem fahrbaren Tisch, neben dem auf einem blütenweißen Tuch eine Reihe glänzender Instrumente ausgebreitet waren. Als forensischer Zahnmediziner fiel es meistens ihm zu, bei der Bestimmung unbekannter Toter zu helfen.

»Ist Mike da?«, fragte Natalie.

»Er musste weg«, antwortete Naomi und schob sich und den Rollhocker vom Tisch aus zur Mitte des Raumes, wo sie aufstand, über den blitzsauberen Boden bis zu Natalie lief und die Hände der Frau in ihre nahm. Ihre Handflächen waren kühl und trocken, ihre Augen jedoch feucht und warm. »Wie geht es dir wirklich? Ich möchte nicht die Ich-schlage-mich-tapfer-Version hören.« Die Handlung und einfühlsamen Worte bewirkten, dass sich Natalie der Hals zuschnürte. Sie brachte dennoch ein Nicken zustande.

»Du weißt es.«

Naomi drückte ihre Hände leicht – eine Geste der Freundlichkeit und Besorgnis. »Ich freue mich sehr, dich zurück bei der Arbeit zu sehen, und falls du irgendwann mal plaudern oder einen Kaffee trinken oder irgendetwas anderes möchtest, brauchst du nur oben vorbeischauen oder mich anrufen.«

»Danke.«

Naomi ging alles sachlich an, aber dieser Anflug von Mitgefühl war aufrichtig, und in ihre Stirn hatten sich Falten der Besorgnis gegraben. Sie studierte Natalies Gesicht behutsam und schenkte ihr ein kleines Lächeln. »Du musst dich um dich selbst kümmern. Du hast zu viel Gewicht verloren.« Sie ließ Natalies Hände los. »Warum kommst du nicht heute Abend zum Essen zu uns? Darshan kocht später eine seiner Spezialitäten.«

»Das ist wirklich lieb von dir, aber Josh ist heute Abend bei mir und bleibt über Nacht. Ich dachte, ich hole auf dem Heimweg was zum Mitnehmen.«

Naomi lächelte sie wieder an, tätschelte Natalies Oberarm und sagte: »Dann ein andermal. Achte darauf, dass du eine Menge bestellst – extra große Gerichte. Du musst bei Kräften bleiben.« Der Fokus richtete sich wieder auf die Arbeit. »Was kann ich für dich tun?«

»Ich habe mich gefragt, ob ihr diesen Brief untersuchen und auf Fingerabdrücke überprüfen könntet. Ich würde gern herausfinden, wer ihn verfasst hat.«

»Klar. Ich beauftrage sofort jemanden damit. Soweit ich weiß, haben wir nichts Neues über Gemma Barnes. Eine Minute bitte.« Sie betätigte die Sprechanlage, die das Hauptlabor mit dem Untersuchungsraum verband, in dem ihr Ehemann gerade arbeitete.

»Darshan, Natalie ist hier. Ist Pinkney mit Gemma fertig?«

Seine Stimme wurde durch den Lautsprecher im Raum verstärkt: »Hallo, Natalie. Pinkney hat den offiziellen Bericht noch nicht geschrieben, aber Gemma ist zweifellos an einer schweren Form der Hypotonie gestorben, die höchstwahrscheinlich durch den Schock über den Angriff verursacht wurde. Du solltest ihn innerhalb der nächsten Stunde bekommen. Wir haben die Säure als hochprozentige Schwefelsäure bestimmt. Sie hat einen großen Teil ihres Gewebes geschmolzen, also hat der Angreifer entweder reine Schwelsäure verwendet oder Batteriesäure das Wasser entzogen, um sie stärker zu machen.«

»Wie hätte er oder sie das tun können?«, fragte Natalie.

»Es gibt zwei Möglichkeiten: warten, bis es auf natürlichem Wege verdunstet – aber das würde mehrere Tage oder sogar Wochen dauern –, oder ein Gefäß aus Borosilikatglas verwenden, wie einen Pyrex-Topf, und sie zum Kochen bringen. Das birgt ein ziemliches Risiko, besonders, weil das Glas zerspringen könnte.«

»Man bräuchte eine richtige Ausrüstung dafür, nicht wahr?«

»Durchaus. Und Wissen über das, was man tut. Der abgegebene Dampf verwandelt sich zu weißem Nebel, der gefährlich ist, wenn er eingeatmet wird.«

»Nach wem suche ich, Darshan? Jemandem, der sich in Chemie auskennt?«

»Nicht unbedingt. Er oder sie hätte die Säure online kaufen können oder sogar in einem Geschäft. Mancher Abflussreiniger hat einen ausreichend hohen Prozentanteil an Schwefelsäure, um diese Art von Schädigung am Körper zu verursachen.«

»Es könnte also jeder sein?«

»Ja, in der Tat.«

»Was ist mit den Staubpartikeln auf ihrer Kleidung?«

»Es war derselbe Polymersand wie aus den Fugen zwischen den Gehwegplatten vor der Bibliothek.«

Sie dankte dem Mann, der sich wieder an seine Arbeit machte.

Naomi war noch nicht fertig: »Das war eine abscheuliche und grausame Tat. Manche Menschen haben wirklich ein düsteres Herz.«

Natalie konnte ihr da nur zustimmen. Sie alle hatten Fälle gesehen und miterlebt, die sie für den Rest ihres Lebens verfolgen würden.

Nachdem Naomi ihren Teil gesagt hatte, war ihre Aufmerksamkeit wieder bei Natalie: »Hab eine gute Zeit mit Josh. Wie läuft es mit dem College bei ihm?«

»Er genießt es. Sagt, dass es viel besser sei als Schule. Ich bin froh, dass er nicht länger auf die Castergate geht. Es wäre noch eine weitere Erinnerung an Leigh.« Da hatte sie ihn ausgesprochen – den Namen ihrer Tochter.

»Es ist besser so. Du weißt aber, was sie sagen: Kinder sind widerstandsfähig. Er wird schneller heilen als du.«

»Ich würde mich freuen.«

»Gib dir selbst eine Chance, Natalie. Und sorg dafür, dass du heute Abend etwas Ordentliches isst. Du möchtest nicht am

Ende wie das da aussehen«, sagte sie und zeigte auf die Skelettüberreste auf einem anderen Tisch.

Natalie dankte ihr mit einem müden Lächeln und ging zurück in den Flur. Es war schwierig gewesen, den Deckel zu ihren Gefühlen geschlossen zu halten, als sie Leighs Namen erwähnt hatte. Sie hatte ihr Herz vor Naomi ausschütten wollen, die Arbeit war aber nicht der richtige Ort für einen solchen Ausbruch. Sie könnte jene mentale Rüstung gebrauchen, die Ryan zur Abwehr von Gefühlen benutzte. Für ihn schien es zu funktionieren. Sie kam beim Treppenabsatz am Automaten vorbei und kaufte Tee sowie jeweils einen Schokoriegel für Ian und sich, bevor sie ins Büro zurückkehrte.

»Danke«, sagte Ian und riss die Verpackung auf. Er brach ein großes Stück Schokolade ab, steckte es sich in den Mund und kaute, während er wiederholt mit der Maus klickte.

Natalie sah ihm über die Schulter, den Pappbecher mit warmem Tee in der Hand. »Ist das Frans Facebook-Account?«

Ian nickte.

»Die Techniker sind da wirklich schnell reingekommen.«

Er schluckte die Schokolade hinunter. »Ja. Es kam vor ein paar Minuten. Ich gehe gerade die Nachrichten durch. Nichts bis jetzt – sie unterhalten sich bisher vor allem über Vorlesungen und Unterrichtspläne.« Er scrollte weiter, während er sprach. »Das Technik-Team hat nichts Verdächtiges auf Lennox' Handy gefunden, und ich habe die Pubs kontaktiert, die Ryan und seine Freunde letzte Nacht besucht haben. Ihre Version stimmt überein. Es gibt Videomaterial von allen vier Pubs – vom White Hart, dem Stolen Pig, Swan und dem Three Kings –, und die Überwachungskamera in der Bar der Studentenvereinigung zeigt, dass sie dort um neunzehn Uhr sechsundvierzig gestartet sind. Ryan hat seine Freunde nicht zum fünften Pub begleitet, dem Tumbledown Dick, und ich konnte auch nur seine Freunde auf den Videoaufnahmen des Pubs entdecken. Ich nehme an, das stützt seinen Bericht, dass er nach Hause gegangen ist.« Während er sprach, klickten seine Finger wiederholt auf die Maus, sodass mehr der langen Unterhaltung sichtbar wurde.

Ein schrilles Klingeln unterbrach sie und Natalie ging ans interne Telefon. »Ja. Okay. Danke fürs Nachforschen.« Sie legte den Hörer auf und berichtete: »Ryan hat keine Vorstrafen in Südafrika. Hat nie in Schwierigkeiten gesteckt.«

»Er ist trotzdem eine harte Nuss, oder? Sein Vater ist Geschäftsführer eines Medienunternehmens.«

»Ja, das habe ich in der Akte gelesen, die du zusammengestellt hast.«

»Hast du den Teil über den Angriff auf die Familie gesehen?«

»Ja.«

Ian fuhr dennoch fort: »Irgendwelche Gangster sind in ihren Wohnkomplex eingebrochen und haben die Kinder und die Mutter mit vorgehaltener Pistole bedroht. Kein Wunder, dass Ryan sich so hart gibt, wenn man bedenkt, dass er alles live miterlebt hat.« Er nahm seine Tasse mit der freien Hand hoch und erstarrte dann.

Natalie, die den Blick zur gleichen Zeit wie er auf den Bildschirm gerichtet hatte, rief: »Halt an!«, allerdings hatte er das schon getan und der Mauszeiger schwebte über dem Chat zwischen Fran und Rhiannon, den Ryan erwähnt hatte.

Fran: Bin super sauer auf Gemma, weil sie mit Ryan geflirtet hat, obwohl sie ihm das Herz gebrochen hat.

Rhiannon: Schlampe

Fran: Sie kann's nicht lassen. Anscheinend sitzt sie in der ersten Reihe und macht Professor Younger jedes Mal schöne Augen, wenn sie bei ihm Vorlesung hat

Rhiannon: Bestimmt hofft sie drauf, mit ihm zu schlafen, um eine bessere Note zu kriegen

Fran: Sehr wahrscheinlich. Sicher vögelt sie sich zu einem Spitzenabschluss hoch

Rhiannon: Sie hing heute wie eine Klette am Prof. Ich hatte eine Vorlesung mit ihm nach ihrer, und sie war immer noch im Hörsaal und hat ihn mit Rehaugen angeguckt, als er ihr was erklärt hat

Fran: Hat sie mit ihren Haaren gespielt?

Rhiannon: Ja

Fran: Das macht sie immer, wenn sie mit Typen spricht

Rhiannon: »Oh, sieh mich an ... Ich bin wirklich sexy ... Haardrehen ... Schmollmund ... Haardrehen ... Schmollmund ...«

Fran: Ich schwöre, irgendwann reiße ich ihr die Haare aus dem Kopf

Rhiannon: Wir sollten sie festbinden und ihr den Kopf rasieren. LOL

Fran: Es würde nur wieder nachwachsen

Rhiannon: Also dann was anderes?

Fran: Ja, irgendwas, das sie für immer in Ordnung bringen würde. Ich kenne Leute, die sie sich ein für alle Mal vornehmen könnten

Rhiannon: Ohh, mach mir keine Angst! Was? Willst du einen Auftragskiller auf sie ansetzen? LOL

Fran: Nicht wirklich. Nur ihr Gesicht ein bisschen umgestalten

Rhiannon: Fran, das würdest du nicht tun!

Fran: Würde ich nicht?

Natalie löste sich vom Dialog auf dem Bildschirm. Sie griff nach der Aktenmappe und las ein paar Absätze über Fran, die von ihrer Mutter und ihrem Stiefvater in East Toxteth, einer der am schlimmsten benachteiligten Gegenden im Land, großgezogen worden war. Fran stammte aus einer sechsköpfigen Familie, war als Kind in Schwierigkeiten geraten und hatte zusammen mit anderen Mitgliedern einer kleinen Gang Straftaten begangen, ehe sie dann mit zwölf Jahren in eine Pflegefamilie gekommen war. Ein Jahr später war sie dann zu ihren Großeltern mütterlicherseits nach Childwall, Liverpool, gezogen und hatte seitdem keinen Ärger mehr gehabt.

»Fran war gestern Abend auf einem Treffen, oder?«

»Bei irgendwas, das mit dem Sozialausschuss der Studentenvereinigung tun hatte«, sagte Ian.

»Überprüf, ob sie das gesamte Treffen über dort gewesen ist.« Sie ließ ihn allein und rief Phil Chancer, den Eigentümer der Chancer's Bar, an, um herauszufinden, wer sonst noch dort beschäftigt war. Kaum, dass sie die Namensliste erhalten hatte, meldete sich Murray mit einem Lagebericht.

»Lennox' Chemie-Tutor hat bestätigt, dass der Junge auf jeden Fall an diesem bestimmten Experiment gearbeitet hat. Er geht davon aus, dass Lennox in den letzten paar Wochen die meisten Abende im Labor verbracht hat, weil sein Bericht bis Ende nächster Woche eingereicht werden muss. Wir haben die

Listen überprüft und bei den Laboranten nachgefragt, und Lennox hat in diesem Trimester überhaupt keine Säuren ausgetragen. Es ist nur noch ein weiterer Dozent übrig, der über Gemma befragt werden muss – Professor Younger.«

Das war genau der Dozent, dessen Name in der Facebook-Unterhaltung zwischen den beiden jungen Frauen aufgetaucht war. Natalie erklärte, was sie aufgedeckt hatten.

»Okay, wir quetschen ihn gründlich danach aus. Vielleicht lief da etwas zwischen Gemma und ihm«, sagte Murray.

Ian wartete, bis sie ihr Gespräch mit Murray beendet hatte, bevor er ihr von seiner Entdeckung berichtete. »Ich bin den Rest von Frans Chat mit Rhiannon durchgegangen und es gibt keine weiteren Verweise auf Gemma. Ich denke, das war eine einmalige Angelegenheit.«

»Wir können die Tatsache nicht außer Acht lassen, dass Fran gemeint hat, sie kenne Leute, die Gemma ›in Ordnung bringen‹ würden, und dass sie ihr Gesicht ›umgestalten‹ wolle. Das könnten zwar so dahin geworfene, unbedeutende Kommentare sein, aber es gibt Grund zum Verdacht, dass sie und die anderen auf Gemma eifersüchtig waren. Fran ist gut mit Rhiannon befreundet. Wissen wir, wo Rhiannon gestern Abend war?«

»Nein. Ich finde es heraus.«

Sie öffnete die allgemeine Datenbank und suchte nach Informationen über Rhiannon Williams. Sie bemerkte Dan Taskers Erscheinen nicht, bis er leicht an die Glastür klopfte. Ian sprang auf, um ihn hineinzulassen.

»Ich habe mich gefragt, wie Sie bei den Ermittlungen über Gemma Barnes vorankommen. Wir haben für den Nachmittag eine Pressekonferenz anberaumt. Es ist entschieden worden, dass wir die Medien als Unterstützung heranziehen und an die Öffentlichkeit treten. Wir wollen verhindern, dass Menschen besorgt sind, ein Angreifer könnte frei herumlaufen«, sagte er.

Natalie schüttelte den Kopf. »Sicherlich ist es gut, wenn die

Öffentlichkeit besonders wachsam ist, falls es sich um einen willkürlichen Angreifer handelt.«

»Haben Sie Grund zur Annahme, dass es ein willkürlicher Angriff war?«

»Nicht wirklich, Sir.«

»Meistens werden diese Arten von Angriff von Menschen verübt, die das Opfer kennt.«

Natalie nickte. »Das stimmt. Im Augenblick haben wir nicht sehr viel, dem wir nachgehen können, obwohl wir die Möglichkeit untersuchen, dass jemand von ihren Mitbewohnern oder Kommilitonen hinter dem Angriff steckt. Zurzeit haben wir kaum Beweise außer einer Online-Unterhaltung.«

»Erzählen Sie mir, was Sie wissen.« Dan verschränkte die Arme und lehnte sich zum Zuhören an den Schreibtisch.

Sie ging durch, was sie herausgefunden hatten, und als sie damit fertig war, sagte er: »Angesichts Frans Hintergrund und dem, was sie online geschrieben hat, würde ich behaupten, dass ihr eure Angreiferin gefunden haben könntet.«

»Fran war zum Zeitpunkt des Angriffs auf Gemma bei einem Treffen. Ian, du hast das überprüft, stimmt's?«

»Ja. Sie ist bis zum Ende geblieben.«

»Um wie viel Uhr war das?«, fragte Dan.

»Nach zwanzig Uhr, Sir.«

»Was ist mit dem anderen Mädchen aus dieser Online-Unterhaltung? Wo war sie zur Tatzeit?« Dan hielt seinen stählernen Blick auf Ian gerichtet, der sich nicht aus der Ruhe bringen ließ.

»Ich bin noch dabei, das zu überprüfen.«

»Und warum haben Sie das noch nicht getan?«

Natalie schritt ein. Sie würde nicht zulassen, dass Dan ihren Officer provozierte. Ian hatte bereits detaillierte Akten über die Studenten zusammengestellt, die sich mit Gemma das Haus geteilt hatten. Er hatte noch nicht die Zeit dafür gehabt, das Gleiche für diejenigen zu tun, die in der Nähe, in der Eastview Avenue 59, wohnten, oder die gleichen Kurse wie Gemma besuchten. »Diese Online-Unterhaltung ist erst vor Kurzem entdeckt worden. Rhiannon wohnt nicht im selben Haus wie Gemma und wir haben uns auf die Studenten konzentriert, die mit dem Opfer zusammengelebt haben, bevor wir unsere Fühler weiter ausgestreckt haben. Jetzt, wo wir Grund zur Vermutung haben, dass Fran und vielleicht Rhiannon an der Tat beteiligt waren, fahren wir mit den notwendigen Recherchen fort.«

Dan antwortete mit einem kurzen Nicken. Leute zu reizen, schien seine Art sein, um Dinge erledigt zu bekommen, aber sie brauchte nicht angestachelt werden. Ihr Team war konzentriert bei der Sache und würde herausfinden, wer für die Tat verantwortlich war. Er wechselte von der entspannten Haltung zum Stehen, und während er im Begriff war zu gehen, sagte er: »Ich werde die Pressevertreter darüber informieren, dass wir nach einer oder mehreren Personen Ausschau halten, die das Opfer höchstwahrscheinlich kannte. Wenn es irgendeinen Hinweis gibt, dass das vermutlich nicht der Fall ist, muss ich unverzüglich darüber informiert werden.«

»Jawohl«, sagte Natalie.

Sobald Dan aus dem Raum war, atmete Ian geräuschvoll aus. Natalie ließ es unkommentiert. Sie wollte Ian gerade bei der Suche nach weiteren Informationen über Rhiannon unterstützen, als sie einen Anruf von einer unbekannten Nummer bekam.

»DI Ward?«

»Ja, mit wem spreche ich?«

»Hier ist Hattie Caldwell. Ich muss mit Ihnen über Gemma sprechen.«

»Haben Sie irgendwelche Informationen für uns?«

»Ich muss mit Ihnen allein reden.«

»Wollen Sie aufs Revier kommen?«

»Nein ... nein. Treffen wir uns in einer halben Stunde vor der Chancer's Bar.«

»Es wäre besser, wenn Sie zum Revier kommen könnten. Hallo? Hattie? Mist!«

Ian schaute zu ihr herüber. »Ein Problem?«

»Nein. Sie hat aufgelegt. Hattie möchte mich in einer halben Stunde bei der Chancer's Bar allein sprechen. Du kannst gern mit diesen Nachforschungen weitermachen. Wir müssen so viele Informationen sammeln wie möglich.«

»Du denkst, sie könnte wissen, wer Gemma getötet hat?«

Natalie dachte an die atemlose Dringlichkeit in Hatties Stimme. Sie war verängstigt. »Ja, ich denke, das ist möglich.« Sie hoffte, Hattie würde den entscheidenden Hinweis liefern, sodass sie den Angreifer identifizieren und festnehmen könnten. Es ging nicht bloß um ein schnelles Ergebnis. Sie wollte es um Sashas Willen, damit sie die Wahrheit erfuhr und dadurch leichter damit abschließen konnte.

Lucy und Murray waren in Murton-on-the-Water, einer dicht bevölkerten Industriestadt etwa sechsundfünfzig Kilometer östlich von Samford, die für seine Brauereien bekannt war. Sie parkten in der St Peter's Road vor Professor Youngers unscheinbarer Doppelhaushälfte, zu der eine gepflasterte Einfahrt mit vier geparkten Autos gehörte.

Murray las die Informationen vor, die er über den Mann erhalten hatte: »James ist ein einundfünfzigjähriger Sprachwissenschaftler, der sich auf Deutsch, Spanisch und Französisch spezialisiert hat. Er hat einen Abschluss mit Auszeichnung von der Manchester University und einen Doktor in Angewandter Linguistik von der Reading University. Er lehrte von 1985 bis 2005 an einer Universität in Berlin, zog 2006 zurück ins Vereinigte Königreich und trat seine Stelle an der Samford University an. Er ist mit Anika Beck verheiratet, einer deutschen Frau, die am College in Murton-on-the-Water Dozentin in Teilzeit für Gesundheitswissenschaften ist. Sie haben einen zwanzigjährigen Sohn und eine siebenjährige Tochter.«

Lucy stützte die Hände auf dem Lenkrad ab und schaute mürrisch geradeaus. »Es macht mich wahnsinnig. Es ist schon fast der ganze Tag vorbei und nicht der Hauch von etwas Ungewöhnlichem. Wenn der Kerl nichts mit ihr hatte, bei wem versuchen wir es als nächstes?«

»Bei niemandem. Wir fahren zurück und schauen, was Natalie sagt.«

Lucy seufzte schwer. »Okay.«

»Komm schon, Lucy. Das sieht dir gar nicht ähnlich. Was ist los?«

»Nichts. Vielleicht bin ich müde. Aurora hat uns wieder die halbe Nacht lang wachgehalten.«

»Zahnt sie?«

»Nein. Es ist zu früh für Zähne. Sie ist motzig.«

»Kommt ganz nach dir«, erwiderte er grinsend.

Lucy lächelte ihn halb traurig an. »Wir wissen beide, dass das nicht möglich ist.«

Murray warf ihr einen besorgten Blick zu, der ihr auffiel, und sie boxte ihm leicht in den Arm. »Bevor du irgendwas sagst: Es geht mir gut und ich liebe sie über alles und würde nichts an ihr oder am Elternsein ändern wollen. Es ist das schönste Gefühl.«

»Aber ...«

Sie schnaubte sanft und sagte dann: »Eines Tages wird Aurora allein draußen in der Welt sein, und Bethany und ich werden nicht auf sie aufpassen oder sie beschützen können. Der Gedanke macht mir Angst, besonders, wenn ich sehe, was mit Leigh und Gemma passiert ist.«

»Ich verstehe das, aber du kannst dich nicht mit zukünftigen Eventualitäten aufhalten. Das wird dich wahnsinnig machen. Millionen Kinder kommen problemlos durchs Leben; wir sehen nur diejenigen, die das nicht tun, was bedeutet, dass dein Blickwinkel verzerrt ist.«

»Ich weiß. Ich bin albern. Wir hätten zum Mittagessen irgendwo anhalten sollen. Ich bin unterzuckert«, antwortete sie.

»Wir bringen das hier über die Bühne und dann legen wir auf dem Rückweg zur Dienststelle einen Zwischenstopp ein.«

»Abgemacht.« Sie stieß die Tür auf und bereitete sich aufs Neue darauf vor, jemanden zu befragen, der Gemma gekannt hatte. Murray stand neben ihr, als sie die Klingel betätigte, die eine, scheinbar von der Rückseite des Gebäudes kommende, sanfte Melodie erzeugte. Die Tür öffnete sich und ein gutaussehender Mann mit dunklen, graumelierten Haaren erschien. Er trug eine Schürze über einem Strickpullover im Zopfmuster und einer Hose. Er winkte mit einer Zange und sagte: »Wir grillen gerade. Kommen Sie durch.« Als er Murrays Gesichtsausdruck sah, fügte er hinzu: »Ich weiß, es hört sich verrückt an, nicht wahr? Grillen im November.«

Er führte sie durch das Wohnzimmer in einen Wintergarten ansehnlicher Größe, in dem zwei Frauen mit Rotweingläsern in den Händen auf Korbsesseln saßen. Es war innen behaglich warm, selbst mit den zur Terrasse geöffneten Türen.

James redete immer noch: »Es ist ein wenig zu ungemütlich, um draußen zu essen, aber fürs Grillen ist es in Ordnung. Die Mädchen haben darauf bestanden.« Er zeigte auf ein Trampolin mit Sicherheitsnetz, auf dem zwei junge Mädchen in Wollpullovern und -hosen hüpften. Fleisch brutzelte verführerisch auf dem Rundgrill, und das Holzkohlearoma, das durch die Türen hineinwehte, ließ Lucys Magen knurren.

Er nickte in Richtung der Frauen und sagte: »Das ist meine Frau, Anika.«

Die dünnere und größere der beiden mit den kastanienbraunen Haaren reagierte mit einem Hallo.

»Anika, die Polizei ist gekommen, um Fragen über Gemma zu stellen.«

»Ah, das arme Mädchen.« Sie schüttelte traurig den Kopf.

»Haben Sie sie gekannt, Mrs Younger?«, fragte Lucy.

»Nein, ich arbeite in Murton-on-the-Water. Ich kenne

keine von James' Studenten, obwohl er über sie gesprochen hat. Sie hatte viel Potenzial.«

»Was ist mit Ihnen?«, fragte sie die andere Frau, die den Kopf schüttelte.

»Das ist Anikas Freundin Debbie. Sie weiß sehr wenig über meine Arbeit. Wie kann ich Ihnen helfen?«, fragte James Lucy.

»Erzählen Sie uns so viel wie möglich über Gemma.«

»Wie meine Frau schon gesagt hat, war sie eine gute Studentin mit viel Potenzial. Sie hat das Studium sehr ernst genommen.«

»Ist das überraschend?«

»Man bekommt nicht oft Studenten, die sprachlich so fortgeschritten und erfolgsorientiert sind, wie sie es war ... also, ja ... es war ein wenig außergewöhnlich. Würde es Ihnen etwas ausmachen, wenn ich mich um das Essen kümmere? Sie können gerne drinnen bleiben.«

»Gehen Sie vor.«

Er verließ den Wintergarten und griff sich geschickt eine schwarzwerdende Bratwurst, um sie von der Mitte des Grills näher an den Rand zu legen, wo die Hitze weniger stark war.

»Wir haben gehört, dass sie nach Vorlesungen oft noch blieb?«

»Ich kann mich nur an ein einziges Mal erinnern, bei dem das passiert ist. Ich habe eine Vorlesung über das sich wandelnde Antlitz Deutschlands in Film und Text gehalten, und sie ist noch geblieben, um mir ein paar Fragen zu Heinrich Bölls Roman *Das Brot der frühen Jahre* zu stellen.« Mit geübter Hand drehte er einen Burger herum.

»Welche Art von Fragen hat sie gestellt?«

»Sie hat sich für die im Buch abgedeckten Schlüsselkonzepte interessiert wie Symbolismus, Religion und Gefühle und wollte gern mehr vom selben Autor lesen. Sie hat mich gefragt, welche Romane ich empfehlen könne, um ihr Verständnis für den Schriftsteller zu erweitern. Ich habe ihr eine Zusammenfassung jedes seiner besten Werke gegeben.«

»Und war das außergewöhnlich?«

»Es war außergewöhnlich, eine solche Begeisterung bei einer Studentin zu sehen, und erfrischend.« Er lächelte, aber seine Augenwinkel blieben davon unberührt.

»Würden Sie sagen, dass sie begabt war?«

»Eher enthusiastisch und bereit dazu, harte Arbeit zu leisten, um belohnt zu werden, weniger talentiert im Schreiben von Essays oder Rezensionen. Sprachlich war sie allerdings begabt. Ihre grammatikalischen Kenntnisse waren solide und ihre Aussprache wirklich sehr gut – beindruckend gut, wenn man bedenkt, dass sie das Land nie besucht hat.« Er schob das Fleisch über den Grill, während er sprach.

»Sie hat Ihnen erzählt, dass sie noch nie in Deutschland war?«, fragte Murray.

»Ja.«

»Während einer Vorlesung?«

»Nein, während eines Seminars. Ich gebe nicht nur Vorlesungen, sondern auch Seminare zu verschiedenen Themen. In diesem Trimester biete ich ein Seminar zu deutscher Geschichte und Kultur an. Gemma hat sich dafür angemeldet.«

»Wie viele andere Studenten sind in dieser Gruppe?«

»Einer – Douglas McCrabe.«

»Und wie oft findet dieses Seminar statt?«

»Ich verstehe wirklich nicht, inwiefern Ihre Frage relevant ist«, sagte James mit verengten Augen.

»Wir versuchen, uns ein Bild von Gemmas Aktivitäten zu machen, mit wem sie Vorlesungen hatte, neben wem sie in Seminaren saß«, sagte Murray.

»Sie hat mit niemandem Bestimmten zusammengesessen«, sagte James. »Sie hat sich stets für die erste Reihe entschieden und saß immer neben den Personen, die gerade um sie herum waren.«

»Wie hat sie sich mit Douglas verstanden?«

»Gut. Die beiden waren intellektuell auf dem gleichen Level und wir haben ein paar ausgezeichnete, angeregte Diskussionen geführt.«

»Was können Sie uns über Douglas erzählen?«

»Er ist ebenfalls ein sehr kluger Student. Seine Mutter ist Deutsche und er bilingual aufgewachsen.« Er drehte ein Würstchen, das zischte und aus dem Fett spritzte, weshalb er zur Sicherheit zurücksprang.

»Hat Gemma jemals mit Ihnen außerhalb von Seminaren oder Vorlesungen gesprochen?«, fragte Murray.

»Vielleicht ein paar Mal, als wir auf dem Campus aneinander vorbeigelaufen sind.«

»Haben Sie sich jemals mit ihr über etwas anderes als Studieninhalte unterhalten?«

»Nein, über nichts anderes.«

Die Kinder hatten mit dem Herumhüpfen aufgehört, waren vom Trampolin geklettert und rannten jetzt umher, wirbelten Laub auf und kreischten. Debbie fing Lucys Blick auf und lächelte höflich.

»Sie hat ihr Privatleben, ihre Mutter, die Arbeit oder andere Studenten nie erwähnt?«

»Ich sehe keinen Grund, weshalb sie das hätte tun sollen. Ich bin Dozent und kein Studienberater.«

»Waren Sie jemals in der Chancer's Bar in Samford?«

»Würden Sie mir bitte eine Sekunde geben?«, fragte er und zeigte auf das Essen.

»Nur zu.«

Er schob einen flachen Pfannenwender unter einen Burger, ließ ihn auf ein offenes Brötchen fallen und tat das Gleiche mit einem zweiten, dann ging er mit ihnen in Richtung des Tisches und rief: »Mädels!« Das Kreischen hörte augenblicklich auf und die beiden Mädchen rannten mit erwartungsvoll ausgestreckten Händen hinein. Eines der Kinder, das die gleiche

Haarfarbe wie Anika hatte, griff nach dem Ketchup, aber James war schneller, schnappte sich die elastische Flasche und spritzte für sie einen Klecks auf den Pappteller.

»Auf den Burger, Daddy!«, beklagte sie sich.

Er hob das Brötchen an und goss die rote Soße darauf. Das Mädchen nahm den Teller, rannte zu den Frauen hinüber und ließ sich, rasch gefolgt von ihrer Freundin, auf den großen Plüschteppich neben ihnen fallen.

»Möchtet ihr schon irgendwas essen?«, fragte James an Anika gewandt.

»Wir warten, bis du soweit bist«, sagte seine Frau.

»Ich bin mir sicher, dass die Officers bei mir fertig sind, oder nicht? Ich kann Ihnen nicht viel mehr erzählen.« Seine Worte waren an Murray gerichtet.

»Die Chancer's Bar, Sir?«, fragte Murray. »Waren Sie dort?«

»Nein. Ist die in Samford? Ich weiß nicht, was Sie meinen.«

Murray musterte sein Gesicht, das gleichgültig geblieben war. »Okay, das ist alles, vielen Dank«, gab er zurück, drehte sich dann um und stellte Anika die gleiche Frage.

»Kennen Sie eine Bar namens Chancer's?«

»Es tut mir leid, nein. Ich habe noch nie von ihr gehört.«

»Falls das alles ist, würde ich es zu schätzen wissen, wenn wir jetzt essen könnten«, sagte James zu Lucy.

»Natürlich, und danke für Ihre Zeit«, kam die Antwort.

James führte Murray und sie zurück durchs Haus bis zur Eingangstür. Dort angekommen, fragte Lucy: »Sehen Sie Ihre Studenten jemals zur Notenbesprechung unter vier Augen?«

»Ja, ich vereinbare Treffen in meinem Büro an der Universität.«

»Und haben Sie solche mit Gemma vereinbart?«

»Nur für ihre letzte Prüfung im Oktober.«

»Hat sie die Prüfung bestanden?«

»Mit einer Eins«, erwiderte er schwerfällig. »So ein tragischer Verlust einer intelligenten jungen Frau mit einer vielversprechenden Zukunft. Schönen Tag noch, Officers.«

Damit knallte er die Tür hinter ihnen zu, und Murray fragte Lucy, was sie beschäftigte. Sie schien in Gedanken versunken zu sein.

»Ich habe mich gefragt, warum er der Frage über die Bar ausgewichen ist. Oder interpretiere ich da zu viel hinein?«

»Ich weiß es nicht. Wir werden sehen, ob wir irgendetwas über ihn herausfinden können. Aber, um ehrlich zu sein, ist mir nichts Seltsames in seinem Verhalten aufgefallen.«

»Ein gutaussehender Kerl, nicht wahr? Ich vertraue einem Typen, der so gut aussieht, überhaupt nicht, besonders, wenn die Freundin seiner Frau ihre Augen nicht von ihm lassen kann.«

»Debbie hat ihn angestarrt?«

»Die ganze Zeit über, als wir geredet haben.«

»Wahrscheinlich hat sie versucht, zu hören, was wir besprechen.«

»Da hat mehr dahinter gesteckt. Sie hat nicht uns angeschaut. Sie hat ihn direkt angestarrt.«

»Denkst du, Gemma und er hatten eine Art Beziehung?«

»Das ist die Millionenfrage und ich kann sie nicht beantworten. Ich weiß nur, dass ich ihm nicht traue.«

———

Der Vorplatz der Chancer's Bar war leer, als Natalie vorfuhr und gegenüber des orangefarbenen Biertransporters parkte. Von dort aus sah sie auf das schlicht verputzte Gebäude, das mit seinem Flachdach und ehemals als Büro gedientem Ziegelanbau noch immer einer Garage ähnelte. Die Eigentümer hatten so viel Ursprünglichkeit wie möglich bewahrt und die Originalfassade erhalten, obgleich das große Metall-Rolltor durch eine getönte Glasscheibe ersetzt worden war, in der sich ihr eigenes Fahrzeug spiegelte.

Sie warf einen Blick auf die Anzeige auf ihrem Armaturenbrett. Es war beinahe Viertel vor fünf. Vor fünfundzwanzig Minuten hatte Hattie sie auf dem Revier angerufen, aber es gab noch keine Spur von der Frau. Eine Krähe landete hörbar vor ihrem Auto und hüpfte auf der Suche nach Futter über den Asphalt. Sie wirkte unbeholfen, aber ihre Augen waren aufmerksam, und innerhalb von Sekunden hob sie ab und landete auf der Umzäunung der Müllcontainer und Wertstofftonnen, nur um kurze Zeit später wieder mit einem Leckerbissen im Schnabel aufzutauchen. Natalie drehte ihren Kopf nach links und rechts, konnte aber keinen grauen Nissan Micra entdecken. Es war verwirrend, dass Hattie Natalie allein sprechen wollte und sich diesen Treffpunkt dafür ausgesucht hatte, vor genau der Bar, in der Gemma gearbeitet hatte. Vielleicht besaß dieser Ort irgendeine Relevanz und Hattie wusste, wer Gemma angegriffen hatte. Es könnte sogar die Frau selbst gewesen sein oder jemand, den sie schon befragt hatten.

Eine Bewegung erregte ihre Aufmerksamkeit. Es handelte sich um eine große Gestalt, die einen Mantel mit hochgezogener Kapuze trug. Natalie kniff die Augen zusammen, aber als die Person über den Vorplatz lief, wurde deutlich, dass es nicht Hattie war. Natalie drehte sich auf ihrem Sitz um, aber konnte niemanden sonst entdecken. Die Frau war inzwischen spät dran. Fünf weitere Minuten verstrichen und sie versuchte es bei der Handynummer, die ihr Ian für Hattie gegeben hatte. Sofort sprang die Mailbox an. Aus den fünf Minuten wurden zehn und noch immer tauchte niemand auf. Sie rief Hattie erneut an und hinterließ ihr eine Nachricht, dass sie warte und Hattie sie sofort zurückrufen solle. Dann wartete sie noch bis zehn nach fünf, bevor sie aufgab und, über die Zeitverschwendung verärgert, davonfuhr.

———

Zurück auf dem Revier fand sie ihr gesamtes Team im Büro versammelt vor und erzählte ihm von ihrer vergeblichen Mission. »Könnte jemand versuchen, Hatties Handy zu lokalisieren?«, fragte sie, während sie ihre Tasche auf den Boden warf und sich darauf vorbereitete, alle neuen Informationen anzugehen. Lucy hob bestätigend die Hand und machte sich an die Arbeit.

»Meinst du, sie hat dich an der Nase herumgeführt?«, fragte Murray.

»Ich denke nicht und gebe zu, dass ich beunruhigt bin, weil sie nicht an ihr Handy geht. Falls sie Informationen bezüglich des Angreifers hat, könnte sie in Gefahr sein.«

»Es könnte noch einen anderen Grund dafür geben, dass sie nicht erreichbar ist«, sagte Murray. Natalie hatte schon vermutet, was er nahelegen würde, aber sie ließ ihn trotzdem weiterreden. »Sie ist für die Tat an Gemma verantwortlich. Sie wollte gestehen, hat dann aber kalte Füße bekommen.«

Sie stimmte ihm zu und sagte dann: »Wir müssen sie ausfindig machen. Lasst uns währenddessen nochmal mit Fran Ditton und Rhiannon Williams sprechen.«

»Mitschriften der Einzelheiten und Hintergrundinformationen über beide Mädchen sind alle hier«, sagte Ian und hielt einige Ausdrucke hoch.

Murray grinste schief. »Du bist heute sehr effizient, Ian.«

»Jeden Tag, Kollege, absolut jeden Tag«, kam die Antwort zurück.

Lucy hatte mit dem Mobilfunkanbieter gesprochen und sich der Unterhaltung wieder angeschlossen. »Hatties Handy wurde zuletzt in der Nähe der Eastview Avenue benutzt, etwa zu der Zeit, als sie dich angerufen hat, Natalie. Seitdem wurde kein Signal mehr übermittelt. Ich habe die Gesprächsdetails, ihre Kontakte und Nachrichten angefordert.«

»Was ist mit ihrem Auto?«, fragte Natalie. »Wenn wir eine Spur davon bekommen könnten, wären wir vielleicht in der Lage, es zu orten.«

Ian nickte. »Ich werde die Verkehrsabteilung bitten, zu schauen, ob es von irgendwelchen lokalen Kameras erfasst worden ist.«

Natalie dachte eine Sekunde lang nach, bevor sie mit den beiden Männern sprach. »Könntet ihr mit ihrem Vater Kontakt aufnehmen, um zu sehen, ob sie dort aufgetaucht ist? Findet heraus, wo sie sonst stecken könnte. Lucy und ich fahren zurück zur Eastview Avenue und reden mit Fran und Rhiannon. Wir sehen nach, ob sie dort ist.« Sie warf einen Blick auf die Büro-Uhr. Josh würde in etwa einer Stunde bei ihrer Wohnung ankommen. Sie wollte nicht zu spät zu Hause sein. Sie sah ihren Sohn selten genug und sie brauchten diese gemeinsame Zeit; dennoch würde ihre Arbeit Vorrang haben müssen. Falls sie dazu gezwungen wäre, würde sie ihm eine Nachricht schicken und hoffen, dass er Verständnis hatte.

Der Bericht der Rechtsmedizin war in ihrem Posteingang und sie überflog ihn, bevor sie wieder zur Eastview Avenue aufbrach. Er war düstere Lektüre. Die Säure hatte den größten Teil von Gemmas Gesicht verätzt und sie auf dem einen Auge erblinden lassen. Selbst, wenn sie den Angriff überlebt hätte, hätten umfangreiche wiederherstellende Operationen an ihr vorgenommen werden müssen und sie wäre fürs Leben gezeichnet gewesen. *Besser, als tot zu sein*, dachte sie, während sie aufstand und sich auf die Fahrt durch die Stadt vorbereitete.

ZEHN

SAMSTAG, 17. NOVEMBER – FRÜHER ABEND

Gemma,

es war dumm von dir, mir den Rücken zu kehren, nachdem ich mir so viel Mühe gegeben hatte, mit dir ins Gespräch zu kommen. Du hast keine Ahnung, wie viel Mut mich das gekostet hat, mich in der Bar der Studentenvereinigung in deine Nähe zu setzen, besonders, weil andere um dich herum waren. Dich anzusprechen, hat mich sogar noch mehr Nerven gekostet, und dass du mich daraufhin nur gleichgültig angesehen hast, war, ehrlich gesagt, eine Beleidigung.

Du hast mich entwürdigt.

Du hast mich verletzt.

Das war unnötig. Du hättest mir einfach antworten oder mich zurückgrüßen können, anstatt mich auszublenden. Wie würdest du es finden, so vor den Kopf gestoßen zu werden?

Du solltest aufpassen, mit wem du es dir verscherzt. Manche von uns können Ablehnung wirklich nicht gut ab.

Ein ehemaliger Bewunderer

———

Fran und Rhiannon saßen im Wohnzimmer von Frans Haus, das von der Größe gerade einmal für ein abgenutztes Sofa, einen Sessel und einen Tisch ausreichte, auf dem sich so viele Kaffeeflecken befanden, dass sich Natalie kurz fragte, ob sie ein beabsichtigtes Design darstellten. Jemand hatte das Poster eines indischen Tempels an die Wand gegenüber von einem Fernseher geklebt, und das einzige andere Anzeichen einer Einrichtung, außer ein paar nicht zusammenpassenden Kissen und einem verblichen orangefarbenen Sitzsack auf dem Boden, war eine grüne Buddha-Figur. Sie stand auf einem Regal hinter einer Reihe leerer Miniatur-Fläschchen, wie es sie an Bord von Flugzeugen oder Hotel-Minibars zu kaufen gab. Keines der Mädchen wusste, wo Hattie war, obwohl Fran behauptete, die junge Frau sei zu einer alten Schulfreundin gefahren und erst am Montag wieder zurück.

Fran rutschte tiefer in die Ecke des Sofas hinein und schaute Natalie finster an, die drahtigen Arme beschützend um sich gelegt. »Sie haben kein Recht dazu, ohne meine Erlaubnis meine Social-Media-Konten durchzusehen.«

»Das haben wir, wenn es um Mordermittlungen geht«, antwortete Natalie.

»Das ist ein Eingriff in meine Privatsphäre«, fuhr Fran fort.

»Das steht nicht zur Diskussion. Der Chat, den Sie mit Rhiannon am Freitag, den 2. November, geführt haben, allerdings schon. Das war zwei Wochen, bevor Gemma Säure ins Gesicht geschüttet wurde.«

Rhiannon schüttelte wiederholt den Kopf und sagte: »Wir haben überhaupt nichts mit dem Angriff zu tun. Sie können doch nicht glauben, dass wir das getan haben. Es ist egal, was wir geschrieben haben, wir würden nie so etwas Schreckliches tun, oder?« Ihre Wangen färbten sich dunkler und ihre Augen weiteten sich voller Ernst.

Die silbernen Stecker in Frans Nase und Augenbrauen sowie die zwei wie Heftklammern wirkenden Ringe in ihrer Unterlippe glänzten, als sie den Kopf bewegte, und fingen das abendliche Sonnenlicht ein, das ins Zimmer fiel. Sie trug eine zerrissene Jeans und ein zitronengelbes Trägertop, und Natalies Blick streifte den rechten Oberarm der jungen Frau, auf dem das Tattoo eines aus Gefangenschaft fliehenden Vogels in schwarzer Tinte prangte. Natalie sah auf die offene Tür des Käfigs, die schwarzen Dornenrosen und die Schwalbe, die in Richtung des Schlüsselbeins der jungen Frau flog, und fragte sich, ob es Frans eigenen Wunsch darstellte, irgendetwas zu entkommen. Fran schaute hoch und sagte: »Ich habe nichts mit dem zu tun, was mit Gemma passiert ist.«

Natalie las vom Blatt mit dem Dialog ab. »Fran, können Sie erklären, was Sie meinten, als Sie schrieben: ›Ja, irgendwas, das sie für immer in Ordnung bringen würde. Ich kenne Leute, die sie sich ein für alle Mal vornehmen könnten.‹ Das kommt mir ziemlich bedrohlich vor.«

»Ich habe mir nichts dabei gedacht. Es war nur ein blöder Chat, wie Leute ihn führen, wenn sie wütend sind. Es war überhaupt nicht ernst gemeint.«

Auf Rhiannons Gesicht entstanden Falten und es bildeten sich Tränen. Sie drehte an ihrem Handgelenk an einem Band mit violetten und rosa Perlen herum, das farblich zu den Blumen auf ihrem gemusterten Wollkleid passte, und flüsterte heiser: »Es war nicht ernst gemeint, verstehen Sie? Wir haben herumgeblödelt, nicht wahr, Fran?«

Natalie ignorierte das Unbehagen des Mädchens und setzte, den Blick direkt auf Fran gerichtet, ihre Befragung fort: »Dann erklären Sie mir, was Sie meinten, als sie auf Rhiannons Kommentar: ›Was? Willst du einen Auftragskiller auf sie ansetzen? LOL‹, antworteten mit: ›Nicht wirklich. Nur ihr Gesicht ein bisschen umgestalten‹?«

Fran atmete geräuschvoll ein und aus. »Ich kann es nicht

erklären. Was ich geschrieben habe, war irgendein dahergeredeter Scheiß. Manchmal sage ich etwas, das ich nicht wirklich meine. Wir haben uns nur Fantasieszenarien ausgedacht. Keine von uns beiden hat es ernst gemeint. Ich kann ab und zu an die Decke gehen, nicht wahr, Rhiannon?«

Ihre Freundin fuhr sich mit einem dicken Finger unter den Augen entlang, um verschmierte Wimperntusche zu entfernen, und schniefte weitere Tränen zurück, bevor sie sagte: »Ja, Fran wird manchmal sauer, aber alle, die sie kennen, wissen, dass sie es nicht so meint. Sie würde nie so etwas Schlimmes tun. Fran hat da einfach was abgelassen, nicht wahr? Gemma hatte sie mal wieder auf die Palme gebracht.«

»Wie das?«

»Sie hat andauernd bei Ryan rumgehangen, obwohl sie mit ihm Schluss gemacht hatte.« Fran warf ihr einen düsteren Blick zu. Rhiannon schaute kurz nach unten und entschuldigte sich dann. »Tut mir leid, Fran, aber ich möchte nicht, dass die Polizei denkt, du hättest irgendwas falsch gemacht.«

Fran antwortete nicht, wandte bloß die Augen ab, während Rhiannon Natalie weiter erklärte: »Fran steht auf Ryan – schon seit einer ganzen Weile. Gemma hat sich von ihm getrennt, aber nicht gewollt, dass er drüber hinwegkommt, und immer, wenn Fran und er miteinander in der Küche oder hier gequatscht haben, ist sie dazugekommen und hat das Gespräch unterbrochen.«

»Stimmt das?«, richtete Natalie ihre Frage an Fran, die mit den fransigen Rändern eines der Knielöcher ihrer Jeans spielte.

»Ja. Ich kannte Ryan, bevor sie hier aufgetaucht ist. Wir hatten letztes Trimester was miteinander und ich habe irgendwie gedacht, dass dieses Jahr mehr draus wird, aber dann ist Gemma hier eingezogen und er ist auf ihren Quatsch reingefallen. Dann hat sie sich plötzlich von ihm getrennt, und ich dachte, dass wir es wieder miteinander aufnehmen würden.

Letzten Monat haben wir uns gut verstanden. An dem Tag, als ich auf Facebook Dampf abgelassen habe, hatte ich ein ziemlich schwieriges Gespräch mit Ryan, als Gemma hereingestürzt ist und ihn in ihr Zimmer gezerrt hat. Ich habe es in diesem Chat rausgelassen. Das ist alles. Ich habe nichts davon ernst gemeint.«

»Sie konnte das Flirten nicht *lassen*«, sagte Rhiannon und bekräftigte ihre Worte mit einem Nicken.

Natalie versuchte, die Situation einzuschätzen. Rhiannon schämte sich eindeutig, dass sie über den Angriff befragt und als Tatverdächtige in Betracht gezogen wurden. Fran weniger, obwohl sie behauptete, unschuldig zu sein. »Fran, Sie haben den Chat mit einer Antwort an Rhiannon beendet. Können Sie sich an das erinnern, was Sie geschrieben haben?«

»Nein. Ich habe nicht noch mal geschaut, was wir damals geschrieben haben. Es war eine spontane Sache, kein großes Ding zu der Zeit. Sie machen da etwas viel Ernsteres draus, als es war.«

»Vielleicht war es nichts Ernstes, aber als Rhiannon schrieb, dass Sie Gemmas Gesicht nicht umgestalten würden, antworteten Sie: ›Würde ich nicht?‹«

Fran starrte Natalie an. »Was soll ich sagen? Ich habe Gemma nichts angetan. Ich habe irgendwelches Zeug auf Facebook geschrieben, das im Nachhinein dumm war. Ich hätte nicht wissen können, dass jemand Gemma tatsächlich Säure ins Gesicht schütten würde. Wenn ich das zu dem Zeitpunkt gewusst hätte, hätte ich niemals solche Kommentare abgelassen. Wenn ich für das, was ihr zugestoßen ist, verantwortlich wäre, hätte ich den Chatverlauf gelöscht, weil es wirkt, als sei ich schuldig, aber das bin ich nicht. Ich war zu der Zeit nicht mal in der Nähe der Bibliothek.«

»Aber Sie behaupten, Leute zu kennen, die den Angriff für sie hätten ausüben können.«

»Das war ein Haufen Unsinn. Ich bin kein schlechter Mensch!«

»Trotzdem haben Sie Behauptungen von sich gegeben, die darauf hindeuten, dass Sie Gemma etwas antun würden.«

Fran sprach langsam und laut: »Ich ... habe ... Gemma nichts angetan!«

»Dann müssen wir das bestätigen«, sagte Natalie. »Rhiannon, wo waren Sie Freitagabend zwischen sieben und acht?«

»In der Bar der Studentenvereinigung. Ich habe da mit einer Menge verschiedener Leute rumgehangen. Irgendwer wird bezeugen können, mich dort gesehen zu haben.«

»Und Fran, was ist mit Ihnen?«

Das Mädchen sah sie verärgert an, sprach aber trotzdem: »Ich war auch da. Ich bin nach dem Treffen dahingegangen, bevor die Band aufgetreten ist.«

»Wie lange sind Sie geblieben?«

»Wir beide sind aufgebrochen, nachdem sie Schluss gemacht hatten, gegen elf.« Fran blickte mit ernstem Gesicht zu ihr hoch. »Ich habe niemanden damit beauftragt, Gemma zu töten.«

Natalie fuhr fort: »Welche Band ist dort aufgetreten?«

»Hell For Ever. Sie ist eine Gruppe aus dem Ort.«

Natalie nickte. Die jungen Frauen verfügten über Alibis für den Abend; jedoch hätten beide jederzeit unbemerkt verschwinden oder jemanden bitten oder bezahlen können, um Gemma zu entstellen. Das Technik-Team würde nach Beweisen suchen müssen, um herauszufinden, ob eines der beiden Mädchen Kontakt zu jemandem in oder außerhalb der Universität aufgenommen hatte. »Ich möchte, dass Sie mir Ihre Endgeräte geben, damit wir sie überprüfen können«, sagte Natalie.

»Das ist doch nicht Ihr Ernst, oder?«, fragte Fran und richtete sich plötzlich kerzengerade auf.

»Das ist es«, erwiderte Natalie.

»Warum?«

»Wir müssen sichergehen, dass Sie die Wahrheit sagen und nicht irgendwie an dem Angriff auf Gemma beteiligt waren.«

Fran sah Natalie empört an, ihre Nasenflügel blähten sich auf und sie presste die Lippen fest zusammen. Sie wog ihre Möglichkeiten ab und murmelte dann, an Rhiannon gewandt: »Kannst du das verdammt noch mal glauben?«

Die Augen ihrer Freundin waren feucht vor Tränen. »Meine auch?«, fragte sie Natalie.

»Ja, alle Ihre Geräte – Laptops, IPads, Handys. Wir werden sie gleich nach der Untersuchung zurückgeben.«

»Aber ... es war nur ein bisschen Online-Geschwätz«, sagte Rhiannon.

Natalies Antwort war kurz und bündig: »Es hat sich nach mehr als ›Geschwätz‹ angehört. Sie haben nur zwei Wochen, bevor eine Person Gemma tatsächlich Säure ins Gesicht geschüttet hat, Wege heraufbeschworen, um sie zu demütigen und zu verletzen. Wir nehmen diese Angelegenheit sehr ernst.«

»Das ist absoluter Quatsch, wissen Sie?«, murrte Fran, dennoch stand sie auf. »Rhiannon, tu es einfach. Sie werden sehen, dass wir nichts zu verbergen haben.« Sie stürmte nach oben.

Rhiannon schniefte erneut und jammerte: »Wir haben nur herumgealbert.«

»Ich komme mit Ihnen, um Ihre Sachen einzusammeln«, sagte Lucy.

Rhiannon stand auf, um sich ihr anzuschließen, aber nicht, ohne ein weiteres weinerliches Flehen an Natalie zu richten: »Bitte. Wir haben nichts Böses gewollt.« Auf ihrem Gesicht tauchten Falten auf und Tränen rannen ihre Wangen hinunter.

»Kommen Sie«, sagte Lucy.

Natalie nutzte die Zeit, um ihre Gedanken zu sammeln.

Selbst, wenn die beiden nicht daran beteiligt gewesen waren, hätten sie vielleicht dem Angreifer etwas in den Kopf setzen können. Sie würde dieser Möglichkeit nachgehen müssen.

Es knarrte über ihnen, dann waren leise Schritte zu hören, und Fran tauchte wieder auf. Sie reichte Natalie gerade mal bis zu den Schultern, und mit ihrer zarten, dünnen Figur hätte sie für eine Jugendliche gehalten werden können. Natalie vermutete, ihr hartes Erscheinungsbild und ihre Haltung waren vor allem Show, und ihr fiel eine Veränderung an dem Mädchen auf, das nun mit gesenktem Kopf und ausgetreckten Armen vor ihr stand. Natalie nahm den mit Aufklebern bedeckten Toshiba-Laptop entgegen.

Fran hob den Kopf und sprach mit deutlich sanfterer Stimme als zuvor: »Ich hätte nicht mit dieser Lästerei anfangen sollen. Keine von uns hätte so etwas schreiben sollen, aber es war nur das – eine Lästerei. Ich wünschte, es wäre nicht passiert; dass nichts davon passiert und Gemma noch hier wäre. Was geschehen ist, ist schrecklich – schlimmer als schrecklich.«

Sie übergab auch ihr Handy und verließ das Zimmer. Natalie sah ihr nach und versuchte, dahinterzukommen, ob das, was sie ein paar Augenblicke zuvor miterlebt hatte, eine aufrichtige Bekundung von Bedauern gewesen war. Sie würde zu gern darauf vertrauen, dass es das war, aber sie hatte vor langer Zeit den Glauben an die Menschen und deren Aufrichtigkeit verloren. Sie klemmte sich den Laptop unter den Arm. Er könnte etwas hergeben, das das Gegenteil bewies, und bis sie etwas anderes herausfand, galten Fran und Rhiannon als Tatverdächtige.

Es war beinahe neunzehn Uhr dreißig, als Natalie sich dazu entschloss, mit den Ermittlungen für diesen Tag Schluss zu machen. Alle elektronischen Geräte waren ans Labor geschickt worden und wurden untersucht, und ihr Team konnte diesen

Ansatz nicht weiterverfolgen, bis die zum Handeln nötigen Informationen vorlagen. Sie hatten Hatties persönliche Daten an andere Polizeidienststellen weitergegeben, mit der Bitte, dass die Frau zur Befragung hergebracht würde. Sie hatten auch mehrere ihrer ehemaligen Schulfreunde kontaktiert, aber kein Glück gehabt, ihren Aufenthaltsort herauszufinden. Niemand hatte Hattie gesehen. Gemeinsam hatten sie entschieden, die Suche nach ihr am nächsten Tag zu verstärken.

Sie gingen getrennte Wege und Natalie fuhr zurück zu ihrer Wohnung. Als sie auf dem ihr zugewiesenen Parkplatz vor dem Wohnblock anhielt, sah sie zum zweiten Stock hoch, in dem sie nun lebte. Es war nur eine vorübergehende Lösung, bis sie die Hälfte des Erlöses aus dem Verkauf des Familienanwesens bekam. Das Haus in Castergate zu verlieren, kam einem Verlust gleich, sinnierte sie. Der Ort war voller Erinnerungen an ihre Kinder und reichte bis zu einer Zeit vor deren Geburt zurück ...

———

Das Haus wartet auf sie, das ›Verkauft‹-Schild ist stolz im kleinen Vordergarten mit dem ordentlich gemähten Rasen ausgestellt, der von wackelnden Osterglocken und farbenprächtigen Gartenprimeln mit purpurroten, dunkelvioletten und leuchtend gelben Blütenblättern umrahmt ist. Von den Fenstern wird das Sonnenlicht zu ihr zurückgeworfen, und ihr scheint es, als sei das Haus glücklich darüber, seine neuen Besitzer zu sehen. Nachdem sie die Vordertür mit dem Schlüssel aufgeschlossen hat, den sie erst eine Stunde vor diesem magischen Augenblick bekommen haben, sagt David: »Warte eine Sekunde.«

»Warum?«

»Weil wir das, PC Ward, anständig machen müssen«, antwortet er mit einem breiten Lächeln, das sein Gesicht sogar noch schöner macht. Sie liebt diesen Mann leidenschaftlich. Er

hat sie von einem einsamen, in der Vergangenheit festgehaltenen Dasein in die Gegenwart geholt und ihr gezeigt, dass die Welt ein viel schönerer und freundlicher Ort ist, als sie es sich jemals hatte vorstellen können.

Nach dem Tod ihrer Eltern hatte sie sich in einem Schwebezustand befunden, sich durch jeden Tag gekämpft, ihr eigenes Wohlergehen vernachlässigt und war misstrauisch gegenüber allen gewesen, die versuchten, die geistige Rüstung aufzubrechen, die ihre Gefühle und ihr Herz schützte. David war ihre Rettung, und die zwei Jahre mit ihm zusammen die glücklichsten ihres traurigen Lebens. Bald werden sie eine richtige Familie mit einem neuen Leben sein, um das es sich zu kümmern gilt.

Er streckt seine Arme aus. Seine Augenbrauen führen einen vergnügten Tanz auf und sie lacht über ihn. »Du wirst nicht versuchen, mich über die Türschwelle zu tragen, oder?«, fragt sie und reibt sich mit der Hand über den prallen Bauch. »Ich wiege eine Tonne!«

Er straft sie mit leichtem Spott, legt einen Arm an ihren Rücken und beugt sich leicht, um sie mühelos hochzuheben. Er stößt die Tür auf und trägt sie in den leeren Flur, dabei hallt ihr Lachen von den Wänden wider. Er senkt sein Gesicht zu ihr hinunter, ihre Lippen berühren sich sanft und dann küsst er sie innig.

Natalie hat noch nie ein so vollkommenes Glück erlebt. Das Haus ist erst der Beginn ihrer wundervollen Zukunft.

———

Natalie kniff die Augenlider zusammen. Tränen kamen keine. In ihrem Brustkorb machte sich eine Leere breit – ein Vakuum. Dort oben befand sich alles, was ihr von ihrer kostbaren Welt übrig geblieben war. Josh würde in ihrem erbärmlich kleinen Wohnzimmer sitzen, fernsehen, gleichzeitig Nachrichten auf dem Handy schreiben oder darauf spielen und auf ihre Rückkehr warten. Sie straffte die Schultern. In ihrem Leben war noch ein wertvoller Teil verblieben, und nichts würde ihn ihr jemals nehmen.

Sie stieg in die kühle Luft hinaus. Spatzen ließen sich in den Büschen vor den Wohnblöcken nieder, und ihr aufgeregtes Zwitschern nahm an Lautstärke zu, als sie sich dem Haupteingang näherte und die Tür mit ihrem Code entriegelte. Die Tür schwang auf, betrat den Hausflur und nahm die Treppe auf der rechten Seite, die zu ihrem Stockwerk führte. Sie kannte keine ihrer Nachbarn in diesem Block. Sie hatte nicht den Wunsch, mehr über ihre Leben zu erfahren, und vor allem wollte sie nicht, dass sie sich für ihres interessierten. Sie schätzte ihre Privatsphäre. Ihre Wohnung lag in der Nähe der Treppe und sie steckte den Schlüssel in den Schlitz. Kein David war da, um sie über die Schwelle zu tragen. Dieser David gehörte der Vergangenheit an.

»Hey!«, rief Josh, als sie eintrat.

Sie warf ihre Schlüssel in das Gefäß auf dem Tisch und ging ins Wohnzimmer, wo sie ihn mit der Fernbedienung in der Hand auf dem Sofa ausgestreckt vorfand. Er setzte sich auf.

»Ich habe etwas zu essen mitgebracht«, sagte sie, hielt eine Papiertüte mit chinesischen Gerichten hoch, die sie auf dem Heimweg besorgt hatte. »Ist chinesisch in Ordnung?«

»Ist super. Hast du Frühlingsrollen geholt?«

»Und knusprige, aromatische Ente.«

Sein Gesicht leuchtete auf und für den Bruchteil einer Sekunde erinnerte er sie an David. Josh hatte das Lächeln seines Vaters, dessen Kieferpartie und dunklen Haare. »Ich habe schon den Tisch gedeckt«, antwortete er.

»Wow, du musst hungrig sein«, scherzte sie, betrat die Küche, in der auf weinroten Tischsets Messer und Gabeln ausgelegt und Gläser aufgestellt worden waren. »Möchtest du etwas trinken?«

»Alles gut, danke, ich habe mir eine Dose aus dem Kühlschrank genommen.«

Sie machte sich daran, die Folienschalen herauszunehmen. Josh rutschte auf einen Stuhl, griff die am nächsten liegende und zog die Folie vom Pappdeckel. Das Aroma von fünf Gewürzen verteilte sich im Zimmer. Natalie suchte im Schrank nach der Sojasoße und legte dann die Fladen und Frühlingszwiebeln auf einen separaten Teller. Währenddessen fragte sie beiläufig: »Ist alles okay?«

Er hielt mit der Gabel in der Luft inne. »Ehrlich gesagt, nein. Ich möchte nicht mehr bei Dad wohnen. Ich möchte zu dir ziehen.«

Diese plötzliche Enthüllung überraschte sie, aber sie verteilte weiter das Essen, ergänzte noch das Töpfchen Hoisin-Soße, das mit der Ente mitgeliefert wurde, bevor sie sich zu ihm an den Tisch gesellte und fragte: »Willst du darüber reden?«

Josh hob eine Frühlingsrolle mit den Fingern an und zog sie durch eine winzige Pfütze Sojasoße. »Es ist Dad. Es ist schwer, mit ihm auszukommen.«

»Das ist ganz schön plötzlich. Ist irgendetwas passiert, weswegen du aus dem Haus ausziehen möchtest?«

Er seufzte und legte die Gabel beiseite. Sein Gesicht war auf einmal ernst, die Augenbrauen zusammengezogen. »Er trinkt, Mum. Jeden Tag. Und man kommt manchmal nicht zu ihm durch. Entweder schläft er, ist wütend oder mies drauf. Er hat sich ziemlich verändert und wir streiten die ganze Zeit. Ich kann anscheinend nichts richtig machen.«

»Er leidet noch, Josh. Es ist normal, dass es die Leute, die man liebt, abbekommen. Das geschieht aber nicht aus Absicht. Du bedeutest ihm ... uns beiden alles.«

Josh schüttelte traurig den Kopf. »Du leidest auch, aber du sitzt nicht die ganze Zeit übellaunig im Haus herum oder gehst weg und kommst früh am Morgen offensichtlich betrunken zurück. Du schreibst mir oder rufst mich an und fragst, wie es mir geht. Dad hingegen ... na ja ... es ist, als wolle er nichts mit mir zu tun haben. Ich habe ihm gesagt, dass ich hierherfahre, und er hat nur ›In Ordnung‹ gesagt. Sonst nichts.«

»Nein. Das stimmt nicht. Du bist ihm sehr wichtig«, sagte sie. Sie hatte nicht geahnt, dass David so schwierig geworden war. *Wie hättest du es wissen können? Du hast ihnen den Rücken gekehrt und bist weggelaufen, um deine Wunden zu lecken.*

Er schüttelte den Kopf. »Du hast gar keine Ahnung, Mum. Er ist ein völlig anderer Mensch – richtig wütend manchmal. Ab und zu höre ich ihn brüllen und in der Küche toben. Vor ein paar Tagen bin ich nachts nach unten gegangen, um nachzusehen, wen er anschreit, aber es war niemand da, nur er, und er hat eindeutig ein paar Teller kaputtgemacht. Auf dem Boden lagen Scherben, er ist auf- und abmarschiert und hat vor sich hingemurmelt. Er hat mich nicht gesehen und ich bin zurück nach oben gegangen. Ich glaube, er hat eine Art Zusammenbruch. Ich kann gerade nicht in seiner Nähe sein.«

Sie wollte den Jungen fest umarmen und ihm sagen, dass alles gut werden, sie immer für ihn da sein würde, aber er war erst kürzlich wieder in ihr Leben getreten und noch nicht zu einer so großen Zuneigungsbekundung bereit. Sie musste beweisen, wie viel er ihr bedeutete, nicht bloß Worte aussprechen, die an seinem neugewonnenen starken Äußeren abprallen würden. Josh war, wie sie alle, in den letzten Monaten durch die Hölle gegangen. Sie bewunderte seine Stärke, die ihm darüber hinweggeholfen hatte.

»Es fällt ihm schwer, sich daran zu gewöhnen. Er musste sich mit vielem abfinden«, sagte sie. Sie konnte an Joshs Gesicht ablesen, dass es ihn nicht überzeugte.

»Ich verstehe das, aber ich halte es nicht aus. Ich kann nicht Nacht für Nacht zu diesem ganzen Leid zurückkehren. Es wirkt sich schon auf meine schulischen Leistungen aus. Ist es okay, wenn ich hier einziehe? Nur, bis ich mit meinem Abitur fertig bin und auf die Uni gehe.«

»Du kannst so lange bleiben, wie du magst. Das weißt du. Du bist hier, oder wohin auch immer ich umziehe, jederzeit willkommen. Es wird auch dein Zuhause sein. Auf ewig.«

Seine Erleichterung war zu spüren und Joshs Stirn glättete sich bei ihrer Antwort. Es hatte ihn viel Überwindung gekostet, sich ihr zu öffnen, und erneut merkte sie, wie viel Respekt sie für ihren Sohn hatte.

»Danke.« Er nahm sich eine weitere Frühlingsrolle, tunkte sie in etwas Soße und biss hinein.

»Ich werde deinem Vater erklären müssen, wie es für dich ist«, sagte sie beiläufig.

»Ich werde nicht zurück nach Hause gehen. Es ist nicht nur Dad. Ich kann es nicht ertragen, an Leighs Zimmer vorbeizuge-hen, wo sie nicht mehr lebt. Wir lassen die Tür zu, aber es fühlt sich ... falsch an.«

Sie stocherte an einem Stück Ente herum, ihr Appetit hatte auf einmal nachgelassen. »Ich verstehe das. Mir würde es genauso gehen.«

»Aber du bist nicht geblieben, stimmt's?« Seine Worte klangen nicht anklagend, bloß sachlich.

»Du weißt, warum ich nicht bleiben konnte.«

»Ja.« Er trennte einen Fladen von den anderen in Alufolie eingepackten, während er sprach: »Werdet ihr nie wieder zusammenkommen?«

Sie schluckte ihren Bissen hinunter, bevor sie sagte: »Nein, und das hat nichts mit dir zu tun oder dem, was Leigh zuge-stoßen ist. Es war schon vor alldem aus.«

Josh antwortete nicht. Er gab Enten-Geschnetzeltes auf seinen Fladen, träufelte klebrige Soße darauf und rollte ihn zusammen. Er nickte kurz, bevor er hineinbiss. Manche Dinge brauchten nicht ausgesprochen zu werden. Josh wusste von Davids Spielsucht, und dass sie der Auslöser für ihre Trennung gewesen war. Was er nicht wusste – und das würde sie ihm auch noch nicht sagen –, war, dass Mike mehr als nur ein Freund der Familie war. Außer David hatte etwas gesagt. Sie betrachtete seine langen Wimpern und dachte wieder, wie sehr er sie an ihren Noch-Ehemann erinnerte. Sie hoffte, dass er nicht so willensschwach war wie sein Vater.

ELF

SONNTAG, 18. NOVEMBER – MORGEN

Josh war zu einer Frühschicht aufgebrochen. Er hatte vor, sich mit seiner Freundin Pippa in Derby zu treffen, und würde erst am Abend wieder zurück in der Wohnung sein. Sie hatten über ihr zukünftiges Zusammenleben gesprochen und darüber, was sie von ihm erwartete, während er bei ihr blieb, und er schien mehr als zufrieden über ihre Abmachungen zu sein. Sie würde Zeit finden müssen, um mit David zu reden, und sie wusste nicht, wann sie das schaffen sollte.

Ihr Team war bereits versammelt, als sie im Büro eintraf und eine lebhafte Debatte über einen von Gemmas Tutoren – Professor James Younger – unterbrach.

»Was ist los?«, fragte sie.

Murray antwortete: »Wie du weißt, haben Lucy und ich gestern mit James gesprochen, und er hat behauptet, Gemma und ein Bursche namens Douglas McCrabe hätten eines seiner Seminare besucht. Ian hat herausgefunden, dass Douglas vor etwa einem Monat aus Professor Youngers Seminar über deutsche Geschichte und Kultur zu einem über Kultur und Film gewechselt ist.«

»Das heißt, er hat Gemma in dieser Zeit allein unterrichtet«, sagte Natalie.

»Genau, und er hat es verschwiegen.«

»Er hat verschwiegen, Gemma allein unterrichtet zu haben?«, wiederholte Natalie.

»Er hat gesagt, er habe beide Studenten zusammen unterrichtet, und überhaupt nicht erwähnt, dass Douglas aufgehört hat. Warum sollte er das tun?«

»Meiner ersten Reaktion nach würde ich behaupten, er hat darüber geschwiegen, um die Tatsache zu verbergen, dass etwas zwischen Gemma und ihm lief«, sagte Natalie.

»Das denken wir auch. Seine Frau und ihre Freundin waren in Hörweite, als wir ihn befragt haben, also wäre es unwahrscheinlich gewesen, dass er vor ihr ein Verhältnis mit einer Studentin gestanden hätte. Lucy hat auch etwas Merkwürdiges bemerkt: Anikas Freundin Debbie hat James die ganze Zeit, als wir mit ihm geredet haben, angestarrt.«

»Als ob sie in ihn verliebt wäre«, sagte Lucy, »oder besorgt, dass er irgendetwas Ungewolltes sagen könnte. Es war ein intensiver, kein zufälliger Blick.«

»Vielleicht vögeln sie miteinander«, meinte Ian.

»Das war auch mein erster Gedanke«, erwiderte Lucy.

Natalie traf eine schnelle Entscheidung über ihr weiteres Vorgehen: »Bringt ihn her, damit wir ihm weitere Fragen stellen können. Lasst uns schauen, ob die Abwesenheit seiner Frau während einer Befragung mehr ehrliche Antworten hervorbringt, und findet heraus, wo Anika und er am Freitagabend waren. Falls Anika ihn verdächtigt, mit Gemma zu schlafen, hat sie vielleicht Rache genommen und das Mädchen angegriffen. Findet außerdem heraus, wo diese Freundin war. Falls sie ein Verhältnis mit ihm hat und ein eifersüchtiger Mensch ist, würde es ihr nicht gefallen, wenn er hinter ihrem Rücken etwas mit einer Studentin hat. Gibt es Neuigkeiten über Hattie?«

Ian schüttelte den Kopf. »Sie geht immer noch nicht ans

Handy und wir haben noch nichts von den Telefonanbietern zurückbekommen. Ich habe mit ihrem Vater gesprochen, der sie seit letztem Wochenende nicht mehr gesehen hat, aber er macht sich keine Sorgen und sagt, dass sie oft Freunde besuchen fährt, besonders an den Wochenenden, an denen sie keine Vorlesungen oder nur wenig Arbeit zu erledigen hat.«

»Sicherlich macht er sich Sorgen, dass sie auf keine Anrufe reagiert.«

»Laut ihm geht sie oft nicht ran, wenn er sie anruft. Er sagt, sie sei ein bisschen zerstreut und vergäße manchmal, ihr Telefon aufzuladen, oder nimmt es gar nicht erst mit.«

Natalie fiel es schwer, das zu glauben. Josh hatte sein Handy immer zur Hand und ein Ladekabel im Rucksack. »Wirklich? Ich kann mir kaum vorstellen, dass sie ohne ihr Handy das Haus verlässt. Was ist mit ihrer Mutter? Habt ihr es bei ihr versucht?«

»Sie ist gestorben, als Hattie elf war. Außer ihrem Vater gibt es niemanden. Ich wollte es noch mal bei ihren Mitbewohnern probieren, um zu sehen, ob sie zurück nach Hause gekommen ist.«

»Mach das direkt. Es beunruhigt mich, dass sie so schnell nach ihrer Kontaktaufnahme mit mir untergetaucht ist. Wir sollten vielleicht recht bald die Vermisstenstelle einschalten. Versucht es, für den Fall, dass sie zurückgekommen ist, beim Haus in der Eastview Avenue. Wir haben Frans und Lennox' Geräte beschlagnahmt. Probiert, Ryan auf dem Handy zu erreichen, außer es gibt eine Festnetznummer, die ihr anrufen könnt.«

»Kein Festnetz. Ich versuche es bei ihm. Von Hatties Auto gibt es auch keine Spur.«

»Nichts in den Systemen der Automatischen Nummernschilderkennung?«

»Nein«, antwortete er.

»Was ist mit den Kameras in der Nähe ihres Hauses?«

»Die Techniker durchsuchen immer noch das Bildmaterial.«

Natalies Nasenflügel blähten sich auf, als sie tief einatmete. Das gefiel ihr gar nicht. Falls Hattie sie angerufen hatte, um den Angriff auf Gemma zu gestehen, wäre sie mit Sicherheit aufs Revier gekommen. Sie war sich sicherer denn je, dass Hattie wusste, wer Säure auf Gemma geschüttet hatte, und entweder untergetaucht oder als Geisel genommen worden oder noch Schlimmeres passiert war. »Wir brauchen diese Info. Bring sie dazu, sich zu beeilen, Ian.«

Er nickte und hielt das Telefon ans Ohr.

»Vielleicht hält sie sich versteckt«, sagte Lucy wenig überzeugt.

»Ich hoffe, dass dem so ist, aber ich denke eher, dass ihr etwas zugestoßen ist. Dieser ganze Unsinn darüber, Handys nicht aufzuladen oder zu vergessen ... Sie hat mich angerufen, ein Treffen vereinbart und ist dann verschwunden. Ich mache mir Sorgen um sie«, lautete Natalies Antwort.

Murray sprach: »Wir machen uns auf den Weg, um den Professor abzuholen und mit seiner Frau zu reden.«

Natalie fügte hinzu: »Wenn Anika kein gutes Alibi für Freitagabend hat, dann bringt sie ebenfalls mit.«

Lucy zögerte, bevor sie sagte: »Sie haben eine siebenjährige Tochter. Könnte umständlich zu regeln sein.«

»Tut es. Findet jemanden vom Sozialdienst, der sich, wenn nötig, um die Tochter kümmert.« Natalie war nicht in der Stimmung, lange zu fackeln. Wenn sie jemandem auf den Schlips trat, dann war das eben so.

Lucy eilte Murray hinterher.

Ian beendete sein Telefonat und teilte Natalie den aktuellen Stand mit: »Ryan hat an Hatties Tür geklopft und sie ist nicht da.«

»Nicht da oder reagiert nicht? Wende dich an die Universität und bitte jemanden – einen Hausmeister oder

Wohnungsverwalter –, die Tür aufzuschließen und zu überprüfen, ob sie da drin ist. Irgendjemand wird einen Generalschlüssel haben.«

Sie beugte sich über den Schreibtisch und blätterte durch die Notizen, um zu schauen, welche Angaben sie tatsächlich über Hattie hatten. Ganz plötzlich war diese junge Frau in den Fokus ihrer Ermittlungen gerutscht. Sie zog das passende Blatt aus Ians Akte. Außer Hatties Vater war ein Ex-Mann der einzige andere Mensch in ihrem Leben. Hattie hatte mit achtzehn jemanden namens Ocean Stone geheiratet und sich zwei Jahre später von ihm getrennt. Weitere Recherche hatte ergeben, dass der Mann Gründer einer alternativen Öko-Kommune in Wales war, die sich entschlossen hatte, modernen Schnickschnack wie Handys und das Internet zu ignorieren. Es war möglich, dass Hattie dorthin geflohen war.

Natalie rief bei der Polizei von Monmouthshire an, um herauszufinden, ob Hattie mit ihrem Ex in Kontakt gewesen war oder sich dort versteckt hielt. Während sie mit ihnen sprach, vereinbarte Ian mit dem Wohnungsverwalter, dass dieser zur Eastview Avenue kam. Nachdem sie ihrem Kollegen in Wales die Situation geschildert und er sich bereit erklärt hatte, zu der Kommune zu fahren, um nach Hattie zu fragen, machte sie sich auf den Weg und sammelte als Erstes Lennox' Handy ein, um es ihm zurückgeben zu können.

Dan, der in der Nähe des Vordereingangs wartete, gab eine elegante Figur in seiner Uniform ab: mit makellosem weißem Hemd, frisch gebügelter Hose und derart auf Hochglanz polierten Schuhen, dass sie einen Feldwebel beeindrucken würden. Sein Gesicht war wachsglatt und nicht ein Follikel seines getrimmten Haars durcheinander. Er brachte sie außer Hörweite vom Büropersonal, und als er sich zu ihr hinunterbeugte, roch sie einen Hauch teuren Eau de Colognes. »Irgendetwas zu berichten, Natalie?«

»Wir sind auf der Suche nach einer verschwundenen

Mitbewohnerin, die über wertvolle Informationen bezüglich des Angriffs auf Gemma verfügen könnte«, sagte sie.

Er zog die Augenbrauen hoch. »Klingt, als würden Sie sich nähern.«

»Ich würde nicht vorschnell urteilen, Sir. Ich bin mir nicht sicher, weshalb sie Kontakt zu mir aufgenommen hat, und ich weiß nicht, wo sie ist.«

»Hoffen wir, dass ihr nichts passiert ist. Die Medien waren gestern ziemlich gründlich mit ihren Fragen und es war schwierig, sie davon zu überzeugen, dass es eine einmalige Tat war. Ich möchte, dass Sie sie schnell finden.« Er sah seinen Gast in den Eingangsbereich kommen und ging davon, um ihn zu begrüßen. Natalie verließ das Gebäude. Sie hatte sich zurückgehalten, irgendeinen Kommentar über die Pressekonferenz abzugeben. Es spielte keine Rolle, was sie über den Umgang ihres Vorgesetzen mit heiklen Situationen dachte. Er hatte seine Gründe, so mit ihnen zu verfahren, wie er es tat, während sie ihre eigenen Ermittlungen zu leiten hatte. Und im Augenblick nagten Zweifel an ihr über Hattie.

———

Professor Youngers Haus zeigte wie viele andere in der St Peter's Road kein Lebenszeichen. Die Gardinen waren zugezogen und eine Tüte Milch, eine Flasche Orangensaft und ein Laib Brot befanden sich in einer offenen Plastikkiste auf der Stufe vor der Eingangstür. Murray blickte auf die Lebensmittel hinunter. »Ich wusste nicht, dass irgendwer heutzutage noch Milch und Saft ausliefert.«

Lucy schüttelte den Kopf. »Nicht da, wo wir wohnen. Wenn uns die Milch ausgeht, ist ein Gang in den Supermarkt schnell getan.«

Murray versuchte, die Familie zu wecken, und sie warteten eine Weile darauf, dass jemand die Tür öffnete. Schließlich machte Anika auf, in Nachthemd und mit ungekämmten Haaren.

»Wir möchten Ihrem Mann und Ihnen noch weitere Fragen stellen«, sagte Murray zu ihr.

Anika warf ihnen einen prüfenden Blick zu, bevor sie sie hineinließ. Diesmal gingen sie nicht in den Wintergarten, sondern in eine Küche, die direkt aus einem Einrichtungskatalog der Sechzigerjahre zu stammen schien mit antiken Kirschholzschränken, gelben Formica-Arbeitsplatten über Holzunterschränken, einem freistehenden Vorratsschrank und einer knallgelben Retro-Kühl- und Gefrierkombination. Sie ließ die Zeit wieder aufleben, in der kräftige Farben ein Muss gewesen waren. Die Wirkung wurde durch einen kleinen Teppich auf dem Boden verstärkt, der das gleiche grelle Gelb enthielt, aber zusätzlich beißendes Limettengrün, Türkis und Pink aufwies – Farbtöne, die sich auch unter den Schalen, Kochutensilien und Gefäßen wiederfanden, die die Oberflächen zierten. Anika ließ sich auf einen der vier Stühle mit Chromfüßen und weiß- und türkisfarbener Polsterung fallen, die an einem weißen Tisch mit passenden Beinen standen, lud aber keinen der beiden Officers ein, sich ebenfalls zu setzen.

»Wir würden auch gern mit Ihrem Mann sprechen«, sagte Murray.

»Er hat geschlafen, als ich aufgestanden bin. Fragen Sie zuerst mich, was Sie wissen müssen, und dann wecke ich ihn.«

»Wir würden gern wissen, wo Sie am Freitagabend waren.«

»Haben Sie eine bestimmte Zeit im Sinn?«

»Zwischen neunzehn und neunzehn Uhr dreißig.«

»Ich war bei der Arbeit.«

»Kann das irgendjemand bestätigen?«

Sie warf ihm einen kühlen Blick zu und antwortete: »Über achtzig Schüler. Ich habe zu der Zeit eine Vorlesung gehalten.«

»In Murton-on-the-Water?«

»Ja, Officer. In Murton-on-the-Water, am College, an dem ich arbeite.«

»Unterrichten Sie oft am Abend?«

»Nur freitags während des Trimesters. Ich gebe freitagabends zwei Vorlesungen.«

»Um wie viel Uhr sind Sie weggefahren?«

»Wie gewöhnlich – gleich im Anschluss an meine zweite Vorlesung, gegen acht. Ich bin direkt nach Hause gefahren. Die Babysitterin kann das bestätigen.«

»Ihr Mann war zu dem Zeitpunkt nicht zu Hause?«

»Nein.«

»Haben Sie eine Idee, wo er war?«

»Bei der Arbeit, nehme ich an.«

»Aber Sie wissen es nicht sicher.«

Sie starrte ihn an, ohne zu blinzeln, wie eine Löwin, die ihre Beute betrachtet, bevor sie antwortete: »Nein. Ich weiß es nicht sicher. Soll ich ihm sagen, dass Sie ihn jetzt zu sprechen wünschen?«

»Wenn es Ihnen nichts ausmacht.«

Sie verließ den Raum und Lucy flüsterte: »Sie ist eine kühle Person. Ein bisschen reserviert. Zeigt nicht viele Emotionen.«

»Sie hat aber ein ziemlich sicheres Alibi für ihren Aufenthaltsort.«

»Das hat sie. Vielleicht hat sie dafür gesorgt, dass sie es hatte. Man kann keine Person verurteilen, die eine so große Zahl an Zeugen hat. Sie könnte trotzdem daran beteiligt gewesen sein und jemanden für die Drecksarbeit angeheuert haben.«

Lucy ließ ihren Blick durch den Raum schweifen und rätselte, warum er so inszeniert wirkte: Nichts war fehl am Platz oder deutete darauf hin, dass hier eine Familie lebte – keine Fotos, keine personalisierten Tassen, keine Zeichnungen, kein Kinder-Durcheinander. Sie hatte keine Gelegenheit, Murray darauf hinzuweisen, weil James auftauchte.

»Guten Morgen, Sir. Entschuldigen Sie den frühen Besuch, aber wir müssen an gestern anknüpfen.«

Anikas langes, schmales Gesicht kam hinter ihrem Mann wieder in Sicht und sie nahm erneut ihre Position auf dem Stuhl ein, von dem sie vor wenigen Minuten aufgestanden war.

James kratzte sich am Nacken und antwortete müde: »Schießen Sie los.«

»Nein, es tut uns leid. Sie müssen uns diesmal aufs Revier begleiten.«

Anikas Stimme war schrill: »Kann er Ihre Fragen nicht hier beantworten?«

»Ja, ich habe nichts vor meiner Frau zu verbergen«, sagte James.

»Es geht um ihren Aufenthaltsort am Freitagabend. Können Sie uns sagen, wo Sie waren?«

»Ich habe um fünf an einem Fachbereichstreffen teilgenommen. Das ging über eine Stunde, danach habe ich mich meinen Kollegen und dem Uni-Kanzler auf Drinks und Häppchen im alten Saal angeschlossen. Ich war bis etwa halb acht dort und bin dann zurück in mein Büro gegangen, um ein paar Hausarbeiten zu Ende zu korrigieren. Ich bin irgendwann zwischen halb elf und elf nach Hause gekommen.« Er sah Anika eindringlich an, aber sie ignorierte ihn.

»Mrs Younger, können Sie das bestätigen?«, fragte Lucy.

Anika schüttelte den Kopf. »Ich habe geschlafen. Ich weiß nicht, wann er heimgekommen ist.«

»Bestimmt hast du gehört, wie ich ins Bett gegangen bin«, sagte James und sein Blick bat sie inständig, dass sie sich für ihn einsetzte.

»Ich hatte eine Schlaftablette genommen«, erwiderte sie.

»Diese verdammten Tabletten! Ich dachte, du hättest aufgehört, sie zu nehmen.«

»Ich brauchte sie.«

Er hob die Hände und ließ sie dann klatschend mit den

Innenflächen auf die Oberschenkel fallen. »Was hat das für einen Zweck? Du hörst nie zu.« Er richtete seine Aufmerksamkeit wieder auf Murray und sagte leise: »Ich bin mir sicher, dass meine Kollegen meine Anwesenheit beim Treffen und der Veranstaltung bezeugen können. Für danach gibt es niemanden, der meine Behauptung belegen kann, deshalb werden Sie mir glauben müssen.«

»Ich verstehe. Wir werden bestätigen müssen, dass Sie bei dem Treffen waren und dann, wie sie behaupten, ein paar Drinks hatten, aber wir möchten auch noch einmal mit Ihnen über Gemma sprechen. Es sind neue Informationen ans Licht gekommen.«

»Was für neue Informationen?« Anika sah ihren Mann scharf an, aber er ignorierte sie.

»Das würden wir gern mit Ihrem Mann besprechen ... vorzugsweise auf dem Revier. Sir, wenn es Ihnen nichts ausmacht, sich anzuziehen, setzen wir dieses Gespräch in Samford fort.«

James willigte ein und ließ seine Frau mit Lucy und Murray allein.

»Müssen Sie ihn mitnehmen?«, fragte Anika.

»Wir müssen sein Alibi für Freitagabend überprüfen und ihn weiter befragen, Mrs Younger. Sobald er uns bei unseren Ermittlungen geholfen hat, steht es ihm frei, zu gehen.«

Anikas Gesicht verriet nichts, aber Lucy bemerkte, dass ihre Hände zitterten. Ihre versteinerte Miene war eine Maske, hinter der sie ihre wahren Gefühle verbarg.

»Gibt es irgendetwas, dass Sie uns gern erzählen würden, bevor wir fahren?«, fragte Lucy.

Anika öffnete und schloss den Mund, ehe sie erneut den Kopf schüttelte.

»Ist er oft noch spät weg?«, fragte Lucy.

»Wegen der Arbeit wird es an manchen Abenden spät.« Anika stand auf und ging in die Ecke des Raumes, in der sie den

Wasserkocher einschaltete und ihr Gesicht von ihnen abwandte.

James kam, mit Jeans und einem blauen Oberteil bekleidet, zurück. Sein Bart war unrasiert und die Haare ungebändigt. Er fuhr sich mit einer Hand hindurch, um sie in Ordnung zu bringen, ging zu seiner Frau und gab ihr einen flüchtigen Kuss auf die Wange. »Es wird nicht lange dauern.«

Sie antwortete nicht und Lucy fiel auf, dass sie erstarrte, als er ihr eine Hand auf die Schulter legte und mit tiefer Stimme sagte: »Ich habe nichts falsch gemacht.«

———

Hatties Zimmer war leer und nichts darin gab einen Hinweis darauf, wohin sie verschwunden sein konnte. Sie hatte ihr Handy und ihren Laptop mitgenommen, genau wie ihre Zahnbürste und Zahnpasta, was darauf hindeutete, dass sie mindestens für eine Nacht beabsichtigt hatte, irgendwo anders als in ihrem Zimmer zu bleiben. Nachdem die Tür wieder verschlossen und der Wohnungsbeauftragte der Universität fortgegangen war, sprach Natalie nochmals mit Fran, Lennox und Ryan, die sich im Wohnzimmer versammelt hatten.

»Mir hat sie nichts davon gesagt, dass sie wegfahren wollte«, sagte Lennox. Er rieb mit den Fingern über das Display seines zurückgegebenen Handys, als würde es sich um ein verloren geglaubtes Spielzeug handeln.

Ryan, der sich auf dem Sofa ausgetreckt hatte, schüttelte den Kopf. »Mir auch nicht.«

Fran saß im Schneidersitz auf dem Sofa und schaute finster drein. »Sie hat mir gegenüber auf jeden Fall eine Schulfreundin erwähnt, als ich sie am späten Samstagmorgen in der Küche gesehen habe. Sie hat mir erzählt, dass sie in den Geschäften herumgehangen hat und nichts mit sich anzufangen wusste. Sie war immer noch fertig über das, was mit Gemma passiert ist, und hat drüber nachgedacht, lieber ein paar Nächte im Haus einer Freundin zu verbringen, als hierzubleiben. Ich bin davon ausgegangen, dass sie sich dazu entschieden hat, weil ich sie danach nicht mehr gesehen habe.«

»Hat sie den Namen der Person genannt?«

»Nein.« Fran sah hohläugig, dazu ohne Schminke blass im Gesicht aus und viel jünger, als sie eigentlich war. Einen kurzen Augenblick lang sah Natalie nicht Fran. Es war Leigh, die auf dem Sofa saß und sich eine Soap anschaute. Ihr pochte das Herz, es verrutschte in der Brust, und sie musste die brennenden Tränen zurückhalten, die losfließen wollten. Sie tat so, als hätte sie etwas im Auge, und rieb die Feuchtigkeit weg. *Tief einatmen.*

Sie räusperte sich und fragte: »Hat sie einen Ort erwähnt, den Namen einer Stadt?«

»Nein, tut mir leid, und ich habe sie auch nicht danach gefragt. Sie verschwindet oft für ein oder zwei Nächte. Sie kennt eine Menge Leute – die so alternativ sind wie sie. Sie hat eine Freundin in Cornwall, mit der sie fast den ganzen Sommer verbracht hat. Vielleicht ist sie bei ihr.« Sie zuckte entschuldigend mit den Schultern.

»Wann haben Sie Hattie zuletzt gesehen?« Sie ließ den Blick zu Lennox und Ryan wandern.

Lennox antwortete als Erstes: »Nicht mehr seit Freitagabend.«

»Was ist mit Ihnen, Ryan?«

»Ich habe mit ihr am Freitagmorgen das letzte Mal gesprochen, als es ums Essenbestellen ging. Gestern habe ich sie gar nicht gesehen – weder, bevor ich ins Fitnessstudio gefahren bin, noch später, und ich war den ganzen Nachmittag hier.«

»Sind Sie nach dem Training hierher zurückgekommen?«

»Ja. Ich habe fast den ganzen Nachmittag gearbeitet. Danach bin ich ein paar Stunden lang eingepennt. Gegen neun bin ich ausgegangen.«

»Warum versuchen Sie, sie zu finden?«, fragte Fran.

»Wir müssen mit ihr sprechen, das ist alles.«

Ryan legte den Kopf auf die Seite und hob allwissend einen Finger, mit dem er auf Natalie zeigte. »Nein, da steckt mehr dahinter. Sie denken, Hattie hätte etwas mit dem Säureangriff auf Gemma zu tun, nicht wahr?«

Natalie wollte sich nicht auf mutmaßende Gespräche mit dem jungen Mann mit dem durchdringenden Blick und ausdruckslosen Gesicht einlassen. »Wenn Sie Hattie sehen oder von ihr hören, lassen Sie es mich bitte sofort wissen. In der Zwischenzeit möchte ich, dass Sie alle in Samford bleiben und die Gegend nicht verlassen, ohne uns vorher Bescheid zu geben.«

Ryan lehnte sich nach hinten in die Kissen. »Wissen Sie, Hattie mochte Gemma nicht so sehr, wie sie getan hat.«

»Ryan, halt den Mund!« Fran war aufgebracht, aber Lennox sprang ihm bei.

»Nein. Er hat recht. Sie mochte Sasha ebenfalls nicht wirklich und hat über Gemma hinter ihrem Rücken gelästert.«

»Fran, hat sich Hattie über Gemma beschwert?«, fragte Natalie.

»Vielleicht hatte sie ein paar Momente, in denen sie über Gemma gemeckert hat, aber es war nicht ernsthafter als mein Facebook-Chat mit Rhiannon.« Sie schaute Natalie wütend an, die sich nicht aus der Ruhe bringen ließ.

»Hat Gemma jemals Professor Younger Ihnen gegenüber erwähnt?«, fragte Natalie.

»Klar. Er ist der heißeste Dozent auf dem Campus. Sein Name ist regelmäßig gefallen. Wir alle haben irgendwann mal für ihn geschwärmt. Auch Gemma«, sagte Fran.

»Haben Sie irgendwelche dieser Gespräche mitbekommen, Ryan?«, fragte Natalie und beobachtete, wie der Junge auf dem Polster herumrutschte. Er antwortete nicht sofort. Einer seiner Kiefermuskeln zuckte ein paarmal, bevor er sprach:

»Nein. Ich habe davon nichts gehört, aber ich denke, der Prof und sie hatten etwas am Laufen.«

»Eine Affäre?«

»Vielleicht.«

Fran schüttelte den Kopf und schnaubte höhnisch. »Du Schwachkopf! Sie hatte keine Affäre mit ihm.«

Ryans Stimme wurde eisig. »Ich sage, doch.«

»Wie kommen Sie darauf?«, fragte Natalie Ryan.

Fran verschränkte die Arme und schüttelte entsetzt den Kopf. »Ignorieren Sie ihn. Ryan hat Gemma-Probleme. Er ist jedes Mal, wenn er Gemma mit einem anderen Typ gesehen hat, eifersüchtig geworden. Er denkt sich das aus. Professor Younger würde niemals eine Studentin vögeln ... egal, welche.«

Ryan erwiderte nichts. Natalie zwang ihn zu einer Antwort:

»Stimmt das, Ryan? Sie sagen das nur, weil Sie auf ihren Dozenten eifersüchtig waren? Ich habe keine Zeit, um mich für dumm verkaufen zu lassen. Erzählen Sie mir die Wahrheit.«

»Ich *weiß*, dass sie sich miteinander getroffen haben.«

»Du Idiot! Das haben sie nicht. Professor Younger ist aufrichtig«, sagte Fran.

»Er vögelt definitiv mit Studentinnen, auf die er steht«, murmelte Lennox. »Sowas passiert die ganze Zeit. Es gibt bestimmte Dozenten, die die Noten von Studenten gegen einen *Gefallen* verbessern.«

Fran öffnete den Mund, um etwas zu erwidern, aber Natalie hatte das Gezanke satt. Sie war nach der unerwarteten Erinnerung an Leigh traurig, und ihre Geduld mit dem Trio vor ihr hatte nachgelassen. »Hören Sie damit auf! Muss ich Sie daran erinnern, um was es hier geht? Eine Freundin von Ihnen, Ihre Mitbewohnerin, ist tot. Wir ermitteln in einem Mord, und wir müssen feststellen, was mit ihr geschehen ist. Deshalb lassen Sie alle den Unsinn und die kindischen Bemerkungen und benehmen Sie sich mehr wie Erwachsene! Also, hat irgendjemand von Ihnen etwas zu sagen, das uns bei der Suche nach dem Angreifer helfen könnte?«

Fran lief tiefrot an und senkte den Kopf. Lennox starrte angespannt auf das schwarze Display seines Handys. Der Südafrikaner presste die Fingerspitzen gegeneinander, drückte sie einen Augenblick lang an die Lippen und ergriff schließlich das Wort: »Vor ein paar Wochenenden habe ich Professor Younger und Gemma zusammen vor der Chancer's Bar gesehen. Sie standen auf dem Parkplatz in der Nähe zu dem abgezäunten Bereich. Er hat ihre beiden Hände in seine genommen und leise mit ihr geredet, und einmal hat er die Hand ausgestreckt und ihr über die Wange gestrichen.«

»Haben sie sich geküsst?«

»Das habe ich nicht gesehen, aber sie wirkten sehr vertraut.«

»Und das war vor zwei Wochen?«

»Ja, Samstagabend.«

»Haben Sie einen von beiden damit konfrontiert?«

»Ich habe Gemma darauf angesprochen, die gesagt hat, ich hätte da etwas verwechselt und sie hätten nur über Unikram gesprochen. Sie habe sich über eine schlechte Note von ihm aufgeregt. Er habe sie beruhigt. Hat sich für mich nach totalem Schwachsinn angehört.« Ryans Eingeständnis brachte nicht nur James und eventuell sogar James Frau Anika ins Bild, sondern führte auch dazu, dass der Verdacht weiterhin auf ihn fiel. Ein verbitterter Ex-Liebhaber wäre vielleicht zu einer solch schrecklichen Tat fähig.

»Warum haben Sie mir das alles nicht gesagt, als ich Sie das erste Mal gefragt habe, ob Gemma etwas mit jemandem anderen gehabt hatte?«

»Sie haben gedacht, ich sei von ihr besessen. Wenn ich Ihnen das zu dem Zeitpunkt erzählt hätte, wären Sie noch überzeugter gewesen, dass ich der Angreifer war. Ich kann mir vorstellen, wie es ablaufen könnte – Sie denken, ich war so wütend und aufgebracht über ihre Beziehung mit dem Professor, dass ich versucht hätte, ihr wehzutun.«

»Haben Sie das?«

»Nein, habe ich nicht. Sie hat mich davon überzeugt, dass ich ein Sturkopf wäre und mich grundlos aufregen würde. Ich habe es dabei belassen. Jetzt will ich nur, dass, wer auch immer sie umgebracht hat, gefunden wird.«

Ryans Begründung war logisch und seine Aufrichtigkeit schien echt zu sein; dennoch würde er fest auf ihrem Radar bleiben, auch wenn es ihr seltsam vorkam, dass der Professor das Thema um eine schlechte Note vor einer Bar besprochen hatte und nicht während des Seminars oder in seinem Büro. Außerdem hatte James, Lucy und Murray zufolge, gesagt, er hätte die Bar noch nie besucht. Fran und Lennox waren still geworden und hatten ihre Blicke abgewandt.

»Gibt es noch etwas anderes, das mir irgendjemand von Ihnen erzählen möchte? Denn dafür wäre jetzt ein guter Zeitpunkt.«

Niemand hatte irgendetwas hinzuzufügen, und so verließ sie die Mitbewohner unter dem Eindruck, dass es Gemma trotz der guten Dinge, die über das tote Mädchen gesagt worden waren, gelungen war, Zorn zu erregen und Neid zu schüren. Kaum, dass sie das Haus verlassen hatte, erhielt sie einen Anruf von der Polizei von Monmouthshire, die kein Glück bei der Kommune in Wales gehabt hatte. Hattie war nicht dort gewesen. War die junge Frau bei einer Freundin, wie Fran vermutet hatte, oder war ihr etwas zugestoßen? Natalie durfte keine Zeit mehr verschwenden. Sie würde jemanden aus ihrem Team damit beauftragen, mit Hatties Ex-Mann Ocean Stone zu sprechen und zu schauen, ob ihm jemand einfiel, bei dem Hattie sein könnte. Wenn sie kein Glück hätten, würde sie die Vermisstenstelle verständigen. Sie hoffte, dass sie in der Lage wären, sie ausfindig zu machen, bevor es zu spät war. Sie könnte es nicht ertragen, wenn der Frau etwas angetan oder sie getötet wurde, weil Natalie zu lange gebraucht hatte, um ihren Aufenthaltsort herauszubekommen. Sie hatte schon genug Schuld zu tragen, ohne dass das noch hinzukam. Das Bild von Leigh und Zoe blitzte vor ihren Augen auf, wie sie die Arme ausstreckten und Hand in Hand in den Tod gingen, so wie sie es auch im Leben getan hatten. Sie durfte nicht noch einmal scheitern.

ZWÖLF

SONNTAG, 18. NOVEMBER – VORMITTAG

Professor James Younger hatte, die Hände entspannt im Schoß und ein Bein lässig über das andere geschlagen, eine geübte Haltung eingenommen. Das kontrollierte Bild wurde lediglich durch die ungleichen Socken verraten, die in der Lücke zwischen seiner modischen Jeans und dem Schaft seiner robusten Wanderschuhe zum Vorschein kamen.

Natalie nahm sich einen Augenblick, um den Mann genauer zu betrachten, bevor sie zu sprechen begann. So, wie er das Kinn nach oben reckte und ihr in die Augen sah, fehlte es ihm sicherlich nicht an Selbstvertrauen. »Ich würde gern mit Ihnen über Ihre Beziehung zu Gemma Barnes sprechen.« Sie reichte ihm eine Kopie des Briefs vom geheimen Bewunderer. »Erkennen Sie den?«

Er zog die Augenbrauen zusammen, während er ihn sich durchlas, dann schob er ihn mit einem Kopfschütteln zurück. »Den habe ich noch nie gesehen und ihn ihr bestimmt nicht geschickt, wenn Sie das wissen wollen. Und ich weiß auch nichts darüber.«

»Sie bestreiten, einen solchen Brief geschrieben zu haben?«

»Absolut. Bevor wir fortfahren, möchte ich etwas gestehen«,

sagte er ruhig. »Ich könnte Ihre Officers gestern in die Irre geführt haben, als ich versäumt habe, den Fakt zu erwähnen, dass Douglas McCrabe im letzten Monat in ein anderes Seminar gewechselt ist. Ich war etwas abgelenkt und selbstverständlich bestürzt über die Tat an Gemma, deshalb habe ich vergessen hinzuzufügen, als mich DS Anderson nach Douglas fragte, dass er die Seminare getauscht hat.« Er nickte in Murrays Richtung und ergänzte: »Dafür möchte ich mich entschuldigen.«

Natalie blieb von seinem Eingeständnis unbeeindruckt. »Sie haben uns relevante Informationen vorenthalten.«

»Und ich entschuldige mich für diese Nachlässigkeit. Es war keine Absicht.«

»Ich verstehe. Wenn wir heute nicht mit Ihnen gesprochen hätten, hätten Sie uns kontaktiert und es uns erzählt?«, fragte Natalie.

»Ganz bestimmt.« Er nickte leicht und lächelte halb, um seine Aufrichtigkeit zu betonen.

»Da Sie jetzt weniger abgelenkt sind, können Sie uns vielleicht von ihrer Beziehung zu Gemma berichten.«

Das Lächeln wurde durch einen nach unten gezogenen Mund und einen tiefen Seufzer ersetzt. »Arme Gemma. Sie war, wie ich Ihren Officers gestern schon gesagt habe, eine sehr kluge junge Frau mit einem Talent für Sprachen. Sie war wissbegierig, und diese Begeisterung ging über die Grenzen des Lehrstoffs hinaus. Bei den Gelegenheiten, bei denen wir uns ausgetauscht haben, hat es sich ausnahmslos um lebhafte Gespräche über deutsche Literatur, Kultur oder Geschichte gehandelt. Es ist erfrischend, wenn man Studenten begegnet, die intellektuell in der Lage sind, sich mit ihrem Tutor zu unterhalten.«

Seine Selbstgefälligkeit und der überschwängliche Monolog ließen Natalie noch genervter werden. »Ich zweifele nicht daran, dass sie eine intelligente junge Frau war, aber Sie weichen der eigentlichen Frage hier aus. Hatten Gemma und Sie Sex?«

Ihre direkte Formulierung überraschte ihn und er veränderte die Position, bevor er sehr leise und langsam sagte: »Nein ... wir hatten *keinen* Sex.«

»Gab es zwischen Ihnen irgendeine körperliche Beziehung?«

»Nein.« Er verstärkte seine Aussage, indem er Natalie in die Augen schaute und wiederholte: »Keine. Zwischen uns ist nichts passiert. Unsere Beziehung ging nicht über die Grenzen zwischen Tutor und Studentin hinaus. Ich schätze meine Stelle an der Universität, meine Karriere und meinen Ruf. Ich würde nichts davon jemals für einen Seitensprung oder eine Beziehung zu irgendeiner Studentin gefährden.«

Natalie fiel auf, dass er nicht davon gesprochen hatte, dass er seine Ehe oder Familie wertschätzte. »Dann können Sie uns sicher erklären, warum Sie am Samstag, den 3. November, vor der Chancer's Bar mit Gemma händchenhaltend gesehen wurden?«

Er rutschte wieder auf seinem Sitz herum und nahm diesmal, nun mit beiden Füßen fest auf dem Boden, eine weniger entspannte Haltung ein. Er drückte seine Nasenflügel mit Zeigefinger und Daumen zusammen und nickte dann, als würde er sich das Ereignis gerade wieder in Erinnerung rufen. »Ah, ja. Jetzt erinnere ich mich. Ich habe für einen Drink nach der Arbeit – ich hatte Vorlesungen vorbereitet – einen Zwischenstopp in der Bar eingelegt, und Gemma hatte Schicht. Sie war traurig wegen einer Note, die ich ihr für ein Essay gegeben hatte, und hat mich gefragt, ob ich mit ihr draußen darüber reden könnte. Ich habe selbstverständlich zugestimmt, und als wir draußen waren, hat sie angefangen zu weinen. Sie hatte vorher noch nie etwas Schlechteres als eine Eins gehabt und konnte nicht verstehen, warum sie diesmal nur eine Drei bekommen hatte. Ich habe ihr erklärt, dass manche ihrer Argumente im Essay fehlerhaft waren und dass eine Drei keinen Einfluss auf ihre Abschlussnote für das Jahr haben würde, weil sie durchgängig Arbeiten von hohem Niveau abgeliefert hatte; es war bloß ein Ausrutscher.«

»Das hätten Sie ihr alles bei der Rückgabe des Essays sagen können.«

»Zunächst war sie nicht traurig gewesen, hat die Note akzeptiert und ohne weitere Kommentare mein Büro verlassen. Sie hat im Laufe des Tages darüber nachgedacht, und als sie mich sah, fand sie, sie solle mich fragen, warum ich ihr eine schlechtere Note gegeben hatte. Mehr als das war es nicht.«

»Und Sie fanden, Sie sollten ihre Hände halten, während sie ihr das sagten?«, fragte Natalie.

»Sie war traurig. Es war nur eine freundliche Geste.«

»Aber eine, die von Beobachtern falsch aufgefasst werden und Ihrem Ruf schaden könnte, falls herauskäme, dass Sie gesehen wurden.«

»Ich war verständnisvoll und mitfühlend.«

»Halten Sie oft die Hände Ihrer Studenten, wenn Sie ihnen schlechte Noten geben?«, fragte Murray.

James war über die Bemerkung empört. »Ich denke nicht, dass das eine relevante Frage ist.«

»Fahren Sie fort. Beantworten Sie sie«, sagte Natalie.

»Nein, DS Anderson, das tue ich nicht. Gemma war emotional und ich hatte eine Schwäche für sie – nicht auf die sexuelle Art, eher in väterlicher Funktion. Sie wollte herausragend sein, und wenn sie das nicht war, ging sie sehr hart mit sich ins Gericht. Ich habe ihr gegenüber Nächstenliebe gezeigt, die sich auf das kurze Händehalten ausgeweitet hat, um es ihr zu verdeutlichen – dass sie sich keine Sorgen zu machen brauchte.«

Murray reizte den Mann weiter: »Sie haben ihre Hände aus Nächstenliebe gehalten?«

»Ja.«

»Und ihr aus der gleichen Nächstenliebe über die Wange gestrichen? Schon komisch. Ich streichele normalerweise nicht die Wangen von Leuten, wenn ich nett zu ihnen bin.«

»Es war eine väterliche Geste.«

»Sie sehen sich in einer Vaterrolle?«, fragte Murray und stützte die Ellenbogen auf den Tisch. Natalie lehnte sich zurück. Murray war in der Einschüchterung von Verdächtigen gut, was oft dazu führte, dass sie Vergehen gestanden. Eine Schweißperle erschien auf James' Oberlippe.

»Ich bin *Dozent*, und in dieser Funktion baue ich Beziehungen zu meinen Studenten auf. Ich helfe ihnen dabei, dass sie ihre Bildungsziele erreichen und, wie jeder Elternteil, bin ich stolz auf ihre Leistungen. Man kann sagen, dass Ähnlichkeiten zwischen meiner Tätigkeit und einer Elternrolle bestehen.«

Murray ließ seine Zunge schnalzen. »Können Sie dieses ganze hochgeistige, intellektuelle Kauderwelsch weglassen und mir sagen, warum Sie Gemmas Wange gestreichelt haben?«

»Ich habe sie getröstet.«

»Sie getröstet?«, wiederholte Murray und rückte näher heran.

»Das ist alles.« James wischte sich mit einem Finger über die Lippen. »Ehrlich.«

Murray sagte einen Moment lang nichts, dann brachte er sich wieder in eine aufrechte Haltung, ein Zeichen, dass Natalie weitermachen sollte.

»Wir haben mit ein paar Kollegen von Ihnen gesprochen, die bei dem Fachbereichstreffen waren, an dem Sie Freitagabend teilgenommen haben. Soweit ich weiß, waren Sie danach noch auf ein paar Drinks im alten Saal?«

»Das stimmt. Ich bin mir sicher, dass sie mich dort gesehen haben. Ich habe eine Weile lang mit dem Uni-Kanzler gesprochen und dann mit recht vielen Leuten.«

»Seltsam, dass Sie das sagen, weil sich keiner von ihnen daran erinnert, Sie nach halb sieben gesehen zu haben.«

»Sie haben mich wahrscheinlich aus den Augen verloren. Wir haben uns im Speisesaal in der Nähe des Buffets und im Empfangsraum verteilt. Ich muss wohl in einem anderen Raum als sie gewesen sein.«

Natalie wartete kurz, bevor sie fortfuhr: »Das ist möglich; allerdings hat einer Ihrer Kollegen gesagt, Sie hätten sich entschuldigt, um einen Anruf entgegenzunehmen, und seien kurz darauf verschwunden. Als er zu den Toiletten gegangen ist, hat er Sie um Viertel nach sechs durch den Seiteneingang verschwinden sehen.«

James' Schultern sackten zusammen.

»Wo sind Sie hingegangen?«

Er rieb sich wieder über die Lippen und stieß dann einen Seufzer aus, ehe er sagte: »Um meine Geliebte zu besuchen.«

»Wen, James?«

»Das wird nicht zu Anika durchdringen, oder? Es ist vorbei. Wir haben Schluss gemacht. Ich muss an meine Familie denken.«

»Wie edel von Ihnen. Wer ist sie?«

»Debbie Randle. Sie war gestern in unserem Haus, als Sie vorbeigekommen sind«, sagte er zu Murray.

»Die beste Freundin Ihrer Frau?«, fragte Murray kühl zurück.

»Das ist korrekt.«

»Sie wird das bestätigen können, oder?«, fragte Natalie.

»Ich möchte nicht, dass sie in die Sache verwickelt wird. Ihr Mann weiß nichts über uns und braucht es auch nicht.«

»Wir müssen aber Ihren Aufenthaltsort überprüfen.«

»Können Sie sie befragen, wenn Ihr Mann nicht da ist?«

»Wir hätten gern ihre Kontaktdaten.«

»Nur, wenn Sie versprechen, diskret zu sein.«

»Das hier ist kein Marktplatz, auf dem Sie verhandeln

können. Wir müssen mit ihr sprechen, um Ihren Aufenthaltsort zu bestätigen. Wir können das entweder sofort machen oder es dabei belassen, und Sie bleiben in einer unserer Zellen, bis wir es geschafft haben, mit ihr zu sprechen. Was wäre Ihnen lieber?«

Er musste sich geschlagen geben. Für ein paar Sekunden schloss er die Augen, lange genug, um seine Möglichkeiten abzuwägen, dann öffnete er sie wieder und sagte: »Ich gebe Ihnen ihre Daten.«

»Bevor Sie das tun, würde ich gern auf das Thema Chancer's Bar zurückkehren. Warum haben Sie zuvor verneint, jemals dort gewesen zu sein – oder sogar, sie überhaupt zu kennen?«

»Weil ich nicht wollte, dass meine Beziehung mit Debbie publik wird. Ich wollte keine Aufmerksamkeit auf die Tatsache lenken, dass ich dort war, um mich mit ihr zu treffen. Wenn ich es zugegeben hätte, hätten Sie mich zu meinen Gründen, dort gewesen zu sein, befragt, vor allem angesichts dessen, dass Gemma dort gearbeitet hat. Ich hätte die Wahrheit sagen sollen. Es war ... dumm von mir. Ich sehe ein, dass es besser gewesen wäre, wenn ich es früher zugegeben hätte.«

Natalies Augen verengten sich angesichts der schwachen Ausrede. »Wie oft waren Sie dort?«

»Nur das eine Mal.«

»Und das war am Samstag, den 3. November?«

»Ja.«

»Mir fällt es schwer, zu verstehen, weshalb Sie sich für diese Bar entschieden haben. Sie liegt nicht auf Ihrem Heimweg. Im Grunde wäre es ein Umweg für Sie gewesen. Weil Sie Gemma sehen wollten?«

Seine Stimme klang auf einmal müde: »Nein. Es war Debbies Idee, uns in der Bar zu treffen. Ich wusste zu diesem Zeitpunkt nicht einmal, dass Gemma dort arbeitet. Als ich das Mädchen dann gesehen habe, war es zu spät, um woanders hinzugehen. Sie hatte mich schon erkannt und wartete darauf, mich zu bedienen. Ich habe einen kleinen Whisky bestellt und Debbie geschrieben, dass ich sie irgendwo anders treffen würde. Ich habe schnell ausgetrunken und wollte das Lokal verlassen, aber Gemma war traurig. Dieser Teil stimmt. Sie brauchte eine Pause und hat gefragt, ob sie sich kurz mit mir draußen unterhalten könnte, wo sie mich dann mit der Note konfrontiert hat. Ich habe ihr das gesagt, was ich Ihnen bereits erzählt habe, und bin danach nicht länger geblieben. Stattdessen bin ich zum Grey Goose gefahren, um mich mit Debbie zu treffen. Sie wird das bestätigen können.«

»Würde es Ihnen etwas ausmachen, hier zu warten, während wir das überprüfen?«

Seine Antwort kam müde: »Gut, meinetwegen, aber bitte tun Sie das nicht vor ihrem Mann. Ich möchte ihre Ehe nicht ruinieren.«

»Und was ist mit Ihrer Ehe?«

»Die ist nicht mehr zu retten«, erwiderte er.

Debbie Randles Stimme wurde zu kaum mehr als einem Flüstern, als sie hörte, wer sie anrief, und gefragt wurde, ob sie James' Aufenthaltsort für Freitagabend bestätigen könne. »Warten Sie eine Minute«, sagte sie und es wurde still in der Leitung. Natalie blieb geduldig am Apparat, bis die Frau wieder zurück war. Sie stellte sich vor, dass Debbies Ehemann dabei gewesen war, als sie abgenommen hatte, und sie nicht wollte, dass er mithörte.

»Entschuldigung, es war schwierig, mit Ihnen zu sprechen. Ich bin jetzt nach draußen gegangen«, sagte Debbie.

»Wir sind dabei, James Youngers Aktivitäten am Freitagabend zu überprüfen, und er hat behauptet, sich mit Ihnen getroffen zu haben.«

»Das stimmt. Wir haben uns vor dem Bell Inn getroffen, aber wir sind nicht hineingegangen. Ich bin in sein Auto gestiegen und wir sind nach Samford Chase gefahren, wo wir eine Zeit lang spazieren gegangen sind und uns dann hingesetzt und geredet haben. Er wollte unsere Beziehung beenden. Anika war misstrauisch geworden und er hat sich Sorgen gemacht, dass sie über uns herausfinden und ihn verlassen würde. Ich war bereit dazu, meine Ehe für ihn aufzugeben, aber es stellte sich heraus, dass er nicht darauf vorbereitet war, seine Familie für mich im Stich zu lassen.«

»Um wie viel Uhr haben sich Ihre Wege getrennt?«

»Ich würde sagen, gegen Viertel nach zehn.«

»James hat die Beziehung beendet und Sie sind gestern trotzdem noch zu seinem Haus gekommen«, sagte Natalie.

»Anika hatte mich bereits vor dem, was Freitag passiert ist, zum Mittagessen eingeladen. Ich wollte nicht hingehen, aber James meinte, ein plötzlicher Rückzieher von mir würde verdächtig wirken, und dass Anika vermuten würde, mit wem er sich getroffen hat. Meine Tochter ist eine gute Freundin von ihrer, und sie hat sich darauf gefreut. Es war schwer für mich, aber es ist, was es ist«, sagte sie. Schmerz war in ihre Stimme geschlichen.

»Ich muss Sie auch über einen Samstagabend vor zwei Wochen befragen, den 3. November, als Sie vereinbart haben, James in der Chancer's Bar in Samford zu treffen. Wessen Idee war es, sich bei dieser Bar zu treffen?«

»Meine.«

»Können Sie mir erzählen, was passiert ist?«

»Er ist vor mir angekommen, weil ich zu spät war. Ich war etwa fünf Minuten entfernt, als er mir schrieb, dass wir den Treffpunkt wechseln müssten. Eine seiner Studentinnen hat hinter der Theke bedient, und er wollte nicht, dass sie uns zusammen sah. Wir haben ausgemacht, uns beim Grey Goose zu treffen, also bin ich dorthin gefahren. Er ist eine Viertelstunde später gekommen. Anscheinend hat ihn das Mädchen wegen einer Note zur Rede gestellt, die er ihr an dem Tag gegeben hatte, und er musste ein paar Worte mit ihr wechseln, bevor er wirklich fahren konnte.«

»Hat er den Namen der Studentin erwähnt?«

»Nein. Er hat gesagt, sie sei eine Studentin im zweiten Jahr, die noch lernen müsse, dass Ihre Arbeit manchmal nicht die Einser-Note verdiene, von der sie ausgeht.«

»Hat er oft über seine Studenten gesprochen?«

»Nicht in meiner Gegenwart.«

»Würden Sie sagen, dass er seine Arbeit gern macht?«

»Nein, ich würde sagen, dass er seine Arbeit liebt, wahrscheinlich mehr, als er mich oder seine Frau geliebt hat. Sie bedeutet ihm alles.«

»Seit wann hatten Sie das Verhältnis mit James?«

»Seit März.« Sie seufzte daraufhin hörbar und lang.

»Hat er Ihnen gegenüber jemals Gemma Barnes erwähnt?«

»Nur beiläufig. Sie war eine seiner großen Hoffnungen.«

»Er hat Ihnen nicht erzählt, dass sie die Studentin war, die in der Chancer's Bar arbeitete?«

»Nein, das hat er mir nicht erzählt.«

»Okay. Dann wird das alles gewesen sein. Vielen Dank für Ihre Zeit, Debbie.«

»Ich weiß, warum Sie mir diese Fragen über James stellen, aber er hatte nichts mit dem Angriff auf Gemma zu tun. James hätte ihr nichts angetan und ihr mit Sicherheit keine Säure ins Gesicht geschüttet. James tut den Leuten auf eine andere Weise weh. Er bricht ihnen ihre Herzen.«

Ohne einen Grund, James festzunehmen, kehrten Natalie und Murray in den Vernehmungsraum zurück, um ihm zu sagen, dass er gehen konnte. Er hatte den Anstand, beschämt zu wirken, und bevor er aufstand, um sie zu verlassen, sagte er: »Ich bin kein schlechter Mensch. Ich wollte nicht, dass irgendetwas davon passiert, und ich versuche, die Situation wiedergutzumachen und mich meiner Frau gegenüber richtig zu verhalten. Verurteilen Sie mich bitte nicht.«

»Das ist nicht meine Aufgabe. Ich bin nur daran interessiert, die verantwortliche Person für Gemmas Tod zu finden.«

Er nickte und der Officer, der mit ihnen im Raum war, begleitete ihn nach draußen. Kaum hatte sich die Tür geschlossen, stieß Murray wütend aus: »Selbstmitleidiger Scheißkerl! So viel dazu, eine Vaterfigur zu sein. Er macht sich nur Sorgen um sich selbst.«

Die Haut an Natalies Stirn hatte sich zusammengezogen und sie drückte mit ihren Fingern dagegen.

»Ich denke, wir versuchen es bei Sasha. Vielleicht ist sie in der Lage, sich an etwas zu erinnern, dass uns weiterhilft.«

»Sie wusste letztes Mal nichts, als wir mit ihr gesprochen haben – nur, dass Ryan besitzergreifend war«, sagte Murray.

»Sie war zu dem Zeitpunkt emotional vereinnahmt. Sie hatte gerade von Gemmas Tod erfahren. Seitdem hatte sie ein bisschen Zeit, um das Geschehene zu verarbeiten, und ihr könnte jemand einfallen, den wir noch nicht befragt haben. Es ist einen Versuch wert.«

Als Natalie und Murray bei Sashas Haus ankamen, war es Nachmittag. Ein chaotischer Haufen aus Stoffen – jadegrüne Seide, pastellfarbene Baumwolle und Textilien mit Paisley-Karos – bedeckte den Küchentisch. Ein Fotoalbum lag oben auf, das bei einer Seite aufgeschlagen war, die Sasha als Teenagerin mit einem Kleinkind zeigte. Beide standen barfuß mit abgestimmten Latzkleidern aus blauem Jeansstoff nebeneinander vor einer Backsteinwand und winkten der Person hinter der Kamera. Selbst als Kind hatte Gemma ihrer Mutter geähnelt. *Wie ein Ei dem anderen.* Der Ort roch säuerlich, der Übeltäter, eine offene Milchflasche, stand verlassen neben einem Teller mit welken dunkelgrünen Salatblättern und einer halb aufgegessenen Tomate auf der Arbeitsfläche.

»Es tut mir leid ... Mit mir ist heute nichts anzufangen. Mein Kopf hämmert wirklich«, sagte Sasha.

Sie legte sich die Tabletten auf die Zunge, zuckte beim bitteren Geschmack zusammen und leerte dann das Glas mit kaltem Wasser direkt aus dem Wasserhahn in einem Zug. Ihren stark geschwollenen Lidern und der rosafarbenen Bindehaut nach zu urteilen, nahm Natalie an, dass ständiges Weinen die Kopfschmerzen verursacht hatte. Natalie war gesagt worden, dass die Augen durchs Weinen aufquellen, weil emotionale Tränen weniger salzig seien als gewöhnliche Tränenflüssigkeit und das Augengewebe, sodass durch den Prozess der Osmose Wasser in das salzhaltigere Augengewebe gelangt, wodurch dieses anschwillt. Es war nur ein paar Monate her, dass sie, wie Sasha, ähnliche Spannungskopfschmerzen gehabt hatte und tagelang mit entzündeten Augen außer Gefecht gesetzt worden war. Ihr Herz war bei der Frau, die den gleichen qualvollen emotionalen Aufruhr durchlebte wie sie nach Leighs Ermordung.

»Sie brauchen sich nicht zu entschuldigen. Das ist verständlich«, sagte sie sanft.

»Möchten Sie vielleicht eine Tasse Tee?«, fragte Murray.

Sasha schüttelte den Kopf. »Tanya hat mir während ihrer Besuche viele Tassen Tee gekocht. Sie ist sehr nett, aber ich habe jetzt genug von Tee. Ich kann kein Essen oder Trinken mehr sehen.«

»Sie müssen sich wahrscheinlich ausruhen. Haben Sie niemanden, der vorbeikommen und bei Ihnen bleiben kann?«

»Meine Mum kommt vielleicht aus Bristol her, aber ihrem Partner geht es im Augenblick nicht gut, und sie und ich haben nicht die beste Beziehung zueinander. Da gibt es noch meine Cousine Gail in Blackpool. Ich könnte sie anrufen, aber wir haben so lange nicht mehr miteinander gesprochen, dass es ... seltsam wäre. Es hat wirklich nur Gemma und mich gegeben. Sie wollte, dass ich mehr Freunde finde, und ihr Auszug war Teil dieses Plans von ihr. Sie hat nicht verstanden, dass es viel schwieriger für mich war als für sie. Die meisten Leute in meinem Alter sind in Beziehungen und wollen nicht auf einmal eine neue Freundin hinter sich herlaufen haben.«

»Fühlen Sie sich in der Lage, noch einmal über Gemma zu reden?«

»Nicht wirklich, aber wenn es Ihnen dabei hilft, herauszufinden, wer ihr das angetan hat, werde ich es versuchen und Ihre Fragen beantworten. Haben Sie mit Ryan gesprochen?« Sie klang näselnd, eine weitere Folge des Weinens.

»Das haben wir.«

»Er war es nicht, oder haben Sie ihn beschuldigt?«

»Wir ermitteln noch und es braucht etwas Zeit. Wir haben in Gemmas Zimmer einen anonymen Brief an sie gefunden. Er war mit ›Ein Bewunderer‹ unterschrieben. Hat Sie mit Ihnen darüber gesprochen?«

»Oh ja. Ich erinnere mich daran. Jemand hat ihn kurz nach ihrem Einzug ins Haus in der Eastview Avenue persönlich eingeworfen. Ich war da, als sie ihn geöffnet und gelesen hat. Wir konnten nicht erraten, von wem er war.«

»Was stand auf dem Briefumschlag?«

»Nur ihr Name.«

»Was hat sie mit dem Umschlag gemacht?«

»Sie hat ihn in den Mülleimer in ihrem Zimmer geworfen.«

»Aber sie hat den Brief behalten. Können Sie sich vorstellen, warum sie das getan hat? Er hat hinten in ihrem Kalender gelegen.«

»Ich weiß nicht, warum sie ihn behalten hat. Ich denke nicht, dass es beabsichtigt war. Wir waren damit beschäftigt, ihre Sachen im Zimmer herzurichten, und ich glaube, dass sie ihn nach dem Lesen auf den Schreibtisch gelegt hat. Vielleicht ist der Brief aufgewirbelt worden und in ihren Kalender gerutscht. Vielleicht hat sie vergessen, dass er da war.«

Das ergab Sinn. Der Brief hatte bei anderen alten Zetteln gelegen, aber Natalie wollte sichergehen, dass er nicht von Bedeutung war. »Hat sie irgendwelche anderen Briefe wie diesen erhalten?«

»Nein. Ich habe sie eine Woche später gefragt, ob sie noch

irgendetwas von ihrem Bewunderer gehört hat, aber das war nicht der Fall, und da hatte sie schon angefangen, mit Ryan zu gehen. Wir dachten, der Brief wäre von jemandem gewesen, der sich zurückgezogen hat, nachdem er herausgefunden hatte, dass sie sich mit ihm traf. Sie hat bestimmt keine anderen bekommen. Sie hätte es mir erzählt.«

Das klang logisch, und ohne weitere Mitteilungen des Bewunderers schien der Brief aus dem Kalender aussichtslos zu sein. Gemma hatte mit niemandem sonst darüber gesprochen oder ihn herumgezeigt. Er war einfach weggeräumt und außer Sichtweite hinten im Kalender vergessen worden. Sasha schleppte sich zu einem Stuhl, griff nach einer Packung Taschentücher, nahm sich eins und putzte sich die Nase. Selbst mit geschwollenen Augenlidern und ungleichmäßigem Teint sah sie noch beeindruckend aus. Nichts konnte von ihren platinblonden Haaren, ihrem ovalen Gesicht, ihrer dünnen Nase, weichen Kieferpartie und ihren perfekt geformten vollen Lippen ablenken. Sie musste viele Verehrer und Liebhaber gehabt haben. Sie wussten von Lennox, aber gab es noch jemand anderen, der vielleicht von Sasha zurückgewiesen worden war und es auf die Person abgesehen hatte, die sie am meisten liebte?

»Wir haben über jeden gesprochen, der ein Interesse an Gemma gehabt haben könnte, aber was ist mit Ihnen? Gibt es irgendwen, der Sie vor Kurzem belästigt hat?«, fragte Natalie.

Sasha drückte sich die Fingerspitzen an die Schläfen und zuckte. »Ich kann nicht klar denken. Ich bin nutzlos. Ich möchte Ihnen helfen, aber ...«

Natalie konnte spüren, wie die Angst aufstieg. »Lassen Sie sich Zeit. Sie haben keinen Druck. Was ist mit jemandem, der Sie nach einem Date gefragt hat? Vielleicht in der Bar.«

Es folgte eine lange Pause, dann senkte Sasha ihre Finger und sagte leise: »Es gab jemanden – einen neuen Stammgast. Er geht erst seit etwas über einem Monat in der Bar etwas trinken.

Er schien wirklich nett, aber niedergeschlagen – depressiv – zu sein und er saß immer allein, hat aber keine Probleme gemacht und war sehr freundlich. Er wirkte, als würde er eine schwierige Zeit durchmachen. Man kann den Leuten ansehen, wenn sie Schlimmes erleben, und er war so jemand. Ich habe mir Mühe gegeben, wenn ich ihn bedient habe, habe versucht, mir ein bisschen Zeit zu nehmen, um mit ihm zu plaudern, besonders nett und freundlich zu sein.

Dann, letzten Mittwochabend, hat er vor der Bar auf mich gewartet, als ich Feierabend hatte. Es war klar, dass er getrunken hatte, weil er wackelig auf den Beinen war. Als Erstes hat er mir Komplimente für mein Outfit gemacht, dann mir dafür gedankt, so nett zu ihm zu sein, und mich danach gefragt, ob ich gerne mal mit ihm ausgehen wollen würde. Ich habe ihm gesagt, dass ich mich nicht mit Bargästen treffe, und er hat sich vom netten, ruhigen Gentleman in ein absolutes Arschloch verwandelt. Er hat mich gefragt, was mit mir los sei, und gesagt, dass ich ihn bei jedem Besuch angebaggert hätte ... aber das hatte ich nicht. Ich war nur freundlich gewesen, weil er mir leidgetan hatte. Er hat angefangen, zu rufen, dass ich eine dumme Schlampe sei, und ich bin in mein Auto gestiegen und weggefahren, bevor er noch irgendetwas anderes sagen oder tun konnte. Meine Güte!«

Ihre Augen weiteten sich, als ihr die Bedeutung von dem, was sie als nächstes verraten würde, bewusst wurde. »Er hat Gemma auch gekannt. Er war vergangene Woche Samstagabend da, und ich habe sie miteinander reden gesehen. Ich habe mir zu dem Zeitpunkt nichts dabei gedacht.«

Natalie hielt mit der Dynamik des Gesprächs Schritt. Das hier war wichtig. Der Fremde in der Bar hatte sowohl Sasha als auch Gemma gekannt und sich Sasha gegenüber aggressiv gezeigt, nachdem er zurückgewiesen worden war.

»Hat er Sie bedroht?«

»Nein, aber da ist noch etwas anderes, das Sie wissen sollten. Ich denke, er stand Donnerstagabend, bevor ich zur Arbeit gegangen bin, vor meinem Haus. Ich bin nach oben gerannt, um es noch mal zu überprüfen und vielleicht die Polizei zu rufen, aber als ich aus dem Schlafzimmerfenster geschaut habe, war da keine Spur von ihm, und ich dachte, ich hätte es mir nur eingebildet. Seitdem habe ich ihn nicht mehr gesehen.«

Murray warf Natalie einen schnellen Blick zu, der alles sagte, was sie dachte. Dies könnte ein starker Hinweis sein.

»Kennen Sie den Namen des Mannes?«

»Nur seinen Vornamen – David.«

»Und können Sie ihn beschreiben?«, fragte Natalie.

»Ende vierzig, Brille, dunkle Haare, schlank, und ich denke, er ist Übersetzer.«

Natalies Mund wurde trocken und sie griff nach ihrem Handy, wischte über mehrere Fotos und fand eines von ihrem Ex-Mann mit Josh, die zusammen auf einer Bank saßen. Sie hielt es hoch, damit Sasha es sehen konnte.

»Das ist der Mann. Das ist David.«

VIERZEHN

SONNTAG, 18. NOVEMBER – NACHMITTAG

Fran beendete das Gespräch und pfefferte das Telefon gegen die Wand. Es schlug mit voller Wucht dagegen, landete aber auf der Bettdecke, und sie gesellte sich zu ihm, ließ sich auf den Rücken fallen und starrte an die Decke. Dank der Beschlagnahmung ihres Handys durch die Polizei hatte sie sich Ryans ausleihen müssen, um ihre Mutter anzurufen. Das Gespräch hatte gut angefangen, war dann aber schnell wieder zu den gewöhnlichen abfälligen Kommentaren und dann einem Streit abgeglitten ...

———

»Also bist du jetzt zu gut für uns alle, um nach Hause zu kommen?«

»Warum rückst du wieder mit so einem Mist raus, Mum? Ich habe dich angerufen, oder nicht?«

»Ich sage nur, was auf der Hand liegt.«

»Ich bin dieses Wochenende nicht nach Hause gekommen, weil ich arbeiten musste und es verdammt teuer ist, zurückzufahren. Ich bin Studentin und keine Bankerin, falls du das

vergessen hast, und ich habe kaum genug Geld, um zu essen, geschweige denn, um nach Liverpool hin- und herzufahren.«

»Du bekommst einen Studentenrabatt auf Zugfahrten.« Die Stimme ihrer Mutter klang gereizt, und Fran konnte sich vorstellen, wie sie, die dünnen Lippen missbilligend zusammengepresst, auf dem Küchenstuhl hockte.

———

Sie hatte nie gewollt, dass Fran auf die Universität ging. Sie hatte verlangt, dass sie das College abbrach, auf dem sie für das Abitur lernte, und etwas mehr Geld zum Haushalt beisteuerte, aber Fran hatte nicht nachgegeben. Ihre Oma hatte sie dazu ermutigt, sich auf die Universität vorzubereiten, und obwohl die alte Dame jetzt an Demenz erkrankt war, wollte Fran ihr gerecht werden. Ihre Großmutter hatte an sie geglaubt und sich etwas Besseres für sie gewünscht. Doch Fran wäre nicht hier, wenn sie keinen Studienkredit bekommen hätte.

Der Kredit würde im Laufe der Zeit abbezahlt sein, wenn sie mit ihrem Abschluss eine anständige Arbeit gefunden hätte. Das war viel besser als die anderen Optionen. Wieder nach East Toxteth zurückzukehren, war keine von ihnen. Vor allem hasste sie Jerry. Ihr arbeitsloser Stiefvater war faul und anstrengend und dem Alkohol zu sehr verfallen, und ihre jüngeren Geschwister waren schwierig. Sie würde sich das Zimmer mit den zehn- und zwölfjährigen Stiefschwestern teilen müssen, und ihr vierzehnjähriger Bruder Kyle war ein Problemfall, der bald noch im Gefängnis landen würde. Fran wäre zurückgekommen, wenn sie weiterhin bei ihrer Großmutter in Childwall hätte leben können, wie sie es im Teenageralter mehrere Jahre lang getan hatte – Jahre, die sie von Schwierigkeiten und dem Einfluss ihrer alten Freundinnen aus East Toxteth ferngehalten hatten, den Mädchen, die nun zwei oder drei eigene Kinder hatten oder sich immer noch wie traurige Groupies mit örtlichen Randalierern und Mitgliedern von Straßengangs umgaben. Nach dem Tod ihres Großvaters war ihre Oma jedoch krank geworden, und nur sechs Wochen nach Frans Abitur war die alte Dame in einem Pflegeheim aufgenommen worden.

Mit einem Abschluss hatte sie Aussichten auf eine bessere Zukunft, als wäre sie in East Toxteth geblieben. Dort war es viel wahrscheinlicher, letztendlich schwanger zu werden, Drogen zu nehmen oder in einem sinnlosen, aber brutalen Kampf erstochen zu werden. Sie hatte nie gelernt, ihr Temperament zu zügeln. Zumindest in Samford hatte sie sich in einer weniger angespannten Lage befunden.

Sie hatte, mit Ausnahme von Ryan, nicht viel für ihre Mitbewohner übrig, und zog Rhiannons Gesellschaft der von Hattie vor. Aber die verdammte Wohnungsverwaltung der Universität hatte ihre Bewerbungen durcheinandergebracht oder verloren oder irgendeinen anderen Blödsinn veranstaltet, und anstatt gemeinsam in einem Haus zu leben, wie Rhiannon und sie es vorgehabt hatten, waren sie getrennt untergebracht worden. Fran verstand sich an der Universität nicht mit vielen anderen jungen Frauen. Ihr Aussehen und ihre Haltung schreckten ab, was Fran gelegen kam. Rhiannon hatte es das jedoch nicht, und während ihres ersten Jahres an der Universität hatten sie eine gute Beziehung zueinander aufgebaut. Anders als mit Gemma, die ihr von Anfang an auf den Zeiger gegangen war – zum Teil, weil sie und nicht Rhiannon einen Platz in ihrem Haus bekommen hatte. Sie war so ein typisches Mädchen und so verdammt nett zu jedem. Allein der Gedanke daran regte Fran schon auf. Gemmas Mutter war noch schlimmer. Fran hasste diesen ganzen Schwachsinn. Niemand, den sie kannte, verhielt sich so. Es war unerträglich gewesen, zu beobachten, wie Ryan sich bei ihr einschmeichelte, vor allem, weil sie sich bis dahin Hoffnungen für eine Beziehung mit dem Südafrikaner gemacht hatte. Die hatte Gemma zunichtegemacht.

Sie seufzte. Es war wirklich verdammt dumm gewesen, diesen ganzen Mist darüber, Gemma etwas anzutun, online abzulassen. Sie hatte sich in dem Augenblick mitreißen lassen. Sie hätte ihre Meinungen für sich behalten sollen. Ihr hitziges Temperament war daran schuld. Zuweilen konnte sie es nicht unter Kontrolle halten. Es war das gleiche Temperament, das ihr einen furchterregenden Ruf eingebracht hatte, bevor sie nach Childwall gezogen war. Wenn irgendjemand unkontrolliert um sich geschlagen hätte, dann Fran. Sie hatte einem Mädchen während einer solchen Auseinandersetzung die Nase und den Wangenknochen gebrochen und Glück gehabt, dass keine Anzeige erstattet worden war.

Sie starrte finster auf die Flecken an der Decke, wo jemand vor ihr Poster aufgehängt hatte, die Abdrücke in Form von dicken Liebesherzchen hinterlassen hatten, die mit der Zeit vergilbt waren. Schlechte Chancen für sie, in naher Zukunft Liebe zu finden! Die miese Laune war nicht völlig darauf zurückzuführen, dass sie sich ungewollt fühlte. Wie immer hatte ihre Mutter sie wütend gemacht. Fran hasste es, zur besten Zeit zu Hause anzurufen – ihre Mutter meckerte für gewöhnlich und beschwerte sich das gesamte Gespräch über. Heute war aber der Geburtstag ihrer Großmutter und es war von Fran erwartet worden, dass sie nach East Toxteth zurückkehren und vor der alten Dame, die sich wahrscheinlich noch nicht einmal an sie erinnern konnte, ein Lippenbekenntnis ablegen würde. Die Demenz hatte die einzige Person zerstört, die wirklich an Fran geglaubt hatte. Eine Fahrt zu ihnen kam nicht infrage. Sie hatte sich im Wissen, dass es emotionale Folgen hätte, zu einem Anruf entschieden, anstatt sich der Tortur zu stellen. Ihre Mutter würde sie damit nicht davonkommen lassen und Fran so lange provozieren, bis sie sich so schuldig fühlte, dass sie doch nach Hause käme. Verfluchte Familien!

Sie überprüfte, ob das Display des Handys beschädigt war.

Es wäre ein Drecksgerät, wenn das der Fall war. Sie würde sich eine Reparatur nicht leisten können. Ihr Temperament. Sie war von ihrer Mutter immer gewarnt worden, dass es sie eines Tages in Schwierigkeiten bringen würde. Zum Glück war es heile geblieben. Sie umschloss es mit der Hand und zog sich vom Bett hoch. Sie würde es Ryan zurückgeben und dann könnte sie einen Drink gebrauchen, um die beschissenen Tage abzumildern – aber zuerst musste sie mit jemandem reden. Das war eine Entscheidung, die sie teuer zu stehen kommen sollte.

Nun, da es zügig auf sechzehn Uhr zuging und der Handel beinahe geschlossen hatte, leerte sich der Parkplatz beim Gartencenter Wolseley Bridge rasch. Lucy blieb im Auto und beobachtete die Nachzügler, die mit Einkaufswagen voller Pflanzen und Säcken mit Erde oder Dünger aus dem Ausgang strömten. Sie interessierte sich wenig für ihre Einkäufe. Bethany und sie waren keine großen Gärtnerinnen. Ihr Garten bestand aus Rasen, eine praktische Wahl für ein Paar mit Kind. Auch, wenn Aurora im Augenblick erst ein Baby war, würde sie in absehbarer Zeit draußen spielen. Lucy konnte sich alles vorstellen – eine Schaukel, ein Trampolin und einen Sandkasten, und lächelte angesichts der Aussicht.

Ocean Stone hatte unerwarteterweise zugesagt, sich mit Lucy zu treffen, um über seine Ex-Frau Hattie zu sprechen. Sie war sich nicht sicher, was sie erwarten konnte. Ihre Vorstellung von einer Kommune war wahrscheinlich überholt oder basierte auf Fernsehsendungen, die sie gesehen hatte. Sie hatte sich nie für eine alternative Lebensweise interessiert oder den Wunsch verstanden, sich von der Welt abzuschotten. Ein blaues VW-Reisemobil, ein bisschen wie jenes, das Pinkney besaß, hielt in

Sichtweite an, und ein Mann stieg aus. Er suchte den Parkplatz ab, bis seine Augen am BMW-Streifenwagen hängen blieben. Er hob einen Arm. Es war Ocean.

Ocean war schon fast bei ihr, als sie aus dem Auto stieg und die Hand ausstreckte. Sie war von seinem adretten Aussehen beeindruckt. Sie hatte einen Hippie erwartet, nicht jemanden, der, mit grauer Hose, weißem Hemd und einem langen, dunklen Mantel bekleidet, wie ein Geschäftsmann aussah. Seine nussbraunen Augen ruhten auf ihr. »Ich freue mich, Sie kennenzulernen, DS Carmichael. Es ist schade, dass die Umstände nicht angenehmer sind.«

»Es ist freundlich von Ihnen, den ganzen Weg herzukommen, um mit mir persönlich zu sprechen.«

»Ich gebe zu, dass es kein Umweg für mich war. Es war sinnvoll, Sie hier zu treffen, weil ich tatsächlich auf dem Weg zu einem Besuch bei einer anderen Kommune in der Nähe von Nottingham bin. Daher der Anruf auf die letzte Minute, um das mit Ihnen auszumachen.«

»Danke trotzdem. Wie Sie wissen, machen wir uns Sorgen um Hattie und hoffen, dass Sie uns weiterhelfen können.«

Er lächelte traurig. »Ja, die örtliche Polizei hat mir davon erzählt. Ich bin mir nicht sicher, ob ich eine große Hilfe sein kann. Ich habe Hattie nicht mehr gesehen, seit sie vor sechs Jahren weggegangen ist.«

»Hatten Sie seitdem Kontakt zu ihr?«

»Den einzigen Kontakt, den ich zu ihr hatte, war über einen Anwalt, als die Scheidung durchging. Soweit ich weiß, ist sie zu ihrem Vater nach Little Beansfield zurückgezogen.«

»Wir müssen unbedingt mit ihr reden. Besteht irgendeine Möglichkeit, dass sie jemanden von ihren Freunden in der Kommune kontaktiert hat?«

Er schüttelte den Kopf. »Das ist unwahrscheinlich. Hattie wäre bei niemandem dort willkommen.«

»Warum nicht?«

»Sie hat viel Ärger und Trauer verursacht, bevor sie uns verlassen hat.«

»Ich bin noch ein bisschen im Dunkeln darüber, warum sie tatsächlich weggegangen ist. Können Sie das bitte genauer ausführen?«

Ocean seufzte. »Lassen Sie es mich ausführlicher erklären, und dann verstehen sie die Situation vielleicht. Ich habe Hattie auf einer Party kennengelernt. Sie war eine achtzehnjährige, rebellische Pfarrerstochter, die den Planeten und jeden darauf retten wollte. Sie hat meine Überzeugungen und Ideale geteilt und ihre Begeisterung hat mich umgehauen. Ich habe mich mitten im Prozess befunden, die Kommune aufzubauen, und hatte schon einige Gleichgesinnte eingeladen. Wir hatten eine leidenschaftliche und stürmische Romanze, und ich glaubte, meine Seelenverwandte in ihr gefunden zu haben, eine Person, die Teil meines Lebens sein und perfekt in die Kommune passen würde. Es gibt das Sprichwort: *Heiraten in Eile bereut man in Weile.* So war es mit uns. Innerhalb von nur ein paar Monaten hatte Hattie genug vom Leben in der Kommune und fing an, sich über alles zu beschweren. Sie hat allen die Laune verdorben, und natürlich hat das ein schlechtes Licht auf mich als Führungsperson geworfen. Dann hat sie mich aus heiterem Himmel beschuldigt, herumgeschlafen zu haben. Sie wurde von der Idee besessen und hat schlimme Gerüchte über manche der Frauen verbreitet und viel Unruhe gestiftet. Sie hat sich sogar selbst an manche der Männer in der Kommune rangemacht, in dem erbärmlichen Versuch, mich eifersüchtig zu machen.«

»Hatten Sie hinter ihrem Rücken eine Affäre?«

»Überhaupt nicht, aber das wollte sie mir nicht glauben. Im Nachhinein denke ich, dass sie blind vor Eifersucht war. Je größer die Kommune wurde, desto mehr hat sie sich über mich und meine Rolle als Führungsperson geärgert, bis sie es nicht mehr ausgehalten hat und weggegangen ist.«

Lucy nickte. »Verstehe. Nun, wir müssen sie wirklich finden. Fällt Ihnen irgendjemand ein, bei dem sie zu Besuch sein könnte?«

»Leider nicht. Ich kenne keine der Leute, die sie jetzt Freunde nennen dürfte. Ich kann nur wiederholen, dass sie mit niemandem von uns Kontakt hatte, und ich es wissen würde, wenn es so wäre. Ich kann Ihnen aber eines sagen: Lassen Sie sich nicht von ihr täuschen. Mich hat sie getäuscht, und ich bezweifele, dass sie sich in den letzten sechs Jahren so sehr verändert hat.«

»Was meinen Sie?«

»Hattie hat zwei Gesichter. Sie konnte recht schnell von der Freundin zur Feindin werden.«

»Hat sie Sie angegriffen?«

»Zweimal. Das erste Mal hat sie damit gedroht, zur Presse zu gehen und ihnen zu erzählen, ich würde eine Sekte anführen und alle Frauen darin vögeln, und das zweite Mal ist sie mit einem Messer auf mich losgegangen, hat gedroht, mir die Eier abzuschneiden.« Er hielt die rechte Handfläche hoch, um Lucy eine dicke, blasse Narbe zu zeigen. »Sie hat mir einen Schnitt zugefügt, bevor sie das Messer fallen gelassen hat und weggerannt ist.«

»Warum haben Sie sie nicht angezeigt?«

»Ich weiß nicht. Ich nehme an, ich hätte es tun sollen, aber ich wollte die Polizei nicht einschalten. Wir leben friedfertig, und da eine der Krankenschwestern aus der Kommune mich versorgt hat, ging es mir gut.«

»Aber sie hat Sie angegriffen!«

»Und sie hat die Kommune noch am selben Tag verlassen. Sie war aus meinem Leben verschwunden. Ich habe keinen Sinn darin gesehen, es weiterzuverfolgen.« Geistesabwesend rieb er sich die Handflächen.

»Was können Sie mir noch über sie erzählen?«

»Das ist wirklich alles, außer, dass ich hoffe, dass Sie sie finden und sie nichts Dummes angestellt hat.« Er schaute zu dem VW-Reisemobil hinüber. »Gibt es noch irgendetwas anderes, das Sie mich fragen wollen?«

»Mir fällt nichts ein.«

»Dann mache ich mich besser auf den Weg. Es hat mich gefreut, Sie kennenzulernen, DS Carmichael.«

Lucy sah ihm nach, wie er zu seinem Fahrzeug ging und hineinkletterte. Der ruhige Ocean war eine Überraschung gewesen, aber seine Enthüllungen waren es noch mehr. Hattie war nicht die liebevolle, sanfte Person, für sie sie am Anfang gehalten hatten. War sie auf Gemma eifersüchtig geworden und hatte versucht, ihr wehzutun? Das schien nun eine Möglichkeit zu sein.

»Es ist mir egal, was meine Beziehung zu ihm ist oder war, er ist ein Tatverdächtiger und muss als solcher befragt werden«, sagte Natalie zu Dan Tasker.

»Es gibt einen Interessenkonflikt, und ich kann diese Ermittlungen nicht aufs Spiel setzen«, erwiderte Dan.

Sie sah ihn wütend an. »Ich weigere mich, diese Ermittlungen aufzugeben. Sie haben sie mir zugewiesen, weil Sie wussten, dass ich die Richtige für die Leitung bin. Ich werde nichts diesen Fall gefährden lassen, und damit meine ich überhaupt nichts. Ich werde David so wie jeden anderen behandeln, der mir im Vernehmungsraum gegenübersitzt, und das wissen Sie, Dan! Davon abgesehen, bin ich die beste Person, um seine Lügen zu durchschauen. Ich erkenne jedes Anzeichen, jeden Hinweis, der ihn beim Lügen verrät. Ich weiß, wenn er irgendetwas zurückhält. Niemand kennt David besser als ich. Ich sollte diejenige sein, die ihn befragt.«

Er hob die Hände, um sie zu beschwichtigen. »In Ordnung. Ich überlasse es Ihnen, aber ich möchte, dass DS Anderson während der ganzen Befragungen mit dabeisitzt, und wenn er den Eindruck hat, dass die Ermittlungen nicht korrekt durchgeführt werden, bleibt mir keine andere Wahl, als Sie davon abzuziehen. Ich möchte das nicht tun, Natalie. Ich gebe Ihnen die Chance, mir zu zeigen, dass Sie damit umgehen können.«

»Danke.« Sie ging davon. Murray war bereits nach Castergate aufgebrochen, um ihren künftigen Ex-Ehemann abzuholen. Sie las sich die Notizen durch, die sie sich während ihres Gesprächs mit Sasha gemacht hatte, und fuhr sich mit einer Hand über die Stirn, strich mit den Fingern ein paar dünne Strähnen weg. Das war verrückt. David war ein Spieler und log, um sich selbst zu beschützen, aber einer jungen Frau Säure ins Gesicht zu kippen? Das erschien ihr überhaupt nicht plausibel. Aber wenn er getrunken und sich zurückgewiesen gefühlt hatte ... wer konnte sagen, wie sich jemand verhalten würde, der diese Qualen der letzten paar Monate erfahren hatte? Josh hatte sein Zuhause verlassen, weil er es nicht ertragen konnte, mit seinem Vater zusammenzuwohnen, und Fakten waren Fakten. David hatte die Chancer's Bar häufig besucht und Sasha verbal angegriffen. Würde ein betrunkener und zurückgewiesener David auf eine solch fürchterliche Art Vergeltung üben, indem er der Tochter der Frau etwas antat? Natalie musste unvoreingenommen bleiben. Das war der Schlüssel zu allem. Sie würde sich weder von ihren Gefühlen noch ihrer vergangenen Beziehung zu dem Mann auf irgendeine Weise beeinflussen lassen.

Das interne Telefon klingelte und der Officer am Empfang informierte sie darüber, dass Murray und David angekommen waren und sich in Raum A befanden.

»Okay. Lass Murray wissen, dass ich auf dem Weg nach unten bin.«

Sie sah auf ihre Uhr. Es war fast schon sechzehn Uhr dreißig. Ihr Magen krampfte sich zusammen. Ausgerechnet David! Sie hatte Dan gesagt, sie könne die Ermittlungen bewältigen, aber ihre schwitzigen Hände und ihr hämmerndes Herz deuteten auf etwas anderes hin. Sie musste sich von ihrer persönlichen Beziehung zu David distanzieren und der Sache auf den Grund gehen. Sie schluckte schwer. Es würde schwierig werden, ihm in die Augen zu schauen, ohne den Schmerz und die Wut zu sehen. Es würde beinahe unmöglich sein, nicht an Leigh zu denken. Sollte sie die Ermittlungen abgeben? Nein. Sie rieb sich mit den Händen über die Oberschenkel und atmete ein. *Tief einatmen. Du schaffst das.*

David hatte an Gewicht verloren. Er war von Natur aus schon immer schlank gewesen, aber seine alte Arbeitsjacke war ihm zwei Größen zu groß und er schien darin zu versinken. Sein Hals war faltig geworden und graue Bartstoppeln stachen aus seinem schlechtrasierten Kinn hervor. Ihr stockte der Atem bei seinem Anblick. Das Trauma von Leighs Verlust hatte sie altern lassen, David aber hatte es zerstört.

Er schüttelte traurig den Kopf, als laste es zu sehr auf ihm, und fragte: »Warum bin ich hier, Natalie?«

»Wir müssen die Befragung aufnehmen, damit es offiziell bleibt, und Sie werden mich mit DI Ward ansprechen müssen.«

»Du hältst also noch an meinem Nachnamen fest? Ich dachte, du wärst ihn zusammen mit allem anderen losgeworden.«

Natalie ging nicht auf den bissigen Kommentar ein. Sie nickte Murray zu, der das Aufnahmegerät einschaltete und die notwendige Einleitung gab. Sobald er damit fertig war, begann Natalie: »DS Anderson hat erklärt, warum wir mit Ihnen reden möchten. Wir haben Grund zur Annahme, dass Sie Sasha und Gemma Barnes kennen und im Laufe des letzten Monats mehrere Gespräche mit den beiden in der Chancer's Bar geführt haben.«

Er nickte müde. »Das habe ich.«

»Warum haben Sie angefangen, zur Chancer's Bar zu gehen? Es ist ein ziemlicher Weg von Ihrem Zuhause.«

»Wollen Sie, dass ich ehrlich bin?«

»Sie *müssen* ehrlich sein.«

Er atmete tief ein und stieß die Luft langsam aus, wobei sein Brustkorb und Gesicht wie ein zusammenfallender Ballon erschlafften. Ein paar Augenblicke lang sah er auf den Tisch, dann sagte er: »Es fiel mir schwer, mich mit dem Mord an Leigh und dem Zusammenbruch meiner Ehe abzufinden. Ich begann, Bars in Samford aufzusuchen, weil mich meine Noch-Ehefrau verlassen hatte und dorthin gezogen war. Es hatte sich mir in den Kopf gesetzt, dass sie, wahrscheinlich mit ihrem neuen Freund, in der Stadt unterwegs sein würde, und aus irgend-einem unerfindlichen Grund musste ich das mit eigenen Augen sehen. Was als Gedanke angefangen hatte, nahm mich völlig ein, und ich *wollte* sehen, wie sie ihr neues Leben lebte, anders als ich in der Lage war, weiterzumachen. Ich war davon über-zeugt, dass es auch *mir* dabei helfen würde, weiterzumachen, wenn ich es bei ihr sah. Ich musste es sehen, weil ich in einer entsetzlichen Vorhölle gefangen war und keinen Weg rausfand.

Jedenfalls bin ich in mehrere Bars und Pubs gegangen, habe sie aber nicht entdeckt, und allmählich wurde mir klar, dass die Idee absolut dumm war – die Handlung eines verzweifelten Mannes, der vom Weg abgekommen war. Ich habe aufgegeben und etwas in der Chancer's Bar getrunken. Das Barpersonal war freundlich und ich ertappte mich dabei, wie ich mich Sasha gegenüber, die sehr nett zu mir war, ein bisschen öffnete. Ich schätzte das Mitgefühl und kam bei mehreren Gelegenheiten wieder, um meine Sorgen zu betäuben und mich menschlicher, normaler zu fühlen. Ist Ihnen das ehrlich genug, DI Ward?«

Trotz seiner eisigen Worte behielt sie ihr professionelles Auftreten – ihre Fassade – aufrecht. David hatte sie über-rascht. Sie hatte ihn nicht für einen bitteren und eifersüch-tigen Mann gehalten, der nach ihr suchen und ihr hinterherspionieren würde. Das war eine Seite, die sie noch nie gesehen hatte. War David dazu fähig, Eifersucht in Hass zu verwandeln? Murray war von Davids Enthüllung, dass Natalie einen neuen Mann in ihrem Leben hatte, unberührt geblieben, und sie fragte sich, wie viel er über sie und Mike wusste.

»Danke. Ich muss auf einen Vorfall zu sprechen kommen, der sich am Mittwoch, den 14. November, um zweiundzwanzig Uhr dreißig ereignete, als Sie Sasha Barnes vor der Chancer's Bar angepöbelt haben.«

Seine Schultern sackten zusammen und die Kälte, von der seine früheren Worte erfüllt gewesen waren, verschwand augenblicklich. »Ich kann erklären, was passiert ist. Ich habe mich zum Affen gemacht, als ich Sasha nach einem Date gefragt und auf ihre Ablehnung aggressiv reagiert habe. Ich bin nicht stolz auf mich. Ich hatte getrunken und habe mich völlig daneben benommen. Gleich als ich weggefahren bin, habe ich nichts anderes als Scham gespürt.«

Natalie erkannte den Schmerz in seinen Augen. Er schämte sich. Sie hatte genau diesen Gesichtsausdruck zuvor gesehen: als er das Glücksspiel zugegeben, und auch, als er seine Sucht ein zweites Mal gestanden hatte. Sie konnte sich nicht sicher sein, ob er sich wegen seines Verhaltens gegenüber Sasha schuldig fühlte oder wegen dem, was er Gemma angetan haben könnte.

»Ich nehme an, dass Sie über die Zurückweisung wütend waren«, sagte sie.

»Legen Sie mir keine Worte in den Mund und versuchen Sie nicht, mir etwas einzureden. Ich war über ihre Reaktion traurig. Ich hatte, was zwischen uns war, missverstanden und war eher überrascht und traurig als wütend.«

»Laut Sasha sind Sie wütend geworden.«

»Es hat vielleicht so gewirkt, aber ich hatte es so nicht beabsichtigt. Mein Stolz war verletzt. Ich habe in den letzten paar Monaten ziemlich was einstecken müssen, und es hat mich viel Überwindung gekostet, genügend Selbstvertrauen aufzubringen, nur um sie auf einen Drink einzuladen. Mich hat ihre Reaktion ... *verletzt.*«

»So sehr, dass Sie sie der Verführung beschuldigt und sie lautstark beschimpft haben?«

»Ich schäme mich, zuzugeben, dass ich ein paar unfeine Kommentare gemacht habe, die ich auf der Stelle bereut habe. Sie sind im Eifer des Gefechts herausgesprudelt. Ich habe sie nicht so gemeint.«

»Sasha hat gesagt, sie habe Sie am Donnerstagabend, bevor sie zur Arbeit aufbrach, vor ihrem Haus gesehen. Waren Sie dort?«

Er senkte den Kopf und sagte: »Ja.«

»Darf ich fragen, warum Sie zu ihrem Haus gekommen sind?«

»Ich wollte mich für mein Verhalten vom Tag davor entschuldigen, aber ich habe gekniffen und mich dazu entschieden, stattdessen die Bar zu meiden. Sie war eindeutig nicht an mir interessiert.« Natalie suchte nach irgendwelchen Hinweisen. David rieb sich oft den Kopf, wenn er unruhig war oder ein Geheimnis verbarg, aber nun blieb er fest auf seinem Stuhl sitzen, die Arme hingen ihm schlaff an den Seiten hinunter – er war ein geschlagener Mann.

»Woher wussten Sie, wo sie wohnt?«

Seine Stimme wurde leiser: »Ich bin ihr einmal nach Hause gefolgt.«

»Warum? Warum um alles in der Welt haben Sie das getan?« Natalie konnte die Fassungslosigkeit nicht aus ihrer Stimme heraushalten. Sie verstand nicht länger, was bei diesem Mann los war. Er war ein Fremder für sie geworden.

»Ich war neugierig. Ich habe mich gefragt, ob es einen Mann in ihrem Leben gibt.«

»Warum haben Sie sie nicht einfach gefragt?«

Seine Worte waren ausdruckslos: »Ich weiß es nicht. Ich weiß nicht, was ich zu der Zeit gedacht habe. In den letzten paar Monaten war ich im Kopf ganz woanders. Vermutlich klingt es dumm für Sie, aber ich wollte nur ein bisschen mehr über sie erfahren, bevor ich sie um ein Date bitte.«

»Sie sind ihr bis zu ihrem Haus gefolgt. Das ist nicht einfach etwas über jemanden herausfinden. Das ist Stalking.«

»Ich habe sie nicht gestalkt. Ich bin ihr nur einmal zu ihrem Haus gefolgt. Im Nachhinein war es nicht die klügste Sache, aber Sie müssen verstehen, dass ich unter einigem Druck gestanden habe. Ich habe nicht richtig nachgedacht.«

Natalie akzeptierte, was er sagte, obwohl sie über die Neuigkeiten erstaunt war. Frauen stalken, sie beschimpfen. Wer war dieser Mann? Trotzdem fuhr sie fort: »David, wo waren Sie am Freitagabend zwischen sechs und acht?«

Er blinzelte und sah auf seine Hände, ehe er antwortete. Natalie fragte sich, warum er so lange für seine Antwort brauchte. »David?«

Ein Seufzer. »Ich habe geschlafen.«

»Sie haben um sechs am Abend geschlafen?«

»Ich hatte nichts anderes zu tun. Josh war bei seiner Freundin.«

Sie wollte ihn rütteln und daran erinnern, dass er noch immer ein Vater für Josh war, der nicht verdiente, nach Hause zu kommen und seinen Vater in solch einem selbstmitleidigen Zustand anzutreffen. Er sollte an einer Arbeit festhalten und, so schwierig es auch war, mit seinem Leben weitermachen, wie sie es auch tat. Stattdessen fragte sie ihn: »Kann das jemand für Sie bestätigen?«

»Ich war allein.«

»Um wie viel Uhr sind Sie aufgewacht?«

»Ich weiß es nicht. Spät.« Er senkte den Kopf. Natalie konnte nicht feststellen, ob er sich wegen seines Geständnisses schämte oder ob er etwas verbarg.

»Lassen Sie uns auf Gemma zu sprechen kommen. Sie haben mit ihr in der Bar gesprochen?«

»Ein paar Mal.«

»Über was haben Sie geredet?«

»Sie hat Sprachen studiert und wir kamen zum Deutschen und wie schwierig die Grammatik sein kann. Sie war an meiner Arbeit interessiert«, sagte er und lachte dann bitter. Natalie verstand. Die geliebte Arbeit als Übersetzer für eine Anwaltskanzlei zu verlieren, war ein schwerer Schlag für ihn gewesen, von dem er sich nie vollständig erholt hatte. Seine Versuche, sich als Online-Übersetzer auszuprobieren, hatten ihm nicht genügend Einkommen und Herausforderungen beschert, und langsam, aber sicher war jeder Funke Glaube an sich selbst dahingeschwunden. Er musste Gemma als jemanden mit einer vielversprechenden Zukunft gesehen haben. Vielleicht hatte ihn das verärgert.

»Hat sie gesagt, was sie nach der Zeit an der Universität machen wollte?«

»Das hat sie. Sie hatte so einige Ideen. Eine war, für eine ausländische Botschaft entweder in Russland oder Deutschland zu arbeiten.«

»Als Übersetzerin?«

»Ja, als Übersetzerin.« Sein Gesicht schien länger und schmaler zu werden, beinahe vor Kummer zu zerfließen.

Natalie nahm seine Traurigkeit wahr und fuhr fort: »Haben Sie Gemma jemals außerhalb der Bar gesehen oder getroffen?«

»Nie.«

»Sie haben überhaupt nicht vereinbart, sich mit ihr zu treffen?«

»Nein.«

Auch, wenn der Brief vom geheimen Bewunderer kaum für den Fall relevant schien, musste sie trotzdem die Frage stellen: »Haben Sie jemals Gemma geschrieben?«

»Auf keinen Fall. Ich bin nicht verantwortlich für das, was Gemma angetan wurde. Bitte glauben Sie mir.«

Sie wollte es, aber der David, den sie kannte, hätte keine

fast fünfzehn Jahre jüngere Frau bis zu ihrem Haus verfolgt, sich jeden Tag betrunken und seinen Sohn vernachlässigt, häufig Bars aufgesucht oder wäre nicht am frühen Abend eingedöst. Dieser Mann war nicht das jämmerliche Exemplar, das jetzt vor ihr saß, und obendrein musste sie sich an den Ablauf halten. Davids Aufenthaltsort konnte nicht bestätigt werden, und obwohl sie bezweifelte, dass er so herzlos sein könnte, einer jungen Frau solches Leid zuzufügen, durfte sie den Gedanken nicht völlig verwerfen. Er hatte sogar noch mehr als gewöhnlich getrunken, und Betrunkene besaßen nicht immer Kontrolle über ihre Handlungen. Sie war Zeugin seiner Launen und starken Wut geworden, die nach dem Tod ihrer Tochter ausgebrochen waren. Er hatte sie mit solcher Bosheit aus ihrem Haus geworfen, dass sie sich gefragt hatte, ob er ihr etwas antun würde ...

———

Josh rennt aus dem Zimmer, ist nicht in der Lage, seine Gefühle mit den Eltern zu teilen. Sein Gesicht zeigt eine Mischung aus Erschütterung und Schmerz, und sein Körper wird von Schluchzern geplagt.

Natalie kann kaum atmen und sie möchte hinter ihm herlaufen, aber David hält sie mit vor Gift trotzender Stimme auf.

»Lass ihn!«

»Aber er braucht mich.«

»Nein, das tut er nicht. Er braucht dich nicht, genauso wenig wie ich. Wir haben dich gebraucht, aber du hast dich entschieden, uns zu verlassen. Wir haben dich alle gebraucht, aber du warst nicht für uns da.«

Sie ist fassungslos. »Ich war es. Du weißt, dass ich das war. Zugegeben, nicht die ganze Zeit, aber jemand musste ...«

Er unterbricht sie: »Arbeiten. Jemand musste arbeiten. Ich weiß. Ich habe es immer wieder zu hören bekommen, seitdem ich den Fehler gemacht habe, unsere Ersparnisse zu verspielen. Du hast es mich nicht vergessen lassen und mich danach mit Verachtung bestraft. Ich habe es wahrscheinlich verdient, die Kinder aber nicht, und sie haben dich gebraucht. Die Wahrheit ist, dass du in Wirklichkeit zur Arbeit gefahren bist, weil du deinen Job mehr liebst, als hier zu sein, bei mir und der ganzen Realität. Du hast die zusätzlichen Schichten nicht deswegen angenommen, weil wir zusätzliches Geld brauchten, sondern, weil du es wolltest, damit du bei der Arbeit sein konntest – näher bei Mike.«

»Das stimmt nicht! Ich habe sie nur übernommen, weil wir Rechnungen zu bezahlen hatten. Mike war nicht der Grund.«

Er bringt sie mit einem Blick zum Schweigen. »Wir haben dich hier gebraucht. Leigh hat dich gebraucht, besonders nach dem, was Anfang des Jahres passiert ist. Wegzulaufen, war ihr Versuch, dass wir die Dinge zwischen uns wieder in Ordnung bringen, aber du hast es gar nicht erst versucht.«

Tränen fließen, während sie spricht: »Ich habe es versucht.«

»Nicht stark genug!«, brüllt er. »Die Verantwortung dafür liegt bei dir, Natalie. Das ist alles deine Schuld.«

Sie beginnt, zu sprechen, aber er unterbricht sie erneut, diesmal, indem er seine Hand in die Luft hält. »Du wolltest gehen, also mach weiter so. Du hast die Schlüssel zu deinem neuen Leben. Verschwinde jetzt, bevor ich dich aus der Tür raustrete.«

»Du regst dich auf ...«

»Zu wahr, dass ich mich aufrege. Unsere Tochter ist tot, und das, weil es irgendein verdammter Spinner auf dich abgesehen hatte, sich stattdessen aber dazu entschieden hat, unsere Tochter zu ermorden. Ich kann dich nicht anschauen. Ich kann nicht bei dir sein. Geh einfach.«

»Was ist mit Josh?«

»Ich werde mich um ihn kümmern.«

»David ...«

*»Wir sind fertig. Verschwinde.« Er dreht ihr den Rücken zu
und stolpert aus dem Zimmer.*

———

Es klopfte an der Tür und Murray stand auf, um sie zu öffnen.
David nutzte die Gelegenheit, um Natalie leise anzusprechen:
»Hilf mir, Natalie!«, flehte er.

Sie konnte ihn nicht im Stich lassen, aber was, wenn er
schuldig war? Hätte sie die Stärke, ihren eigenen Mann zu Fall
zu bringen?

Murray kam mit finsterem Blick zurück. Natalie las die
Notiz, die ihm, in der Hälfte gefaltet, gegeben worden war, und
er sagte: »Wir werden wahrscheinlich noch einmal mit Ihnen
sprechen müssen, fürs Erste können Sie aber gehen. DS
Anderson wird organisieren, dass Sie nach Hause gefahren
werden.«

Als beide Männer den Raum verlassen hatten, las sie sich
die Notiz noch einmal durch und nahm sich ein paar Sekunden, um das Geschriebene zu verarbeiten. Eine Leiche, die
ihrem Studentenausweis nach zu der Beschreibung von Fran
Ditton passend identifiziert worden war, war unter einem
Haufen Decken in einem verlassenen Eingang in Samford
entdeckt worden. Natalie hatte es wahrscheinlich nicht länger
mit einem einmaligen Angriff zu tun. Sie war auf der Suche
nach einem Mörder, der höchstwahrscheinlich andere Opfer
im Blick haben könnte.

SECHZEHN

SONNTAG, 18. NOVEMBER – FRÜHER ABEND

Der Rechtsmediziner, Pinkney Watson, gab das Rektalthermometer zurück in seine medizinische Tasche und stand im Ladeneingang auf, in dem er sich gebückt hatte.

»Ich kann die genaue Todesursache noch nicht bestimmen«, sagte er. »Es gibt keine Würgemale oder Verteidigungswunden oder irgendein Zeichen, dass sie angegriffen wurde. Ich habe meinen Verdacht, aber ich muss sie untersuchen, bevor ich sicher sein kann.«

Natalie riss die Augen von Fran Dittons blassem Körper sowie dem Tattoo des fliehenden Vogels los, das auf ihrer weißen Haut noch dunkler erschien. Im Abendlicht war das Gesicht des Mädchens weicher geworden und Natalie sah die Schönheit, die Fran hinter den finsteren Blicken und der aggressiven Haltung zu verstecken versucht hatte. Im Tod wirkte sie viel kleiner, jünger und zerbrechlicher, als sie es lebend getan hatte. Sie war unter einem Haufen ausgefranster Decken gefunden worden, neben einem Stapel schmutziger Habseligkeiten in zerrissenen Plastiktüten. Der Besitzer, einer der vielen Obdachlosen in Samford, saß mit einer Decke über den Schultern in einem Krankenwagen und war in ein

Gespräch mit Murray und Lucy vertieft, die von der Wolseley Bridge aus zu ihnen gestoßen war, wo sie mit Ocean geredet hatte. Er hatte Frans Körper entdeckt, als er zu seinem Fleckchen im breiten Eingang des verlassenen Geschäfts zurückgekehrt war.

»Was denkst du, Pinkney?« Für gewöhnlich bedrängte Natalie einen Rechtsmediziner nicht, weil sie die Komplexität seines Berufes verstand. Die Todesursache war nicht immer offensichtlich, aber wenn Pinkney sagte, er hätte einen Verdacht, wusste sie, dass er ihn mit ihr teilen würde. Pinkney zögerte, bevor er antwortete:_»Es gibt weder Anzeichen von einer Verfärbung oder Entzündung um die Lippen oder den Mund herum noch irgendeinen eindeutigen Geruch, aber die Membranen der Speiseröhre sind leicht beschädigt, was durch etwas, das sie zu sich genommen hat, verursacht worden sein könnte.«

»Gift?«

»Vielleicht.«

»Denkst du, sie hat sich das Leben genommen?«

»Das ist möglich.«

»Hast du irgendeine Vorstellung vom Todeszeitpunkt?«

»Die Leichenstarre hat erst kürzlich in den kleineren Muskeln im Gesicht und Hals eingesetzt, und ihre Körpertemperatur ist um drei Grad gesunken. Aller Wahrscheinlichkeit nach ist sie wohl erst vor ein paar Stunden gestorben. Mike, was denkst du?«

Natalie hatte nicht bemerkt, dass er hinter ihr stand. »Tut mir leid, ich war ganz woanders. Ich habe nicht mitbekommen, wie du gekommen bist.«

»Kein Wunder. Ich war auch schockiert, als wir ankamen. Es hat kein Anzeichen eines Kampfes oder irgendeinen Anhaltspunkt dafür gegeben, dass sie an diese Stelle gezerrt wurde, also ist sie entweder allein hergekommen und gestorben oder sie ist gestorben und wurde hertransportiert. Wäre Evan nicht unerwartet an seinen Platz zurückgekehrt, wäre sie bis weit in den Abend hinein unentdeckt geblieben. Normalerweise schläft er nur hier, aber heute hat er sich schlecht gefühlt und ist umgedreht. Er hat den Schock seines Lebens bekommen.«

»Ich kann mir nicht vorstellen, warum sie zu diesem Eingang gekommen sein und sich umgebracht haben soll«, sagte Natalie.

»Ich bin mir nicht sicher, ob sie das getan hat. Wir haben ein paar leere Flaschen entfernt – Wodka, Gin und Bier. Evan glaubt, dass sie alle ihm gehören, ist sich aber nicht sicher. Wir haben sie alle zur Prüfung eingeschickt«, sagte Mike.

»Pinkney, hast du irgendetwas anderes, das uns weiterhelfen könnte, um herauszufinden, was hier passiert ist?«

»Ich fürchte nicht. Es gibt weder Wunden noch Blutergüsse oder Kratzer an ihrem Körper. Ich hoffe, die Autopsie wird eine Antwort liefern. Mike, bist du fertig? Kann ich sie mit zum Labor nehmen?«

»Sicher.«

Natalie trat einen Schritt zurück, als das Team hergeschickt wurde, um Fran wegzubringen. »Was zum Teufel ist hier passiert? Erst Gemma, dann verschwindet Hattie, eine weitere Mitbewohnerin, und jetzt ist noch eine andere Mitbewohnerin, Fran, tot. War ein Abschiedsbrief an der Leiche, Mike?«

»Nichts.«

»Dann könnte das gut mit Gemmas Tod zusammenhängen. Ich kann mir nicht vorstellen, wie. Es sei denn, Fran war für die Tat an Gemma verantwortlich, und als Hattie damit drohte, sie zu entlarven, hat sie sich umgebracht. Das ergibt irgendwie Sinn, auch wenn es nur eine Mutmaßung von mir ist.«

Mike stimmte ihr zu und ergänzte: »Im Augenblick ist das genauso gut wie jede andere Theorie, weil wir keinen Hinweis darauf gefunden haben, dass sie jemand hier getötet hat. Mal sehen, ob sich irgendetwas an oder in den Flaschen befindet, die wir zur Überprüfung eingeschickt haben, was das bestätigen würde. Die Fotos vom Tatort wurden dir direkt per E-Mail gesendet und sollten in deinem Posteingang sein.«

»Schickst du jemanden zu ihrem Zimmer, um nachzusehen, ob sie dort einen Abschiedsbrief hinterlassen hat?«

»Auf jeden Fall. Ich werde das veranlassen.« Seine Augen blieben einen langen Augenblick an ihren haften, und sie ertappte sich dabei, wie sie sich wünschte, sie wären irgendwo anders, an einem privaten Ort, an dem sie ihm sagen konnte, dass sie fast dazu bereit wäre, einen Schritt weiterzugehen. Sie schenkte ihm ein dankbares Lächeln, mit dem sie zu sagen beabsichtigte, was sie im Augenblick nicht konnte.

»Hattet ihr Gelegenheit, euch den anonymen Brief vom geheimen Bewunderer anzuschauen, den wir in Gemmas Zimmer gefunden haben?«

»Wir sind vor ein paar Minuten mit der Untersuchung davon fertig geworden. Wir haben nur Fingerabdrücke von Gemma und ihrer Mutter darauf gefunden.«

»Keine anderen Abdrücke?«

»Keine.«

»Dann hat, wer auch immer ihn geschrieben hat, die eigene Identität geheimhalten wollen.«

»Meinst du, er ist relevant?«

»Ich weiß es nicht. Sasha war sich sicher, dass es keine weiteren Briefe gab, und angesichts dessen, was mit Fran passiert ist, scheint er noch weniger relevant zu sein. Aber könntet ihr bitte für den Fall nachsehen, ob sich in Frans Zimmer ein ähnlicher Brief befindet?«

»Ich werde einen Officer damit beauftragen und dich verständigen, sobald wir etwas gefunden haben.« Er nickte kaum erkennbar und ließ den Blick noch ein paar Sekunden auf ihrem Gesicht ruhen. Sie erwiderte ihn und dankte ihm, bevor sie sich wegdrehte, um zu beobachten, wie die Officers, bereit dazu, Frans Leiche entgegenzunehmen, auf dem Pflaster vor dem Eingang einen Leichensack auslegten. Plötzlich war ihr all das zu viel. Hier lag eine weitere junge Frau, die niemals wieder den Sonnenschein sehen würde, die niemals erwachsen werden würde, um zu lieben, zu leben und eine eigene Familie zu gründen. Kalte Finger wanden sich um ihr Herz. Die plötzliche Traurigkeit, die den Gedanken begleitete, erschöpfte sie, und sie kämpfte dagegen an, indem sie sich auf ihre Umgebung konzentrierte. Die ganze Gegend war voller leerstehender Gebäude, Überbleibsel einer lebhaften Haupteinkaufsstraße, die dicht gemacht hatte, nachdem die Supermärkte und Einkaufszentren an Beliebtheit gewonnen hatten. Es war eine der verwahrlosesten Straßen in Samford, eine zehnminütige Autofahrt vom Haus, in dem Fran gewohnt hatte, und fünf Minuten von der Universität entfernt. Zerfetzte Poster, die ein Volksfest von 2017 bewarben, hingen Seite an Seite mit Werbeflyern für bunte Teppiche, Gartenmöbelverkäufe und vermisste Haustiere. Hochgewachsenes Unkraut wucherte durch die aufgebrochenen Pflastersteine, und weggeworfene Zigarettenschachteln, zerquetschte Getränkekartons und zusammengeknüllte Take-away-Verpackungen hatten sich in jedem Eingang angesammelt. Fran würde bald wegtransportiert werden, und sobald die Polizei und das Forensik-Team abgefahren waren, würde nichts zurückbleiben, das zeigen würde, dass sie überhaupt hier gewesen war. *Warum ist sie zum Sterben hergekommen?* Sie schaute ein letztes Mal auf die hohen Wangenknochen und das blasse Gesicht und drehte sich auf dem Absatz um. Es war nicht Fran, die sie sah. Es war Leigh.

Lucy und Murray nahmen noch immer die Aussage des Mannes auf, der auf der Kante des Krankenwagens saß. Jemand hatte ihm einen Becher Tee gegeben, und der Dampf kräuselte sich über seinem struppigen Schnurr- und Vollbart hoch, während er daran nippte. Er hielt inne, um zu husten – einen langen, trockenen Husten.

Als er sich erholt hatte, stellte Lucy ihn Natalie vor: »Das ist Evan Robertson. Evan, das ist unsere Chefin, DI Ward.«

Er senkte das Getränk, und Natalie konnte sehen, dass er weitaus jünger war, als sie ihn zunächst eingeschätzt hatte. Er war wahrscheinlich nicht älter als fünfunddreißig. »Ich konnte meinen Augen nicht trauen, als ich meine Decke zurückgezogen und sie gefunden habe. Ich wusste nicht, was ich tun sollte. Ich habe versucht, die Decke wieder genauso zurückzulegen, wie ich sie vorgefunden hatte«, sagte er. Seine Stimme überraschte sie sogar noch mehr als die hellen, himmelblauen Augen, die sie aufmerksam anschauten. Sie klang gebildet und angenehm für ihr Ohr, obwohl er leicht außer Atem war. Er hustete wieder, nachdem er geredet hatte, und nahm einen weiteren Schluck von seinem Tee.

»Haben Sie sie schon einmal gesehen?«, fragte Natalie.

»Ich habe sie noch nie zu Gesicht bekommen.«

»Sie sind zu Ihrem Schlafplatz zurückgekehrt, weil Sie sich schlecht gefühlt haben. Ist das richtig?«

»Das stimmt. Ich bin seit zehn heute Morgen auf den Straßen unterwegs. Ich habe die meiste Zeit davon beim Grey-Goose-Pub herumgehangen, habe mich aber wirklich mies gefühlt. Ich habe diesen Husten seit Ewigkeiten, und er macht mich fertig. Ich dachte, ein Schläfchen von ein paar Stunden würde mir guttun. Ich bin kurz nach sechzehn Uhr an meinen Platz zurückgekehrt.«

»Wie lange schlafen Sie schon hier?«

»Nur ein paar Tage. Ich konnte nicht in die Unterkunft. Sie war voll.«

»Hat ihnen niemand die Namen und Adressen anderer Unterkünfte gegeben, bei denen sie es hätten versuchen können?«, fragte Natalie.

»Das haben sie, aber ich habe mich dazu entschieden, eine Weile lang allein zurechtzukommen, obwohl ich es nach dem hier heute Nacht bei einer der anderen Stellen versuchen werde.«

»Haben Sie irgendetwas Verdächtiges in dieser Gegend gesehen?«

»Nein. Ich war hier jede Nacht allein. Es ist sehr ruhig.«

»Keine Banden?«

»Nein.«

»Wie ist es am Tag?«

»Ich weiß nicht, was da abläuft. Ich lasse meine Sachen meistens hier und gehe in die Stadt, um etwas zu essen zu erbetteln.« Er atmete mehrmals tief ein und umfasste den Becher noch enger.

»Was ist mit freiwilligen Helfern? Kommen welche vorbei?« Natalie wusste, dass ein paar Organisationen oft warmes Essen und Decken verteilten.

»Ja. In der ersten Nacht, die ich hier verbracht habe, kam eine junge Frau vorbei. Sie hat mir etwas Suppe, eine Decke und diese Mütze vorbeigebracht.« Er tippte auf die einfache schwarze Beanie auf seinem Kopf. »Sie ist nicht wiedergekommen.«

»Wie sah die Frau aus?«

»In den Zwanzigern. Sie war groß, gertenschlank und sehr blass.«

»Hat Sie Ihnen ihren Namen genannt?«

Er schüttelte den Kopf.

»Welche Haarfarbe hatte sie?«

»Ich weiß es nicht. Sie trug eine Wollmütze und hatte einen langen, hippiemäßigen Rock mit Fransen und eine Stola an.«

Das Wort »Hippie« ließ an Hattie denken. Es war eine Überprüfung wert. »Murray, kannst du Ian bitten, ein Foto von Hattie rüberzuschicken? Schau, ob Evan sie erkennt.« Damit bedankte sie sich bei dem Mann und entfernte sich, mit einem Signal an Lucy, ihr zu folgen.

»Er scheint gebildet zu sein. Wie kommt es, dass er auf der Straße lebt?«, fragte sie leise.

»Pech. Seine Frau hat sich von ihm scheiden lassen, er hat seine Arbeit verloren, was auch die Wohnung bedeutet, und ist dann an Drogen geraten. Er ist jetzt clean, aber immer noch arbeitslos. Die Sanitäter bringen ihn ins Krankenhaus, um ihn durchchecken zu lassen. Sie denken, er hat die Grippe.«

»Ich nehme an, dass er nicht viele Informationen für uns hat«, sagte Natalie.

»Nichts wirklich Nützliches, außer dem, was er dir erzählt hat.«

»Mike hat gesagt, er habe ein paar leere Flaschen mitgenommen, die er für Evans hält.«

»Das stimmt. Evan ist sich nicht zu hundert Prozent sicher, ob alle Flaschen ihm gehören. Er hat sich günstigen Alkohol vom Spirituosengeschäft ein paar Straßen weiter gekauft, um sich in der Nacht warmzuhalten.«

»Wenn die Forensik irgendetwas an den Flaschen findet, werden wir dieses Geschäft überprüfen. Kannst du Ian bitten, alle von Frans Social-Media-Konten dahingehend durchzusehen, ob sie irgendeine Abschiedsnachricht hinterlassen oder angedeutet hat, dass sie selbstmordgefährdet war?«

»Werde ich machen.«

»Und wende dich an die Polizei von Merseyside. Jemand von dort muss ihre Eltern benachrichtigen, dann werden wir wieder mit den Studenten reden, die in der Eastview Avenue wohnen.«

Murray rief nach Natalie. Schnell lief sie zurück zum Krankenwagen. Evan war nach vorne gebeugt, hustete wieder. Das Foto von Hattie war auf Murrays Handy zu sehen. Murray nickte. »Es war Hattie, die vorbeigekommen ist.«

»Finde heraus, mit wem sie die Freiwilligenarbeit gemacht hat oder ob sie allein war.«

Wieder Hattie. Sie mussten sie dringend finden, aber wo in

aller Welt steckte sie? Lucy hatte festgestellt, dass die Frau unberechenbar sein konnte und Ocean angegriffen hatte. Doch, obwohl die Möglichkeit bestand, dass Hattie Gemma aus Eifersucht attackiert hatte, konnte Natalie nicht verstehen, warum sie Fran hätte töten sollen. Dennoch war die Leiche in einem Eingang in einer Gegend gefunden worden, in der Hattie Freiwilligenarbeit geleistet hatte. Hattie musste gefunden werden.

SIEBZEHN

SONNTAG, 18. NOVEMBER – ABEND

Das Pfarrhaus von Little Beansfield war ein einzigartiges, schwarz-weißes Fachwerkhäuschen mit einem schwarzen Rundbogeneingang, über den eine ungebändigte Winterclematis kletterte, deren baumelnden Ranken wie hauchdünne Fähnchen im Wind wehten. Dichter immergrüner Feuerdorn bedeckte den Großteil der Vorderseite des Hauses, und Bündel mit orangefarbenen Beeren an dünnen Stielen berührten leicht die dunklen Blätter. Natalie schaltete die Schweinwerfer aus und die Straße und das Haus wurden in tiefschwarze Dunkelheit getaucht. Es gab hier keine Straßenlaternen, und selbst der sternenübersäte Himmel erhellte die Einfahrt nicht. Sie zog eine Taschenlampe heraus und leuchtete damit in Richtung des Hauses. Der Strahl fiel auf das verriegelte Holztor, und sie stieg aus dem Auto in den kühlen Abend. Der Wind hob ihr Haar an und kühlte ihren Nacken streichelnd wie eine Feder. Lucy schaltete ebenfalls ihre Taschenlampe ein und leuchtete damit vor sich, das Licht erfasste winziges Unkraut, das zwischen Pflastersteinen wuchs, die zum Eingang führten.

Natalie hakte das Tor aus, das traurig ächzte wie eine Seele unter Schmerzen. Auf das Geräusch, das durch die Stille der Nacht verstärkt wurde, folgte ein fauchender Schrei, der sie vor Schreck erstarren ließ. Im Versuch, die Richtung zu verorten, aus der das Geräusch gekommen war, leuchtete Natalie mit der Taschenlampe über das mit Blättern bedeckte Gras, bis zu einer Ecke des Gartens, in der sich das Licht über den leichten Wellen eines großen Teichs streute. Es war niemand zu sehen, doch sie hatte das Gefühl, als würde jemand sie beobachten. Der Strahl wanderte über die Büsche und Bäume, und da sie das Rascheln trockener Blätter an einem Zweig vernommen hatte, entdeckte sie rechtzeitig eine große Eule, die von ihrem Ast aus in die Schatten abhob.

»Wow! Ist die groß«, sagte Lucy. »Warum hat sie diesen Lärm gemacht?«

»Weiß ich nicht. Wahrscheinlich zur Verteidigung ihres Territoriums.«

Da Natalie nicht auf dem Land lebte, war sie nicht an solche nächtlichen Geräusche gewöhnt. Die, mit denen sie vertraut war, waren alle von Menschen verursacht. Sie klingelte an der Tür, und beinahe unmittelbar ging oben ein Licht an. »Ich komme!«, rief eine gedämpfte Stimme. Weitere Lichter wurden angeschaltet, die Tür öffnete sich, und ein graubärtiges Gesicht spähte nach draußen.

Natalie sprach: »Mr Caldwell?«

»Ja.«

Sie hielt ihren Dienstausweis hoch. »Ich bin DI Natalie Ward, leite die Ermittlungen über einen Angriff auf Gemma Barnes, und das ist DS Lucy Carmichael.«

Er trat zurück, um beiden Ermittlerinnen den Eintritt zu gewähren. Der Ort war einladend, das kräftige Aroma verbrannten Holzes eines kürzlichen Kaminfeuers erfüllte den engen, dunklen Flur, der von zahlreichen Landschaftsgemälden geschmückt und von einer großen Stehlampe aufgehellt wurde, die einen sanften orangefarbenen Schein abgab.

Sie folgten ihm in einen Raum – ein Arbeitszimmer mit

Bücherregalen aus Holz und einem grünen Lederdrehstuhl, einem Glastisch mit verzierten Beinen und Füßen sowie einem passenden Ledersofa mit Kissen, auf die Entenmotive gestickt waren. Der Schreibtisch war unter ein mit Vorhängen versehenes Fenster geschoben worden – auf Hochglanz poliert und frei von Durcheinander, mit einem aufgeklappten Laptop darauf und einer verzierten Lampe darüber. Es war die Art altmodisches Büro, wie Natalie es im Parlament oder in einem prachtvollen Haus erwarten würde.

Mr Caldwell sprach mit ruhiger Stimme: »Wie kann ich Ihnen helfen?«

»Wir suchen Hattie. Wir können sie nicht finden und denken, dass sie über wertvolle Informationen bezüglich des Angriffs auf Gemma Barnes verfügen könnte, die sie mit uns teilen wollte, aber sie ist nicht zu einem vorher vereinbarten Treffen erschienen. Haben Sie irgendeine Idee, was sie mir vielleicht hätte sagen wollen?«

Er hielt die Hände hinter den Rücken, verschränkte die Finger und dachte über die Frage nach. »Leider nein. Ich kann mir nicht denken, warum sie sich bei Ihnen gemeldet hat. Sie hat zu mir nichts über irgendeinen Angriff gesagt, aber sie ist nicht sehr gut darin, in Kontakt zu bleiben. Das heißt, wir sind nicht sehr gut darin, in Kontakt zu bleiben.«

»Sie hat Gemma Ihnen gegenüber nie erwähnt?«

»Nur nebenbei. Ich weiß, dass sie eine von Hatties Mitbewohnerinnen ist.«

»Sie haben nicht von dem Angriff auf sie gehört?«

»Leider nicht. Ich bin im Augenblick mit den Nachrichten ein wenig hinterher.«

»Bedauerlicherweise ist sie gestorben.«

»Oh. Es tut mir sehr leid, das zu hören.«

»Sind sie ihr je begegnet?«

»Nein.«

»Haben Sie Hattie jemals im Haus in der Eastview Avenue besucht?«

»Einmal, als sie gerade eingezogen war. Wir sind zusammen frühstücken gegangen und ich bin kurz auf eine Tasse Tee mit reingekommen.«

»Haben Sie irgendjemanden ihrer Mitbewohner getroffen?«

»Sie waren alle zu der Zeit weg, also nein, habe ich nicht.«

»Sie sind seitdem nicht mehr dort gewesen?«

»Hattie ist eine erwachsene Frau. Sie möchte oder braucht es nicht, dass ihr siebzigjähriger Vater jede Woche vorbeischaut. Außerdem wird es schwierig, ein Gesprächsthema zu finden. Sie ist eine junge Soziologiestudentin und ich bin ein altes Fossil, das Gottes Wort verbreitet.«

»Sie sehen sich aber trotzdem ab und an, nicht wahr?«

»Oh ja, sie kommt in den Ferien vorbei. Ihr Zimmer hier ist immer für sie hergerichtet und sie immer willkommen. Aber, um ehrlich zu sein, es gibt hier nicht viel für eine junge Frau in diesem ruhigen Dorf, was wahrscheinlich der Hauptgrund für ihren Weggang ist.«

»Um Ocean zu heiraten?«

»Sie hat sich kopfüber in ihn verliebt. Ich habe mich für die beiden gefreut, auch wenn sie in die Öko-Kommune gezogen ist, um dort zu leben.«

»Haben Sie sie dort besucht?«

»Ein paar Mal, aber ich habe mich immer ein bisschen unbeholfen dort gefühlt – als Außenseiter –, obwohl sie alle sehr freundlich waren.«

»Wissen Sie, warum sie die Kommune verlassen hat?«, fragte Natalie im Bewusstsein dessen, was Lucy ihr erzählt hatte.

»Das tue ich, und es hat mich überrascht. Es hat sich herausgestellt, dass Ocean es auf mehrere Beziehungen mit seinen weiblichen Anhängerinnen abgesehen hatte, und Hattie nicht die einzige Frau war, mit der er zusammen sein wollte. Sie war nicht darauf vorbereitet, das hinnehmen zu müssen, und ist auf und davon. Kurz danach hat sie sich von ihm scheiden lassen. Es war eine traurige Angelegenheit. Ich mochte den Mann wirklich gern, aber nun, Hattie ist meine Tochter. Jedenfalls ist Hattie zurückgekommen und wollte ein paar Qualifikationen erwerben. Es war nicht leicht für sie, gleichzeitig das Abitur auf der Abendschule zu machen und einer Arbeit nachzugehen, aber sie hat es geschafft und wurde an der Samford University fürs Soziologiestudium angenommen. Ich bin sehr stolz auf sie.« Mr Caldwells Geschichte deckte sich nicht so recht mit Oceans Version, und Natalies Bild von Hattie war nach wie vor verworren.

»Darf ich fragen, wer Hatties Bildung finanziert?«

»Ah, das wäre ich. Ich habe ein kleines Erbe, das mir vor einigen Jahren von einer Tante vermacht worden ist, dafür verwendet, um für ihre Unterkunft und Studiengebühren zu bezahlen. Ich kann ihr auch ein kleines Taschengeld auszahlen, von dem sie leben kann, und sie kommt gut damit aus. Sie kann mit Geld umgehen.« Sein Gesicht strahlte vor Stolz.

Lucy hatte schweigend zugehört und fragte nun: »Kennen Sie die Namen irgendwelcher ihrer Freunde oder wissen Sie, wo sie wohnen?«

Der Mann schüttelte den Kopf. »Das ist die Sache ... Ich weiß es nicht.«

»Sie hat Ihnen nie irgendetwas über ihre Freunde erzählt?«

»Ich kenne Vornamen wie Charlotte oder Yvonne flüchtig, aber ich weiß weder, wer sie sind, noch Näheres über sie. Charlotte hat einen Hund, glaube ich, und Yvonne ist mit Hattie nach Edinburgh gefahren – zum The-Fringe-Festival –, aber mehr als das weiß ich nicht. Es tut mir sehr leid.« Er fuhr sich mit zitternder Hand durch die dünnen Haare und Natalie verspürte plötzliches Bedauern für den Mann. Er wusste sehr wenig über seine Tochter, kümmerte sich aber sehr um sie. Die

Kluft zwischen ihnen war groß, und sie hoffte, dass sich zwischen Josh und ihr niemals ein solcher Spalt auftun würde.

Sie nahm all ihren Mut zusammen und erkundigte sich: »Das scheint vielleicht eine seltsame Frage zu sein, aber hat Hattie einmal vor Ihnen die Beherrschung verloren?«

»Hattie!« Ein Lächeln erschien auf seinem Gesicht. »Sie ist der sanftmütigste Mensch, den man sich nur vorstellen kann.«

»Sie hat nie die Stimme erhoben oder sich mit Ihnen gestritten?«, fragte Lucy.

»Nein.« Das Lächeln war immer noch da.

»Oder sich bei Ihnen über jemanden von ihren Mitbewohnern beschwert?«

Das Lächeln ließ nach. »Nein. Worauf wollen Sie hinaus?«

Natalie antwortete: »Wir versuchen, festzustellen, warum Hattie weggefahren sein könnte, ohne jemandem zu sagen, wohin, und warum sie nicht an ihr Handy geht.«

Er lehnte sich mit leichtem Gekicher zurück. »Weil sie Hattie ist. Das ihre Art. Sie fährt aus einer Laune heraus weg und kommt ein paar Tage später wieder zurück. Sie ist ein Freigeist. Genau wie ihre Mutter.«

Eine gute Stunde später, nachdem sie mit Mr Caldwell gesprochen hatten, standen Natalie und Lucy vor der Eastview Avenue 59, dem Haus, das drei Türen die Straße runter von dem entfernt lag, in dem Gemma und Fran gelebt hatten. Sie wollten mit der Person sprechen, die Fran am besten gekannt hatte, und ihnen vielleicht bei der Feststellung helfen konnte, ob sie Selbstmord begangen haben könnte.

Eine große, runde Brille auf der Stupsnase balancierend, öffnete Rhiannon die Tür. Sie spähte kurzsichtig auf Natalie, Lucy und die Studienberaterin – eine Frau in den Dreißigern namens Katherine, deren Begleitung Nathalie erbeten hatte, – und ließ sie hinein.

»Außer mir ist niemand da«, sagte sie.

»Mit Ihnen wollten wir sprechen. Können wir ins Wohnzimmer gehen?«, fragte Natalie freundlich.

»Klar. Ich schreibe gerade an einem Essay. Der muss bis morgen fertig werden«, plapperte die junge Frau, während sie, offenbar nervös wegen der Störung, voranging. Die eintönige Stimme wurde zögerlich, und sie fragte: »Haben Sie die Person gefunden, die Gemma angegriffen hat?«

Natalie unterließ es zu antworten und folgte Rhiannon ins Wohnzimmer – das sehr dem in Frans und Gemmas Haus ähnelte, aber noch spärlicher eingerichtet war. Lediglich ein paar beigefarbene Sitzsäcke waren auf dem Boden verteilt, dazu ein grüner Sessel und drei Stühle mit harten Rückenlehnen, die besser für die Küche geeignet wären. Es gab keinen Fernseher in diesem Zimmer, nur einen dick eingestaubten CD-Spieler.

»Setzen Sie sich, Rhiannon«, sagte sie, zeigte auf den Sessel und wählte einen der Stühle für sich selbst. Lucy und die Studienberaterin taten es ihr nach, zogen die Holzstühle mit den gepolsterten Sitzen heran, und bildeten einen Halbkreis um das Mädchen. Rhiannon ließ sich in den Sessel fallen und legte die Hände auf die Oberschenkel. Natalie bemerkte die kürzlich angeklebten künstlichen Nägel – lange gelbe Krallen, die scheinbar ein Widerspruch waren zu dem grauen Sweatshirt, auf dem *Mädchen mit Kurven* stand, der langen senfgelben Strickjacke, der schwarzen Leggings und den flauschigen Hausschuhen. Hinter den Brillengläsern waren die Augen mit cremefarbenem und goldenem Lidschatten geschminkt, der Eyeliner perfekt aufgetragen, die Augenbrauen gepflegt und die Grundierung makellos. Rhiannon kümmerte sich um ihr Äußeres, aber es kam Natalie seltsam vor, dass sie sich eine solche Mühe gab, wenn sie nur beabsichtigt hatte, an einer Aufgabe zu arbeiten. Vielleicht mochte sie jemanden ihrer Mitbewohner gern und hoffte, denjenigen zu beeindrucken, wenn er oder sie zurückkam.

Natalie hatte gewartet, bis sie die Info erhalten hatte, dass Frans Eltern über den Tod ihrer Tochter verständigt worden waren, ehe sie zur Eastview Avenue zurückgefahren war. Nun galt es von Frans engster Freundin in Erfahrung zu bringen, was sie konnte. Es war sinnlos, um den heißen Brei herumzureden und einen solchen Schlag abzumildern. »Ich fürchte, ich habe schlechte Neuigkeiten. Fran ist tot. Es tut mir sehr leid. Ich weiß, dass Sie sich nahestanden.«

Die junge Frau schlug die Hände vor den Mund und keuchte laut.

»Können wir Ihnen etwas bringen oder jemandem Bescheid geben?«

»Nein ... nein.« Ihre Augen wurden wässrig. »Das kann nicht wahr sein. Ich habe sie vorhin gesehen. Es ging ihr gut. Ich verstehe das nicht.«

Natalie versuchte, das Mädchen zu beruhigen, indem sie leise sprach: »Sie kennen DS Carmichael bereits, und das hier ist Katherine Weber. Sie ist eine der Studienberaterinnen und wird, nachdem wir weg sind, eine Weile bei Ihnen bleiben.«

Als Antwort kam eine schwaches: »Okay.«

»Wenn Sie sich in der Lage dazu fühlen, würde ich gern mit ein paar Fragen weitermachen. Es wird nicht lange dauern.«

Die Tränen liefen ihr über die Wimpern und sie hielt sie nicht auf. »Ich werde ... es versuchen.«

»Danke. Können Sie mir sagen, wann Sie Fran das letzte Mal gesehen haben?«

»Heute Morgen ... gegen zehn. Ich bin zu ihr nach Hause gegangen.«

»Wie lange waren Sie dort?«

»Nur eine Viertelstunde. Ich musste mit meiner Arbeit vorankommen.«

»Hat Fran gesagt, ob sie weggehen wollte?«

Das Mädchen blinzelte weitere Tränen zurück und wischte sich über die Wange. »Nein. Sie wollte einen ihrer Pflichttexte fertiglesen und sich auf ein Tutorium vorbereiten. Ich habe seitdem nicht mit ihr gesprochen. Ich war vertieft, habe an dem Essay gearbeitet.«

»Ich verstehe. Hat Fran irgendwie unglücklich gewirkt?«

»Ja ... nein ... Ich meine ... irgendwie schon. Sie hat viel Ärger von ihrer Mutter darüber bekommen, dass sie ihre Großmutter nicht oft genug besucht, aber sie wollte nicht nach Hause fahren.«

»Gab es einen Grund dafür?«

»Ihre Großmutter hat Demenz, und Fran hält es nicht aus, sie in diesem Zustand zu sehen. Sie hat sie letztes Jahr ein paar Mal besucht, aber immer ist sie deprimiert zurück nach Samford gekommen, und ich glaube, es steht seitdem viel schlimmer um ihre Großmutter. Fran hatte so eine beschissene Kindheit und so viele Schwierigkeiten, dass sie ausziehen und bei ihrer Großmutter wohnen musste. Sie hat es gehasst, zurück nach East Toxteth zu fahren und an ihr altes Leben erinnert zu werden.«

»Was für ein Leben war das?«

»Ein Beschissenes. Sie hat mir ziemlich gruseliges Zeug darüber erzählt, wie es war, dort zu wohnen. Sie wusste, dass sie bei einer Rückkehr nach Hause wieder in alles reingezogen werden würde – in die Gangkultur, die Drogen, und die ganze Zeit auf sich aufpassen zu müssen. Wir haben darüber geredet, während der Weihnachtsferien am Ende des Trimesters zusammen eine Wohnung zu mieten. So hätten wir beide in Samford bleiben können. Wir wollten probieren, Arbeit zu finden.« Sie drückte sich mit den Fingerspitzen gegen die Stirn und Natalie gab ihr zu verstehen, fortzufahren.

»Ist Sie Ihnen depressiv vorgekommen?«

»Nein! Was? Wollen Sie sagen, sie hat sich umgebracht? Das hätte sie nicht getan.« Ihre Stimme wurde vor Empörung lauter.

»Sie hat nie erwähnt, sich das Leben nehmen zu wollen?«, fragte Natalie wieder.

Rhiannon schüttelte den Kopf. »Nie.«

»Erzählen Sie mir über Fran, was Sie sonst noch wissen.«

»Sie war eine super Freundin.« Rhiannons Stimme wurde brüchig und emotionsgeladen.

»Ich verstehe, dass Sie beste Freundinnen waren und Sie ihrem Andenken treu bleiben wollen, wenn sie aber in irgendetwas verwickelt war, über das wir Bescheid wissen sollten, sagen Sie es mir bitte.«

»Sie war in nichts verwickelt. Ehrlich. Sie wollte nur ihren Abschluss machen und weiterkommen.«

»Was ist mit ihrer Beziehung zu ihren Mitbewohnern?«

»Sie hat sich gut mit ihnen verstanden.«

»Wirklich?«

»Ja.«

»Außer mit Gemma.«

»Sie hat sich mit Gemma abgefunden. Gemma war schonungslos, wenn Sie verstehen, was ich meine? Fran war sehr introvertiert und hat sich von solchen Leuten zurückgezogen. Sie ist mit Evie und Taylor gut ausgekommen und mit ein paar anderen aus unserem Studiengang, und mit Hattie.«

»Apropos Hattie, haben Sie von ihr gehört?«

»Nein. Geht es ihr gut?«

»Wir versuchen, sie zu finden. Sie hat Fran gesagt, sie würde bei einer alten Schulfreundin bleiben.«

»Ich weiß nichts darüber. Hattie kann manchmal ein bisschen ... verträumt sein und solche Sachen machen. Sie fährt plötzlich weg, um sich einer Demo oder einem Protest gegen einen Windpark anzuschließen. Wahrscheinlich ist sie eine ihrer Hippie-Freundinnen besuchen gefahren.«

»Wissen Sie irgendetwas über Hatties Hilfe bei einer Wohltätigkeitsorganisation für Obdachlose?«

Das Mädchen schluchzte erneut und antwortete elendig:

»Ja, wir alle haben da eine Woche lang geholfen. Hattie wollte Bewusstsein dafür schaffen und hat uns alle eingespannt: mich, Fran und Gemma. Sie hat immer den einen oder anderen guten Zweck unterstützt, und keine von uns hat es wirklich tun wollen, aber es war in Ordnung. Fran hat sich tatsächlich dafür begeistert. Sie hat sogar überlegt, sich dafür anzumelden, öfter zu helfen. Aber sie war schon im Studenten-Sozialausschuss, deshalb war es ein bisschen viel, besonders, weil wir oben auf der Liste für Jobs in der Bar der Studentenvereinigung stehen ... um Geld dafür zu verdienen, zusammen etwas über die Ferien zu mieten.«

Die junge Frau weinte nun stärker. Natalie musste sie dazu bringen, sich wieder zu konzentrieren. »Sie haben die Freiwilligenarbeit nur eine Woche lang gemacht?«

Rhiannon erstickte die Schluchzer und rieb sich unter den Augen entlang, wo ihr Make-up verlaufen war. »Ja. Hattie macht es regelmäßig. Einmal die Woche, glaube ich.«

»Wie heißt die Organisation?«

»Obdachlosenhilfe Samford.«

Natalie würde den Namen an Murray weitergeben, wenn er ihn noch nicht herausgefunden hatte. Es könnte eine Verbindung zwischen der jungen Frau und der Wohltätigkeitsorganisation geben, oder den Menschen, die sie während des Verteilens von Essen getroffen hatten.

»Sie haben gesagt, Fran sei recht schüchtern gewesen.«

»Das war sie.«

»Hatte sie irgendeine ernste Beziehung während ihrer Zeit in Samford?«

»Sie hat Ryan wirklich gemocht, aber nein, es gab niemanden, von dem ich gewusst habe.« Sie rieb sich den rasierten Kopf, streifte mit ihren Nägeln darüber. »Obwohl, vielleicht war da *doch* jemand. Vor ein paar Wochen habe ich in ihrem Zimmer gechillt und vorgeschlagen, dass wir später am Tag zusammen weggehen. Sie hat dichtgemacht und gesagt, sie träfe sich später mit jemand anderem. Es sah ihr gar nicht ähnlich, so geheimnistuerisch zu sein, also habe ich ein bisschen herumgealbert und sie nicht in Ruhe gelassen und gefragt, nur scherzhaft wohlgemerkt, ob sie sich mit einem verheirateten Mann trifft. Na ja, sie ist total ausgetickt. Ich war erschrocken, habe sie aber am nächsten Tag gesehen und alles war gut. Sie hat es nie wieder erwähnt, und ich habe es auch nicht mehr angesprochen.«

»Sie haben keine Ahnung, wer es gewesen sein könnte?«

»Nein. Ich habe nicht nochmal gefragt. Ich wollte keinen Krach mit ihr. Sie war meine beste Freundin.« Sie hörte auf zu reden und sah Natalie traurig an.

»Hatte sie vor Kurzem irgendwelchen Streit mit jemandem?«

»Ich kann mich an keinen erinnern.«

»Sie hat keine Probleme mit anderen Studenten oder ungewollte Aufmerksamkeit erwähnt?«

Rhiannons Augen wurden wieder wässrig und sie kämpfte mit der Antwort. »Nein.«

Lucy ging aus dem Zimmer, um dem Mädchen ein paar Taschentücher zu holen.

»Was ist mit den Mitbewohnern? Hatte sie Auseinandersetzungen mit ihnen?«, fragte Natalie.

»Nichts Größeres, nur darüber, wer an der Reihe war, das Bad oder die Küche zu putzen.«

»Hat sie sich über irgendwen von ihnen beschwert?«

»Nur über Gemma, und nur, wenn sie sich über sie geärgert hat. Fran war überhaupt nicht fies. Es wird schrecklich ohne sie sein. Ich habe keine anderen Freunde. Keine wie sie.«

Lucy tauchte wieder mit einer Rolle Toilettenpapier auf. »Die habe ich aus dem Bad unten.« Sie reichte sie Rhiannon, die sie nahm, mehrere Streifen abriss und sich die Nase putzte.

»Um wie viel Uhr rechnen Sie damit, dass die anderen

nach Hause kommen? Wir würden auch gern mit ihnen sprechen.«

»Ich weiß es nicht. Ich habe, außer ›Hi‹ zu sagen, heute mit keinem von ihnen gesprochen. Ich bin nicht besonders eng mit ihnen befreundet. Ich spreche manchmal mit Libby, aber sie ist selten hier. Sie ist fast immer auf dem Campus. Deshalb bin ich so oft Fran besuchen gegangen.«

»Sie haben keine Kontaktdaten von ihnen?«

»Nicht ohne mein Handy.« Sie schüttelte den Kopf und schniefte wieder. »Wann kann ich es zurückhaben? Ich möchte mit meinem Dad sprechen.«

Natalie fiel auf, dass sie nicht gesagt hatte, sie wolle ihre Mutter anrufen. »Ich werde schauen, ob das Labor damit durch ist, und wenn ja, geben wir es zusammen mit Ihrem Laptop noch heute zurück.«

Katherine, die die ganze Zeit über still gewesen war, ergriff nun leise das Wort: »Sie können mein Handy benutzen, Rhiannon.« Das Mädchen nickte dankend.

Natalie war fürs Erste fertig. »Danke, dass Sie mit uns gesprochen haben.« Sie betrachtete das Gesicht des Mädchens, das im Kummer versank. Rhiannon betupfte sich die Augen mit neuen Stücken von der Toilettenpapierrolle und schaute zu Natalie hoch.

»Ich kann das nicht glauben; Gemma und Fran sind tot, Hattie ist weg. Was passiert hier?«

»Wir gehen dem auf den Grund. Ich möchte, dass sie den Rest des Abends hierbleiben. Wir haben die Universität kontaktiert, und Katherine wird mit Ihnen durchsprechen, was in Bezug aufs Studium und Beratungsdienste geschehen wird. Wenn Ihnen irgendetwas einfällt, von dem Sie denken, es sei relevant, rufen Sie mich unter dieser Nummer an«, sagte Natalie und reichte dem Mädchen eine Visitenkarte. »Haben Sie irgendwelche Fragen, die Sie uns stellen wollen?«

»Nein.«

»Wenn Sie noch welche haben, nachdem wir gefahren sind, fragen Sie entweder Katherine oder schreiben Sie sie auf, und wir werden sie beim nächsten Mal beantworten, wenn wir vorbeikommen. Und noch eine letzte Sache: Falls Journalisten zu Ihnen Kontakt aufnehmen, sprechen Sie bitte nicht mit ihnen.«

Sie ließen Rhiannon mit der Beraterin zurück und gingen die Straße hoch, um Lennox und Ryan noch einmal zu konfrontieren. Während sie den Bürgersteig entlangliefen, rief Natalie Mike an.

»Hat es schon irgendwer geschafft, Frans Handy zu untersuchen?«

»Es liegt gerade auf dem Tisch.«

»Ihre Freundin Rhiannon denkt, Fran hätte sich mit einem Mann getroffen, womöglich einem verheirateten. Kannst du mir Bescheid geben, wenn darauf irgendein Hinweis ist, wer er gewesen sein könnte?«

»Sicher, werde ich. Ich habe Rückmeldung von den Officers bekommen, die ich zu Frans Zimmer geschickt hatte. Es gibt keine Spur eines Abschiedsbriefs oder einer Mitteilung eines geheimen Bewunderers.«

»Nichts?«

»Sie haben ihren Schreibtisch, ihr Bücherregal und ihre Mappen überprüft, aber nichts gefunden.«

»Dann wissen wir immer noch nicht, ob sie die Absicht hatte, sich das Leben zu nehmen, oder ob sie ermordet wurde. Mist! Okay, danke. Ich versuche es beim Mobilfunkanbieter wegen einer Liste an Kontaktnummern. Wir sprechen uns später.«

Sie hatte nicht beabsichtigt, so schroff zu klingen, aber sie wusste, dass Mike es verstehen würde. Das waren Ermittlungen, und nichts außer Professionalität war angebracht. Sie rief Ian an und bat um die Kontaktdaten von Frans Mobilfunkanbieter.

»Ich habe schon darum gebeten. Sie sind vor fünf Minuten gekommen und ich arbeite mich gerade durch sie hindurch. Ich bin auch ihre Social-Media-Konten durchgegangen und habe keine Hinweise drauf gefunden, dass sie darüber nachgedacht hat, sich das Leben zu nehmen.«

»Rhiannon denkt auch, dass das unwahrscheinlich sei.«

»Meinst du, Fran könnte ermordet worden sein?«

»Es sieht immer mehr nach einer Möglichkeit aus. Ist Murray im Büro?«

»Ja, ich reiche dich weiter.« Sie hörte ein Gemurmel und das Telefon wurde weitergegeben. Murray war in der Leitung.

»Natalie?«

»Du weißt es vielleicht schon, aber wir denken, Hattie hat Freiwilligenarbeit für die Obdachlosenhilfe Samford geleistet.«

»Das stimmt. Ich habe mit Julietta Michigan gesprochen, die die Organisation leitet. Hattie hat vor einem Monat mit der Freiwilligentätigkeit angefangen. Sie hat am Anfang jeden Abend ausgeholfen und es dann wegen des Studiums auf nur mittwochs reduziert. Sie hat warmes Essen und Kleidung ausgeliefert, beides hat sie um zwanzig Uhr vom Büro abgeholt und es dann verteilt. Julietta und sie haben als Team zusammengearbeitet, außer letzten Mittwoch. Julietta hatte eine starke Erkältung und Hattie ist allein gefahren. Ich habe gesagt, dass ich für weitere Einzelheiten später mit ihr reden werde, sie hat aber auch keine Ahnung, wo Hattie ist, nur gesagt, dass sie sie wie üblich am kommenden Mittwoch erwartet.«

»Keine Spur von Hattie«

»Nichts.«

»Das ist verrückt. Was ist mit ihrem Auto?«

»Nichts.«

»Wir müssen das beschleunigen und die Vermisstenabteilung einschalten. Regel das für mich, ja? Ich möchte, dass ihre Informationen an jede Dienststelle geschickt werden.«

»Ich sorge dafür. Warte kurz, Ian möchte noch mal mit dir sprechen.«

Natalie konnte den Wortwechsel zwischen ihnen nicht verstehen, aber Ians Stimme hatte sich verändert und klang vorsichtig: »Es wird dir nicht gefallen.«

»Was denn?«

»Davids Telefonnummer steht auf der Anrufliste. Fran hat David in den letzten vier Wochen mehrmals kontaktiert.«

ACHTZEHN

SONNTAG, 18. NOVEMBER – ABEND

Natalie rief ihren Sohn aus dem Auto aus an, um ihn vorzuwarnen, dass sie spät zu Hause sein würde, erwähnte David aber mit keinem Wort. Josh klang fröhlich und sagte, dass er in diesem Fall nicht vor neun zurück zur Wohnung fahren, sie aber hoffentlich sehen würde, bevor er ins Bett ging. Weder Lennox noch Ryan waren zu Hause, und Lucy und sie fuhren zurück zum Revier, auf dem sie auf Davids Ankunft für eine weitere Befragung warten würden. Die Vorstellung, dass er mit dem Fall zu tun hatte, war absurd, angesichts der Fakten konnte sie die Möglichkeit jedoch nicht außer Acht lassen. Bis sie seinen Namen entlasten konnte, galt er als ein Verdächtiger.

Der Sonntagabendverkehr hatte nachgelassen, die meisten Leute waren nach Hause zurückgekehrt, bereiteten sich auf die neue Woche vor, und der Streifenwagen raste über grüne Ampeln, am beleuchteten Supermarktparkplatz vorbei, auf dem eine Gruppe Skateboardfahrer in typischer Kleidung, einschließlich Baseballkappen mit nach hinten zeigendem Schirm, die Rampe für Menschen mit Behinderung sowie den Asphalt nutzten, um mit ihrem Können zu prahlen. Natalie sah untätig dabei zu, wie ein Junge sein Skateboard von sich wegstieß, dagegen trat und es sich um 180 Grad drehte, bevor er unmittelbar wieder darauf landete. Die Bewegung war flink und gekonnt und eindeutig unzählige Male geübt worden. Josh hatte nie irgendein Interesse an dieser Aktivität gezeigt, und sie war froh darüber gewesen. Sie hatte nicht gewollt, dass er irgendetwas in Erwägung zog, das in gebrochenen Knochen enden konnte. Ihre düsteren Gedanken wurden von Pinkney unterbrochen, der sie auf dem Handy anrief. Sie stellte es auf Lautsprecher, damit Lucy mithören konnte, was er zu sagen hatte.

»Ich habe die Autopsie noch nicht abgeschlossen, aber ich denke, ich weiß, wie Fran gestorben ist«, sagte er. »Ich glaube, sie hat eine schädliche Substanz geschluckt, und mein Verdacht stützt sich auf drei wichtige Entdeckungen. Die erste ist eine akute Verletzung der Schleimhaut der Speiseröhre in Form von Läsionen und roten Flecken, die zweifellos von der Einnahme einer Säure verursacht wurde. Zum Zweiten enthält ihr Magen beinahe einen Liter Säureflüssigkeit, die eine dunkle Farbe hat und Blutklümpchen oder Koagel, wie wir es nennen, aufweist, die wie Kaffeesatz aussehen. Zu guter Letzt gibt es erhebliche Anzeichen von Nierenversagen. Ohne einen toxikologischen Bericht kann ich mir nicht sicher sein, aber ich würde sagen, dass alles auf eine Substanz hindeutet: Oxalsäure.«

»Was weißt du darüber?«, fragte Natalie.

»Es ist eine weiße kristallförmige Substanz ohne Geschmack, die sich in Wasser auflöst und eine farblose Lösung bildet. Weniger als ein Teelöffel dieses Zeugs würde einen Erwachsenen töten. Sie ist auch in manchen Lebensmitteln enthalten wie in Brokkoli, Rosenkohl, Spinat, Erdnüssen, Gurken und sogar in Kartoffeln und Tee, wenn auch in nur solch geringen Mengen, dass sie Menschen nicht schaden. Sie kommt allerdings in ein wenig höheren Mengen in Rhabarberblättern vor, deren Verzehr, wie Sie vielleicht wissen, gefährlich ist. Anscheinend haben Leute während des Ersten Weltkriegs die Blätter als Gemüse gegessen und sind an zu viel Oxalsäure verstorben.«

»Könnte Fran das Gleiche getan haben? Zu viel davon gegessen zu haben?«

»Nein. In ihrem Magen war nur Flüssigkeit. Sie hatte mindestens seit vier bis fünf Stunden nichts gegessen. Ich würde sagen, sie hat sie getrunken.«

»Danke, Pinkney. Ich werde Mike darüber informieren.«

»Ich habe ihn schon kontaktiert. Sie untersuchen die Flaschen, die sie vom Tatort mitgenommen haben, für den Fall, dass sie übrig gebliebene Oxalsäure-Kristalle enthalten.«

Sie bedankte sich noch einmal bei ihm. Lucy konzentrierte sich weiter auf die Straße, trug aber ihre Gedanken bei: »Ein Opfer stirbt an Schock, nachdem ihm Schwefelsäure ins Gesicht geschüttet worden ist, ein weiteres stirbt durch das Trinken von Oxalsäure. Ich würde sagen, das war kein Zufall, selbst wenn wir es mit unterschiedlichen Arten von Säure zu tun haben. Glaubst du, Fran hat sie bewusst getrunken?«

»Die Möglichkeit besteht, aber warum hat sie keinen Abschiedsbrief oder Erklärungsschreiben hinterlassen, und warum in aller Welt hätte sie sich in einem verlassenen Eingang unter Decken verstecken sollen? Warum nicht in ihrem Zimmer bleiben, in dem sie eine Zeit lang unentdeckt bleiben würde, bis jemand die Tür aufschließen würde? Ich werde den Gedanken nicht los, dass jemand sie in der Straße zurückgelassen hat.«

»Ich nehme an, dass die winzige Chance besteht, dass es sich um einen Unfalltod handelt und jemand Panik bekommen und ihre Leiche weggebracht hat.«

»Zwei zufällige Tode im Zeitraum von zwei Tagen und zwei junge Frauen, die im selben Haus gewohnt haben. Und ... in beiden Fällen kommt Säure vor. Ich glaube das nicht.«

»Nein, ich auch nicht wirklich. Ich versuche, mir einen Reim darauf zu machen.«

»Das geht nicht ohne Beweismittel und Fakten«, erwiderte Natalie. Sie fragte sich, wie viel David über Oxalsäure wusste.

David setzte sich auf denselben Platz wie beim letzten Mal, als Natalie ihn befragt hatte. Er trug auch dieselbe Kleidung und hatte sich nicht rasiert. Seine Augen waren trüb und sein Atem roch sauer.

»Ich habe Gemma nicht angegriffen«, sagte er sofort, nachdem er sich gesetzt hatte. Der Pflichtverteidiger, der darum gebeten worden war, ihn zu vertreten, ermahnte ihn, nichts zu sagen und auf die Fragen zu warten.

»Ich möchte mit Ihnen über eine andere Studentin reden. Kennen Sie diese junge Frau?«

Sie schob Frans Foto über den Tisch. David stöhnte leise.

»Kennen Sie sie?«

»Ja. Hör zu, Natalie ...«

Sie hielt die Hand hoch und sagte leise: »DI Ward.«

»Oh, verdammt noch mal!« David presste seine Hände gegen das Gesicht, bedeckte es, während er um Selbstbeherrschung rang. »Könnte ich ein Glas Wasser haben?«, fragte er.

»Sicherlich.«

Murray ging hinaus, und kaum war er draußen, beugte sich David über den Tisch. »Natalie, aus Liebe zu unseren Kindern, könnt ihr das bitte fallen lassen? Ich habe mir nichts zuschulden kommen lassen. Das ist ein verdammter Albtraum, in den ich irgendwie verwickelt wurde, und ich halte das nicht aus, vor allem nicht noch zusätzlich zu allem anderen – dir, Leigh, Josh!«

Der Alkoholgestank schlug ihr schonungslos entgegen. Die Erwähnung ihrer Kinder machte sie wütend. Wie konnte er es wagen, sie mit hineinzuziehen!

»Würden Sie bitte Ihrem Mandanten mitteilen, dass er

mich korrekt ansprechen soll und wir seine volle Mitarbeit benötigen?«

Ihre kühle Art brachte ihn wieder zur Besinnung, und er lehnte sich zurück. Murray kehrte mit einem Plastikbecher mit Wasser zurück, den David dankend entgegennahm und wie ein verdurstender Mann in der Wüste hinunterschüttete.

»Ich wiederhole, kennen Sie diese junge Frau?«

»Ja.«

»Woher kennen Sie sie?«

»Ich habe eine Karte an das Schwarze Brett der Universität gepinnt, auf der ich Hilfe und Zusatzunterricht anbiete. Ich habe etwas Geld verdienen müssen und dachte, wenn ich ein paar Studenten gewinnen könnte, um ihnen bei Aufgaben oder was auch immer zu helfen, wäre das zumindest etwas. Fran hat die Karte gesehen und sich mit mir in Verbindung gesetzt. Sie wollte Unterstützung bei einer Arbeit haben, die sie einreichen musste, und wir haben vereinbart, uns in einem Café in der Stadt zu treffen. Ich habe mich zweimal mit ihr getroffen. Das war's – zweimal.«

»Wie hieß das Café?«

»Es ist das Costa in der Einkaufsstraße.«

»Wann haben Sie sich mit ihr getroffen?«

»Ich weiß es nicht mehr genau.«

Natalie sagte nichts, schob stattdessen die Anrufliste von Frans Handy hinüber, auf der seine Nummer blau markiert war.

»Sie haben sie letzte Woche fünfmal angerufen. Kein Gespräch hat länger als dreißig Sekunden gedauert. Wieso das?«

Er rollte mit den Augen. »Sie wollte nicht mit mir reden und hat am Ende meine Nummer blockiert.«

»Warum wollte Sie nicht mit Ihnen reden?«

»Sie war unverschämt.« Er ließ den Kopf hängen.

»Unverschämt? Inwiefern war sie unverschämt?«

»Das ist egal. Sie war es einfach.«

Murray sah hoch und sagte leise: »Vielleicht mochte sie es nicht, wie Sasha belästigt zu werden.« Er hatte ins Schwarze getroffen.

»Nein, verflixt! So war es nicht.«

»Erklären Sie uns, warum sie dann nicht von Ihnen angerufen werden wollte«, sagte Natalie.

»Das ist alles sehr peinlich für mich.«

»Fran wurde heute tot aufgefunden«, sagte Natalie und ließ die Nachricht auf ihn wirken.

David schloss fest die Augen und schüttelte den Kopf. »Das ist verrückt. Ich habe überhaupt nichts mit ihrem Tod zu tun.« Mit einem erschöpften Seufzer öffnete er die Augen. »Sie hat mir Geld geschuldet. Ich habe ihr deswegen Dampf gemacht, aber sie hat sich geweigert, mich zu bezahlen. Deswegen habe ich gesagt, sie sei unverschämt gewesen. Sie hat mich kontaktiert, damit ich ihr bei einer schwierigen Übersetzung helfe. Sie wollte bei der Aufgabe gut abschneiden, und ich habe sie dabei unterstützt. Als ich später um meine Vergütung gebeten habe, ist sie einfach nicht mit dem Geld rausgerückt.«

»Sie haben die Arbeit der Studenten für sie gemacht? Sie haben ihnen beim Betrügen geholfen.« Natalie hielt die Verachtung aus ihrer Stimme heraus.

»Nein, habe ich nicht! So tief bin ich nicht gesunken. Ich habe sie in die richtige Richtung gelenkt.«

»Das hätte aber ihr Tutor tun können, oder jemand von ihren Freunden aus demselben Studiengang.«

»Fran zufolge hat das Unipersonal anscheinend Schwierigkeiten, zusätzliche Zeit für die Studenten aufzubringen, also fällt die Arbeitslast auf die einzelnen Personen selbst zurück. Fran hatte Beratung, aber sie ist bei ihrer letzten Übersetzungsaufgabe durchgefallen, und wenn sie noch einmal durchgefallen wäre, wäre sie dazu gezwungen gewesen, diesen Teil des Studiums zu wiederholen. Ich bin die Aufgabe anders angegangen, mit Techniken, die ich mir über die Jahre angeeignet habe. Es bedarf eines Geschicks beim Übersetzen, das über ein Fremdwörterbuch hinausgeht.«

Natalie ließ seine Erklärung gelten. David besaß die Fähigkeit, in drei Sprachen zu denken und sie alle flüssig zu sprechen, auch wenn er sein Talent in den letzten Monaten nicht hatte nutzen können. Es hatte einfach keine Arbeit mehr gegeben. Sogar ihre Versuche, für ihn eine Beschäftigung als Übersetzer im Gericht oder auf dem Polizeirevier zu finden, waren im Nichts geendet. Obwohl dieser Teil seiner Schilderung glaubwürdig war, bereitete ihr etwas immer noch Schwierigkeiten. »Wie kam es dazu, dass sie Ihnen ihre Handynummer gegeben hat? Wenn sie die Absicht gehabt hätte, Sie abzuzocken, hätte ich gedacht, sie würde mehr aufpassen und sie Ihnen nicht aushändigen.«

»Meine Telefonnummer steht auf allen Karten, die ich in der Universität aufgehängt habe, damit mich Studenten kontaktieren können, was Fran getan hat, und dadurch hatte ich ihre Nummer.«

»Sie hat die Nummer nicht unterdrückt?«

»Nein, und wenn sie das getan hätte, hätte ich sie wahrscheinlich allein zur Absprache, wo wir uns treffen würden, danach gefragt.«

Natalie tippte auf die Anrufliste. »Wie ich sehe, hat sie Sie zum ersten Mal am Mittwoch, den 24. Oktober, angerufen.«

»Das müsste der Tag gewesen sein, an dem sie mich kontaktiert hat, um mich zu fragen, ob ich ihr helfen könne. Wir haben ausgemacht, uns am Tag danach zu treffen.«

»Im Costa?«

»Richtig. Sie hat ihre Übersetzungen mitgebracht und wir sind jene durchgegangen, bei denen sie nicht bestanden hatte. Ich habe gut über eine Stunde damit verbracht, sie mit ihr durchzusehen und ihr zu helfen, ihre Fehler zu verstehen. Es ist gut gelaufen, und sie hat mich gefragt, ob ich ihr bei der helfen könne, an der sie gerade arbeitete. Wir haben ein Treffen für den darauffolgenden Freitag ausgemacht, aber sie hat am nächsten Tag angerufen, um es auf Sonntag zu verschieben.« Er zeigte auf eine zweite Nummer. »Das war, als sie mich wegen der Datumsänderung angerufen hat.«

»Sie haben sie am Sonntag, den 28. Oktober, wiedergesehen?«

»Ja. Wir haben uns um elf Uhr am gleichen Ort getroffen.«

»Sie hat am Dienstag darauf angerufen. War das für weitere Hilfe?«

»Nein, das war, um zu sagen, dass sie das nächste Wochenende nach Hause fahren und mich bezahlen würde, wenn sie wieder zurück wäre.«

»Und was ist mit diesen ganzen Anrufen?«, fragte Natalie und zeigte auf die blau markierten eingegangenen Anrufe von Davids Handy.

»Das war ich, um zu fragen, wann sie bezahlen würde, und bei denen ich abgewimmelt wurde. Als Erstes hat sie behauptet, sie warte auf Geld von ihren Eltern, und dann hatte sie es nicht. Ich habe das Geld gebraucht und sie weiter angerufen, aber sie hat damit gedroht, mich wegen Belästigung anzuzeigen, und ich habe mich dazu entschieden, Schadensbegrenzung zu betreiben.«

Natalie atmete tief ein. So wahrscheinlich das auch klingen mochte, sie musste objektiv bleiben. »Ich würde gern genau wissen, wo Sie heute gewesen sind.«

David starrte an die Decke und machte dann eine unbewusste Geste, die sie erkannte – er rieb sich den Nacken, ein sicheres Zeichen dafür, dass er etwas verheimlichte. Er hatte es in der Vergangenheit gelegentlich getan, wenn er die Wahrheit über seine Spielsucht zu verschweigen versucht hatte. »Außer, als ich hier war und befragt wurde?«

»Ja.«

»Ich war zu Hause.«

»Den ganzen Tag?«

»Den ganzen Tag. Es gibt nichts Besonderes, wo ich hingehen kann.« Er rieb sich wieder die Stelle und ließ dann die Hand fallen.

»Und kann das irgendwer bestätigen?«

»Nein, Natalie, das kann niemand.« Seine Worte waren voller Traurigkeit und Bedauern, aber sie würde sich nicht beeinflussen lassen. Da nicht nachgewiesen war, wo er sich vor und nach der Befragung aufgehalten hatte, mussten sie ihn immer noch als Tatverdächtigen betrachten.

»Wir werden Ihnen eine DNA-Probe entnehmen müssen«, sagte sie.

Er nickte und gab matt von sich: »Nur zu.«

Sie beendete die Befragung und überließ es Murray, die Probe zu entnehmen. Ihr Kopf und ihr Bauch sagten beide, dass David nicht daran beteiligt sein konnte, allerdings hing ein Fragezeichen über seinem Aufenthaltsort und gab es das verräterische Anzeichen, dass er etwas verheimlichte. Sie würde weiter nachbohren müssen, wenn sie herausfinden wollte, was das war, und es gab nur einen sicheren Weg, seine Unschuld zu beweisen – indem sie den echten Mörder fand.

Ein überraschter Mike rief sie an, als sie auf halbem Weg die Treppe zum Büro hoch war: »Ich habe gehört, dass David wieder zur Befragung hergebracht wurde.«

»Das stimmt.«

»Wirklich? Glaubst du, er steckt dahinter?«

»Er hat beide Opfer gekannt und kann seinen Aufenthaltsort nicht nachweisen, weder für Freitag noch für heute vor sechzehn Uhr, als Murray ihn abgeholt und zum Revier gebracht hat, oder nach sechzehn Uhr fünfzig, als er das Revier wieder verlassen hat. Ich hatte keine andere Wahl, als noch einmal mit ihm zu reden.«

»Aber David?«

»Ich weiß. Ich hätte ihn sofort ausschließen sollen, aber

irgendetwas hat sich in ihm verändert, und Josh hat gesagt, er hätte Gewaltausbrüche und extreme Trinkgelage gehabt. Man sieht so viel bei dieser Arbeit und lernt, keine voreiligen Schlüsse über Menschen zu ziehen.«

»Das ist wahr, aber ich kann kaum glauben, dass David so etwas tun würde.«

Eine bedrückende Pause folgte, und sie sagte: »Wir sind schon zuvor von Leuten, bei denen wir dachten, wir könnten ihnen trauen, hinters Licht geführt worden, nicht wahr? Wenn ich durchschaut hätte ...«

Er begriff die Bedeutung ihrer Worte sofort. Sie brauchte den Mörder ihrer Tochter nicht erwähnen, den sie gekannt und dem sie vertraut hatten. Eilig sagte er: »Wenn du ein offenes Ohr brauchst, weißt du, wo du mich findest. Lass das nicht an dir nagen.«

»Danke. Mir geht es gerade überraschend gut. Das sind Ermittlungen wie alle anderen, und David ist ein potenzieller Tatverdächtiger wie viele, die wir in der Vergangenheit hatten. Ich gehe den Fakten und Beweismitteln nach, und am Ende wird die Wahrheit ans Licht kommen. Das tut sie immer.«

»Das Angebot steht.«

»Und ich werde darauf zurückkommen ... bald. Ich verspreche es.«

Sie kam am oberen Treppenende an, an dem sie einen Augenblick lang innehielt, bis sie Lucy sah, die vor dem Büro stand und ihr ein Zeichen gab. In der Hoffnung, sie hatte gute Neuigkeiten, schritt sie auf sie zu, aber Lucys Gesicht sagte etwas anderes.

»Wir haben Hatties Auto gefunden. Es steht auf dem Bahnhofsparkplatz, aber es gibt keine Spur von ihr. Wir haben Officers hingeschickt, um es aufzubrechen. Ihr Handy wurde ausgeschaltet im Handschuhfach gefunden. Es wurde zur Untersuchung an das Technik-Team übergeben. Sieht aus, als hätte sie einen Zug genommen.«

»Können wir herausfinden, welchen?«

»Das könnte ein Problem sein, weil es keine aktiven Kameras gibt und der Fahrkartenschalter vor über sechs Monaten geschlossen hat und durch einen Selbstbedienungsautomaten ersetzt worden ist.«

»Was ist mit dem Parkplatz? Sicherlich gibt es dort Kameras?« Sie betraten das Büro, das von Deckenlampen beleuchtet wurde, die den Raum deutlich aufhellten, im starken Kontrast zu den jalousielosen Fenstern – großen schwarzen Rechtecken, die den dunklen Novemberhimmel einrahmten.

»Es gibt eine Kamera zur Automatischen Nummernschilderkennung, die das Kennzeichen jedes Autos beim Hinein- und Hinausfahren erfasst. Davon abgesehen, gibt es nichts.«

»Dann sollten wir in der Lage sein, festzustellen, an welchem Tag und um welche Uhrzeit sie dort angekommen ist, und herausfinden, welche Züge zu dem Zeitpunkt abgefahren sind«, meinte Natalie.

»Nur, wenn wir die Betreiber des Apparats erreichen können, was Ian gerade versucht.«

Ian sah bei der Erwähnung seines Namens auf und schüttelte den Kopf. »Kann niemanden erreichen. Alle Nummern führen zu einem automatischen Dienst, und bis morgen früh ist niemand verfügbar.«

Natalie fluchte und ließ sich die Möglichkeiten durch den Kopf gehen. Fahrpläne aufzutreiben und zu vermuten, wohin Hattie gefahren sein könnte, war keine effektive Polizeiarbeit und würde in zu vielen Spekulationen enden. Sie würden auf die entsprechenden Informationen vom Parkplatz warten müssen, ehe sie damit anfangen konnten, Rückschlüsse über ihre Bewegungen zu ziehen und Zugpersonal für Überwachungsmaterial zu kontaktieren oder die Schaffner zu befragen.

»Gibt es irgendeine Möglichkeit, herauszufinden, welche Tickets vom Fahrkartenautomaten am Bahnhof gekauft wurden?«

»Dafür müssten wir ebenfalls mit der Firma sprechen, der der Apparat gehört, und es ist niemand verfügbar«, sagte Ian. »Natürlich kann es sein, dass sie das Ticket gar nicht am Automaten gekauft hat. Sie könnte es online erworben haben, und wenn das der Fall war, wird uns das das Technik-Team sagen können, aber wir wissen ja, wie ausgelastet sie sind, und bekommen diese Info vielleicht nicht vor morgen. Wenn sie es nicht getan hat, versuchen wir es mit der ersten Möglichkeit.«

Natalie stimmte ihm zu. »Wenn wir nur ihre Bewegungen genau bestimmen könnten. Warum haben wir noch nichts von ihren Mobilfunkanbietern gehört? Hast du ihnen Dampf gemacht, Ian? Ich würde gern wissen, wo sie war, bevor sie zum Parkplatz gefahren ist. Das könnte uns einen Hinweis darauf geben, wo sie ist.«

»Das habe ich gemacht, bin aber auf das gleiche Problem gestoßen, das ich hier habe – Personalmangel an einem Sonntag, und niemand konnte die Anfrage genehmigen.«

»Dann müssen wir tun, was der Rest des Landes anscheinend getan hat, und Feierabend machen. Wir verschwenden hier unsere Zeit.«

Murray schlenderte hinein und ließ sich schwer auf den Stuhl fallen, der protestierend ächzte. »Was ist los?«

»Wir können heute Abend nicht weitermachen und irgendeinen Fortschritt erzielen. Es wird Zeit, dass wir die Lichter ausschalten und nach Hause fahren«, sagte Natalie.

»Gut. Ich könnte etwas Schlaf gebrauchen. Ich bin geschafft«, antwortete er und rieb sich mit einer Hand über die Bartstoppeln.

»Sind wir das nicht alle, großer Mann?«, sagte Lucy, schaltete den Computer aus und griff nach ihrer Tasche. »Manche von uns haben tagelang nicht geschlafen.« Sie hielt sich die Hand vor den Mund und warf einen Blick auf Natalie, die ein Lächeln zurückgab, um ihre Befürchtungen zu beschwichtigen.

»Aurora hat dich wachgehalten?«, fragte sie.

»Ja. Ich wollte nicht ...«

»Sie ist doch erst ein paar Monate alt, nicht wahr? Manche Babys fangen mit etwa vier Monaten an, die Nacht durchzuschlafen. Bei Josh war es so. Vielleicht habt ihr Glück «, sagte Natalie, um Lucy daran zu hindern, sich zu entschuldigen. Es gab keinen Grund, um den heißen Brei herumzureden. Die Leute hatten Leben und Kinder und sollten sich nicht fühlen, als könnten sie mit ihr nicht darüber reden, weil es einen Gefühlsausbruch bei ihr auslösen oder sie traurig stimmen könnte. »Hast du Fotos von ihr?«

Ian hatte zusammengepackt und war mit einem »Gute Nacht« aufgebrochen. Lucy zog ihr Handy aus der Tasche, entsperrte es und reichte es Natalie. Der Hintergrund zeigte eine strahlende Bethany, die ein pausbäckiges Baby mit großen blauen Augen auf dem Arm hielt, das mit der Welt im Einklang schien.

Natalie lächelte bei dem Anblick, betrachtete die Wangen mit Grübchen für einen Moment, bevor sie das Handy zurückreichte. »Sie ist wunderschön.«

Lucy schaute auf das Bild und erwiderte: »Ja, das ist sie. Danke.«

»Versuch, etwas Schlaf zu bekommen, bevor sie dich aufweckt«, erwiderte Natalie.

Murray und Lucy ließen sie allein, um Schluss zu machen. Sie schlenderte zum Fenster mit Blick auf die leeren Straßen. Sie hatte einen weiteren großen Schritt nach vorne getan und es geschafft, sich zusammenzureißen, während sie auf das Bild geschaut und über Lucys kleines Mädchen geredet hatte. Jetzt aber rannen ihr Tränen über die Wangen und sie kämpfte damit, sich zu beruhigen. Sie hatte Fotos von Leigh in dem Alter – ein glückliches, lächelndes Baby. Ihre Tochter hatte ein liebes Wesen gehabt, und Natalie vermisste sie mit jeder Faser ihres Herzens, erinnerte sich aber daran, dass ihr anderes Kind nur fünf Minuten entfernt in ihrer Wohnung auf sie wartete, und wischte sich die Wangen ab. Sein Vater hatte vielleicht im Moment die Richtung verloren, sie aber hatte das nicht, und Josh brauchte etwas Normalität in seinem Leben. Als sie die Lichter ausschaltete, dachte sie an Frans Mutter und an Sasha, die die gleiche Palette an Emotionen wie Natalie durchlebten. Morgen wären die Mitarbeiter wieder in ihren Büros und hinter ihren Schreibtischen, dann würde sie die Antworten bekommen, die sie brauchte.

Gemma,

du und ich, wir sind uns ähnlich. Ich verstecke mich hinter einer Maske und niemand kennt mein wahres Ich.

Du trägst auch eine Maske. Eine, die deine Falschheit versteckt. Sieh, Gemma, ich weiß, dass du falsch bist. Ich kann dich direkt durchschauen, weil wir gleich sind. Wir sind nicht das, was die Welt in uns sieht.

Du bist nicht so herzlich wie du vorgibst, oder, Gemma? Du umgibst dich mit Leuten, die den verdammten Boden, auf dem du gehst, verehren, damit du dich selbst wichtig fühlen kannst.

Deine Maske verdeckt, wie hässlich du im Inneren bist.
Meine versteckt meine Wut.
Jeder liebt Gemma ... verdammt wunderbare Gemma.
Du kannst mich mal, Gemma!

Ein ehemaliger Bewunderer

NEUNZEHN

MONTAG, 19. NOVEMBER – MORGEN

Natalie wachte um sieben Uhr auf, nachdem sie die Nacht durchgeschlafen hatte. Sie traf Josh wach an, der in der Küche herumlungerte und nach etwas zu essen suchte. Er hob den Deckel des Brotkastens an und legte ihn wieder ab.

»Hi. Tut mir leid, dass ich dich gestern Abend verpasst habe«, sagte sie.

»Ist schon gut. Ich habe noch mit dem Lesestoff für heute weitergemacht und bin ziemlich früh ins Bett gegangen.« Sie sah auf den Flaum an seinem Kinn und stellte fest, dass er vor ihren Augen erwachsen geworden war. Es schien gerade mal einen Monat her zu sein, dass er ein schrecklich schüchterner Teenager gewesen war, der sich dafür schämte, eine Zahnspange zu tragen. Ihr Herz machte einen Satz vor Mutterliebe für diesen Jungen in seiner Jogginghose und dem zu kleinen Bademantel. Er war der stabilste von ihnen dreien geworden. Sie holte eine saubere Schüssel aus dem Geschirrspüler, der noch ausgeräumt werden musste, und öffnete den Schrank, um eine Packung seines Lieblingsmüslis zum Vorschein zu bringen, die sie für die Tage, an denen er in der Wohnung übernachten wollte, gekauft hatte.

»Wie geht's Pippa?«, fragte sie.

»Gut. Wir haben einen Spaziergang um das Gut herum gemacht.«

Pippas Mutter verwaltete ein paar Ferienhäuser auf einem großen Landgut, das in der Nähe des Peak District angesiedelt war, und Josh schien Trost darin gefunden zu haben, dort in der Natur und der Gesellschaft des Mädchens Zeit zu verbringen, das auch gerade ihr Abitur machte.

»Ich werde versuchen, heute Abend früher zurückzukommen. Habe im Augenblick einen etwas schwierigen Fall.«

Das Müsli rieselte gegen die Porzellanschüssel, als er es aus der Packung schüttete. »Kein Problem. Ich habe genug zu erledigen.« Er goss Milch darüber und setzte sich, um es in den Mund zu löffeln.

»Ich fahre vor der Arbeit nach Castergate«, sagte sie. Sie hatte die Entscheidung irgendwann vor dem Einschlafen getroffen.

»Um mit Dad zu sprechen?«, murmelte er durch einen Bissen Schokoladen-Knuspermüsli.

»Ja, ich möchte mich vergewissern, ob du wirklich lieber hier wohnen solltest, oder wo auch immer ich lande, als zurückzugehen.«

Er schluckte, bevor er antwortete: »Zurückgehen? Niemals. Mir ist es ernst, Mum. Kannst du ihm sagen, dass ich mich ab und zu mit ihm treffen werde, wenn er das will, aber nicht im Haus bleiben möchte?«

»Ich spreche mit ihm. Vielleicht möchte er dich sehen, um darüber zu reden.«

»Ja, wahrscheinlich, aber ich möchte es nicht, wenn er in einer beschissenen Stimmung ist. Ich rufe ihn vorher an und vereinbare ein Treffen mit ihm.«

»Es gibt noch etwas anderes, das du wissen solltest. Wir mussten ihn im Rahmen unserer Ermittlungen befragen. Er kannte zwei der Opfer. Hat er jemals vor dir erwähnt, sich mit jemandem zu treffen?«

»Was, wie eine Freundin?«

»Nur Leute, mit denen er sich vor Kurzem getroffen und angefreundet hat.«

»Er hat es kaum hingekriegt, mir in den letzten drei Monaten Hallo zu sagen, Mum, geschweige denn, mir von seinen Plänen zu erzählen.« Sein Löffel schwebte über der Schüssel.

»Wusstest du, dass er angefangen hat, an der Samford University Werbung für Übersetzungsdienste zu machen?«

»Er hat mir nicht davon erzählt, aber ich weiß, dass er ein paar Karten hat drucken lassen, um sie in den Schaufenstern im Ort auszuhängen. Er hat mich gefragt, ob ich sie an unser Fenster von der Arbeit kleben könnte, aber das geht gegen die Richtlinien des Unternehmens.« Josh hatte, ohne es zu wissen, einen Teil des Berichts seines Vaters bestätigt.

Sie stellte den Wasserkessel an. Es würde nicht einfach werden, mit David zu reden, allerdings musste es getan werden. Es war ein weiterer Schritt auf diesem schwierigen neuen Weg, den sie gehen musste.

»Möchtest du eine Tasse Tee?«

»Nein, danke. Ich bleibe bei Orangensaft. Ist es okay, wenn ich gleich duschen gehe?«

»Mach das ruhig. Ich bin im Bad fertig. Brauchst du eine Mitfahrgelegenheit zum College?«

»Das ist schon geklärt. Einer meiner Freunde holt mich ab.«

Sich vorzustellen, dass Joshs Freunde alt genug zum Autofahren waren, war seltsam. In ihrem Kopf waren sie immer noch Schuljungen, und doch wurden sie alle junge Erwachsene und entdeckten ihre Unabhängigkeit. Sie versuchte, nicht an ihre Tochter zu denken, die für immer jung bleiben würde.

———

Der Morgen war dunkelgrau, als wäre der Natur das Leben entzogen worden. Selbst die Sanddornbüsche mit ihren silbernen Blättern und orangefarbenen Beeren, die normalerweise eine Ecke des St Mary's-Friedhof ausfüllten, waren farblos. In den Wochen nach der Beerdigung ihrer Tochter war Natalie jeden Tag hierhergekommen und hatte still auf den weißen Grabstein mit Leighs Namen geschaut. Sie hatte die Blumen in den Vasen sowie die Schmuckstücke und Töpfe in Herzform unendlich oft neu angeordnet, sich darum gekümmert, neue hinzugefügt, und sich die gesamte Zeit über dazu gezwungen, die Tatsache zu verarbeiten, dass ihre Tochter auf diesem Friedhof beerdigt worden und nicht zu Hause war, nicht auf dem Sofa lag, hemmungslos über eine Komödie lachte oder im Bad sang. Leigh hatte alle ihre Leben mit ihrer Gegenwart bereichert, und sich damit abzufinden, dass sie nicht mehr bei ihnen war, war nahezu unmöglich. Also hatte Natalie den Friedhof besucht, manchmal zweimal am selben Tag, hatte weitere Blumen oder Kuscheltiere mitgebracht und sie auf dem Grashügel aufgetürmt, bis die Stelle zum Überlaufen voll war und sie wusste, dass sie sich an der Grenze zum Wahnsinn befand. Im letzten Monat hatte sie ihre Ausflüge dorthin auf einmal die Woche beschränkt. Es war besser, Abstand zu nehmen, aber auf keinen Fall würde sie nach Castergate kommen, ohne sich um das Grab ihres Kindes zu kümmern.

Sie ging den engen Pfad entlang, an Grabsteinen vorbei, die dort seit Jahrzehnten standen und nun löchrig und vom Alter verwittert waren. Je weiter sie lief, desto neuer und frischer erschienen die Steine, von denen manche aus tiefschwarzem Granit mit goldener Schrift waren, andere aus grauem Stein oder weißem Marmor. Manche waren mit frischen Blumen versehen, während andere nur verwelkte Stängel, leere Krüge oder künstliche, weißgrau verblichene Blumensträuße aufwiesen. Sie würde niemals Leighs oder Zoes Grab verwahrlosen lassen können.

Ihr Herz schlug schneller, als sie die Stelle erreichte, an der ihre Tochter direkt neben ihrer besten Freundin Zoe, die mit ihr ermordet worden war, zur Ruhe gelegt worden war. Die frisch zusammengebundenen Rosen in den mit Wasser gefüllten Geschenktüten, die sie, eine für jedes Mädchen, trug, würden ein paar Wochen lang halten. Als sie näherkam, erkannte sie eine bekannte Person: Zoes Mutter, Rowena. Vor der schrecklichen Tragödie waren sie gut miteinander ausgekommen, aber seitdem hatte Rowena ihre Distanz bewahrt. Rowena war über Zoes Grab gebeugt und hatte Natalie – die weggehen und später wiederkommen wollte – weder gesehen noch gehört, bis Rowena plötzlich aufstand, sich umdrehte und sie direkt ansah. Natalie blieb wie angewurzelt stehen, unsicher, was sie erwarten würde. Rowenas Augen funkelten und ihre Fäuste waren geballt, dann sah sie die Geschenktüten mit den Blumen in Natalies Händen, und ihre Schultern sackten zusammen.

»Du bist es. Du bist die Person, die Zoe Blumen gebracht hat«, sagte sie. Als Natalie nickte, fuhr sie fort: »Ich habe mich gefragt, wer die Blumentüten hiergelassen hat. Ich dachte, es wäre vielleicht eine Schulfreundin gewesen. Ich hätte es wissen sollen.«

»Ich kann es nie wiedergutmachen, und wenn ich die Zeit zurückdrehen könnte, würde ich es sofort tun.«

Rowena unterbrach sie mit einem langsamen Kopfschütteln. »Ich möchte das nicht mehr, Natalie. Ich möchte dich nicht hassen und ich möchte dir nicht die Schuld geben. Du hast genauso viel wie ich verloren. In gewisser Weise hast du viel mehr verloren als ich. Sieh dich an! Ich habe dich kaum erkannt. Du siehst ... anders aus. Es tut mir leid.«

»Nein. Mir tut es leid. Es tut mir aufrichtig leid, dass wir sie nicht retten konnten.« Sie ging auf die Frau zu und reichte ihr die Geschenktüte mit Zoes Namen darauf.

Rowena nahm sie entgegen, hob sie hoch und bewunderte die blassrosafarbenen Knospen, die sich in den nächsten Tagen öffnen würden. »Sie sind schön.« Sie hockte sich hin und legte die Gabe in die Nähe des Grabsteins, während sie murmelte: »Die sind von Leighs Mum. Sind sie nicht wunderschön? Und in deiner Lieblingsfarbe. Ich muss jetzt zur Arbeit gehen. Ich komme später zurück. Hab dich lieb, mein kleines Mädchen.«

Sie stand noch einmal auf und sagte: »Wir sehen uns wieder, Natalie. Danke für die liebe Geste.« Damit ging sie den Pfad hoch, dem Natalie gefolgt war, und ließ sie allein auf dem Friedhof zurück.

Ihre Worte reichten Natalie aus, um zu verstehen, dass sie eine Hürde überwunden hatten. Von Zoes Mutter war keine Wut oder Bitterkeit mehr gekommen, und Natalie verspürte Erleichterung. Nun war sie an der Reihe, sich vor den weißen Marmorstein zu hocken, der den Namen ihres Kindes trug. Sie entfernte die Blumen, die sie beim letzten Besuch mitgebracht hatte, und tauschte sie mit den frischen aus, schob einen weichen Teddybären mit einer pinken Schleife zur Seite, um Platz für sie zu schaffen. Dann starrte sie schweigend auf Leighs Namen, der in den Stein gemeißelt war. Die von Herzen kommenden Worte, die sie für ihre Tochter hatte, waren alle in ihrem Kopf, doch sie sprach sie nicht aus.

Im Gegensatz zu Rowena, vergab David ihr nicht und ließ sie vor der Haustür stehen. Sie rümpfte die Nase ob den seine Worte begleitenden, üblen Gestank nach abgestandenem Bier und Körpergeruch. »Du bist nicht hergekommen, um mich zu verhaften, oder?«, fragte er.

»Ich bin gekommen, um über Josh zu reden.«

Er stieß ein genervtes Geräusch, aus, ein *Pfft*, das von einem Augenrollen begleitet wurde.

»Er möchte eine Zeit lang bei mir bleiben.«

»In Ordnung.«

»Ist das alles, was du dazu zu sagen hast? In Ordnung?«

»Es bringt nicht viel, irgendetwas anderes zu sagen, oder?«

Sie betrachtete seine zusammengekniffenen Augen und das vorstehende Kinn und beschloss, dass es den Versuch nicht wert war, an seine Güte zu appellieren. Im Augenblick zeigte er keine.

»Dann wird er vorerst bei mir bleiben, und wenn der Hausverkauf durch ist, werde ich woanders etwas zum Zusammenwohnen kaufen.«

»Bist du fertig?«

»David, ich weiß nicht, was dir zu schaffen macht, aber du hast unglaublich üble Laune. Wir sprechen über unseren Sohn und seine Zufriedenheit. Es geht nicht um uns, es geht um einen jungen Mann, dessen Leben auf den Kopf gestellt worden ist.«

»Alle unsere Leben sind auf den Kopf gestellt worden. Du und er, ihr scheint gut miteinander auszukommen. Wenn er bei dir leben möchte, werde ich ihn nicht aufhalten. Wahrscheinlich ist es sogar besser, wenn er es tut. Was das Haus angeht, morgen findet eine Besichtigung statt. Vielleicht erfüllt sich dein Wunsch. Habt ihr schon meine DNA überprüft?«

»Ich bin nicht hier, um über die Ermittlungen zu sprechen.«

»Dann habe ich dir nichts weiter zu sagen.«

Sie hatte nie erlebt, dass er sich so verhielt. »Josh hat gesagt, dass er dich anruft und vorbeikommt, um mit dir zu sprechen.«

»Von mir aus. Er weiß, wo er mich findet.« Damit ging er ins Haus zurück und schlug die Tür so fest zu, dass es im gealterten Holzrahmen nachhallte.

Natalie war versucht, dagegen zu hämmern und ihm zu sagen, was sie von ihm hielt, aber diese Art von Negativität war kontraproduktiv. Er hatte sich dazu entschieden, verschlossen und kaltherzig zu sein. Sie hatte genug von ihm!

———

»Morgen, Natalie«, sagte Lucy.

»Guten Morgen. Hast du dich etwas ausruhen können?«

»Ja, Aurora hat bis fünf durchgeschlafen, was wirklich geholfen hat. Ich war bei den Leitern des Bahnhofs von Samford, und sie gehen ihre Aufzeichnungen durch, um zu sehen, um wie viel Uhr Hatties Auto auf den Parkplatz gefahren ist.«

»Ausgezeichnet. Das ist ein Anfang. Mir ist ihr Handy eingefallen. Warum hätte sie ohne eine Zugfahrt unternehmen sollen?«

»Ich habe überlegt, ob sie, trotz dessen, was Ocean mir erzählt hat, zur Öko-Kommune gefahren ist. Sie sind dort gegen Technologie, und wenn sie sich versteckt, wird sie es bewusst zurückgelassen haben, um sicherzugehen, dass sie nicht aufgespürt werden kann.«

Natalie stieß ein verärgertes Zischen aus. »Ich werde die Polizei von Monmouthsire bitten, es noch einmal bei der Kommune zu probieren, vielleicht diesmal mit einem Durchsuchungsbeschluss. Wenn sie sich da versteckt, möchte ich, dass sie herausgezerrt wird. Das ist so verdammt lächerlich.« Obwohl sie der Umstand, dass Hattie wirklich bei der Kommune sein könnte, ärgerte, war auch der von Bedeutung, dass ihr Handy ausgeschaltet im Auto zurückgelassen worden war. Wenn Hattie etwas Ernstes zugestoßen war, würde es die Ermittlungen auf den Kopf stellen. Sie rief ihren Waliser Kollegen erneut an und machte deutlich, dass sie Hattie Caldwell gefunden haben wollte.

Murray tauchte mit einem Handy in der Hand auf. »Das gehört Rhiannon. Es ist sauber, enthält weder Hinweise, Gemma etwas anzutun, noch irgendetwas Verdächtiges. Soll ich es von jemandem zu ihr zurückbringen lassen?«

»Ja, bitte. Was ist mit Frans Handy passiert?«

»Immer noch oben. Sie sind noch nicht fertig mit der Überprüfung von ihm und Hatties.«

»Okay, lasst uns es, solange ihr alle da seid, schnell durchgehen. Wie ihr wisst, konzentrieren wir uns darauf, Hattie zu finden. Fran hat behauptet, Hattie sei eine Freundin besuchen gefahren und würde heute zurück sein, aber etwas scheint da nicht zu stimmen, besonders, da sie mich am Samstag angerufen hat, aber nicht am vereinbarten Treffpunkt aufgetaucht ist. Was Gemma angeht, wer hatte mit den ganzen Aussagen der Leute zu tun, die zum Zeitpunkt des Angriffs in der Bibliothek waren?«

»Ich. Ich bin sie alle durchgegangen, und es hat keine Zeugen gegeben«, sagte Ian.

»Oh, Mist. Ich hatte gehofft, dass wir etwas übersehen hätten.«

»Nein, und ich habe auch Aussagen von allen aufgenommen, die im Bus waren, den sie am Freitagabend genommen hat, und niemandem von ihnen ist etwas Verdächtiges aufgefallen; ein paar Personen haben gesagt, sie sei als Einzige an der Bibliothekshaltestelle ausgestiegen«, sagte Ian.

Natalie war ratlos. Sie hatte keine festen Tatverdächtigen und mehrere unerledigte Fragen zu klären, und Dan Taskers Gesichtsausdruck zu entnehmen, während er in Richtung Büro marschierte, ein weiteres Problem.

»Kann ich Sie sprechen, Natalie?«

Sie betrat den Flur, um sich anzuhören, was er zu sagen hatte.

»Draußen sind Reporter. Jemand hat herausgefunden, dass die Opfer im selben Haus gewohnt haben, und sie wollen Antworten. Ich möchte, dass Sie mich begleiten und ihnen ein paar Krümel zuwerfen.«

»Wir haben nichts vorzuweisen.«

»Dann werden wir uns an ein allgemeineres Skript halten müssen.«

»Warum wollen Sie mich dabeihaben?«, fragte sie.

Er hatte den Anstand, für einen Augenblick betreten zu

wirken. »Es könnte Interesse an dem Fakt bestehen, dass Sie die Ermittlungen leiten, und das sollte uns etwas Zeit verschaffen.«

»Weil ich die Ermittlerin des Reviers bin, deren Tochter auf tragische Weise unter meiner Verantwortung ermordet wurde?«, erwiderte sie und ihre Stimme blieb trotz der aufkommenden Wut ruhig.

»Sie wissen, wie es läuft, Natalie. Wir brauchen etwas Luft, um effizient agieren zu können. Wir werden ihn nicht bekommen, wenn die Medien jede unserer Bewegungen beobachten. Es dauert nur eine Minute.«

»Bringen wir es hinter uns«, antwortete sie und ging in Richtung Treppe.

»Ich werde das Reden übernehmen.«

»Gut, weil ich nichts zu sagen habe.«

Er hielt sie am Fuß der Treppe an und berührte ihr Handgelenk. »Ich verstehe, wie Sie sich fühlen, aber Sie werden sehen, dass ich recht habe. Ich würde Sie nicht darum bitten, wenn ich es nicht für die richtige Herangehensweise halten würde.«

»Ich weiß, Sir.« Sie rückte ihre Bluse zurecht, stellte sicher, dass sie in ihrem Rock steckte. Sie war über ihr Aussehen nicht so penibel wie Dan, aber sie wollte nicht als ineffizient und unordentlich auf der Titelseite erscheinen. Seite an Seite verließen sie unter Blitzlichtgewitter die Eingangshalle, die selbst an diesem düsteren Tag hell war, und traten zu den Journalisten hinaus, die sich um den Platz drängelten und um ihre Aufmerksamkeit schrien.

»Natalie, können Sie bestätigen, dass beide Opfer Studentinnen waren?«

»DI Ward, stimmt es, dass beide Opfer im gleichen Haus gewohnt haben?«

»Natalie ...«

Dan hob eine Hand, um sie zum Schweigen zu bringen, während Natalie über die Köpfe hinwegstarrte. Sie hielt den

Fokus auf die dunklen Stämme der Platanen auf der anderen Seite des Parkplatzes gerichtet, ihre Arme hinter dem Rücken verschränkt, um sicherzustellen, dass niemand ihre zitternden Hände sah.

Dan gab seine Stellungnahme prägnant und auf den Punkt gebracht ab: »Guten Morgen. Ich kann bestätigen, dass DI Natalie Ward die Ermittlungen über die verdächtigen Todesfälle zweier Studentinnen der Samford University leitet. Wir folgen einer Reihe an Hinweisen und hoffen, ein schnelles Ergebnis zu erzielen. Wir sprechen gern mit Ihnen, sobald wir weitere Informationen haben. Vielen Dank Ihnen allen für Ihre Zeit.«

Lichter blitzten auf, und Natalie musste sich anstrengen, nicht in die blendenden zu blinzeln, die auf sie gerichtet waren.

»DI Ward, können Sie bestätigen, dass beide Opfer weiblich sind?« Die am nächsten zu ihr stehende Journalistin hielt ein Aufnahmegerät hoch.

Dan antwortete: »Sie werden verstehen, dass wir zu diesem Zeitpunkt kaum Informationen herausgeben können, aber sobald wir dazu in der Lage sind, geben wir eine Presseerklärung ab.«

Er ging einen Schritt zurück und bereitete sich darauf vor, zu gehen, als eine Stimme, die Natalie kannte, brüllte: »Fühlt sich DI Ward nach ihrem kürzlich erlittenen tragischen Verlust erholt genug, um diese heiklen Ermittlungen zu leiten?« Die Sprecherin, Bev Gardner, Reporterin für eine Lokalzeitung, trug einen bodenlangen Mantel im Leopardenlook und ihre Haare waren unter einen Filzhut gesteckt. Bev gab sich genauso viel Mühe mit ihrem Aussehen wie Dan. Ihr Gesicht zeigte kein Mitgefühl, und Natalie spürte, wie sich ihr Puls beschleunigte. Diese Frau hatte in der Vergangenheit zu oft über ihr Privatleben geschrieben. Natalie sträubte sich und wollte schon etwas zurückblaffen, doch Dan kam ihr zuvor: »Ich kann Ihnen versichern, dass DI Ward *genau* die richtige Person ist, um diese Ermittlungen zu leiten, und sie muss sofort zur Arbeit zurückkehren. Vielen Dank. Das ist alles.«

Die Rufe folgten ihnen, als sie zurück ins Gebäude gingen, aber Natalie schritt selbstbewusst voran, zwang sich dazu, keine Anzeichen von Schwäche zu zeigen. Die Glastüren öffneten sich und saugten sie ein, weg von den bellenden Journalisten. Sie kamen am Empfang vorbei und gingen tiefer in die Zufluchtsstätte hinein, an der Treppe vorbei bis zu den Aufzügen, die Natalie selten benutzte. Sie blieben vor ihnen stehen.

»Danke«, sagte Dan. Die Türen des Aufzugs glitten sanft auseinander und er bedeutete ihr, als Erstes hineinzugehen. Er drückte den Knopf für den ersten Stock und sprach weiter, während sie hochfuhren: »Das sollte sie eine Zeit lang beschwichtigen. Haben Sie diese mögliche Zeugin schon ausfindig gemacht?«

»Nein, Sir. Wir haben ihr Auto gefunden, und mein Team überprüft die Möglichkeit, dass sie für ein paar Tage mit dem Zug weggefahren ist, um woanders zu bleiben. Sobald wir irgendetwas haben, lassen wir es Sie wissen.«

Er sah sie fest an. »Ich habe es genauso gemeint. Sie sind die beste Person für diese Ermittlung.«

»Dann mache ich mich besser wieder an die Arbeit und tue etwas, um dieses Lob zu verdienen.«

Der Aufzug kam zum Stehen, und als die Lücke zwischen den Türen größer wurde, winkte er mit der schwungvollen Geste eines Oberkellners, der den Weg zu einem reservierten Tisch zeigte, in Richtung ihres Büros. »Ich lasse Sie machen.«

Natalie stieg in ihrer Etage aus und marschierte mit so fest zusammengebissenen Zähnen den Flur entlang, dass ihr Kiefer zu schmerzen begann. Sie hasste die verdammten Journalisten!

»Ist es gut gelaufen?«, fragte Murray mit einem flüchtigen Blick auf ihr Gesicht.

»So gut, wie es zu erwarten war. Irgendwelche Entwicklungen?«

»Oh, ja. Hatties Auto ist am Samstagabend um zweiundzwanzig Uhr siebzehn auf den Parkplatz gefahren.«

Natalie rutschte mit Leichtigkeit auf ihren Platz und griff nach der Akte mit den Informationen über Hattie. »Welche Züge sind um die Zeit abgefahren?«

»Es gab sieben Züge zwischen zweiundzwanzig Uhr fünfundzwanzig und dreiundzwanzig Uhr einundzwanzig«, sagte Lucy. »Drei davon, der Zug um zweiundzwanzig Uhr fünfundzwanzig eingeschlossen, sind nach Birmingham gefahren, und drei in Richtung Manchester. Es gab auch einen Zug nach Crewe um dreiundzwanzig Uhr einundzwanzig.«

»Dann sieht es nicht so aus, als wäre sie zur Öko-Kommune in Wales unterwegs gewesen, außer sie hat geplant, umzusteigen«, sagte Natalie.

Lucys Antwort kam schnell: »Man kann in Birmingham umsteigen und wieder in Bristol, um nach Cardiff zu kommen.«

Natalie trommelte mit den Fingern auf die Akte. Das wäre ziemlich spät für sie gewesen, um eine solche Reise anzutreten, und es würde bedeuten, dass sie deutlich nach Mitternacht angekommen wäre. War Hattie, trotz seiner Bestreitung, zu einem Besuch zu ihrem Ex-Mann gefahren? »Das passt nicht. Wir hätten sie inzwischen aufgespürt. Und wo war sie zwischen dem Zeitpunkt, als sie mich um sechzehn Uhr zwanzig angerufen hat, und der Zeit, als sie am Bahnhof von Samford angekommen ist? Da liegen sechs Stunden zwischen.«

Lucy hob die Hände. »Wir haben keine Ahnung. Die Vermisstenstelle hat nichts herausbekommen, und sie haben ihr Auto auch auf keinen anderen Überwachungskameras ausfindig gemacht.«

»Ihr plötzliches Verschwinden beunruhigt mich, zumal wir jetzt zwei weibliche Opfer aus demselben Haus haben. Okay, um weiterzumachen, redet mit Ryan und Lennox. Offensichtlich sind sie die einzigen übrig gebliebenen Mitbewohner, und Lennox' Alibi für Freitagabend war nicht wasserdicht. Dann ist da noch Ryan. Obwohl er Zeugen für seine Aufenthaltsorte am Freitagabend vorweisen kann, könnte er immer noch den Angriff auf Gemma beauftragt haben. Wir müssen tiefer graben. Ich kann mir keinen Reim darauf machen, warum einer von beiden Gemma oder Fran hätte töten sollen, aber wir müssen sie ausschließen, es bleibt uns nichts anderes übrig.« Sie presste die Lippen zusammen und versuchte, nachzudenken, wer ansonsten verantwortlich sein könnte. Die einzige andere Person, die sie im Kopf hatten, hatte auch kein handfestes Alibi – David. Sie war entschlossen, Ryans und Lennox' Aufenthaltsorte genau zu bestimmen, warum sollte sie ihn also so einfach abtun? Sie straffte die Schultern. Ob es ihr gefiel oder nicht, Davids Behauptungen, am Freitagabend und am Sonntag vor der Befragung zu Hause gewesen zu sein, mussten ebenfalls überprüft werden. Sie rief bei seinem Mobilfunkanbieter an. Dort würden sie in der Lage sein, zu bestätigen, ob sich sein Handy in den letzten achtundvierzig Stunden bewegt hatte, und er sollte besser aufpassen, falls er sie angelogen hatte.

ZWANZIG

MONTAG, 19. NOVEMBER – FRÜHER NACHMITTAG

»Fran ist tot?« Lennox sah aus, als würde ihm übel werden.

»Es tut mir sehr leid«, sagte Natalie. Sie hatten es schließlich geschafft, sowohl ihn als auch Ryan ausfindig zu machen, und jetzt saßen sie vor Murray und ihr im Wohnzimmer der Eastview Avenue 53.

»Haben Sie sie gestern gesehen?«, fragte Natalie.

Lennox schüttelte den Kopf. »Nein. Ich bin bis zum Nachmittag nicht aufgestanden, und dann bin ich zum Labor gefahren und danach in die Stadt.«

Natalie wandte ihre Aufmerksamkeit Ryan zu. »Was ist mit Ihnen? Haben Sie mit Fran gesprochen?«

»Ich habe sie am späten Vormittag gesehen. Sie hat mich gebeten, mein Handy ausleihen zu dürfen, um mit ihrer Mutter zu telefonieren. Sie hatten ihres beschlagnahmt und sie musste zu Hause anrufen, weil ihre Großmutter Geburtstag hatte. Ich habe es ihr geliehen, und sie hat es ungefähr zwanzig Minuten später zurückgebracht.«

»Das war großzügig von Ihnen.« Murray heftete den Blick auf Ryan, der bloß mit den Schultern zuckte.

»Sie hatte kein Handy. Es hat mir nichts ausgemacht.«

»Wie hat Fran gewirkt?«, fragte Natalie.

»Niedergeschlagen. Fran war immer ein bisschen aggressiv, egal in was für einer Situation. Das war ihre Persönlichkeit, aber als sie das Handy zurückgebracht hat, hat sie unsicher gewirkt.«

»Hat sie gesagt, was sie als nächstes tun wollte?«

»Sie hat etwas davon gemurmelt, nach dem Telefongespräch einen starken Drink zu brauchen und irgendwelchen Scheiß regeln zu müssen, aber sie hat das nicht weiter ausgeführt. Ich habe sie gefragt, ob bei ihr alles okay sei, und sie hat gesagt, es ginge ihr gut. Ich habe sie nicht mehr gesehen und bin kurz darauf rausgegangen. Ich spiele im Rugby-Team der Universität, und wir hatten ein Auswärtsspiel in Leeds. Wir sind danach zur Bar der Studentenvereinigung gegangen und haben uns besoffen.«

»Kann sich einer von Ihnen denken, wo Hattie steckt?«

Natalie wurde Kopfschütteln entgegengebracht. Lennox hielt seinen Kopf die gesamte Zeit über gesenkt.

»Lennox, können Sie dem irgendetwas hinzufügen?«

Der junge Mann schüttelte wieder den Kopf, aber sie bemerkte, wie er die Hände so fest umklammerte, dass die Knöchel weiß hervortraten.

»Lennox?«

»Nichts. Ich weiß nicht, wo sie ist.«

»Sind Sie sich sicher?«

»Ich habe keine Ahnung. Wenn ich wüsste, wo Hattie steckt, würde ich es Ihnen sagen. Das ist alles wirklich seltsam. Erst Gemma, dann Fran, und jetzt ist Hattie verschwunden. Was ist hier los?«

Natalie hatte keine Antworten für den jungen Mann. Sie kamen nicht weiter und die Zeit drängte. Wenn Hattie in Gefahr war, musste Natalie sie finden, und zwar schnell.

———

Es war ein langer, frustrierender Tag mit kaum erzieltem Fortschritt für das Team gewesen. Sie hatten bestätigt, dass Ryan mit der Rugby-Mannschaft der Samford University in Leeds gewesen war, und Lennox' Ausweis war immerhin dazu benutzt worden, um in die naturwissenschaftliche Fakultät hineinzukommen. Um fünfzehn Uhr machte sich Natalie langsam Sorgen über den ausbleibenden Durchbruch. Sie musste sich daran erinnern, dass nicht alle Fälle innerhalb von Stunden oder Tagen gelöst werden konnten; bei manchen dauerte es Monate oder gar Jahre. Sie ging hinaus, um etwas frische Luft zu schnappen, und war froh, als sie Mikes Auto auf den Parkplatz fahren sah. Er sah frisch und gepflegt aus.

»Wie läuft's?«, fragte er gleich, als er in Hörweite war. Er stopfte die Hände in die Hosentaschen und zog eine Packung Kaugummi heraus. »Möchtest du eins?«

»Nein, danke.«

»Ich versuche, die Kippen zu reduzieren«, sagte er, wickelte einen Kaugummistreifen aus, formte ihn zu einer Kugel und warf sie sich in den Mund. Mike war jahrelang Raucher gewesen, und seit er und seine Frau Nicole sich getrennt hatten, hatte sich die Zahl der Zigaretten, die er an einem Tag rauchte, mehr als verdoppelt. Natalie hatte auch geraucht, aber damit 2016 aufgehört.

»Respekt. Wie ist es dazu gekommen? Bean hat dich nicht zurechtgewiesen, oder?«

Bean war der Spitzname für einen schlaksigen Arzt auf dem Revier, der, zusammen mit einer Krankenpflegerin in Teilzeit, für das seelische und körperliche Wohlbefinden des gesamten Personals verantwortlich war.

»Nee, Bean weiß, dass ich auf keinen Ratschlag von ihm hören würde. Ich habe beschlossen, dass es an der Zeit ist, mir bewusst Mühe zu geben, sie zu reduzieren oder aufzuhören. Ich habe jetzt einen guten Grund dafür.« Sein Blick verriet das Gewicht seiner Worte. Natalie und er kamen einer echten

Beziehung immer näher. Sie sah das Funkeln in seinen Augen und schenkte ihm ein Lächeln.

»Ja, obwohl es jetzt, wo Josh da ist, schwierig sein könnte.«

»Wir kriegen das hin.«

»Ich habe heute Morgen mit David gesprochen. Er ist gerade in einer ziemlich schlechten Verfassung, egal, um was es geht.«

»Du denkst doch nicht immer noch, dass er in diese Mordfälle verstrickt ist, oder?«

»Ich habe seinen Mobilfunkanbieter vorhin erreicht, und ihm zufolge hat sein Handy Castergate sowohl am Freitagabend als auch am Sonntag nicht verlassen, sogar während der Zeit, als wir ihn auf dem Revier befragt haben, nicht.«

»Na, da hast du es. Er war, wie er gesagt hat, zu Hause.«

»Oder er hat es absichtlich zurückgelassen. Er hat es nicht aufs Revier mitgenommen. David ist sicher kein Dummkopf. Er weiß, dass Handys ein Signal abgeben und nachverfolgt werden können. Das reicht nicht aus, um seine Unschuld zu beweisen.«

»Was ist mit seinem Auto? Habt ihr versucht, seine Aufenthaltsorte zu verfolgen?«

»Das Technik-Team arbeitet für den unwahrscheinlichen Fall daran, dass es an einer Überwachungskamera vorbeigekommen ist. Sieh, womit ich es zu tun habe! Wir jagen den kleinsten Anhaltspunkten nach und bestimmen die winzigsten Bruchstücke an Informationen, in der verzweifelten Hoffnung, dass es uns irgendwohin führt, und die ganze Zeit über glaube ich, dass wir etwas Wichtiges übersehen – einen Hinweis, ein entscheidendes Zeichen, einen Tatverdächtigen.«

»Es gibt immer noch das Navi. Die Techniker dürften in der Lage sein, daraus Daten zu ziehen, selbst wenn es nicht mit einem Ziel programmiert wurde. Navis funktionieren ähnlich wie Peilsender.«

»Davids Auto ist ziemlich alt. Ich bezweifele, dass das System dafür weit genug entwickelt ist.«

»Natürlich ist es das. Na los, Natalie, es sieht dir nicht ähnlich, dich so aufzuregen. Du hattest früher schon, während anderer Ermittlungen, frustrierende, erfolglose Tage, aber du rackerst dich weiter ab, bis am Ende etwas ans Licht kommt.«

»Diesmal ist es anders, und ich weiß nicht, wohin ich als nächstes schauen soll. Ich fühle mich nicht in den Fall hinein, wie ich es sonst tue. Was zum Teufel ist nur los mit mir?«

Er sprach mit Nachdruck: »Das ist wegen dem, was im August passiert ist. Du hast Angst, einen Fehler zu machen, aber das wird nicht passieren.«

»Wie kannst du dir so sicher sein? Selbst die Scheiß-Journalistin, Bev Gardner, hat infrage gestellt, dass ich die Ermittlungen so kurz nach meinem ›tragischen Verlust‹ leite. Ich verstehe, dass es zum Teil wegen … der letzten Ermittlungen ist … und ja, ich bin paranoid darüber, dass ich etwas übersehen könnte, das direkt vor meiner Nase ist. Das geht sogar so weit, dass ich jede verdammte Einzelheit pingelig verfolgen lasse. Aber ich habe kaum Beweise, mit denen ich arbeiten kann. Ich kann auf niemanden mit dem Finger zeigen. Ich habe keine Zeugen, keine Tatverdächtigen und keine Spuren. Ich komme nicht voran, und es fängt an, mich zu ärgern.«

Mikes Handy surrte und er ging mit wiederholten Bejahungen ran, hielt dann die Hand über das Mikrofon und sagte: »Wir haben etwas von der DNA an Frans Kleidung und Körper identifiziert. Es gibt Übereinstimmungen mit all ihren Mitbewohnern und Rhiannon.« Natalie hatte dafür gesorgt, dass alle Studenten DNA-Proben abgaben, die bei Rhiannon wohnenden eingeschlossen. Das war ein Anfang.

»Okay, danke, Darshan. Ich bin in zehn Minuten da.« Mike beendete das Gespräch.

»Gab es noch andere DNA?«

»Ja, drei Proben – eine davon kam von diesem obdachlosen Mann, Evan, unter dessen Decken sie lag. Ich nehme an, dass sie von ihnen übertragen wurde. Die anderen zwei stimmen mit keinen überein, die wir in den Akten haben.«

»Wir haben eine Probe von Davids DNA zum Labor geschickt. Könnt ihr der Vorrang gewähren? Je eher ich ihn ausschließen kann, desto schneller kann ich mit der Suche nach der verantwortlichen Person fortfahren.«

»Dann glaubst du, dass er unschuldig ist?«

»Ehrlich gesagt, weiß ich es nicht.« Wind kam auf und pfiff ihr um die Kniekehlen. Sie musste wieder rein. Mikes Kiefer bewegte sich langsam, während er auf seinem Kaugummi herumkaute. Er bewegte sich nicht und auch sie tat es nicht. Dachte sie wirklich, David stecke hinter diesen Todesfällen? Er war kein Mörder. Der Mann, den sie geliebt hatte, würde weder morden noch einen grausamen Säureangriff verüben, oder? Ihr Bauchgefühl gab ihr die Antwort, und wenn sie richtig lag und David nichts damit zu tun hatte, würde sie herausfinden müssen, wer sonst Fran und Gemma getötet haben könnte.

»Abendessen«, sagte er zum zweiten Mal.

»Tut mir leid, ich habe dich nicht gehört. Ich war mit den Gedanken ganz woanders.«

»Abendessen. Komm am Wochenende zum Abendessen vorbei. Samstagabend. Ich koche für dich, und auch für Josh, wenn er sich uns anschließen möchte. Habe ihn eine Weile lang nicht gesehen, und es wäre nett, herauszufinden, wie er zurechtkommt.« Mike kannte die Kinder seit ihrer Geburt. Als Davids bester Freund war er zu einem Teil der Familie geworden, und das lange bevor Natalie und er 2016 ihren ersten One-Night-Stand hatten. Josh und Mike waren immer gut miteinander ausgekommen. Vielleicht war es gar keine schlechte Idee.

»Abgemacht«, antwortete sie, vom verärgerten Surren ihres Handys in der Rocktasche abgelenkt. Sie tastete danach, um es herauszunehmen, und zur gleichen Zeit klingelte Mikes Mobiltelefon.

Sie runzelte die Stirn und hielt es sich ans Ohr, drehte den Kopf von Mike weg, damit sie beide besser hören konnten. Lucy klang weit entfernt, obwohl sie bloß eine Etage höher war.

»Sie haben eine Leiche auf dem Campus gefunden. Es klingt, als könnte es Hattie sein.«

»Drei Opfer, vier Tage«, sagte Pinkney und bemerkte dann: »Das klingt wie der Titel eines Horrorfilms.«

Seinem schwachen Versuch leichten Humors gelang es, dem flauen Gefühl in Natalies Magengrube entgegenzuwirken. Der Nachmittag war zum Abend geworden und die Dunkelheit schnell hereingebrochen. Dan Tasker war am Tatort eingetroffen und telefonierte, vermutlich mit der Presseabteilung des Reviers, um sich auf den unvermeidbaren Ansturm vorzubereiten. Drei Studentinnen im späten Teenageralter und in den Zwanzigern, alle tot. Sie konnte sich schon die Schlagzeilen vorstellen. Er lief, effizient wirkend, vor dem abgesperrten Bereich auf und ab, und obwohl man seinem Gesicht nichts entnehmen konnte, vermutete Natalie, dass sich hinter dem völlig gefassten Äußeren ein Mann auf eine Schlacht vorbereitete. Sie würde früh genug in der Gestalt von Journalisten, Fernsehkameras und Moderatoren beginnen, die alle wahnsinnig ungeduldig darauf waren, über die jüngste Mordserie an der Samford University zu berichten.

Sie zeigte ihren Ausweis einem der Officers, der nah bei der Rückseite des sogenannten Heraklion Centre stand – einem Theaterstudio, das nun, aufgrund des kürzlich erbauten, an die Bibliothek angrenzenden größeren Gebäudes am anderen Ende des Campus, nicht mehr genutzt wurde. Sie tauchte unter der Absperrung hindurch und schritt voran. Pinkney folgte ihr zu einem kleinen betonierten Bereich, der von einem hohen Paneelzaun umschlossen war und vom Gebäude aus durch große Doppeltüren oder dem von ihr benutzten Eingang – ein

heruntergekommenes Holztor – erreicht werden konnte. Flut-
lichter waren aufgestellt worden, und es war schwer zu erkennen, welchem Zweck der Ort diente, da er ein Abladeplatz für
Stapel kaputter Plastikstühle, schäbiger Bühnenrequisiten und
ausgestalteter Kulissen zu sein schien.

Natalie betrachtete eines der Bühnenbilder, eine handbe-
malte Wald-Szene voller Kiefernbäume. Kiefernzapfen waren
auf den mit Farnkraut bedeckten Boden gefallen, und ein rotes
Eichhörnchen war gerade dabei, einen Baumstamm hochzuflit-
zen, einen Zapfen im Maul. Sie warf einen Blick auf die dane-
bengelehnte Wand, auf dem ein Specht in der Baumrinde nach
Insekten suchte, dann, als ihr Blick nach unten fiel, entdeckte
sie zwei Stiefel, die unter einem langen dunkelgrünen Rock mit
Spitzenbesatz herausragten. Hinter einer Reihe weißer Metall-
schließfächer, wie man sie in Schulen fand, nur mit Griffen an
jeder Seite und auf Rollen, damit man sie leichter über eine
Bühne bewegen konnte, lag Hattie auf dem Boden. Natalie
bewegte sich auf die Leiche zu, nahm die grüne, aufgegangene
Strickjacke wahr und die halb in den Rockbund gesteckte
Bluse, die über ihrem Nabel aufklaffte und weiße Haut zum
Vorschein brachte. Ihr Blick wanderte über die bunten Perlen-
armbänder an den Handgelenken der Frau und über die
Armbanduhr mit dünnem Riemen, die um neunzehn Uhr
fünfzig stehengeblieben war; ein Riss durchzog das Uhrenglas.
Ihre Augen bewegten sich zu Hatties langem weißem Hals und
verweilten schließlich beim Gesicht der Frau, das mit den
dunklen Wimpern, die oben auf den zarten Wangen ruhten, im
Tod friedlich aussah. Die kastanienbraunen Haare waren ihr
locker um den Kopf gefallen, und in der Nähe ihrer rechten
Schläfe mit einer dunklen Substanz verkrustet.

Pinkney hockte sich hin und versuchte, eine Hand der
jungen Frau anzuheben. Es gab kaum bis gar keine Bewegung.
Die völlige Leichenstarre war bereits eingetreten. Hattie war
wahrscheinlich seit über vierundzwanzig Stunden tot. Er unter-

suchte ihre Augen und bestätigte, dass die Glaskörperflüssigkeit ausgetrocknet war und sich die Form der Iris verändert hatte. Er überprüfte die Haut an den freiliegenden Stellen der Gliedmaßen, des Gesichts, der Augenlider und des Mundes, und untersuchte die Seite ihres Schädels, auf der die Haare voller braunem Blut waren. »Schädelhirntrauma durch stumpfe Gewalt«, sagte er. »Der Schädel ist hier gebrochen.«

Natalie richtete ihre Aufmerksamkeit auf die Mulde in der Nähe der Schläfe der Frau, in der sich das Blut gesammelt hatte. Es wirkte, als wäre sie entweder schlimm gestürzt und hatte sich den Kopf angeschlagen oder als hätte sie einen Schlag mit einem schweren Gegenstand abbekommen. Die eine Möglichkeit legte einen Unfall nahe, die andere eine Gewalttat, und im Augenblick war Natalie von einem Vorsatz überzeugt. Sie ging einen Schritt zurück, damit sich Pinkney ungehindert durch ihre Gegenwart bewegen konnte, und trat nach draußen, wo sie Mike erblickte, der mit Lucy und Murray auf einer grasbewachsenen Böschung neben der Straße stand, die über den Campus führte. Sie ging zu ihnen hinüber. Von ihrem Standpunkt aus hatten sie uneingeschränkte Sicht auf die Vorderseite des Theaterstudios, das einem großen Holzwürfel glich; dessen einzige Öffnung eine schwarze Tür war.

Natalie gesellte sich zu ihnen, achtsam der Fahrzeuge des Notdienstes, die mit grell in den dunkelgewordenen Himmel blinkenden Blaulichtern am Straßenrand standen. »Sie hat eine schwere Kopfverletzung, die die Todesursache sein könnte. Mike, hattest du Gelegenheit, dich dort umzusehen?«

»Noch nicht, obwohl der Fotograf schon drinnen war. Wir warten darauf, dass Pinkney fertig wird, und dann gehen wir rein.«

Murray und Lucy entfernten sich, um sich die Leiche ebenfalls anzusehen, und sie blieb mit Mike zurück. Ein Krankenwagen war am Tatort angekommen und Kriminaltechniker liefen, Anweisungen erwartend, vor ihren Transportern herum. Das war eine kurze Pause, bevor die Arbeit beginnen würde.

Sie hielt die Stimme gesenkt: »Ein weiteres Opfer, Mike! Das gerät außer Kontrolle. Die Leute werden glauben, ein verrückter Mörder laufe frei herum.«

»Wenn das die Tat eines zufälligen Mörders wäre, hätte der sich Opfer von allen Teilen des Campus ausgesucht und nicht drei Mädchen aus demselben Haus. Etwas oder jemand verbindet die Opfer.«

Seine Worte spiegelten ihren eigenen Verdacht wider. Sie straffte sich geistig. Sie musste ihre Energie darauf konzentrieren, weitere Verbindungen zwischen den drei jungen Frauen zu finden, oder zumindest jene gründlicher zu untersuchen, von denen sie bereits wussten. »Es muss etwas geben. Ich muss herausfinden, was oder wer es ist. Du lässt Davids DNA so schnell wie möglich durchlaufen, ja?« Es könnte bis zu zweiundsiebzig Stunden dauern, die DNA zu überprüfen, und sie konnte nicht so lange warten.

»Ich werde das regeln.« Er legte ihr liebevoll die Hand auf die Schulter und drückte sie kurz. Sie antwortete mit einem dankbaren Lächeln. »Bis später dann, oder?«, fragte er.

»Auf jeden Fall.« Sie wandte sich ab und ging zurück zu Dan, der mit ernstem Gesicht allein neben der Absperrung stand.

Er sprach leise: »Wir raten der Universität, erst einmal zu schließen. Ich konnte es nicht geheim halten und musste die Presse beschwichtigen. Es tut mir leid, aber ich musste ihnen etwas geben.«

»Was meinen Sie?«

»Ich habe der Pressestelle gesagt, sie sollen eine Erklärung abgeben, dass ein Mann Ende vierzig uns derzeit bei unseren Nachforschungen unterstützt.«

»Derzeit? Wir haben David gehen lassen. Sie wollen, dass ich ihn erneut befrage, diesmal über Hattie?«

»Ich nehme an, dass das selbstverständlich wäre.«

»Ich werde ihn, wie sie es erwarten, befragen, aber wir werden auch mit anderen Personen reden – den anderen Studenten, die mit den Opfern zusammengewohnt haben, und mit den Freunden und Familien der Mädchen. David wird einer von mehreren Leuten sein, die wir befragen.«

Dan seufzte und nahm einen geduldigen Tonfall an, als würde er einem Kind ein schwieriges mathematisches Problem erklären. »Die Presse hat die Dinge gern übersichtlich. Wenn sie erfahren, dass uns ›eine Person‹ bei unseren Nachforschungen unterstützt, klingt das versprechender als ›mehrere Personen helfen uns‹. Die Leute stellen Vermutungen an – dass wir den Schuldigen gefunden haben –, und das beruhigt die Öffentlichkeit mehr.«

»Sie argumentieren mit Semantik! Außerdem stimme ich Ihnen nicht zu. Wenn die Öffentlichkeit denkt, dass uns nur eine Person unterstützt, könnte es darauf hindeuten, dass wir damit kämpfen, diesen Fall in den Griff zu bekommen.«

Dans Augen funkelten wütend. »Ich dachte, Sie wollten feststellen, ob David das dritte Opfer kennt oder nicht.«

»Das möchte ich, aber sicherlich nicht, dass die Presse davon erfährt. Was passiert, wenn herauskommt, wer der ›Mann Ende vierzig‹ ist, auf den Sie verwiesen haben? Ihrem Argument nach werden sie vermuten, David sei für die Todesfälle verantwortlich. Ich werde keine persönlichen Gefühle hier mit hineinbringen, aber haben Sie vergessen, dass seine Tochter – unsere Tochter – gerade mal vor drei Monaten ermordet worden ist? Ja, er könnte an dem Verbrechen schuldig sein, und wenn er es ist, da können Sie sich sicher sein, werde ich dafür sorgen, dass er vor Gericht landet. Wenn aber sein Ruf beschädigt wird, weil Mutmaßungen angestellt werden, was würde das mit ihm machen? Und ... was bedeutet das für mich als Leiterin der Ermittlungen?«

»Das reicht! Ich habe diesen Anruf getätigt, um jegliche

Panik abzuschwächen. Ich habe Sie und Ihr Team als gut organisiert dargestellt und dass sie den Fall im Griff haben. Es gibt nichts Weiteres zu besprechen. Es ist sinnlos, darüber zu spekulieren, ob Davids Name durchsickert oder nicht. Befragen Sie ihn und stellen Sie ihn unter Anklage oder entlasten Sie ihn ein für alle Mal, und wenn Sie das tun, finden Sie die verantwortliche Person. Denn, wenn wir keine möglichen Verdächtigen mehr haben, laufen wir Gefahr, nicht nur ins Visier der Presse und der Öffentlichkeit zu geraten, sondern auch dem der höheren Behörden. Fälle wie dieser ziehen sehr großes öffentliches Interesse auf sich.«

Sie antwortete nicht, ließ mit ihrem Schweigen jedoch keinen Zweifel darüber, wie sie sich mit der Situation fühlte. Sie wurde nicht gerne herumkommandiert, und egal, was sie über David dachte, sie würde es nicht zulassen, dass sein Name, falls er unschuldig war, in den Schmutz gezogen wurde. Sie warf einen Blick zum Tor und sah, wie Lucy ihr zuwinkte. Sie entschuldigte sich und ging zu ihrer Kollegin hinüber. Pinkney kniete neben seinem Koffer. Als sie zusammen mit Lucy durch das Tor schritt, drehte er den Kopf in ihre Richtung.

»Die Kopfverletzung, bei der ein Teil ihres Schädels zerbrochen ist, wurde ihr perimortal zugefügt und ist wahrscheinlich die Todesursache. Die Leichenflecke deuten an, dass sie irgendwo anders gelegen hat, bevor sie hierhergebracht wurde. Ich würde den Todeszeitpunkt für Samstagabend ansetzen, irgendwann zwischen achtzehn Uhr und Mitternacht, obwohl es gut möglich ist, dass sie zu der Zeit gestorben ist, die ihre stehengebliebene Uhr nahelegt, neunzehn Uhr fünfzig. Alles Weitere wird bis zur Autopsie warten müssen. Reicht das aus?«

»Es ist sehr hilfreich«, erwiderte Natalie. Wenn Hattie um zehn vor acht gestorben war, hätte sie ihr Auto nicht zum Bahnhof von Samford fahren können. Sie suchte nach Schrammen, die darauf hinwiesen, dass die Leiche zu ihrer Ruhestätte geschleift worden war, konnte aber keine finden. Die Forensik würde bestätigen können, ob Harrie hergetragen worden war.

»Solange ich nicht irgendwelche Bruchstücke im Schädel finde, die Auskunft darüber geben, mit was sie geschlagen wurde, werde ich keine Vermutungen darüber anstellen können. Abgesehen davon habe ich keine ersichtlichen Blutergüsse entdeckt, die darauf hindeuten, dass sie tatsächlich gestürzt ist: Da sie sich die rechte Seite ihres Kopfes angeschlagen hat, würde ich erwarten, auch ein paar Verletzungen – Schürfwunden, Prellungen oder sogar kleine Schnittwunden – an anderen Stellen auf dieser Körperseite zu sehen, die einem Sturz entsprechen würden. Das bedeutet nicht, dass es keine gibt, nur, dass ich noch keine gefunden habe.«

»Denkst du, sie könnte gestolpert sein und sich den Kopf angeschlagen haben?«

»Ihr müsst diese Möglichkeit berücksichtigen. Ich kann hier nicht viel mehr tun. Ich fahre zurück zum Labor und warte dort auf sie. Währenddessen werde ich diese Toxikologie-Berichte über Fran Ditton vorantreiben.«

»Danke, Pinkney. Ich melde mich später bei dir.«

»Mach das. Ich bezweifle, dass ich eine Zeit lang nach Hause fahre, wenn heute Abend überhaupt.« Er stand mit einem leichten Ächzen auf und rieb sich die Knie.

»Alles okay?«, fragte Lucy.

»Zu lange auf dem Sattel gewesen – vom Fahrrad, nicht vom Pferd.«

Lucy zog eine Augenbraue hoch. »Wirklich? Seit wann?«

»Seit ich beschlossen habe, mich in Form zu bringen.« Er bemerkte Murrays Gesichtsausdruck. »Lacht darüber so viel ihr wollt. Ich kann Spott ab.«

»Von mir wird keiner kommen. Es ist nichts falsch daran, sich um die eigene Gesundheit zu kümmern. Murray könnte selbst ein paar Kilos verlieren. Vielleicht sollte er sich dir anschließen«, sagte Lucy.

Murray verzog das Gesicht bei dem Gedanken. »Verzichte gerne darauf, danke«, erwiderte er.

»Wenn du es dir anders überlegst, kannst du dich gern mir und ein paar begeisterten Mitstreitern nächsten Sonntag bei einer Tour über vierzig Kilometer anschließen.«

Lucys Augenbrauen schossen nach oben. »Vierzig Kilometer! Ich bin beeindruckt.«

Pinkney lächelte zum Dank.

»Wir sprechen später, Natalie«, sagte er und griff nach dem rechtsmedizinischen Koffer.

Sie gab ein Nicken zurück und schaute Hattie ein letztes Mal an. Drei tote junge Frauen, alle Studentinnen und alle aus demselben Haus in der Eastview Avenue; Letzteres war eine Tatsache, die nicht außer Acht gelassen werden durfte.

»Ich fahre zu Hatties Vater und überbringe ihm die schlimme Nachricht. Er könnte vielleicht etwas Aufschluss darüber geben, was hier vor sich geht, obwohl ich mir nicht zu große Hoffnungen mache. Er hat noch nicht einmal gewusst, dass sie verschwunden war«, sagte Natalie zu Murray.

»Ich begleite dich«, sagte er.

»Ja. Gut. Verschwinden wir und lassen wir die Spurensicherung ihre Arbeit machen.«

Sie verließen den Tatort und standen draußen. Der späte Abendhimmel war eher dunkelblau als schwarz, von kleinen Sternenpünktchen erleuchtet, und als sie die Straße hochschaute, die über den Campus führte, konnte Natalie eine Vielzahl Gebäude mit grünen Dächern erkennen. Dem Geländeplan zufolge, den sie gesehen hatte, waren sie Teil eines Kunst- und Designzentrums und beherbergten auch die Räume der Studentenvereinigung, die Bar und Cafeteria. Dahinter erhoben sich hohe Gebäude mit Glasfassade, in denen andere Fachbereiche der Geisteswissenschaften untergebracht waren. Ihre Aufmerksamkeit wurde zu den grünen Dächern der Studentenvereinigung zurückgelenkt, und ihre Gedanken wanderten zu der Nacht des Angriffs auf Gemma. »Fran hatte Freitagabend ein Treffen, nicht wahr?«

Lucy antwortete: »Das stimmt.«

»Es hat im Gebäude der Studentenvereinigung stattgefunden.«

Es war mehr eine Feststellung als eine Frage gewesen, aber Lucy antwortete trotzdem: »Ihr Alibi ist überprüft. Sie war auf jeden Fall bei dem Treffen. Es hat in einem der Räume abseits des Hauptaufenthaltsbereichs stattgefunden. Sie ist danach in die Bar gegangen.«

Natalie hielt ihre Aufmerksamkeit auf diesen Bereich gerichtet. Er lag bloß zwei Minuten zu Fuß von ihrem Standpunkt aus entfernt. Fran hatte sich nicht weit von dort, wo Gemma angegriffen worden war, aufgehalten und hätte eine Zeit lang unbemerkt verschwinden können. In der Bar war viel los gewesen; sie hätte behaupten können, zur Toilette gehen zu wollen – alles war möglich. Fran, die mit den anderen Opfern zusammengewohnt hatte, war am Freitagabend auf dem Campus gewesen, genau wie Lennox. Er war ebenfalls nur Minuten von der Bibliothek entfernt gewesen. Jetzt hatten sie ein zweites Opfer, das auf dem Universitätsgelände entdeckt worden war. Es war verwirrend.

Natalie schüttelte den Kopf. »Drei junge Frauen, alle Studentinnen und alle aus demselben Haus. Das ist kein Zufall. Es muss eine Verbindung zum Haus in der Eastview Avenue geben.«

Murray gab die Fakten zu bedenken: »Aber das deutet darauf hin, dass entweder Ryan oder Lennox für ihre Tode verantwortlich wäre. Welches mögliche Motiv könnte einer von beiden haben, um die Mädchen umzubringen?«

»Das müssen wir herausfinden.«

»Sie müssten entweder sehr davon überzeugt gewesen sein, dass wir sie nicht fassen, oder unglaublich dumm, zu denken, sie kämen damit davon«, spottete Lucy. »Sicherlich wäre ihnen klargewesen, dass sie überprüft werden würden?«

»Wie du sagst, entweder total überzeugt oder unglaublich dumm«, sagte Murray. »Andererseits sind sie vielleicht gar nicht für die Todesfälle verantwortlich, und es steckt jemand ganz anderes dahinter, jemand, der alle Opfer kannte.«

»Wie kommst du darauf?«, fragte Natalie neugierig.

»Ryan ist fein raus, weil er seine Aufenthaltsorte für sowohl Freitagabend als auch Sonntag nachweisen kann, was nur noch Lennox übriglässt, der behauptet, im Labor gewesen zu sein. Wir können nicht beweisen, dass er zu der von ihm genannten Zeit tatsächlich dort war. Jeder hätte seinen Ausweis für ihn durchziehen können, oder er hätte ihn sogar einlesen lassen können, ohne ins Labor zu gehen. Wenn er sie alle angegriffen und getötet hatte, hätte er sich dann nicht ein besseres Alibi als dieses besorgt? Es ist so lasch, dass es fast schon auf seine Beteiligung hinweist.«

»Vielleicht ist er bei einem schwachen Alibi geblieben, weil er sich kein handfestes ausdenken konnte«, sagte Lucy mit einem Schulterzucken.

Natalie setzte dem Gespräch ein Ende: »Vermutungen anzustellen, bringt uns nicht weiter, und da alle Opfer von derselben Adresse stammen, müssen diese zwei jungen Männer noch einmal befragt werden. Wir stehen hier mit dem Rücken zur Wand. Die Presse wird jeden unserer Schritte verfolgen. Wir müssen schnell vorankommen. Lucy, kümmere du dich um Ryan und Lennox und bitte Ian, alle Überwachungskameras der Eingänge zur Universität zu überprüfen. Wir werden mit allen Autofahrern sprechen müssen, die nach sechzehn Uhr zwanzig, als sie mich angerufen hat, um das Treffen mit mir auszumachen, über den Campus gefahren sind. Murray und ich werden mit Hatties Vater sprechen und uns danach euch anschließen. Kannst du außerdem das Technik-Team bitten, alle Social-Media-Konten und Handydaten der drei Frauen durchzusehen? Es muss eine andere Verbindung geben, die wir noch nicht aufgedeckt haben.«

Natalie begab sich zu ihrem Auto. Kriminaltechniker in weißen Anzügen hatten sich den Bereich um das Theaterstudio herum vorgenommen, eine geisterhafte Truppe, die still nach Hinweisen suchte. Hatten diese Ereignisse einen Bezug zur Universität oder gab es etwas anderes, dass diese Opfer miteinander verband? Die Antworten lagen wie Puzzlestücke vor ihr, aber sie konnte sie nicht zusammensetzen.

EINUNDZWANZIG

MONTAG, 19. NOVEMBER – NACHT

Gemma,

sieh, was du getan hast!
Das hätte nicht passieren müssen.
Ich mache dich für all das verantwortlich.
Das ist deine Schuld, Gemma. Deine.
Wenn du nur netter zu mir gewesen wärst.

Ein ehemaliger Bewunderer

———

Mr Caldwells Gesicht sah gequält aus. »Geht es um Hattie? Geht es ihr gut?« Er ließ sich auf einen Stuhl fallen und stützte die Ellenbogen auf die Knie. Sein blau-lila gestreifter Morgenmantel war eng um seine dünne Gestalt gewickelt und wurde von einem zugeknoteten Gürtel zusammengehalten. Sein hellblauer Schlafanzug war so oft gewaschen worden, dass die Farbe stellenweise komplett verblichen war, und die Sohle eines seiner rotkarierten Filzpantoffel hatte sich vom Material gelöst und klappte jedes Mal, wenn er den Fuß anhob, wie eine klaffende Wunde auf. Er hob eine Hand und fuhr sich mit den Fingern elegant durch den Bart, während er auf eine Antwort wartete. Eine Uhr schlug – ein melancholisches Geräusch, das nachzuhallen schien –, und Natalie ergriff das Wort, bevor sie erneut schlagen konnte.

Sie schüttelte den Kopf. »Es tut mir aufrichtig leid, Sir. Hattie wurde vor wenigen Stunden tot aufgefunden.«

Der Mann drückte die Augenlider fest zusammen und neigte den Kopf zur Decke. Das Uhrwerk surrte, klickte wie ein mechanisches Herz und erklang, ungeachtet der Nachricht, noch einmal. Kaum war das lange Echo des Schlags verklungen, begann ein neuer, und erst nach dem elften Mal, als schließlich Stille eingetreten war, öffnete Mr Caldwell die Augen.

»Wie ist sie gestorben?«

»Sie hat eine Kopfwunde erlitten, die, wie wir glauben, für ihren Tod verantwortlich gewesen sein könnte, aber wir haben noch keine offizielle Bestätigung dafür.«

»Denken Sie, es war ein Unfall?«

»Wir haben zu diesem Zeitpunkt noch nicht genügend Informationen, aber wir ziehen die Möglichkeit in Betracht, dass sie unter verdächtigen Umständen ums Leben gekommen ist.«

»Ich verstehe.« Er senkte den Kopf, sodass er Natalie nun direkt ansah. »Ihre Mutter ist von uns gegangen, als sie elf war, und Hattie war alles, was ich hatte.«

»Nochmals, es tut mir sehr leid, Ihnen diese schreckliche Nachricht zu überbringen.«

»Ich weiß das, DI Ward, und ich habe über Ihre eigene kürzlich geschehene persönliche Tragödie gelesen. Ich danke Ihnen von Herzen für Ihre freundlichen Worte. Sie werden verstehen, wie ich mich gerade fühle.«

»Ja, Sir.«

Er hielt die Tränen zurück, die ihm aus den Augenwinkeln liefen.

»Ich weiß, dass ich schon zuvor mit Ihnen darüber gesprochen habe, aber wir brauchen wirklich Ihre Hilfe. Hat Hattie Ihnen gegenüber irgendetwas über einen ihrer Mitbewohner erwähnt? Ganz egal, wie klein die Einzelheit ist, ich würde sie gern wissen.«

»Wir haben über viele Dinge gesprochen: ihre Zukunft, das Leben, Politik, Religion und Kultur, aber nicht über ihr Privatleben. Natürlich habe ich sie nach ihrem Studiengang und ihrer Zeit an der Universität gefragt und mich nach ihren Kommilitonen erkundigt, und sie hat mir berichtet, dass sie sich dieses Jahr das Haus mit einem Haufen wirklich netter Studenten teile und sie gut miteinander auskämen, aber mehr hat sie nicht verraten.«

»Hat sie jemals in Schwierigkeiten gesteckt oder sich unter Leute gemischt, die sich Ärger eingehandelt haben?«

»Nein. Sie hatte ein Herz aus Gold und wollte denen helfen, die weniger Glück hatten als sie. Sie hat Freiwilligenarbeit für die Obdachlosen geleistet. Das Rebellischste, was Hattie jemals getan hat, war, wegzulaufen, um sich der Kommune anzuschließen und zu heiraten. Was Schwierigkeiten angeht? Nein. Nicht Hattie.« Er drückte seine geballten Fäuste an den Mund und verkniff sich die Tränen. »Es tut mir leid.«

»Sie brauchen sich nicht zu entschuldigen. Können wir Ihnen etwas bringen oder jemanden kontaktieren?«

»Nein, danke. Es wird einiges an Unterstützung geben, sobald das bekannt wird. Wir sind eine sehr eng verbundene Gemeinde. Ich werde zweifellos vor Mitgefühl erdrückt werden.« Der Humor war schwach und es gelang ihm nicht, die Emotion aufzuhalten, die ihn plötzlich überwältigte. Seine Augen glänzten vor Tränen, und sein Gesicht verzog sich. Er schaffte es, zu stottern: »Ich denke ... ich würde gern ... allein sein ... wenn es Ihnen nichts ausmacht.«

Es gab nichts, bei dem er ihnen noch hätte helfen können. Sie würde sicherstellen, dass er die seelische und praktische Hilfe bekam, die er benötigte. »Ihr Verlust tut uns sehr leid. Ich kann Ihnen versichern, dass wir alles in unserer Macht Stehende tun werden, um herauszufinden, was mit Hattie passiert ist, und um die verantwortliche Person oder Personen vor Gericht zu bringen.« Der Mann konnte nicht antworten. Er presste die Lippen fest zusammen und nickte mehrere Male. Sie gingen in den Flur, um das Haus zu verlassen, gefolgt von der Totenklage, die von den Wänden auszugehen schien.

Auf dem Weg von Little Beansfield zurück nach Samford nahmen Natalie und Murray einen Umweg über Castergate. Es war ein paar Minuten nach Mitternacht, aber ihr blieb keine andere Wahl, als mit David zu sprechen, und sie wollte nicht damit warten. Wenn er alle drei Frauen gekannt hatte, musste er einiges ernsthaft erklären.

Murray hielt auf der Einfahrt an, auf der sie oft hinter Davids Volvo geparkt hatte. Er stellte den Motor ab und blickte in ihre Richtung. »Möchtest du, dass ich im Auto bleibe?«

»Mir wäre es lieber, wenn du mitkommst. Das ist eine dienstliche Angelegenheit, und ich fände es gut, wenn du hörst, was er zu sagen hat.«

»Wenn du dir sicher bist?«

»Das bin ich.«

Er stieß die die Autotür auf. Kalte Luft strömte herein und ersetzte schnell die Wärme im Inneren. Sie tat es ihm gleich und trat nach draußen, wo die Sohlen ihrer robusten Schuhe auf den moosbedeckten Platten rutschten. Sie seufzte innerlich. Das Haus würde sich nie verkaufen lassen, wenn David es in einen Zustand der Verwahrlosung gleiten ließ. Sie hoffte, dass der Innenbereich ansprechender war. Ein blauer Schein flackerte in einer schmalen Lücke, wo die schweren Wohnzimmergardinen nicht zusammengezogen waren – das Licht eines Fernsehbildschirms. Zumindest würde sie ihn nicht aus dem Schlaf reißen müssen. Es fühlte sich fremd an, die Klingel zu ihrem langjährigen Zuhause zu drücken. Sie kannte den Klang auswendig – eine fröhliche Melodie, die eine von verschiedenen in das Gerät programmierten war, das Davids Vater Eric damals für sie montiert hatte, als sie noch eine glückliche Familie gewesen waren. Sie wusste, dass sie am lautesten in der Küche zu hören war – dem am weitesten von der Tür entfernten Raum – und dass die Melodie, wenn der Fernseher im Wohnzimmer an war, gedämpft sein und sich mit der jeweiligen Sendung, die gerade lief, vermischen würde. Ihre Ohren waren besser darauf eingestellt als Davids, und er hörte sie oft nicht, weshalb es daher keine Überraschung war, als er die Tür nicht öffnete.

Sie ging zum Fenster, klopfte dagegen und wartete, bis sich die Gardinen bewegten. Sie rief laut: »Ich muss mit dir sprechen, David.« Die Gardinen wurden wieder zugezogen und der Schein verschwand. Sie ging zur Treppenstufe zurück, um sich neben Murray zu stellen, und wurde belohnt, als sich die Tür öffnete.

»Entschuldigung für die späte Störung, aber wir müssen noch einmal mit dir sprechen«, sagte Natalie.

Davids Schultern sackten zusammen, was ihn noch kleiner wirken ließ als auf dem Revier. Vor ihr stand ein geschrumpfter, abgemagerter Mann, aus dessen Augen das Licht verschwunden war. Was hatte sie ihm angetan?

»Dürfen wir reinkommen?«

Er nickte, ging jedoch nur so weit zurück, dass ihnen Platz blieb, um über die Türschwelle zu treten und im Flur zu bleiben. Das Haus war still, und Natalie spürte eisige Finger über ihre Kopfhaut laufen, dann den Nacken und Rücken hinunter.

Das fühlte sich nicht mehr wie ein Familienzuhause an oder wie ein Ort, an dem sie viele glückliche Erinnerungen miteinander geteilt hatten. Es war vertraut und doch fremd, erfüllt von den Geistern eines Lebens, das sie verloren hatte. Sie heftete den Blick auf David, anstatt sich umzuschauen. Sie wollte nicht von den Erinnerungen abgelenkt werden.

»Ich würde gern wissen, ob du dich jemals mit dieser Frau getroffen oder irgendwelchen Kontakt zu ihr gehabt hast«, sagte sie und reichte David das Foto einer lächelnden Hattie Caldwell, die ein helles Trägertop trug und mit einem Strohsonnenhut in die Kamera winkte.

Er schüttelte den Kopf.

»Bitte schau noch einmal gewissenhaft hin«, sagte sie.

Er kam der Aufforderung nach. »Ich kenne sie nicht.«

»Sagt dir der Name Hattie Caldwell irgendetwas?«

»Nein.«

Sie suchte nach Anzeichen davon, dass er log, konnte aber nichts außer Leid erkennen.

»Sie ist tot, oder?«, fragte er und fuhr, ohne auf eine Antwort zu warten, fort: »Du würdest mich das ansonsten nicht fragen. Ich kenne sie nicht. Ich bin ihr nie begegnet. Ich habe sie nie gesehen. Das ist alles, was ich dir sagen kann.«

»Haben Gemma oder Fran sie jemals erwähnt?« Ihre Augen blieben fest auf die von David gerichtet.

»Wenn sie das hätten, hätte ich reinen Tisch gemacht und es dir gesagt, aber ich schwöre, dass ich sie nicht kenne. Ist das alles?«

»Kannst du mir sagen, wo du Samstagabend warst?«

Er nahm eine Hand zum Nacken hoch und ließ sie dort. »Ich war zu Hause.«

»Wieder zu Hause?«

»Gibt es ein Problem damit?«

»War jemand bei dir?«

»Ich war *allein*.«

»Hast du das Haus an dem Abend überhaupt verlassen?«

»Ich glaube nicht?«

»Du erinnerst dich nicht?«

David fuhr sich mit den Fingern durch die Haare. Natalie kannte das verräterische Zeichen. Er hielt etwas zurück.

»Ich glaube nicht, dass ich rausgegangen bin.«

»David, es ist wirklich wichtig, dass du mir die Wahrheit sagst. Ich kann dir nicht helfen, wenn ich nicht alle Fakten habe. Du möchtest, dass ich deine Unschuld beweise, aber du verheimlichst uns etwas.«

Seine Mundwinkel zogen sich nach unten und seine Augenbrauen senkten sich, das Gesicht verschlossen. »Ich hätte gedacht, dass du genug Vertrauen in mich besitzt, um meinen Namen zu entlasten.«

»Das will ich, aber du machst es mir nicht leicht.«

»Ich habe niemanden getötet. Ist das deutlich genug für dich? Jetzt möchte ich, dass ihr beide fahrt. Ich war drauf und dran, ins Bett zu gehen. Ich muss früh raus. Jemand kommt morgen um halb neun, um sich das Haus anzusehen. Selbstverständlich werde ich euch den Gefallen tun, wenn ihr noch mal mit mir sprechen müsst, aber ich habe dem, was ich bereits gesagt habe, nichts mehr hinzuzufügen. Ich habe nichts mit euren Ermittlungen zu tun. Unglücklicherweise kannte ich zwei eurer Opfer, aber es ist nichts weiter als Zufall – und DI Ward, ich weiß, dass Sie nicht an Zufälle glauben, aber es gibt sie. Bitte vergessen Sie das nicht.«

Sie nickte, fest entschlossen, ein gewisses Maß an Professionalität zu bewahren. Es trat wieder Stille ein, gefolgt von einem hörbaren leichten Husten. Es war jemand im Wohnzimmer. Sie warf David einen strengen Blick zu, aber er erwiderte ihn nicht.

»Ist noch jemand hier?«, fragte sie.

»Ich verstehe nicht, welchen Bezug das zu Ihren Fragen hat.«

»Gibt es einen?«

»Gute Nacht, DI Ward«, sagte er.

Eine Sekunde lang überlegte sie, in das Wohnzimmer zu gehen und herauszufinden, wer der mysteriöse Gast war, aber Murray öffnete die Tür und eine Brise kühler Luft schnappte nach ihren Knöcheln. Wortlos trat sie den Rückzug an.

Es war weit nach ein Uhr dreißig, als Natalie und Murray zum Revier zurückkehrten. Sie war weder müde noch hungrig und erpicht darauf, weiterzumachen. Ihren Kollegen schien es genauso zu gehen.

»Wie ist die Lage bei Ryan und Lennox?«, fragte sie Lucy.

»Konnte keinen von ihnen erreichen. Sie gehen weder an die Tür noch an ihre Handys.«

Natalie massierte sich die Schläfen. Könnte den Jungen etwas zugestoßen sein? »Du hast es bei den Freunden versucht, die drei Häuser weiter wohnen, oder?«

»Stuart und William. Ich war dort, hatte aber kein Glück. Sie sind für ein paar Tage, bis die Vorlesungen wieder beginnen, zu Williams Haus in Bournemouth gefahren. Ich versuche es später nochmal, wenn es hell ist. Vielleicht sind Ryan und Lennox kurzzeitig für ein paar Tage zum Haus eines Freundes oder zu Lennox' Familie gefahren, weil die Universität zu ist.«

Natalie rieb sich erneut die Schläfen und bat: »Wir müssen sie ausfindig machen. Murray, überprüf du Lennox' Haus für den Fall, dass er oder sie beide dort sind. Während wir auf die DNA-Ergebnisse, die Autopsieberichte und darauf warten, dass das Technik-Team sich wegen der Fahrzeuge meldet, die am Samstagnachmittag nach sechzehn Uhr zwanzig auf dem Universitätscampus unterwegs waren, würde ich gern an den Anfang der Ermittlungen zurückkehren. Wir wissen immer noch nicht, wer Gemma angegriffen hat. Lasst uns noch einmal alle Aussagen und Alibis durchgehen und schauen, ob es irgendwelche Lücken gibt. Ich bin mir ziemlich sicher, dass diese Todesfälle miteinander in Zusammenhang stehen. Wenn ihr also irgendwelche Ideen habt, was vorgefallen sein könnte, bin ich ganz Ohr.«

»Du kennst meine Theorie«, sagte Murray. »Fran war für den Angriff auf Gemma verantwortlich, Hattie hat es herausgefunden und damit gedroht, Fran der Polizei zu übergeben, oder Fran hat ihr Telefongespräch mit dir mitbekommen, hat Panik bekommen und sie umgebracht; dann, von Schuldgefühlen geplagt oder aus Angst vor den Konsequenzen, hat sie sich das Leben genommen. Das ist immerhin logisch: Sie hat mit den anderen Opfern zusammengewohnt und war auf Gemma eifersüchtig.«

Ian winkte mit einem Stift in Murrays Richtung. »Was ist, wenn es jemand anderen gibt, der alle drei kannte – vielleicht jemand, der nicht mit ihnen zusammengewohnt hat?«

Natalie schrieb Davids Namen auf einen Schmierzettel und kreiste ihn ein. Er hatte geleugnet, Hattie zu kennen, aber sie hatten noch nicht bewiesen, ob das wirklich der Fall war, und er hatte Anzeichen davon gezeigt, irgendwelche Informationen vor ihr zu verbergen. »Ich möchte, dass wir Hatties E-Mails und Anrufprotokoll durchgehen – um zu sehen, mit wem sie in Kontakt gestanden hat.« Sie hoffte inständig, dass es nicht David war. Es erschien ihr seltsam, wenn sie daran dachte, dass sie gegen den Mann ermittelte, mit dem sie mehr Jahre verheiratet gewesen war, als sie sich erinnern konnte. Sie wartete auf weitere Ideen. Ian hatte eine andere.

»Alle Opfer sind Studentinnen. Vielleicht kannten sie alle den gleichen Menschen oder sind mit ihm ausgegangen«, überlegte er.

»Du meinst einen Mitbewohner?«, fragte Murray zurück.

»Nein, ich habe mehr an einen anderen Studenten gedacht, der in einer ihrer Vorlesungen ist, oder an einen Tutor oder sogar jemanden, den sie übers Internet kennengelernt haben.«

»Was ist mit Professor Younger?«, erkundigte sich Lucy.

»Er streitet ab, irgendeine Beziehung mit Gemma gehabt zu haben, und hatte eine Affäre mit der besten Freundin seiner Frau. Ich bezweifele außerdem, dass er Zeit gehabt hätte, eine Affäre mit allen drei Studentinnen anzufangen«, sagte Murray.

Lucy machte ein mokierendes Geräusch. »Sei dir da nicht so sicher. Er ist mir besonders arrogant vorgekommen. Ich würde ihm alles zutrauen, und was ist mit diesem ganzen Mist, den er bei uns darüber abgelassen hat, seinen Studentinnen gegenüber ›väterlich‹ zu sein – so ein ekliger Typ!«

»Stimmt«, sagte Murray. »Es gibt aber ein Problem damit – er war weder Dozent von Fran noch von Hattie.«

»Er hätte sich trotzdem mit ihnen treffen können.«

»Ein bisschen merkwürdig wäre es aber schon, dass er sie – zwei andere Mädchen, die im gleichen Haus wie Gemma gewohnt haben – unter den ganzen anderen Alternativen an der Universität ausgesucht hätte. Außerdem wäre es ein riskanter Schritt gewesen. Sie hätten leicht übereinander herausfinden können. Es wäre verrückt gewesen, drei Mädchen aus derselben Straße, geschweige denn demselben Haus, an der Nase herumzuführen.«

»Ja, okay. Ich bin müde. Nicht klar im Kopf. Gehen wir zu der Internet-Idee zurück«, sagte Lucy.

Natalie zuckte mit den Schultern. »Da bin ich mir nicht sicher. Wir haben Frans und Gemmas Geräte überprüft. Keines der beiden Mädchen hat irgendwelche Dating-Apps genutzt, oder?«

»Wir haben uns nur die Seiten der sozialen Medien angeschaut. Soll ich tiefer wühlen?«, fragte Ian.

Natalie wollte keine Zeit verschwenden, dennoch bestand die Möglichkeit, dass ein Außenstehender beteiligt war. »Okay, aber lasst uns noch einmal durch die Aussagen und Beweismittel gehen, die wir für alle drei Opfer gesammelt haben. Uns könnte etwas Wichtiges entgangen sein«, sagte sie. »Wenn jemand von euch etwas Schlaf bekommen möchte, habe ich kein Problem damit. Wir können damit als Erstes wieder anfangen.«

»Alles gut bei mir. Ich werde versuchen, Ryan und Lennox aufzuspüren«, sagte Murray.

Ian hob eine Hand, hielt aber den Kopf gesenkt, während er seinen Computerbildschirm studierte.

»Ich bleibe auch gerne. Möchte jemand einen Kaffee oder etwas zu essen? Ich mache einen Ausflug zum Nachtcafé«, sagte Lucy.

Natalie starrte in den Raum. Was zum Teufel war ihr entgangen? Murray schielte Ian über die Schulter und blickte auf ein paar Fotos junger Frauen auf dessen Bildschirm. Mit leiser Stimme sagte er: »Kollege, das ist wirklich aussichtslos. Es gibt keine Beweise, die darauf hindeuten würden, dass die Opfer Dates hatten. Mach mit etwas Produktiverem weiter.«

Ian ächzte, setzte aber das Scrollen fort, und Murray machte ein finsteres Gesicht. »Verdammte Zeitverschwendung.«

Natalie konnte die Frustration spüren. Das war zeitaufwendig und Murray hatte nicht völlig Unrecht. Sie hatten keinen Grund zur Annahme, dass die Studentinnen auf einer Dating-Website gewesen waren oder sich mit jemandem getroffen hatten. »Ian, versuch es noch einmal mit dem Browserverlauf der Mädchen auf ihren Computern. Mal sehen, was dabei herauskommt.«

Es wurde still im Büro und jeder von ihnen fand in einen Rhythmus hinein. Natalie vergaß die Welt um sich herum, konzentrierte sich auf die Aussagen und versuchte zu begreifen, wer für die Tat an Gemma verantwortlich war. Die Todesfälle hatten mit dem von Gemma angefangen, und je mehr Natalie darüber nachdachte, desto sicherer war sie sich, dass die anderen damit zusammenhängen mussten. Lucy kam zurück. Essen wurde an den Schreibtischen vertilgt, und nur das Rascheln der Verpackungen unterbrach die geschäftige Stille.

Das Klingeln des internen Telefons ließ sie alle gleichzeitig aufschauen. Murray, der am nächsten dran war, nahm ab.

»Wirklich? Okay, ich stelle dich auf Lautsprecher, Mike.« Er drückte auf einen Knopf und Mikes verstärkte Stimme wurde in den Raum getragen.

»Ich habe ein paar Informationen für euch. Erstens, an Hatties Stiefelspitzen waren grau-weiße Staubpartikel, die wir jetzt einer Stelle Trockenzements an der Straße, direkt vor dem Theaterstudio, zugeordnet haben. Ich würde vermuten, dass, wer auch immer sie bewegt hat, sie zu dieser Stelle beim Zement gefahren, so nah zur Rückseite des Theaterstudios wie möglich, und sie dann aus dem Auto gehievt hat. Doch anstatt sie über den Boden zu schleifen, hat diese Person sie hoch genug gehoben, sodass ihre Füße nicht aufkamen und keine Spur hinterließen. Er oder sie hat wahrscheinlich nicht berücksichtigt, dass ihre Füße nach vorne fallen und ihre Stiefel an den Spitzen hinterherschleifen würden, wie sie es taten.«

»Sie wurde hochgehoben«, wiederholte Natalie und versuchte, sich ein Bild im Kopf zu machen, wie der Mörder Hattie, die ungefähr 1,70 Meter groß war, transportiert hatte. Hatte er oder sie die Frau in die Höhe gehoben, unter den Achseln festgehalten und war dann auf diese Weise vorwärts gewatschelt? Es schien eine schwierige Art zu sein, jemanden so zu tragen. Warum war sie nicht in die Wiegehaltung genommen worden – den einen Arm unter ihrem Oberkörper, den anderen unter ihren Kniekehlen?

»Wir versuchen, die Logik dahinter zu ergründen, sofern der Täter sie nicht abgestützt hat, um die Autotür schließen zu können oder so«, erklärte Mike. Das ergab mehr Sinn für Natalie.

»Erstens, sie misst gute 1,75 Meter mit ihren Stiefeln und wiegt etwas über sechzig Kilo, also sucht ihr nach jemandem recht Großen – der vermutlich größer ist als sie. Zweitens, wir haben das Smartphone untersucht, das im Handschuhfach von Hatties Auto gefunden wurde. Es ist eindeutig ihr Handy, und obwohl anscheinend nichts Verdächtiges hinsichtlich der Kontakte, Nachrichten oder Anwendungen darauf zu finden ist, haben wir die von ihr aufgerufenen Internetseiten überprüft, und eine stach heraus. Es handelt sich um eine nur für Erwachsene zugelassene Dating-Website.«

Ian setzte sich gerade auf und warf Murray einen vielsagenden Blick zu, den dieser mit einem lässigen Hochziehen der Augenbrauen abwehrte.

»Wie heißt die Website, Mike?«, fragte Natalie.

»Special Ones Punkt com«, erwiderte er.

»Könnte von Bedeutung sein. Wir sollten sie uns anschauen. Kennst du irgendjemanden aus dem Cyber-Kriminalitäts-Team, der uns dabei helfen könnte?«

In seiner Stimme lag etwas Zögern: »Das ist schwierig im Augenblick. Es findet gerade eine große Kinderpornografie-Ermittlung statt, und sie stecken bis über beide Ohren in der Untersuchung beschlagnahmter Rechner. Wir haben hier nur beschränkte Kenntnisse. Ich schaue, ob ich für dich um einen Gefallen bitten kann.«

»Das würde ich zu schätzen wissen.«

»Ich versuche es bei Ralph. Er ist ziemlich gut in so etwas und hat mit den Cyber-Jungs gearbeitet.«

Mike legte auf und Natalie starrte nachdenklich vor sich hin. Ian hatte sich zurück zu seinem Bildschirm gedreht und rief Einzelheiten der Website auf. Könnte das eine Spur sein oder war es eine Sackgasse? Sie brauchte ihren Officers keine Anweisungen geben. Sie alle waren bereits dabei, der Sache nachzugehen.

Ian ergriff das Wort: »Es werden nur die Startseite und ein paar Beispielprofile angezeigt. Uns wird kein vollständiger Zugriff gewehrt, wenn wir uns nicht anmelden.«

Lucy war währenddessen an ihrem Handy gewesen und

sagte: »Ich habe die App heruntergeladen und die Internetseite überprüft. Sich zu registrieren, ist ein Kinderspiel.«

»Muss man eine Beitrittsgebühr bezahlen?«, erkundigte sich Natalie.

»Nein, es ist kostenlos.«

»Nun, dann erstellen wir ein Profil und schauen, ob wir Hattie auf der Seite finden.«

Natalie griff nach ihrem Handy, das in ihrer Tasche vibrierte, in der Erwartung, dass es Mike sein würde. Es war David.

»Du machst etwas Persönliches daraus, nicht wahr?«, fragte er. Seine Stimme klang gereizt und die Worte gelallt. Sie wog die möglichen Erwiderungen ab und entschied sich dazu, nichts zu sagen. David fuhr mit seinem Gebrabbel fort: »Ich habe dich darum gebeten, meinen Namen zu entlasten, weil ich unschuldig bin – gerade du solltest das wissen –, aber alles, was du getan hast, ist, mich zu schikanieren. Ich bin in diesen Mist hineingezogen worden, und das hätte nicht sein sollen. Ich wollte nur etwas Geld verdienen. Ich habe nur eine verdammte Karte an das Brett der Universität gehängt, um meinen Lebensunterhalt zu bestreiten. Und jetzt bin ich irgendwie eine Person von polizeilichem Interesse. Ich verdiene diesen Dreck nicht! Ich verdiene es nicht!« Seine Stimme war laut geworden und Wut hatte die Gereiztheit verdrängt.

»Ich bin nicht darauf vorbereitet, das mit dir am Telefon zu besprechen.«

Er seufzte lang und dramatisch. »Keine Überraschungen, also. Das ist dein Problem, Natalie. Du hältst dich immer an die verfluchten Regeln. Oh ... zu deiner Information, ja, da war jemand im Haus. Sie war sehr charmant und reizend und der Abend lief gut, bis ihr aufgetaucht seid. Ich wünsche mir, dass du damit aufhörst, mein Leben zu versauen!« Er legte auf.

»Lennox ist nicht zu Hause bei den Walshs in Shropshire«, sagte Murray und strich sich mit den Händen über den Kopf. »Die Haushälterin bekommt ihn normalerweise nicht vor den Ferien zu Gesicht. Ich bin ratlos.«

Natalie schaute auf die Uhr. »Versuch es noch einmal in der Eastview Avenue. Sie dürften mittlerweile zu Hause sein. Wir können die Tatsache nicht ignorieren, dass die Jungen nicht an ihre Handys gehen, besonders angesichts dessen, was ihren Mitbewohnerinnen zugestoßen ist.«

»Ich probiere es ein letztes Mal bei ihnen auf dem Handy, bevor ich fahre.«

Ian versuchte, sich auf der Special-Ones-Website zu registrieren, als Ralph erschien, ein Mann in den Dreißigern mit einem Mondgesicht und kahlem Kopf, der so glänzte, als wäre er frisch gewachst worden, und Augen, die Fröhlichkeit versprühten. Er trug eine schwarze Tasche mit Equipment in der einen Hand und ein Samsung-Handy in einer Plastiktüte in der anderen.

»Ich habe gehört, ihr müsst auf eine Dating-Website gelangen«, sagte er. Seine Stimme war lebhaft und aufgeweckt.

»Hi, Ralph. Danke, dass du gekommen bist, um das zu lösen«, sagte Natalie.

Ian stand von seinem Computer auf, damit Ralph seinen Platz einnehmen konnte. »Danke, Kollege. Bewahrt mich davor, alle meine persönlichen Informationen hochzuladen, um Zugang zu erhalten. Das dauert alles ewig.«

»Und es wäre Zeitverschwendung. Ich bezweifele, dass die Seite in der Lage ist, ein Match für dich zu finden«, erwiderte Murray, ohne eine Miene zu verziehen.

»Du kannst mich mal!«, knurrte Ian.

Ralph machte sich an die Arbeit, tippte mit beängstigender Geschwindigkeit Codes ein.

»Woher weißt du überhaupt, wie man das macht?«, fragte Lucy.

»Das ist Geschick«, antwortete Ralph, ohne die Augen von den Codezeilen zu nehmen, die sich über den Bildschirm zogen. Er bewegte sich zum zweiten Bildschirm, und mehrere Minuten später hatte er sich Zugang zu SpecialOnes.com verschafft. Die Internetseite öffnete sich auf beiden Bildschirmen. »Erledigt. Nach wem sucht ihr?«

»Hattie Caldwell.«

Ralph tippte den Namen ein und schürzte die Lippen. »Nichts.« Er probierte verschiedene andere Kombinationen aus. Vergebens. »Ich denke nicht, dass sie registriert ist.«

»Wenn sie nicht angemeldet wäre, warum hätte sie sich dann die Website anschauen sollen?«, fragte Ian.

Murray stand auf und stopfte sein Handy in die Tasche. »Vielleicht hat sie sich umgeschaut, um zu sehen, was verfügbar war.«

»Das erscheint aber ein bisschen seltsam, oder nicht? Es gibt jede Menge Typen an der Universität, mit denen sie sich hätte treffen können.«

»Die meisten sind jünger als sie«, entgegnete Murray in einem sachlichen Ton.

»Ich habe nicht den Eindruck bekommen, dass sie sich darüber Gedanken gemacht hätte, einen Mann in ihrem Leben zu finden. Sie war an ehrenamtlicher Arbeit und an ihrem Abschluss interessiert«, sagte Ian.

»Dann weiß ich es nicht, Kollege. Ich sehe keinen Grund, auf diese Seite zu gehen, außer man ist auf der Suche nach Liebe oder einer Beziehung.« Damit verabschiedete sich Murray.

Natalie stellte sich die gleiche Frage. Weshalb hatte Hattie mehrere Male die Website aufgerufen, und nicht nur einmal? »Welchen Zugriff hat man auf die Seite, wenn man sich nicht registriert?«

»Nur zu den Beispielprofilen.«

»Dann muss sie sich diese angesehen haben. Können wir das herausfinden?«, fragte Natalie Ralph.

»Es gibt eine Möglichkeit. Warte kurz«, antwortete dieser, wühlte in seiner Tasche und zog ein Kabel heraus, das er mit dem von ihm mitgebrachten Handy verband. Innerhalb von Minuten hatte er das Profil gefunden, das sich Hattie angesehen hatte. Es gab nur eines: das Beispielprofil einer jungen Frau, Maisie Simpson.

Lucy ergriff als Erste das Wort: »Die sieht aus wie Gemma.«

»Das ist eindeutig Gemmas Foto«, sagte Natalie. Sogar von dort, wo sie stand, gab es keine Zweifel an dem Mädchen auf dem Profilbild.

»Okay, lasst uns schauen, was wir hier haben«, sagte Lucy, nahm ihren Stuhl und stellte ihn neben Ralphs. Maisies Infos waren in fetter Schrift unter ihrem Foto zu lesen. Natalie trat näher und sah ihnen beim Herunterscrollen zu. Lucy las laut vor, was Gemma, alias Maisie, in ihrer Einleitung geschrieben hatte: »›Sei nicht schüchtern ... Frag nur, und ich erzähle dir alles. Ich bin ein authentisches, lebensfrohes Mädchen, das darauf hofft, einen Mann kennenzulernen, der gerne reist, lacht und eine schöne Zeit hat.‹ Nicht sehr originell, oder?«

»Frag mich nicht. Ich habe nie eine Dating-App oder -Website benutzt. Da ist noch mehr«, sagte Ralph, klickte auf einen grünen Pfeil, und Lucy fuhr fort: »›Meine Freunde sagen, dass ich herzlich, mitfühlend und sehr sexy bin. Ich bin auf der Suche nach jemandem, der das Leben nicht zu ernst nimmt und abenteuerlustig ist. Ich bin eine unabhängige Frau mit einem kleinen Geschäft. Ich arbeite viel und amüsiere mich gern. Was ist mit dir? Schreib mir deine Infos, und vielleicht können wir was ausmachen und uns gegenseitig besser kennenlernen. Das würde ich gern.‹«

»Das war's?«, fragte Ian.

»Das ist alles, außer den üblichen Angaben: Alter, Größe, Haar- und Augenfarbe, die auf Gemmas Beschreibung zutreffen.«

»Was ist mit dem Wohnort?«

»Es wird nur angezeigt, dass sie aus Staffordshire kommt. Städte oder Dörfer werden nicht erwähnt.«

»Aber das ist eindeutig nicht Gemma. Jemand gibt sich als sie aus«, sagte Natalie.

»Hattie?«, fragte Lucy.

»Vielleicht, obwohl ... wenn sie es gewesen wäre, hätte sie sich als diese Maisie-Person eingeloggt, und das hat sie nicht getan. Hattie hat sich das Profil nur als nicht registrierter Nutzer angeschaut. Ihr sucht nach jemandem, der das Profil erstellt hat, und ich befürchte, damit kann ich euch nicht weiterhelfen. Ich bräuchte den Computer oder das Smartphone der Person«, sagte Ralph und packte seine Kabel ein. »Tut mir leid, das ist alles, was ich im Augenblick tun kann. Ich überlasse es euch. Ruft mich oben an, wenn ihr irgendetwas anderes braucht.«

»Danke, Ralph. Wir wissen es zu schätzen«, sagte Natalie, während der Mann in Richtung Tür ging.

Lucy rutschte auf den freigewordenen Platz und begann sofort, nach Gemmas Matches zu suchen.

Natalie wurde nachdenklich. »Warum hat Hattie niemandem davon erzählt?«

»Sie war irgendwie daran beteiligt«, mutmaßte Lucy.

Natalie verschränkte die Arme und kniff die Augen vor Konzentration zusammen. »Möglich ... es erschließt sich mir nicht. Diese Person – diese Maisie – ist vermutlich nicht Gemma selbst, oder? Immerhin stimmt es nicht mit dem überein, was wir über das Mädchen wissen.«

»Könnte sein. Vielleicht hatte sie einen Plan. Normalerweise, wenn Leute so etwas machen, handelt es sich um Catfishing.«

»Ich kann mir nicht vorstellen, dass Gemma so etwas getan hätte, ihr?«, fragte Ian.

Natalie schwieg. Vielleicht gab es etwas, dass sie nicht über Gemma wusste. »Besorgt ihre Finanzunterlagen und wir reden mit Sasha, um zu sehen, was sie dazu zu sagen hat.«

»Was ist mit den anderen Studenten im Haus?«, fragte Lucy.

Natalie nickte. »Fragt sie auf jeden Fall nach der Website. Hattie wusste davon und die anderen vielleicht auch. Haltet Ausschau nach Profilen, die wie Fran aussehen. Vielleicht war sie auch auf der Seite.« Sie schaute auf die Uhr. Es war bald drei Uhr nachts, und sie fühlte sich voller Energie und war eifrig, weiterzumachen.

Lucy schob sich aus dem Weg, damit Ian den Computer benutzen konnte, auf den sie geschaut hatte, und schloss sich ihm an, Gemma/Maisies Matches unter die Lupe zu nehmen. Eine geschäftige Stille legte sich über das Büro. Lucy notierte sich Namen und ging zur anderen Seite des Raumes, um in der allgemeinen Polizeidatenbank nach Kontaktdaten und Informationen über jedes potenzielle Match von Gemma/Maisie zu suchen. Ian tippte Frans Namen ein, fand jedoch nichts. Dann begann er damit, Profil um Profil aufzurufen, von denen keines nach Fran oder Hattie aussah. Natalie trommelte einen leisen Rhythmus auf ihren Oberschenkel und rätselte darüber, weshalb Gemma ein Pseudonym hätte benutzen sollen, aber ihr echtes Foto eingestellt hatte. Das passte nicht mit dem zusammen, was sie bisher über die junge Frau herausgefunden hatten. Sie konnte es nicht glauben, obwohl sie wusste, dass Menschen Geheimnisse hatten – Ehepartner, Liebhaber und Kinder. Sogar ihre eigene Tochter hatte Geheimnisse vor ihr gehabt. *Wenn sie keine gehabt hätte, wäre sie heute noch am Leben.* Ein stechender Schmerz bohrte sich bei der Erinnerung durch ihren Brustkorb. Sie konnte die Möglichkeit nicht außer Acht lassen, dass Gemma etwas im Schilde geführt hatte, egal wie unangenehm es schien. Sie hoffte für Sasha, dass das nicht der Fall war.

»Es sieht so aus, als hätte sie drei Matches gehabt«, unterbrach Ian Natalies Gedanken. »Lucy überprüft sie gerade. Es gibt andere Männer, mit denen Gemma/Maisie über die Seite in Verbindung stand, aber es scheint nicht so, als hätten sie außerhalb des Nachrichtendienstes der Seite miteinander kommuniziert. Wenn ein ›Special One‹-Match gefunden wurde, erscheint bei jedem Namen der Beteiligten ein Symbol und zeigt an, dass das Paar miteinander übers Telefon oder die private E-Mail-Adresse Kontakt aufgenommen hat.«

Natalie verstand, wie es funktionierte. Es ermöglichte den Menschen, einen Grad an Anonymität zu wahren, bis sie dazu bereit waren, die Beziehung einen Schritt weiterzubringen und mehr über die Person herauszufinden, mit der sie geschrieben hatten.

»Habt ihr Zugang zu ihren Online-Chats mit Männern?«

»Ja, und da ist nicht Seltsames passiert. Es ist hauptsächlich Flirten und Smalltalk.«

»Erwähnt sie darin überhaupt, dass sie Studentin ist?«

»Nicht, dass ich es entdeckt hätte. Sie schreibt in ein paar davon, ein kleines Geschäft zu betreiben.«

»Was für ein Geschäft?«

»Für Schmuck. Sie stellt Schmuck her und verkauft ihn.«

»Wirklich? Nicht Kleidung?«

Ian scrollte durch eine Reihe an Nachrichten. »Eindeutig Schmuck. Dieser Unterhaltung zufolge interessiert sie sich für Design und Kunsthandwerk und behauptet, irgendeine Qualifizierung von einer Wirtschaftshochschule in Cardiff zu haben.«

Natalie starrte auf die Wanduhr, beobachtete, wie sich der Sekundenzeiger fünfmal stumm bewegte. Das interne Telefon klingelte und riss sie aus ihren Gedanken. Murray hatte die jungen Männer gefunden, die sicher zurück im Haus waren. Er hatte sie über ihre Aufenthaltsorte in die Mangel genommen und ihnen auch die Nachricht über Hattie beigebracht.

»Wo zum Teufel sind sie gewesen?«

»Im Haus eines Freundes. Sie sind noch ziemlich betrunken. Könnten sogar auch etwas Gras geraucht haben.«

»Und sie haben ihre Handys ausgeschaltet, während sie weg waren?«

»Sie waren nicht ausgeschaltet. Sie hatten sie auf lautlos gestellt.«

»Du glaubst ihnen?«

»Ja. Ich denke, sie sagen die Wahrheit. Ryan meinte, dass sie nach dem, was Gemma und Fran zugestoßen war, aus dem Haus gemusst hatten. Sie hatten stundenlang getrunken. Auch danach gestunken, als ob sie es hätten.«

Natalie berichtete ihm, was sie über Maisie herausgefunden hatten. »Sind sie in der Lage, Fragen zu beantworten?«

»Ich denke schon. Ich habe sie Wasser trinken lassen, damit sie nüchtern werden.«

»Kannst du ermitteln, was sie über die Website und Maisie wissen, falls überhaupt etwas?«

»Mach ich.«

»Wenn du irgendwelche Zweifel hast, bring sie her.«

»Klar.«

»Warte mal eine Sekunde, Murray.«

Sie rief zu Ian hinüber: »Du hast erwähnt, dass sie wahrscheinlich drei Männer zum Daten hatte. Wer sind diese Typen?«

»Scott Vidal, Felix Conway und Henry Warburton«, sagte Lucy. »Die Überprüfung ergibt, dass es sich bei allen um echte Menschen handelt, keine Schwindler. Ich habe die Kontaktdaten von allen dreien.«

»Hast du irgendwelche Fotos von ihnen?«

»Ja.«

»Murray, bist du noch da?«

»Das bin ich.«

»Wir schicken dir Bilder der drei Männer, die mit Maisie online ein Match hatten, per E-Mail. Schau, ob die Jungen einen davon wiedererkennen. Es ist unwahrscheinlich, besonders, wenn es ein gefälschtes Profil ist, aber überprüf es trotzdem.«

»Verstanden.«

Murray legte auf und Ian veranlasste, dass die Fotos verschickt wurden. Natalie war zufrieden, dass sie Fortschritte machten. »Lass uns durch ihre Unterhaltungen auf der Website gehen und uns dann ein paar Stunden freinehmen, um uns auszuruhen, bevor wir jeden von ihnen befragen.«

———

Murray stand mit Lennox und Ryan in der Küche der Eastview Avenue 53. Beide waren zweifellos niedergeschlagen, und selbst Ryan mit seinem steinernen Gesicht war, den Kopf in die Hände gestützt, auf dem Tisch zusammengesackt.

»Ich verstehe nicht, was hier vor sich geht«, sagte er mit matter Stimme.

Lennox, dessen Gesicht grau war, hatte sich nicht von der Spüle wegbewegt, seit Murray ihnen berichtet hatte, dass

Hattie tot aufgefunden worden war. Er hielt sich an der Seite der Formica-Platte fest, um das Gleichgewicht zu behalten, und war nicht in der Lage, sich davon wegzubewegen, obwohl Murray ihm nahegelegt hatte, sich zu setzen.

»Wir haben entdeckt, dass Gemma eine Dating-Website und das Pseudonym ›Maisie‹ genutzt haben könnte. Wissen Sie irgendetwas darüber, Ryan?«

Er rieb sich mit den Fingerknöcheln über die Wangen. Der Schock schien ihn ausgenüchtert zu haben. »Überhaupt nichts. Sie hat es mir gegenüber nie erwähnt. Warum hätte sie das tun sollen? Sie brauchte keine Dating-Website.«

Er schob sich auf seinem Stuhl zurück. »Das ist verrückt. Ihr haben die Typen aus der Hand gefressen, auf dem Campus und in der Chancer's Bar. Es hat ihr nicht an Aufmerksamkeit von Männern gefehlt. Warum hätte sie online nach jemandem suchen sollen?«

Murray hatte sich genau dieselbe Frage gestellt, doch anstatt zu antworten, wandte er seine Aufmerksamkeit Lennox zu, der sich mit glasigen Augen von der Küchenarbeitsplatte gelöst und die Hände unter den Achseln eingeklemmt hatte.

»Lennox?«

Er kehrte in die Realität zurück. Seine Sprache war leicht gelallt: »Ähm ... nein. Sie hat mir nie etwas davon erzählt.«

»Was ist mit einem der anderen Mädchen? Haben sie irgendetwas von einer Dating-Website erwähnt?«

»Nein.«

»Sagt einem von Ihnen der Name Maisie Simpson etwas?«

»Nein«, antwortet Ryan. »Habe ich noch nie gehört.«

»Ich auch nicht«, sagte Lennox.

»Was ist mit Besuchern? Gab es irgendwelche Gäste im Haus oder jemanden Auffälliges, der sich in den letzten paar Wochen draußen aufgehalten hat?«

Es gab weitere Verneinungen und Kopfschütteln.

»Erkennen Sie einen dieser Männer?«, fragte er und reichte

ihnen sein Handy, auf dem die Fotos der drei Männer zu sehen waren, mit denen sich Gemma/Maisie, wie sie dachten, getroffen haben könnte.

Ryan nahm das Smartphone entgegen, scrollte durch die Bilder und sah sie sich genau an. Seine Augen erfassten dabei jedes einzelne Detail der Männer, dann gab er das Telefon mit einem Schulterzucken zurück. »Nein.«

Lennox war bei seiner Begutachtung weniger gründlich, sich aber genauso sicher, keinen von ihnen jemals gesehen zu haben.

»Ich bitte Sie darum, hierzubleiben. Ich habe gehört, dass die Universität vorübergehend geschlossen ist, aber ich möchte trotzdem, dass Sie im Haus bleiben und Ihre Handys anlassen.«

»Wir sind doch nicht in Gefahr, oder?«, fragte Ryan.

Obwohl bis zu diesem Zeitpunkt nur auf junge Frauen abgezielt worden war, konnte Murray seine Frage mit keiner Sicherheit verneinen. »Ich würde Ihnen nahelegen, die Eingangstür abzuschließen und keine fremden Personen hereinzulassen.«

Ryan reckte das Kinn nach vorne. »Ich kann auf mich selbst aufpassen.«

»Es wäre klüger, fürs Erste drinnen zu bleiben, und falls Sie nach draußen gehen, sorgen Sie dafür, dass Sie nicht allein sind.«

Lennox behielt seine Hände in der gleichen Position. In seiner Stimme lag ein Zittern, als er sprach, und Murray bemerkte, dass er tatsächlich verängstigt war. »Sind Sie sich sicher, dass wir nicht als nächstes ins Visier genommen werden?«

»Halten Sie die Türen verschlossen und rufen Sie uns an, wenn Sie etwas beunruhigt.«

———

Zurück im Büro hatte Lucy Informationen über die drei Männer gesammelt, die mit Gemma/Maisie gematcht und sich zu einem Date mit ihr verabredet hatten. Natalie wollte unbedingt wissen, ob einer von ihnen etwas darüber sagen konnte, wer diese Person tatsächlich war.

Lucy las vor, was sie herausgefunden hatte: »Scott Vidal, zweiundzwanzig Jahre alt, wohnt in Newcastle-under-Lyme. Er ist Handelsvertreter für eine Heizungsfirma. Felix Conway, dreiunddreißig, wohnt in Burslem, Stoke-on-Trent, und arbeitet bei CRV Commercials als Rangierer.«

»Was ist das?«, fragte Natalie.

»Ich glaube, es hat mit dem Be- und Entladen von Fahrzeugen zu tun«, sagte Ian, der seine Aufmerksamkeit von der Website für Singles losriss, auf der er noch immer nach Profilen suchte, auf denen Frans oder Hatties Gesichter oder Informationen genutzt wurden.

Lucy fuhr fort: »Henry Warburton ist fünfundvierzig, lebt in Sutton Coldfield und ist Buchhalter in einem Maschinenbauunternehmen in Birmingham. Eine Sache könnte allerdings interessant sein: Er ist verheiratet. Es scheint, als hätte er eine Frau, mit der er seit zehn Jahren verheiratet ist, und drei Kinder. Der unartige Henry ist auf einer Dating-Website, während er nicht wirklich Single ist, aber ich wette, er ist nicht der einzige Mensch, der das tut.«

Ian tippte sogleich los und nach einer Weile seufzte er müde. »Ich kann keine Fotos von Hattie oder Fran finden.«

Natalie warf einen Blick zu Lucy hinüber, die, auf die Ellenbogen gestützt, auf den Bildschirm starrte, und zu Ian, der den Kopf gegen die obere Kante seines Stuhls gelehnt hatte. Sie wirkten beide sehr erschöpft. Sie erinnerte sich daran, dass sie nicht nur Polizisten waren, sondern auch Eltern, und rief sich ins Gedächtnis, wie es für sie mit kleinen Kindern zu Hause gewesen war. Sie hatte es gehasst, auch nur einen Augenblick mit ihnen zu verpassen. Sie wies sie an, für etwas Schlaf nach

Hause zu fahren. Ian würde seine Tochter heute zwar nicht mehr zu Gesicht bekommen, aber das Baby Aurora dürfte bald zum Stillen wach werden, und Lucy zweifellos ein wenig Zeit mit ihrer Tochter verbringen wollen. Sie wusste, dass sie alles dafür geben würde, noch einmal ein paar Minuten mit ihrer eigenen haben zu können.

Natalie schaffte es nur, ein kurzes Schläfchen zu machen, aber zusammen mit einer langen, heißen Dusche reichte es aus, um sie für den bevorstehenden Tag zu beleben. Josh schlief noch, als sie dabei war, die Wohnung zu verlassen und zum Revier zurückzukehren. Anstatt ihn zu wecken, ließ sie eine an die Müslipackung gelehnte Notiz zurück, auf der der sie ihm mitteilte, dass sie auf jeden Fall an diesem Abend zurück sein und ihm später am Tag schreiben würde. Sie dachte darüber nach, dass das kein Leben für ein Kind war – selbst für eines, dass siebzehn geworden war. Sie konnte nicht den ganzen Tag weg sein und ihn allein lassen, aber was war die Alternative? Auf David, der immer sowohl für Leigh als auch Josh dagewesen war, war kein Verlass mehr, auch nicht auf Eric, der auf sie aufgepasst hatte, als sie jünger gewesen waren.

Das zweite Mal innerhalb nur weniger Stunden fuhr sie nach Castergate, den Last- und Lieferwagen auf der Hauptverkehrsstraße folgend, an Einkaufszentren und Anwesen vorbei, die allmählich weniger und von Wiesen abgelöst wurden, durch die sich braune, vom kürzlichen Regen angestiegene Flüsse schlängelten. Kleine Schafherden weideten auf hügeligen

Feldern, die an Bauernhöfe sowie zahlreichen Nebengebäude grenzten. Natalie schenkte den Kühen keine Beachtung, die sie aus ihrem langen Stall heraus beobachteten und methodisch kauten, während sie, in Gedanken bei David, an ihnen vorbeiraste. Sie bog von der Hauptstraße ab und fuhr durch das Dorf Brighterly, in dem unter einem Bushäuschen eine kleine Gruppe Kinder in Schuluniform versammelt waren. Ihre Augen suchten sie hungrig ab, obwohl sie wusste, dass ihre Tochter nicht unter ihnen sein würde. Es war wie ein Juckreiz, der darauf wartete, gestillt zu werden. Sie gingen auf Leighs Schule und zweifellos hatten manche von ihnen ihre Tochter gekannt.

Castergate war nur fünf Kilometer entfernt, dennoch nahm sie den Fuß vom Gas. Die Schulkinder zu sehen, hatte sie aus der Bahn geworfen. Sie wollte weder zu dem Haus zurückkehren, in dem sie als Familie gewohnt hatten, noch David erneut gegenübertreten. Sie hatte genug von der Feindseligkeit. Sie wollte eine Chance bekommen, zu heilen, aber diese Erinnerungen an die Vergangenheit zerrten an ihr und verhinderten, dass sie vorwärtskam. Sie überlegte, dass sie jemanden aus ihrem Team mit David hätte sprechen lassen können, und dass sie sich nicht selbst auf diese Weise bestrafen musste. Gleichzeitig wusste sie, dass sie es tun würde. Genauso, wie sie auf die Kinder schauen musste, die auf den Bus zu der Schule warteten, auf die Leigh und Zoe gegangen waren. Sie musste das zu Ende bringen. Ihr Magen hob und senkte sich wie bei einer Achterbahnfahrt, während sie über die gewölbte Brücke fuhr, die über einen schlammigen Kanal führte. Sie kam an mehreren cremefarbenen, an der Straße stehenden Landhäusern vorbei, die, dank des vorbeifahrenden Verkehrs, über die Jahre vom Boden bis zur Mitte hoch dunkelgrau geworden waren. Sie fuhr um eine Kurve und erreichte das Ortsschild von Castergate, auf dem auch eine Partnerstadt in Frankreich stand, die sie nie besucht hatte. Dann bog sie in die Straße ein, in der sie gewohnt hatte. Wieder parkte sie hinter Davids Volvo. Sie stellte den Motor ab, nahm die Akte in die Hand und öffnete die Tür. Es würde sehr schwierig werden, aber sie würde zurechtkommen. Sie hatte in den letzten paar Monaten Schlimmeres durchlebt – weitaus Schlimmeres.

David öffnete die Tür erst, nachdem sie die Klingel mehrere Minuten lang ununterbrochen gedrückt hatte. Er bat sie nicht hinein und sagte auch kein Wort; die Lippen hatte er so fest zusammengepresst, dass sie weiß geworden waren. Natalie fragte, ob sie sich drinnen unterhalten könnten, aber er lehnte ab.

»David, ich bin nicht hergekommen, um mich zu streiten. Ich bin gekommen, um dir zu sagen, dass ich glaube, dass du in nichts von alldem verwickelt bist. Du hast mich gebeten, dir zu helfen, deinen Namen zu entlasten, und das tue ich. Ich möchte, dass das aufhört.«

Er starrte sie kurz an, dann öffnete er mit einem leisen »Komm rein« die Tür weiter und schlurfte vor ihr her. Das Haus roch nach frischer Zitrone. Die Küche war blitzsauber, die Arbeitsflächen frei von Krimskrams und der Boden glänzte. David oder irgendwer hatte geputzt. Er griff nach dem Wasserkocher. »Möchtest du eine Tasse Tee?«

»Bitte.«

Sie setzte sich an den Tisch, der von einer gelbkarierten Tischdecke – einem Geschenk von Eric und seiner Freundin Pam – bedeckt war, und strengte sich an, sich nicht in der vertrauten Umgebung umzuschauen, während er Wasser laufen ließ und nach der Teekanne suchte. Er bewegte sich bedächtig und langsam, als wäre alles eine große Anstrengung. Als er alles vorbereitet hatte, begann er zu sprechen: »Ich habe gelogen.«

»Über was gelogen?«

»Über die Frau gestern Abend. Es war Rowena, die hier war. Sie ist vorbeigekommen, um mir zu sagen, dass sie dich auf dem Friedhof gesehen hat und du die Person bist, die Blumen auf Zoes und Leighs Gräber gelegt hat. Wir haben ein Glas Wein getrunken. Wir haben über die Mädchen geredet. Wir haben geweint. Wir haben etwas mehr getrunken. Sie ist bald, nachdem ihr gefahren seid, nach Hause gegangen. Es ist absolut nichts zwischen uns gelaufen. Sie hat genauso große Schwierigkeiten wie ich, das, was passiert ist, zu verarbeiten. Ich war wütend auf dich. Ich war sauer, weil du mir nach all den Jahren nicht geglaubt hast. Ich hätte nicht sagen sollen, was ich am Telefon von mir gegeben habe.«

Sie öffnete die Mappe, die auf dem Tisch lag. »Ich habe deine DNA überprüfen lassen, und an keinem der Opfer gibt es eine Spur davon.«

»Das ist aber kein endgültiger Beweis, oder? Leute schaffen es, Morde zu begehen und keine DNA zurückzulassen.« Er goss das kochende Wasser in die Kanne und schwenkte sie herum, dann entleerte er sie in der Spüle.

»Wenn du mir deine Autoschlüssel gibst, dürften wir in der Lage sein, ein für alle Mal zu beweisen, dass du nirgendwo in der Nähe der Tatorte warst.«

»Wie?«

»Wir überprüfen das Navi. Es wird anzeigen, wann das Auto bewegt wurde und wohin du gefahren bist.«

Er gab mit einem Löffel losen Tee hinein und füllte die Kanne dann mit Wasser. David war schon immer der Tee-Zubereiter gewesen. Es hatte etwas Beruhigendes an sich, ihm bei den geübten Tätigkeiten zuzusehen. Er brachte die Kanne herüber und stellte sie auf den Tisch.

»Danke.« In seinen Worten steckte mehr als Dankbarkeit. Sie zeigten, dass Frieden geschlossen worden war. Ob es dabei bleiben würde oder nicht, war eine andere Sache. Er holte Tassen sowie ein Kännchen Milch und stellte sie ebenfalls auf dem Tisch ab, ehe er sich zu ihr setzte. Er zögerte, öffnete den Mund und schloss ihn wieder.

»Du möchtest mir etwas erzählen.«

Er kniff die Augenlider zusammen, um zu verhindern, dass Tränen flossen, und brachte leise hervor: »Ja. Nein.«

»Was ist es? Was verschweigst du mir?«

»Ich ... nichts.« Er öffnete die Augen wieder. »Es gibt nichts. Es tut mir leid. Du wirst die Wahrheit aufdecken.«

»Welche Wahrheit?« Sie suchte nach einer Antwort, aber er hatte sich schon in sich selbst zurückgezogen. Er hütete ein Geheimnis und würde es nicht preisgeben, egal, was sie sagte.

»Dass ich nicht für die Tode verantwortlich bin. Denn das bin ich nicht. Du wirst es sehen. Das ist alles, worauf es ankommt, nicht wahr?« Er senkte den Blick wieder. Da war mehr, aber er würde es nicht mit ihr teilen. Er blinzelte einige Male und murmelte: »Ich bin so verdammt unglücklich.«

»Ich weiß. Ich bin es auch.«

»Ich weiß nicht, wie es weitergehen soll, Natalie. Ich finde keinen Halt.«

Ihr fiel keine passende Antwort ein, und als er tief einatmete und sich daran machte, den Tee einzugießen, war sie erleichtert. Der Moment war vorübergegangen, und sie musste keinen Ratschlag geben oder beruhigende Worte spenden.

David redete weiter: »Ich denke, es ist am besten, wenn Josh fürs Erste bei dir bleibt. Wenn wir das Haus erst einmal verkauft haben und ich umziehe, kann er es sich vielleicht neu überlegen.«

»Das klingt für mich in Ordnung.«

»Dann belassen wir es für den Augenblick dabei.« Er hob seine Tasse an und nippte an der dampfenden Flüssigkeit. Es war ein Anfang. Das war alles, was sie im Moment brauchte.

———

Murray saß auf einem der harten Stühle neben dem kantigen Schreibtisch. Gegenüber von ihm befand sich Scott Vidal, einer der Männer, die Gemma/Maisie online kennengelernt hatten. Er war ein winziger, spindeldürrer Mann mit einem langen Gesicht, strohblonden Haaren sowie einem blauen und einem braunen Auge. Keiner der Männer, der ein Match mit Gemma/Maisie gehabt hatte, sah wie die anderen aus, aber Scott schien eine unpassende Wahl für die junge Frau zu sein. Er stotterte leicht, was der Angst über die Situation zuzuschreiben war. Murray versuchte, ihn nicht zu sehr einzuschüchtern.

»Sie sind Handelsvertreter?«

»Das ist r-r-richtig. Ich verkaufe Heizungskomponenten an Unternehmen, nicht an Einzelpersonen.«

»Ich habe erfahren, dass Sie 2016 angefangen haben, an der Samford University Elektronik zu studieren. Warum haben Sie abgebrochen?«

»Ich musste. Ich war dem F-F-Fach nicht gewachsen. Ich bin durch die Prüfungen des ersten Jahres gefallen.«

»Haben Sie auf dem Campus gewohnt?«

»Ja, ich war in einem der Häu-Häuserblöcke.«

»Sind Sie jemals einer Person namens Fran Ditton begegnet?«

»I-Ich kenne den Namen nicht.«

Murray schob ein Foto zu ihm hinüber. Scott schüttelte den Kopf. Murray reichte ihm ein weiteres, diesmal eines von Hattie. Scott warf einen Blick darauf.

»Ich kenne ihr Gesicht. Ich habe sie irgendwo gesehen.«

»Hattie Caldwell. Sagt Ihnen der Name etwas?«

Scott schüttelte den Kopf.

»Sie haben sich vor drei Monaten bei der Dating-Website angemeldet. Haben Sie viele Matches bekommen?«

»Ein paar.«

»Ich interessiere mich für diese Person – Maisie Simpson.« Murray gab ihm das Foto von Gemma.

Scotts Augen verengten sich. »Sie ist eine Schwindlerin.«

»Was meinen Sie?«

»Sie ist eine C-C-Catfisherin.«

»Können Sie das näher ausführen?«

»Sie wollte Geld.«

»Können Sie mir erzählen, was passiert ist?«

Scott stieß einen Seufzer aus und bereitete sich darauf vor, sein Herz auszuschütten. »Ich dachte, Maisie würde mich wirklich mögen. Ich war erst kürzlich aus einer langjährigen Beziehung rausgekommen und mein S-Selbstvertrauen war im Eimer. Ein Freund hat vorgeschlagen, dass ich mich bei der Seite anmelde und jemanden k-kennenlerne, der mich aus der Reserve locken würde. Sie war mein erstes Match. Wir haben uns gut verstanden. Sie hat vorgeschlagen, E-Mail-Adressen auszutauschen.« Er hielt inne, um sich die richtige Erklärung wachzurufen. »Um uns F-Fotos voneinander zu schicken, freier reden zu können.«

»Haben Sie Telefonnummern ausgetauscht?«

»Nein, und ich gebe zu, dass mich das misstrauisch gemacht hat, aber sie war wirklich l-lieb und hat verstanden, was ich durchmachte – ich wollte nicht, dass es aufhört. Ich habe ihr weiter E-Mails geschrieben. Sie hat immer geantwortet. Schließlich habe ich ein Treffen vorgeschlagen. Sie wollte nach Newcastle kommen, und wir haben ausgemacht, dass wir Handynummern austauschen würden, wenn das Date gut lief. Ich habe ein Pub im St-Stadtzentrum ausgesucht und ihr eine Wegbeschreibung geschickt, und sie schien sich über alles zu freuen. Einen Tag, bevor unser Treffen hätte stattfinden sollen, hat sie mir eine E-Mail geschrieben, in der sie mir erzählte, dass sie sich wirklich n-niedergeschlagen fühle und nicht zum vereinbarten Treffen kommen könne. Ihre Großmutter sei aus dem Pflegeheim, in dem sie das letzte Jahr über gelebt hatte, geschmissen worden, weil das Geld ausgegangen sei, und Maisies Einkommen nicht hoch genug, um sie dortbehalten zu können. Sie hat viel über ihre Großmutter geredet. Die alte

Dame habe sie großgezogen, nachdem ihre El-Eltern ermordet worden waren. Da ist mir der Verdacht gekommen, dass alles ein Schwindel ist. Ich habe geantwortet und ihr gesagt, wie sehr es mir leidtäte. Sie hat mit der Frage geantwortet, ob ich ihr Geld leihen könnte, um dabei zu helfen, dass ihre Großmutter im Heim bleiben könne. Sie hat mir versprochen, mich jeden M-M-Monat zurückzubezahlen. Ich habe es durchschaut. Sie war nur hinter dem Geld her. Sie würde sich nie mit mir treffen. Also habe ich ihr gesagt, dass ich ihr nicht helfen könne.«

Bei Murray läuteten die Alarmglocken. Fran hatte eine Großmutter, die in einem Heim war, und er fragte sich, ob sie das Profil erstellt hatte.

»Was ist als Nächstes passiert?«

»Sie hat sofort aufgehört, mir E-Mails zu schicken. Ich habe nicht versucht, noch einmal mit ihr Kontakt aufzunehmen.«

»Haben Sie das der Dating-Website gemeldet?«

Er senkte den Kopf. »Ich habe angenommen, die Organisatoren der Website hätten vielleicht schon andere Beschwerden über sie bekommen und würden sich mit ihr befassen – wenn es überhaupt eine Frau war. Es hätte irgendein Kerl sein können, der mir aus dem Ausland E-Mails geschrieben hat. Ich habe mich wie ein Vollidiot gefühlt. Wie kann man nur auf so etwas reinfallen!«

»Sie haben ihr nicht wieder geschrieben?«

»Nein.«

»Hat Sie sich jemals anders als Maisie genannt?«

»Nein.«

»Sagt Ihnen der Name Gemma Barnes etwas?«

Murray betrachtete das Gesicht des Mannes genau, sah aber nur Verwirrung. »Gemma? Nein.«

»Ich nehme an, Sie verfügen nicht über ihre Kontaktdaten, oder?«

»Ich könnte ihre E-Mail-Adresse noch haben, aber ich habe

die E-Mails gelöscht.« Er überprüfte es trotzdem mit gerunzelter Stirn. »Nein, tut mir leid, ich habe auch sie gelöscht.«

»Können Sie sich die E-Mail-Adresse zurück ins Gedächtnis rufen?«

»Ich erinnere mich nicht daran.«

»Darf ich Sie bitten, uns Zugang zu Ihrem E-Mail-Konto zu gewähren, für den Fall, dass unsere Techniker sie zurückholen können?«

»Sicher.«

»Vielen Dank. Ein paar abschließende Fragen: Wo waren Sie am Freitagabend etwa gegen sieben?«

»Ich war mit meiner Mutter zu Hause.«

»Sie wohnen bei Ihrer Mutter?«

»Ja.«

»Und sie kann das für Sie bestätigen?«

»Auf jeden Fall.«

»Was ist mit Samstagabend?«

»Ich war auf der Geburtstagsparty eines Freundes in seinem Haus.«

»Ab wann?«

»Von sieben bis nach Mitternacht.«

»Und es gibt Personen, die das für Sie bezeugen können?«

»Ja, ich kann Ihnen Namen geben. Ich war einer der Letzten, die gegangen sind.«

»Und Sonntagnachmittag?«

»Fahrrad fahren. Ich bin Mitglied des ZippyFit-Fahrradclubs. Wir waren den größten Teil des Nachmittags draußen.«

Murray notierte sich alles und dankte dem Mann. Es schien, als wäre Gemma, oder eher die Person, die ihr Foto benutzt hatte, wie sie angenommen hatten, ein Catfisher. Nun ging es darum, herauszufinden, wer dahintersteckte.

———

Natalie hatte mit David die Autos getauscht und war mit seinem Volvo zur Arbeit gefahren. Die Schlüssel waren bei Ralph, der ihr versichert hatte, er sei in der Lage, alle Strecken, die David in den letzten paar Tagen gefahren war, herunterzuladen und zu überprüfen. Sie war recht zuversichtlich, dass der Täter woanders zu finden war, und sollten sich die Medien dazu entscheiden, weiter zu drängen, wäre es unwahrscheinlich, dass sie ihren Ex verfolgen würden. Wenn sie mit den Männern sprechen könnte, die mit Gemma/Maisie Kontakt aufgenommen hatten, wäre sie in der Lage, den Journalisten weitere Informationen zu bieten, die sie beruhigen und das Augenmerk von Dans Bekanntgabe, dass ein Mann Ende vierzig ihnen bei den Nachforschungen unterstützte, weglenken würden. Im Büro war es ruhig, nur Ian saß an seinem Schreibtisch.

»Wo sind Murray und Lucy?«, fragte sie.

»Murray befragt Scott Vidal, einen der Typen, mit denen Gemma ausgegangen sein könnte, und Lucy ist für eine persönliche Besorgung in die Stadt geflitzt. Henry Warburton, einer der anderen Kerle, der ein Match mit Gemma/Maisie hatte, wartet im Vernehmungsraum D, und Felix Conway sollte bald hier sein.«

»In Ordnung. Ich spreche dann mit Henry.«

»Hier sind die Notizen zu ihm. Er ist weder für irgendein Fehlverhalten noch Delikte in unserem System. Da sind ein paar grundlegende Informationen und Protokolle von Unterhaltungen zwischen ihm und Gemma/Maisie, bevor sie ihre Aktivitäten von der Seite weg verlagert haben. Sieht so aus, als wären sie glänzend miteinander ausgekommen und hätten geplant, sich zu treffen«, erwiderte er und winkte mit einer Akte.

Natalie nahm sie und überflog kurz die markierten Textabschnitte. »Liest sich eindeutig so. Vielleicht sind sie das. Ich schaue, was er selbst dazu zu sagen hat.« Sie verließ das Büro mit neuer Energie.

Dan stand oben auf dem Treppenabsatz und richtete den Blick auf sie, während sie näherkam. »Morgen, Natalie. Irgendwelche Neuigkeiten für mich?«

»Hoffentlich später. Ich bin im Begriff, jemanden zu befragen, der in Verbindung zu dem Angriff auf Gemma steht.«

»Und was ist mit der Person, die Ihnen bei Ihren Nachforschungen geholfen hat?«, fragte er vorsichtig.

»Ich denke, wir können sagen, dass er nicht mehr unter Verdacht steht, Sir, auch, wenn wir auf einen letzten Beweis warten, der belegt, dass er in keiner Weise beteiligt war.«

Er blinzelte argwöhnisch und erwiderte: »Wie wir also vermutet haben. Sorgen Sie dafür, dass Sie mir so schnell wie möglich einen Zwischenbericht liefern. Ich möchte die Medien weiterhin beruhigt halten.«

Er machte auf dem Absatz kehrt und die Rückseiten seiner glänzenden Lederschuhe funkelten kurz im Morgenlicht auf, das durch die deckenhohen Fenster fiel, die das Gebäude in den Sommermonaten unerträglich heiß werden ließen. Sie murmelte leise vor sich hin. Der verdammte Mann ging ihr auf die Nerven und sie fragte sich, wie weit er gehen und wen er der Presse noch vorwerfen würde, um sie bei Laune zu halten.

Henry Warburton sah besorgt aus. Er sprang wie von einer Sprungfeder auf und streckte die Hand aus, als Natalie den Raum betrat. Seine Finger berührten kaum ihre Haut, hinterließen aber einen feuchten Rückstand. Sie widerstand dem Drang, sich die Handfläche trocken zu wischen, und setzte sich stattdessen, um die Befragung durchzuführen. Henry ließ sich wie ein Geier auf seinem Platz nieder und musterte sie über eine hervorstehende Hakennase hinweg.

»Mr Warburton, danke fürs Kommen. Sie wissen, warum Sie hier sind, nicht wahr?«

»Ja, es geht um die Frau, die ich online kennengelernt habe. Sie hat sich Maisie genannt.«

»Das stimmt, aber wir sind uns sicher, dass das nicht ihr echter Name war. Ich habe ein paar Abschriften hier. Das sind Nachrichten zwischen Ihnen beiden auf Special Ones Punkt com. Sie haben aufgehört, über die Seite zu kommunizieren. Ist das korrekt?«

»Ja. Die Seite ist ein neutraler und sicherer Ort, wenn man so will, aber sie hatte genug Vertrauen in unsere Beziehung, um einen Schritt weiterzugehen.«

Natalie breitete ihre Notizen aus, sodass die Abschriften sichtbar wurden. Sie fuhr mit dem Finger darüber. »Also, ich verstehe. Tatsächlich sagt sie in einer ihrer letzten Nachrichten an Sie: ›Ich glaube, wir können den nächsten Schritt wagen, oder?‹, und Sie antworten: ›Das passt für mich. Was schlägst du vor? Handynummern austauschen?‹ Haben Sie Nummern ausgetauscht?«

»Nein. Sie war von dieser Idee nicht begeistert. Sie hat die E-Mail-Adressen vorgeschlagen.«

»Warum das? Das ist nicht viel anders, als sich Nachrichten über die Website zu schicken.«

»Für sie war es ein Schritt nach vorn. Sie war sehr vorsichtig damit, wem sie ihre Nummer gab. Sie hatte einen Stalker in der Vergangenheit. Zu dem Zeitpunkt dachte ich, es würde logisch erscheinen, und habe nicht darauf gedrängt. Wir haben uns E-Mails geschrieben.«

Natalie las sich die letzten Nachrichten durch. Es wirkte in der Tat so, als wäre diese Person, *Maisie*, unwillig gewesen, außer einer E-Mail-Adresse irgendwelche persönlichen Informationen preiszugeben. Sie hatte sogar nach Henrys Adresse gefragt und geschrieben, dass sie ihm ihre mailen würde, anstatt sie ihm über die Dating-Website zu schicken, folglich hatte

Natalie keine Notiz davon. »Ich würde gern alle E-Mails sehen, die Sie von ihr erhalten haben.«

»Oh, das ist ein bisschen schwierig, weil ich sie gelöscht habe.«

»Warum?«

Er tippte seine Fingerspitzen sanft aneinander, bevor er sprach: »Kann ich ganz ehrlich zu Ihnen sein?«

»Es wäre mir sogar lieber, Sie wären es.«

»Zu der Zeit, als ich mich bei der Website angemeldet habe, war ich auf der Suche nach etwas Spaß. Meine Frau und ich sind durch eine schwierige Phase gegangen und hatten eine Probetrennung. Ich habe mich registriert, weil ... nun ja, ich muss es nicht erklären. Ich wollte jemanden Unbeschwertes ohne Verpflichtungen kennenlernen, jemanden, der keine ersthafte Beziehung wollte. Maisie schien perfekt zu passen. Sie war intelligent, fröhlich und hat mich zum Lachen gebracht. Bald darauf haben wir E-Mail-Adressen ausgetauscht, wir haben ausgemacht, uns für einen gemeinsamen Tag in Birmingham zu treffen und zu schauen, wo es hinführen würde.«

Er holte tief Luft und stieß sie geräuschvoll wieder aus. »Wir haben einander eine Woche lang jeden Tag E-Mails geschickt. Sie hat deutliche Signale gesendet – war begeistert, mich kennenzulernen, hatte viel mit mir gemeinsam, war ebenfalls auf der Suche nach einer Spaßbeziehung – aber dann, am Tag vor dem Date, hat sie mir gemailt, sie würde es nicht schaffen. Sie habe mit ihrem Geschäft zu kämpfen und müsse Einfuhrzoll für Waren bezahlen, die sie vor Kurzem auf einer Reise nach Dubai erworben hatte. Sie brauche Bargeld, um sie vom Zoll wiederzubekommen, und hat gefragt, ob ich ihr dreitausend Pfund leihen könne, damit sie freigegeben würden. Sie hat versprochen, es mir zurückzuzahlen, sobald die Sachen verkauft wären, und mir versichert, dass sie viel mehr als das wert waren, aber ich habe abgelehnt. Ich konnte ihr die Summe nicht leihen. Ich hatte sie einfach nicht. Auch, wenn wir getrennt waren, hatte ich immer noch eine Frau und drei Kinder zu unterstützen. Und dann sind wir wieder zusammengekommen. Jedenfalls hat sie danach weder auf meine E-Mails geantwortet noch mit mir Kontakt aufgenommen. Wir hatten keine Handynummern ausgetauscht, also konnte ich sie nicht anrufen. Ich bin gerade noch mal davongekommen. Es war eindeutig eine Masche. Sie hatte es nur auf mein Geld abgesehen. Ich habe mich zum Idioten gemacht, aber zum Glück hatte ich ihr kein Geld geliehen.«

»Haben Sie sie der Dating-Website gemeldet?«

»Nein, ich hatte in der Zwischenzeit aufgehört, die Seite zu besuchen, und war in Gesprächen mit meiner Frau, um zu versuchen, unsere Beziehung zu retten. Ich hielt es für das Beste, abzutauchen. Sie hatte nichts von mir bekommen.«

»Sie hätten aber jemanden anderen davor bewahren können, darauf hereinzufallen.«

»Ich habe, ehrlich gesagt, nicht daran gedacht. Ich wollte die ganze leidige Situation vergessen. Es war peinlich und ich habe mich wie ein Dummkopf gefühlt.«

»Hat sie Ihnen irgendwelche Fotos von sich geschickt?«

»Ich habe sie gelöscht. Ich wollte meine Ehe retten. Ich denke nicht, dass es die beste Entscheidung gewesen wäre, an den Fotos einer jungen Frau zu hängen.«

»Was für Fotos waren das? Selfies? Auf der Arbeit aufgenommene? Urlaubsbilder? Sexy Fotos?«

Er räusperte sich, bevor er sagte: »Vor allem sexy Fotos.«

»Haben Sie ihr welche von sich geschickt?«

»Ein paar, aber nichts Unverschämtes, das mich belasten würde.«

»Was ist mit Bildern von ihr mit anderen Leuten? Gab es irgendwen anders auf irgendeinem der Fotos?«

»Nein. Nur sie. Ich gestehe, ich fühle mich wirklich dumm wegen dieser ganzen Sache, und habe meiner Frau nichts davon erzählt. Ich habe alles auf meinem Handy gelöscht und die Sache hinter mir gelassen. Uns allen steht es zu, Fehler zu machen, nicht wahr? Letzten Endes war es nur eine harmlose Flirterei, nichts mehr als das.«

»Können Sie mir sagen, wo Sie vergangenen Freitag zwischen neunzehn und neunzehn Uhr dreißig waren?«

»Zu Hause bei meiner Frau und meinen Kindern.«

»Und Sie waren den ganzen Abend zu Hause?«

»Ja.«

»Und Ihr Haus befindet sich in Sutton Coldfield?«

»Das ist korrekt.«

»Wir würden uns gern Ihr Handy anschauen, wenn das möglich ist.«

»Sicher, aber ich habe alle E-Mails zwischen uns gelöscht.«

»Unsere Techniker sind sehr gut darin, verlorene Daten wiederherzustellen«, antwortete sie.

Er schob ein schwarzes I-Phone über den Tisch. »Wann kann ich es zurückbekommen? Ich brauche es für die Arbeit.«

»Sobald wir damit fertig sind. Wir werden es so schnell wie möglich überprüfen.« Sie nahm es entgegen und dankte ihm für seine Zeit.

»Scott war sich ziemlich sicher, dass sie versucht hat, ihn zu betrügen. Sie hat sich ein Lügenmärchen über ihre Großmutter ausgedacht, die aus einem Pflegeheim geworfen wurde. Er hat ihr gesagt, sie solle sich verpissen«, sagte Murray. »Ich konnte nicht mehr herausfinden, aber die Geschichte über das Pflegeheim hat die Alarmglocken bei mir läuten lassen; Frans Großmutter ist in einem Pflegeheim, und natürlich hat Fran mit Gemma zusammengewohnt. Sie könnte den Schwindel geplant haben.«

»Ich stimme dir zu. Das braucht definitiv unsere Aufmerksamkeit«, sagte Natalie. Sie erzählte Murray und Ian, was sie von Henry erfahren hatte. »Klingt eindeutig danach, als hätte diese Person – wer auch immer sie ist – Catfishing betrieben. Ian, hast du schon Informationen von Gemmas Bankkonto?«

»Noch nicht. Möchtest du, dass ich die Dinge beschleunige?«

»Unbedingt. Wir müssen ermitteln, ob sie Schulden hatte oder ob irgendwelche bedeutsamen Einzahlungen auf ihr Konto vorgenommen wurden. Gemma könnte hinter der Catfishing-Sache stecken, aber es fällt mir wirklich schwer zu glauben, dass sie einen falschen Namen und falsche Angaben benutzt, aber trotzdem ein eigenes Foto hochgeladen hat. Sie war eindeutig ein intelligentes Mädchen, und das ist nichts, was jemand wie sie tun würde. Stellt Nachforschungen über Frans Konto an, und wenn ihr schon dabei seid, auch über Hatties. Wer auch immer versucht hat, diese Männer übers Ohr zu hauen, könnte bei anderen Erfolg gehabt haben. Ich werde mit Gemmas Mutter reden. Haltet mich auf dem Laufenden und lasst mich wissen, wenn es irgendwelche Entwicklungen gibt.«

Sie war gerade dabei zu gehen, als sie einen Anruf von Ralph bekam. »Ich habe die Informationen von Davids Navi heruntergeladen. Er war zu keiner Gelegenheit irgendwo in der Nähe der Universität oder überhaupt in Samford. Er ist jedes Mal genau zur gleichen Stelle in Little Harding gefahren.« Little Harding lag etwa zehn Minuten von Castergate entfernt. Es war eine kleine Ortschaft, die wenig zu bieten hatte. »Das Auto wurde Freitagabend von achtzehn bis einundzwanzig Uhr dreißig in der Gower Street geparkt, Samstag von sechzehn Uhr zehn bis zwanzig Uhr dreißig und wieder Sonntag von zehn Uhr dreißig bis fünfzehn Uhr dreißig.«

Natalie wurde schwer ums Herz. Sie wusste, wo David gewesen war. In der Gower Street waren zwei Wettbüros und drei Pubs beheimatet. David hatte zweifellos getrunken und gespielt. *Alte Gewohnheiten lassen sich schwer überwinden.*

Natalie saß neben Sasha auf dem Sofa. Die Frau hatte ihre ungewaschenen Haare oben auf dem Kopf zusammengenommen und sie zu einem festen Dutt gedreht. Ohne Make-up zeigte ihre Haut Altersspuren, und winzige federartige Fältchen erschienen um ihre Augen herum, während sie sich den Dialog auf dem Blatt durchlas.

»Das klingt überhaupt nicht nach Gemma«, sagte sie mit gedämpfter Stimme. »Sie war nie offen kokett – die sexuellen Anspielungen, der zweideutige Ton. So eine Sprache hat sie nicht benutzt. Sie war kein prüder Mensch, aber so hat sie nicht gesprochen. Die Nachrichten wurden nicht von ihre geschrieben. Das ist nicht Gemma.«

»Das haben wir vermutet, aber ich wollte sichergehen, indem ich mit Ihnen spreche. Sie kennen sie besser als jeder andere.«

»Sie hatte kein Interesse an diesem Online-Quatsch. Sie war besser als das ...« Sie winkte mit einer Hand kraftlos über den Ausdruck, nicht in der Lage, die richtigen Worte zu finden. Sie stand auf und ging zum Fenster. Ein flacher Wasserfall aus Regen prasselte gegen das Glas, verzerrte den Blick nach draußen – auf Dächer und Zäune, die die angrenzenden Gärten umgaben, aus denen der ein oder andere seltsame, blattlose Baum herausragte.

»Danke, Sasha. Sie haben unseren Verdacht bestätigt. Wir denken, jemand hat ihr Foto gestohlen.«

Fotos attraktiver Menschen herunterzuladen oder Screenshots von ihnen für betrügerische Zwecke zu machen, wurde zunehmend beliebter, und mit Sasha zu reden, hatte sie davon überzeugt, dass Gemma Opfer von Identitätsdiebstahl geworden war. Sie wollte gerade die Befragung beenden, als sie eine Nachricht von Ian erhielt:

Auf Gemmas Konto ist ein Guthaben von 468 Pfund. Keine Schulden. Es wurden auch keine ungewöhnlichen Einzahlungen auf das Konto vorgenommen. Warte noch auf Infos über die anderen Konten.

Das war ein weiterer Beweis dafür, dass jemand anderes hinter dem Betrug steckte – möglicherweise Fran. Natalie stand auf, um zu gehen. Sie hielt inne. Sasha hatte sich umgedreht, war nach vorn gebeugt und weinte stille Tränen. Nach und nach gaben ihre Beine nach, und sie kippte langsam in eine hockende Position, mit dem Rücken gegen die Wand, das Gesicht zu Natalie gewandt. Angesichts der großen Qualen der Frau schoss Natalie ein Schmerz durch die Brust, und sie durchquerte das Zimmer, um ihr Trost zu spenden. Sie konnte sie nicht einsam leiden lassen.

———

Gemma,

ich habe mir wieder deine Selfies auf Instagram angesehen. Nicht, dass du wüsstest, dass ich sie mir angeschaut habe,

*denn ich folge dir nicht wirklich. Aber da du dein Profil nicht
auf privat gestellt hast, können alle darauf glotzen, und ich bin
mir sicher, dass sie es tun, weil du, egal, was du trägst, wie
irgendeine Berühmtheit oder ein Popstar oder Model
aussiehst.*

*Kein Wunder, dass du für jedes Bild, das du postest,
Hunderte von Likes bekommst.*

*Während ich mir deinen neuesten Beitrag angeschaut
habe, kam mir ›die Idee‹, und ich habe Screenshots von einigen
davon gemacht. Ich habe mir das ausgesucht, das sich am
besten als Profilbild für die Dating-Website Special Ones
eignet. Es schien eine passende Seite zu sein. Du denkst, dass
du besonders, ›special‹ bist, stimmt's? Ach, so verdammt
besonders, dass du mich links liegen lässt.*

*Ich hätte gern deinen echten Namen auf der Seite benutzt,
keinen falschen, aber es geht nicht darum, mich an einer ober-
flächlichen arroganten Kuh zu rächen, die nicht sehen kann,
was hinter der Fassade einer Person steckt. Es geht bei dem
Schwindel darum, Geld von verliebten Idioten zu bekommen,
die denken, sie schreiben online mit dir.*

*Ich werde mit ihnen allen chatten, und wenn ihnen die
Zungen heraushängen und sie dich unbedingt treffen wollen,
werde ich ihnen einen Grund geben, Geld rüberzuschieben,
und sie dann im Stich lassen.*

*Ha! Sie werden dich am Ende genauso sehr hassen, wie ich
es tue.*

Ein ehemaliger Bewunderer

———

Als Natalie zum Revier zurückkehrte, entdeckte sie Mike im
Büro, der mit Murray, Ian und Lucy redete. Sein Team hatte es

geschafft, gelöschte E-Mails von Henrys Konto wiederherzustellen, und keine davon war an Maisie gesendet worden.

»Nicht nur das, da waren auch keine Fotos von ihr auf seinem Handy, weder gelöschte noch versteckte«, sagte Mike.

»Er hat uns angelogen«, sagte Natalie, während sie die Jacke auszog und sich die Ärmel hochkrempelte. Es war warm und stickig im Raum, der jetzt nach Bergamotte, Rosmarin und Zedernholz stank. Jemand hatte sich großzügig mit Körperspray eingenebelt, und es war nicht Mike gewesen. Mike benutzte dezentere Aftershaves. Es war nicht unangenehm, obwohl es Natalie in der Kehle reizte und sie dazu zwang, sich mehrmals zu räuspern.

Mike fuhr fort: »Ich stimme dir zu, denn wenn sie auf dem Gerät gewesen wären, hätten wir, wie du weißt, die nötige Technologie, um sie zurückzuholen. Außerdem haben wir keine Beweise gefunden, die belegen würden, dass er sich auf der Special-Ones-Website von seinem Handy aus eingeloggt hat.« Er zog Natalie gegenüber die Augenbrauen hoch.

»Was darauf hindeutet, dass er von einem anderen Gerät darauf zugegriffen hat«, sagte sie.

»Genau.«

»Er ist ein lügender Scheißkerl. Schleift seinen Hintern wieder hierher«, wies Natalie an. Sie beugte sich über ihren Schreibtisch und nahm ein paar Unterlagen zur Hand. Das Kitzeln in ihrem Hals erwies sich als zu stark, und sie wurde von einem plötzlichen Hustenanfall unterbrochen. Als sie sich erholt hatte, fragte sie mit roten Augen nach: »Wer hat das Büro mit Lynx, oder was auch immer es ist, vollgesprüht?«

Ian entschuldigte sich: »Das war ich. Ich dachte, es roch hier etwas ... muffig.«

»Hättest du nicht ein Fenster öffnen können?«

»Es hat wie aus Eimern gegossen.«

»Öffne es, verdammt noch mal, für ein paar Minuten und lass etwas Luft herein. Ich ersticke hier. Wer hat den dritten

Mann befragt, mit dem Maisie in Kontakt stand ... Felix Conway?«, fügte sie, von ihren Notizen abgelesen, hinzu.

»Ich«, sagte Murray und entriegelte eines der Fenster.

»Was hast du aus ihm herausbekommen?«

»Das Gleiche wie bei den anderen. Er hat mit Maisie auf der Website gechattet. Sie haben sich gut verstanden, E-Mail-Adressen ausgetauscht und wollten sich zu einem Wochenendausflug treffen, aber im letzten Moment hat sie gemailt, dass sie es nicht schaffe. Sie hat ihm irgendeinen Unsinn darüber erzählt, dass ihr Bankkonto gehackt und gesperrt worden sei und sie kein Geld habe, um für das Zugticket oder ihre Miete für diesen Monat zu bezahlen. Selbstverständlich ist er nicht darauf hereingefallen und hat den Kontakt zu ihr abgebrochen.«

»Hat er ihr E-Mails geschrieben?«, fragte Natalie.

»Ja. Genau wie die anderen Kerle.«

»Waren sie nicht von Anfang an auch nur ein klein wenig misstrauisch? Jeder verfügt über Messenger-Dienste oder schreibt SMS. Warum dachten sie nicht, es sei merkwürdig, dass sie es anonym halten wollte? Das schreit für mich nach ›Betrug‹.«

»Manche Menschen sind zu leichtgläubig«, meinte Lucy.

»Eher zu *dumm*.« Natalie räusperte sich erneut, obwohl sich der Geruch verflüchtigte. Sie verzweifelte an der Naivität derer, die von Betrügern hinters Licht geführt wurden, obwohl Internet-Gaunereien sehr ausgeklügelt geworden waren und es oft schwierig war, Wahrheit von Erfundenem zu unterscheiden. Es passierte zahlreichen Personen, denen eingeschlossen, die sich selbst als klug erachteten. Sie dachte darüber nach, dass ihr Ausbruch und ihre miese Laune nicht dem Geruch im Büro oder Henrys Lügen geschuldet, sondern wegen Gemma ausgelöst worden waren. Die Möglichkeit, dass jemand dieses Mädchen für betrügerische Handlungen benutzt hatte, machte sie wütend. Sasha niedergeschmettert und schluchzend zu sehen, hatte ihren eigenen Verlust wieder aufleben lassen. Sie hatte eine Verbindung zu Gemmas Mutter gespürt, und auch wenn sie neutral bleiben sollte, konnte sie nicht anders, als Empathie zu empfinden. Sie musste der Sache auf den Grund gehen, um Sasha zu helfen, das Geschehene verarbeiten zu können.

»Hat überhaupt niemand diese ›Maisie‹ der Dating—Website gemeldet?«

»Nein.«

»Ich finde das wirklich seltsam. Wenn es mir passiert wäre, hätte ich andere davor schützen wollen, abgezockt zu werden. Ich hätte sie auch bei der Polizei angezeigt. Warum haben sie das nicht getan?«

»Scott hat sich geschämt und dachte, die Organisatoren der Website würden früher oder später davon erfahren, und Felix hat gesagt, er habe sich gedemütigt gefühlt. Er hat Maisie eine ganze Menge persönlicher Dinge über sich selbst erzählt. Er war wirklich bestürzt, als ihm klargeworden ist, dass sie ihn getäuscht hat, und ein Teil von ihm wollte es nicht akzeptieren. Ich habe seine Aussage hier, wenn du sie lesen möchtest«, sagte Murray.

Natalie nahm sie entgegen und warf einen Blick darauf. Die Worte »gedemütigt« und »depressiv« stachen hervor. Erfolgreiche Betrüger, oder Catfisher, suchten sich vor allem Opfer, die schutzlos waren: Senioren, Witwen oder Witwer sowie diejenigen, die eine kürzliche Trennung von einem geliebten Menschen aus der Bahn geworfen hatte. David war eine solche Person, aber er war nicht von Maisie kontaktiert worden und er war auch nicht länger Tatverdächtiger in diesen Ermittlungen – Henry Warburton hingegen schon.

»Warum hat mir Henry erzählt, er habe Fotos erhalten und sie gelöscht, wenn er das eindeutig nicht hat? Und warum hat er nicht dieses Handy benutzt, um auf die Special-Ones-Website zuzugreifen, oder ihre App heruntergeladen? Und ...

warum konnten wir keine E-Mails finden, die er ihr geschickt hat?«

»Wegwerfhandy«, meinte Ian.

»Genau!« Natalie war diese Option auch schon gekommen. »Ich frage mich, ob er ein Wegwerfhandy benutzt hat, um mit dieser Person, oder irgendeiner anderen, die er über die Dating-Website kennengelernt hat, zu kommunizieren. Was denkst du, Mike?«

»Das würde erklären, weshalb wir nichts auf dem Handy, das wir haben, finden können. Oder vielleicht hat er eine extra SIM-Karte dafür verwendet.«

»Wir haben die E-Mail-Adresse nicht, die diese Person benutzt hat, oder?«

Murray meldete sich zu Wort: »Ich habe sie an Mike weitergegeben.«

Mike übernahm: »Es war eine Wegwerf-E-Mail-Adresse, die dazu benutzt wurde, E-Mails vorübergehend zu speichern, und die mit dem ursprünglichen Postfach verknüpft war. Aber wir waren nicht in der Lage, sie oder die E-Mail-Adresse, mit der sie verbunden war, aufzuspüren. Sie ist verschwunden. Professionelle Betrüger haben verschiedene ausgeklügelte Methoden, um ihre IP-Adresse zu verschleiern, aber das hier ist elementarer. Sieht aus, als wäre das so vonstattengegangen.«

»Es ist nicht komplex?«, fragte Natalie Mike.

»Überhaupt nicht. Wegwerf-E-Mail-Adressen werden heutzutage viel dazu benutzt, um Spam umzuleiten. Es ist ganz einfach, eine zu bekommen. Dazu braucht man keine großartigen Computerkenntnisse.«

»Es besteht immer noch die minimale Chance, dass Gemma das Fake-Profil mit ihrem eigenen Foto erstellt und ein falsches E-Mail-Konto eingerichtet hat, um mit Fremden zu schreiben und sie um Geld zu betrügen«, sagte Ian.

Natalie glaubte das nicht. »Zunächst einmal hatte sie keine Schulden, eine anständige Teilzeitarbeit, hat sich auf das

Studium konzentriert, soweit wir das sagen können. Außerdem hätte sie, wenn sie sich die ganze Mühe gemacht hätte, eine Wegwerf-E-Mail-Adresse zu erstellen und sich diesen ganzen Mist über Schmuckläden und Großmütter in Heimen auszudenken, sicherlich ein anderes Profilbild verwendet. Das sieht eindeutig danach aus, als hätte jemand anders es erstellt und ein Foto von ihr benutzt, um Opfer anzulocken. Und im Augenblick steht Fran aufgrund ihrer Geschichte über die Großmutter unter Verdacht. Ich möchte, dass die Forensik eine Einheit zu Frans Zimmer schickt und nachsieht, ob wir irgendwelche Beweise dafür finden können, dass sie dahintergesteckt hat. Kannst du das in die Wege leiten, Mike?«

»Sicher.«

Sie waren nicht in der Lage, die Wegwerf-E-Mail-Adresse aufzuspüren, und nach Natalies Einschätzung steckte Gemma eindeutig nicht hinter dem Schwindel. Dennoch konnte es immer noch eine Verbindung zwischen dem Säureangriff und dem Betrug geben. Sie äußerte ihre Gedanken, damit ihr Team darüber nachdenken konnte.

Murray schüttelte den Kopf. »Ich kann nicht verstehen, was dieser Betrug mit dem Angriff zu tun haben soll. Diese Person hinter der Catfishing-Aktion hatte keinen Erfolg. Die drei Männer, die wir befragt haben, haben alle ihre Masche durchschaut und ihr kein Geld gegeben. Das Einzige, was mir in den Sinn kommt, ist, dass Gemma es herausgefunden hat und angegriffen wurde, um den Mund zu halten.«

Natalie dachte über seine Theorie nach, aber sie erschien ihr zu vage. »Sie hätte die Person angezeigt.«

»Vielleicht nicht, wenn es irgendjemand war, den sie kannte, eine Freundin – vielleicht sogar so jemand wie Fran.«

»Entschuldigung, dass ich deine Idee durchkreuze, Kollege, aber ich habe die Finanzdaten von Fran und Hattie zurückbekommen, und keine von beiden hat Schulden. Zwar hat Fran nur neunzig Pfund auf ihrem Konto, aber sie hat kaum Ausgaben. Hattie bekommt jeden Monat regelmäßige Zahlungen von ein paar hundert Pfund von ihrem Vater. Er hat einen Dauerauftrag für sie eingerichtet«, berichtete Ian.

»Also stecken die Mädchen vielleicht doch nicht hinter dem Betrug. Trotzdem möchte ich, dass Frans Zimmer überprüft wird, okay, Mike?«

»Ja.«

Ian hob wie ein Schuljunge, der darauf hoffte, eine Frage zu beantworten, eine Hand. »Wir haben die Aussagen der Männer, die Maisie zu betrügen versucht hat, noch nicht endgültig überprüft, oder? Was sie uns erzählt haben, stimmt vielleicht nicht.«

»Es scheint, als würden wir uns an Strohhalme klammern«, sagte Natalie. Sie wollte die Idee verwerfen, entschied dann aber, dass sie keine anderen Möglichkeiten hatten. Ihr Bauchgefühl verriet ihr, dass es eine Verbindung zwischen dem Betrug und dem Angriff auf Gemma gab. »Kommt an ihre Finanzdaten heran und schaut, ob irgendwelche großen Summen von ihren Konten abgegangen sind. Wenn einer von ihnen bedeutsame Barauszahlungen getätigt hat, dürfte uns das einen neuen Ermittlungsansatz geben, mit dem wir arbeiten können. Wir müssen irgendwo einen Hinweis finden.« Ihr wahrscheinlichster Tatverdächtiger war im Augenblick Henry, aber selbst er hatte keine Verbindung zu Hattie oder Fran, von der sie wussten. »Okay, lasst uns mit dem weitermachen, was wir haben, und jemand ruft Henry an – ich möchte mit ihm sprechen.«

Mike wartete, bis alle beschäftigt waren, dann nickte er ihr zu, um ihr zu signalisieren, dass er mit ihr unter vier Augen sprechen wollte, und glitt in den Flur hinaus. Natalie gesellte sich zu ihm auf das große, bunte Sofa, das fester Bestandteil ihres Büros war.

»Hast du David einen Besuch abgestattet?«

»Ja, und ich habe ihm von den DNA-Ergebnissen berichtet,

auch wenn ich noch nicht mit ihm über seine Aufenthaltsorte der letzten paar Tagen gesprochen habe. Es ist so sicher wie das Amen in der Kirche, dass er in einem oder beiden Wettbüros war, als das Auto in der Gower Street parkte. Er wird direkt, als ich ihm das mit dem Navi erklärt habe, vermutet haben, dass ich herausfinden würde, wohin er tatsächlich gefahren ist, aber er hat mich nicht davon abgehalten, es mitzunehmen, oder irgendetwas gesagt. Das Seltsame ist, dass es mir eigentlich nichts ausmacht. Er hätte mir von Anfang an erzählen können, wo er war, und seinen Namen viel früher entlasten können, aber nein, er hat es geheim gehalten, und es ärgert mich nicht. Ich kann noch nicht einmal behaupten, dass es mich überrascht. Ich habe mich an die Erwartung gewöhnt, dass er lügen wird, besonders über das Spielen, und es ist mir egal. Was er mit seinem Leben anstellt, ist nicht mehr meine Sorge.«

Seine dunklen Augenbrauen zogen sich zusammen, und er neigte den Kopf. Er sorgte sich eindeutig immer noch um seinen Freund. »Schien er okay zu sein?«

»Er hat mich nicht angeschnauzt, was ein Anfang ist, und wir haben ein höfliches, wenn auch nur kurzes Gespräch bei einer Tasse Tee hinbekommen. Und das Haus war aufgeräumt – wirklich sauber und ordentlich. Das hat mich überrascht. Ich hatte eine Müllhalde erwartet.«

»Er hatte schon immer hohe Ansprüche. Selbst damals während unserer Uni-Zeit war sein Zimmer immer viel ordentlicher als meins«, sagte Mike leise. Wäre da nicht seine Beziehung mit Natalie, würde Mike zweifellos jetzt in der Stunde der Not für seinen Freund da sein. David hatte sie beide aus seinem Leben ausgeschlossen und versuchte, allein zurechtzukommen.

»Es sind ein paar Monate vergangen. Vielleicht ist er offener für eine Versöhnung. Warum rufst du ihn nicht an?«, fragte sie.

»Das ist sehr unwahrscheinlich, und das weißt du. Ich

habe ihm seine Frau weggenommen und David ist immer noch ein stolzer Kerl. Ich muss ihm ein kleines bisschen Selbstwertgefühl lassen. Ich kann nicht zu ihm hingehen und um Vergebung betteln. Das ist nicht meine Art. Ich wusste, auf was ich mich einlasse, als wir diese Entscheidung getroffen haben, und was ich aufgeben würde.« Er lächelte müde und sagte dann: »Ich sollte besser ins Labor zurückgehen. Wir haben einen Haufen Arbeit, die erledigt werden muss.«

Er stand mit einer kraftvollen Bewegung auf und ließ eine Leere zurück, wo seine volle Gegenwart gewesen war.

Sie sah ihm hinterher, wie sich seine Gestalt fortbewegte, und ihr wurde bewusst, dass sie sich Mike jeden Tag mehr und mehr hingezogen fühlte. Aber es konnte nicht geleugnet werden, dass er sich schuldig fühlte, einen seiner engsten Freunde verletzt zu haben. Ihre Gedanken wurden zerstreut, als sie hörte, wie Lucy Ian etwas zurief.

»Hast du Henry Warburtons Finanzdaten angefordert?«

»Hab ich.«

Murray unterbrach sie: »Ich habe Henry in der Leitung, Natalie. Möchtest du mit ihm reden?«

Natalie flitzte zu ihm hinüber. »Mr Warburton, hier ist DI Ward.«

Die Antwort war sehr zögerlich: »Ja.«

»Sie müssen so bald wie möglich zurück zum Revier kommen.«

»Ich bin momentan bei der Arbeit.«

»Würden Sie es vorziehen, dass wir zu Ihnen kommen?«

»Nein. Nein. Ich werde schauen, ob ich mir freinehmen kann.«

»Wir können einen Officer schicken, der sie abholt, wenn das hilfreicher wäre.«

»Nein. Ich fahre selbst. Kann ich fragen, über was Sie mit mir sprechen wollen?«

»Es hat mit Maisie zu tun. Ich würde die Angelegenheit lieber auf dem Revier erörtern.«

»Okay. Ich bin in etwa einer Stunde da.«

Sie legte auf. Falls er nicht gestand, ein zweites Handy zu besitzen, würde sie einen Durchsuchungsbefehl benötigen, und da sich seine Wohnadresse außerhalb ihres Zuständigkeitsbereiches befand, würde sie ihre Kollegen bei der Polizei der West Midlands informieren müssen. Murray war an seinen Platz zurückgekehrt und hatte die Brille aufgesetzt, um sich durch Papierkram zu kämpfen. Sie blieb, wo sie war, und dachte darüber nach, wie sie am besten vorgehen sollten. Sie wünschte sich, dass sie mehr vorzuweisen hätten als einen Mann, der von jemandem, der sich als Gemma ausgegeben hatte oder nicht, betrogen worden sein könnte oder nicht, aber das hatten sie nicht. Sie konnte nur den Hinweisen folgen, und im Augenblick gab es rein gar nichts, dem sie nachgehen konnten. Sie ging zu ihrem Schreibtisch hinüber und tätigte einen diskreten Anruf bei den Wettbüros in der Gower Street in Little Harding. Sie würde vielleicht niemanden der Verbrechen beschuldigen können, aber sie war entschlossen, Davids Namen endgültig zu entlasten. Dan würde einen anderen Sündenbock finden müssen, den er der Presse vorwerfen konnte. Trotz aller Fehler Davids würde sie es nicht zulassen, dass er noch mehr litt, als er es sowieso schon getan hatte.

Henry hielt sein Wort und kam genau eine Stunde später, um fünfzehn Uhr vierzig, an. Er betrat den Vernehmungsraum mit einem leicht stolzierenden Gang, die Hände in den Hosentaschen, die vorgetäuschte Lässigkeit verriet lediglich der glänzende Schweiß auf seiner Stirn. Der Officer, der ihn ins Zimmer geführt hatte, ging leise davon und die Tür schloss sich mit einem unheilvollen Klicken.

Gegenüber Natalie und Murray stieß er ein nervöses Lachen aus, während er sich setzte. »Das sieht ernst aus. Ich brauche keinen Anwalt, oder?«

»Das hängt von Ihren Antworten auf unsere Fragen ab«, sagte Natalie.

Henry rutschte unbehaglich hin und her, bis er eine passende Position eingenommen hatte, die Hände auf dem Schoß, die Füße fest auf dem Boden. Seine Schultern waren ganz von selbst gerundet. Der Geier war zurück.

»Wir haben Ihr Handy überprüft.« Murray schob das Gerät in einer Plastiktüte in Richtung der Tischmitte, während er sprach.

»Und Sie haben nichts darauf gefunden«, sagte Henry schnell.

»Das stimmt«, erwiderte Murray.

»Warum haben Sie mich dann gebeten, wiederzukommen?«

Natalie ergriff das Wort: »Weil da nichts war.«

»Dann sollte ich gehen dürfen.« Er machte Anstalten, aufzustehen.

Murray knurrte: »Setzen Sie sich, Mr Warburton.«

Natalie knüpfte dort an, wo sie aufgehört hatte: »Wenn ich sage, dass dort nichts war, deutet das nicht darauf hin, dass Sie uns die Wahrheit gesagt haben. Ganz im Gegenteil, denn unsere Techniker sind die besten im Vereinigten Königreich und können fast alles wiederherstellen, das gelöscht wurde. Wenn ich sage, fast alles, meine ich, dass sie nur die Sachen nicht wiederherstellen können, die aufgrund der Zerstörung eines Handys oder seiner SIM-Karte vernichtet sind. Haben Sie die SIM-Karte Ihres Handys durch eine neue ausgetauscht?«

»Nein. Habe ich nicht. Das ist mein Handy. Wenn es, wie Sie sagen, überprüft worden ist, dann werden Sie wissen, dass ich es seit achtzehn Monaten besitze. Die ursprüngliche SIM-Karte befindet sich immer noch darin.«

Natalies Lippen zuckten. Der Mann rutschte wieder auf seinem Platz hin und her und seine Hände waren nun fest zwischen den Oberschenkeln eingeklemmt. Sie waren an etwas dran.

»Nicht nur, dass es keine Fotos gab, wir konnten auch keinen Beweis für einen Austausch von E-Mails zwischen Ihnen beiden finden.«

»Ich habe alle Schriftwechsel zwischen uns gelöscht.«

»Wie ich schon erklärt habe: Wenn Sie das getan hätten, wären wir in der Lage gewesen, sie zurückzuholen.« Sie öffnete die Akte vor sich und fuhr mit einem Finger die Liste entlang. »Tatsächlich haben wir 1271 E-Mails wiederhergestellt, die gelöscht waren und ein Jahr zurücklagen, aber keine davon war an Maisie adressiert, wie sie Ihnen bekannt war. Wie haben Sie mit ihr kommuniziert, als sie aufgehört hat, Ihnen Nachrichten über die Website zu schicken?«

»Wir haben einander E-Mails geschrieben. Das habe ich Ihnen erzählt.«

»Aber wir wissen, dass das nicht der Fall war.«

»Ich habe eine andere E-Mail-Adresse benutzt als die, die Sie haben.«

»Und warum haben Sie mir das nicht früher gesagt?«

»Ich habe es vergessen.« Die Lüge war so offensichtlich, dass er, direkt, als sie ausgesprochen war, zusammenzuckte.

»Das ist Unsinn und das wissen Sie«, sagte Murray.

Als Henry den Mund öffnete, um zu protestieren, stoppte ihn Natalie mit einem kühlen Blick. »Was die Angelegenheit sogar noch verkompliziert, da Sie eindeutig etwas verheimlichen, Mr Warburton. Sie haben gelogen, Informationen zurückgehalten und unsere Zeit verschwendet, was uns, wie Sie wissen dürften, genügend Gründe liefert, Sie unter Anklage zu stellen.«

»Nun, einen Augenblick mal ...«

Sie ließ ihn nicht ausreden: »Ich rate Ihnen, dass Sie sehr gewissenhaft nachdenken, bevor Sie meine nächste Frage beantworten. Es macht den Unterschied, ob Sie heute Nachmittag in die Zelle wandern oder nach Hause gehen, und ich bin nicht in der Stimmung, zu verhandeln oder weiteren Lügen zuzuhören. Das ist eine Mordermittlung. Drei junge Frauen sind tot und es hat damit angefangen, dass einer von ihnen, deren Foto auf dieser Dating-Website war, Säure ins Gesicht geschüttet wurde. Verstehen Sie, wie ernst das ist?«

Eine unsichtbare Kraft entzog ihm die Tapferkeit und er beugte sich weiter nach vorn. »Ja.« Beinahe hätte sie seine leise gesprochene Antwort nicht gehört. Henry geriet ins Wanken.

»Wir können uns Durchsuchungsbefehle besorgen und Ihr

Zuhause auf den Kopf stellen, Ihren Arbeitsplatz und Ihr Leben allgemein durcheinanderbringen, da wir glauben, dass Sie entweder ein zweites Gerät benutzt haben, um mit Maisie zu kommunizieren, oder eine Ersatz-SIM-Karte. Sie haben keine Fotos von ihr auf diesem Handy empfangen, aber Sie haben Fotos von ihr erhalten, nicht wahr?«

»Ja.«

»Auf einem anderen Handy?«

Er antwortete nicht.

»Mr Warburton, beantworten Sie bitte die Frage. Haben Sie mit Maisie per Handy gesprochen oder kommuniziert?«

»Ich hätte gern einen Anwalt, bevor wir weitermachen.«

Murray ließ die Fingerknöchel knacken, während sie im Büro auf die Ankunft von Henrys Anwalt warteten. Endlich waren sie etwas auf der Spur, und die Stimmung war zwar nicht euphorisch, aber durchaus positiv. Ian änderte das alles jedoch sofort.

»Ich habe die Finanzunterlagen aller drei Männer erhalten, und keiner von ihnen hat große Geldbeträge abgehoben oder überwiesen. Es gibt nichts Unpassendes auf sowohl Scotts als auch Felix' Konto, aber Henry ist im Minus. Er hat nicht nur eine Hypothek und die üblichen Ausgaben, sondern auch noch zwei Kreditkarten ausgeschöpft und drei unbeglichene Kurzzeitkredite. Er hat kein Geld, das er verleihen könnte, geschweige denn, um seine Hypothek zu bezahlen. Der Mann ist von Schulden geplagt.«

»Dann ist es unwahrscheinlich, dass er Maisie irgendwelches Geld gegeben hat.« Lucys Worte blieben in der Luft hängen.

»Wenn Henry ihr kein Geld geliehen hat, warum hätte er ihr dann etwas antun sollen? Und in welcher Verbindung steht er zu Fran und Hattie?«

Ians Fragen lagen ihnen allen auf den Lippen. Natalie konnte ihm keine Antworten geben, aber sie erinnerte sich an Henrys Gesichtsausdruck, an die feuchte Stirn und die zwischen den Oberschenkeln eingeklemmten Hände. Seine Reaktionen waren auf Schuldgefühle zurückzuführen. Sie musste mit ihm reden und das schnellstmöglich.

»Er konnte Maisie nicht geben, was er nicht hatte. Schon komisch. Ein Buchhalter ohne Geld. Das ist ironisch, oder?«, grübelte Ian nach.

Da war etwas Ironie dabei. Keiner der Männer hatte dem Betrüger Geld überwiesen. Wer war diese Person? War es Fran? Waren sie auf der falschen Fährte und jagten einem Betrüger hinterher, obwohl sie eigentlich nach einem Mörder suchen sollten? Oder war es ein und derselbe Mensch?

Natalie beobachtete, wie weiße Wolken an den Fenstern vorbeirauschten. Die erste sah vage wie ein Elefant aus, der mit angehobenem Rüssel Alarm schlug. Er verschmolz schnell mit einer anderen Wolke zu etwas Unerkenntlichem. Natalie war nie besonders gut darin gewesen, Formen und Muster zu erkennen. Leigh hingegen war Expertin darin gewesen, Formen oder Gesichter in Toastscheiben, Gemüse oder in Wolken auszumachen ...

———

»Mum, schau mal ... Das ist ein Pferd, das vor der Wolke wegrennt! Es ist wunderschön.«

Natalie öffnet die Augen. Die Sonne hat sie aufgewärmt, und ihr Körper ist vor Trägheit schwer. Leigh liegt flach auf dem Rücken auf der Decke. Das weiße Pferd taucht oben aus der Wolke auf, die Vorderhufe angehoben und bereit, zur Sonne zu galoppieren. Der Rest des Körpers ist mit der Wolke, aus der es flieht, vermischt.

———

Flieht ... wie der Vogel auf Frans Arm. Weshalb hatte Fran sich so dagegen gesträubt, in ihre Heimatstadt zurückzukehren, und weshalb war sie Gemma gegenüber feindlich gesinnt gewesen? War es ausschließlich um Ryan gegangen? Sie suchte Einzelheiten über das Mädchen heraus, brachte ihren Verstand einen Augenblick lang von Wolkenformationen und ihrer Tochter weg. Fran hatte keine leichte Kindheit gehabt. Ihr Vater war ein Krimineller, hatte einen Insassen angegriffen und getötet, während er seine Haftstrafe absaß. Ihre Mutter hatte erneut einen Versager geheiratet, der eine Reihe kleinerer Delikte, Diebstahl eingeschlossen, vorzuweisen hatte, und Fran selbst war als Kind in Schwierigkeiten mit der örtlichen Polizei geraten. Sie war zweimal von zu Hause weggelaufen und nach ihrem zweiten Versuch von ihren Großeltern aufgenommen worden. Ihr Großvater war vier Jahre später gestorben und ihre Großmutter hatte sich bis hin zum College um sie gekümmert; nur wenige Wochen nachdem Fran dies beendet hatte, war ihre Großmutter in einem Pflegeheim aufgenommen worden. Sie las den letzten Satz noch einmal. Maisie hatte mit einer Masche über eine Großmutter, die aus einem Pflegeheim geworfen worden war, versucht, an Geld zu kommen. Hatte jemand diese Information dazu benutzt, um den Betrug zu erfinden, oder war es Fran selbst gewesen? Andere, die Fran kannten, hätten über ihre Vergangenheit und ihre Großmutter Bescheid gewusst. Hatte jemand von ihnen das Profil erstellt?

»Mike ist für dich in der Leitung, Natalie«, sagte Murray. Natalie hatte das Klingeln des internen Telefons nicht mitbekommen.

Mike klang optimistisch: »Meine Einheit hat zweitausend Pfund in Fünfzig-Pfund-Scheinen in einem Schuhkarton unten in Frans Kleiderschrank gefunden. Sie bringen sie her, wenn sie mit dem Rest des Zimmers fertig sind.«

Natalie sollte überglücklich sein, aber es gab noch zu viele unbeantwortete Fragen. Dennoch war es ein Schritt nach vorn. »Das ist großartig. Lieben Dank.« Sie sah zu Lucy hoch, die am Schreibtisch neben ihr saß und sich die Narbe über dem Nasenbein rieb, wie sie es oft tat, wenn sie über ein Problem nachgrübelte.

»Ich hoffe, es hilft, die Dinge voranzubringen«, sagte Mike.

»Auf jeden Fall.«

»Ich habe gedacht, wir könnten vielleicht später, zur winzigen Feier des Tages, etwas trinken gehen.«

»Das wäre toll.«

»Gut. Bis später dann.«

Natalie beendete das Gespräch. »Die Forensik hat ein paar Tausender in einem Schuhkarton in Frans Zimmer gefunden.«

Murray pfiff. »Wow! Das ist viel verstecktes Bargeld. Jetzt müssen wir herausfinden, woher es stammt.«

»Es ist ein weiteres Rätsel für uns, das gelöst werden muss, aber ich bin mir sicher, dass eine Verbindung zwischen dem Betrug und den Morden besteht. Wir kommen der Sache näher«, antwortete Natalie.

Lucy rieb sich erneut die Nase. »Das Geld muss von einem Betrug stammen.«

»Maisie, oder soll ich Fran sagen, hatte keine Matches mit irgendwelchen anderen Männern, und die Typen, die wir befragt haben, sagen alle, dass sie ihren Betrug mit der Zeit durchschaut hätten, was die Frage aufwirft: Woher kommen die zweitausend Pfund?«, fragte Murray.

Natalie starrte auf eine engelförmige Wolke, die am Fenster vorbeizog. Der Gedanke tauchte aus dem Nirgendwo auf, war durch Ians frühere Aussage in Bezug auf einen Buchhalter ohne Geld zum Leben erweckt worden. Es war weit hergeholt, aber einen Versuch wert. »Henry kümmert sich um die Bücher eines Maschinenbauunternehmens, nicht wahr? Findet heraus, ob in den letzten paar Wochen irgendwelche

Schecks geschrieben oder Abhebungen vorgenommen wurden.«

Ian hastete davon, und während sie versuchte, sich einen Reim aus dem gerade Entdeckten zu machen, surrte ihr Handy. David versuchte, sie zu erreichen, und sie ging in den Flur, um den Anruf anzunehmen.

»Es tut mir leid. Aufrichtig leid. Du weißt jetzt die Wahrheit, oder?«

»Ob ich weiß, wo du in den letzten Tagen warst? Du warst in der Gower Street.«

»Ich konnte es dir nicht sagen. Ich konnte dir nicht in die Augen schauen und dir sagen, dass ich dich und Josh und meinen Vater wieder einmal enttäuscht habe. Ich bin auf so viele Weise am Arsch, dass ich mich nicht einmal mehr selbst im Spiegel ansehen kann. Jedes Mal, wenn ich versuche, einen Schritt vorwärtszumachen, versage ich. Ich bin ein Versager. Ich habe es noch nicht einmal hinbekommen, von einer Studentin bezahlt zu werden. Ich habe eine anständige Frau, die mir etwas Freundlichkeit entgegengebracht hat, verschreckt und es wieder vermasselt, indem ich dir nicht gesagt habe, wo ich war, als der Angriff auf Gemma stattgefunden hat. Ich verstehe überhaupt nicht, warum. Ich habe vorhin Zeitung gelesen. Sie geben an, dass du einen Mann Ende vierzig befragt hättest. Das bin ich, über den sie schreiben, oder?«

»Das bist du, aber es war nicht mein Werk. Ich wollte nicht, dass diese Information nach außen dringt.«

»Er seufzte. »Ich konnte nicht tiefer fallen, oder? Ein verfluchter Tatverdächtiger in einem Mordfall. Dass die Presse an meine Tür hämmert und mich ausfragt, ist gerade das Letzte, was ich brauche.«

»Das werden sie nicht.«

»Sie könnten es. Du weißt, wie hartnäckig Journalisten sein können, und mein Auto steht beim Revier ...«

»Sie werden es nicht herausfinden.«

Er seufzte eine gefühlte Ewigkeit. »Es spielt keine Rolle, ob sie es tun. Ich musste anrufen, um dir zu erklären, dass ich dir nicht sagen konnte, wo ich war. Ich konnte es einfach nicht.«

»Es wäre viel einfacher gewesen, wenn du es getan hättest. Es hätte keine Erwähnung in den Zeitungen gegeben. Du hast mich beschimpft, während ich deinen Namen sofort hätte entlasten können. Du hättest nur einem aus unserem Team zu sagen brauchen, wo du wirklich warst. Warum, verdammt noch mal, konntest du uns gegenüber nicht offen sein? Besser, zuzugeben, in einem Wettbüro gewesen zu sein, als dass Leute denken, du hättest jemanden umgebracht.«

»Ich weiß. Ich weiß. Ich bin total erbärmlich und verachte mich dafür, so zu sein.« Seine Worte waren ausdruckslos.

»Wie auch immer, wir haben jetzt herausgefunden, wo du warst, und was mich betrifft, werden wir dich damit nicht wieder behelligen. Ich werde dich noch nicht einmal wegen Justizbehinderung anzeigen. Ich möchte, dass du dein Leben verdammt noch mal in den Griff bekommst. Vielleicht solltest du eine Therapie machen. Du musst aus diesem selbstzerstörerischen Kreislauf ausbrechen. Josh braucht dich.« Sie hoffte, ihre Worte würden ankommen und ihn zu einer ein wenig positiveren Haltung bewegen, aber seine Antwort war matt.

»Nein, Natalie. Er braucht jemanden, der ihm ein guter Vater sein kann. Jemanden, zu dem er aufschauen kann. Ich bin nicht mehr so ein Mensch. Er hat dich. Du bist ein viel besserer Mensch, als ich es jemals sein werde. Du kannst mit allem umgehen. Ich kann es nicht. Ich bin zu schwach. Ich habe genug von allem. Ich bin am Ende.«

Ein Kribbeln kroch ihr die Wirbelsäule hoch. David klang nüchtern, aber seltsam – distanziert, als würde ihn nichts mehr interessieren. Sie verstand, weshalb. Er würde allem ein Ende setzen. »Wo bist du, David?«

»Es spielt keine Rolle, wo ich bin.«

Das verdeutlichte es ihr. Sie lauschte nach irgendwelchen

Hintergrundgeräuschen, hörte aber nichts. »David, was auch immer du vorhast, tu es nicht ... bitte ...«

»Ich liebe dich immer noch. Ich liebe dich, Josh und Leigh mehr, als ihr es jemals wissen werdet. Auf Wiedersehen, Natalie.«

Die Leitung war tot. Warum hatte er sich so verabschiedet? So, wie der Abschiedsgruß intoniert war, kam ihm eine tiefere Bedeutung zu als gewöhnlich. Er hatte ein endgültiges Auf Wiedersehen gemeint. Er wollte sein Leben beenden! Sie rief ihn zurück, aber die Mailbox sprang direkt an. Natalie drehte sich auf dem Absatz um. *Scheiße!* Wer könnte rechtzeitig bei David sein? Sollte sie einen Rettungswagen rufen? Sie würde zwanzig Minuten bis nach Castergate brauchen. Das könnte zu spät sein. Und was, wenn er nicht zu Hause war, und was, wenn sie überreagierte? Die Fragen hörten nicht auf, während sie zurück nach unten raste. Sie blieb auf dem ersten Treppenabsatz stehen, stürmte den Flur hinunter und hämmerte gegen die Glasscheibe zum forensischen Labor. Darshan sah auf und öffnete die Tür über einen Schalter am Tresen.

Sie rief Mikes Namen. »Wo ist er?«, wollte sie wissen.

»Nicht da. Kann ich weiterhel...?«

»Ich rufe ihn an.« Sie wählte seine Nummer und hastete, das Handy ans Ohr geklemmt, nach unten in Richtung Eingang.

»Hey, Natalie!«

Ihr Herzschlag hämmerte ihr in den Ohren. »Mike, ich habe einen wirklich merkwürdigen Anruf von David bekommen. Ich bin mir sicher, dass er drauf und dran ist, Selbstmord zu begehen.«

»Scheiße!«

»Wie weit bist du von Castergate weg?«

»Höchstens zehn Minuten. Du?«

»Auf dem Revier und sein Volvo steht noch auf dem Gelände. Ich kann nicht schnell genug dorthin kommen. Ich bin mir noch nicht einmal sicher, ob er zu Hause ist. Er hat sein Handy ausgeschaltet.«

Sie hörte, wie sich Mikes Atem beschleunigte, als er zu rennen begann. »Ich bin auf dem Weg. Bleib da. Ich versuche es ebenfalls auf seinem Handy.«

»Ich werde mir ein Fahrzeug nehmen.«

»Nein! Bleib, wo du bist. Ich schaffe das.«

Sie stand im Empfangsbereich und reckte das Gesicht zum Himmel. Wolken aller Formen und Größen jagten über das Dach der Glasvorhalle über ihr. Sie beobachtete, wie ein Drache, aus dessen Nüstern Rauch drang, nach vorne preschte, und schloss dann die Augen. Trotz seiner ganzen Fehler und nach allem, was passiert war, wollte sie nicht, dass David etwas Schlimmes widerfuhr. Sie konnte das nicht zulassen. Eine Stimme brachte sie wieder zur Besinnung. Murray rief nach ihr.

»Der Anwalt ist endlich aufgetaucht.«

Sie begab sich wieder ans Eingemachte. Mike würde sich um David kümmern. Er könnte auf einer vergeblichen Suche sein, und sie leitete wichtige Ermittlungen. Ihr blieb keine Wahl. Sie lief zu Murray. »Lass uns herausfinden, was zum Teufel uns Henry Warburton verschweigt.«

Mit einem Anwalt an der Seite hatte Henry ein Selbstvertrauen gewonnen, das er nicht zuvor gezeigt hatte. Der Eindruck wurde allerdings durch die gelben Schweißflecken unter seinen Achseln, die sichtbar wurden, als er sich die Hände hinter den Kopf legte, getrübt.

Natalie sprach die einleitenden Worte für das Aufnahmegerät, und sie begannen.

»Als wir das letzte Mal miteinander geredet haben, habe ich Sie gefragt, ob Maisie Ihnen irgendwelche Fotos von sich geschickt hat. Ich würde Ihnen gern noch einmal dieselbe Frage stellen. Hat sie Ihnen irgendwelche Fotos geschickt?«

Sein gesamter Oberkörper, nicht nur der Kopf, hüpfte auf und ab, darum bemüht, keinen Fehler zu machen. »Maisie und ich haben entschieden, über E-Mail anstatt den Nachrichtendienst der Website zu kommunizieren. So konnte sie Anhänge senden, und sie hat mir ein paar Fotos von sich geschickt, auf denen sie in Unterwäsche und Badeanzügen posiert ... schöne Fotos, nicht ekelhafte – geschmackvolle Bilder. Sie waren überhaupt nicht pornografisch.«

»Haben Sie diese Fotos auf ihr Handy heruntergeladen?«

»Ja, das habe ich.«

»Und Sie haben sie gelöscht?«

»Ja.«

»Wir konnten die gelöschten Fotos nicht auf dem Handy finden, das Sie uns gegeben haben. Woran liegt das?«

Er schaute zu seinem Anwalt, der ihm zu verstehen gab, fortzufahren.

»Ich habe ein Prepaid-Handy gekauft, um jegliche Beziehungen vor meiner Frau geheim zu halten.«

»Ich dachte, Sie wären zu dem Zeitpunkt getrennt gewesen, als Sie der Dating-Website beigetreten sind.«

»Das war nicht der Fall. Ich habe außerehelichen Spaß gesucht. Ich hatte es vor Special Ones auf anderen Dating-Plattformen versucht und etwas Erfolg gehabt, aber diese Beziehungen sind alle im Sande verlaufen. Ich liebe meine Frau, aber manchmal brauche ich mehr als das, was sie mir bieten kann. Drei Kinder großzuziehen, belastet sie. Ich schätze von Zeit zu Zeit ein wenig Gesellschaft. Ich habe das Handy benutzt, um die beiden Teile meines Lebens zu trennen.« Seine Augen gruben sich wie dunkle Insekten in ihre.

»Haben Sie das Handy noch?«

»Nein. Ich habe es nach der ganzen Betrugsgeschichte entsorgt. Mir wurde klar, wie dumm ich gewesen war, und dass ich in ernsthafte Schwierigkeiten geraten könnte, wenn ich mit diesem Verhalten weitermachen würde. Ich habe es zertrümmert und weggeworfen. Ich bin seitdem auf keiner Datingseite mehr gewesen.«

»Warum haben Sie uns bezüglich Ihrer E-Mail-Adresse angelogen?«

»Das weiß ich nicht. Ich kann mich nur entschuldigen. Ich hatte Angst, Sie würden mich beschuldigen, das unglückselige Mädchen angegriffen zu haben. Ich bin in Panik geraten.«

»Welche E-Mail-Adresse haben Sie benutzt, um Maisie zu kontaktieren?«

»Eine Wegwerf-Adresse«, antwortete er.

Hat er die ganze letzte Stunde dafür verwendet, sich diesen Müll auszudenken? Sie hätte es glaubhafter gefunden, wenn er damit von Anfang an herausgerückt wäre. Die inneren Stimmen, die ihre Instinkte leiteten, bellten wie wilde Tiere. Dieser Mann log wie gedruckt, und sie konnte nicht das Geringste tun, um das Gegenteil zu beweisen. Das Klopfen an der Tür ließ sie zusammenfahren. Ihre Gedanken sprangen sofort zu David, und sie entschuldigte sich, um zu öffnen. Sie trat in den Flur und schloss die Tür hinter sich. Ian konnte nicht verhindern, dass seine Lippen zuckten, als er ihr ein Din-A4-Blatt reichte.

»Henry hat Zugang zu den Konten des Maschinenbauunternehmens. Auf meine Bitte hin haben sie die neuesten Transaktionen überprüft und entdeckt, dass er am 19. Oktober dreitausend Pfund auf ein PayPal-Konto überwiesen hat. Ich konnte nicht herausfinden, wem das Konto gehört. Ralph sagt, es läge außerhalb seines Kompetenzbereichs, und wir haben es zunächst einmal an das Technik-Team übergeben.«

Natalie nahm das Blatt dankend entgegen. Dies war der Beweis, dass er über das, was passiert war, gelogen hatte. *Weitere Lügen.* Er hatte Maisie das erbetene Geld gegeben, und nachdem er entdeckt hatte, dass er hinters Licht geführt worden war, hatte er Grund dazu, auf sie wütend zu sein, oder sogar ein Motiv, ihr etwas anzutun. Natalie war ihm auf die Schliche gekommen. »Wir müssen sein Alibi für Freitagabend überprüfen. Er behauptet, mit seiner Frau und den Kindern zu Hause gewesen zu sein. Kontaktiere seine Frau und schau, ob ihre Aussagen übereinstimmen.«

»Du denkst, das Konto war mit Frans verbunden?«, fragte Ian.

»Vielleicht. Wenn das der Fall war, hat sie bereits tausend Pfund davon ausgegeben. Wir müssen warten und prüfen, ob das PayPal-Konto mit ihrem Bankkonto verknüpft ist. Überprüf du das Alibi, in der Zwischenzeit bringen wir ihn dazu, sich zu winden und hoffentlich zu gestehen.«

Ian handelte schnell, unternahm einen leichtfüßigen Sprint zum Treppenhaus und war innerhalb von Sekunden außer Sichtweite. Sie sah auf ihr Handy. Da war nichts von Mike. *Keine Neuigkeiten sind gute Neuigkeiten.* Das war nicht immer der Fall, wie sie schmerzhaft hatte herausfinden müssen, als ihre gesamte Hoffnung daran gehangen hatte, Leigh und Zoe lebend zu finden. Sie könnte es nicht ertragen, den Verlust eines weiteren Menschen, dem sie nahegestanden hatte, zu erleben. Sie steckte das Handy ein. Sie hatte völliges Vertrauen in Mike. Er würde anrufen, sobald er dazu in der Lage war. Sie öffnete die Tür mit neuer Entschlossenheit.

———

Den Fuß flach auf dem Boden, überholte Mike den Vauxhall Cavalier, der ihn aufhielt. Es war ihm egal, ob er einen Bußgeldbescheid bekommen würde. Wenn Natalie glaubte, David hätte vor, sich etwas anzutun, dann war da mit Sicherheit etwas dran, denn sie war keine Person, die zu dramatischen Ausbrüchen neigte. Davids seelische Verfassung hatte Mike beunruhigt. Er hatte gesehen, wie er am Sonntag aufs Revier gekommen war, und das Erscheinungsbild seines alten Freundes hatte ihn erschreckt.

Obwohl Mike vor Kurzem eine Beziehung mit Natalie angefangen hatte, war es nicht hinter dem Rücken seines Freunds geschehen. Natalie war darüber entschieden gewesen. Sie hatte sichergestellt, dass ihre Beziehung zu David vorbei war, bevor sie etwas mit Mike anfing, und er hatte Respekt dafür. Er hatte jahrelang für sie geschwärmt, aber nie beabsichtigt, ein Verhältnis mit der Frau seines besten Freundes zu beginnen. Die einmalige kurze Affäre ein paar Jahre zuvor war ein Fehler gewesen – ein durch und durch angenehmer

Fehler –, und Natalie und er waren sich einig gewesen, dass es nicht weiterlaufen würde. Sie waren nur bei ihm im Bett gelandet, weil David riesigen Mist gebaut hatte. Wenn David dem Drang, erneut zu spielen, hätte widerstehen können, hätte Natalie ihn niemals verlassen. Er schob diese Gedanken beiseite. Was passiert war, war passiert. Schließlich war David sein Freund, und er wollte ihn nicht verlieren.

Der Himmel vor ihm war beinahe schwarz, so dunkel, wie er ihn seit Monaten nicht gesehen hatte. Zweige schlugen gegen den BMW, während er um die engen Kurven fuhr. Die Straße war frei und er beschleunigte den brummenden Motor, überquerte die gewölbte Brücke mit solcher Geschwindigkeit, dass er für einen Moment in der Luft schwebte, bis das Auto mit ächzender Federung auf den Asphalt krachte und nach vorne schoss. Eine Wolke aus trockenen Blättern wirbelte vom Seitenstreifen auf, bedeckte die Windschutzscheibe, sodass skelettartige Formen am Glas kleben blieben. Er raste weiter, wohl wissend, dass jede Sekunde zählte.

Er bellte Befehle an seine Sprachsteuerung, noch einmal Davids Nummer zu wählen. »Geh ran, du Blödmann. Geh ran!« Es meldete sich eine Stimme, doch es war nur die des automatischen Anrufbeantworters. Er schlug mit den Handflächen gegen das Lenkrad. »Verdammt noch mal!«

David war seit Jahrzehnten sein bester Freund gewesen. Mike hatte immer geglaubt, dass David der gesegnete von ihnen war: Er hatte eine intelligente, gutaussehende Frau und eine Familie – zwei tolle Kinder – und eine ansehnliche Arbeit bei einer Anwaltskanzlei. Derweil hatte Mike nie gefunden, wonach er gesucht hatte, war zahlreichen Frauen hinterher gelaufen, hatte viel zu viele Gelegenheitsbeziehungen gehabt, hatte geheiratet, nur um sich zu trennen, und verlor dabei eine Tochter. Die Arbeit war sein Leben gewesen, aber nicht annähernd wie Davids sicherer, geregelter Arbeitsalltag. Dann hatte sich alles verändert und Davids Leben war zerbrochen. Er hatte zugesehen, wie sein Freund Fehler um Fehler machte, und obwohl er versucht hatte, dem Mann, den er als einen Bruder betrachtete, zu helfen, hatte David nicht auf Mike gehört. Er hatte damit weitergemacht, alles zu vermasseln, und jetzt ...

Mit quietschenden Reifen kam er hinter Natalies in der Einfahrt geparktem Wagen zum Stehen, warf die Autotür auf und donnerte den Weg zu Davids Haus hoch. Die Gardinen waren vor allen Fenstern zugezogen, und Mike hämmerte erst gegen das Wohnzimmerfenster, dann gegen die Haustür, öffnete schließlich den Briefschlitz und rief: »David! Mach auf ... sofort!«

Das Haus gab nichts als unheilvolles Schweigen zurück. Die ersten schweren Regentropfen platschten auf die Steinplatten um ihn herum und versahen sie mit Klecksen, die den Formen der Winnie-Puuh-Fruchtgummis ähnelten, die seine Tochter Leah liebte. Er sah sich um, ging auf die Suche nach etwas, dass ihm helfen würde, einzubrechen, dann fiel ihm der Ersatzschlüssel ein. David hatte immer, für den Fall, dass eines der Kinder sich ausgesperrt hatte, einen draußen versteckt gehalten. Er war unter einem losen Ziegelstein in der Mauer, die neben dem Haus verlief, verborgen. Vier Schritte, und er tastete nach dem richtigen Ziegel, suchte überall, beugte sich vor und machte sich groß, forschte nach einer verräterischen Lücke. *Wo zum Teufel war der Schlüssel?* Die dunklen Wolken brachen auf und Wasser ergoss sich über ihn, durchnässte seine Haare und lief ihm die Stirn herunter, nahm ihm die Sicht. Er wischte es weg und fuhr mit seinen kräftigen Fingern über die Ziegelsteine, die rauen Kanten schürften an seinen Fingerspitzen, bis einer schließlich leicht verrutschte, als er dagegen drückte. Er zog ihn heraus. Der Schlüssel war noch da.

Er ignorierte das Wasser, das ihm am Kragen vorbei und den Nacken hinunterlief, und schloss die Haustür auf. Als Erstes schlug ihm die Stille entgegen, dann die Hoffnungslosigkeit. Das Haus verströmte nicht länger die fröhliche Familienstimmung, auf die er in der Vergangenheit bei den Besuchen bei der Familie Ward immer neidisch gewesen war. Es war, als hätte es die gesamte Traurigkeit der letzten Monate aufgenommen und strahlte nun das Leid aus. Die vertrauten Anblicke von Kinderschuhen neben der Tür und über das Geländer geworfenen Mänteln oder Schultaschen unten an der Treppe waren verschwunden, zusammen mit dem allgemeinen Familienchaos, das den Ort wohnlich gemacht hatte. Fotos der Familie, die immer neben einer regelmäßig mit Blumen aufgefüllten Vase auf dem Flurtisch zur Schau gestellt worden waren, waren entfernt worden, was den Tisch verlassen wirken ließ.

»David! Bist du hier?«

Es kam keine Antwort und er wappnete sich für das, was er vorfinden könnte.

———

Der Vernehmungsraum hatte Umgebungstemperatur, aber Henry zog heftig an seiner Primelkrawatte, fingerte am obersten Hemdknopf herum und legte einen stärker werdenden Ausschlag bloß, der seinen Hals bedeckte.

»Ich wollte nicht, dass irgendetwas davon passiert.« Das Heulen begann erneut. Sein Anwalt schaute weg, die Haifischnase angesichts der zur Schau gestellten Emotion in die Luft gereckt.

Es war nicht schwierig gewesen, ihm ein Geständnis zu entlocken. Henry hatte bereitwillig gestanden und Natalie angefleht, sich anzuhören, was er zu sagen hatte.

»Beginnen Sie noch einmal bei den E-Mails«, sagte sie.

Er putzte sich die Nase und wischte sich mit demselben durchnässten Taschentuch die feuchten Augen, bevor er sprach: »Ich habe ein zweites E-Mail-Konto eröffnet, um mit

Frauen zu kommunizieren, ohne, dass meine Ehefrau es herausfindet.«

»Und Sie haben die E-Mail-Adresse benutzt, die Sie mir früher in der Befragung genannt haben?«

»Ja.«

Natalie hatte sie zusammen mit dem Passwort, das Henry ihnen gegeben hatte, an Ralph geschickt, mit der Anweisung, sie nach gelöschten E-Mails an Maisie zu durchsuchen.

»Und wie lange haben Sie über E-Mail miteinander kommuniziert?«

»Nur ein paar Tage. Wir sind so gut miteinander ausgekommen, dass ich vorgeschlagen habe, Handynummern auszutauschen und uns zu treffen. Sie war sehr an einem Treffen interessiert, aber nicht daran, Nummern zu tauschen. Sie wollte das lieber während unseres Dates tun, und zu dem Zeitpunkt ist mir das nicht seltsam vorgekommen. Wir haben vereinbart, uns zur Mittagszeit am Samstag, den 20. Oktober, am Bahnhof Birmingham New Street zu treffen, und der Plan war, dass wir etwas trinken und essen gehen, und dann die Nacht zusammen verbringen. Sie stand dem vollkommen offen gegenüber und hat mir erzählt, was sie mit mir machen will, wenn wir allein sein würden. Unsere Beziehung war ... schnell gewachsen. Viele unserer Gespräche drehten sich um das Thema Sex und ich habe mich auf das Treffen mit ihr gefreut.«

Der Anwalt hatte den Kopf gesenkt, sodass nur noch seine Kopfhaut sichtbar war, und obwohl es wirkte, als schliefe er, hörte er zu, wie sein Mandant das Geständnis wiederholte, und seine Finger schrieben ab und zu krakelige Notizen auf einen spiralgebundenen Block.

Henry bewegte halbherzig seine Arme, während er fortfuhr: »Am Freitagmorgen, einen Tag bevor wir uns treffen wollten, war ich in meinem Büro und bekam eine E-Mail von ihr ...«

Henry kann sich nicht auf die Buchhaltung konzentrieren. Im Hintergrund ertönt ein andauerndes Schlagen eines Hammers und das Klirr, Klirr, Klirr zerrt an seinen Nerven. Selbst bei geschlossener Bürotür hört er immerzu das Pfeifen und ständige Brüllen von unten. Wenn er möchte, kann er die Arbeiter durch das winzige Fenster, das die Fabrikhalle überblickt, beobachten. Es ist nur ein kleines Maschinenbauunternehmen, aber der Umsatz ist gut und es gibt genug Arbeit, sodass er in Vollzeitbeschäftigung bleiben kann.

Sein Handy piept, und er zieht das Prepaid-Gerät aus der inneren Jackentasche, die Hände auf einmal vom Schweiß der Vorfreude glitschig. Er kann es nicht erwarten, dieses aufregende Wesen zu treffen, das seine sexuellen Bedürfnisse perfekt zu verstehen scheint. Er hat schon mehrere Male an diesem Morgen darüber fantasiert, was sie morgen Abend im Bett anstellen würden. Sie hat eine lebhafte Fantasie und eine hinreißende Figur, und er kann es nicht erwarten, jeden Teil von ihr zu erkunden. Seine Finger schweben über dem Display, während er sich fragt, welche zweideutige Nachricht sie ihm wohl diesmal geschickt hat, und ein kleines Stöhnen entweicht seinen vollen Lippen bei der Aussicht auf die Leidenschaft, die sie beide genießen würden.

Er öffnet die E-Mail, die nicht auf die gewohnte verführerische Art beginnt. Maisie klingt bestürzt.

Es tut mir sehr leid, Henry. Ich kann mich morgen nicht mit dir treffen. Ich stecke total in der Patsche. Die Mistkerle von der Zollbehörde haben den Schmuck, den ich für meine Ausstellung am Montag brauche, beschlagnahmt, und ich werde ihn nicht ausgehändigt bekommen, bis ich ihnen eine unverschämt hohe Summe zahle. Ich habe das Geld nicht und brauche diese Stücke. Die meisten von ihnen sind schon Kunden versprochen, und ich hätte ein Riesengeschäft mit ihnen machen sollen. Das ist so verdammt unfair. Ich bin richtig fertig. Entschuldigung, Liebster, aber ich bin nicht in der Stimmung für unser heißes Wochenende. Ich werde nur unglücklich sein, und wir würden uns nicht vergnügen, wie ich es gehofft hatte. Vielleicht können wir etwas Neues ausmachen, wenn das alles geklärt ist.

Henry bleibt die Luft weg. Das hat er nicht erwartet. Jede wache Minute der letzten paar Tage hat er damit verbracht, sich auf das Treffen zu freuen. Er weiß alles über den Schmuck. Nur eine Woche zuvor hatte Maisie eine dreitägige Shoppingtour nach Dubai unternommen, um einige Stücke für ihr Geschäft zu erwerben. Sie hatte Henry Fotos der Stadt und ein paar Selfies gemailt, aber keines, wie er gebeten hatte, von sich in einem Bauchtänzerinnen-Outfit. Sie hatte auch Bilder von manchen der Ketten geschickt, kunstvolle Teile, die mit funkelnden Edelsteinen besetzt waren und sich gut bei der Künstlerschar – ihrer Zielgruppe – verkaufen lassen würden. Das war ihre große Chance – eine Ausstellung von spezialangefertigten Stücken und diesen. Sie hatte ihren gesamten Verdienst in den großen Eröffnungsabend ihrer neuen Boutique gesteckt, der am Montag stattfinden soll. Und jetzt will sie das Treffen absagen. Noch nie hat er eine solch bittere Enttäuschung erlebt.

Er hat nicht die Mittel, um ihr zu helfen, und auch wenn er sie hätte, könnte er es nicht. Seine Frau Samira würde es herausfinden und dann wäre aber etwas los. Sein Blick fällt auf die Akte auf seinem Schreibtisch und eine Idee ist geboren. Er ist der einzige Mensch, der sich um die Konten kümmert und die täglich stattfindenden Überweisungen im Blick hat. Mr Winthrop, der einundsiebzigjährige Besitzer, ist in den letzten drei Jahren nicht aktiv gewesen, und er vertraut Henry bedingungslos. Könnte er? Er verfasst eine schnelle E-Mail, deutet an, dass er in der Lage sein könnte, Maisie zu helfen. Die Antwort kommt sofort zurück und ist voller Dankbarkeit, aber sie schreibt ihm, dass sie sein Geld nicht annehmen könne. Sie werde einen anderen Weg finden müssen, um das Problem zu lösen. Er schickt eine weitere Nachricht, besteht darauf, dass er helfen kann. Die Antwort ist mehr, als er sich erhofft hat. Das Date findet statt und sie ist ihm unendlich dankbar. Er solle die dreitausend Pfund über PayPal auf ihr Konto senden, und sie werde das Strafgeld bezahlen, um ihre Waren ausgehändigt zu bekommen, und ihn am nächsten Tag um zwölf Uhr fünfzehn sehen. Ein Lächeln umspielt seine Lippen, während er tippt: »Wie wirst du mich für meine Großzügigkeit belohnen?«

Die Antwort, die sie zurückschickt, lässt eine Beule in seiner Hose entstehen.

Es ist einfach, das Geld zu überweisen, und nachdem er damit fertig ist, macht er früh Mittagspause. Er sitzt in der Betriebskantine und tippt eine E-Mail auf seinem Handy, fragt, ob das Geld angekommen sei. Sie antwortet nicht. Sie versucht bestimmt, sich um die Freigabe ihrer Waren zu kümmern. Er gibt ihr fünfzehn Minuten, ehe er eine zweite Mail schreibt. Das sieht ihr gar nicht ähnlich. Normalerweise antwortet sie sofort. Die Kantine füllt sich und er trinkt den Kaffee aus und isst sein Sandwich auf, schaut noch einmal nach. Noch immer keine Antwort. Er verschickt eine dritte E-Mail und geht zurück ins Büro und zum Getöse der Maschinen.

Am Ende des Nachmittags berührt er das Handy zum hundertsten Mal. Er hat aufgehört, E-Mails zu senden. Er versucht es über die Dating-Website, aber sie antwortet nicht. Er räumt seine Bücher weg und schließt die Schubladen ab, in denen sie aufbewahrt werden, dann verlässt er das Büro. Ihm ist schlecht. Er wurde zum Narren gehalten. Maisie wird nicht antworten.

———

Henry brach wieder in Tränen aus. Es war zu viel zu erwarten, dass er in der Lage sein würde, ohne eine kurze Pause fortzufahren, deshalb organisierte Natalie ein Glas Wasser für ihn und ließ Murray im Vernehmungsraum zurück, bis Henry sich erholt haben würde. Sie überprüfte ihr Handy auf dem Weg nach oben. Immer noch nichts von Mike. Sie musste hoffen, dass es daran lag, dass alles in Ordnung war. Ian legte genau in der Sekunde, in der sie den Raum betrat, den Hörer auf.

»Ich habe mit Henrys Ehefrau Samira gesprochen. Sie kann Henrys Aufenthaltsort am Freitagabend nicht bestätigen. Er ist nach der Arbeit nicht nach Hause gekommen. Sie haben gerade Eheprobleme, und sie hatte sich gedacht, er wäre zum Pub oder mit einem Freund ausgegangen. Er war in letzter Zeit viel weg, ohne ihr zu sagen, wo er sich aufhält. Er hat sie auch gebeten, der Polizei zu sagen, dass er zu Hause gewesen sei, falls wir anrufen würden.«

»Welchen Vorwand hat er ihr genannt?«

»Keinen. Er hat ihr erzählt, er würde von der Polizei schikaniert und bräuchte ihre Unterstützung. Hat gesagt, er habe nichts getan, nur allein in einem Pub in der Stadt gesessen und versucht, herauszufinden, wie er am besten ihre Beziehung flicken könne, aber könne seinen Aufenthaltsort uns gegenüber nicht beweisen und brauche sie, um ihm den Rücken zu stärken.«

»Sie hat ihm geglaubt?«

»Nein. Sie hat gesagt, er habe ihr monatelang ins Gesicht gelogen. Sie wolle keinen Meineid leisten und, in was auch immer er hineingeraten ist, müsse er sich ohne ihre Hilfe herausziehen.«

»Klingt nach einer definitiv kaputten Ehe«, murmelte Lucy, die zugehört hatte.

Natalie stimmte ihr zu. »Zum Glück hat es sich zu unseren Gunsten ausgewirkt. Henry ist völlig am Ende. Das sollte ihm den Rest geben. Noch irgendetwas?«

»Das war's.«

Natalie verließ sie, in Gedanken bei Henry. Sie war sich

sicher, dass er für das, was Gemma angetan worden war, verantwortlich war. Sie konnte sich kaum vorstellen, weshalb er es auf Fran oder Hattie abgezielt hatte, aber nun war die Zeit gekommen, herauszufinden, was genau geschehen war. Sie wünschte, sie wüsste, was bei David und Mike vor sich ging.

»Wie lautet der Nachname des Privatdetektivs?«, fragte Natalie.

»Ich weiß es nicht.«

»Ach, hören Sie auf! Sie erwarten doch nicht, dass ich Ihnen das glaube, oder?«

Henry wandte sich an seinen Anwalt: »Ich weiß es ehrlich nicht. Ich bin ihm im Pub begegnet und er hat gesagt, er könne mir helfen, Maisie aufzuspüren. Ich war sauer und habe mich darauf eingelassen. Ich habe nicht nach einem Ausweis gefragt ...«

———

Henry öffnet die Mappe, die ihm gegeben worden ist. Der halbpensionierte Privatdetektiv Keith hat nur achtundvierzig Stunden gebraucht, um Maisie ausfindig zu machen. Das Mädchen hat ein Pseudonym benutzt. Ihr echter Name ist Gemma Barnes, und sie ist eine Sprachstudentin an der Samford University.

»Wie haben Sie sie so schnell gefunden?«

Der Detektiv wischt sich Bierschaum vom Schnurrbart und legt die Hände über seinen großen Bauch. Wäre sein Bart weiß, nicht pechschwarz, würde er für einen freundlichen Santa Claus mit funkelnden Augen hinter den randlosen Brillengläsern durchgehen. Henry rechnet fast mit einem herzhaften Lachen, stattdessen tippt sich der Mann an die Seite seiner Knollnase und sagt: »Das Internet. Alles ist heutzutage online.«

Henry gibt dem Mann fünf makellose Zehn-Pfund-Noten, die er aus der Portokasse auf der Arbeit gestohlen hat. Er hat dort eine Zeit lang hin und wieder hineingegriffen. Er nimmt nicht zu viel auf einmal, so erregt er keinen Verdacht. Der Detektiv ist günstig, eine Zufallsbegegnung im Pub, als Henry zu viele Southern Comforts intus und sich bei dem Fremden an der Bar bitterlich über den Betrug beschwert hat. Er liest sich die handgeschriebenen Notizen durch – im ›Cloak und Dagger‹-Stil, mit geheimen Treffen in dunklen Ecken von Pubs und Barzahlung. Das Mädchen hat ihn zum Narren gehalten. Sie ist nicht im Ausland gewesen, um Schmuck zu kaufen. Bei den Fotos, die sie ihm aus Dubai geschickt hat, handelt es sich um Screenshots von einer Tourismus-Website.

»Das ist ihre Adresse?«

Santa Keith nickt. »Das ist eine Studentenunterkunft, und sie teilt sie sich mit zwei anderen Mädchen und zwei Jungs.«

Henry blättert durch die Notizen. Er ist sich noch nicht sicher, was er mit den Informationen anstellen soll, obwohl ihm eine Idee kommt, eine, die dieses Mädchen daran hindern wird, jemals wieder jemanden hereinzulegen.

———

Natalies Fäuste waren geballt und sie schlug mit ausreichend Kraft auf den Tisch, sodass Henry mit dem Gejammer aufhörte. »Das reicht. Sie wissen weder den Nachnamen des Privatdetektivs noch, wo sein Büro ist, oder irgendetwas über ihn, außer, dass er Keith heißt und Sie ihm das erste Mal am 20. Oktober im Wild Duck Pub in Sutton Coldfield begegnet sind?«

»Ja.«

»Sie haben sich mit ihm am 22. Oktober am selben Ort getroffen?«

»Ja.«

»Wie haben Sie das Treffen vereinbart?«

»Er hat mich im Büro angerufen.«

»Um wie viel Uhr?«

»Am Vormittag. Späten Vormittag.«

Natalie würde die Einzelheiten der eingehenden Gespräche bei der Maschinenbaufirma für den 22. Oktober um etwa diese Zeit anfordern müssen, um zu versuchen, diesen schwer fassbaren Privatdetektiv ausfindig zu machen. Henry hatte zugegeben, den Angriff auf Gemma geplant zu haben. Er hatte die Schwefelsäure von der Arbeit gestohlen, wo es als Beizmittel benutzt wurde, um Verunreinigungen an Metallen zu entfernen.

»Okay. Berichten Sie mir, was am Freitag, den 16. November, passiert ist.«

Henry rieb sich das Gesicht mit beiden Händen. Eine Blase aus Schnodder tauchte unter seinem linken Nasenloch auf. Natalie musste wegsehen, während er sprach.

———

Er wartet auf den 34er-Bus. Er hat sich den Fahrplan angesehen, und sie dürfte sich in dem befinden, der in ein paar Minuten kommen soll. Das Gefäß mit Säure befindet sich in seiner linken Tasche, und er trägt zwei Paar Latexhandschuhe, um seine Hände zu schützen, wenn er den Deckel abschraubt. Er kann es sich nicht leisten, etwas abzubekommen. Er ist aufgeregt und bereit, es zu tun. Er hat sie anschreien wollen, damit sie weiß, wer für ihre Verstümmelung verantwortlich ist, sich aber dagegen entschieden. Er möchte nicht identifiziert werden. Er hat vier Pints Bier und einen Whisky zum Nachspülen getrunken. Es gibt kein Zurück mehr. Gemma wird das bekommen, was sie verdient. Sie wird nicht mehr mit anderen armen Kerlen wie ihm flirten können.

Gemma hat keine Ahnung, wer er ist. Er hat bei der Maschinenbaufirma gesagt, er habe persönliche Probleme, und sie haben ihm freigegeben, was bedeutet, dass er jeden Tag nach Samford fahren konnte, in der Hoffnung, den richtigen Augenblick zu finden, um Rache zu üben. Am ersten Tag lief er mit einer Leine über den Campus, als suchte er nach einem verlorenen Hund, und niemand schaute in seine Richtung. Er fand die sprachwissenschaftliche Fakultät und wartete draußen. Seine Geduld wurde belohnt, und schließlich sah er sie leibhaftig. Sie war so schön wie es ihn ihre Fotos hatten glauben lassen, und sein Brustkorb zog sich im Wissen, dass sie ihn an der Nase herumgeführt hatte, zusammen. Je mehr er darüber nachdachte, desto wütender wurde er. Er schaute zu, wie sie mit einem großen blonden Kerl lachte, der sein Fahrrad neben ihr herschob und die Augen nicht von ihr abwenden konnte.

Am nächsten Tag fand er eine Bank unweit der Bushaltestelle in der Nähe der Bibliothek, von der aus er das Kommen und Gehen beobachten konnte, und sah sie aus dem 34er-Bus aussteigen. Sie kam jeden Tag ungefähr zur gleichen Uhrzeit mit dem Bus an, aber der Campus war voller Studenten und nicht der beste Ort, um zuzuschlagen. Er wartete, bis sie in den Bus nach Hause gestiegen war, und stieg ebenfalls ein, in der Hoffnung, sie in der Straße vor ihrem Haus angreifen zu können. Als er hinter ihr im Bus saß, den leichten Geruch von Mandelshampoo einatmete, das sie für ihre glänzenden Haare benutzt, hörte er ihr Telefongespräch mit und erfuhr, dass sie am Freitagabend nach neunzehn Uhr, wenn es ruhiger war, in der Bibliothek arbeiten würde. Das wäre perfekt. Es wäre dunkel, und er wusste, wo sie aussteigen würde. Er ließ sie den Bus verlassen und fuhr weiter bis zur nächsten Haltestelle, an der er ausstieg und auf einen Bus zurück wartete. Freitag würde es so weit sein.

Fünf Minuten verstreichen und der 34er-Bus hält genau pünktlich an der Haltestelle an. Er kneift die Augen zusammen, das Herz klopft ihm bis zum Hals. Ist sie dadrin? Er schleicht vorwärts, versteckt in den Schatten und der Dunkelheit des Abends. Die Türen öffnen sich mit einem Zischen, als würde jemand niesen, und Gemma steigt aus, den Blick auf ihr Handy gerichtet, während sie liest und auf eine Textnachricht antwortet. Er fragt sich, ob sie von einem Mann ist, vielleicht einem anderen Trottel, den sich diese skrupellose Schlampe geangelt hat. Sie ist allein. Er schaut nach links und rechts und dreht sich um. Keine andere Seele weit und breit – nur Henry und Gemma. Henry und Gemma endlich zu ihrem Date! Seine Mundwinkel zucken bei dem Gedanken, und vorn übergebeugt lockert er den Deckel des Gefäßes mit den behandschuhten Händen. Er sieht wieder auf, überprüft, ob der Bereich frei ist, und wirft einen letzten Blick auf Gemma. Ihre Haare schwingen, während sie läuft, und ein Lächeln umspielt ihre Lippen, als würde sie ihn auslachen. Jetzt! Er stürmt auf sie zu, was sie auf der Stelle erstarren lässt. Das Letzte, was er von ihr sieht, sind ihre verwirrten großen Augen, als er den Inhalt des Gefäßes auf sie schleudert.

Der Schrei ist ohrenbetäubend, und sie bricht zusammen, windet sich, greift nach ihrem Gesicht. Er dreht sich um und flüchtet. Als er um das Gebäude herumläuft, wieder außer Sichtweite ist, schaut er zurück. Eine Frau springt von einem altmodischen Fahrrad, wirft es zur Seite, und hockt sich neben Gemma.

Henry hat seine Rache gehabt.

———

»Nie, nicht eine Sekunde lang habe ich die Möglichkeit in Betracht gezogen, dass sie sterben würde. Ich weiß, dass das,

was ich getan habe, falsch war, aber ich habe niemals beabsichtigt, das Mädchen umzubringen. Glauben Sie mir.« Henry
sprach eher zu seinem Anwalt als mit Natalie. Die Tränen
waren getrocknet, als ihm die Erkenntnis schließlich dämmerte,
was auf ihn zukommen würde.

»Falsch? Es war abscheulich!« Natalie stoppte sich selbst,
bevor sie noch zu einer Tirade vor Empörung über seine Taten
und seinen Mangel an Reue ansetzte. »Sie sind verantwortlich
für den Tod von Gemma Barnes.«

Sie ließ die Worte wirken, aber er sah nur erschrocken aus
und war den Tränen nahe. Könnte dieser Mann auch Fran und
Hattie getötet haben? Sie hatte ähnliche Mienen bei grausamen
und klugen Mördern gesehen, die großer Täuschung fähig
waren. Henry könnte ein solcher Mensch sein, der darauf
vorbereitet war, nur das zu gestehen, was er musste. Sie sagte
scharf: »Fran Ditton und Hattie Caldwell.«

Henrys langes Gesicht blickte sie traurig an. »Ich kenne sie
nicht.«

»Doch, das taten sie. Sie waren Gemmas Mitbewohnerinnen. Der Privatdetektiv hat Ihnen ihre Daten gegeben.« Ihre
Stimme stieg mit der Wut an, die sie diesem Mann gegenüber
empfand, der sich im Recht fühlte, Gemma Säure ins Gesicht
geschüttet zu haben.

»Er hat mir nur Gemmas Identität gegeben. Ich schwöre auf
die Leben meiner Kinder, dass ich nichts mit diesen Todesfällen zu tun habe.«

Murray gab ein leises, drohendes Knurren von sich, aber
Natalie blieb bei ihrem Pokerface. »Sie erwarten von uns, dass
wir Ihnen auch nur ein Wort von dem glauben, was Sie sagen,
nach all den Lügen, die Sie uns zuvor aufgetischt haben?«

»Ich schwöre. Ich habe ihnen nichts getan. Ich war es nicht.
Nein.« Er wandte sich wieder seinem Anwalt zu, die Hände
wie zum Gebet zusammengenommen. »Ich gestehe den Säureangriff, aber es war nicht meine Absicht, Gemma zu töten, und

ich habe definitiv niemand anderen verletzt. Bitte, sagen Sie es ihnen.«

Der Anwalt hob eine Hand, um den Mann zu beruhigen. »Ich denke, wir belassen es hierbei, DI Ward. Mein Mandant und ich müssen diese Angelegenheit besprechen und, wie Sie hören können, nimmt er nicht die Schuld für die anderen Tode auf sich. Wir sprechen wieder miteinander, sollten Sie Beweise für das Gegenteil finden.«

Natalie konnte nicht weiter drängen. Wenn er nicht gestand, müssten sie Beweise aufdecken, die belegten, dass er ihr Täter war. Zunächst wollte sie aus dem Vernehmungsraum herauskommen und erfahren, was mit David geschehen war.

»DS Anderson wird Ihnen die Rechte verlesen, und Ihr Anwalt wird erklären, was als Nächstes passiert.« Sie hatte Gemmas Mörder gefunden, aber die Ermittlungen waren noch nicht abgeschlossen. Es war möglich, dass jemand anderes Fran und Hattie ermordet hatte, und sie hatte keine Ahnung, weshalb.

———

Gemma,

ich sollte sagen, wie sehr mir der Angriff auf dich leid tut. Ich sollte mich schuldig fühlen und in Tränen ausbrechen, aber das tue ich nicht. In vielerlei Hinsicht hast du das bekommen, was du verdient hast. Am meisten bedauere ich, dass du gestorben bist. Wenn du überlebt hättest, hättest du erfahren, wie es ist, ausgegrenzt zu werden. Du hättest den angewiderten Blick in den Augen der Leute gesehen, den ich an den meisten Tagen sehe. Du wärst zur Zielscheibe grausamen Spotts geworden, wie ich es war. Hätte ich nicht einige Kilos abgenommen, würde ich immer noch Sticheleien oder beißende Kommentare abbekommen. Du siehst, die Leute

urteilen schnell. Sie verstehen nicht, warum diese Person über-
gewichtig oder auf irgendeine Weise benachteiligt ist, obwohl
es nicht ihr eigenes Verschulden ist. Du hättest herausgefun-
den, wie es ist, auf der anderen Seite zu leben – der dunkleren
Seite. Es ist schade, dass du das nicht erlebt hast.

Ein ehemaliger Bewunderer

———

Mike stieß die Wohnzimmertür auf, machte einen Schritt hinein, und lief wieder hinaus. »David!«

Er nahm zwei Treppenstufen auf einmal. Alle Zimmertüren waren geschlossen. Er begann bei dem Zimmer, das Natalies und Davids Schlafzimmer gewesen war. Das Bett war ordentlich gemacht, die Bettdecke glatt, die Kissen waren aufgeschüttelt und an ihrem Platz.

»David!« Seine Stimme dröhnte und hallte von den hellgrün tapezierten Wänden zurück und erschütterte die Fransen, die von dem passenden Lampenschirm hingen.

Er stürmte in Joshs Zimmer mit den Gaming-Postern, die an den einfarbig blauen Wänden angebracht waren, dem gemachten Bett und dem Schreibtisch, auf dem der Computer und die Spielkonsolen, die normalerweise dort standen, fehlten.

Das Bad war als nächstes an der Reihe, aber auch dort gab es keine Spur von David. Damit blieb nur noch Leighs Zimmer übrig. Er schluckte schwer und drückte die Klinke. Der Anblick ließ ihn für einen Moment die Augen fest schließen.

Murray warf seinen Notizblock auf den Schreibtisch. »Der Dreckskerl hat ein Alibi. Er war mit seinen Kindern und der Frau am bis abends im Tierpark, und am Sonntag war er zu Hause.«

Natalie kaute an ihrem Daumennagel. Henry steckte also nicht hinter den anderen Morden, wer dann? Sie lief auf und ab, ihre Nervosität war nicht einzig auf die Ermittlungen zurückzuführen. Wenn Mike so lange brauchte, sich bei ihr zurückzumelden, war etwas Schreckliches passiert. Gerade, als sie das dachte, surrte ihr Handy und Mikes Name erschien auf dem Bildschirm. Sie schnappte es sich von ihrem Schreibtisch und marschierte in den Flur, den Blick auf das Ledersofa geheftet.

»Sag es mir.«

»Er lebt. Er ist ins Samford General gebracht worden.«

»Denkst du, er wird es schaffen?«

»Um ehrlich zu sein, weiß ich es nicht.«

Die Nachricht war wie ein Schlag in die Magengrube, brachte sie dazu, sich unfreiwillig vorzubeugen, als müsse sie sich übergeben. Lucy sah sie und lief zur Tür.

»Alles okay, Natalie?«

Natalie schickte sie weg.

»Ich fahre ins Krankenhaus.«

»Ich denke, dass du das noch nicht tun solltest. Er war bewusstlos, als ich ihn gefunden habe, und ich weiß nicht, wie stark sein Sauerstoffmangel war. Ich weiß nicht, ob ich ihn rechtzeitig gefunden habe.«

Natalie verstand die Botschaft seiner Worte. David könnte leben, aber dauerhaft hirngeschädigt sein. Das war kein Hilferuf gewesen. David hatte beabsichtigt, zu sterben. »Ach du Scheiße! Was habe ich ihm nur angetan?«

»Das warst nicht du, Natalie. Es waren viele Dinge, die zusammengekommen sind und ihn letztendlich überwältigt haben. Ich habe ihn mehr im Stich gelassen als du. Ich werde eine Weile lang im Krankenhaus bleiben und sehen, was die Ärzte sagen.«

Ihr Verstand schrie Hunderte Fragen auf einmal, aber eine davon war lauter als alle anderen: »Josh! Was erzähle ich ihm?«

»Die Wahrheit. Du kannst ihm das nicht verschweigen, aber lass uns eine Stunde abwarten und schauen, wie die Prognose ist, bevor wir es ihm sagen.«

Wir. Sie holte zitternd Luft. *Wir.* Sie war nicht allein. Mike würde an ihrer Seite sein. Das spendete etwas Trost, auch wenn ihr das Herz gegen die Rippen pochte. Sie wäre an Davids Bettseite oder im Wartesaal des Krankenhauses beim Ausharren auf Neuigkeiten von keinem Nutzen. Nachdem sie, was sich wie Minuten angefühlt hatte, aber nur Sekunden waren, in beide Richtungen gezogen worden war – Beziehung oder Arbeit, hin oder her –, siegte die Vernunft. »Also gut, ich warte darauf, von dir zu hören ... und danke.«

Die Stimme war schwer vor Traurigkeit. »Bedank dich noch nicht bei mir. Ich bin mir nicht mal sicher, dass es das Richtige war, ihn gerettet zu haben.«

»Das war es. Glaub mir, das war es.« Mit dem Handy in der

Hand holte sie mehrmals tief Luft und zählte dann bis zehn – wobei sie bei jeder Zahl langsam ein- und ausatmete. Das Rattern in ihrem Brustkorb wurde schwächer. *Sieben. Acht.* David war jetzt in Sicherheit. *Neun.* Es gab nichts mehr, was sie tun konnte. *Zehn.*

Lucy, die an ihrem Schreibtisch gegenüber der Tür saß, beobachtete jede von Natalies Bewegungen, bereit zu reagieren, nach vorne zu schnellen und Trost zu spenden, falls er gebraucht wurde. Ihre Schultern entspannten sich, als Natalie hereinkam und die Hand hob.

»Es ist in Ordnung. Alles ist jetzt gut.« Sie war nicht bereit, über die Angelegenheit mit ihrem Team zu sprechen. Sie wollte keinen einzigen Anhaltspunkt dafür geben, dass sie ungeeignet wäre, die Ermittlungen zu leiten.

Murray, der mit dem Rücken zur Tür gesessen und nichts Ungewöhnliches bemerkt hatte, schlug die Hände auf die Oberschenkel. »Ja! Wir haben eine Spur zu dem PayPal-Konto, auf das Henry Geld geschickt hat. Oh!«

»Oh, was?«, fragte Lucy schnell und ihr Stuhl rutschte auf dem Teppich zurück, während sie auf die Beine kam, um sich zu ihm zu gesellen.

»Das gibt's doch nicht! Das Konto gehört Lennox Walsh.«

»Bitte sag mir, dass das ein Scherz ist«, sagte Lucy.

»Schau selbst.«

»Der kleine Mistkerl! Wir haben zigmal mit ihm gesprochen.« Lucy stampfte in einem großen Kreis herum.

Natalie verschwendete keine Zeit. »Bringt ihn sofort her.«

Lucy war bereits auf halbem Wege aus der Tür, ehe Murray aufgestanden war. Er donnerte hinter ihr her, beide flogen mit hoher Geschwindigkeit den Flur hinunter. Natalie sah, wie sie am oberen Ende der Treppe nach links abbogen und verschwanden. Sie musste Dan auf den neuesten Stand bringen. Sie wollte David sehen und herausfinden, ob er in Ordnung war. Vor allem aber wollte sie ihren Sohn in den

Arm nehmen und ihm versichern, dass es seinem Vater gut ging.

Lennox zupfte an seinem stoppeligen Kinn, zog an einzelnen Härchen. Sein Verhalten war von Empörung zu Wut und nun zu Trotz gependelt. Seine Anwältin Carolyn Pickerton, eine Frau in den Vierzigern, die einen dreiteiligen Hosenanzug trug und deren glatte schwarze Haare mit einer Klammer zusammensteckt waren, hatte ihm geraten, sich zu beruhigen, daher glühte er, den einen unter den anderen Arm geklemmt und mit der freien Hand an den Haarfollikeln drehend, still vor sich hin.

»Das Geld, das Mr Warburton überwiesen hat, wurde zu einem PayPal-Konto gesendet, das mit Ihrem Bankkonto verknüpft ist. Können Sie das erklären?«, fragte Natalie zum dritten Mal.

»Er hat einen Fehler mit dem Konto-Namen gemacht. Er muss den falschen bekommen haben«, murmelte er, den Mund teilweise von seiner Hand verdeckt.

»Hören Sie auf, mir was vorzumachen!« Natalies Stimme füllte den Raum aus. »Wir haben die Details Ihres Bankkontos. Sie wussten, dass das Geld auf Ihrem Konto einging. Sie waren über tausend Pfund im Minus, bis das Geld am 20. Oktober auf Ihrem Konto eingetroffen ist, und am 21. haben Sie fünfhundertzwanzig Pfund ausgegeben« – sie warf einen Blick auf die Notizen vor sich – »im Go-Go Games in Samford, wo Sie die Sony PlayStation 4 Pro und mehrere Spiele erworben haben. Gestern, am Montag, den 19. November, drei Tage nach dem Angriff auf Gemma, haben Sie zweitausend Pfund in bar abgehoben, was sie wieder ins Minus gebracht hat. War das das Geld, das wir in Frans Zimmer gefunden haben?«

»Nein, ich habe Leuten Geld geschuldet. Ich habe es ihnen zurückgezahlt. Ich habe ihnen das Geld gegeben, das ich von meinem Konto genommen hatte. Ich weiß überhaupt nichts über irgendwelches Geld in Frans Zimmer.«

»Wem haben Sie das Geld geschuldet?«

»Ein paar Typen ... für Drogen.«

»Sie haben Drogenhändlern Geld geschuldet?« Natalie kniff die Augen zusammen, während sie sprach.

»Ja. Ich habe von ihnen schon seit langer Zeit Kredit bekommen.«

»Was für Drogen?«

»Alle möglichen.«

»Etwas genauer!«

»H, Koks, Speed. Chrystal Meth.«

Der Junge gestand, Heroin, Kokain, Amphetamine und Metamphetamine zu nehmen. Am teuersten davon war das Chrystal Meth mit etwa zweihundert Pfund pro Gramm. Es war möglich, dass er Schulden bei Drogenhändlern gehabt hatte, aber Natalie glaubte ihm nicht.

»Ich muss mehr über diese sogenannten Dealer wissen. Ich möchte Namen, Daten, wo Sie sich mit ihnen getroffen und was Sie wirklich gekauft haben, wenn überhaupt etwas.« Als der Junge wegschaute und nicht antwortete, fuhr sie fort: »Wir haben Ihren Computer beschlagnahmt. Wir werden beweisen können, dass Sie hinter dem Betrug stecken, und wir werden Sie unter Anklage stellen. Ich gebe Ihnen eine letzte Chance, uns eine Erklärung zu liefern. Erzählen Sie uns, was Hattie und Fran zugestoßen ist. Waren sie auch am Betrug beteiligt? Machen Sie es sich selbst leichter, Lennox. Wenn Sie weiterhin nicht bereit sind, uns behilflich zu sein, werden wir die Liste um Justizbehinderung ergänzen. Ihre Anwältin wird die Anklagepunkte durchgehen, die wir gegen Sie erheben werden. Sie werden darunter Verletzung geistigen Eigentums, Identitätsdiebstahl, kriminellen Betrug und Beihilfe zum Mord finden.«

»Was? Das ist Wahnsinn! Ich kann nicht an all dem schuldig sein.«

Carolyn Pickerton räusperte sich leise. »Lennox, ich rate Ihnen, der Polizei alles, was Sie wissen, mitzuteilen. Das sind ziemlich schwere Anschuldigungen. Sie müssen es sich einfacher für sich selbst machen.«

»Aber Carolyn ...«

»Kein Aber. Ihre Mutter hat mich angeheuert, um das in Ordnung zu bringen. Los, erzählen Sie es ihnen.« Ihre Worte waren für Lennox genug, um das Harter-Mann-Gehabe aufzugeben und zu reden.

»Ach, Kacke! Ich weiß nicht, was ich sagen soll. Okay. Ich habe mir in die Hose gemacht, nachdem Gemma umgebracht worden war. Ich dachte, wenn Sie ihren Tod untersuchen, würden Sie den Betrug aufdecken. Direkt, nachdem ich vom Mord an Fran erfuhr, habe ich gedacht, es wäre eine Chance, aus den Schwierigkeiten rauszukommen. Ich habe Geld von meinem Konto abgehoben und es in ihrem Zimmer versteckt. Ich habe angenommen, dass es gefunden werden würde, und wenn Sie vom Catfishing wüssten, würden Sie denken, dass Fran dahintergesteckt hat, nicht ich.«

»Wie sind Sie in ihr Zimmer gelangt?«

»Sie hatte die Tür nicht abgeschlossen.«

»Sie waren für den Betrug verantwortlich?«

Er nickte. »Ich gebe zu, dass ich das Profil auf Special Ones erstellt habe. Ich dachte nicht, dass es irgendjemandem schaden würde, nur ein paar reichen Mackern, die etwas Geld übrig haben. Ich habe Gemmas Fotos von ihrer Instagram-Seite. Ich habe Screenshots von ihnen gemacht und ein Profil erstellt. Sie war hübsch, und ich dachte, Typen würden sich in sie verknallen. Es hat als Möglichkeit angefangen, an zusätzliches Geld zu kommen.«

»Aber Sie wussten, dass es illegal war?«

Er kniff die Augen zusammen, dann stieß er langgezogen aus: »Ja-ha. Es war nur eine dumme Idee, die ich ausprobiert habe, ohne zu denken, dass etwas daraus würde, aber dann gab es innerhalb von Stunden Matches und ich dachte, es wäre möglich, ein paar Tacken aus diesen Typen herauszuquetschen. Es ist Mist, nie Geld zu haben. Ich werde jahrelang nicht dazu in der Lage sein, meinen Studentenkredit zu begleichen, wenn überhaupt. Studieren kostet ein Vermögen, und wenn man nach dem Abschluss keine anständige Arbeit an Land zieht, ist man aufgeschmissen.«

»Ihren Aussagen zufolge, haben Sie alle drei Monate Geld erhalten – tausend Pfund von Ihrer Mutter. Wie kommt es, dass Sie nie genug Geld haben? Ich hätte gedacht, das wäre genug für Sie, um davon zu leben. Sie bezahlt Ihre Unterkunft und auch die Universitätsgebühren«, sagte Murray.

Lennox zuckte mit den Schultern. »Sie hat vor Kurzem mein Taschengeld gestrichen, weil ich es zu schnell verprasst habe. Sie weigert sich, mir weiter Geld zu geben, bis ich mich ›auf den Hosenboden setze‹. Sie hat mir gesagt, ich solle mir einen Job suchen, aber ich konnte keinen finden. Ich habe es versucht, aber in der Stadt ist nichts los. Ich musste um die Ecke denken. Das war alles, was ich getan habe. Ich habe unternehmerisch gehandelt.«

»Was Sie getan haben, war hinterlistig und illegal. Sie haben Leuten durch Täuschung Geld gestohlen.«

»Ich sehe es nicht auf diese Weise. Die Regierung macht so etwas in Form von Steuern die ganze Zeit. Sie nehmen den Arbeitern das Geld, um für allen möglichen Scheiß zu bezahlen – Waffen, Kriege, ihre Löhne –, und wir zahlen in dem Glauben, dass es in den staatlichen Gesundheitsdienst oder in Straßenreparaturen oder Bildung fließt. Das ist alles Schwachsinn. Die BBC nimmt Lizenzgebühr von jedem, und für was? Die meisten Leute bezahlen für Fernsehkanäle und müssen trotzdem der BBC-Rundfunkanstalt Geld zum Verschwenden geben. Lesen Sie keine Zeitung? Was ich getan habe, war nichts anderes. Außerdem habe ich diesen Typen das gegeben, was sie wollten – ein bisschen Spaß, etwas geflirtetes Geschwätz. Ich habe ihnen ein gutes Gefühl über sich selbst verschafft. Das hat etwas Gegenleistung verdient, und sie hatten das Geld.«

Murrays Blick verfinsterte sich. »Sie versuchen, zu rechtfertigen, was Sie getan haben, indem sie uns mit bescheuertem politischem Unsinn kommen?«

Lennox zuckte mit den Schultern. »Es stimmt. Wir werde alle von der Regierung und Machthabern hereingelegt.«

»Sie dummer kleiner Idiot. Ein Mädchen ist wegen Ihnen gestorben!« Murray breitete die Arme aus und drückte sich vom Stuhl hoch, das Gesicht bloß Zentimeter von Lennox' entfernt. Seine Hände schlängelten auf ihn zu.

Lennox' Stuhl quietschte und seine Füße scharrten auf dem Boden, während er versuchte, wegzurücken.

»DS Anderson!«

Natalies scharfe Ermahnung ließ Murray halb in der Bewegung innehalten und er setzte sich wieder hin. Lennox blieb auf Abstand.

»Ich denke, es ist am besten, wenn wir DS Anderson durch einen anderen Officer ersetzen«, sagte die Anwältin.

»DS Anderson bleibt. Lennox, der Mann, den Sie betrogen haben, hat einen Privatdetektiv angeheuert, um Maisies wahre Identität aufzudecken. Er ist Gemma gefolgt, die er für diese falsche Person, Maisie, hielt, und hat ihr Säure ins Gesicht geschüttet. Sie sind dafür verantwortlich.«

»Ich habe nur das Profil erstellt. Nichts davon ist meine Schuld.«

»Natürlich ist es Ihre Schuld!«, brüllte Murray und erschreckte Lennox damit. »Sie haben Gemmas Fotos benutzt. Sie haben im Profil geschrieben, dass *Maisie* in Samford wohnt. Sie haben sogar Gemmas echte Angaben preisgegeben – ihre Größe, ihr Gewicht, ihre Augenfarbe – Sie absoluter Scheißkerl.«

»Ich ... Ich habe nicht gesagt, dass sie Studentin war.«

Murray schnaubte. »Sind Sie ein verdammter Idiot?

Gemma hat wirklich in Samford gewohnt. Sie hatte Fotos von sich überall auf Facebook und Instagram. Jeder, der auch nur einigermaßen ordentliche Computerkenntnisse besitzt, hätte sie aufspüren können.«

»DS Anderson, Sie sollten wirklich Ihren Ton ändern.« Carolyn sah Murray kühl an.

Seine Antwort war kaum mehr als ein tiefer Kehllaut.

Natalie übernahm. Murray leistete gute Arbeit darin, Lennox einzuschüchtern. Sie sah eine Chance, die Wahrheit aufzudecken. »Lennox, was ist Fran und Hattie zugestoßen?«

»Ich weiß es nicht.« Er hatte die Hand wieder vor dem Mund, die Finger strichen über das Barthaar.

»Wussten sie von dem Betrug?«

»Nein. Es war mein Plan.«

Murray, der den Kopf wie ein angriffsbereiter Bulle gesenkt hielt, sah Lennox weiterhin finster an. »*Ihr* Plan? War es *Ihr* Plan, Gemma in Gefahr zu bringen?«

»Nein.« Lennox' Adamsapfel hob und senkte sich. Murrays Nasenflügel blähten sich auf.

Natalie versuchte es erneut: »Haben Sie irgendeine Vorstellung, was Fran und Hattie zugestoßen ist?«

»Nein.« Wieder bedeckten seine Hände den Mund.

»Haben Sie Fran getötet?«

»Auf keinen Fall!«

»Hattie?«

»Nein!«

»Wissen Sie, wer es getan hat?«

»Nein.« Er bewegte die Hände, um seinen Mund vollständig zu bedecken, eine Geste, die Natalie bemerkte.

»Wer sonst wusste von Ihrem Betrug?«

»Niemand.«

»Keiner Ihrer Freunde?«

»Ich habe niemand anderem davon erzählt. Ich weiß überhaupt nichts über Fran oder Hattie. Ich weiß noch nicht einmal, wie sie gestorben sind.«

Natalie entschied sich dazu, die Befragung zu beenden. Sie drehten sich im Kreis und konnten im Augenblick keine weiteren Informationen aus Lennox herausbekommen. Eine Nacht in der Zelle dürfte dabei helfen, dass er nachgab. »Wir werden Sie über Nacht hierbehalten. Ihre Mutter wird benachrichtigt, sobald wir Anklage erheben.«

Er schüttelte den Kopf. »Sie ist in New York, entwirft eine Dachwohnung für eine Kundin.«

»Wen sollen wir anrufen?«

»Ich habe niemanden sonst.« Es war das erste Mal, dass irgendein Anzeichen von Traurigkeit in seine Stimme geschlichen war.

»Ihre Mutter wird trotzdem benachrichtigt werden müssen.«

Er gab ein schwaches »Wie auch immer« von sich.

»Gibt es noch jemanden, den wir kontaktieren sollen?«

»Nein.«

Natalie beendete die Befragung und stellte das Aufnahmegerät ab.

Carolyn setzte sich aufrecht hin. »Ich würde gern ein paar Minuten allein mit meinem Mandanten sprechen, bevor er in die Zelle geht.«

»Sicher. Klopfen Sie an die Tür, wenn Sie fertig sind«, sagte Natalie.

Lennox murmelte: »Ich weiß nichts.«

Murray starrte den jungen Mann fest an. Seine Stimme klang bedrohlich: »Sie sagen besser die Wahrheit.«

»Das tue ich.«

Natalie beobachtete die unbewusste Geste, die Hand, die seine Lippen bedeckte, ein Zeichen dafür, dass Menschen logen. Lennox wusste mehr, als er bereit war, zuzugeben. Aber was genau war es?

DREISSIG

DIENSTAG, 20. NOVEMBER – SPÄTER ABEND

»Sorry, Nat. Ich habe noch keine Neuigkeiten. Sie beurteilen ihn noch«, sagte Mike.

»Du solltest zurück zur Arbeit kommen. Ich werde übernehmen.«

»Ich habe im Labor angerufen. Sie wissen, dass ich für ein paar Stunden nicht erreichbar bin. Ich möchte noch nicht aufbrechen. Ich muss hier sein.«

»Ich schließe mich dir an.«

»Ich weiß, dass du das möchtest, es ist aber am besten, wenn du es nicht tust. Von allem anderen abgesehen, willst du nicht, dass die Medien erfahren, was passiert ist. Er hat den Artikel über den Fall, der heute in der Zeitung war, eingekreist.«

»Oh, Mist. Er hat mit mir darüber geredet. Ich habe ihm gesagt, die Presse würde nicht ahnen, dass er Tatverdächtiger war.«

»Ich denke nicht, dass er dir geglaubt hat. Er hat auch einen Brief hinterlassen.«

Ihr wurde bang ums Herz.

»Möchtest du, dass ich ihn dir vorlese?«

»Ich ... ich schätze schon.«

Er räusperte sich und begann: »›An alle, die ich liebe. Ich liebe euch alle, und weil ich euch so sehr liebe, blieb mir keine andere Möglichkeit, als euch zu verlassen. Ich bin nicht der, der ich sein möchte, und ich fürchte mich vor dem, zu dem ich geworden bin. Ich war immer stolz darauf, der eine Mensch zu sein, auf den ihr euch alle verlassen konntet, aber ihr könnt nicht mehr auf mich zählen. Ich bin schwach geworden und hasse mich selbst dafür. Ich möchte nicht, dass auch ihr mich immer mehr verachtet.‹« Er machte eine kurze Pause.

»Du musst das nicht tun«, sagte sie.

»Nein, es ist okay.« Er hielt wieder inne und fuhr dann fort: »›Bitte trauert nicht um mich. Erinnert euch an mich, wie ich einmal gewesen bin. Ich hoffe, es gibt ein Leben nach dem Tod, und dass ich mich in irgendeiner Gestalt oder Form zu Leigh gesellen werde. Wovor ich Angst habe, ist Alleinsein in ewiger Dunkelheit, aber die ist jetzt schon da.‹« Seine Stimme brach eine Sekunde lang, dann fuhr er fort: »›Wenn man jemanden genug liebt, sollte man ihn loslassen. Ich lasse euch alle los, damit ihr eure Leben leben, eure Momente genießen könnt. Ich wünschte, ich könnte sie mit euch teilen. David.‹ Und er beendet den Brief mit einem Kuss.«

Natalie konnte nicht sprechen. Sie wusste, dass David mit sich gekämpft hatte, aber das war zu schmerzhaft. Sie hätte zu ihm durchdringen, ihm zuhören und einfühlsamer mit ihm sein sollen. Er hätte professionelle Hilfe und Beratung gebraucht, und sie hatte ihn im Stich gelassen.

Mikes Stimme durchbrach die stärker werdende Emotion und das Schuldgefühl. »Alles in Ordnung?«

»Mehr oder weniger. Oh, Mike! Das ist fürchterlich. Ich habe ihn im Stich gelassen.«

»Das hast nicht nur du. Wir beide haben ihn auf die eine oder andere Art im Stich gelassen, oder?«

»Haben wir.«

»Ich rufe dich an, sobald ich etwas höre, verspochen.«

Mike beendete das Gespräch. Es ging auf einundzwanzig Uhr zu und Josh würde bei ihr zu Hause sein. Sie hatte ihm die Nachricht noch nicht überbracht, und was sie ihm erzählen würde, hing von der nächsten halben Stunde ab. Danach würde sie nicht länger warten. Josh verdiente es, Bescheid zu wissen. Sie stieg aus dem Streifenwagen, in dem sie den Anruf entgegengenommen hatte, und schloss sich Lucy an, die vor der Eastview Avenue 53 auf sie wartete. Ein Wagen der Spurensicherung parkte am Straßenrand. Die Einheit würde oben in Lennox' Zimmer sein und nach Beweismitteln suchen, die seine Verbindung zu Frans und Hatties Toden belegen sollten.

»Wenn du über irgendetwas reden möchtest ...«, begann Lucy.

»Danke, aber es ist alles geregelt.«

Die Haustür war angelehnt, und Natalie drückte sie auf. Ein schlurfendes Geräusch wies darauf hin, dass oben Officers waren, und sie begegneten einem von ihnen auf dem ersten Treppenabsatz. Ryan, mit feuchtem Gesicht, in Jogginghose, T-Shirt und Turnschuhen, war in seinem Zimmer. Die auf dem Boden liegende Trainingsmatte, ein Satz Gewichte neben dem Bett und der starke Schweißgeruch deuteten darauf hin, dass er Sport gemacht hatte.

»Was passiert mit Lennox?«, fragte er. Sein Bizeps zuckte, als er sich das Gesicht mit einem Handtuch abwischte.

»Er unterstützt uns bei unseren Nachforschungen.«

»Warum durchsuchen die Leute in weißen Anzügen seine Sachen?«

»Wie schon gesagt, er unterstützt uns bei unseren Nachforschungen.«

Ryan sah Natalie verständnislos an. »Das ist verrückt. Er ist nur ein Chemie-Nerd. Er wird Ihnen nicht viel sagen können.«

»Was können Sie uns sagen?«

»Worüber?«

»Lassen Sie uns mit dem Tag von Hatties Verschwinden anfangen. Sie sind ins Fitnessstudio gegangen, und als Sie zurück waren, haben Sie in diesem Zimmer gearbeitet und eine Weile geschlafen. Stimmt das?«

»Das stimmt.«

Er ließ sich auf die Bettkante fallen, das Handtuch über einen Oberschenkel gelegt. Er blickte auf das Foto von Gemma, das noch immer neben seinem Bett stand. Seine Augenlider zuckten einen Augenblick lang. Dielen knarrten, während die Officers Lennox' Zimmer weiter durchsuchten, und eine Schublade wurde zugeknallt. Das Haus war sehr hellhörig. Lucy stand am dichtesten zur Tür, ließ Natalie Platz, um vor dem Bett zu stehen und ihre Fragen zu stellen.

»An was können Sie sich bezüglich Samstagnachmittag erinnern? Jede Einzelheit.«

Er blinzelte. »Mir fällt nichts ein. Ich habe weder Hattie noch Fran gesehen. Ich war hier oben beschäftigt. Ich habe ein Nickerchen gemacht, geduscht. Es hat etwas Lärm gegeben. Das entgeht einem nicht: die Toilettenspülungen, laufende Wasserhähne, Leute, die hoch und runter laufen, sowas halt. Wenn jemand Musik abspielt oder sich laut unterhält, geht es durchs ganze Haus, und ich arbeite normalerweise mit Kopfhörern. Ich hatte sie an dem Nachmittag auch auf.«

»Dann haben Sie nichts Ungewöhnliches gehört.«

»Nichts Ungewöhnliches. Es gab Fernsehlärm und jemand hat eine Zeit lang AC/DC laufen gehabt, weswegen ich mir die Kopfhörer aufgesetzt habe. Später gab es etwas Geschrei, aber das war gegen zwanzig Uhr, als ich mich bereit gemacht habe, um rauszugehen.

»Wer hat geschrien?«

»Rhiannon und Fran, glaube ich. Es kam direkt von unter mir aus Frans Zimmer. Ich habe eindeutig Frans Stimme gehört.«

»Was hat sie gesagt?«

»›Du dumme Scheiß-Schlampe‹, war alles, was ich gehört habe.«

»War es normal für sie, zu streiten?«

»Nicht so. Fran war aber ziemlich wütend. Ich habe meine Musik aufgedreht, um das Kreischen zu übertönen.«

»Sie haben gekreischt?«

Seine Worte waren abgehackt, der Akzent stark: »Ja, es hat sich nach einem Zickenkrieg angehört.«

»Haben Sie eine von beiden gesehen?«

»Nein. Ich bin ungefähr eine halbe Stunde später rausgegangen, und es war mucksmäuschenstill, deshalb habe ich gedacht, Rhiannon wäre wieder zu sich nach Hause zurückgekehrt.«

»Wohin sind Sie gegangen?«

»Zur Studentenvereinigung. Ich konnte es nicht aushalten, allein in meinem Zimmer zu hocken. Ich habe immer wieder an Gemma gedacht, und alles im Haus hat mich an sie erinnert. Ich habe Billard gespielt und ein bisschen was getrunken, mit Freunden gequatscht, dann, nachdem die Bar um zwei in der Nacht geschlossen hat, bin ich für einen Döner in die Stadt gegangen.«

»Haben Sie Lennox gesehen?«

»Er war mit einer Gruppe ebenfalls bei der Studentenvereinigung. Ich weiß nicht, wo sie hingegangen sind, nachdem die Bar zugemacht hatte.«

»Mir ist bewusst, dass das umständlich ist, aber wir werden Sie bitten müssen, ein paar Tage lang auszuziehen, während das Forensik-Team hier ist. Ich glaube, die Universitätsverwaltung wird in der Lage sein, eine vorübergehende Unterkunft bereitzustellen.«

Er kratzte sich an der Wange, ließ sich aber nichts anmerken. »In Ordnung. Ich nehme an, ich habe in der Sache keine Wahl.«

»Haben Sie nicht.«

»Werden Sie auch mein Zimmer durchsuchen?«

»Wahrscheinlich.«

»Oh, okay. Lasse ich es dann so, wie es ist?«

»Ja.«

»Darf ich irgendetwas mitnehmen?«

»Fragen Sie unten bei dem Team nach. Das wird Sie informieren.«

Er nickte bloß, als wäre all das nicht ungewöhnlich, und Natalie konnte nicht anders, als sich zu fragen, ob es an seiner Erziehung lag oder weil er seine Gefühle meisterhaft verbergen konnte.

Da Rhiannon nur ein paar Schritte die Straße hinunter wohnte, entschied sich Natalie dazu, mit ihr über den Streit zu sprechen. Sie mussten nicht bis zum Haus laufen. Rhiannon war draußen, saß mit gesenktem Kopf auf dem Bürgersteig und schaukelte sich in den Armen, sodass nur zwei rosafarbene, oben an einer Wollmütze befestigte Bommeln sichtbar waren, die eher der eines Kindes ähnelte als einem Accessoire einer erwachsenen Frau. Die gestrickten Ohrenklappen hingen wie lange Hasenohren herunter.

»Rhiannon? Geht es Ihnen gut?«, fragte Lucy. Als keine Antwort kam, hockte sie sich neben sie und murmelte: »Kommen Sie, Rhiannon. Sie können nicht hier draußen bleiben. Es ist schrecklich kalt. Lassen Sie uns zurück ins Haus gehen.«

Das Mädchen hob den Kopf. Ihr Gesicht glich einer ausgeblichene Clownsmaske des Entsetzens mit hochroten Wangen und dicken Flecken rußiger Wimperntusche unter den Augen, aus denen Tränen tröpfelten. »Ich möchte mich Fran nahe fühlen. Ich bin zu ihrem Zimmer gegangen, aber die Officers lassen mich nicht rein.«

»Es tut mir leid, aber das ist nicht möglich.«

»Warum durchsuchen sie ihr Zimmer?«

»Sie schauen sich ein paar Zimmer an, nicht nur ihres. Sie

werden nicht hineingehen können. Sie sollten in ihr Haus zurückkehren.«

»Ich kann es nicht aushalten, dort allein zu sein.«

»Möchten Sie ein paar Tage zurück nach Hause zu Ihren Eltern fahren?«

Die Bommeln wackelten. »Ich verstehe mich nicht so gut mit meiner Mutter, und mein Vater ist in Saudi-Arabien. Ich würde lieber hierbleiben.«

»Vielleicht könnte es die Universität in die Wege leiten, dass Sie in eine andere Unterkunft umziehen, um näher bei Ihren anderen Freunden zu sein.«

»Fran war meine einzige echte Freundin.«

»Kommen Sie. Wir unterhalten uns in Ihrem Zimmer weiter.« Lucy richtete sich auf und fing Natalies Blick auf. Diese signalisierte ihr, weiterhin die Führung zu übernehmen und mit dem Mädchen zu reden. Unter Schniefgeräuschen rappelte sich Rhiannon auf und schlenderte neben Lucy her, den Kopf gesenkt, die Arme im Winkel von fünfundvierzig Grad neben einem Volumen aus Gänsefedern ausgestreckt. Die massige Daunenjacke ähnelte einem Schlafsack mit Armen und half nicht, Rhiannons Figur zu schmeicheln.

Natalie fiel hinter sie zurück, nahm den bitterkalten Wind wahr, der die Straße hinunterfegte und eine Supermarkt-Plastiktüte mit sich trug, die hoch über die Autos gewirbelt wurde, bis sie von einem niedrigen Weißdornstrauch aufgespießt wurde und vergeblich flatterte, um sich zu befreien. Autos säumten, Stoßstange an Stoßstange, die Straße. Sie ging an dem alten roten Saab vorbei, der, wie sie wusste, Lennox gehörte und zwischen einen Honda Civic, dessen Hutablage mit Kuscheltieren übersät war, und einen Kia gezwängt war. Sie war die Letzte, die das alte Haus, in dem Rhiannon wohnte, betrat. Das Licht einer Energiesparlampe erleuchtete den Flur nur spärlich, und Natalie bahnte sich vorsichtig ihren Weg um drei Mülltüten und einen in den Durchgang geworfenen Leitkegel herum in die Küche.

Sämtliche Oberflächen waren bedeckt von einem Berg aus Abfall und ungewaschenem Geschirr, das Natalie erschaudern ließ. Die Jungen hatten das Haus verlassen, ohne überhaupt daran zu denken, hinter sich aufzuräumen. Jemand hatte eine beeindruckende Pyramide aus leeren Bierdosen gebaut, die Natalie bis zur Brust reichte, und weitere Dosen waren daneben auf dem Boden aufgetürmt. Schmutzige Teller, wahllos übereinander gestapelt wie eine skurrile Version des Jenga-Spiels, rangelten mit Kochgeschirr um den besten Platz. Ihr Blick fiel auf eine Bratpfanne, in der das Öl noch glitzerte, und auf den Pfannenwender aus Holz, der, aus Nachlässigkeit schwarz verbrannt, darin auf dem Tisch geblieben war. Daneben fraß eine dicke schwarze Fliege an den Überresten eines Currygerichts, ließ sich erst auf einem Klebereiskorn nieder, dann auf einem anderen, während jeder Hüpfer von einem leisen Summen der Zufriedenheit begleitet wurde. Natalie schlug nach ihr, und sie flog davon, nur um gemächlich auf einer Tasse in der Spüle zu landen, in der sich bereits Teller und Besteck türmten.

Rhiannon schien sich der Müllhalde gar nicht bewusst zu sein und lehnte sich mit dem Rücken gegen den Kühlschrank, an dem Magnetbuchstaben nur dazu dienten, obszöne Worte zu bilden. Sie verschränkte die Arme vor der Brust, und der Raum füllte sich mit einem Geräusch ähnlich dem Knistern einer großen Chipstüte. Die Jacke war laut, aber Rhiannon schien ihr Rascheln nicht zu stören. »Vielleicht gehe ich ganz von der Universität ab. Ich kann mir nicht vorstellen, nach dem, was passiert ist, in Samford zu bleiben.«

Lucy suchte nach etwas, auf das sie sich setzen konnte, mochte aber die Plastikstühle nicht, die mit einer klebrigen, Ketchup ähnelnden Substanz verschmutzt waren. »Ich würde keine voreiligen Entscheidungen treffen. Sie sind in Ihrem zweiten Jahr. Sie wollen nicht wegwerfen, was Sie bereits erreicht haben.«

»Das ist mir egal. Ich kann eine Arbeit finden.«

»Sie könnten jederzeit auf eine andere Universität wechseln und weiterstudieren.«

Rhiannon antwortete nicht. Die wollenen Mützenohren verlängerten ihr Gesicht und trugen zum traurigen Erscheinungsbild, dem Inbegriff von sieben Tage Regenwetter, bei. Natalie hatte über etwas nachgegrübelt, seitdem sie an den Autos auf der Straße vorbeigekommen waren.

»Sie besitzen ein Auto, nicht wahr? Einen Dacia Sandero?«

»Ja.«

»Ist er an der Straße geparkt? Ich habe ihn nicht gesehen.«

»Es gibt mehrere Stellplätze hinter dem Haus einer Steuerberatung bei Nummer 74. Es macht ihnen nichts aus, wenn sie jemand nutzt, solange es außerhalb der Bürozeiten ist.«

»Beinhaltet das das Wochenende?«

»Ja. Sie öffnen samstags und sonntags nicht. Wenn es keine Plätze an der Straße gibt, probieren wir es meistens da.«

»Haben Sie zufällig am Samstag oder Sonntag dort geparkt?«

»Nein, ich hatte einen Platz direkt vor dem Haus.«

Ein Gedanke keimte auf. Hatties Auto war um zweiundzwanzig Uhr siebzehn Uhr am Bahnhofsparkplatz aufgetaucht, aber wo war es vorher gewesen? Das Technik-Team war bisher nicht in der Lage gewesen, es zu orten. Wenn es auf dem Parkplatz der Steuerberatung gestanden hatte, wäre es außer Sichtweite gewesen. Sie nickte, um zu signalisieren, dass sie keine weiteren Fragen hatte, und Lucy übernahm.

»Wir wollten Sie nach dem Streit befragen, den Sie mit Fran hatten.«

»Was für einen Streit?«

»Den Sie Samstagabend in ihrem Zimmer hatten.«

Auf Rhiannons Stirn erschienen leichte Falten. »Es gab keinen Streit.«

»Das stimmt nicht mit dem überein, was uns erzählt wurde.«

»Wer hat es Ihnen erzählt?«

»Es spielt keine Rolle, wer es uns davon berichtet hat. Wir würden gerne hören, was passiert ist.«

»Nichts. Fran und ich waren eng miteinander. Wir haben uns nicht gestritten oder verkracht. Nie.«

»Waren Sie Samstagabend in ihrem Zimmer?«

»Ja. Nachdem Sie unsere Handys mitgenommen hatten, bin ich zurück zu ihrem Haus gegangen, und wir haben in ihrem Zimmer gesessen und über Sachen geredet.«

»Über was genau haben Sie gesprochen?«

»Was Gemma zugestoßen ist und wie wir, wegen dem, was wir auf Facebook geschrieben hatten, da hineingeraten sind. Wir haben über Hattie gesprochen und überlegt, wo sie hinge-fahren sein könnte, und über anderes Zeug – Uni-Zeug.«

»Sie bestreiten, geschrien oder eine Auseinandersetzung mit ihr gehabt zu haben?«

»Ja, das tue ich.«

»Es wurden laute Stimmen gehört und wie Fran deutlich gesagt haben soll: ›Du dumme Scheiß-Schlampe.‹ Können Sie sich daran erinnern? Vielleicht hat sie mit jemand anderem geredet.«

»Es war sonst niemand in ihrem Zimmer, als ich da war. Ich bin etwa um neun gegangen. Vielleicht ist es später passiert. Wir hatten sicher keinen Streit. Wer auch immer das gesagt hat, lag falsch oder hat gelogen.«

Natalie betrachtete die Körperhaltung der jungen Frau. Sie hatte die Hände tief in den Taschen vergraben und ihr Rücken war leicht gebeugt. Lügner verbargen oft die Hände, indem sie sie mit der Handfläche nach unten hielten oder in die Tasche steckten. Es war warm genug im Haus, um die Mütze abzunehmen und den gepolsterten Mantel auszuziehen, aber Rhiannon hatte sich entschieden, in den großen Mantel eingepackt und darunter vergraben zu bleiben. Vielleicht verbarg sie etwas, aber es war ebenso wahrscheinlich, dass sie sich in den Daunen, die sie einhüllten, geborgen fühlte. Ihr Gesicht zeigte zweifellos Leid, doch eine Sache beschäftigte Natalie: Wenn Rhiannon die Wahrheit sagte, bedeutete das, dass sich Ryan entweder geirrt oder dass er gelogen hatte. Natalie wurde in diesen Ermittlungen hin und her geschubst. Wann würde all das ein Ende haben?

EINUNDDREISSIG

DIENSTAG, 20. NOVEMBER – ABEND

Die Müdigkeit zehrte an Natalie, schwächte ihre Fähigkeit, klar zu denken, und beeinträchtigte ihr Vorhaben. So sehr sie sich auch wünschte, jeder Spur nachzugehen, ihr Team – das genauso angespannt und erschöpft war – brauchte eine Pause. Lucy und sie hatten Rhiannon wieder einmal in Katherines Obhut zurückgelassen. Die Studienberaterin hatte ihnen versichert, dass die Küche gereinigt würde. Libby, die Studentin, die auf einer Exkursion war, würde am nächsten Nachmittag zurück sein, und Katherine war sich sicher, dass die Anwesenheit des anderen Mädchens Rhiannon helfen würde.

Mäntel wurden in Eile angezogen, es wurde »Gute Nacht« gerufen und das Büro leerte sich im Nu, bis nur noch Natalie übrig war, die auf ihr Handy starrte. Mike hatte nicht wieder angerufen, und sie hatte Josh noch nicht erzählt, dass sein Vater im Krankenhaus war. Es war an der Zeit, sich der Sache zu stellen.

Sie zog ihre wasserfeste Jacke über und bückte sich, um den Riemen ihrer Umhängetasche unter dem Stuhlbein hervorzuziehen, wo er sich verfangen hatte. Als sie den Stuhl anhob, um ihn zu befreien, erklang eine vertraute Marimba-Melodie. Sie zerrte den Riemen hervor und sprang auf, das Herz pochte ihr bis zum Hals.

»Mike?« Ihre Stimme klang zurückhaltend.

»Es wird eine Weile dauern, bis sie bestimmen, wie viel geschädigt wurde, aber er wird es schaffen. Er ist auf der Intensivstation.«

»Gott sei Dank!« Die Welle der Erleichterung drohte, sie umzuwerfen. »Ich hole Josh ab und wir kommen zum Krankenhaus. Wirst du noch da sein?«

»Nein. Ich fahre jetzt nach Hause. Die Ärzte wollen ihn unter Beobachtung halten. Ich durfte ihn nicht sehen. Euch dürften sie einen Besuch erlauben, aber ich gehöre nicht zur Familie.«

»Du hast ihm das Leben gerettet, Mike. Du bist sozusagen Familie.«

»Lass uns erst mal schauen, wie er sich erholt, bevor wir uns zu sehr freuen. Es könnte noch alle möglichen Schädigungen und Komplikationen geben.«

Die Bedeutung seiner Worte machte es ihr erst richtig bewusst. Wie würden sie es bewältigen, wenn David Pflege bräuchte? Sie könnte sich nicht um ihn kümmern. Die Erleichterung wich der Angst. Sie wollte nicht an David gebunden sein. Er musste sich wieder vollständig erholen.

»Ich möchte das nicht am Telefon tun, aber wir müssen das ausführlich durchsprechen. Es könnte ... kompliziert werden«, sagte er.

»Ich glaube, ich weiß, was du meinst, aber das muss es nicht.« Noch während sie sprach, wusste sie, dass Mike recht hatte. Davids Genesung könnte langwierig sein, er abhängig von Angehörigen und einem Heer an Fachleuten, die ihn wieder zu voller Gesundheit führen und pflegen würden. Vielleicht würde er sich sogar über seine Retter ärgern.

»Ich weiß, dass diese Ermittlungen jede einzelne Minute deines Tages in Anspruch nehmen, und du hast Josh und jetzt diesen zusätzlichen Druck, aber können wir etwas Zeit finden?«, fragte Mike.

»Klar. Ich rufe dich später an, nachdem ich im Krankenhaus war, und wir werden eine Lösung finden.«

»Okay. Wir sprechen uns später.«

Sie beendete das Gespräch und blickte auf. Dan stand an der offenen Tür. »Ich konnte nicht anders, als mitzuhören. Sie müssen zum Krankenhaus fahren?«

Ungewiss, wie viel vom Gespräch er belauscht, und genervt, dass er überhaupt etwas mitbekommen hatte, erwiderte sie scharf: »David ist im Krankenhaus.«

»Ein Unfall?«

»Nein. Kein Unfall.« Sie schwang die Handtasche über ihre Schulter. »Wenn Sie mich bitte entschuldigen, Sir. Ich muss mich auf den Weg machen.«

Er trat zur Seite, um sie vorbeizulassen. »Ich wollte um einen kurzen Lagebericht zu den Ermittlungen bitten. Das kann bis zum Morgen warten.«

»Ich werde gleich als Erstes dafür sorgen, dass ein Bericht auf Ihrem Schreibtisch liegt.« Sie rauschte an ihm vorbei den Flur hinunter, ehe er noch etwas erwidern konnte.

»Wer hat ihn gerettet?« Josh schien weder schockiert von der Nachricht über den versuchten Selbstmord seines Vaters zu sein noch neugierig über das, was geschehen war.

»Mike. Dein Vater hat mich angerufen, bevor er ... Na, ja, ich habe Mike angerufen. Er war näher an Castergate als ich. Er ist rechtzeitig bei ihm angekommen.«

Obwohl sich sein Kinn nach vorne schob, gab er keinen Kommentar ab.

»Möchtest du mit mir zum Krankenhaus fahren?«

Er verschränkte die Arme. »Nee. Ich möchte ihn nicht sehen.«

Natalie wollte den Jungen nicht dazu zwingen, sie zu begleiten. Sie verstand, dass er seinen Vater unter solchen Umständen nicht sehen wollte. »Überleg dir, ob du ihn stattdessen morgen besuchen möchtest. Es würde ihm helfen, zu wissen, dass er uns nicht egal ist.«

»Aber er ist mir egal.« Da war keine Wut. Josh blieb sachlich. »Genauso wie ich ihm in den letzten paar Monaten egal war. Ich weiß, dass das grausam klingt, und ich sollte anders empfinden, aber ich kann es nicht ändern.«

»Du bist ihm nicht egal.«

»Das sagst du ständig, aber er hat es nicht gezeigt. Er hat in seiner eigenen Elendsblase gehockt. Er hat mich jeden Tag ein bisschen mehr von sich weggestoßen. Deswegen bin ich zu dir gekommen.«

»Es tut mir wirklich leid, Josh. Wir haben dich durch die Hölle gehen lassen.«

»Ist schon gut. Mir geht es gut. Ich kann nur nicht noch mehr Scheiße ertragen. Es kommt mir vor, als würde ich damit für immer zu tun haben. Leighs Ermordung war das Schlimmste überhaupt, und anstatt, dass wir alle zusammenhalten und uns gegenseitig da durchhelfen, trennen sich Dad und du, und dann versucht er, sich umzubringen! Was zum Teufel ist mit unserer Familie los? Ich möchte nur zu einer normalen Familie gehören!«

Sie kämpfte gegen die mütterlichen Instinkte an, die danach verlangten, ihn in den Armen zu halten, wie sie es getan hatte, als er noch ein Baby gewesen war, ihn zu beruhigen und ihm die Ängste zu nehmen. Ihr Sohn war ein junger Erwachsener mit einer unerschütterlichen Entschlossenheit, der eine schützende Mauer um sein Herz und seine Gefühle errichtet hatte, um vor noch mehr bösen Überraschungen abgeschirmt zu sein. Sie verstand das sehr gut. Sie hatte nach dem Zerwürfnis mit ihrer Schwester Frances ähnlich reagiert. Sie hatte sich emotional zurückgezogen, ihre

Gefühle begraben und eine harte Schale aufgebaut, um weiteren Verletzungen vorzubeugen. Diese Ereignisse hatten sie geprägt wie diese Josh prägen würden. »Wenn ich die Uhr zurückdrehen könnte, würde ich es tun. Ich wollte nichts davon für uns ... besonders nicht für dich. Aber das Leben ist nie leicht und Beziehungen können kompliziert sein. Was auch immer zwischen mir und deinem Vater passiert ist, keiner von uns hat auch nur für eine Sekunde aufgehört, dich zu lieben.«

Josh schluckte schwer. »Er wollte nicht mehr leben, Mum. Er hat das Leben aufgegeben ... dich und mich. Er wollte sterben. Du und Mike, ihr hättet ihn nicht aufhalten sollen.«

Seine Worte krallten sich ihr ins Herz. Sie verspürte das dringende Bedürfnis, ihn wissen zu lassen, weshalb sie David nicht hatte sterben lassen können, aber sie war jetzt, umhüllt von einem unsichtbaren Nebel aus Verwirrtheit, nicht in der Lage, ihre Gedanken auszusprechen. Seine Stimme drang zu ihr durch: »Wenn du hinfahren und ihn besuchen möchtest, nur zu, aber ich werde es nicht tun. Weder heute noch morgen oder überhaupt.«

Der Besuch im Krankenhaus erwies sich als vergeblich. Auch, wenn ihr die Erlaubnis gewährt wurde, David zu sehen, war er nicht bei Bewusstsein und hing am Tropf, um versorgt zu bleiben, sowie an Maschinen, die seine Herz- und Gehirnaktivität überwachten. Als sie an seinem Bett stand, den Mann betrachtete, der fast zwei Jahrzehnte lang ihr Geliebter und Seelenverwandter gewesen war, empfand sie nur Traurigkeit. Joshs Worte klangen ihr in den Ohren nach. Sie nahm ein Rascheln wahr und spürte die stämmige Gegenwart von jemandem neben sich. Sie wusste sofort, wer es war. Sie hatte ihn auf dem Hinweg angerufen. Davids Vater Eric war eine Konstante in ihrem Leben gewesen. Er sagte kein Wort, und als sie den Kopf drehte, um sich ihm zuzuwenden, sah sie bloß, was sich in ihren eigenen Augen widerspiegelte.

Der alte Mann hatte sich auch verändert. Er war geschrumpft, sodass seine Haut zu groß für seinen Körper erschien und Wangenfalten über einem ehemals vollen, fröhlichen Gesicht hingen. Die Nachwirkungen von Leighs Verlust waren mehr als bloß psychisch gewesen; er hatte auch körperlich an ihnen allen gezehrt.

Eric ließ die rheumatischen Augen auf ihr ruhen. »Danke.«

»Ich hätte die Zeichen erkennen sollen ...«, begann sie.

»Schwierig, wenn er nicht mit dir sprechen oder irgendwie Kontakt zu dir haben wollte.« Es gab eine lange Pause, ehe er sagte: »Ich habe die Zeichen gesehen und nichts dagegen unternommen.«

Natalie glaubte das nicht. Eric war immer für seinen Sohn da gewesen.

»Er ist gestern vorbeigekommen. Er war in seinem üblichen selbstmitleidigen Zustand und ich habe die Beherrschung verloren. Ich konnte nicht mehr hören, wie er sich beschwert oder die Schuld bei allen außer sich selbst sucht. Ich liebe ihn, aber er hat meine Geduld in den letzten paar Monaten wirklich auf die Probe gestellt. Ich habe ihm gesagt, er solle sich zusammenreißen, und ihn nach Hause geschickt. Wie du siehst, sind wir beide schuld, aber irgendwo ist die Grenze dessen erreicht, was man für einen Menschen tun kann. Zumindest hat mir dein Eingreifen die Möglichkeit gegeben, es aufs Neue zu versuchen und es wiedergutzumachen. Ich habe meinen Jungen nicht verloren.« Er hielt ihr eine Hand hin, und sie ergriff sie. Das Alter und die harte Arbeit hatten sie rau werden lassen, aber sie fühlte sich seltsamerweise angenehm an. Er drückte sie, hielt die Tränen zurück und drückte sie noch einmal, bevor er sie losließ. »Wir haben zu viel Tragisches durchgemacht. Ich kann nicht noch mehr ertragen.«

Sie standen wieder schweigend da, betrachteten den Mann,

den sie beide auf unterschiedliche Art geliebt hatten, und als sie aufbrachen, legte Eric einen Arm um ihre Schulter und führte sie sanft in den Flur hinaus, in dem seine Freundin Pam mit offenen Armen für sie beide stand. Natalie war vergeben worden, und auch, wenn sie nicht sicher wusste, was die Zukunft für David bereithalten würde, hatte sie durch die Unterstützung ihrer Liebsten wieder festen Boden unter den Füßen.

ZWEIUNDDREISSIG

MITTWOCH, 21. NOVEMBER – MORGEN

Der Tag war so heiter wie seit Langem nicht mehr. Schwaches Sonnenlicht fiel auf Natalies Küchentisch, fing die Staubpartikel ein, die tanzten und wie winzige Feen in den Strahlen aufstiegen. Ein Rotkehlchen saß draußen auf dem Zaun und gab ein kehliges Trillern von sich. Natalie sah dabei zu, wie es seine Brust aufblähte und das Gefieder schüttelte. Es erinnerte sie daran, dass die festliche Zeit begann. Dieses Jahr würde es schwierig sein. Sie sollte Urlaub für Josh und sich buchen, irgendwo im Warmen, wo sie Weihnachten und allen Erinnerungen an das, was nun fehlte, entkommen könnten. Vielleicht würde sich Mike ihnen anschließen. Sie hatte ihn nach dem Besuch im Krankenhaus angerufen, und sie hatten ausgemacht, sich zur Mittagszeit im Samford Park zu treffen und zu sprechen. Der Park lag nahe genug zum Revier, um zu Fuß zu gehen, aber entfernt genug, um vor neugierigen Blicken geschützt zu sein.

Das Geräusch von laufendem Wasser verstummte, begleitet von einem Klappern der Rohre und einem Klacken, als Josh den Hahn zudrehte. Die Wohnung war für sie beide nicht ideal. Lärm drang leicht durch die dünnen Wände, und in der

Nacht war sie lautem Liebesspiel aus der Wohnung über ihr ausgesetzt gewesen. Ihr Haus in Castergate musste schnell verkauft werden, aber wo würde David dann bleiben?

Josh erschien mit einem Handtuch um die Hüfte gewickelt, seine Haare feucht. »Der Föhn ist kaputt«, sagte er und hielt das ins Alter gekommene Gerät hoch.

»Ich kaufe einen Ersatz, wenn ich heute dazu komme.«

»Ich besorge einen für dich.«

»Wann?«

»Ich habe vor der Mittagspause ein paar Freistunden. Ich kann in die Stadt gehen und einen kaufen.«

»Okay. Hier, nimm das.« Sie griff nach dem Portemonnaie und reichte ihm über vierzig Pfund. »Kauf keinen allzu teuren. Ich brauche nichts Extravagantes.«

»Du kannst dich auf mich verlassen.« Er schien ihn nicht zu berühren, was mit seinem Vater passiert war oder vom Gespräch, das sie am Vorabend geführt hatten, und Natalie fragte sich, ob es ihm wirklich mit allem gut ging. Vielleicht ließ er sich nichts anmerken oder gab etwas vor. *Wie du?* Er steckte den Kopf wieder zur Tür herein. »Pippas Mutter hat mich eingeladen, bei ihnen zu übernachten. Findest du das okay?«

Sie war nicht begeistert davon. Es war ein College-Abend, aber er brauchte Freiheit und sicherlich nicht, eingeengt zu werden. Vielleicht brauchte er auch etwas von der »Normalität«, die Pippa und ihre Mutter boten, mit ihren Hunden und Pferden und ihrem weniger komplizierten Leben auf dem Land. »Von mir aus, aber versprich mir etwas.«

»Was denn?«

»Dass du mir nichts verheimlichst.«

»Tue ich nicht.«

Sie versuchte, ihren Gedankengang zu erklären. Es war nicht so, dass sie Josh nicht vertraute. »Wenn Leigh offen gesagt hätte, wohin sie gehen würde ...«

»Ich verstehe es, aber du brauchst dir keine Sorgen zu

machen. Ich fahre auf jeden Fall zu Pippas Haus. Du kannst mich dort anrufen, wenn du dich vergewissern möchtest.«

»Ich vertraue dir. Versprich mir, dass du mir gegenüber immer offen sein wirst. Ich brauche das von dir. Ich könnte es nicht ertragen, wenn dir irgendwas zustieße.«

Er warf ihr einen liebevollen Blick zu, der bewirkte, dass sie ihn fest in den Arm nehmen wollte. Er war immer noch ihr Junge. »Alles klar. Kannst du bis morgen ohne den Föhn auskommen?«

»Ja, und danke dir.«

»Kein Problem.«

»Josh!«

»Ja?«

Sie wollte ihn fragen, ob er seine Meinung über David geändert hatte, aber sie wusste die Antwort bereits. Josh hatte nicht nach David gefragt. »Nichts ... Ich muss mich beeilen. Hab einen schönen Tag.«

»Danke. Ich schreibe dir später.«

Das Rotkehlchen trällerte laut, als sie die vereisten Pfützen auf dem unebenen Pfad umschiffte, sein Lied stieg zum pastellblauen Himmel hoch. Es richtete die hellen Äuglein auf sie und folgte ihren vorsichtigen Bewegungen, während sie ihren Weg in Richtung Bürgersteig bahnte. Natalie atmete die frische Luft ein, und beim Ausatmen strengte sie sich bewusst an, alle Gedanken an David, Josh und Mike auszuschalten. Ihr Verstand wanderte wieder zurück zu den Autos in der Eastview Avenue und dem Gespräch über den Parkplatz hinter dem Haus der Steuerberatung, und sie fragte sich, ob es dort Überwachungskameras gab. Ein Motorrad fuhr an ihr vorbei, beschleunigte lautstark, aber sie beachtete es nicht.

Sie war die Erste im Büro und nahm eine Notiz in die Hand, die auf ihrem Schreibtisch hinterlassen worden war. Sie war in Darshans Zierschrift verfasst, die Buchstaben mit Wirbeln und Schnörkeln versehen. Die Forensik hatte keine

Spuren von Oxalsäure in irgendeiner der leeren Flaschen in der Nähe von Frans Leiche gefunden. Fran hatte die Säure woanders zu sich genommen, nicht im Türeingang sitzend, wo der obdachlose Mann, Evan Robertson, geschlafen hatte. Natalie hatte nun kaum Zweifel, dass Fran vergiftet worden war. Sie suchte die Nummer der in der Eastview Avenue 74 ansässigen Steuerberatung heraus und bereitete dann gewissenhaft den Bericht vor, den sie Dan versprochen hatte. Sie gab so viel Auskunft, wie sie konnte, und lehnte sich dann, zufrieden mit dem Ergebnis, zurück. Zumindest hatte sie ein paar Hinweise, denen sie jetzt nachgehen konnte.

Aufgrund der Sonneneinstrahlung durch das bodentiefe Fenster hatte sich das Büro zu einer unangenehmen Temperatur aufgeheizt. »Können wir nicht die verdammte Heizung ausschalten?«, grummelte Murray und wischte sich die Stirn.

»Das Thermostat klemmt«, entgegnete Ian.

»Wenn das so weitergeht, zerlaufe ich.«

»Männliche Wechseljahre«, flüsterte Lucy und wich dem Notizblock aus, den Murray nach ihr warf.

Mike und Natalie standen neben ihrem Schreibtisch, die Köpfe über einen Probenbehälter gebeugt, der weiße Kristalle beinhaltete. Sie dankte ihm und er verließ den Raum, damit sie ihr Team in Kenntnis setzen konnte.

»Hört mal, Leute. Wir haben ein paar neue Informationen.« Sie hob den Behälter hoch. »Das sind Oxalsäure-Kristalle, die man leicht in Baumärkten und im Internet bekommen kann. Wie ihr wisst, hat das Forensik-Team gestern Abend Lennox' Zimmer durchsucht. In einer Schachtel unten in seinem Kleiderschrank haben sie auf einem Paar Gummihandschuhen Spuren einer weißen Substanz gefunden, die jetzt als Oxalsäure bestimmt wurde. Sie untersuchen nun das ganze Haus, bei den Gemeinschaftsbereichen angefangen. Die Universität ist verständigt worden, und Ryan Hausmann ist vorübergehend in eine Wohnung auf dem Campus gezogen, während die Forensik eine gründliche Durchsuchung vornimmt. Natürlich reden wir sofort mit Lennox, aber wir müssen feststellen, woher die Substanz kam. Der naheliegendste Ort ist das Chemielabor. Ian, kannst du das bitte überprüfen? Lucy, sprich du mit der Steuerberatung in der Eastview Avenue 74. Ich möchte wissen, ob Hatties Auto dort am Samstagnachmittag, irgendwann nach sechzehn Uhr zwanzig und vor zweiundzwanzig Uhr, auf ihrem Parkplatz abgestellt war. Finde heraus, ob es irgendwelche Überwachungskameras mit Blick auf den Parkplatz auf dem Grundstück gibt, und klappere die Häuser in der Gegend ab. Ich möchte, dass du mit den Leuten redest, aus deren Häusern man auf den Parkplatz sehen kann. Murray, du kannst mir helfen, Lennox dazu zu bringen, sich zu öffnen. Sorg dafür, dass seine Anwältin, Carolyn Pickerton, sofort herkommt. Ich werde nicht auf sie warten. Wenn sie es nicht schafft, bekomm den Anwalt des Reviers zu fassen. Ich will Antworten.«

Die unangenehme Temperatur war vergessen und das Team brach wie bei einer gut eingeübten Tanz-Choreografie in Geschäftigkeit aus. Jeder riss sich los, um sich seiner eigenen Aufgabe zu widmen.

———

Carolyn war zufällig schon auf dem Revier, wartete darauf, dass Anklage gegen Lennox erhoben wurde, und saß in einem Vernehmungsraum. Natalie entschied sich dazu, die neueste Entdeckung mit ihr zu teilen, in der Hoffnung, sie könnte vielleicht ein Geständnis von Lennox bekommen, anstatt eine langwierige Befragung durchmachen zu müssen.

Die Anwältin wirkte in ihrem grauen Bleistiftrock, einer weißen Bluse und blutroter Krawatte, als würde sie Finanzberatungen anbieten oder bei der Börse sein. Ihre Aktentasche lag offen auf dem Tisch, und während sie Papierkram durchging, redete sie laut, den Bluetooth-Kopfhörer im Ohr. »Sag ihnen, dass wir zum Verhandeln bereit sind. Sie wissen, was wir wollen, und wir sind darauf vorbereitet, es auszusitzen. Nein. Das ist mein letztes Wort. Sie wollen andere Saiten aufziehen, das können wir auch. Gib mir Bescheid, wenn sie einlenken.« Sie beendete das Gespräch und stand auf, um Natalie die Hand zu reichen.

»Sind Sie die Anwältin von Jocelyn Walsh?«

»Das ist richtig. Ich bin die Anwältin der Familie.«

»Kommt Jocelyn zurück ins Vereinigte Königreich?«

»Ich halte sie, was Lennox angeht, auf dem Laufenden. Sie wird zurückkehren, wenn es notwendig ist. Sobald er angeklagt ist, werde ich Freilassung gegen Kaution beantragen.«

Natalie verstand. Lennox' Mutter würde sicherstellen, dass ihr Sohn nicht im Gefängnis landete. Sie war nicht so gefühllos wie Lennox sie hatte glauben lassen.

Carolyn schaute kurz hoch. »Ich habe heute einen vollen Terminkalender. Ich hoffe, das hier wird nicht lange dauern.«

»Es dürfte länger dauern, als Sie denken. Wir haben ein neues Beweismittel sichergestellt, das auf seine Beteiligung an einem zweiten Mord hinweist.«

Carolyns Pokerface zeigte keine Überraschung über die Enthüllung. »Dürfte ich vor Ihrer Befragung mit ihm sprechen? Das könnte die Dinge ein wenig beschleunigen.«

»Wir haben in seinem Kleiderschrank auf einem Paar Gummihandschuhe Oxalsäure gefunden. Eines der Opfer wurde mit Oxalsäure vergiftet.«

»Okay! Ich schaue, was er darüber zu sagen hat.«

Natalie ging wieder zurück nach oben, um Carolyn Zeit mit Lennox zu ermöglichen, und hoffte, dass sie ihn zu einem Geständnis bewegen konnte.

Im Büro hatte Ian soeben ein Telefonat beendet. »Lennox

hat keine Oxalsäure aus dem Chemielabor entwendet, und sie auch nicht in Experimenten benutzt.«

»Mist!«

»Ah, aber ...«, sagte Ian mit einem halben Lächeln, das seine Lippen umspielte, »ich habe mit einem Laboranten, Jason Wight, gesprochen, der zugegeben hat, *er* habe eine kleine Menge Oxalsäure ausgeliehen, um sie für einen Rostfleck auf seinem Auto zu benutzen. Er hat daran auf dem Parkplatz vor der naturwissenschaftlichen Fakultät gearbeitet, als Lennox angehalten und Interesse daran gezeigt hat. Anscheinend hat sein Saab auch gerostet, und er hat gefragt, ob er eine kleine Menge Oxalsäure bekommen könne, um ihn damit zu behandeln. Jason hatte etwas übrig und hat sie Lennox gegeben.«

»Wann war das?«

»Am Montag, den 1. November.«

»Gute Arbeit, Ian.«

»Ja, gute Arbeit, Kollege«, wiederholte Murray.

Ian grinste. »Du machst dich über mich lustig?«

»Nein, ich meine es ernst. Es erspart mir, diesen kleinen Scheißkerl fertigmachen zu müssen, um die Antworten aus ihm herauszubekommen, wenn wir ihn das nächste Mal befragen.«

»Langsam, Rocky! Pass auf deine Fäuste auf. Die sind tödliche Waffen. Beim Rest von dir bin ich mir nicht sicher«, sagte Ian.

»Du kannst mich mal. Das war das letzte Mal, dass ich dir ein Kompliment gemacht habe!«, rief Murray ihm hinterher, als Ian winkend verschwand.

»Wo geht er hin?«, fragte Natalie.

»Untersucht etwas Überwachungsmaterial. Der Steuerberaterbetrieb verfügt über eine Kamera mit Blick auf den Parkplatz.«

»Das ist gut. Ich hoffe, er findet Hatties Auto darauf. Ich kann mir nicht vorstellen, wo es sonst zwischen sechzehn Uhr zwanzig und zweiundzwanzig Uhr 16.20 und 22 Uhr gewesen sein könnte. Wenn wir wirklich Glück haben, sehen wir vielleicht, wer damit weggefahren ist.« Sie drehte sich auf ein leichtes Klopfen hin um. Ein Officer stand im Türrahmen.

»Ich bin gebeten worden, Ihnen mitzuteilen, dass Lennox Walsh und seine Anwältin bereit für Sie sind, Madam.«

»Danke.«

Murray war sofort auf den Beinen. Natalie schloss sich ihm an. Es war an der Zeit, Lennox einzufangen.

Die lilafarbenen Flecken unter seinen Augen deuteten drauf hin, dass Lennox schlecht geschlafen hatte. Er hielt den Kopf gesenkt und zupfte am Nagelbett seines rechten Daumens, das schon blutig war. Carolyn Pickerton übernahm das Reden.

»Mein Mandant ist bereit, mitzuhelfen. Wir möchten, dass Sie diese Mitarbeit bei allen Anklagepunkten, die Sie erwägen, gegen ihn zu erheben, berücksichtigen, und würden Sie gern daran erinnern, dass er, obwohl er zugegeben hat, bei der Erstellung eines Dating-Profils ein Foto von Gemma Barnes verwendet zu haben, nicht ihre Identität gestohlen hat. Mein Mandant hat weder Gemma angegriffen noch war er direkt oder indirekt für ihren anschließenden Tod verantwortlich, und ich werde jegliche Vorwürfe, die etwas anderes behaupten, entschieden zurückweisen. Lennox hat mich jetzt darüber informiert, dass eine dritte Partei beteiligt war, und er wünscht, sein ursprüngliches Geständnis zu widerrufen.«

Als Carolyn fertig war, sah Natalie zu Lennox hinüber. »Was haben Sie uns zu erzählen, Lennox?«

Er ließ die Hände in den Schoß fallen und befeuchtete seine Lippen. »Ich habe Ihnen gestern nicht die Wahrheit erzählt. Ich wollte nichts Schlechtes über sie sagen, weil sie tot ist, aber das Catfishing war kein von mir ausgedachter Plan. Fran hatte die Idee. Wir beide haben uns an einem Abend zusammen betrunken und hatten gegenseitiges Mitgefühl dafür, kein Geld zu haben. Ich habe ihr von meinen Schulden erzählt und davon, dass meine Mum mir nicht dabei hilft, aus diesem Mist herauszukommen, und sie verstand das, weil sie auch keine Hilfe von ihrer Mutter bekommen hat – nur regelmäßig Ärger. Dann kamen wir auf Gemma und Sasha zu sprechen. Fran hatte Probleme mit Gemma. Sie machte keinen Hehl daraus, dass sie nicht gut mit ihr auskam, aber an diesem Abend hat sie über sie hergezogen, hat gesagt, sie sei ›selbstverliebt‹, und damit weitergemacht, wie Gemma und Sasha sich zusammen verhalten würden. Sie war der Meinung, es sei verrückt, dass sie die ganze Zeit über wie Freundinnen oder Schwestern miteinander abhingen. Je betrunkener sie wurde, desto mehr hat sie über Gemma geschimpft, und dann hatte sie diese bekloppte Idee, wie wir an etwas Geld kommen könnten. Sie dachte, es wäre lustig, Gemmas Foto zu nehmen, um damit ein paar Typen zu catfishen. Ich habe es nicht ernst genommen. Es war bloß Betrunkenen-Gerede, deshalb habe ich mitgemacht. Wir haben etwas mehr getrunken und sind im Bett gelandet. Als ich am nächsten Morgen aufgewacht bin, saß Fran an meinem Schreibtisch an meinem Laptop. Sie hatte schon das Dating-Profil erstellt und einen Screenshot eines Fotos von Instagram gemacht. Ich erinnere mich, dass sie gelacht und gesagt hat, wenn ein Foto von Gemma keine Kerle anziehen könnte, dann gäbe es keine Hoffnung für sie.« Er starrte ein paar Sekunden lang ausdruckslos vor sich hin, ehe er fortfuhr: »Für mich ging es nur ums Geld. Für Fran war es anders. Sie war sowohl auf Gemma als auch Sasha eifersüchtig. Sie hat es nie zugegeben, aber es war offensichtlich für mich. Ich dachte, ich schaue mal, was passiert. Was schadete es, ein paar Pfund zu bekommen? Fran hat einen richtigen Kick bekommen, als wir ein Match hatten. Scott war unser erstes Match. Sie hat auf seine Nachricht geantwortet, Spaß daran gehabt, ihn anzustacheln. Um diese Zeit herum hat sie vorgeschlagen, dass ich ein falsches E-Mail- und PayPal-Konto einrichte, für den Fall, dass er bereit dazu wäre, uns Geld zu spenden. So hat sie es genannt, eine ›Spende‹ für den ›Arme-Studenten-Fonds‹. Er hat nicht angebissen, aber wir hatten in der Zwischenzeit ein weiteres Match, und sie hat es wieder versucht. Am Ende hat sie Henry an Land gezogen. Er ist auf alles reingefallen und hat das Geld gesendet. Es war super-leicht, ihn danach zu blockieren, und wir dachten, wir kämen damit durch. Keiner von uns hätte ahnen können, was Gemma zustoßen würde. Wir hätten es sonst niemals getan.«

»Warum haben Sie das Geld nicht zur Hälfte geteilt?«

»Wir hatten es vor. Fran wollte diese Woche ein Bauspar-konto einrichten, von dem ihre Mutter nichts wusste, damit Rhiannon und sie nach der Uni zusammen eine Wohnung mieten könnten, und ich sollte das Geld darauf überweisen. Wenn Sie sich mein Bankkonto anschauen, werden Sie sehen, dass ich nur einen Teil des Geldes, das wir bekommen haben, ausgegeben habe. Der Rest war für Fran. Als ich von ihrer Ermordung erfuhr, bin ich in Panik geraten. Ich wollte ihr Geld nicht und habe so viel von meinem Konto abgehoben, wie ich konnte – ich wollte eigentlich dreitausend Pfund abheben, aber die Bank hat es nicht zugelassen –, und habe es in ihrem Zimmer deponiert.«

»Warum haben Sie uns das nicht gesagt, als wir kurz nach Gemmas Tod mit Ihnen gesprochen haben?«

»Hand aufs Herz, ich wollte es, aber ich musste Fran versprechen, nichts zu sagen. Ich hatte Angst, ins Gefängnis zu kommen, und habe auf sie gehört.« Seine Stimme geriet ins Stocken. »Es war falsch von mir. Es tut mir leid. Ich hätte sofort die Wahrheit sagen sollen, dann wäre Fran vielleicht noch am Leben.«

»Was meinen Sie damit?« Ging Lennox davon aus, sie sei von jemandem getötet worden, den sie zu betrügen versucht hatten?

Er zog die Augenbrauen zusammen. »Sie wäre hier in

Gewahrsam gewesen, und niemand hätte ihr etwas antun können.«

»Zusammengefasst erzählen Sie uns also, dass Fran Ditton sich den gesamten Plan ausgedacht hat, mithilfe von Gemmas Fotos Männer zu verführen und Geld zu ergaunern?«, fragte Natalie.

»So ist es, und ich habe mitgemacht, auch wenn ich wusste, dass es falsch war. Fran konnte sehr überzeugend sein.«

»Hat sie Ihnen gedroht?«

Er zupfte einen kurzen Augenblick lang an seinem Daumennagel herum und gab ein beschämtes »Ja« von sich.

Murray starrte den Jungen an. »Sie hatten Angst vor Fran?«

»Nicht vor Fran! Vor ihren Grobian-Freunden. Sie kannte ein paar ziemlich gefährliche Typen, die sich nichts dabei denken würden, mich zu erstechen. Sie hat mich gewarnt, sollte ich sie beschuldigen, dann würde sie dafür sorgen, dass sie mich finden und es mir heimzahlen.«

Murray spottete: »Sie haben den ganzen Quatsch geglaubt?«

»Es war kein Quatsch. Sie war Mitglied einer richtigen Straßengang. Sie waren sehr gewaltbereit.«

»Sie hat sich als Kind bei einem Haufen Vorpubertierender herumgetrieben. Sie sind in einige Schwierigkeiten geraten – haben geklaut, Graffiti an Wände gesprüht und sind in ein paar Prügeleien verwickelt gewesen –, aber sie ist rausgekommen und bei ihrer Großmutter eingezogen und hat sich danach von Ärger ferngehalten. Ist Ihnen nicht in den Sinn gekommen, dass sie wahrscheinlich kein Abitur gemacht hätte, wenn sie Teil einer Straßengang gewesen wäre?«

Lennox schüttelte den Kopf wie ein an der Leine zerrender Hund. »Das stimmt nicht. Sie *war* Mitglied einer Straßengang. Sie hat mir davon erzählt und auch von ihrer Zeit in einer Jugendstrafanstalt wegen schwerer Körperverletzung.«

»Sie war nie in einer Jugendstrafanstalt. Sie hat Sie veräppelt«, sagte Murray.

Lennox' Stimme erhob sich vor Ärger: »Nein! Das hätte sie nicht getan. Warum hat sie mich so verarscht? Ich habe ihr geglaubt!«

Natalie ergriff wieder das Wort: »Was ist mit Fran passiert?«

»Ich weiß es nicht, ehrlich.«

»Können Sie erklären, warum wir Oxalsäurestaub auf einem Paar Gummihandschuhen in Ihrem Zimmer gefunden haben?«

»Ich habe die Säure für Sabina – mein Auto – benutzt. Ich habe sie von einem der Laboranten, Jason Wight, bekommen. Er hat damit etwas Rost von seinem Auto entfernt und hatte etwas übrig. Sabina hatte ein paar Stellen, die Aufmerksamkeit brauchten, und ich konnte es mir nicht leisten, sie zu einer Werkstatt zu bringen, um sie behandeln zu lassen, also habe ich es genommen und selbst Hand angelegt. Wenn Sie mein Auto untersuchen, werden Sie sehen, wo ich sie benutzt habe.«

»Fran wurde mit Oxalsäure vergiftet.«

»Ich habe sie ihr nicht gegeben. Ich habe ihr auf keinen Fall etwas gegeben.«

»Hatten Sie Kristalle übrig?«

Er befeuchtete erneut seine Lippen. »Es waren ein paar Teelöffel. Ich habe sie aufbewahrt, um sie zu einem späteren Zeitpunkt zu benutzen.«

»Wo haben Sie sie gelagert?«

»In einer Schachtel mit anderem Zeug, das ich für mein Auto benutze, auf dem obersten Fach des Schranks unter der Treppe.«

»Wer hatte Zugang dazu?«

»Ich nehme an, jeder im Haus.«

»Wissen Sie, was Hattie zugestoßen ist?«

»Nein, ich habe sie seit Ihrem Besuch am Freitagabend, als Sie uns von Gemma berichtet haben, nicht mehr gesehen.«

Carolyn klopfte ihre Unterlagen auf dem Tisch zusammen, ein scharfes *Klack, Klack, Klack,* das das Ende der Befragung signalisieren sollte. »Mein Mandant sieht ein, dass er Beihilfe zum Betrug geleistet hat, streitet aber jegliche Beteiligung an den Todesfällen von Gemma Barnes, Fran Ditton oder Hattie Caldwell ab. Falls Sie keine weiteren Fragen oder Beweise für das Gegenteil haben, schlage ich vor, dass wir die Sache hier beenden. Ich muss zu einem Termin.«

Murray streckte die Beine so weit aus, wie er konnte, über die gesamte Breite des Schreibtisches, und legte die Hände an den Hinterkopf. »Und was jetzt?«

Natalie stand an der Tür und grübelte über genau die gleiche Frage nach. Lennox' Eingeständnis, dass Fran hinter dem Plan gesteckt hatte, ergab Sinn, erklärte aber nicht, wie sie gestorben oder was Hattie zugestoßen war.

»Ich nehme an, wir könnten unsere frühere Theorie wieder in Betracht ziehen, dass Fran Hattie getötet hat, weil diese von dem Betrug Wind bekommen hat, und sich dann selbst umgebracht hat.«

Natalie verwarf die Idee: »Warum dafür zu einem Eingang in einer halbverlassenen Straße gehen, und woraus hat sie getrunken – aus einem Glas, einer Flasche, einer Tasse? Und wenn das der Fall gewesen wäre, warum konnte die Forensik nichts finden? Nein, ich denke, sie hat das Gift irgendwo anders geschluckt und ihre Leiche ist bewegt worden. Was wir brauchen, sind handfeste Beweise, und wir werden sie finden. Die Kriminaltechniker sind immer noch im Haus. Sorg dafür, dass sie auch Lennox' Auto untersuchen.«

»Um zu überprüfen, ob er Rostflecken mit Oxalsäure entfernt hat?«

Sie öffnete die Tür. »Nein, auf Beweismittel, dass Fran in seinem Wagen war. Er könnte sie zu dem Eingang transportiert haben.«

Murray sprang mit erstarrter Miene auf. »Du weißt, dass der kleine Mistkerl nicht mit seinen Taten durchkommen sollte.«

»Ich weiß, dass er das nicht sollte, aber er hat eine Spitzenanwältin, die ihn verteidigt, und wenn sie beweisen kann, dass Fran hinter dem ganzen Betrug gesteckt hat, wird er davonkommen.«

»Dem toten Mädchen die Schuld zuschieben, weil sie es nicht bestreiten kann. Ich denke, er rettet seinen Hintern. Er ist tiefer darin verwickelt, als er zugibt.«

»Wir müssen etwas finden, das seine Schuld beweist und seine Anwältin nicht anfechten kann. Ich habe ein paar Nachforschungen über sie angestellt, und Carolyn Pickerton ist eine der Besten. Jocelyn Walsh wird ihren Jungen nicht ins Gefängnis wandern lassen.«

Murray blähte die Wangen auf, während er die Treppe hinter ihr hochstürmte. »Mit Geld kann man alles kaufen, die Freiheit eingeschlossen.«

»Nicht, wenn wir Beweise finden, die belegen, dass er mehr an all dem beteiligt ist, als er zugibt.«

DREIUNDDREISSIG

MITTWOCH, 21. NOVEMBER – SPÄTER VORMITTAG

Natalie war keine fünf Minuten zurück im Büro, als sie einen Anruf von Ian bekam, der gerade im Haus der Steuerberatung war. Sie raste zur Eastview Avenue.

Das Haus, das identisch mit den anderen auf derselben Straßenseite war, unterschied sich lediglich durch die breite Einfahrt von den von Studenten bewohnten gegenüber. Sie verstand, weshalb sie es nicht früher gefunden hatten. Erst, als sie in die Zufahrt eingebogen und einem blauen Pfeil bis zur Rückseite des Gebäudes gefolgt war, wurde ein asphaltierter Bereich sichtbar, groß genug für zehn Autos.

Natalie betrat das Haus über den Hintereingang, neben dem eine dezente bronzefarbene Tafel mit den Namen der dort arbeitenden Steuerberater angebracht war. Sie drückte die Klingeltaste, auf der ›Rezeption‹ stand, und die Tür öffnete sich mit einem Surren.

Sie befand sich in einem hellgrauen Empfangsbereich. Ein durchdringender Pfiff zog sofort ihre Aufmerksamkeit auf sich. Das Bildschirmgeräusch stammte von einem Hundetrainer, der versuchte, einen ungehorsamen Terrier unter Kontrolle zu bringen. Er war ein paar Enten hinterhergejagt, die, begleitet von schallendem Gelächter vom Band, quakend herumrannten und wild mit den Flügeln flatterten. Der Fernseher wurde ausgeschaltet. Natalie stand der Rezeptionistin gegenüber, die die Fernbedienung ablegte.

»Sie müssen DI Ward sein. Ihr Kollege ist am Wartebereich vorbei im Zimmer auf der rechten Seite. Es ist mit ›Privat‹ gekennzeichnet. Kann ich Ihnen etwas bringen?«

»Ich brauche nichts, vielen Dank«, antwortete Natalie und schob sich zwischen den dunkelgrünen Stühlen hindurch, die sie an das Wartezimmer eines Krankenhauses erinnerten. Dabei passierte sie einen Beistelltisch, auf dem Zeitschriften mit Eselsohren auslagen.

Ian starrte, das Kinn auf die Handflächen gestützt, zu dem Schwarz-Weiß-Bildschirm hoch. Er richtete sich auf, als Natalie eintrat.

»Was haben wir?«, fragte sie ohne einleitende Worte. Sie warf einen Blick auf die Notizen, die sich Ian von den Zeiten und Bewegungen gemacht hatte. Der Mauszeiger schwebte über dem Zeitstempel auf der linken Bildschirmecke.

»Hatties Auto kommt am Samstagmorgen um elf Uhr sechsunddreißig auf dem Parkplatz an. Es bewegt sich nicht bis zwischen zehn und zwei Minuten nach zehn am selben Abend.«

»Also stand es da so ziemlich den ganzen Nachmittag über.«

»Genau.«

»Fran hat gesagt, sie habe mit ihr am späten Vormittag in der Küche gesprochen. Das scheint zu stimmen, aber Hattie ist nicht unterwegs gewesen, noch nicht einmal, nachdem sie mich angerufen hat, um ein Treffen bei der Chancer's Bar zu vereinbaren, zumindest nicht mit ihrem Auto.«

»Anscheinend nicht.«

»Um wie viel Uhr kam das Fahrzeug nochmal am Bahnhof an?«

»Um siebzehn nach zehn an diesem Abend.«

»Wie lange dauert es, um von der Eastview Avenue zum Bahnhof zu fahren?«

»Etwa eine Viertelstunde.«

»Hattie kann an diesem Abend nicht gefahren sein. Wenn ihre kaputte Uhr ein Hinweis wäre, ist sie um neunzehn Uhr fünfzig gestorben. Sie war schon tot, als das Auto weggefahren ist.«

»Ich bin das Bildmaterial wieder und wieder durchgegangen, aber es gibt nichts, das auf den Fahrer hinweist. Die Kamera ändert alle zwei Minuten die Position. Sie hat das Auto um einundzwanzig Uhr erfasst, aber als sie das nächste Mal in dieser Position war, war das Auto weg.«

Natalie schaute es sich mit ihm an, aber es gab keinen Hinweis darauf, wer das Auto von dem Parkplatz der Steuerberatung weggefahren hatte. »Okay, zeig mir das andere.«

Diese andere Sache war der Grund, weshalb sie zur Eastview Avenue gekommen war. Ian spulte das Bildmaterial auf Samstagnachmittag um sechzehn Uhr zwanzig zurück. »Da ist er.« Natalie sah, wie Lennox' Saab in Sichtweite auftauchte und gegenüber von Hatties Auto geparkt wurde.

»Um wie viel Uhr fährt er weg?«

»Ein paar Minuten nach fünf.«

»Warum hat er nicht erwähnt, ihr Auto dort gesehen zu haben, als wir ihn gefragt hatten, ob er wisse, wo sie sich aufhielt? Der junge Mann hat uns eindeutig angelogen. Ich werde schauen, was die Kriminaltechniker gefunden haben. Irgendwelche Neuigkeiten von Lucy?«

»Sie redet immer noch mit den Leuten, deren Grundstücke diesen Parkplatz überblicken, um zu schauen, ob irgendjemand etwas Ungewöhnliches am Wochenende gesehen hat. Manche der Häuser sind zu Wohnungen umgebaut worden, und es gibt mehr Menschen zu befragen, als wir zunächst gedacht haben.«

»Dann mach hier Schluss, fahr zurück und nimm das Bildmaterial mit. Wir werden es als Beweis brauchen.«

Natalie verließ das Gebäude. Zu dem Haus, in dem Gemma, Fran und Hattie gewohnt hatten, war es nur ein schneller Spaziergang die Straße hoch. Die Suche war verstärkt worden und weitere weiße Transporter waren aufgetaucht, die nahe der Nummer 53 parkten. Natalie erblickte eine gekrümmte Gestalt mit einer rosa Wollmütze, die einen großen Strauß roter Blumen an der Vorderwand arrangierte. Sie ging über die Straße auf Rhiannon zu.

»Oh, hallo. Ich habe die für Fran hiergelassen. Das ist okay, oder?« Rhiannons Gesicht war gespenstisch blass. Mehrere entzündete rote Pickel verteilten sich wie Sommersprossen über und um ihre Nase herum. Ohne Make-up war Rhiannon ein schlichtes Mädchen mit dünnen Wimpern und noch dünneren Augenbrauen. Sie lehnte den Strauß dunkelroter Nelken an die Wand. Natalie sah, dass eine Karte dabei war, eine einfache Karte mit Frans Namen darauf und einem Herz darunter. Es gab nichts für Gemma oder Hattie. Das Mädchen erhob sich, die Augen auf die Blumen gerichtet. »Ich möchte Ihnen etwas erzählen.«

»Über Fran?«

»Nein, es geht um Hattie. Vielleicht ist es nicht wichtig, aber ich denke trotzdem, dass Sie darüber Bescheid wissen sollten.« Sie stieß einen langen Seufzer aus und wandte sich Natalie zu.

»Was wollen Sie mir erzählen?«

»Am Samstagabend bin ich über den Campus gefahren und habe sie vor dem Block der naturwissenschaftlichen Fakultät mit Lennox gesehen.«

»Um wie viel Uhr war das?«

»Es war ungefähr halb sechs.«

»Als ich Sie gefragt habe, ob Sie wüssten, wo Hattie ist, haben Sie mir nichts davon erzählt.«

»Es kam mir nicht wichtig vor, und Sie haben gefragt, ob ich weiß, wo sie ist, und das war nicht der Fall.«

»Was haben sie getan? Geredet? Gestritten?«

Ihr Gesicht verzog sich, während sie nachdachte. »Ich bin mir nicht sicher, aber es sah ernst aus ... Sie standen sich gegenüber ... und Hattie sah aus, als würde sie ihn anschreien ...« Sie stieß scharf die Luft aus. »Es tut mir leid. Ich weiß es wirklich nicht mehr.«

Das war etwas. Sie wussten nun, wo Hattie anstatt ihres vereinbarten Treffens mit Natalie gewesen war. Hatte Lennox es herausgefunden und sie davon abzuhalten versucht, den Betrug zu verraten? »Hat Fran mit Ihnen über eine Dating-Website – Special Ones – gesprochen?«

»Nein.« Ein Schatten huschte über das Gesicht des Mädchens.

»Sie müssen ganz ehrlich zu mir sein. Ich verstehe, dass sie Ihre Freundin war, aber Sie dürfen uns nichts verheimlichen. Hat Fran Ihnen irgendetwas von einem Catfishing-Betrug erzählt?«

Rhiannon sah nach links und rechts, ehe sie sprach: »Sie meinen die Sache, die Lennox vorhatte?«

»Was wissen Sie darüber?«

»Fran und er haben sich an einem Abend betrunken und er hat ihr gesagt, dass er sich einen dummen Plan ausgedacht hätte, um an etwas Geld zu kommen. Das hatte mit einer Dating-Website zu tun. Meinen Sie das? Er dachte, Fran würde es witzig finden, dass er Gemmas Foto für das Fake-Profil benutzt hat. Fran fand es überhaupt nicht witzig. Sie hat ihm gesagt, dass das, was er getan hat, illegal sei, und er damit aufhören solle, bevor er Ärger bekommt.«

Natalie hoffte, dass es noch mehr gab, aber dem war nicht so. »Hat Fran jemals erwähnt, mit Lennox geschlafen zu haben?«

Rhiannon machte ein Würgegeräusch. »Auf keinen Fall! Sie hätte niemals mit ihm geschlafen.«

»Aber sie hat sich mit ihm betrunken.«

»Das ist etwas anderes. Ich trinke mit meinen Mitbewohnern, aber ich würde mit keinem von ihnen schlafen. Fran stand überhaupt nicht auf Lennox.«

Die Version der Ereignisse des Mädchens widersprach dem, was Natalie im Vernehmungsraum erzählt worden war. »Rhiannon, hat Fran mit Ihnen über ihre Vergangenheit gesprochen?«

»Selbstverständlich.«

»Was hat sie Ihnen erzählt?«

»Wie sehr sie es gehasst hat, in einer rauen Gegend aufzuwachsen, und wie sie von dort wegkommen wollte.«

»Hat Sie jemals erwähnt, Teil einer Straßengang zu sein?«

»Wie einer gewalttätigen Drogenhändlergang?«

»So etwas in der Art.«

»Nein. Sie war Mitglied einer örtlichen Mädchenbande, als sie jünger war, aber sie hat sie verlassen, bevor sie in zu viele Schwierigkeiten geriet. Das war einer der Gründe, warum sie nicht zurück nach Hause wollte. Einige ihrer alten Freundinnen hatten sich richtigen Straßengangs angeschlossen und sie wollte in nichts hineingezogen werden.«

»Hat sie über ihre Zeit in einer Jugendstrafanstalt gesprochen?«

Rhiannon fuchtelte mit den Händen vor ihrem Gesicht herum, als wäre Natalie eine lästige Fliege. »Sie war nie in irgendeiner Jugendstrafanstalt. Das ist Blödsinn. Sie erzählen mir nicht wirklich, dass sie in eine Jugendstrafanstalt geschickt worden ist, oder?«

»Nein, aber sie hat anderen erzählt, dass sie es wurde, und ich frage mich, warum sie das getan hat.«

»Nei-ein! Das klingt gar nicht nach Fran. Sie hat über ihr früheres Leben mit niemandem außer mir gesprochen. Sie hat sich dieses Vogel-Tattoo stechen lassen, um daran erinnert zu werden, was sie entkommen ist. Sie hätte mit so etwas nicht angegeben, selbst wenn es passiert wäre. Sie hat ihr altes Leben und ihre Mutter wirklich gehasst. Deswegen wollte sie hierbleiben und nicht während der Ferien zurückfahren. Vielleicht hat sie es jemandem zum Spaß erzählt.«

»Ja. Vielleicht hat sie das.« Ein Transporter der Forensik fuhr vor und Mike stieg aus.

»Ich würde gern noch weiter mit Ihnen reden, vielleicht später bei Ihnen zu Hause? Wäre das möglich?«

Die junge Frau stimmte zu und trottete mit gesenktem Kopf langsam die Straße hinunter, unwillig, den Ort zu verlassen, an dem ihre beste Freundin gelebt hatte. Mike war bereits in Schutzkleidung. Er griff in den Transporter, um einen Metallkoffer herauszuholen, der Equpiment beinhaltete.

»Wie ist die Lage?«, fragte sie.

»Es gibt Fortschritte. Wir durchforsten aus der Eastview Avenue hereingebrachte Beweismittel, unter denen eine leere Gin-Flasche war, die in der Recycling-Kiste vor der Hintertür gefunden wurde. Wir haben Hatties DNA auf dem Flaschenetikett gefunden sowie eine Spur ihres Bluts, aber die Flasche ist von Fingerabdrücken saubergewischt. Ich denke, wir dürften die Mordwaffe gefunden haben.«

»Wir hatten angenommen, dass sie woanders getötet und zum Theaterstudio transportiert wurde.«

»Wir überprüfen das Haus. Wir haben eine gründliche Untersuchung ihres und Lennox' Zimmers vorgenommen, aber es gibt nichts, das darauf hindeutet, dass sie in einem der beiden Räume umgebracht wurde, also bewegen wir uns durch das Haus. Ich werde es mit der Küche und dem Wohnzimmer versuchen.«

»Kann ich mich dir anschließen?«

»Zieh dich an und komm mit rein.«

Sie nahm sich einen Papieranzug von einem seiner Kollegen, und nachdem sie ihn übergezogen hatte, betrat sie erneut das Haus. Sie schob sich im Flur an Officers vorbei und ging in die Küche. Mike und ein anderer Kriminaltechniker untersuchten den Bereich mit geschultem Auge, durchkämmten die Oberflächen sowie Beulen und Dellen in abgenutzten Schränken nach Blutspuren. Mikes Spezialgebiet war die Analyse von Blutspritzern gewesen, bevor er Leiter der Forensik geworden war, und er hatte oft bei Ermittlungen ausgeholfen, wenn kein anderer Blutspurenexperte verfügbar gewesen war.

Er hockte vor einer engen Lücke zwischen den Schrankelementen und einem freistehenden Schrank und leuchtete mit einer Taschenlampe in sie hinein, erfasste jede Beule und Delle. »Hier!« Eine Kriminaltechnikerin schoss nach vorne, um die winzigen roten Pünktchen zu untersuchen, die in einer Kerbe an der Seite des Kiefernschranks eingefangen worden waren. Sie platzierte eine Markierung daneben.

»Da sind noch mehr, unten an der Schrankseite auf dem Boden.« Natalie trat nach vorne und schielte auf die klitzekleinen rötlich-braunen Flecken, die die Seite des Schrankes hinunter und auf den Boden gespritzt waren. Mike suchte nach weiteren, und als er keine fand, bat er darum, dass die Vorhänge zugezogen würden. Natalie ließ die Küchenrollos herunter und der Raum wurde in Finsternis getaucht. Als sich ihre Augen an die Dunkelheit gewöhnt hatten, lehnte sie sich gegen die Wand.

»Okay, tretet alle zurück«, sagte Mike. Sie hörte die effizienten Stöße des Luminol-Reagenzes eher, als dass sie sie sah. Die Lumineszenz brachte zum Vorschein, was sie vermutet hatten: einen großen Fleck, der sich auf dem Boden nahe der Tür und in Richtung des Schrankes und der Elemente ausbreitete. Der Säuberungsversuch war offensichtlich.

»Lasst das Licht wieder herein.«

Natalie zog die Rollos hoch. Ohne das Luminol wäre es unmöglich gewesen, zu erraten, was stattgefunden hatte.

Jemand hatte hier viel Blut verloren. Mike starrte auf den Schrank und die Lücke. Er trat einen Schritt zurück und noch einen, dann hielt er an. Er hob und senkte den Arm, als würde er einen Gegenstand schwingen, dann bewegte er sich leicht nach links und wiederholte die Bewegung. »Wie groß war Hattie?«, fragte er.

»Ungefähr 1,70 Meter.«

»Kannst du dich da für mich hinstellen?«, fragte er Natalie.

Sie tat ihm den Gefallen.

»Schau zur Tür.«

»Sie wurde an der rechten Seite ihres Kopfes getroffen, nicht wahr?«

»Das ist richtig.«

Natalie tat, um was sie gebeten worden war. Mike übte den imaginären Angriff auf sie aus.

»Es ist keine genaue Wissenschaft und viel hängt davon ab, ob das Blut von Hattie stammt oder nicht, aber angesichts des Ausmaßes von Hatties Kopfverletzung und der Größe sowie Position der Tröpfchen würde ich sagen, es ist möglich, dass sie ungefähr hier angegriffen wurde. Das Blut wäre in einem Bogen gespritzt, die größten Flecken wären hier gelandet und die winzigsten weiter weg. Die hinteren Wände sind nicht abgewaschen worden, also muss sich der Mörder darauf konzentriert haben, nur die Stellen zu säubern, von denen er oder sie gedacht hat, dass alles Blut dort sei. Ich muss ein paar genaue Messungen vornehmen, um Blutspritzer zu bestimmen, Blutüberprüfungen durchzuführen und einen darauffolgenden Verdachtstest zu machen, um sicherzugehen, dass die Lumineszenz auf das Vorhandensein von Hämoglobin zurückzuführen war und nicht auf andere Oxidationsmittel.«

»Hattie könnte in diesem Raum getötet worden sein«, sagte Natalie.

Mike sah zu seiner Assistentin von der Forensik hinüber.

»Führ eine dringende Überprüfung des Blutes durch, um zu bestätigen, dass es sich um das von Hattie handelt.«

Während die Frau eine Probe zum Testen sammelte, wandte sich Mike an Natalie: »Wenn es Hatties Blut ist, hat sich euer Mörder entweder Zutritt zu diesem Haus verschafft oder wohnt hier.«

»Entschuldigen Sie, Madam. Mike, wir haben Fingerabdrücke in Lennox' Auto gefunden, die mit Hattie Caldwells übereinstimmen, sowie Haarsträhnen. Wir haben sie zur Analyse eingeschickt.«

»Welche Farbe haben die Haare?«, fragte Natalie.

»Kastanienbraun, Madam.«

Sie dachte an Hattie mit ihren kastanienbraunen Haaren, dem langen Rock und den grünen Stiefeln.

»Wie lange dauert es, bis ihr das Blut und die Haare mit denen von ihr abgeglichen habt?«

»Eine Stunde, vielleicht weniger, wenn wir schnell sind«, sagte Mike.

»Beeilt euch bitte. Ich werde Lennox zurück aufs Revier beordern, und ich möchte jedes Beweisstück, das ihr habt und das mir hilft, ihn festzunehmen.«

VIERUNDDREISSIG

MITTWOCH, 21. NOVEMBER – FRÜHER NACHMITTAG

Carolyn saß mit zusammengepressten Lippen und verschränkten Armen da. Lennox' Mund stand offen. Natalie fragte ihn erneut.

»Können Sie erklären, weshalb wir in Ihrem Saab DNA und Haare von Hattie Caldwell gefunden haben?«

Er antwortete stotternd: »Ja ... ja, das kann ich. Ich habe Hattie irgendwann letzte Woche mit zur Studentenvereinigung genommen ... am Mittwoch, glaube ich.«

»Sie hatte ihr eigenes Auto. Warum hätte sie eine Mitfahrt bei Ihnen gebraucht?«

»Wir wollten beide zum gleichen Ort. Manchmal haben wir einander mitgenommen. Das spart Benzin.«

»Sie erzählen mir, dass ihre Haare und DNA in Ihrem Auto gefunden wurden, weil Sie sie zur Studentenvereinigung mitgenommen haben?«

»Das ist genau das, was ich sage.« Plötzlich drehte er den Kopf nach rechts und fuhr Carolyn an: »Können Sie irgendetwas dagegen unternehmen? Meine Mutter bezahlt Sie dafür, meinen Namen zu entlasten, und Sie sitzen nur hier herum.«

Carolyn holte scharf Luft und antwortete leise: »Beantworten Sie ihre Fragen, Lennox, und sagen Sie die Wahrheit, dann mache ich meinen Job.«

Sein Gesicht wurde rot. »Ich *sage* die Wahrheit. Ich habe Hattie weder verletzt noch umgebracht.«

Carolyn ignorierte seinen Wutausbruch und warf einen Blick auf ihre Armbanduhr. »DI Ward, bitte fahren Sie fort.«

Natalie brauchte nicht zweimal gebeten werden. »Erkennen Sie diese Flasche?« Die leere Gin-Flasche befand sich in einem Plastik-Beweisbeutel, und Natalie hielt sie mit dem Etikett zu ihm hin.

»Für das Aufnahmegerät: DI Ward zeigt Lennox Walsh eine leere Gin-Flasche, Gegenstand LC127.«

»Das ist eine Gin-Flasche.«

»Haben Sie sie zuvor gesehen?«

»Ich denke nicht.«

»Sie wurde in der Recycling-Kiste bei Ihrem Haus gefunden.«

Er schaute wieder zu seiner Anwältin. »Alle aus dem Haus werfen Zeug in diese Kiste. Die Flasche gehört mir nicht. Außerdem trinke ich keinen Gin. Davon muss ich mich übergeben. Ich kann nicht mal den Geruch ertragen. Fragen Sie meine Mutter.«

»Dann sagen Sie mir, wer von Ihren Mitbewohnern Gin trinkt?«

»Alle, nehme ich an, außer mir.«

»Gibt es irgendeinen Beweis dafür, dass die Flasche von meinem Mandanten angefasst wurde?«, fragte Carolyn ruhig.

»Nein. Die Fingerabdrücke wurden abgewischt.«

Carolyn nahm die Arme auseinander und einen silbernen Füller zur Hand. »Die Fingerabdrücke meines Mandanten sind nicht auf der Flasche?« Sie entfernte langsam den Deckel des Stiftes und schrieb etwas in ihr Spiralnotizbuch.

»Nein, sind sie nicht.«

»Ich verstehe, und haben Sie den anderen Bewohner des Hauses gefragt, ob er die Flasche wiedererkennt?«

»Das werden wir tun.«

Carolyn lächelte halb und notierte noch etwas, dann sagte sie: »In Ordnung. Sie können fortfahren.«

Natalie richtete ihre Aufmerksamkeit wieder zurück auf Lennox. »Ich möchte Sie über Samstagabend befragen. Wo waren Sie gegen siebzehn Uhr dreißig?«

»In der naturwissenschaftlichen Fakultät.«

»Können Sie das beweisen?«

»Ich war allein in einem der Labore, habe an meinem Experiment gearbeitet. Ich habe meinen Ausweis zum Reinkommen benutzt. Sie können wahrscheinlich die genaue Zeit aus dem Protokoll des Instituts herausfinden.«

»Um wie viel Uhr haben Sie aufgehört?«

»Ich weiß es nicht genau. Vielleicht gegen sieben oder acht.«

»Sie haben nicht nachgesehen, wie viel Uhr es war?«

»Nein. Ich bin für eine Weile in die Bar der Studentenvereinigung gegangen und habe etwas mit ein paar Freunden getrunken, aber ich hatte nichts gegessen, deshalb bin ich für eine Mahlzeit und einen Pint zu Wetherspoons in der Stadt gegangen.«

»Was haben Sie danach getan?«

»Ich ... ich habe ein bisschen was getrunken.«

»Allein?«

»Ich hatte keine Lust auf Gesellschaft.«

»Wo sind Sie hingegangen?«

»In beliebige Pubs in Samford.«

»Sie erwarten von mir, zu glauben, Sie wären allein in die Stadt gegangen, in Pubs, die Sie nicht benennen können, und nicht wüssten, wie viel Uhr es war?«

»Mir war die Uhrzeit ziemlich egal, und ich wollte mit niemandem reden.«

»Warum nicht?«

»Was denken Sie? Gemma war tot. Ich war ... Ich weiß nicht ... wirklich niedergeschlagen. Ich brauchte etwas Raum. Ich brauchte eine Auszeit.«

Natalies Stimme wurde zu einem Zischen: »Halten Sie mich hier nicht – ich wiederhole, halten Sie mich *nicht* – zum Narren!«

Lennox senkte sofort den Kopf.

Murrays Stimme durchbrach die nachfolgende Stille: »Ich kaufe Ihnen nichts davon ab. Ich denke nicht, dass Sie in irgendwelche Pubs gegangen sind. Wo waren Sie? Wie hießen die Pubs? Sie wohnen lange genug in Samford, um die Namen aller Pubs zu kennen, also hören Sie auf, so einen Scheiß zu erzählen.«

»DS Anderson, ich möchte Sie nicht wieder daran erinnern müssen, Ihre Zunge zu hüten«, sagte Carolyn.

Murray gab eine Grimasse zurück.

Lennox war verunsichert. »Ich *war* in ein paar Pubs und ich weiß ihre Namen nicht. Zu dem gegenüber der Pommesbude in der Windrush Street und zu einem anderen etwas weiter die Straße hoch.«

Natalie klinkte sich ein: »Okay, sagen wir, Sie waren in diesen Pubs und wir können versuchen, das zu ermitteln – um wie viel Uhr sind Sie aufgebrochen?«

»Spät.«

Natalie wollte den jungen Mann schütteln, um Antworten zu bekommen. Unbewusst hatte sie Fäuste geballt und musste sich darauf konzentrieren, die Finger zu entspannen und wieder zu öffnen. »Gehen wir zurück ins Chemielabor, in dem Sie um etwa siebzehn Uhr dreißig an Ihrem Experiment gearbeitet haben. Waren Sie zwischendurch draußen?«

»Nicht, dass ich mich erinnere.«

»Haben Sie mit Hattie vor dem Naturwissenschaftsgebäude gesprochen?«

»Nein.«

»Das ist seltsam, weil wir einen Zeugen haben, der Sie mit Hattie um etwa diese Zeit gesehen haben will. Er oder sie denkt, Sie haben vielleicht eine Art Streit gehabt.«

Lennox hielt die Hände mit den Innenflächen zu ihr. »Ich weiß nicht, über was Sie sprechen. Ich habe Hattie weder gesehen noch mit ihr gesprochen. Ich schwöre es.«

Carolyn schrieb ihre Notizen fertig und setzte den Deckel wieder auf den Stift. Es klickte scharf, als er in Position gesteckt wurde. »Wie Sie gehört haben, hat Ihnen mein Mandant die Antworten auf Ihre Fragen gegeben. Er erkennt die Gin-Flasche nicht. Er bestreitet, mit Hattie Caldwell gesprochen oder sie gesehen zu haben, und zweifellos werden Sie ihn zu dem Zeitpunkt, als er angeblich mit ihr geredet haben soll, im Chemielabor verorten können. Sein Ausweis wird beweisen, dass er zu der von ihm genannten Zeit im Labor war. Jetzt möchte ich eines in dieser Angelegenheit recht deutlich machen: Ich erwarte, dass Sie meinen Mandanten nicht zurückbeordern, außer Sie haben handfeste Beweise, dass er an diesen Verbrechen beteiligt war. Sie verschwenden unsere und Ihre Zeit.« Sie nahm ihr Notizbuch und verstaute es mit ihrem Stift in einer großen Ledertasche, dann beugte sie sich hinunter, um ihre Aktentasche hochzuheben, stand vom Stuhl auf und rief nach Lennox, während Sie hinausging.

Natalie ließ sie gehen. Sie hatte nicht den kleinsten festen Beweis und hatte jegliche Hoffnung auf ein Geständnis gesetzt. Lennox hatte sie auflaufen lassen und war ihnen entwischt, weil sie kein zulässiges Beweismaterial dafür hatten, dass er für Hatties Ermordung am Samstagabend in der Küche verantwortlich war. Sie widerstand dem Drang, laut zu fluchen.

Murray schlug auf den Tisch – ein lauter, befriedigender Knall. »Ich bin davon überzeugt, dass er lügt. Allein in die Pubs gegangen zu sein, ist ein Haufen Schwachsinn.«

»Ich bin ganz deiner Meinung, aber es bedeutet, dass wir das Gegenteil beweisen müssen.«

»Ich überprüfe die Pubs in der Straße. Wir könnten den Mobilfunkanbieter bitten, die Bewegungen seines Handys für diesen Abend nachzuverfolgen.«

»Danke. Ich hasse dieses Herumwühlen, aber welche Alternative bleibt uns?«

Es klopfte an der Tür und Ian betrat den Vernehmungsraum. »Mir wurde gesagt, dass ich euch hier finden würde. Ich habe Ryan zur Befragung hergebracht.«

»Okay, bring ihn rein.«

Ein paar Minuten später klopfte es ein zweites Mal und Ryan marschierte vor Ian hinein.

»Danke fürs Kommen, Ryan«, sagte Natalie.

Sein Kopf bewegte sich wie der eines Roboters, während er die Umgebung in Augenschein nahm, ehe er sich setzte. »Wann kann ich in mein Zimmer zurück?«

»Wir sind uns noch nicht sicher. Die Kriminaltechniker untersuchen das Haus noch.«

»Auch mein Zimmer?«

»Ja, auch Ihres.«

»Sie werden es nicht durcheinanderbringen, oder? Ich mag keine Unordnung.«

»Sie werden nicht allzu viel Chaos anrichten.«

»Ich dürfte mehr Klamotten und meine Bücher brauchen. Ich habe nur eine Sporttasche mit einigen Sachen mitgenommen. Ich ging nicht davon aus, dass es so lange dauern würde.«

»Wir können Ihnen mehr Kleidung organisieren, wenn Sie sie benötigen.«

Er schien mit der Antwort zufrieden zu sein. »Warum haben Sie mich hergebracht?«

»Wir haben eine wichtige Entdeckung gemacht. Hattie wurde in der Küche Ihres Hauses getötet.«

»Scheiße! Echt jetzt?«

»Ich befürchte es, und wer auch immer sie umgebracht hat, hat die Küche danach gesäubert und ihre Leiche weggeschafft.«

»Scheiße, Mann! Das ist richtig kranker Mist. Fürs Protokoll: Ich war's nicht.«

»Nun, wir müssen herausfinden, wer dafür verantwortlich war, und dazu muss ich Ihnen ein paar Fragen stellen.«

Von der Situation unbeirrt, richtete er sich auf. »Schießen Sie los. Wenn ich auf irgendeine Weise helfen kann, tue ich das.«

»Erst einmal, erkennen Sie diese Flasche wieder?« Natalie zeigte auf die Flasche auf dem Tisch.

Ryan starrte sie einen langen Augenblick an und las das Etikett vor: »Chase-GB-Gin. Ich bin mir sehr sicher, dass Fran genauso eine Flasche wie die in ihrem Zimmer hatte.«

In Frans Zimmer hatte es keine Gin-Flaschen oder irgendwelche anderen Flaschen gegeben. Natalie hatte schon die Forensik danach gefragt. »Erinnern Sie sich wirklich daran, sie in ihrem Zimmer gesehen zu haben?«

»Ich bin mir sicher, dass eine Flasche wie diese neben ihrem Bett auf dem Boden stand.«

»Wann war das?«

»Letzten Donnerstag. Ich sollte an dem Morgen eine Präsentation halten, aber es hat stark geregnet und ich wollte nicht klitschnass werden, wenn ich mit dem Fahrrad zum Campus fahre. Es war niemand anderes da, und sie war dabei, zu einer Vorlesung aufzubrechen, deshalb habe ich sie darum gebeten, mich mitzunehmen. Die Flasche stand auf jeden Fall auf dem Boden.«

»Fran hatte ein Auto?«

»Ja. Einen Vauxhall Corsa.«

»Haben Sie irgendeine Ahnung, wo er steht?«

»Wahrscheinlich irgendwo an der Straße.«

Wie hatte ihnen das entgehen können? Das war ein grobes Versäumnis ihrerseits. »Welche Farbe hat er?«

»Silber.«

»Ich nehme an, dass Sie das Kennzeichen nicht wissen?«

»Nein, tut mir leid.«

Murray verschwand, um ein paar Informationen über das Fahrzeug einzuholen, und ließ Natalie mit dem jungen Mann allein zurück.

»Hattie ist am Samstagabend gestorben. Sagen Sie noch mal, wo waren Sie um diese Zeit?«

»Ich war oben in meinem Zimmer. Ich bin gegen zwanzig Uhr dreißig rausgegangen.«

»Haben Sie irgendetwas Ungewöhnliches gesehen?«

»Nichts. Ich habe gehört, wie Fran und Rhiannon laut geschrien haben, aber das habe ich Ihnen bereits erzählt.«

»Das war gegen zwanzig Uhr?«

»In etwa.«

Die Zeit stimmte mit Hatties Tod überein, aber Ryan zufolge war das Schreien aus Frans Zimmer gekommen, und Rhiannon hatte jeglichen Streit geleugnet. Sie studierte sein ausdrucksloses Gesicht. Log Ryan sie an? Sie wünschte, sie könnte durch die unsichtbare Schutzhülle, die er trug, zu ihm vordringen und die Wahrheit endgültig ans Licht bringen.

FÜNFUNDDREISSIG
MITTWOCH, 21. NOVEMBER – NACHMITTAG

Lucy hatte den ganzen Tag damit verbracht, zu ermitteln, ob irgendjemand etwas Ungewöhnliches in der Eastview Avenue gesehen hatte. Das Gebiet war nicht groß, aber Haustür-Befragungen waren zeitraubend, besonders, wenn die meisten der Immobilien zu Wohnungen umgewandelt worden waren und jede einzelne Person aufgesucht werden musste. Viele waren während ihres ersten Versuchs unterwegs gewesen und sie unternahm wiederholte Bemühungen, um mit den Bewohnern zu sprechen. Diejenigen, die in den Wohnungen mit Blick auf den Parkplatz der Steuerberatung lebten, waren am schwersten zu erreichen, und obwohl sie es geschafft hatte, dank hilfreicher Nachbarn und Freunde, die Telefonnummern und Kontaktdaten bereitgestellt hatten, manche von ihnen zu kontaktieren, gab es immer noch viele, mit denen sie noch sprechen musste. Sie war erschöpft und ernüchtert und musste kilometerweit hin- und herlaufen.

All das hatte sich wegen der Unterbrechung am Mittag verzögert, als Bethany sie angerufen und darauf bestanden hatte, dass sie sich mit ihr und Baby Aurora im Samford Park traf.

———

»*Gut, dass wir heute vorbeigekommen sind. Du hättest den ganzen Tag über nichts gegessen. Ich habe dir ein veganes Wurstbrötchen mitgebracht*«, sagt Bethany und reicht Lucy eine Papiertüte. Der Boden der Tüte glänzt braun vor Fett und der Duft warmen Blätterteigs lässt ihren Magen sauer werden. Augenblicklich vergeht ihr der Appetit, nicht wegen der Tüte und der Mahlzeit darin, sondern aufgrund des lehrerhaften Tonfalls, den Bethany angeschlagen hat. Sie lächelt dankbar, stellt die Tüte jedoch auf der Bank zur Seite, und anstatt zu essen, hebt sie die murmelnde Aurora aus dem Kinderwagen. Das Baby hat einen ganz eigenen Geruch – frisch wie neue Bettlaken oder warmes Brot –, und sie nimmt die Fellmütze des Babys herunter und streichelt den haarigen Flaum des Kindes, der, anders als Bethanys oder ihr Haar, weich und hell ist.

»*Ich hätte es*«, nuschelt sie, die Aufmerksamkeit auf Aurora gerichtet, die passiv und schwer in ihrem Armen liegt und sie mit ihren blauen Augen anschaut, als sei sie der wichtigste Mensch im Universum. Das Baby wächst schnell. Es kommt ihr wie gestern vor, dass sie beinahe nichts gewogen hat.

»*Du weißt, wie du bist. Du hättest den ganzen Tag keine Pause gemacht und nichts gegessen. Du wirst immer schwächer.*« Bethanys Stimme klingt spöttisch und gleichzeitig verärgert. Lucy lässt es auf sich beruhen. Es gefällt ihr nicht, dass Bethany sie während ihres Dienstes angerufen und gefragt hat, wo sie war, und dann dieses spontane Mittagspicknick organisiert hat.

»*Ich mache mir Sorgen um dich, Luce. Du bist die ganze Zeit erschöpft. Es war besser, als du ein paar Monate bei der Abteilung für Sexualstraftaten eingeteilt warst, während Natalie weg war*«, sagt Bethany mit zuckersüßer, schmeichelnder, lästiger Stimme.

»*Sobald der Fall vorbei ist und ich mich ausruhen kann,*

wird es mir wieder besser gehen.« Lucy hebt Aurora unter ihren Achseln hoch. »Hey, schönes Mädchen. Du denkst nicht, dass ich erschöpft aussehe, oder?«

Auroras Lippen geben den Anschein eines Lächelns, und sie erzeugt ein Spuckebläschen, das zerplatzt und ihr das Kinn hinunterläuft. Lucy lacht und wischt es mit dem Lätzchen weg, das das Kind um den Hals trägt. Es ist eines aus einem Set von Zootier-Lätzchen, das Lucy in einer teuren Baby-Boutique gekauft hat. Auf diesem ist eine strahlende Giraffe. Aurora braucht mehrere Lätzchen am Tag.

Bethany lässt sich nicht davon beeinflussen. »Warum bittest du nicht gleich, wenn die Ermittlung vorbei ist, um Urlaub? Wir könnten alle zusammen wegfahren. Es würde uns allen guttun.«

Lucy wird bang ums Herz. Es ist nicht so, dass sie nicht mit Bethany und Aurora verreisen möchte. Sie liebt es, Zeit mit ihnen zu verbringen, aber sie ist traurig. Das ist das erste Mal, dass Bethany ihr Druck macht. Sie sollte besser als irgendjemand sonst verstehen, wie viel Lucy diese Arbeit bedeutet. Sie ist nicht bloß eine Arbeit; sie ist Lucys Karriere. Sie hofft darauf, eines Tages in der nahen Zukunft DI zu werden, und sie muss dafür Stunden anhäufen und ihren Einsatz für die Polizei unter Beweis stellen. Sie wird sich etwas Urlaub nehmen, wenn er fällig ist. Selbstverständlich wird sie sich freinehmen. Sie möchte es nur nicht vorgeschrieben bekommen.

»Was sagst du dazu, Luce? Ein paar Tage mit der Kleinen in Cornwall oder vielleicht sogar auf den Kanaren. Das ist besser als das kalte Wetter hier.« Bethany plapperte weiter, nichtsahnend, dass Lucy sich zunehmend über das Gespräch ärgerte.

»Aurora schläft immer, wenn du nach Hause kommst, und ihr habt kaum Zeit zusammen. Eine Reise würde dir die Möglichkeit geben, eine Bindung zu ihr aufzubauen, euch mehr als nur erhaschte Augenblicke geben.«

Genau das war zwischen Ian und seiner Partnerin Scarlett passiert. Scarlett war mit Ian glücklich gewesen, mit seinen

Arbeitsstunden und seiner Berufswahl, bis das Baby Ruby geboren war und sie ihm allmählich Druck gemacht hatte, mehr Zeit mit ihnen zu verbringen. Lucy wischt erneut das Gesicht des Babys ab und sagt leise: »Nein.«

»Was meinst du mit ›Nein‹?« Bethany lacht leicht, auch wenn sich ihre dicken Augenbrauen zusammenziehen.

»Ich nehme mir Urlaub, wann ich es möchte, und nicht, wenn man mir es befiehlt.«

»Ich habe es dir nicht befohlen.« Bethanys Gesicht ist unschön geworden, ihr Mund hat sich nach unten verzogen. »Ich habe nur gedacht, dass du gern etwas mehr von unserer Tochter sehen würdest ... und von mir.«

»Tu das nicht, Bethany.«

»Tu was nicht? Warum regst du dich auf?« Ihr Tonfall wird mit jedem Wort höher.

»Werde nicht bedürftig und fordernd. Das sieht dir nicht ähnlich.«

Bethany streckt den Arm aus, greift nach der Papiertüte und schnaubt: »Ich denke, es ist besser, wenn Aurora und ich gehen. Wir wollen dich nicht bei deiner geschäftigen Arbeit stören, nicht wahr, Liebling?«

Lucy starrt auf das schöne Kind, das nichts von ihrer DNA besitzt, aber trotzdem ihre Tochter ist. »Ich möchte nicht, dass wir uns darüber zerstreiten.«

Bethany schnieft. »Tun wir nicht. Ich habe mir nur Sorgen um dich gemacht und wollte dich sehen. Seit Anfang der Ermittlungen habe ich nicht viel von dir gesehen.«

»Das waren ein paar Tage.«

»Aber es fühlt sich länger an. Ich habe dich seit letztem Freitag überhaupt nicht gesehen – nur kurze Augenblicke lang, bevor du wieder losgeschossen bist. Ich gehe allein ins Bett. Ich stehe allein auf. Ich möchte, was Aurora macht, mit dir teilen, alle Erfahrungen, damit du dich als Teil unseres Lebens fühlst, aber du bist ausnahmslos nicht zu erreichen. Es tut mir leid«, *sagt sie plötzlich und Tränen schießen ihr in die Augen. »Ich weiß, ich sollte mich nicht so verhalten, kann aber nicht anders. Ich bin nicht gerne so.«*

Bethany reibt sich die Augen, steht dann mit ausgestreckten Armen auf, um Lucy Aurora abzunehmen. »Komm, Kleine. Lass uns dich für ein Schläfchen nach Hause bringen. Sag Tschüss zu Mama Lucy.«

Lucy reicht ihr das Baby, ihre Arme sind plötzlich leichter und kälter, sie vermisst die Gegenwart des Babys schon jetzt. Bethany kümmert sich um das Kind, setzt sein Mützchen wieder auf und legt es wieder unter die kuschelige Decke im Buggy. Das ist bloß ein Ausreißer in ihrer ansonsten großartigen Beziehung. Bethany reicht ihr die Papiertüte mit Lucys Mittagessen. »Achte darauf, dass du isst.« Sie gibt ihr einen Abschiedskuss auf die Wange und schiebt den Kinderwagen den Weg hinunter. Lucy beobachtet, wie die zwei Lieben ihres Lebens außer Sichtweite verschwinden. Die Gebäcktüte liegt fettig in ihrer Hand. Sie wirft sie in den Mülleimer neben der Bank, auf der sie gesessen haben, und wischt sich die Hände an ihren Schenkeln ab. Sie hofft, es ist nur ein Ausreißer.

––––

Lucy drückte auf die Klingel in der Turner Street 216 bei der Wohnung 1a. Sie hatte bereits mit allen anderen Bewohnern der umgebauten Villa gesprochen und ihr war versichert worden, dass die Inhaberin der verbleibenden Wohnung am Nachmittag zu Hause sein würde. Kirsty Tungsten arbeitete von sechs bis vierzehn Uhr und war laut ihres Nachbarn präzise wie ein Uhrwerk, was den Tagesablauf anging, sie hielt am örtlichen Lebensmittelgeschäft um die Ecke an, bevor sie um vierzehn Uhr fünfundvierzig gewöhnlich nach Hause kam. Es war genau fünfzehn Uhr, als Lucy es bei ihr versuchte, und sie hatte Glück.

»Machen Sie sich nichts aus Ziggy. Er ist harmlos. Er fällt nicht oft runter«, sagte Kirsty. Das große Chamäleon, farblich in Übereinstimmung mit der gemusterten Tapete zwischen einem Vanilleton und Altrosa, hing an der Decke, und die monokularen Augen drehten sich in entgegengesetzte Richtungen, während es seine Umgebung auf der Suche nach Beute begutachtete, ehe es langsam auf die Vorhänge zutappte, ein Unterfangen, das ihm seine zygodactylen Füße ermöglichten. Das Zimmer war Beweis für Kirstys Tierliebe: Spielzeugmäuse, Kratzbäume, Tierbetten, mit Quietschspielsachen bedeckte Teppiche, ein Stall, in dem ein schwarzes Kaninchen mit Schlappohren saß, das schnuppernd an frischem Grünzeug kaute. Lucy wischte sich den Schweiß aus dem Nacken. Das Zimmer war heiß und stickig, fast tropisch. Kirsty tauchte wieder aus der Küche auf, unter dem Arm einen schnauzbärtigen schwarzen Affenpinscher-Terrier in einem gehäkelten grünen Mäntelchen. Der Hund wand sich, um freizukommen, begierig die neue Person zu begrüßen.

»Sind Hunde für Sie okay?«

»Ja.«

»Er ist im Augenblick ein bisschen lebhaft und voller Energie. Ich wollte gerade mit ihm spazieren gehen. Ignorieren Sie ihn und er wird Sie nicht stören. Streicheln Sie ihn und Sie haben ihn ein Leben lang am Hals.« Sie tippte dem Hund leicht auf die Nase und sagte: »Nicht hochspringen!«

Sie setzte das Tier auf dem Boden ab und es sprang auf Lucy zu, rannte ihr um die Knöchel und schnüffelte mit wedelndem Schwanz. Sie nahm Kirstys Rat an und schenkte ihm keine Aufmerksamkeit. »Ich möchte mit Ihnen über die Autos auf dem Parkplatz gegenüber sprechen. Ich sehe, dass Sie einen guten Ausblick darauf haben.«

»Bisschen unschön, oder? Trotzdem könnte es schlimmer sein.«

»Ich habe mich gefragt, ob Sie eventuell irgendeine ungewöhnliche Aktivität auf dem Parkplatz gesehen haben: wie jemand streitet, eine Rauferei, herumschleichende Leute?«

»Nein, ich habe nichts gesehen. Die Vorhänge sind für gewöhnlich zugezogen, besonders zu dieser Jahreszeit, wenn ich die meisten Stunden mit Tageslicht draußen bin. Es wird im Herbst sehr früh dunkel. Ich mache mir manchmal noch nicht mal die Mühe, sie aufzuziehen, wenn ich nach Hause komme.«

Lucy hatte wieder kein Glück. Sie bereitete sich darauf vor, zu gehen, aber Kirsty war gesprächig: »Ich habe da nichts gesehen, aber ich habe Samstagabend ein ziemliches Spektakel beobachtet. Das war aber nicht hier. Das war in der Eastview Avenue. Ich bin zu dem Zeitpunkt mit Bailey draußen gewesen.«

»Was haben Sie gesehen?«

»Drei betrunkene junge Frauen. Sternhagelvoll waren die. Also eine von ihnen war es. Sie war so betrunken, dass sie nicht mal mehr gehen konnte. Sie sind zum Auto getorkelt, haben sie zwischen sich getragen, und eine von ihnen hat sie abgestützt, während die andere sie auf den Rücksitz geschoben hat.«

»Können Sie irgendwen von ihnen beschreiben?«

»Es war sehr dunkel, aber ich habe sie sehen können, als sich die Autotür geöffnet hat. Diejenige, die sie getragen haben, war groß, trug einen langen Rock. Eine hatte Piercings im Gesicht, ich glaube, das dunkelhaarige Mädchen. An die andere Frau kann ich mich nicht erinnern. Sie hatte dunkle Kleidung an.«

»Irgendeine Vorstellung von der Größe?«

»Nein.«

»Von der Haarfarbe?«

Kirsty schüttelte den Kopf. »Es tut mir schrecklich leid. Um ehrlich zu sein, habe ich nur angenommen, dass es eine junge Frau war. Es hätte möglicherweise auch ein junger Mann sein können. Ich finde es an manchen Tagen schwer, den Unterschied festzustellen, besonders in der Dunkelheit.«

»Sah die dunkelhaarige Frau in etwa so aus?«, fragte Lucy, während sie ein Foto von Fran hervorzog.

Kirstys Kopf wippte langsam hoch und runter. »Ja. Sie sah aus wie die. Sie ist auf den Beifahrersitz gestiegen. Das war sie. Ich bin mir sicher.«

»Können Sie die Zeit genauer beziffern?«

»Zwanzig Uhr fünfzehn. Zwanzig Uhr dreißig? Hilft das weiter?«

»Ja, das tut es. Sie haben nicht zufällig gesehen, welche Automarke es war?«

»Nein, ich erkenne keine Automarken oder -modelle.«

»Haben Sie eine Ahnung, woher die Frauen gekommen sind?«

»Ja, das weiß ich. Ich gehe die Straße an den meisten Tagen entlang. Aus der Nummer 53.«

Ian sah aus, als hätte er den ersten Preis in einem Grinse-Wettbewerb gewonnen. »Der Vauxhall Corsa ist im März 2007 auf ihre Großmutter Marie Bennett zugelassen worden, die derzeit in einem Pflegeheim wohnt. Der Wagen gehört Fran nicht, aber ihre Mutter hat bestätigt, dass sie ihn fährt, was erklären würde, weshalb wir uns bisher keines Autos bewusst waren.«

»Setz die Forensik sofort darauf an. Wenn Lucys Zeugin Kirsty Tungsten recht hat, dann haben Fran und eine unbekannte Person eine betrunkene oder bewusstlose Hattie ins Auto gehievt. Wir müssen feststellen, wer die dritte Person war. Die Person, die das Auto gefahren hat.« Sie blickte zu Lucy, die nickte.

»Lennox«, sagte Murray.

Eine Falte erschien auf Natalies Stirn, während sie über die Möglichkeit nachdachte. »War er nicht ungefähr um diese Zeit bei der Studentenvereinigung?«

»Er war entweder dort oder in der Stadt zu einem Drink und etwas zu essen. Ich habe sein Foto im Wetherspoons herumgezeigt und niemand vom Personal konnte sich daran erinnern, dass er da gewesen war, und es gibt kein Überwachungsmaterial, dass es bestätigen würde.«

»Ich traue mich nicht, ihn nochmals zu befragen, nicht ohne etwas Handfestes. Seine Anwältin wird wahrscheinlich Anzeige wegen Schikane erstatten. Sie ist auch nicht dein größter Fan, Murray.«

»Als ob mich das einen Dreck kümmern würde.«

Natalie rutschte von der Schreibtischkante herunter, auf der sie gesessen hatte, und schaute aus dem Fenster in den Flur. Wie üblich war er menschenleer, da ihr Büro fast am Ende des Korridors lag. Sie zwickte sich in die Nase. »Nein, wir müssen warten. Lasst uns als Erstes schauen, was die Kriminaltechniker aufdecken. Können wir versuchen, den silbernen Corsa am Samstagabend zu orten? Kommt an Überwachungsmaterial heran. Ich möchte wissen, wohin er gefahren wurde. Beginnt mit allen Straßen zwischen der Eastview Avenue und der Campusstraße, bei der Hatties Leiche abgeladen wurde.«

Sie wollte die Zeit nutzen, um sich unerledigten Dingen zu widmen, doch ein Anruf von Eric verhinderte, dass sie sich weiter damit befassen konnte. Sie überließ die Arbeit ihrem Team und fuhr zum Krankenhaus. Sie hatte, im Gegensatz zu vielen anderen Menschen, keine krankhafte Abneigung Krankenhäusern gegenüber, auch wenn sie mehr als genug schlechte Nachrichten in ihnen bekommen hatte. Ihre Eltern, Opfer eines Unfalls mit Fahrerflucht, waren beide für ihre letzten Stunden ins Krankenhaus gebracht worden, und sie hatte zugesehen, wie die lebenserhaltenden Maschinen Luft in ihre zerstörten Körper pumpten, bis sie die Entscheidung getroffen hatte, dass es nichts brachte, das Unausweichliche hinauszuzögern, und die Abschaltung erbeten hatte. Zwei weitere Anlässe waren mit Freudigerem verbunden: der Geburt ihrer beiden

Kinder. Ihre Absätze klackerten, während sie den Flur entlang marschierte, an der Röntgen-Abteilung vorbei, vor der mehrere Patienten in Rollstühlen anstanden. Ihre Gedanken verloren sich in der Vergangenheit ...

———

»Ach du meine Güte! Wie winzige Hände er hat. Und schau dir diese Finger an. Er wird mit solchen Fingern mal Musiker werden oder Tennisspieler oder ... oder was immer er sein möchte.« Davids Gesicht ist der Inbegriff äußerster Freude, während er ihr erstgeborenes Kind betrachtet, einen Mini-David mit dunklem Haar, hellen Augen und einem mürrischen Stirnrunzeln.

»Er ist Ihnen wie aus dem Gesicht geschnitten«, sagt die Hebamme und stellt sicher, dass das Neugeborene eng in die blaue Decke eingewickelt ist und seinem Vater nicht von den Armen fallen kann.

Davids Mund steht vor Erstaunen und Glück offen, und trotz all des Schmerzes und der Anstrengung, beobachtet Natalie seine Reaktion mit einer solchen Wärme im Herzen, dass sie weinen möchte.

»Wir müssen jetzt die frischgebackene Mutter zurechtmachen. Wenn Sie im Nebenzimmer warten möchten, können Sie ihn gleich zurückbringen.«

»Komm, kleiner Kerl. Lass uns ein bisschen ›Männerzeit‹ haben«, sagt David.

Die Hebamme wendet ihre Aufmerksamkeit wieder Natalie zu. »Er ist hübsch. Ich denke, alle Babys sind hübsch, aber er ist es wirklich. Wie werden Sie ihn nennen?«

»Josh.«

»Das ist ein schöner Name. Josh Ward.«

»Josh David Ward«, sagt Natalie. Sie hat die Wahl eines zweiten Vornamens nicht mit David besprochen, aber sie weiß,

dass es die richtige ist. Ihr Herz schlägt höher. Sie könnte nicht glücklicher sein.

———

Natalie drückte auf den Knopf für den Fahrstuhl und wartete darauf, dass er herunterkam. Ihr schloss sich ein Pfleger in einem blauen Kittel und mit einer die Haare verdeckenden Papierhaube an, der ein sperriges Krankenbett schob. Der Patient hatte ein graues Gesicht und war älter. Seine aderige Hand ragte unter der Decke hervor. Sie las seinen Namen vom Armband ab und schenkte ihm ein tröstendes Lächeln. Er erwiderte es nicht, war durch die Vornarkose zu weit weg, um zu wissen, was vor sich ging. Der Fahrstuhl hielt mit einem starken, dumpfen Geräusch und die Türen öffneten sich. Sie gab dem Pfleger ein Zeichen, einzusteigen. Sie würde auf den nächsten warten. Er trat auf die Bremse, löste sie und schob das fahrbare Krankenbett in den Aufzug.

»Genug Platz für uns alle«, sagte er. Sie folgte ihnen hinein. Der Mann auf der Liege ächzte.

»Es ist alles gut, Tony, bald ist es überstanden«, sagte der Pförtner. Er hob die Notizen am Ende des Bettes auf und las sie leise, während der Fahrstuhl nach oben fuhr.

Die Türen öffneten sich im ersten Stock und er strengte sich an, den Patienten herauszumanövrieren; die Rollen des Bettes klapperten, während er es in den Flur beförderte und in Richtung des OP-Saals schob. Natalie drückte auf den Knopf für den zweiten Stock und rieb sich die Hände an den Oberschenkeln ab, um den Schweiß loszuwerden. Die Türen öffneten sich zischend und sie befand sich dort, wo sie sein musste. Ein Berg aus Plastiktüten mit Papieranzügen darin, ähnlich denen, die das Forensik-Team trug, war auf einem Tisch neben einem Abfalleimer aufgetürmt, außerdem ein Schild, das sie anwies, sicherzustellen, dass alles Schuhwerk von Schutzbedeckung umhüllt war. Sie zog sich einen der Anzüge an und drückte dann den Summer. Sie spähte durch das quadratische Fenster in der Tür, konnte aber nichts außer Türen sehen. Eine Krankenschwester in grünem OP-Kittel tauchte auf und gewährte ihr Zutritt zur Krankenstation, in der, vom Piepen der Maschinen abgesehen, drückende Stille herrschte.

»Ich bin gekommen, um David Ward zu sehen. Ich bin seine Frau.«

Das Namensschild zeigte, dass die Frau Stationsschwester Ursula Leifer war.

»Hier entlang «, sagte die Krankenschwester und brachte sie zu einer Tür in der Mitte.

Natalie machte keine Anstalten, das Zimmer zu betreten. »Wie schlimm steht es um ihn?«

»Die lebenswichtigen Organe sind akzeptabel. Sein EKG war in Ordnung und er war bei Bewusstsein. Die Fachärztin wird später kommen, um zu entscheiden, was als nächstes passiert. Natürlich müssen sie feststellen, welche Schädigung stattgefunden hat, aber die ersten Zeichen stehen recht gut. Sein Vater ist im Augenblick bei ihm.« Sie öffnete die Tür und Natalie trat in das weiße Zimmer mit weißen Wänden, weißen Jalousien am Fenster und einem weißen Schrank neben einem Bett mit weißen Laken. David wirkte jämmerlich klein, wie er dort an Maschinen angeschlossen lag. Die Sauerstoffmaske war immer noch an ihrem Platz. Eric saß auf dem Stuhl neben dem Bett, den Kopf zurückgelegt, die Augen geschlossen. Sein blaurot gestreifter Pullover war das einzige Farbvolle in dem sterilen Zimmer.

»Eric?«

Er riss die Augen auf und rappelte sich hoch.

»Nein, bleib dort.«

»Wenn es dir recht ist, würde ich lieber einen Spaziergang zur Kantine machen und mir eine Tasse Tee holen.«

»Hat er noch irgendetwas gesagt?« Eric hatte ihr berichtet, dass David ein einziges Wort gesprochen hatte: »Warum?«

»Nichts, außer dass er nach dir gefragt hat. Er ist ins Bewusstsein hinein- und hinausgeglitten. Du musst vielleicht eine Zeit lang warten, bevor er wieder zu sich kommt und spricht.«

»Lass dir Zeit.«

»Ich brauche höchstens eine halbe Stunde. Ich könnte Pam anrufen.«

»Mach das. Ich werde zurück zum Revier fahren müssen, aber ich bleibe, solange ich kann, hier.«

Eric schlurfte leise davon. Der rüstige Senior war alt geworden. Der Verlust seiner Enkelin und der Selbstmordversuch seines Sohnes hatten seinem Gesicht und gesamten Erscheinungsbild Jahre hinzugefügt. Erst vor Kurzem hatte er mit freiem Oberkörper in ihrem Garten gearbeitet, Rasen gemäht, neue Beete ausgegraben und Moos zusammengerecht, während ihm Schweißtropfen vom Gesicht liefen.

»Harte Arbeit hat noch nie jemanden umgebracht«, hatte er gesagt, als Natalie versucht hatte, ihn zur Mäßigung zu bewegen. Er hatte recht. Die Traurigkeit würde es für Eric tun.

Natalie ging zum Stuhl an der Bettseite und wollte sich setzen, als David etwas murmelte. Sie trat näher, um ihn hören zu können.

»David?«

Seine Augenlider zuckten, blieben aber geschlossen.

»David, ich bin's, Natalie. Du bist im Krankenhaus, es geht dir aber gut.«

Seine Augenlider zuckten wieder und eines öffnete sich. Sein Auge war glasig und rosa. »Nat.«

»Es geht dir gut.«

»Nat. Warum?« Er konnte nichts Weiteres sagen, und sie wollte die Sauerstoffmaske nur ungern entfernen, damit er deutlicher sprechen konnte. Sein Augenlid schloss sich und sie dachte, er wäre wieder eingedöst, dann aber öffneten sich beide Augen und er versuchte, sich aufzusetzen, doch die Kabel und Schläuche hielten ihn zurück.

»Nein, beweg dich nicht. Bleib ruhig. Der Arzt muss dich untersuchen, bevor du versuchst, dich hinzusetzen.«

Er ließ sich zurück aufs Kissen fallen, entweder wegen ihrer Worte oder der fehlenden Energie. »Warum ... bin ... ich hier?«

»Du erinnerst dich nicht?«

Seine Finger bewegten sich, suchten nach ihrer Hand. Er war verletzlich und durcheinander, deshalb nahm sie seine Hand, die nun kühl in ihrer eigenen lag. Es schien ihn zu beruhigen. Er starrte an die Decke.

Eine Minute verstrich und er versuchte es erneut: »Ich war ... bei Leigh. Hatten ... wir ... einen Unfall? Geht es ihr ... gut?«

Natalie konnte wegen dem Kloß in ihrer Kehle nicht sprechen. Seine Augen zuckten wieder und schlossen sich, und diesmal verlor er das Bewusstsein. Sie ließ seine Hand los und stand auf. Sie musste das den Krankenpflegern berichten. Eines war sicher, sie konnte ihm nicht die Wahrheit sagen. Die würde zu einem späteren Zeitpunkt von den Ärzten kommen müssen.

SECHSUNDDREISSIG

MITTWOCH, 21. NOVEMBER – ABEND

Natalie stolperte ins Büro und fand begeisterte Gesichter vor, die um einen Bildschirm herum zusammengedrängt waren.

»Was habt ihr gefunden?«

»Du wirst es nicht glauben«, sagte Lucy.

Natalie warf ihre Tasche auf den Boden, verschränkte die Arme und war wieder leistungsfähig. Murray drückte den Mausknopf und das Bildmaterial wurde abgespielt. Ein silberner Corsa fuhr auf die Ampel nahe des Campus-Eingangs zu. Der Zeitstempel zeigte, dass es Samstagabend um zwanzig Uhr sechsundvierzig Uhr war. Das Auto blieb stehen, wartete darauf, dass die Ampel auf Grün schaltete, und das Gesicht der fahrenden Person wurde sichtbar. Nicht Lennox saß am Steuer; es war die kahlrasierte Rhiannon, die ernst geradeaus starrte. Natalie brauchte kein Wort zu sagen. Lucy suchte bereits unter einem Haufen Papierkram nach ihren Autoschlüsseln. Das interne Telefon unterbrach ihre Zusammenkunft, und Natalie nahm den Anruf entgegen.

»DI Ward.«

»Nat, wir haben einen Treffer. Wir haben Spuren von Hatties Blut und ihrer DNA auf dem Rücksitz des silbernen

Corsa gefunden.« Mikes Entdeckung kam für das Team genau zur richtigen Zeit.

»Danke. Du hast gerade unsere Arbeit um einiges einfacher gemacht.«

»Ihr habt einen Tatverdächtigen?«

»Haben wir. Lucy und Murray sind dabei, sie zu holen.« Ihre Worte brachten die beiden dazu, in Hochgeschwindigkeit den Flur und Hals über Kopf die Treppe hinunterzustürzen.

»War ein harter Fall.«

»Noch ist es nicht vorbei, aber wir sind einem Ergebnis ein gutes Stück näher.«

»Erzähl das besser Dan. Er ist hier vorhin in der Hoffnung auf neue Informationen herumgeschlichen. Ich habe den Eindruck, dass er unter erheblichem Druck von seinen Vorgesetzten steht. Würde deinem Ruf nicht schaden, ihm Bescheid zu geben.«

Natalie verstand, was er damit sagen wollte. Er wünschte sich, dass sie für gut erledigte Arbeit Anerkennung bekam. Er glaubte an ihre Fähigkeiten. »Ich werde mit ihm sprechen.«

»Viel Glück.«

Sie lächelte zufrieden. Diesmal hatte sie Fakten und Beweise. Sie bevorzugte es immer, etwas Stichhaltiges zu haben, das ihre Theorien stützte.

»Möchtest du, dass ich Beweise und Fotos für die Befragung vorbereite?«, fragte Ian.

»Ja, bitte. Ich muss mit dem Superintendent sprechen.«

Rhiannons rundes Gesicht war genauso ausdruckslos, wie es Ryans gewesen war. Die Tränen waren schon lange getrocknet, und sie hörte zu, was Natalie zu sagen hatte. Dabei blickte sie wortlos auf die von der Verkehrskamera aufgenommenen Standbilder.

Sie saß in der Falle, mit einer Vielzahl an Beweisen für ihre

Mitwirkung. Der Pflichtverteidiger hatte ihr geraten, die Wahrheit zu sagen. Tatsachen zurückzuhalten, würde nur in weiteren Anklagepunkten münden. Ihre Version der Ereignisse zu schildern, war alles, was ihr übrig blieb. Sie stieß einen tiefen Seufzer aus.

»Schauen Sie, ich weiß, dass es schlecht aussieht, aber ich habe Gemma oder Hattie nicht getötet. Das Ganze ist außer Kontrolle geraten. Wenn Hattie halb so nett gewesen wäre, wie sie vorgegeben hat, wäre nichts davon passiert.«

»Was meinen Sie damit?«, fragte Natalie.

———

»Gemma fängt an, mir richtig auf den Wecker zu gehen, und Sasha genauso. Ich habe es satt, dass sie die ganze Zeit vorbeikommt und im Haus herumsitzt. Sie ist immer in der Nähe. Es ist, als hätten wir eine dauerhafte, nutzlose Untermieterin, und wenn Gemma mich noch einmal mit dieser mädchenhaften Stimme und diesem verdammt strahlenden Lächeln fragt, ob es mir gut geht, schwöre ich, dass ich sie schlage«, sagt Hattie und leert den Wodka in einem Zug.

»Ich unterschreibe das. Miss Beliebt ist eine nervige Kuh«, sagt Fran. »Hier, Rhiannon, erzähl Hattie, was du vorhast.«

»Psst!«

»Nein, mach ruhig. Sie wird nichts weitersagen, oder, Hattie?«

»Pfadfinderehrenwort«, antwortet Hattie und tut so, als würde sie das Kreuzzeichen auf der Brust machen, dann kichert sie.

»Also, wenn du es ihr nicht sagst, tue ich es«, sagt Fran. Sie greift nach der Wodka-Flasche und füllt alle ihre Gläser wieder auf. Sie haben seit einer Stunde ununterbrochen getrunken und Rhiannon fühlt sich beschwipst. Hattie hat sich dazu bekannt, in Gemmas Kaffee gespuckt und ihren Lieblingslippenstift

gestohlen zu haben. Rhiannon kann es nicht glauben. Sie dachte, Hattie sei eine der Guten, aber es kommt heraus, dass sie genauso unglücklich und unsicher ist wie Fran und sie. Das ist alles so, weil ihre Mutter gestorben und ihr Vater Pfarrer ist. Sie ist die Erwartung leid, gut und freundlich zu sein wie er. Rhiannon stößt sauer auf. Sie hätte etwas essen sollen, aber sie hungert, um zu versuchen, Gewicht zu verlieren. Keine der Diäten funktioniert. Hungern ist die einzige Möglichkeit. Das Problem ist, je weniger sie isst, desto schlechter wird ihr Teint. Sie hatte einen weiteren starken Pickelausbruch und auf der Nasenspitze ist ein Riesending, das immer noch deutlich sichtbar ist, selbst mit dick aufgetragenem Abdeckstift darauf. Sie stürzt den Wodka hinunter.

»Dann red weiter«, sagt sie.

Fran lacht. »Rhiannon hatte eine geniale Idee. Sie hat gerade einen Catfishing-Betrug am Laufen und benutzt Gemmas Foto als Köder. Es klappt auch, oder, Rhi?«

Rhiannon lächelt. Fran hat ihre Idee »genial« genannt, was sie innerlich wärmt. Hattie starrt sie mit offenem Mund an.

»Verdammt genial«, sagt Hattie, und Rhiannon ist von einem plötzlichen Glücksgefühl erfüllt, das sie selten erlebt.

»Hattie hielt den Betrug für eine tolle Idee, aber nach dem, was Gemma zugestoßen ist, ist sie ausgeflippt. Sie hat mich erpresst, den Mund zu halten, obwohl ich gar kein Geld bekommen hatte. Mein Anteil der dreitausend Pfund war auf Lennox' Konto. Der Plan war gewesen, ihn auf ein Bausparkonto zu übertragen, aber nach dem, was mit Gemma passiert ist, wollte ich nichts mehr damit zu tun haben. Ich habe ihm gesagt, dass er es behalten soll.«

»Wie kommt es, dass Lennox in die Sache verwickelt wurde?«

»Geld. Lennox brauchte Geld. Er hat darüber gejammert, dass seine Mutter ihm das Taschengeld für eine Ewigkeit gestrichen hat und brauchte dringend etwas Geld. Ich schlug vor, alles, was wir bekommen haben, zur Hälfte mit ihm zu teilen, wenn er die PayPal-Verbindung zu seinem Konto einrichtet.«

»Warum? Warum haben Sie es nicht mit Ihrem Konto verknüpft?«

»Ich wollte nicht, dass mir die ganze Sache um die Ohren fliegt, und dachte, dass Lennox die Schuld auf sich nehmen würde, wenn es zurückverfolgt würde.«

»Und er hat das hingenommen?«

»Lennox ist ein verwöhnter reicher Junge. Er ist es nicht gewöhnt, dass er nicht genug zum Leben hat. Er hat im letzten Monat zu kämpfen gehabt, sich sogar Essens- und Biergeld von Freunden und Mitbewohnern geschnorrt. Er würde so ziemlich alles für Geld tun.«

»Er war nicht an der Erstellung des Dating-Profils beteiligt?«

»Er hat nur die PayPal-Verbindung eingerichtet. Ich habe das Profil erstellt.«

»Erzählen Sie mir, was passiert ist, nachdem Hattie ›ausgeflippt‹ ist«, sagte Natalie.

»Fran und ich waren in der Küche. Das war, nachdem Sie unsere Handys beschlagnahmt hatten, und wir waren ziemlich niedergeschlagen. Fran hat eine Flasche Gin nach unten gebracht und wir haben sie getrunken. Hattie ist reingekommen, als wir gerade den letzten Schluck getrunken hatten. Sie sagte, sie hätte Sie angerufen, um sich mit Ihnen zu treffen und Ihnen von dem Betrug zu erzählen, sich dann aber in der letzten Minute umentschieden. Sie verlangte tausend Pfund für ihr Schweigen. Ich habe ihr gesagt, sie solle sich verpissen. Ich hatte kein Geld.«

———

Hatties Rock ist so lang, dass er beinahe über den Boden fegt. Sie sieht aus wie eine Statistin in einem historischen Fernsehfilm.

»Wenn ihr mir das Geld nicht gebt, werde ich zur Polizei gehen. Das ist mein Ernst«, sagt Hattie.

»Du dumme Scheiß-Schlampe!«, schreit Fran. »Ich dachte, du wärst unsere Freundin.«

»Das war, bevor ihr Gemma umgebracht habt.«

»Wir haben sie nicht umgebracht.«

»Doch.«

»Dann geh zur Polizei. Sag es ihnen. Wir werden es abstreiten und behaupten, du hättest versucht, uns zu erpressen.«

Hattie spottet: »Sagt nicht, ich hätte euch keine Chance gegeben.«

Sie dreht sich um, und in diesem Augenblick stößt Fran einen animalischen Laut aus und stürzt mit angehobener Flasche auf sie zu. Sie schlägt gegen ihren Kopf und Hattie fällt um.

»Hattie! Hattie!« Fran fällt auf die Knie. »Hattie, das wollte ich nicht. Wach auf.« Sie krümmt sich unter Tränen.

»Fran ist durchgedreht und ich konnte sie nicht beruhigen. Ich wollte Hattie in den Wald bringen und vergraben, aber Fran hatte eine Art Zusammenbruch, und am Ende bin ich zur Rückseite des alten Theaterstudios gefahren. Es wird nicht mehr benutzt, deshalb dachte ich, dass sie eine Zeit lang nicht gefunden werden würde.«

»Das war nicht sehr gut durchgedacht, oder?«

»Nein, ich habe Panik bekommen. Fran hat geschrien, es der Polizei erzählen zu wollen, und ich wusste, dass sie im Gefängnis landen würde, wenn sie das täte, und das wollte ich nicht. Sie war meine Freundin. Ich wollte sie retten. Ich habe uns etwas Zeit verschafft. Ich habe vorgeschlagen, dass wir unser Studium abbrechen, wegziehen, zusammen eine Wohnung finden, vielleicht sogar darum bitten, auf eine andere Universität zu wechseln.«

»Und was hat sie von dem Plan gehalten?«

»Sie hat darüber nachgedacht.«

»Sie sagen, Hattie habe versucht, sie zu erpressen. Warum hat sie nicht das Gleiche bei Lennox versucht?«

»Sie wusste nichts von meiner Abmachung mit ihm. Sie dachte, nur ich würde hinter dem ganzen Betrug stecken.«

»Und was ist mit Fran passiert?«

Rhiannon rieb ihre Lippen aneinander, vor und zurück, dann entschied sie sich, zu sprechen.

»Sie ist gestorben.«

»Aber wie, Rhiannon? Wie ist sie gestorben?«

Rhiannon sah weg und antwortete nicht. Ihr Anwalt drängte sie, zu reden, aber sie schüttelte den Kopf.

»Haben Sie Fran mit Oxalsäure-Kristallen vergiftet?«

»Kein Kommentar.«

»Fangen Sie mir nicht damit an!«

Rhiannon veränderte ihre Haltung, verschränkte die Finger, ihr Blick verlor sich in der Ferne. Sie räusperte sich. »Wodka. Ich habe ihr ein Glas Wodka eingeschenkt, um sie zu beruhigen. Bis zu dem Moment hatte ich nicht wirklich vor, es durchzuziehen.«

»Aber Sie hatten Oxalsäure-Kristalle.«

»Mehr oder weniger. Das heißt, ich hatte sie nicht bei mir. Ich wusste, wo ich sie finden würde. Das ist ein Unterschied. Ich hatte mich nicht dazu entschieden, sie zu benutzen, bis Fran mich dazu gezwungen hat. Wäre Sie ruhig geblieben oder eine echte Freundin gewesen, wäre ich nie versucht gewesen, sie zu vergiften. Es war ein Verbrechen aus Leidenschaft. Das französische Rechtssystem erkennt es an. Ich wollte sie nicht töten ... es ist passiert. Es war eine spontane Entscheidung. Ich hatte es nicht geplant. Das ist bestimmt ein Unterschied?« Sie sah ihren Anwalt an. »Das *ist* ein Unterschied, oder?«

Der junge Mann, der Rhiannon vertrat, wies sie mit einem kühlen Blick zurück.

»Erzählen Sie uns, was passiert ist«, forderte Natalie sie auf.

Rhiannon starrte geradeaus und begann …

———

Fran marschiert in der kleinen Küche auf und ab, ihr Gesicht hochrot vor Wut. »Es ist deine verdammte Schuld, dass wir in dieser Patsche sitzen.«

»Meine?«

»Du und dieser dumme Betrug.«

»Du hast Hattie umgebracht, nicht ich!«

»Verpiss dich! Es war ein Unfall, und hätte ich den Notruf gewählt und es gemeldet, würde ich jetzt nicht in dieser Scheiß-Patsche sitzen. Es war deine Idee, sie zum Campus zu fahren und da abzuladen. Ich war nicht bei Verstand und hatte Panik und du hast mich manipuliert.«

»Habe ich nicht!«

»Doch, das hast du, verdammt nochmal. Du hast den Umstand, dass ich Angst hatte und betrunken war, ausgenutzt und mir eine Falle gestellt. Du hast sogar mein Auto dafür benutzt, du Miststück! Ich werde der Polizei alles erzählen. Ich kann vielleicht irgendeinen Deal mit ihnen machen, um davonzukommen.«

Rhiannon kann nicht glauben, was sie hört. Sie hat versucht, ihre Freundin vor dem Gefängnis zu bewahren, und das ist der Dank, den sie dafür bekommt. Sie entdeckt die gelben Haushaltshandschuhe, die noch von der letzten Benutzung über dem Wasserhahn hängen. Zweifellos Hattie. Sie hat immer Handschuhe verwendet. Fran wirft ihr noch immer Beschimpfungen an den Kopf.

»Hör auf damit. Wir sind Freundinnen, Fran.«

»Du bist nicht meine Freundin. Du bist eine verdammte Klette. Du hängst die ganze Zeit hier herum und hast eine so dicke Haut, dass du noch nicht mal merkst, wenn du nicht erwünscht bist. Ich habe es satt, dass du jeden Tag hier aufkreuzt, aber sogar, wenn ich dir sage, dass du mich zum Arbeiten allein lassen sollst, schreibst du mir oder tauchst später wieder auf. Und jetzt hast du mich in das hier hineingezogen. Ich wünschte, ich hätte dich niemals kennengelernt ...«

Durch das Brummen in ihren Ohren hört Rhiannon den Rest ihrer Worte nicht. Fran ist ihre einzige wahre Freundin. Wie kann sie so etwas sagen?

»Du bist nur durcheinander. Ich hole uns einen Drink und dann können wir das klären. Wir werden zur Polizei gehen, gestehen, und ich werde erklären, dass ich es war, die Hattie zum Theaterstudio gebracht hat. Ich werde ihnen erzählen, dass das, was passiert ist, ein Unfall war, und dass sie dich als Erstes angegriffen hat. Wir bringen das in Ordnung«, sagt sie mit einer Ruhe, die sie nicht verspürt.

Das Kämpferische erlischt in Fran, die auf einem Stuhl zusammensackt und nicht bemerkt, wie Rhiannon die Handschuhe nimmt. Rhiannon geht ins Wohnzimmer, wo sie das Regal inspiziert und ein Miniatur-Fläschchen Wodka herausnimmt, eine der wenigen Flaschen, die noch Alkohol enthält. Sie schüttet den Inhalt in ein Glas. Dann geht sie zum Schrank unter der Treppe. Lennox' Autoreinigungsutensilien befinden sich in einer Schachtel im obersten Fach. Sie zieht sich die Handschuhe an, holt die Schachtel herunter und sucht nach den Säure-Kristallen. Es liegt jetzt in der Hand des Schicksals. Wenn er die Oxalsäure-Kristalle aufgebraucht hat, wird sie zu Fran zurückkehren, einen Drink zu sich nehmen und dann besprechen, was sie der Polizei erzählen. So will sie es nicht spielen. Sie möchte keine Zeit im Gefängnis verbringen, und wenn sie ehrlich ist, weiß sie, dass sie beide zahlreicher

Vergehen angeklagt werden – bestenfalls Totschlag, was eine Gefängnisstrafe nach sich zieht. Sie lächelt, als sie ein kleines Gläschen entdeckt. Das Schicksal hat entschieden. Sie kippt ein paar der Kristalle in das Glas und schwenkt es, bis sie sich auflösen.

———

»Fran hat nur einen kleinen Schluck genommen. Das Gift hat sofort gewirkt. Ich habe sie zu meinem Auto getragen, habe sie auf den Beifahrersitz verfrachtet und bin losgefahren. Zuerst wollte ich sie am selben Ort zurücklassen wie Hattie, aber dann sah ich die Decken in dem verlassenen Eingang und hielt dort an. Es schien mir passender. Ich dachte, so würde sie nicht gleich gefunden werden und ich hätte Zeit, mit einem Abschiedsbrief zurückzukommen, den ich bei ihrer Leiche zurücklassen würde. Ich habe eine Nachricht getippt, in der stand, dass sie sich selbst umbringen würde, weil sie für den ganzen Betrug und Hatties Tod verantwortlich sei. Als ich auf dem Rückweg war, sah ich die Polizeifahrzeuge. Sie hatten sie schon gefunden.«

»Sie haben einen Brief auf Ihrem Laptop abgetippt?«

»Nein, ich habe einen der Computer in der Bibliothek benutzt und ihn dort ausgedruckt.«

»Sie haben Ihre Freundin getötet – Sie haben Ihre beste Freundin ermordet«, sagte Natalie.

Rhiannon sah direkt durch sie hindurch. »Sie war keine echte Freundin. Ich habe keine Freunde.«

Das Geständnis der jungen Frau war mehr als bloß eine Erklärung für das, was mit Hattie und Fran geschehen war. Natalie erinnerte sich an den getippten Brief in Gemmas Kalender und plötzlich rutschten die Teile fester an ihren Platz. »Sie wollten aber mit Leuten befreundet sein, nicht wahr? Sie wollten mit Gemma befreundet sein. Sie haben Gemma diesen anonymen Brief geschickt, den wir in ihrem Zimmer gefunden haben. Sie waren ihr Bewunderer.«

»Das war ein Fehler. Ich habe ihr den Brief geschickt, weil ich dachte, sie würde sich geschmeichelt fühlen und froh sein, mich als Freundin zu haben. Aber sie hat ihn noch nicht einmal jemandem gegenüber erwähnt; weder Fran noch Hattie oder gar Ryan. Sie hat aber ihrer Mutter davon erzählt, ich habe sie zufällig über ihren Bewunderer lachen und scherzen gehört. Sie haben gedacht, ich wäre ein Spinner! Ich nahm an, dass sie den Brief weggeworfen hat, und war verletzt. Wirklich verletzt. Wenn einem jemand sagt, man sei besonders oder großartig, freut man sich doch, oder? Sie tat es nicht. Sie war zu eingebildet und von sich eingenommen. Ich wusste, nachdem ich ihn geschickt hatte, dass ich meinen Brief hätte geheim halten sollen, wie nach den Vorfällen mit Gwen und Nora.«

»Wer ist Gwen?«

»Sie war an meiner alten Schule in meiner Klasse.« Sie seufzte wieder. »Sie ist ausgerastet, als ich ihr gesagt habe, dass ich ihn geschickt habe, und hat nicht mehr mit mir geredet. Ich habe auch Nora, die im Jahrgang über mir war, geschrieben, aber sie hat ihren Freundinnen davon erzählt, die herausgefunden haben, dass ich die Verfasserin war, und sich über mich lustig gemacht. Sie haben mir das Leben zur Hölle gemacht. Ich weiß nicht, warum sie so gemein zu mir waren. Ich war nur freundlich. Ich habe nicht mehr geschrieben, bis ich von zu Hause weggezogen und nach Samford gekommen bin, dann habe ich Fran geschrieben, den Brief aber nicht abgeschickt. Ich habe alle diese Briefe versteckt in meinem Zimmer aufbewahrt. Nachdem wir gute Freundinnen geworden waren, habe ich sie für den Fall, dass sie sie jemals findet, zerrissen. Ich hätte Gemma den Brief nie schicken sollen. Sie hat ihn nicht zu schätzen gewusst. Sie war genau wie die anderen.«

»Was meinen Sie mit ›genau wie die anderen‹?«

»Sie war eine falsche Schlange, genau wie es Gwen und

Nora waren. Sie hatte es nicht verdient, bewundert zu werden ...«

———

Noras Nasenflügel sind aufgebläht und ihre beiden Freundinnen blockieren den Ausgang vom Duschbereich. Nackt und vor Wasser triefend fängt Rhiannon an, zu zittern. Sie ist immer die Letzte, die nach dem Sportunterricht duscht. Sie hasst es, wenn irgendwer sie unbekleidet in den Gemeinschaftsduschen sieht, und wartet, bis das letzte Mädchen hinaussprintet, bevor sie hineingeht. Ihr Handtuch ist außer Reichweite, hoch oben in Noras Hand.

Rhiannon versucht, Bauch und Brust mit den Armen zu bedecken und Noras Freundinnen zu ignorieren, die sie offen anstarren, über ihren molligen Körper spotten.

»Du stehst also auf mich?«, fragt Nora.

»Nein.«

»Doch, tust du. Was ist damit: ›Du bist so schön und ich mag deine Haare. Sie sehen unglaublich weich aus.‹ Klingt, als würdest du auf mich stehen.« Nora starrt sie wieder an.

Rhiannon hört Gelächter aus dem Umkleideraum. Ihre Mitschülerinnen lauschen dem Gespräch. Sie weiß, was sie in dem Brief geschrieben hat, aber so, wie Nora es sagt, klingt es dumm und kindisch, obwohl sie doch nur klarmachen wollte, dass sie bewundert wurde.

Nora fuhr mit alberner mädchenhafter Stimme fort: »›Ich denke, deine Freunde haben wirklich Glück, dich zur Freundin zu haben.‹« Sie tut, als stecke sie sich zwei Finger in den Mund, um sich zu übergeben, dann spricht sie weiter: »Und wer zur Hölle sagt heutzutage noch, dass er irgendwen ›bewundert‹?« Weiteres Kichern ertönt aus der Umkleide und ein paar Gesichter spähen hinein auf die Szene, die sich in der Dusche abspielt.

»Ich wollte nur freundlich sein ...«

Das dunkelhaarige Mädchen wirft den Kopf zurück, während es lacht, dann spuckt es aus: »Wer würde dich als Freundin haben wollen? Sieh dich an!«

Trotz der glühenden Beschämung, die sie verspürt, fängt Rhiannon an, zu frösteln. Sie schämt sich über ihren Körper und darüber, wie verletzlich sie sich vor diesen hübschen sechzehnjährigen Mädchen fühlt, die sie ansehen. »Kann ich ... mein Handtuch ... haben?«

»Du bist verdammt seltsam«, sagt Nora und hält das riesige blaue Handtuch weiterhin fest, unter dem Rhiannon sich stets versteckt, wenn sie aus der Dusche kommt. Es ist groß genug für sie, um sich darunter anzuziehen. Rhiannon könnte einen Schritt nach vorne treten und versuchen, es an sich zu reißen, aber sie weiß, dass die Mädchen dafür sorgen würden, dass sie es nicht bekäme. Sie entdeckt Gwen, das Mädchen aus ihrer Klasse, dem sie früher auch einmal Briefe geschickt hat. Ihr Gesicht strotzt vor Verachtung.

»Sie ist verdammt seltsam«, sagt Gwen. »Sie hat mir auch so was geschrieben.«

Noras Augenbrauchen schießen nach oben. »Wirklich? Du interessierst dich also für Mädchen?«, fragt sie.

»Nein. Ich war nur nett ...«

Das Mädchen mit den schwarzen Haaren zeigt mit einem Finger auf sie. »Halt die Klappe.«

»Du stehst auf mich, nicht wahr?«, fragt Nora und lässt ihre Hände über ihre wohlgeformten Hüften gleiten.

»Nein!«

»Doch, tut sie«, sagt ihre Freundin.

»Du möchtest meine besondere Bitch sein, oder?«, verhöhnt Nora sie.

»Möchte ich nicht!«, jammert Rhiannon. Sie verstehen es nicht. Das ist nichts Sexuelles. Sie wollte nur mit ihnen befreundet sein.

»Sie ist scharf auf dich«, sagt Gwen. »Arme Sau.« Sie sieht Rhiannon kühl an, dreht sich weg, um sich ihren Klassenkameradinnen anzuschließen, und lässt Rhiannon allein mit Nora und ihren Freundinnen zurück.

Tränen steigen ihr in die Augen. Das hat sie nicht verdient.

»Was sollen wir mit ihr anstellen?«, fragt das andere Mädchen, das sie die gesamte Zeit über mit einem spöttischen Lächeln im Gesicht angestarrt hat.

»Lasst es sie bereuen«, sagt Nora. »Versteckt ihre Klamotten in einem Klassenraum, dann muss sie so in der Schule herumlaufen.«

»NEIN!« Rhiannon ist entsetzt. Sie hat oft Albträume darüber, völlig nackt zu sein und von Leuten ausgelacht zu werden. »Nein ... bitte«, fleht sie.

»Tu es«, sagt Nora.

Rhiannon kann vor Angst kaum atmen, dann fliegt die Tür auf und Gwen kommt zurück.

»Die Lehrerin kommt«, zischt sie.

Nora wirft Rhiannon das Handtuch zu.

»Pass besser auf. Das nächste Mal wirst du nicht so viel Glück haben.«

»Warum hat uns Lennox gesagt, Fran hätte hinter dem Betrug gesteckt? Warum hat er uns nicht erzählt, dass Sie es waren?«

Zum ersten Mal, seit sie sich gesetzt hatte, erlaubte sich Rhiannon ein kleines Lächeln. »Fragen Sie Lennox.«

»Ich frage aber Sie.«

Die Augenbrauen tanzten auf ihrer Stirn und sie senkte die Stimme zu einem verschwörerischen Flüstern. »Vor ein paar Wochen habe ich Lennox dabei erwischt, wie er seinem Tutor an der Rückseite der naturwissenschaftlichen Fakultät einen geblasen hat.«

»Und Sie haben diese Information dafür verwendet, ihn zum Schweigen zu bringen?«

Sie nickte. »Er hat sich mehr geschämt, dass es herauskäme, als Geld von einem Fremden zu klauen. Ich habe ihm gesagt, dass ich allen davon erzählen würde, wenn er mich fallen ließe, und erklärt, es wäre besser, es Fran anzuhängen und Ihnen zu sagen, dass sie hinter dem Betrug stecke. Ich bin sogar mit ihm durchgegangen, was er Ihnen erzählen sollte – dass sie miteinander in die Kiste gestiegen wären und sie ihn bedroht hätte, damit er schwieg.« Das erklärte zwar in gewisser Weise seine Loyalität gegenüber Rhiannon, aber nicht vollständig.

»Wusste er, wer Fran getötet hat?«

»Vielleicht, vielleicht auch nicht. Ich habe es ihm nicht gesagt.«

Natalie würde Lennox diese Frage selbst stellen müssen. »Spielt aber keine Rolle, oder? Seine reiche Mami wird ein fantastisches Team aus Strafverteidigern anheuern, die dafür sorgen, dass er von der Anklage befreit wird. Meine werden das nicht tun.«

Rhiannon stieß einen Seufzer der Resignation aus und starrte auf ihre gelben Nägel.

———

Liebe Gemma,

ich habe heute meine Fassung mit einer Person verloren, von der ich dachte, sie sei eine gute Freundin. Sie hat aber bewiesen, dass sie genau wie alle anderen ist – oberflächlich und egozentrisch.

Fran wollte alles, was passiert ist, gestehen, unter anderem, Hattie auf den Kopf geschlagen und ihre Leiche auf dem Campus abgeladen zu haben.

»Es war ein Unfall!«, hat sie gerufen.

Du verstehst, Gemma, egal, was Fran gesagt hat, es gab kein Davonkommen; Fran hat Hattie mit einer Gin-Flasche auf den Kopf gehauen und Hattie ist wie ein Kartoffelsack zusammengesackt. Wäre ich nicht geistesgegenwärtig gewesen, hätten wir echt in der Scheiße gesessen. Ich habe uns gerettet, nicht Fran. Nicht das Mädchen, das behauptet hat, hart und gefährlich zu sein. Nicht die tätowierte, taffe Fran mit der ›Leckt-mich-am-Arsch‹-Einstellung. Sie ist beim Anblick der auf dem Boden liegenden Hattie in Tränen ausgebrochen. Ich habe alles in Ordnung gebracht, vom Aufwischen des Blutes bis hin zum Wegbringen von Hatties Leiche, und dann wollte die dumme, undankbare Kuh bei der Polizei gestehen und mich mit sich in den Abgrund ziehen.

Es ist gut, dass ich zuhöre. Das ist einer der Vorteile davon, dass mich die Leute nicht bemerken. Du, als Miss Beliebt, hättest es nicht wissen können, aber ich bin das Gegenteil – Miss Unbeliebt –, und ich wusste alles über Lennox' geschätztes Auto und seine Rostflecken. Es ist erstaunlich, wie langweilig dieser Junge sein kann. Er redete ständig über sein verdammtes Auto und alle am Mittagstisch schalteten ab, aber ich habe zugehört und mich an die Oxalsäure-Kristalle erinnert. Ich habe gesehen, wo er seine Autoreinigungsutensilien aufbewahrt.

Fran war in einem entsetzlichen Zustand. Sie brauchte ein Glas Wodka – ein Glas Wodka mit einer kleinen Prise von etwas Besonderem drin.

Ich war nicht so aufgelöst, wie ich es erwartet hätte. Ich war schon seit längerer Zeit sauer auf sie. Ich hatte solche Schwierigkeiten auf mich genommen, um etwas Geld zusammenzubekommen, um eine Wohnung für uns beide zu mieten, wenn das Trimester zu Ende wäre, und sie hat sich Ausreden einfallen lassen, um sich keine infrage kommenden Wohnungen anzusehen. Außerdem hat sie angefangen, mich zu meiden – hat Ausflüchte gefunden, nicht gemeinsam abzu-

hängen, ist ohne mich mit anderen Mädchen ausgegangen und hat vorgegeben, fort zu sein, obwohl sie in Wirklichkeit in ihrem Zimmer war. Sie hat gedacht, ich wäre zu blöd, herauszufinden, was wirklich abging, aber ich bin nicht blöd, Gemma. Ich verkrafte Zurückweisung nicht gut. Es war besser, sie loszuwerden, ehe sie entschied, dass es an der Zeit war, mich abzuschießen.

Ich hoffe, die Polizei wird denken, sie hätte Selbstmord begangen, eins und eins zusammenzählen und glauben, Fran hätte hinter dem Betrug und Hatties Tod gesteckt. Ich kann mir Lennox vorknöpfen. Er wird sich nicht trauen, ein Sterbenswörtchen zu sagen, nicht bei dem, was ich über den dreckigen kleinen Scheißkerl weiß. Er hat Todesängste, seine Mutter könnte herausfinden, dass er seinem Tutor einen geblasen hat, um bessere Noten zu bekommen.

Das alles bedeutet, dass ich überhaupt keine Freunde habe. Keinen einzigen.

Sieh, was du angerichtet hast, Gemma! Das ist deine Schuld. Wenn du nett zu mir gewesen wärst, wäre nichts davon passiert.

Ein ehemaliger Bewunderer

»Ich möchte euch allen für eure Anstrengungen danken. Ihr habt euch während dieser Ermittlungen selbst übertroffen«, sagte Natalie. Sie sah ringsherum in die müden Gesichter. Es war beinahe Mitternacht, aber sie hatten alle ihren Beitrag geleistet, und Rhiannon war für ihre Beteiligung am Betrug, für ihre Mittäterschaft an Hatties Tod und für den Mord an Fran Ditton angeklagt worden. Lennox hatte eine geringer ausfallende Anklage für die Beihilfe beim Catfishing-Betrug erhalten, war aber auch der Justizbehinderung beschuldigt worden, obwohl seine Anwältin beantragt hatte, dass er gegen Kaution freikam.

Sie hatten nachgewiesen, dass Rhiannon Hatties Auto zum Bahnhof gefahren und dort abgestellt hatte, nachdem Fran und sie Hatties Leiche abgeladen hatten. Das letzte Beweismittel lieferte die Forensik, die eine Sammlung von auf Din-A4-Papier gedruckten Briefen entdeckt hatte, die in einer Mappe unter Vorlesungsmitschriften versteckt gewesen war. Auf den ersten Blick hatten sie gedacht, es würde sich um einen Teil von Rhiannons Seminararbeiten handeln, aber jemand aus dem scharfsichtigen Team hatte den Namen Gemma mehrere Male erblickt, und die Briefe waren zur weiteren Untersuchung zum Revier gebracht worden. Es bestanden keine Zweifel, dass Rhiannon sie getippt und ausgedruckt hatte, und jeder einzelne zeigte die Wahrheit hinter dem Betrug und dem Tod von Hattie und Fran auf. Es war ein weiteres wichtiges Puzzleteil, das erklärte, weshalb Rhiannon die Idee mit dem Betrug gekommen war – Eifersucht auf Gemmas Beliebtheit und Ärger über die Zurückweisung von jemandem, den sie bewundert hatte.

Lennox war schockiert gewesen, als er erfuhr, dass Rhiannon hinter Frans Tod steckte. Ob diese Reaktion ehrlich war, würde Natalie niemals wissen. Seine Anwältin hatte schnell darauf hingewiesen, dass Rhiannon Lennox emotional erpresst habe, und Natalie wusste, dass er, mit Carolyn als Vertreterin, wahrscheinlich, wenn der Fall vor Gericht kam, mit einer Mindeststrafe davonkommen würde. Natalie und ihr Team konnten nur die Verantwortlichen für die Taten finden, keine Strafen aussprechen. Sie hatten ihre Rolle erfüllt. Nun hing es vom Rechtssystem ab.

Dan, der neben Mike in der Tür stand, trat einen Schritt vor. »Ich möchte mich dem Dank von DI Ward anschließen. Gute Arbeit, alle zusammen.«

Das Team verabschiedete sich, doch Dan wollte noch mit Natalie sprechen. Mike murmelte: »Ich warte in meinem Auto auf dich.«

Als das Büro leer war, faltete Dan seine hinter dem Rücken gehaltenen Hände auseinander, hob die Hose an den Knien leicht an, damit er nicht ihre Falten ruinierte, und setzte sich vorsichtig hin. Er bedeutete ihr, es ihm gleichzutun, und sie ließ sich auf ihren eigenen Stuhl fallen.

»Ich kenne Sie erst seit kurzer Zeit, aber Sie haben mich beeindruckt. Wichtiger noch, Sie haben oben Eindruck hinterlassen.« ›Oben‹ bezog sich auf die höheren Führungskräfte, die sich die Etage mit Dan teilten. »Was ich Ihnen gleich erzählen werde, ist höchstvertraulich und darf diesen Raum nicht verlassen.« Er wartete auf eine zustimmende Geste, ehe er fortfuhr: »Es wird in den nächsten Monaten einige Umstrukturierungen geben. Samford ist als Kompetenzzentrum errichtet worden, aber bereits über seinen Zweck hinausgewachsen, und ich bin darüber informiert worden, dass bestimmte Einheiten in ein anderes zweckgebundenes Gebäude verlegt werden sollen, das sich nicht weit vom Revier entfernt befindet. Ihre Abteilung wird zur Bildung einer Einheit für Sonderverbrechen mit mehreren anderen zusammengelegt und eine von drei Einheiten sein, die in die neuen Räumlichkeiten umgesiedelt wird. Wie Sie eine Ermittlung von großem öffentlichem Interesse bewältigt haben, und das zumal unter persönlichem Leidensdruck, ist nicht unbemerkt geblieben, und mir wurde aufgetragen, Sie zu fragen, ob Sie sich vorstellen könnten, die neue Einheit zu leiten. Selbstverständlich wird diese Verantwortung eine Beförderung mit sich bringen, und es wird die Möglichkeit für jemandem aus Ihrem Team geben, in Ihre Fußstapfen als DI für die Einheit zu treten. Ich möchte, dass Sie eine Empfehlung für die am besten für diese Stelle geeignete Person abgeben.«

»Ich verstehe.« Ihr Verstand schaukelte zwischen den Vor- und Nachteilen hin und her. Die Vorteile wären das Verlassen des Reviers, die Beförderung sowie eine damit einhergehende Gehaltserhöhung. Dagegen sprachen die Tatsachen, dass sich die Teamdynamik verändern und sie nicht mehr im selben Gebäude wie Mike arbeiten würde; zudem die große Frage – war sie in der Lage, noch mehr Verantwortung zu übernehmen? Sie musste an Josh denken und natürlich an David. Sie könnte ihm nicht vollkommen den Rücken kehren.

»Sie brauchen sicherlich Zeit, um darüber nachzudenken. Was halten Sie davon, wenn ich Ihnen dafür bis zum Ende des Monats gebe? Das ist knapp über eine Woche. Ich erwarte Ihre Rückmeldung bis dahin.«

Sie konnte, gefangen in einer Flut aus Gedanken, keine

Antwort formulieren und entschied sich für ein einfaches »Vielen Dank, Sir«.

Er legte beide Hände auf die Knie und stand mühelos auf. »Wie gesagt, gute Arbeit heute. Ach, übrigens, wie geht es Ihrem Ex-Mann?«

»Er erholt sich.«

»Ausgezeichnet. In Ordnung!« Er ging davon und blieb an der Tür stehen, um zu sagen: »Denken Sie ernsthaft darüber nach, Natalie. Ich finde, Sie eignen sich ideal für die Stelle … und kein Wort zu irgendwem. Diese Neuigkeiten dürfen diesen Raum nicht verlassen.«

Sie wartete, bis er außer Sichtweite war, ehe sie sich mit beiden Händen die Stirn rieb, die Verwirrtheit wegzumassieren versuchte. Wollte Sie diese Chance wirklich? Es war weniger eine Chance als etwas, das ihr aufgezwungen wurde. Ihre Einheit würde unabhängig von ihrer Entscheidung verlegt werden und Zuwachs bekommen. Wie würde sich ihr Team damit fühlen? Sie war angewiesen worden, kein Wort zu irgendjemandem zu sagen, aber sie musste es zumindest mit Mike besprechen. *Mist!* Mike wartete auf sie. Sie rappelte sich auf.

———

Getreu seinem Wort, wartete Mike auf sie in seinem warmen Auto, dessen Innenraum eine Mischung aus holzigem Aftershave und Minzkaugummi abgab. Coldplay schmachtete über einen Himmel voller Sterne und er lächelte sie müde an. »Nach Hause?«

Sie ließ sich in den weichen Ledersitz zurückfallen. »Bitte. Möchtest du über Nacht – oder was davon übrig ist – bleiben? Es würde uns eine Möglichkeit geben, zu reden, schließlich haben wir unser Treffen im Park verpasst.«

»Eine der Schattenseiten unserer Arbeit – manchmal haben

wir einfach kein verdammtes Privatleben! Ich würde liebend gern, aber ich bin richtig kaputt, und außerdem fühlt es sich ein bisschen falsch an, während David im Krankenhaus liegt. Wenn er sich erholt hat ...«

»David kann sich nicht daran erinnern, was mit ihm passiert ist. Er denkt, Leigh sei noch am Leben.«

»Scheiße!«

»Ich konnte es ihm nicht erzählen, weder von Leigh noch von unserer Trennung oder dir. Ich hoffe, die Ärzte tun es, oder seine Erinnerung kommt zurück.«

»Oh, verdammte Scheiße, Nat!« Er griff nach seinen Zigaretten, fing an, eine herauszuklopfen, überlegte es sich anders und steckte die Packung zurück in das Türfach.

Natalie verstand. David würde erneut den ganzen Schmerz durchleben müssen, herausfinden, dass seine Tochter tot war und seine Frau ihn verlassen hatte.

Sie erreichten ihr Wohnhaus und sie drehte sich zu ihm. »Hör zu, ich nehme es dir nicht übel, wenn du Abstand nehmen, es rückgängig machen möchtest - uns meine ich.« Sie konnte nicht aussprechen, was sie wirklich sagen wollte, dass sie Mike wollte, und sehen, was die Zukunft für sie beide bereithielt. Plötzlich war alles durcheinandergeraten, und wenn David irgendwie, selbst nur am Rande, zurück in ihr Leben träte, ihre Aufmerksamkeit und Unterstützung bräuchte, würde sich nur alles weiter verkomplizieren, ganz zu schweigen von der Beförderung.

Sie sollte Mike erzählen, was ihr gesagt worden war. Er hatte es noch nicht erwähnt, würde aber zweifellos neugierig sein, weshalb Dan mit ihr hatte sprechen wollen. Sie konnte Täuschung und Lügen nicht ertragen, und wenn es bedeutete, die Beförderung wegen der verbreiteten Neuigkeiten zu verlieren, dann sollte es so sein. Sie wollte Mike nicht dadurch verlieren, dass sie etwas vor ihm verbarg.

»Es gibt noch etwas, das ich dir sagen muss. Mir wurde eine

Beförderung angeboten – eine neue Einheit in der Nähe des Reviers.«

Mike schwieg. Sie suchte nach einem Zeichen, sah aber nichts als Bedächtigkeit, während er über ihre Worte nachdachte. Mike überstürzte nichts. Er wog die Möglichkeiten ab, wie sie es getan hatte. Sie starrte geradeaus, anstatt ihm dabei zuzusehen. Falls das alles zwischen ihnen verändern sollte, dann war es so. Sie waren nicht dazu bestimmt, zusammen zu sein.

»Es würde bedeuten, dass wir uns nicht mehr bei der Arbeit über den Weg laufen und uns noch weniger sehen würden als ohnehin schon«, sagte sie. Vor ihnen beschleunigte ein Motorradfahrer, vollführte eine Fahrt auf dem Hinterrad, gefolgt von einem weiteren, der es ihm nachmachte. *Gelangweilte Jugendliche.*

Seine Hände strichen über das Lederlenkrad, fuhren auf und ab. »Es ist in Ordnung. Du solltest sie annehmen. Wir sollten uns darüber klarwerden, was wir als Paar wollen, und wenn wir uns am Riemen reißen und zusammenziehen, macht es nichts aus, wenn wir an verschieden Orten arbeiten. Es könnte für uns beide besser sein.«

Ihre Stimme wurde vor Überraschung lauter. »Zusammenziehen?«

»Ja, ich wollte dich beim Treffen im Park fragen. Mein Haus ist mehr als groß genug für dich, mich, Thea, wenn sie zu Besuch kommt, und Josh. Er wäre auch sehr willkommen – mehr als willkommen. Du kannst nicht in dieser winzigen Wohnung bleiben und der Himmel weiß, wann ihr euer Haus verkauft. Es würde klappen. Da bin ich mir sicher.«

»Was ist mit David?«

»Das ist die Millionenfrage. Nur du kannst entscheiden, ob oder wie sehr er noch in dein Leben passt.«

Sie ging in sich, um die Antwort zu finden, und es war klar wie der Himmel, über den Chris Martin sang. Egal, an wie wenig David sich erinnerte oder wie viel Unterstützung er brauchen würde, die Tatsache, dass Natalies und seine Beziehung und Ehe vorbei waren, blieb bestehen. Sie hatte ihn verlassen, um mit Mike neu anzufangen. »Josh ist heute Nacht weg. Warum kommst du nicht mit rein?«

»Ja, das würde ich gern.«

ACHTUNDDREISSIG

DONNERSTAG, 22. NOVEMBER – NACHMITTAG

Natalie und ihr Team hatten den Tag damit verbracht, Berichte zu schreiben und sicherzustellen, dass jedes Beweisstück in Vorbereitung auf die Gerichtsverhandlungen, die Henry, Lennox und Rhiannon bevorstanden, protokolliert war. Um fünfzehn Uhr machte sie sich auf und fuhr quer durch die Stadt, um Sasha einen Besuch abzustatten.

Sasha war fleißig gewesen. Fotos von Gemma, die einst in Alben gesteckt hatten, waren nun künstlerisch als Collagen in Bilderrahmen zur Schau gestellt – ein Zeitstrahl vom Leben ihrer Tochter, vom Säugling bis zur Neunzehnjährigen, der sich über die Wohnzimmerwand erstreckte. Überall, wo Natalie hinschaute, sah sie Gemmas lächelndes Gesicht.

»Ich möchte sie nie vergessen. Ich bringe alles in ihr Zimmer zurück und richte es so ein, wie es war, bevor sie von zu Hause ausgezogen ist«, sagte Sasha mit tiefer Traurigkeit. Sie nahm den rosafarbenen Pullover hoch, den sie umklammert hatte, und hielt ihn sich an die Nase. Natalie erkannte das Kleidungsstück. Es war auf einer der neuesten Fotocollagen zu sehen, auf der Gemma in genau diesem Oberteil und zerschlissener Jeans mit zur Seite ausgestreckten Armen für die Kamera herumwirbelte und sich drehte. »Was mache ich nur, wenn der Geruch vergeht?« Die Stimme war schwächer geworden und Natalie verstand ihre Angst.

»Bis dahin werden Sie bereit sein, nach vorne zu sehen. Ein Schritt nach dem anderen«, sagte Natalie, die immer noch aus genau dem gleichen Grund Leighs Teddybären beim Schlafen bei sich hatte. Sie sollte Leighs Leben feiern, nicht wie bisher in Kisten verstecken. Sie sollte von ihrem eigenen schönen Kind Collagen erstellen wie diese an der Wand. Sashas Trauer war ebenso spürbar wie ihre eigene, aber sie war Natalie, was den Fortschritt anging, voraus. Sie redete über ihr Kind, anstatt sich vor der Wahrheit zu verstecken.

»Werden Sie bei der Beerdigung sein?«

»Ja.« Natalie würde nicht zulassen, dass diese Frau allein in einer Kirche saß, während ihr einziges Kind begraben wurde. Sie würde, genau wie die anderen aus ihrem Team, als Zeichen des Respekts für sie dort sein.

»Vielen Dank. Werden Sie danach, wenn alles vorüber ist, weiterhin vorbeikommen und mich besuchen? Nur auf eine Tasse Tee oder ein Glas Wein?«

»Ja.« Sie meinte es ernst.

Sasha lächelte sie tapfer an. »Ich habe etwas, das ich Ihnen zeigen möchte. Ich habe es letzte Nacht fertiggestellt.« Sie verschwand eine Minute lang und kam mit einem smaragd-grünen Latzkleid zurück, das an einem Kleiderbügel aus Holz hing. »Das ist das Erste aus einer speziell für Studenten entworfenen Bekleidungskollektion. Ich habe die Kollektion nach ihr benannt. Das war ihre Lieblingsfarbe. Ich werde mit dem Nähen weitermachen. In der Stadt gibt es eine Boutique, die etwas Interesse geäußert hat, meine Kleidung zu verkaufen. Ich werde Gemma beweisen, dass sie recht hatte.«

»Sie wäre sehr stolz auf Sie.«

»Ja, das wäre sie, oder?« Sie betrachtete die Fotos an der Wand.

»Für dich, mein kleines Mädchen. Ich liebe dich so sehr.« Silberne Tränen rannen ihr die Wangen hinunter und Natalie ging zu ihr, legte die Arme tröstend um sie, und so standen sie da, teilten den Schmerz, dessen Existenz nur sie verstehen konnten.

Der Anruf erreichte sie, als sie auf dem Rückweg zur Wohnung war. David war bei Bewusstsein und diesmal funktionierte sein Gedächtnis. Die Fachärztin war ermutigt. David zeigte keine Anzeichen einer Hirnschädigung, und es waren Termine mit einem Psychiater vereinbart worden. David wollte sie wiedersehen, falls sie die Zeit finden konnte, vorbeizuschauen. Sie öffnete ihre Wohnungstür und bemerkte den Geruch nach italienischen Kräutern. Davids Spezialgericht war Lasagne, und einen flüchtigen Augenblick lang stellte sie sich vor, er wäre hier. Es war nicht David, der Hallo rief, sondern Josh.

»Hi, Mum. Ich dachte, ich koche heute Abend für uns – es ist nur ein Fertiggericht. Ist das okay?«

Sie strahlte ihren Sohn an. Eine Schachtel stand auf dem Küchentisch. Es war der Föhn, den er versprochen hatte, zu kaufen. Sie konnte nicht anders, als die Arme um ihn zu legen und ihn auf die Wange zu küssen. Er stieß sie nicht weg. Als sie sich löste, sagte er: »Ich habe mit Pippa über Dad geredet und sie hat mich dazu gebracht, ein paar Dinge zu verstehen. Ich glaube, ich würde ihn gern sehen, wenn das okay ist.«

»Natürlich ist das okay. Er wird sich freuen. Wir können nach dem Essen hinfahren, wenn du möchtest.«

»Ja, das wäre gut.«

Sie ging ins Schlafzimmer, um sich umzuziehen, dann hockte sie sich hin, um eine Kiste hervorzuziehen. Sie nahm den Deckel ab und holte die obersten Fotos heraus. Leighs Gesicht erhellte das Zimmer. Ihre von der Meeresbrise verwehten Haare waren weich und hell und rahmten ihr süßes

Gesicht ein. Das Top, das Eric ihr im Urlaub gekauft hatte, hatte sich um ihre schlanke Gestalt gewickelt. Ihr rechter Arm lag auf den Schultern ihres Bruders und Josh lächelte stolz in die Kamera. Natalie presste das Bild an ihre Lippen und legte es aufs Bett. Es würde in einen Rahmen kommen, ähnlich zu denen, die Sasha an ihre Wände gehängt hatte. Sie wollte Bilderrahmen mit Fotos ihrer Kinder füllen, und wenn sie schließlich bei Mike einzog, würde sie Bilder von Thea und ihm einrahmen, und hoffentlich weitere von ihnen mit Josh und ihr. Sie musste aufhören, ihre Erinnerungen zu verstecken. Es war an der Zeit, nach vorne zu schauen.

EIN BRIEF VON CAROL

Hallo, liebe Leser:innen,

ich bedanke mich herzlich bei euch, dass ihr *Die Bewunderten* gekauft und gelesen habt. Ich hoffe, ihr habt das Lesen genauso genossen wie ich das Schreiben. Es wird mit dieser Reihe weitergehen, und wenn ihr gern bei meinen Neuerscheinungen auf dem Laufenden bleiben möchtet, meldet euch über den folgenden Link an. Eure E-Mail-Adresse wird nicht weitergegeben und ihr könnt euch jederzeit abmelden:

www.bookouture.com/bookouture-deutschland-sign-up

Wow! Schon das sechste Buch dieser Reihe und ich fühle mich völlig in Natalies Leben hineingezogen und überlege, was als nächstes passieren wird. Eigentlich weiß ich es schon ... aber ich möchte nichts verraten.

Mir ist bewusst, dass David für viele meiner Leserinnen und Leser jemand ist, den sie gern hassen. Ich hoffe, dass ihr nach der Lektüre von *Die Bewunderten* ihm gegenüber mehr Mitgefühl empfindet und mehr Verständnis für das habt, was er durchgemacht hat. Natürlich hatte Natalie auch mehr als genug Sorgen und Schwierigkeiten, und ich befürchte, dass im nächsten Buch weitere Probleme und Schrecken auf sie zukommen werden.

Wenn ihr *Die Bewunderten* mit Freude gelesen habt, verfasst bitte eine Rezension, egal wie kurz sie ist. Ihr könnt euch nicht vorstellen, wie viel sie mir bedeutet, und ich wäre euch unendlich dankbar, wenn ihr ein paar Minuten erübrigen könntet, um eine zu schreiben.

Ich hoffe, ihr schließt euch mir beim nächsten Buch der Reihe um DI Natalie Ward an.

Vielen Dank

Carol

www.carolwyer.co.uk

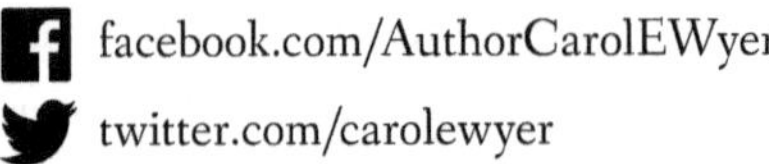

facebook.com/AuthorCarolEWyer

twitter.com/carolewyer

DANKSAGUNG

Die Bewunderten wäre ohne die große Hilfe meiner hervorragenden Lektorin Lydia Vassar-Smith nicht möglich gewesen, die sich nicht nur den brillanten Titel ausgedacht, sondern mir auch geholfen hat, aus ein paar Handlungslücken herauszukommen.

Wie immer bin ich dem gesamten dynamischen Produktionsteam von Bookouture zu Dank verpflichtet. Ihr wärt überrascht, wie viele Leute an jedem Buch arbeiten, bevor es veröffentlicht wird, und ich habe viele scharfsichtige Lektoren und Lektorinnen, darunter DeAndra Lupu, die nicht nur mein Werk redigiert, sondern mir auch unterhaltsame Nachrichten im gesamten Skript hinterlässt, die mich in Gang halten, und Liz, die die Endfassung Korrektur liest und es immer schafft, fehlerhafte Satzzeichen aufzuspüren.

Ein riesiges Dankeschön an meine Leserinnen und Leser, die mir regelmäßig schreiben und mit mir über die sozialen Medien in Kontakt bleiben. Ihr seid meine beständige Unterstützung und bringt mich durch so manche schlaflose Nacht des Schreibens oder Überarbeitens. Aufrichtigen Dank dafür.

Herzlichsten Dank an mein unglaubliches Street-Team, das unendliche Unterstützung leistet und mir mit der Vermarktung meiner Bücher hilft. Ihr seid großartig, Leute!

Danke auch an Jenny O'Brien alias @ScribblerJB auf Twitter für das Bereitstellen wertvoller Informationen über Hirnverletzungen.

Und zum Schluss danke ich meiner anderen Hälfte, Mr Grumpy, für all die Tassen Tee und Schokoladenkekse und dafür, dauerhafte Vernachlässigung auszuhalten. Ohne dich könnte ich das alles nicht machen.